W0252496

LES JARDINS DE LA LUNE

Steven Erikson est un auteur canadien de fantasy et science-fiction. Pour lui, ses études d'archéologie et d'anthropologie constituent une source majeure d'inspiration. *Les Jardins de la Lune* est le premier roman de sa décalogie *Le Livre des Martyrs*, publiée entre 1999 et 2011. Cette saga, traduite dans une vingtaine de langues, s'est vendue à plus de 3,5 millions d'exemplaires à travers le monde, en faisant l'un des plus grands succès des littératures de l'imaginaire.

STEVEN ERIKSON

Les Jardins de la Lune

Le Livre des Martyrs

Tome 1

TRADUIT DE L'ANGLAIS (CANADA) PAR EMMANUEL CHASTELLIÈRE

ÉDITIONS LEHA

Titre original :

GARDENS OF THE MOON
A TALE OF THE MALAZAN BOOK OF THE FALLEN
Publié par Orbit, Grande-Bretagne.

© Steven Erikson, 2000.
Publié avec l'autorisation de Transworld Publishers
(The Randon House Group Ltd.) Tous droits réservés.
© Éditions LEHA, 2018.
ISBN : 978-2-253-24231-4 – 1re publication LGF

Ce roman est dédié à I. C. ESSLEMONT.
Des mondes à conquérir, des mondes à partager

GENABACKIS

La Guerre de Pannion, an 1160, Sommeil de Brûle

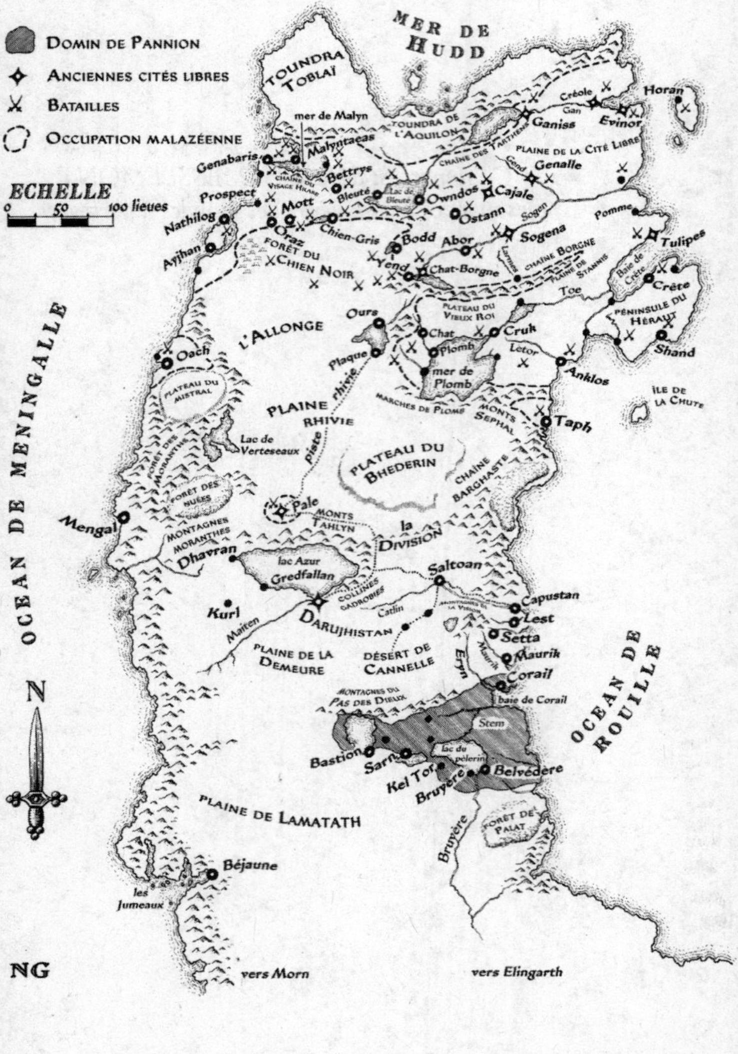

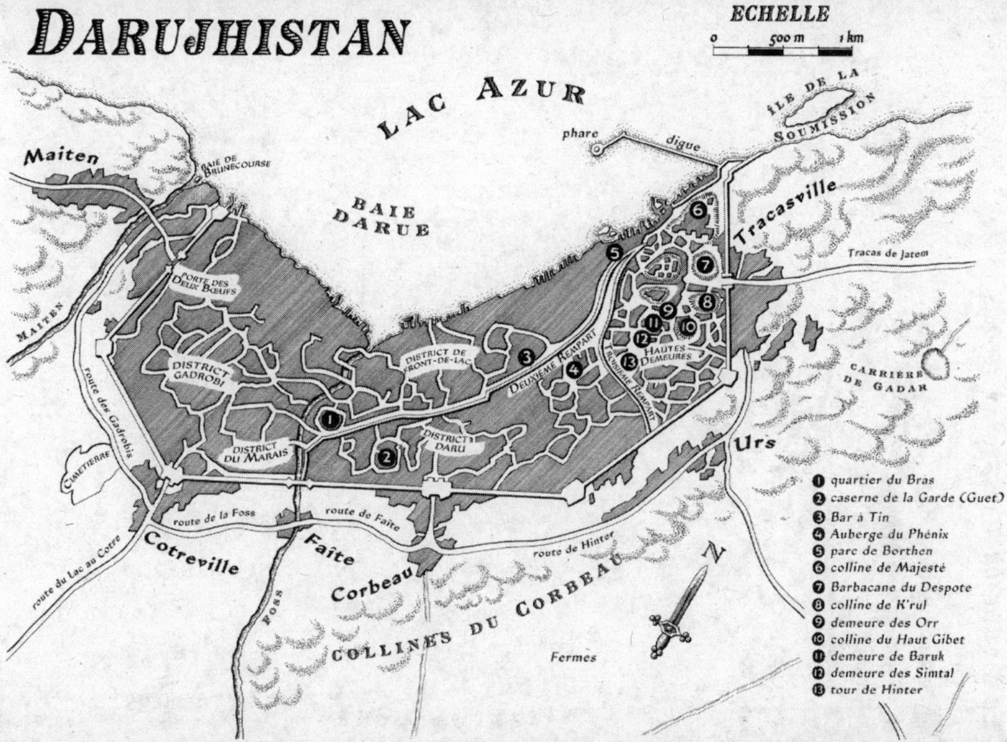
DARUJHISTAN
ECHELLE
0
500 m
1 km
LAC AZUR
ÎLE DE LA SOUMISSION
phare
digue
Maiten
BAIE DE BRUNECOURSE
BAIE DARUE
Tracasville
Tracas de Jatem
MAITEN
PORTE DES DEUX BŒUFS
DISTRICT GADROBI
DISTRICT DE FRONT-DE-LAC
DEUXIÈME REMPART
TROISIÈME REMPART
HAUTES DEMEURES
CARRIÈRE DE GADAR
DISTRICT DARU
DISTRICT DU MARAIS
CIMETIERRE
route des Gadrobis
Urs
route de la Foss
route de Faîte
route de Hinter
Cotreville
route du Lac au Cotre
Faîte
Corbeau
N
COLLINES DU CORBEAU
FOSS
Fermes
1 quartier du Bras
2 caserne de la Garde (Guet)
3 Bar à Tin
4 Auberge du Phénix
5 parc de Borthen
6 colline de Majesté
7 Barbacane du Despote
8 colline de K'rul
9 demeure des Orr
10 colline du Haut Gibet
11 demeure de Baruk
12 demeure des Simtal
13 tour de Hinter

Préface

Il ne sert à rien de commencer quelque chose sans nourrir une certaine ambition. Je me suis attaché à cette notion à bien des égards dans ma vie, ce qui m'a valu plus d'un accident au fil des ans.

Je me souviens encore, avec un peu d'amertume, des réponses que Cam (Ian C. Esslemont) et moi recevions quand nous tentions de placer nos scripts pour la télévision et le cinéma : « Merveilleux ! Unique ! Très drôle, très sombre… mais ici au Canada, eh bien, nous ne pouvons tout simplement pas budgétiser ce genre de choses. Bonne chance. »

À bien des égards, le conseil que l'on nous donnait ensuite se révélait encore plus terrible pour nous. « Essayez quelque chose… de plus simple. Quelque chose du même genre que ce qui se fait déjà. Quelque chose de moins… *ambitieux.* »

Nous sommes ressortis de nombreuses réunions frustrés, découragés, déconcertés.

Avions-nous vraiment reçu une invitation à la médiocrité ? Voilà qui en avait tout l'air.

Eh bien qu'ils aillent se faire foutre.

Les Jardins de la Lune. Le simple fait de songer à ce titre ressuscite toutes les notions d'ambition, toute l'intensité juvénile qui semblait me conduire tête baissée contre un mur encore et encore. Le besoin de *pousser*. De défier les convenances. De viser droit au cœur.

J'aime penser que j'étais entièrement conscient de ce que je faisais à l'époque. Que ma vision était claire comme de l'eau de roche et que je me tenais prêt à cracher au visage du genre, même si je m'en délectais (car comment prétendre le contraire ? J'ai beau haïr les tropes, j'ai adoré tous ces livres). Je n'en suis plus si sûr à présent. Il est facile de se fier à son instinct sur le moment, puis de revenir en arrière plus tard en se disant que tout ce qui fonctionne dans ce roman est le fruit d'une démarche volontaire et planifiée (tout en ignorant tout ce qui n'a pas marché). Trop facile.

Au fil des ans et des romans, certains faits sont devenus évidents. En commençant par *Les Jardins de la Lune* : les lecteurs vont soit adorer ce que je fais, soit détester. C'est l'un ou l'autre, il n'y a pas d'entre-deux.

Naturellement, je préférerais que tout le monde adore, mais je comprends pourquoi ce ne sera jamais le cas. Ce ne sont pas des livres paresseux, on ne peut pas les lire d'un œil, c'est tout simplement impossible. Encore plus problématique, le premier roman commence en pleine action – soit vous prenez le train en marche, soit vous restez à quai.

Lorsque j'ai été confronté à l'écriture de cette préface, j'ai envisagé de l'utiliser afin de préparer le lecteur à cette plongée, dès la première page des *Jardins de la Lune*. Un peu d'histoire, un peu de background. Et puis j'ai écarté cette idée. Bon sang, je ne me souviens pas de Frank Herbert faisant ça avec *Dune*, et si je dois citer un seul roman qui m'a inspiré directement en termes de structure, c'est bien celui-là.

J'écris une histoire et, qu'elle soit fictive ou pas, elle n'a pas de réel point de départ. Même l'essor et la chute des civilisations sont bien plus complexes qu'on ne peut l'imaginer.

Les grandes lignes des *Jardins de la Lune* sont d'abord nées d'un jeu de rôle. Sa première itération était un long métrage coécrit par les deux créateurs du monde malazéen, Ian C. Esslemont et moi-même, un script qui traînait par manque d'intérêt (« On ne produit pas de films fantastiques parce que c'est nul. C'est un genre mort. Il faut des costumes et les drames en costume, c'est un genre aussi mort que les westerns », tout cela avant qu'un grand nombre de sociétés de production ne démontrent à quel point ces détracteurs se trompaient, tout cela bien avant *Le Seigneur des anneaux* sur grand écran).

Et c'était juste ça. Rien de plus. Nous avions de la matière, nous savions que la fantasy épique pour adultes était le dernier genre inexploré au cinéma – on ne tenait pas compte de *Willow*, qui n'avait d'intérêt à nos yeux que pour la scène du carrefour, le reste étant vraiment fait pour les enfants. Et tous les autres films de cette catégorie étaient des films de série B ou manifestement imparfaits à nos yeux (bon sang, quand on pense à ce qui aurait pu être fait avec *Conan* !). Nous voulions une vision fantasy du *Lion en hiver*, celui avec O'Toole et Hepburn. Ou l'adaptation des *Trois Mousquetaires* avec Michael York, Oliver Reed, Raquel Welch, Richard Chamberlain. Ajoutez un peu de magie en plus les gars, c'est tout. Notre émission de télévision préférée était *The Singing Detective* de Dennis Potter, l'original avec Gambon et Malahide. Nous voulions des trucs sophistiqués, vous voyez. De la fantasy qui vous laisse bouche bée d'admiration. Nous étions, en d'autres mots, extrêmement ambitieux.

Et sans doute, aussi, pas prêts. Nous n'avions pas tout à fait ce qu'il fallait. Trop confiants en nos capacités, piégés par le manque d'expérience. La malédiction de la jeunesse.

Lorsque la vie nous a entraînés Cam et moi dans des directions différentes, nous avons pris tous les deux nos notes avec nous. Les notes d'un monde bâti au fil de nos innombrables heures de jeu. Nous avions une histoire énorme, de la matière première pour vingt romans, deux fois plus de films. Et nous avions chacun des copies d'un script dont personne ne voulait. Le monde malazéen était là, composé de centaines de cartes dessinées à la main, de milliers de pages de notes brutes, via GURPS (le jeu de rôle générique de Steve Jackson – une alternative à *Donjons & Dragons*), de feuilles de personnages, de plans de bâtiments, de croquis, et tout le tintouin.

La décision de commencer à écrire l'histoire de ce monde a été prise quelques années plus tard. Je devais transposer le script en roman. Cam écrirait un livre intitulé *Return of the Crimson Guard* (et maintenant, bien des années plus tard, après *Night of Knives*, *Return* va enfin être publié). En tant qu'œuvre de fiction, la paternité appartiendrait à l'auteur du roman, à la personne couchant les mots sur le papier. Pour *Les Jardins*, cela revenait à partir de zéro. Le script se composait de trois actes se déroulant tous les trois à Darujhistan. Les principaux événements concernaient la guerre d'assassins sur les toits et le final explosif dans le cadre de la fête de Dame Simtal. Il n'y avait pratiquement rien d'autre. Pas d'histoire, pas de contexte, pas de véritable introduction des personnages. Ce qui ressemblait en réalité davantage aux *Aventuriers de l'Arche perdue* qu'au *Lion en hiver*.

L'ambition ne disparaît jamais. Elle peut traîner des pieds avant de se reporter finalement sur autre chose – en général votre projet suivant. L'ambition n'accepte pas « non » comme réponse. En écrivant *Les Jardins*, j'ai rapidement découvert que le contexte allait se révéler problématique, peu importait à quel point je retournais en arrière. Et je me suis rendu compte qu'à moins de mâcher le travail de mes lecteurs potentiels (ce que je refusais de faire, ayant assez souvent critiqué les auteurs de cycles de fantasy épique nous prenant nous, lecteurs, pour des idiots), qu'à moins de « simplifier », qu'à moins d'emprunter les pistes rebattues déjà empruntées par mille autres avant moi, j'allais devoir laisser les lecteurs patauger.

Et pas seulement les lecteurs, mais les éditeurs, les relecteurs, les agents…

Mais vous savez, en tant que lecteur, en tant que fan, je n'ai jamais eu peur de patauger – en tout cas un petit moment et parfois plus longtemps. Tant que d'autres choses me portaient, cela me convenait. N'oubliez pas, j'ai adoré Dennis Potter, j'étais fan de *Les Noms* de DeLillo et du *Pendule de Foucault* d'Eco. Le lecteur que j'avais en tête était celui qui pourrait et voudrait se frotter à des questions sans réponses, des mystères, des alliances incertaines.

L'histoire a prouvé que j'avais raison, je pense. Soit les lecteurs s'arrêtent au cours du premier tiers des *Jardins de la Lune*, soit ils sont encore là, sept ou huit romans plus tard.

On m'a posé la question : aurais-je agi différemment avec le recul ? Honnêtement, je n'ai pas de réponse. Oh, il y a des éléments de style que je changerais ici et là, mais… fondamentalement, je ne suis pas sûr de ce que je pourrais avoir fait autrement. Je ne suis pas et ne serai jamais un écrivain heureux d'avoir recours à des segments d'exposition n'ayant d'autre fonction que de renseigner le lecteur sur le cadre, l'histoire, ou autre. Si mon exposition n'a pas plusieurs fonctions – et je veux bien dire plusieurs –, alors je ne suis pas satisfait. Et finalement, il s'avère que plus les buts sont nombreux, plus ça devient compliqué, et plus il est possible d'entraîner le lecteur sur une fausse piste, de lui faire croire à un tour de passe-passe. Tous les éléments concernant l'univers finissent alors enterrés profondément.

Ce fut un roman écrit vite, mais, et j'ai toujours du mal à le comprendre, c'est un roman à l'écriture dense. *Les Jardins* vous poussent à le lire rapidement. Mais l'auteur vous conseille plutôt de ne pas succomber à cette tentation.

Nous voilà rendus des années plus tard. Devrais-je m'excuser pour cette invitation double ?

Dans quelle mesure me suis-je tiré une balle dans le pied avec une telle introduction ? Et ce roman m'a-t-il laissé tranquille depuis ? Peut-être. Et parfois, je me demande : si j'avais choisi de faire simple et de tout donner au lecteur, comme certains écrivains de fantasy (à succès) le font ou l'ont fait ? Verrais-je mes livres intégrer les listes des best-sellers ? Bon, cela dit, attendez. Est-ce que je sous-entends que ces auteurs ont eu du succès en simplifiant les choses pour leurs lecteurs ? Non. Bon, pas tous. Mais voyez les choses de mon point de vue. Il a fallu attendre huit ans et prendre la décision de se tourner vers le Royaume-Uni pour que *Les Jardins de la Lune* trouve un éditeur. Il a fallu quatre ans de plus avant de trouver un éditeur américain. Qu'est-ce qu'on reprochait à mon roman ? « Trop compliqué, trop de personnages. Trop… ambitieux. »

Je pourrais prendre du recul ici et expliquer de quelle manière cette œuvre a marqué un changement par rapport aux tropes habituels du genre et que tout changement est susceptible de rencontrer une résistance, mais mon ego n'est pas si grand. Je n'ai jamais eu l'impression de changer les choses. Les romans de Glen Cook, *La Compagnie noire* et *Les Instrumentalités de la nuit*, avaient déjà exploré ce nouveau terrain, mais j'avais lu tout ça et j'en voulais davantage. J'ai donc dû les écrire moi-même (et Cam a ressenti la même chose).

Et comme mon style d'écriture ne permettait

pas l'imitation (Cook est beaucoup plus concis que moi), je pouvais certainement aspirer au même ton de cynisme ironique et désabusé, à la même ambivalence et à un sens similaire de l'atmosphère. Peut-être avais-je conscience de l'éloigner d'un affrontement classique entre le Bien et le Mal, mais cela me semblait seulement représenter un sous-produit du passage à l'âge adulte – le monde réel n'est pas comme ça, pourquoi continuer à faire des mondes de fantasy si déconnectés de la réalité ?

Eh bien, je ne sais pas. Le simple fait d'y songer m'épuise.

Mon roman est ce qu'il est. Je ne compte pas le réviser. Je ne sais même pas par quoi je commencerais. Je pense qu'il vaut mieux proposer aux lecteurs de prendre une décision rapide au sujet de cette saga – là, tout de suite, dès le premier tiers du premier tome et pas au bout de cinq ou six livres, pour les voir finalement abandonner, par écœurement, manque d'intérêt ou que sais-je. Peut-être que d'un point de vue marketing, ce serait mieux – au moins à court terme. Mais, Dieu merci, mes éditeurs savent reconnaître une fausse économie quand ils en voient une.

Les Jardins de la Lune est donc une invitation « Venez pour le frisson ». Je ne peux que vous promettre que j'ai fait de mon mieux pour vous divertir. Malédictions, acclamations, rires, larmes, il y a tout.

Un dernier mot à tous les aspirants écrivains. L'ambition n'est pas un gros mot. Pissez sur les compromis. Visez le cœur. Écrivez avec vos tripes.

Bien sûr, c'est un voyage plus difficile mais croyez-moi, ça en vaut la peine.

Cordialement,
Steven Erikson
Victoria (Colombie-Britannique)
Décembre 2007

Maintenant que les cendres ont refroidi, nous ouvrons
cet ancien volume. Ses pages huileuses racontent les récits
des Martyrs Malazéens, un empire en lambeaux,
des mots sans chaleur. Le feu s'est éteint. Sa lumière
et ses étincelles ne sont plus que souvenirs au fond
de regards mourants. Quelle est la tournure de mon esprit,
la couleur de mes pensées, à l'heure où j'ouvre
ce Livre des Martyrs pour respirer le parfum de l'histoire ?
Écoutez donc les paroles portées par ce souffle.
Ces récits sont ceux de chacun d'entre nous,
encore et encore.
Nous sommes de l'histoire vécue de nouveau,
c'est tout, sans fin, c'est tout.

L'Empereur est mort !
Et sa main droite – froide, tranchée !
Mais voyez ces ombres mourantes
Qui jumelées, sanglantes et battues,
Refluent hors de la vue des mortels...
Congédiée de l'autorité du sceptre,
La lumière s'est enfuie du candélabre doré,
D'un foyer serti de durs joyaux,
Depuis sept ans cette chaleur s'est dilapidée...

L'Empereur est mort.
Et aussi son dévoué compagnon, la corde, coupée net.
Mais voyez ce retour qui s'amorce
Ténèbres vacillantes, le linceul déchiré
Enveloppant des enfants de l'éclat mourant de l'Empire.
Entendez maintenant cet hymne funèbre.
Avant le crépuscule, ce jour teintera de rouge
La terre courbe et, dans des yeux d'obsidienne,
La vengeance sonnera sept fois...

Appel à l'Ombre (I.1, 1-18)
Félisine (née en 1146)

Prologue

1154[e] année du Sommeil de Brûle
96e année de l'Empire Malazéen
Dernière année du Règne de l'Empereur Kellanved

Les taches de rouille dessinaient des vagues de sang sur la surface noire et grêlée de la girouette de Moque, à la pointe d'une ancienne pique fixée en haut du mur du fort. Monstrueuse et contrefaite, cette sculpture vieille d'un siècle avait été martelée à froid en forme de démon ailé et ricanant. Chaque rafale lui faisait pousser de grinçantes protestations narquoises.

Mais le jour où des colonnes de fumée s'élevèrent dans la ville de Malaz au-dessus du quartier de la Souris, les vents étaient contraires. Le silence de la girouette annonça la brusque disparition de la brise marine qui s'engouffrait par-dessus les murailles du Fort de Moque. Les grincements reprirent quand le souffle brûlant, chargé de fumées et piqueté d'étincelles, traversa la ville pour venir balayer le promontoire.

Ganoes Stabro Paran, de la Maison Paran, se tenait sur la pointe des pieds pour regarder par-dessus les merlons. Le Fort de Moque s'élevait derrière lui. L'ancien siège du gouvernement de l'Empire était de nouveau relégué, depuis la conquête du continent, au rang de simple place forte d'un Poing. La pique et son trophée imprévisible se dressaient à sa gauche.

Les antiques fortifications qui dominaient la ville étaient trop familières à Ganoes pour lui inspirer un quelconque intérêt. Il s'agissait de sa troisième visite en trois ans. Cela faisait déjà longtemps qu'il avait exploré la cour et ses pavés à demi soulevés, le vieux donjon – transformé en écurie, son étage supérieur accueillant pigeons, hirondelles et chauves-souris – et la citadelle. En ce moment même, entre ses murs, son père négociait la taxe d'exportation de l'île avec les fonctionnaires du port. Concernant la citadelle, bien sûr, l'accès en demeurait le plus souvent interdit, même à l'héritier d'une maison noble. Elle abritait la résidence du Poing et, dans les salles les plus retirées, on traitait des affaires impériales locales.

Oubliant le Fort de Moque dans son dos, Ganoes concentra son attention sur la ville à moitié en ruine à ses pieds et sur les émeutes qui secouaient les quartiers les plus déshérités. Le Fort était bâti sur une falaise dont on atteignait le sommet, le Pinacle, par un escalier en zigzag creusé dans le calcaire. Le dénivelé atteignait facilement les cent-soixante brasses, sans oublier les douze du rempart délabré du fort. Le quartier de la Souris se déployait à la lisière de la ville, côté terre, assemblage irrégulier de taudis et de terrasses envahies de végétation, coupé en deux par la rivière boueuse qui serpentait lentement en direction du port. Ganoes avait du mal à distinguer quelque chose derrière les panaches grandissants de fumée noire. La plus grande partie de la cité de Malaz lui masquait les émeutes.

Il était près de midi, mais les éclairs et les formidables déflagrations de magie rendaient l'atmosphère sombre et lourde.

Dans un cliquetis d'armure, un militaire s'approcha de Ganoes. Il posa ses avant-bras métalliques sur le parapet crénelé et le fourreau de son épée longue racla les pierres du mur.

— Content d'avoir le sang pur, hein ? dit-il, ses yeux gris rivés sur la ville fumante.

Le jeune garçon l'examina. Il connaissait déjà tous les uniformes et insignes de l'Armée impériale et reconnut un commandant de la 3e, l'une des unités d'élite de l'Empereur. La cape gris foncé du militaire arborait une fibule d'argent représentant un pont de pierre illuminé de flammes de rubis. Un Brûleur de Ponts.

Des officiers et des fonctionnaires impériaux de haut rang passaient souvent par le fort. L'île de Malaz demeurait en effet une escale essentielle, surtout depuis que les guerres de Korel avaient éclaté au sud. Ganoes avait croisé nombre de sommités, ici et dans la capitale, Unta.

— C'est vrai, alors ? s'enquit hardiment Ganoes.

— Quoi donc ?

— Le Premier Glaive de l'Empire, Dassem Ultor. Nous avons entendu la nouvelle avant de quitter la capitale. Il est mort. C'est vrai ? Dassem est mort ?

Le regard toujours rivé sur la Souris, l'homme parut tressaillir.

— Ainsi va la guerre, maugréa-t-il tout bas, comme s'il ne s'adressait qu'à lui-même.

— Vous êtes de la 3e. Je croyais que la 3e était avec lui en Sept-Cités, à Y'Ghatan…

— Par le souffle de Goule ! On cherche toujours son corps dans les décombres brûlants de cette maudite ville et toi, un pauvre fils de marchand, à trois mille lieues de Sept-Cités, tu me balances des informations que très peu de gens sont censés détenir ! J'ignore tes sources, poursuivit l'homme sans se retourner, mais tu ferais mieux de garder ce que tu sais pour toi, crois-moi.

Ganoes haussa les épaules.

— On dit qu'il a trahi un dieu.

Le militaire se tourna enfin vers lui. Son visage était couturé de cicatrices et quelque chose qui aurait pu être une brûlure lui balafrait la mâchoire et la joue gauche. Pour un commandant, il semblait néanmoins jeune.

— Voilà une bonne leçon pour toi, fiston.

— Quelle leçon ?

— La moindre de tes décisions peut changer la face du monde. La plus enviable des existences est celle qui passe inaperçue des dieux. Mon garçon, si tu veux vivre libre, mène une vie paisible.

— Je veux être un soldat. Un héros.

— Ça te passera.

La girouette de Moque grinça : une bourrasque capricieuse venue du port chassait l'épaisse fumée. Ganoes perçut alors une odeur de poisson pourri, mêlée aux relents humains du front de mer.

Un deuxième Brûleur de Ponts, portant un violon brisé et noirci sur le dos, se dirigeait vers eux. Sec et nerveux, il était encore plus jeune que le premier : seulement quelques années de plus que Ganoes, lui-même âgé de douze ans. De curieux petits trous criblaient son visage et le dos de ses mains et des accessoires étrangers ornaient un uniforme élimé et sali. Une épée courte pendait à sa hanche, dans un fourreau de bois fendu. Il s'adossa tranquillement au merlon près de l'autre homme, comme s'ils se connaissaient depuis longtemps.

— Ça sent mauvais quand les sorciers paniquent, déclara-t-il. Ils perdent la tête, en bas. Comme s'il fallait tout un Cadre de Mages pour éliminer quelques malheureuses brûleuses de bougies !

— Je pensais attendre un peu, histoire de voir s'ils n'allaient pas se calmer, soupira le commandant.

Le soldat émit un grognement sceptique.

— Ils sont tous nouveaux et inexpérimentés. Certains risquent d'être marqués à vie. Et puis, il y a pas mal de monde là-bas qui suit les ordres de quelqu'un d'autre.

— Ce n'est pas sûr.

— La preuve est en bas, répliqua le soldat. Dans la Souris.

— Possible.

— Vous les couvez trop, insista l'autre. Revêche dit que ça vous perdra.

— Revêche, c'est le problème de l'Empereur, pas le mien.

Le soldat grogna de nouveau.

— Ça pourrait devenir le nôtre sous peu.

Le commandant pivota lentement vers lui et le dévisagea.

— C'est juste une impression, poursuivit le soldat en haussant les épaules. Elle vient de prendre un nouveau nom, vous savez. Laseen.

— Laseen ?

— Un mot napien. Ça signifie…

— Je sais ce que ça signifie.

— J'espère que l'Empereur le sait aussi.

— Ça veut dire Maître du Trône, intervint Ganoes.

Les deux hommes baissèrent les yeux vers lui.

Le vent tourna encore, faisant gémir le démon de fer sur son perchoir. Il émanait du fort une odeur de pierre froide.

— Mon précepteur est napien, expliqua Ganoes.

Une autre voix s'éleva derrière eux. Celle d'une femme, impérieuse et glaciale.

— Commandant.

Les deux militaires se retournèrent, mais sans enthousiasme.

— La nouvelle compagnie a besoin d'aide en bas, dit le commandant à son camarade. Envoyez Dujek avec une aile, et trouvez-moi quelques sapeurs pour contenir les feux. Il ne manquerait plus que toute la ville parte en fumée.

Le soldat acquiesça, puis s'éloigna sans un regard à la femme.

Flanquée de deux gardes du corps, celle-ci se tenait devant le portail de la tour carrée de la citadelle. Hormis sa peau d'un bleu sombre, caractéristique des Napiens, elle semblait tout à fait ordinaire, avec sa robe grise décolorée par le sel, ses cheveux ternes coupés court à la façon d'un soldat et ses traits minces et anonymes. En revanche, ses gardes du corps firent frissonner Ganoes : grands, vêtus de noir de la tête aux pieds, ils gardaient les mains glissées dans leurs manches, leurs visages dissimulés par des capuchons. Ganoes n'avait encore jamais vu de membres de la Griffe mais il sut d'instinct que ces créatures en faisaient partie.

Ce qui signifiait que la femme était…

— Revêche, ce gâchis est de votre faute, déclara le commandant. Mais on dirait bien que c'est moi qui vais devoir nettoyer tout ça.

Ganoes fut choqué par l'absence de crainte et le quasi-mépris dans la voix du militaire. Revêche avait créé la Griffe et en avait fait un pouvoir capable de rivaliser avec l'Empereur.

— Tel n'est plus mon nom, commandant, répliqua-t-elle.

L'homme fit la grimace.

— C'est ce que j'ai entendu dire. L'absence de l'Empereur doit vous donner de l'assurance. Il n'est pourtant pas le seul à se souvenir de l'époque où vous n'étiez qu'une fille de salle dans le Vieux Quartier. Votre gratitude a disparu depuis longtemps, j'imagine.

L'expression de la Napienne ne changea pas.

— Les ordres étaient simples, reprit-elle. Il semble que vos nouveaux officiers soient incapables de s'acquitter de leur tâche.

— La situation leur a échappé. Ils manquent encore d'expérience et…

— Ce n'est pas mon affaire, coupa sèchement la femme. Non que cela me déçoive vraiment, ces débordements constitueront d'ailleurs une leçon pour nos opposants.

— Nos opposants ? Une poignée de sorcières

misérables qui vendent leurs maigres talents, et à quelles sinistres fins ? Trouver des bancs de poissons dans les hauts-fonds de la baie ! Par Goule, voilà une sacrée menace pour l'Empire.

— Sans autorisation. Bravant les nouvelles lois…

— Vos lois, Revêche. Elles ne marcheront pas et l'Empereur annulera votre prohibition de la sorcellerie à son retour, vous pouvez en être sûre.

La femme eut un sourire glacial.

— Vous serez ravi d'apprendre que la Tour a signalé l'approche de vos nouvelles recrues. Vous ne nous manquerez pas, commandant. Pas plus que vos troupes dissipées.

Sans ajouter un mot, ni accorder un regard au garçon debout près du militaire, elle fit volte-face et regagna l'intérieur de la citadelle avec ses gardes du corps silencieux.

L'attention de Ganoes et du commandant se reporta sur les émeutes dans la Souris. Des flammes de plus en plus hautes s'élevaient à travers la fumée.

— Un jour, je serai soldat, dit Ganoes.

L'homme grogna.

— Seulement si tu échoues partout ailleurs, fiston. Ceindre l'épée est l'ultime recours des désespérés. Ne l'oublie jamais et trouve-toi un rêve plus digne.

Ganoes se renfrogna.

— Vous n'êtes pas comme les autres soldats à qui j'ai parlé. On jurerait entendre mon père.

— Mais je ne suis pas ton père, bougonna le commandant.

— Le monde n'a pas besoin d'un négociant en vins supplémentaire, insista le garçon.

Le militaire le toisa en plissant les yeux. Il ouvrit la bouche pour lui répondre avant de renoncer.

Plutôt content de lui, Ganoes Paran se replongea dans l'observation du quartier en flammes. *Même un enfant peut parfois marquer un point, commandant.*

La girouette du Fort de Moque pivota une fois de plus. Une fumée ardente se déversait par-dessus les remparts, engloutissant l'homme et le garçon dans une puanteur de linge brûlé, de peinture et de pierre carbonisées, mêlée d'une odeur sucrée.

— Un abattoir a pris feu, commenta Ganoes. Des porcs.

Le commandant grimaça. Enfin, au bout d'un long moment, il soupira et s'accouda de nouveau au parapet.

— Comme tu dis, mon garçon. Comme tu dis.

LIVRE I

PALE

Pendant la huitième année, les Villes libres de Genabackis passèrent des contrats avec plusieurs armées de mercenaires afin de s'opposer à l'avancée de l'Empire. Se distinguèrent notamment parmi ces armées la Garde Pourpre, sous le commandement du Prince K'azz D'Avore (voir volumes III & V), et les régiments tistes andii de Sangdelune sous le commandement de Caladan Rumin, entre autres.

Les forces de l'Empire Malazéen, commandées par le Haut Poing Dujek Unbras, se composaient cette année-là de la 2e, la 5e et la 6e armée, ainsi que de légions de Moranths.

Avec le recul, on peut observer deux faits. Premièrement, l'alliance de 1156 avec les Moranths marqua, dans la science militaire de la Puissance malazéenne, une évolution fondamentale qui devait se révéler efficace à court terme. Deuxièmement, l'entrée en guerre des sorciers tistes andii de Sangdelune constitua le début de l'Enfilade de

Sorcellerie du continent, avec des conséquences dévastatrices.

En l'an 1163 du Sommeil de Brûle, le siège de Pale se termina par une débauche de sorcellerie désormais légendaire…

Campagnes Impériales 1158-1194
Volume IV, *Genabackis*
Imrygyn Tallobant (né en 1151)

Chapitre 1

Les tambours et le fer noir des sabots
Ont martelé les vieilles pierres de cette route
Là où je l'ai vu marcher
Surgi de la mer
Entre les collines rougies
Par le soleil couchant
Jeune garçon parmi les échos
Des fils et frères
Guerriers fantômes en rangs
Il passa là où j'étais assis
Sur l'ultime borne érodée au crépuscule
Sa démarche sur cette route de pierre
me révélait tout ce que je voulais savoir de lui
Encore un autre soldat au cœur vaillant
Qui ne s'est pas encore changé en acier trempé

Complainte d'une mère
Anonyme

1161e année du Sommeil de Brûle
103e année de l'Empire Malazéen
7e année du Règne de l'Impératrice Laseen

— Un coup la carotte, un coup le bâton, décréta la vieille femme. Voilà comment fonctionne l'Impératrice, à la façon des dieux.

Elle se pencha sur le côté pour cracher, puis porta un chiffon crasseux à ses lèvres fripées.

— Trois maris et deux fils que j'ai vus partir à la guerre.

Les yeux de la petite pêcheuse brillaient malgré tout à la vue de la colonne de soldats qui défilaient à cheval dans un vacarme assourdissant. Elle n'écoutait que distraitement la vieille chouette debout à côté d'elle.

La respiration de l'adolescente s'était accordée au pas des superbes coursiers. Ses joues étaient en feu, mais la température ambiante n'y était pour rien : la journée touchait à sa fin et une tache rouge effleurait les cimes des arbres sur sa droite.

La brise marine qui lui caressait le visage avait fraîchi.

— C'était du temps de l'Empereur, poursuivit l'ancêtre. Que Goule fasse rôtir l'âme de ce chien sur une broche ! Mais vois, fillette, Laseen joue aux dés avec les os des meilleurs d'entre eux. Hé ! N'a-t-elle pas commencé avec les siens ?

La jeune fille hocha faiblement la tête. Comme le voulaient leurs origines modestes, toutes deux attendaient au bord de la route, l'adolescente portant un lourd panier en équilibre sur sa tête et la vieille ployant sous un sac de toile grossière bourré de navets. À chaque minute ou presque, elle faisait passer son fardeau de l'une de ses maigres épaules à l'autre. Entre les cavaliers qui occupaient toute la largeur de la route et le fossé abrupt garni de pierres acérées de l'autre côté, elle n'avait nulle part où poser son ballot.

— Aux dés avec des os, que je dis. Éparpillés de partout. Des os de maris, des os de fils, des os de femmes et des os de filles. Tout ça, c'est du pareil au même pour elle. Du pareil au même pour l'Empire.

La vieille cracha de nouveau.

— Trois maris et deux fils, dix pièces par an pour chaque. Cinq fois dix font cinquante. Cinquante pièces par an ne te tiennent pas chaud, petite. Pas chaud en hiver, pas chaud au lit.

La jeune pêcheuse essuya son front couvert de poussière. Son regard intense ne quittait pas les soldats qui passaient devant elle. Juchés sur des selles à haut dossier, ceux-ci gardaient un air sévère, les yeux rivés droit devant eux. Les rares femmes chevauchant à leurs côtés levaient fièrement la tête et semblaient à leur façon plus féroces encore que les hommes. Le soleil couchant jetait sur leurs casques des reflets rouges, si éblouissants que la jeune fille en avait les yeux brûlants et la vision troublée.

— Toi, reprit la vieille, tu es la fille du pêcheur. Je t'ai déjà vue sur la route, et en bas sur la plage. Et je t'ai vue avec ton père au marché. Il lui manque un bras, pas vrai ? Encore quelques os pour sa collection à elle, je parie.

D'une main, la vieille fit mine de trancher quelque chose, avant de hocher la tête.

— Ma maison est la première sur le sentier. Les pièces me servent à acheter des chandelles. J'en brûle cinq par nuit, cinq pour tenir compagnie à la vieille Rigga. C'est une maison épuisée que la mienne, remplie de choses fatiguées, à commencer par moi, petite. Qu'as-tu donc dans ton panier ?

L'adolescente mit un moment à comprendre qu'on lui avait posé une question. S'arrachant à la contemplation des soldats, elle sourit à la vieille femme.

— Pardon, dit-elle. Les chevaux font tellement de bruit !

Rigga haussa le ton.

— Je t'ai demandé ce que tu as dans ton panier, petite.

— Du fil. Assez pour trois filets. Il faut qu'on en fabrique un pour demain. Papa a perdu son dernier – quelque chose l'a tiré par le fond, avec toute une pêche en prime. Ilgrand Leprêteur veut l'argent qu'il nous a avancé, alors il nous faut absolument une pêche demain. Une grosse !

L'adolescente sourit encore, avant de tourner de nouveau la tête vers les soldats.

— N'est-ce pas magnifique ? murmura-t-elle.

Aussitôt, Rigga empoigna l'épaisse chevelure noire de sa voisine et la tira violemment en arrière.

La petite pêcheuse cria. Le panier tangua sur sa tête et glissa sur l'une de ses épaules. Elle tenta désespérément de le retenir, mais il était trop lourd. Il tomba à terre et se fendilla.

— Aïe ! fit la gamine, en voulant s'agenouiller.

Mais Rigga, d'un coup sec, l'obligea à tourner la tête vers elle.

— Écoute-moi bien, fillette ! siffla-t-elle, son souffle aigre balayant le visage de l'adolescente. L'Empire opprime cette terre depuis cent ans. Tu es née dedans. Moi pas. Quand j'avais ton âge, l'Itko Kan était un vrai pays. L'étendard qui flottait dans le ciel était le nôtre. Nous étions libres, petite.

La jeune fille eut un haut-le-cœur à cause de l'haleine de la vieille et ferma très fort les yeux.

— Souviens-toi de cette vérité, mon enfant, ou le Voile des Mensonges t'aveuglera pour toujours.

La voix de Rigga se fit monotone et la jeune fille se raidit. Rigga, Riggalai la Voyante, la sorcière aux bougies qui emprisonnait des âmes dans des chandelles pour les brûler… Des âmes dévorées par les flammes… Ses paroles revêtaient à présent les accents terrifiants de la prophétie.

— Souviens-toi de cette vérité. Je suis la dernière à te parler. Tu es la dernière à m'entendre. Aussi sommes-nous liées, toi et moi, par-delà tout le reste.

Les doigts de Rigga resserrèrent leur prise.

— De l'autre côté de la mer, l'Impératrice a planté sa lame dans un sol vierge. Une marée de sang déferle aujourd'hui. Elle t'emportera, mon enfant, si tu n'y prends garde. Ils te fourreront une épée dans ta main, te donneront un beau cheval et t'enverront de l'autre côté de cette mer. Mais une ombre envahira ton âme. Maintenant, écoute ! Et enfouis ce secret au plus profond de toi. Rigga te préservera car nous sommes liées, toi et moi. Mais c'est là tout ce que je puis faire, tu comprends ? Tourne-toi vers le Seigneur né dans les Ténèbres. Sa main est celle qui te délivrera, à son insu toutefois…

— Que se passe-t-il donc ici ? beugla une voix.

Rigga se retourna vers la route. L'un des cavaliers avait ralenti sa monture. La Voyante lâcha les cheveux de l'adolescente.

Celle-ci recula en chancelant. Une pierre roula sous ses pieds, achevant de la déséquilibrer, et elle se retrouva par terre. Le temps qu'elle relève la tête, le cavalier s'était déjà éloigné au trot. Un autre s'avançait bruyamment dans son sillage.

— Laisse la jolie demoiselle tranquille, sorcière, gronda ce dernier.

Il se pencha sur sa selle, balançant d'arrière en avant une main ouverte. Son lourd gantelet garni d'écailles de fer craqua contre la tête de la vieille femme, qui tournoya sur elle-même. Elle s'effondra.

La petite pêcheuse hurla tandis que Rigga lui retombait lourdement sur les cuisses. Un filet de salive écarlate lui éclaboussa le visage. Elle recula sur le gravier en pleurnichant et repoussa des pieds le corps inanimé, avant de s'agenouiller tant bien que mal.

Quelque chose dans la prophétie de la Voyante semblait s'être logé dans sa tête, lourd comme une pierre et loin de toute lumière. La jeune fille prit soudain conscience qu'elle ne se rappelait pas un traître mot de ce que lui avait dit Rigga. Elle saisit la vieille femme par son châle en laine et la retourna avec précaution. Du sang lui recouvrait un côté du crâne, ruisselant derrière l'oreille. Le même sang barbouillait aussi son menton ridé, maculant sa bouche. Son regard était vide.

L'adolescente eut un mouvement de recul. Le

souffle coupé, elle regardait désespérément alentour. Mais la colonne de soldats était passée, ne laissant derrière elle que de la poussière et un lointain martèlement de sabots. Le sac de navets de Rigga s'était renversé sur la route, cinq chandelles gisaient parmi les légumes écrasés. La jeune fille parvint enfin à reprendre son souffle, emplissant ses poumons d'un air chargé de poussière.

Elle se moucha et se tourna vers son panier.

— Qu'importent les chandelles, marmonna-t-elle d'une voix étrangement pâteuse. Ils sont partis maintenant, non ? Plus que quelques os éparpillés. Peu importe.

Elle se traîna ensuite vers les ballots de fil tombés de son panier fendu et sa voix redevint alors jeune, normale.

— On a besoin de ce fil. On travaillera toute la nuit s'il le faut. Papa m'attend. Juste devant la porte. Il surveille le sentier. Il guette mon retour.

Elle s'interrompit en frissonnant. La lumière du soleil avait presque entièrement disparu. Un froid beaucoup trop vif pour la saison émanait des ombres qui se déversaient désormais à flots sur la route.

— Les voilà donc, chuchota l'adolescente, d'une voix éraillée qui n'était pas la sienne.

Une main gantée de velours s'abattit sur son épaule. Tremblante, elle se recroquevilla.

— Du calme, petite, dit une voix masculine. C'est fini. Il n'y a plus rien à faire pour elle.

La petite pêcheuse leva les yeux. Un homme drapé de noir était penché sur elle, le visage dissimulé par un sombre capuchon.

— Mais il l'a frappée, protesta-t-elle d'un ton enfantin. Et on a des filets à préparer, Papa et moi…

— Commençons par te remettre debout, répliqua l'homme en glissant sous ses bras deux mains aux doigts interminables.

Il la souleva sans peine en se redressant. Les sandales de l'adolescente pendillèrent un instant en l'air avant qu'il la repose au sol. Elle aperçut alors un deuxième homme, plus petit, également vêtu de noir. Celui-là se tenait au milieu de la route, les yeux braqués dans la direction où les soldats avaient disparu. Sans bouger, il prit la parole d'une voix fluette.

— Une piètre existence, commenta-t-il. Un talent mineur, oublié par le Don depuis longtemps. Oh ! Peut-être aurait-elle pu réussir un dernier tour, mais nous ne le saurons jamais, pas vrai ?

Butant sur le sac de Rigga, la jeune fille ramassa une des chandelles. Puis elle se raidit, le regard dur, et cracha délibérément sur la chaussée. La tête du plus petit des deux hommes pivota brusquement vers elle. Sous son capuchon, on eût juré qu'il n'y avait que des ombres.

L'adolescente recula d'un pas.

— Ce fut une bonne vie, murmura-t-elle. Elle avait ces chandelles, vous voyez. Cinq, pour…

— Sa nécromancie, acheva le petit homme.

Le plus grand, toujours auprès d'elle, intervint avec douceur.

— Je les vois, mon enfant. Je comprends ce qu'elles représentent.

L'autre eut un reniflement de mépris.

— Cette sorcière retenait cinq âmes faibles et fragiles. Pas de quoi pavoiser.

Il tendit l'oreille.

— Je les entends. Elles l'appellent.

Les yeux de la petite se remplirent de larmes. Une angoisse muette semblait sourdre de la pierre noire fichée dans son esprit. Elle s'essuya les joues puis s'enquit brusquement.

— D'où venez-vous ? Nous ne vous avons pas vus sur la route.

L'homme le plus proche d'elle désigna la piste de gravier.

— Nous venons de l'autre côté, répondit-il avec comme un sourire dans la voix. Nous attendions, tout comme vous.

L'autre pouffa.

— De l'autre côté, oui, c'est ça.

Se tournant de nouveau vers la route, il leva les bras.

La petite retint son souffle à l'approche du crépuscule. L'espace d'une seconde, une sonorité forte, déchirante, emplit l'air, puis les ténèbres se dissipèrent. L'adolescente écarquilla les yeux.

Sept énormes Molosses se tenaient à présent assis autour de l'homme au centre de la route. Leurs prunelles flamboyaient d'une lueur jaune et ces bêtes regardaient toutes dans la même direction que lui.

La jeune pêcheuse l'entendit chuchoter :

— Impatients, hein ? Alors, foncez !

Sans bruit, les Molosses s'élancèrent sur la route.

— De quoi ronger l'esprit de Laseen, commenta leur maître en se retournant vers son compagnon, avant de pouffer une nouvelle fois.

— Fallait-il vraiment que tu compliques les choses ? répliqua l'autre d'une voix lasse.

Le petit homme se figea.

— Ils sont en vue de la colonne, annonça-t-il, avant de pencher la tête de côté.

Au bout de la route, des hennissements désespérés retentirent. Il soupira.

— As-tu enfin pris une décision, Cotillon ?

L'intéressé lâcha un grognement ironique.

— En prononçant mon nom, Ammanas, tu viens de le faire pour moi. Maintenant, difficile de la laisser là, n'est-ce pas ?

— Pourquoi, vieil ami ? Tant que son cœur cesse de battre.

Cotillon considéra l'adolescente.

— Non, répliqua-t-il calmement. Elle fera l'affaire.

La jeune pêcheuse se mordit les lèvres. Toujours cramponnée à la chandelle de Rigga, elle recula encore d'un pas, ses yeux grands ouverts passant d'un homme à l'autre.

— Dommage, dit Ammanas.

Cotillon parut acquiescer, puis se racla la gorge.

— Ça va prendre du temps.

— Et avons-nous du temps ? rétorqua son compagnon, vaguement goguenard. Une authentique vengeance implique une traque longue et minutieuse. Aurais-tu oublié les souffrances qu'elle nous infligea naguère ? Laseen a déjà le dos au mur. Il se pourrait qu'elle tombe sans notre aide. Quelle satisfaction y aurait-il à cela ?

La réponse de Cotillon fut sèche et glaciale.

— Tu as toujours sous-estimé l'Impératrice. D'où notre situation présente. Non.

D'un geste, il désigna l'adolescente.

— Nous aurons besoin d'elle. Laseen a provoqué le courroux de Sangdelune, et voilà bien pour elle un problème épineux s'il en fut. Nous avons à peine le temps nécessaire pour le gérer.

De très loin, par-dessus les hennissements des chevaux, des cris déchirants d'hommes et de femmes leur parvinrent, transperçant le cœur de la petite pêcheuse. Elle jeta un coup d'œil à la forme immobile de Rigga au bord de la route, puis regarda de nouveau le dénommé Ammanas, qui s'avançait vers elle. Elle songea à fuir, mais ses jambes tremblaient trop pour la porter. L'individu s'approcha tout près comme pour l'étudier, même si l'ombre de son capuchon restait impénétrable.

— Pêcheuse ? s'enquit-il d'un ton aimable.

Elle hocha la tête.

— Tu as un nom ?

— Assez ! gronda Cotillon. Il ne s'agit pas d'une pauvre souris tombée sous ta patte, Ammanas. D'ailleurs, puisque je l'ai choisie, je choisirai aussi son nom.

Ammanas s'inclina.

— Dommage, répéta-t-il.

L'adolescente leva vers Cotillon deux mains implorantes.

— Je vous en prie, je n'ai rien fait ! Mon père est pauvre, mais il vous paiera tout ce qu'il pourra. Il a besoin de moi et du fil, il attend en ce moment même !

Sentant un liquide chaud dégouliner entre ses jambes, elle s'assit précipitamment.

— Je n'ai rien fait, insista-t-elle.

Puis, submergée de honte, elle reposa les mains sur ses cuisses.

— Je vous en supplie…

— Je n'ai plus le choix, mon enfant, déclara Cotillon. Après tout, tu connais nos noms.

— Je ne les avais jamais entendus auparavant ! s'écria-t-elle.

Il soupira.

— Avec ce qui est en train de se passer là-bas sur la route… Ma foi, on te poserait des questions. De façon désagréable. Il en est d'autres qui savent nos noms.

— Vois-tu, petite, renchérit Ammanas en réprimant un petit rire, nous ne sommes pas censés être là. Il y a noms et noms.

Il se tourna vers son compagnon et ajouta d'un ton glaçant :

— Il va falloir s'occuper de son père. Mes Molosses ?

— Non, répliqua Cotillon. Qu'il reste en vie.

— Alors comment ?

— J'ai dans l'idée qu'une fois tout le reste effacé, la cupidité suffira. Ce genre de sorcellerie devrait être à ta portée, non ? conclut Cotillon d'un ton sarcastique.

Ammanas ricana.

— Gare aux ombres qui apportent des présents.

Cotillon fit de nouveau face à l'adolescente. Il leva les bras de côté. Les ombres qui maintenaient ses traits dans l'obscurité se répandirent tout autour de son corps.

Ammanas reprit la parole et il sembla à l'adolescente que sa voix venait de très loin.

— Elle est parfaite. L'Impératrice ne pourra jamais la repérer, ni même se douter de quoi que ce soit.

Il parla plus fort.

— Ce n'est pas si terrible, jeune fille, d'être le pion d'un dieu.

— Un coup la carotte, un coup le bâton, répliqua la petite pêcheuse.

Devant cet étrange commentaire, Cotillon hésita, avant de hausser les épaules. Les ombres s'avancèrent en tourbillonnant pour engloutir l'adolescente. À leur contact, glacé, l'esprit de la jeune fille sombra lentement dans les ténèbres. Son ultime et fugace sensation fut celle de la douceur de la chandelle dans sa main droite et la façon dont la cire semblait jaillir de son poing serré.

*

Le capitaine changea de position sur sa selle et lança un coup d'œil à la femme qui chevauchait près de lui.

— On a fermé la route des deux côtés, Adjointe. Détourné le trafic local vers l'intérieur des terres. Jusqu'ici, rien n'a filtré.

Il grimaça en essuyant son front couvert de sueur. La chaude coiffe de laine placée sous son casque lui avait mis la chair à vif.

— Vous avez un problème, Capitaine ?

Il secoua la tête, regardant loin devant.

— Mon casque est un peu lâche. J'avais davantage de cheveux la dernière fois que je l'ai porté.

L'Adjointe de l'Impératrice ne commenta pas.

En ce milieu de matinée, le soleil rendait presque aveuglante la route aux allures de ruban blanc et poussiéreux. Le capitaine sentait sa sueur ruisseler de la tête aux pieds et le couvre-nuque articulé de son casque ne cessait de lui pincer les poils du cou. Il avait déjà mal aux fesses. Il n'était pas monté à cheval depuis des années et il avait peine à retrouver son assiette. À chaque rebond, il sentait ses vertèbres craquer.

Il y avait fort longtemps qu'un titre officiel ne suffisait plus à lui donner envie de se tenir droit. Mais il avait affaire cette fois à l'Adjointe personnelle de Laseen, l'incarnation de la volonté impériale. Pour rien au monde il n'aurait voulu paraître au supplice devant cette dangereuse jeune femme.

À l'horizon, la piste entamait une montée longue et sinueuse. Un vent salé venu de leur gauche sifflait à travers les arbres couverts de bourgeons de ce côté-là de la route. D'ici au milieu de l'après-midi, ce vent deviendrait brûlant, étouffant, apportant avec lui l'odeur nauséabonde des bancs de vase. Et la chaleur du soleil amènerait autre chose encore. Le capitaine espérait bien être de retour à Kan avant.

Il s'efforça de ne pas penser à leur destination. Autant laisser ce soin à l'Adjointe. Au cours des années passées au service de l'Empire, il en avait vu assez pour savoir quand il valait mieux faire le vide dans son esprit et ne plus penser à rien. C'était précisément l'un de ces moments.

L'Adjointe reprit la parole.

— Vous êtes en poste ici depuis longtemps, Capitaine ?

— Pour ça, oui, grommela-t-il.

Elle attendit un peu avant d'insister.

— Depuis combien de temps ?

Il hésita.

— Treize ans, Adjointe.

— Vous avez donc combattu pour l'Empereur.

— Oui, Adjointe.

— Et vous avez survécu aux purges.

Il lui adressa un regard en coin.

Si elle le sentit, elle n'en laissa rien paraître : ses yeux restèrent rivés sur la route. Elle oscillait sur sa selle avec aisance, portant très haut sous le bras gauche le fourreau de son épée longue, prête à se battre à cheval. Ses cheveux devaient être coupés court ou relevés sous son casque. Le capitaine se dit qu'elle semblait souple.

— Vous avez fini ? demanda-t-elle. Je vous ai posé une question sur les purges ordonnées par l'Impératrice Laseen à la suite de la mort prématurée de son prédécesseur.

Le capitaine serra les dents, puis rentra le menton pour remonter la lanière de son casque ; il n'avait pas eu le temps de se raser et la boucle l'irritait.

— Tout le monde n'a pas trouvé la mort, Adjointe. Les habitants de l'Itko Kan ne sont pas à proprement parler des excités. Nous n'avons pas connu les émeutes et les exécutions en masse qui ont frappé d'autres parties de l'Empire. On a juste attendu tranquillement que les choses se tassent.

— Je présume, reprit l'Adjointe avec un léger sourire, que vous n'êtes pas de noble naissance, Capitaine.

— Si je l'avais été, bougonna-t-il, je n'aurais pas survécu, même ici en Itko Kan. Vous le savez aussi bien que moi. Les ordres étaient explicites, et même ces drôles de Kaniens n'ont pas osé désobéir à l'Impératrice.

Il se rembrunit.

— Non, je suis sorti du rang, Adjointe.

— Votre dernier combat ?

— Les plaines wickiennes.

Ils cheminèrent un moment en silence, croisant de temps à autre un militaire posté sur la route. À leur gauche, les arbres laissaient peu à peu place à des bruyères enchevêtrées, derrière lesquelles la mer déployait sa robe parsemée de crêtes blanches. L'Adjointe reprit la parole.

— Ce périmètre que vous avez bouclé, combien de vos soldats avez-vous envoyé l'inspecter ?

— Mille cent, répondit le capitaine.

La jeune femme pivota vers lui, le regard soudain moins flegmatique sous le rebord de son casque.

Le capitaine scruta son expression.

— Le carnage s'étend sur une demi-lieue le long de la mer, Adjointe. Et sur un quart de lieue vers l'intérieur des terres.

Elle n'ajouta rien.

Ils approchaient de l'éminence. Une vingtaine de soldats s'étaient rassemblés à son pied et d'autres attendaient le long de la pente. Tous s'étaient retournés pour les observer.

— Préparez-vous, Adjointe.

La jeune femme étudia les visages alignés au bord de la route. C'étaient ceux d'hommes et de femmes endurcis, elle le savait. De vétérans du siège de Li Heng et des guerres wickiennes, dans les plaines du nord. Mais quelque chose s'était enfoncé dans leurs yeux, qui les avait laissés à nu et sans défense. Ils la regardaient avec une avidité qu'elle trouvait troublante, comme s'ils avaient soif de réponses. Elle réprima l'envie de leur adresser la parole, de leur offrir quelques mots de réconfort. Comment donner ce que l'on ne possède pas, que l'on n'a jamais possédé ? Sur ce point, elle ressemblait beaucoup à l'Impératrice.

Les cris des mouettes et des corbeaux lui parvenaient de derrière la hauteur, se changeant en clameur aiguë au fur et à mesure qu'ils se rapprochaient. Ignorant les soldats rassemblés là, l'Adjointe pressa son cheval. Le capitaine la suivit. Une fois au sommet, ils regardèrent de l'autre côté. La route redescendait sur environ un cinquième de lieue pour remonter tout au bout vers un promontoire.

En bas, des milliers de mouettes et de corbeaux recouvraient le sol et avaient envahi les fossés et les rachitiques fourrés de bruyère et d'ajoncs. Sous ce tumultueux océan noir et blanc, le sol était d'un rouge uniforme. Çà et là dépassaient des cages thoraciques de chevaux et, entre deux oiseaux criards, on apercevait des éclats métalliques.

Le capitaine déboucla son casque, le souleva lentement, puis le posa sur le pommeau de sa selle.

— Adjointe…

— Je me prénomme Lorn, dit-elle avec douceur.

— Cent soixante-quinze hommes et femmes. Deux cent dix chevaux. La 19e compagnie du huitième de cavalerie itko-kanien.

La gorge du capitaine se serra un instant. Il dévisagea la jeune femme.

— Tous morts.

Son cheval, flairant un courant d'air ascendant, se mit à renâcler. Le capitaine raccourcit brutalement les rênes et l'animal s'immobilisa, naseaux dilatés et oreilles plaquées, frémissant de tous ses muscles. L'étalon de l'Adjointe n'avait pas bronché.

— Tous avaient tiré leurs armes, reprit-il. Tous ont combattu l'ennemi qui les attaquait. Mais les morts appartiennent tous à notre camp.

— Vous avez inspecté la plage alentour ? s'enquit Lorn, les yeux toujours rivés sur la route en contrebas.

— Aucun signe de débarquement, répondit le capitaine. Pas la moindre empreinte, ni vers la mer ni vers la terre ferme. Et il y a d'autres morts, Adjointe. Des fermiers, des paysans, des pêcheurs, des voyageurs. Tous mis en pièces, leurs membres éparpillés – enfants, bétail, chiens.

Il s'interrompit brusquement et détourna la tête.

— Plus de quatre cents morts, conclut-il d'une voix rauque. Nous ne sommes pas sûrs du nombre exact.

— Évidemment, commenta Lorn d'un ton dénué d'émotion. Pas de témoins ?

— Aucun.

En bas, un cavalier s'avançait sur la route, murmurant à l'oreille de sa monture effrayée pour l'encourager à traverser le charnier. Les oiseaux s'envolaient devant lui en poussant des cris outrés, avant de se reposer aussitôt après son passage.

— Qui est-ce ? questionna l'Adjointe.

— Le lieutenant Ganoes Paran, maugréa le capitaine. Il n'y a pas longtemps qu'il est sous mes ordres. Il vient d'Unta.

Lorn concentra son regard sur le jeune homme. Arrivé à l'extrémité de la cuvette, il s'était arrêté pour transmettre des ordres aux équipes de travail. Il se redressa ensuite sur sa selle et jeta un coup d'œil en haut vers eux.

— Paran, répéta-t-elle. De la Maison Paran ?

— Yep. De l'or dans les veines et tout le tremblement.

— Faites-le monter.

Le capitaine adressa un signe de la main au lieutenant, qui éperonna sa monture. Quelques instants plus tard, il se rangeait près de son supérieur et saluait.

Le cheval et son cavalier étaient recouverts de la tête aux pieds de sang et de lambeaux de chair. Des mouches et des guêpes bourdonnaient avidement autour d'eux. Les traits de Paran n'affichaient pas la jeunesse qu'ils auraient dû refléter. Il s'agissait toutefois d'un visage plaisant à regarder.

— Vous avez inspecté l'autre côté, Lieutenant ? interrogea le capitaine.

Paran hocha la tête.

— Oui, mon capitaine. Il y a un petit village de pêcheurs derrière le promontoire. Une dizaine de cabanes. Toutes contiennent des cadavres, sauf deux. La plupart des barques semblent toujours là. Il n'y a qu'un poteau d'amarrage libre.

— Lieutenant, intervint Lorn, décrivez-nous ces cabanes vides.

Il prit le temps de chasser une guêpe particulièrement agressive avant de répondre.

— L'une d'elles se trouve en haut de la plage, au début du sentier qui part de la route. Nous pensons qu'elle appartenait à une vieille femme dont on a découvert le cadavre à environ une demi-lieue au sud d'ici.

— Pourquoi ?

— Les effets contenus dans la cabane étaient ceux d'une femme âgée, Adjointe. De plus, celle-là semblait avoir coutume de brûler des bougies. Des chandelles, pour être plus précis. La vieille femme sur la route transportait dans un sac des navets et une poignée de chandelles. Et le suif coûte cher, ici.

— Combien de fois avez-vous traversé ce champ de bataille, Lieutenant ? demanda Lorn.

— Assez pour en prendre l'habitude, répondit-il en grimaçant.

— Et la seconde cabane déserte ?

— Près de la ligne de marée haute, Adjointe. Face au poteau d'amarrage libre. Nous pensons qu'elle abritait un homme et une jeune fille.

— Aucun signe d'eux ?

— Non, Adjointe. Évidemment, nous sommes encore en train de retrouver des corps. Le long de la route, dans les champs.

— Mais pas sur la plage.

— Non.

L'Adjointe fronça les sourcils, consciente que les deux hommes l'observaient.

— Capitaine, par quel genre d'armes tous ces militaires ont-ils été tués ?

Le capitaine hésita, puis décocha au lieutenant un regard maussade.

— Vous qui avez pas mal traîné là-bas, Paran, donnez-nous donc votre avis.

— Oui, mon capitaine, répliqua Paran avec un sourire crispé. Des armes naturelles.

Le capitaine sentit son estomac se nouer ; il avait espéré s'être trompé.

— Comment ça, des armes naturelles ? s'enquit Lorn.

— Des dents essentiellement. Très grosses. Très pointues. Le capitaine s'éclaircit la gorge.

— Cela fait cent ans qu'il n'y a plus de loups en Itko Kan, déclara-t-il. Et de toute manière, l'absence de carcasses…

— Si c'étaient des loups, renchérit Paran en regardant en contrebas, ils étaient aussi gros que des mulets. Aucune empreinte, Adjointe. Pas même une touffe de poils.

— Ce n'étaient donc pas des loups, conclut Lorn.

Paran haussa les épaules.

L'Adjointe inspira profondément et retint son souffle, avant d'expirer lentement.

— Je veux voir ce village de pêcheurs.

Le capitaine s'apprêtait déjà à remettre son casque quand elle secoua la tête.

— Le lieutenant Paran suffira, Capitaine. Pendant ce temps, je vous suggère de prendre personnellement le commandement des opérations. Les morts doivent disparaître au plus vite. Toute trace du massacre doit être effacée.

— Entendu, Adjointe, répondit le capitaine, espérant que sa voix n'avait pas trahi son soulagement.

Lorn se tourna vers le jeune noble.

— Eh bien, Lieutenant ?

Celui-ci hocha la tête et, d'un claquement de langue, fit repartir son cheval.

Lorn se prit à envier le capitaine quand les oiseaux s'écartèrent de leur chemin. Devant elle, les charognards importunés dévoilaient un tapis d'armures, d'os fracturés et de chairs mortes. L'air était tiède, saturé d'humidité, d'une fadeur écœurante. Elle vit des soldats encore coiffés de leur casque, la tête broyée par ce qui avait dû être d'énormes mâchoires terriblement puissantes. Elle vit des cottes de mailles déchirées, des boucliers froissés, des membres arrachés.

Après quelques secondes d'examen attentif, l'Adjointe, incapable d'appréhender toute l'ampleur du carnage, se tourna vers le promontoire qui se dressait devant eux. Son étalon, un cheval de guerre issu des meilleures lignées de Sept-Cités, dont la race était habituée au sang depuis des générations, avait perdu son allure fière et indomptable. Il avançait désormais sur la route avec d'infinies précautions.

Lorn se rendit compte qu'il lui fallait une diversion et décida de discuter avec Paran.

— Lieutenant, avez-vous déjà reçu votre affectation définitive ?

— Non, Adjointe. J'aurai sans doute un poste dans la capitale.

Elle haussa un sourcil.

— Vraiment ? Comment comptez-vous donc y parvenir ?

Paran regarda au loin, affichant un sourire crispé.

— D'autres s'en chargeront pour moi.

— Je vois.

Lorn se tut un moment.

— Les nobles se sont longtemps abstenus de briguer des commandements militaires, préférant garder un profil bas, n'est-ce pas ? reprit-elle.

— Depuis la naissance de l'Empire. L'Empereur ne nous portait guère dans son cœur. Alors que les préoccupations de l'Impératrice Laseen semblent tout autres.

Lorn le dévisagea.

— Je vois que vous aimez prendre des risques, Lieutenant. À moins que votre audace ne vous pousse à provoquer l'Adjointe de l'Impératrice en personne. Faites-vous confiance à ce point à l'invincibilité de votre sang ?

— Depuis quand est-il présomptueux de dire la vérité ?

— Vous êtes encore très jeune, n'est-ce pas ?

Cette remarque sembla piquer Paran au vif. Ses joues rasées de près s'empourprèrent.

— Adjointe, voilà des heures que je patauge dans la chair déchiquetée et le sang et que je dois me battre avec des mouettes et des corbeaux. Savez-vous ce que ces oiseaux font ici ? Précisément ? Ils se disputent des lambeaux de viande. Ils se repaissent de langues et de globes oculaires, de foies, de cœurs. Ils en fichent partout…

Il s'interrompit et se redressa sur sa selle, dans un effort manifeste pour maîtriser son émotion. Il se reprit finalement.

— J'ai cessé d'être jeune, Adjointe. Quant à la présomption, franchement, c'est le cadet de mes soucis. Ici, la langue de bois n'a plus cours. Plus maintenant, plus jamais.

Ils atteignirent l'endroit où la route recommençait à monter. À leur gauche, un sentier serpentait vers la mer. Paran le désigna du doigt et son cheval s'y engagea.

Lorn le suivit, contemplant pensivement le dos large du lieutenant avant de reporter son attention sur l'itinéraire qu'il avait emprunté. L'étroite piste contournait l'à-pic du promontoire. À gauche, le terrain descendait en pente raide jusqu'à des rochers situés environ vingt mètres plus bas. La marée était basse et les premières vagues se brisaient sur un récif, à plusieurs centaines de mètres du rivage. Des flaques d'eau emplissaient les crevasses et les cuvettes du sombre soubassement rocheux, reflétant un ciel couvert.

Ils parvinrent à un virage derrière lequel s'étendait en contrebas une plage en forme de croissant. Au pied de la falaise, une large saillie herbeuse dominait la grève, occupée par une dizaine de cahutes.

L'Adjointe se tourna vers la mer. Les barques basses reposaient sur le flanc, près des poteaux d'amarrage. Le ciel au-dessus de la plage était désert : pas un oiseau en vue.

Lorn arrêta sa monture. Jetant un coup d'œil en arrière, Paran fit halte à son tour. Il vit l'Adjointe ôter son casque et secouer ses longs cheveux auburn, moites et collés de sueur. Il la rejoignit, lui adressant un regard interrogateur.

— Lieutenant Paran, déclara-t-elle, vous avez bien parlé.

Elle huma l'air marin, puis croisa le regard du jeune homme.

— Vous n'irez pas en poste à Unta, j'en ai peur. Vous recevrez directement vos ordres de moi, en tant qu'officier de mon état-major.

Paran plissa lentement les yeux.

— Qu'est-il arrivé à tous ces soldats, Adjointe ?

Elle ne répondit pas tout de suite. Se renversant sur sa selle, elle scruta le large.

— Quelqu'un est venu ici, dit-elle enfin. Un sorcier incroyablement puissant. Quelque chose s'est produit et on essaie de détourner notre attention pour nous empêcher de découvrir quoi.

Paran resta bouche bée.

— Tuer quatre cents personnes était une diversion ?

— Si cet homme et sa fille étaient sortis pêcher, ils seraient revenus avec la marée.

— Mais…

— Vous ne retrouverez pas leurs corps, Lieutenant.

— Et maintenant ? demanda-t-il, perplexe.

Elle lui accorda un bref coup d'œil avant de tourner bride.

— Maintenant, on rentre.

— C'est tout ?

Stupéfait, il la regarda rebrousser chemin, puis lança son cheval à sa suite.

— Attendez un peu, Adjointe ! s'exclama-t-il, en la rattrapant.

Elle le mit en garde d'un regard, mais il secoua la tête avec obstination.

— Non. Si je fais désormais partie de votre état-major, je dois en savoir davantage sur ce qu'il se passe.

Lorn remit son casque, serrant la jugulaire. Ses cheveux pendillaient en longues tresses, emmêlées sur son manteau impérial.

— Très bien, Lieutenant. Comme vous le savez, je n'ai rien d'une magicienne…

— Non, coupa Paran avec un sourire glacial. Vous vous bornez à les traquer pour les tuer.

— Cessez de m'interrompre. Je disais donc que je suis un fléau pour la sorcellerie. Par conséquent, même sans la pratiquer, j'entretiens en quelque sorte des relations avec elle. Nous nous connaissons bien, si vous préférez. Les logiques de la magie me sont familières, et je connais bien la façon de penser des esprits qui l'emploient. Nous étions censés conclure que le massacre fut systématique et aveugle. Mais il n'a été ni l'un ni l'autre. Il y a là une piste à suivre.

Paran hocha lentement la tête.

— Votre première tâche, Lieutenant, sera de vous rendre au bourg où se tiennent les marchés – comment s'appelle-t-il déjà ?

— Gerrom.

— C'est cela, Gerrom. On doit y connaître ce village de pêcheurs, puisque c'est là-bas que les poissons se vendent. Renseignez-vous, trouvez quelle famille se composait d'un père et de sa fille. Je veux leur nom et leur signalement. Recourez à la milice si les locaux se montrent récalcitrants.

— Aucun risque, assura Paran. Les Kaniens sont des gens coopératifs.

Ils s'arrêtèrent au bout du sentier. En contrebas, des chariots tanguaient au milieu des cadavres, tirés par des bœufs meuglant et trépignant de leurs sabots baignés de sang. Des soldats hurlaient dans la cohue tandis que, au-dessus de leurs têtes, des milliers d'oiseaux tournoyaient. La scène sentait la panique à plein nez. À l'autre extrémité, ils aperçurent le capitaine qui tenait d'une main son casque, par la lanière. L'Adjointe contempla le spectacle avec un regard dur.

— Lieutenant, répliqua-t-elle, j'espère pour eux que vous avez raison.

Lorsqu'il vit les deux cavaliers approcher, le capitaine se dit que ses jours de tranquillité en Itko Kan touchaient à leur fin. Son casque lui parut soudain lourd entre ses doigts. Il dévisagea Paran. *Ce salopard au sang de navet n'a plus de souci à se faire. Cent ficelles le tirent vers un poste pépère, dans une ville peinarde.*

Il s'aperçut que l'Adjointe l'observait.

— Capitaine, dit-elle en arrivant au sommet, j'ai un service à vous demander.

Il acquiesça d'un grognement. *Un service, tu parles ! L'Impératrice doit inspecter ses pantoufles tous les matins pour vérifier que celle-là ne les as pas déjà chaussées à sa place.*

— À votre disposition, Adjointe.

La jeune femme descendit de cheval. Paran l'imita. Le visage du lieutenant était impassible. Fallait-il y voir de l'arrogance ou l'Adjointe lui avait-elle donné matière à réflexion ?

— Capitaine, commença Lorn, j'ai cru comprendre qu'une campagne de recrutement avait lieu à Kan. Attire-t-elle aussi des gens extérieurs à la ville ?

— Pour s'enrôler ? Bien sûr, en majorité même. Les citadins ont trop à perdre. Et puis, ils sont les premiers informés des mauvaises nouvelles. La plupart des paysans ignorent que ça barde à Genabackis et, de toute façon, beaucoup d'entre eux trouvent que les gens de la ville se plaignent trop. Puis-je vous demander pourquoi cette question ?

— Vous pouvez.

Lorn observa les soldats qui dégageaient la route.

— Il me faut la liste des nouvelles recrues. Celle des deux derniers jours. Laissez tomber les natifs de la ville, juste ceux de l'extérieur. Et seulement les femmes jeunes et les hommes d'un certain âge.

Le capitaine émit un nouveau grognement.

— La liste devrait être courte, Adjointe.

— Je l'espère.

— Vous avez réussi à comprendre ce qu'il y a derrière tout ça ?

Lorn suivait toujours l'activité en contrebas.

— Aucune idée, répliqua-t-elle.

C'est ça, songea le capitaine. *Et moi je suis l'Empereur réincarné.*

— Dommage, maugréa-t-il.

— Au fait, reprit l'Adjointe en pivotant vers lui, le lieutenant Paran sera désormais attaché à mon état-major. Je compte sur vous pour accomplir les formalités nécessaires.

— Avec plaisir, Adjointe. J'adore la paperasse.

Cette remarque lui valut un léger sourire. De courte durée.

— Le lieutenant Paran va partir à présent.

Le capitaine toisa le jeune noble, esquissant à son tour un sourire qui voulait tout dire. Travailler pour l'Adjointe revenait à incarner un ver sur l'hameçon. L'Adjointe était l'hameçon et, à l'autre bout de la ligne, il y avait l'Impératrice. Qu'il se tortille donc.

Paran afficha une expression acerbe.

— À vos ordres, Adjointe.

Il remonta en selle et salua avant de reprendre la route. Le capitaine le regarda partir avant de demander.

— Autre chose, Adjointe ?

— Oui.

Le ton qu'elle avait adopté le poussa à se retourner.

— J'aimerais entendre l'avis d'un soldat sur les actuelles incursions de la noblesse dans la hiérarchie militaire impériale.

Le capitaine la dévisagea intensément.

— Ce n'est pas joli joli, Adjointe.

— Poursuivez.

Le capitaine parla.

*

C'était le huitième jour de recrutement. Le sergent-chef Aragan promena un regard las sur son bureau tandis que le caporal introduisait un énième gamin. Ils avaient eu pas mal de chance ici, à Kan. *C'est dans les coins tranquilles qu'on pêche le plus de poissons*, avait dit la vieille qui occupait ici les fonctions de Poing. Par ici, ils n'ont que des histoires à se mettre sous la dent. *Une histoire n'a jamais fait saigner personne, n'a jamais donné faim, n'a jamais mis les pieds en compote. Quand on est jeune, qu'on sent le fumier et qu'on est convaincu qu'aucune arme au monde ne peut vous faire de mal, les histoires vous donnent juste envie d'en faire partie.*

La vieille avait raison. Comme toujours. Ces gens étaient opprimés depuis si longtemps qu'ils avaient fini par y prendre goût. *Eh bien*, songea Aragan, *c'est ici que leur éducation commence.*

La journée avait été mauvaise. Le capitaine local avait quitté la ville à grand fracas avec trois compagnies sans laisser derrière lui la moindre rumeur sérieuse sur ce qui se tramait. Et comme si cela ne suffisait pas, l'Adjointe de Laseen avait rappliqué d'Unta dans la foulée, utilisant pour se déplacer l'une de ces inquiétantes Garennes magiques. Aragan avait beau ne l'avoir jamais vue, son nom porté par le vent sec et brûlant suffisait à le faire frissonner.

C'était la tueuse de mages, le scorpion dans la manche impériale.

Fixant d'un air renfrogné sa tablette, le sergent-chef Aragan attendit que le caporal se racle la gorge pour lever les yeux.

La recrue qui se tenait devant lui le déconcerta. Il ouvrit la bouche, prêt à lâcher une cinglante réplique pour la faire décamper, mais il se ravisa. La Poing de Kan s'était montrée particulièrement claire dans ses instructions : *s'ils ont deux bras, deux jambes et une tête, prenez-les.* La campagne de Genabackis était un désastre. Il fallait renouveler la chair fraîche.

Aragan adressa un sourire à la gamine. Elle correspondait parfaitement à la description de la Poing. N'empêche.

— Parfait, jeune fille. Tu as bien compris que tu postules pour t'engager dans l'armée malazéenne ?

L'adolescente hocha la tête, dardant un regard calme et froid sur le recruteur.

L'expression d'Aragan se tendit. *Bon sang ! Elle ne peut pas avoir plus de douze ou treize ans. Si c'était ma fille... Mais pourquoi ses yeux ont-ils l'air si vieux ?*

La dernière fois qu'il avait vu un tel regard, c'était dans les environs de la forêt de Mott, sur Genabackis, en traversant des terres ravagées par cinq années de sécheresse et dix de guerre. Oui, seule la famine – ou la mort – pouvait à ce point faire vieillir un regard.

Il se rembrunit.

— Comment t'appelles-tu, jeune fille ?

— Vous me prenez, alors ? s'enquit-elle tranquillement.

Aragan hocha la tête. Une migraine subite s'était mise à lui pilonner le crâne.

— Tu recevras ton affectation dans une semaine. À moins que tu aies une préférence ?

— La campagne genabackienne, répondit aussitôt la gamine. Sous le commandement du Haut Poing Dujek Unbras. La Grande Armée d'Unbras.

Le sergent-chef cilla.

— Je vais le noter, dit-il à mi-voix. Votre nom, soldat ?

— Mes Regrets. Je m'appelle Mes Regrets.

Aragan inscrivit le nom sur sa tablette.

— Rompez, soldat. Le caporal vous dira où aller.

Il releva les yeux à l'instant où la fille s'apprêtait à franchir la porte.

— Et nettoyez cette boue sous vos pieds.

Il écrivit encore un moment, puis s'interrompit. Il n'était pas tombé une goutte depuis des semaines. Et dans le secteur, la terre tirait sur le vert-de-gris. Elle n'était certainement pas rougeâtre. Reposant son stylet, il se massa les tempes. Enfin, au moins, ce fichu mal de crâne semblait vouloir disparaître.

*

Gerrom se trouvait à une lieue et demie à l'intérieur des terres, sur la vieille route de Kan. Il s'agissait d'une voie de communication pré-impériale peu utilisée depuis la construction par l'Empire de la route côtière. Ces temps-ci, elle était surtout empruntée par des piétons, fermiers ou pêcheurs locaux avec leurs marchandises. Mais seuls les ballots de vêtements déchirés, les paniers défoncés et les légumes piétinés qui jonchaient la voie témoignaient encore de leur passage. Un mulet éclopé, ultime sentinelle surveillant les vestiges de cet exode, se tenait là silencieusement, enfoncé jusqu'au genou dans une rizière.

Il lança à Paran un regard mélancolique.

Ces détritus ne devaient pas remonter à plus d'une journée : les fruits et les légumes commençaient à peine à se gâter dans la chaleur de l'après-midi.

Le lieutenant vit surgir au loin les premiers

bâtiments du bourg, noyés dans une brume poussiéreuse. Ces pitoyables constructions de brique crue paraissaient désertes. Nul chien ne se mit à aboyer et l'unique charrette en vue n'avait plus qu'une roue. Pour renforcer l'impression d'étrangeté, il n'y avait pas un bruit, pas un chant d'oiseaux. Paran dégagea son épée.

Il arrêta sa monture à l'entrée de la ville. Le départ avait été rapide, brutal. Le lieutenant n'apercevait pourtant aucun cadavre, aucun signe de violence hormis la précipitation évidente des fuyards. Il prit une profonde inspiration, relâcha lentement son souffle, puis remit son cheval au pas. La grand-rue était en réalité la seule rue du bourg. Elle se terminait par une intersection en T, marquée par un unique édifice en pierre à deux étages : la Gendarmerie impériale. Les volets doublés de fer-blanc étaient fermés, tout comme la lourde porte à bandes métalliques. Le lieutenant s'en approcha, sans quitter le bâtiment des yeux.

Il mit pied à terre juste devant et attacha sa jument à la rambarde prévue à cet effet, avant de jeter un coup d'œil dans la rue derrière lui. Rien ne bougeait. Il gagna l'entrée de la gendarmerie.

Un bruit léger, régulier, provenant de l'intérieur l'arrêta, trop faible pour être entendu de loin mais désormais perceptible. C'était un doux murmure, qui lui donna la chair de poule. Il glissa prudemment la pointe de son épée sous la clenche et souleva la poignée de fer jusqu'au déclic, avant de pousser l'énorme porte.

Une onde de mouvement parcourut l'obscurité,

charriant d'infects effluves de chair putréfiée. Le souffle court, la bouche sèche, Paran attendit que ses yeux s'habituent à la pénombre.

Il scruta alors le vestibule de la gendarmerie, confronté à une masse mouvante, un bruissement feutré et glaçant de chuchotements. La salle était remplie de pigeons noirs, roucoulant dans un calme glaçant. Des soldats en uniforme gisaient parmi eux, étendus au milieu des fientes et du duvet noir qui voltigeait dans la pièce.

La sueur et la mort imprégnaient l'air comme une chape de plomb.

Le lieutenant fit un pas en avant. Les pigeons froufroutèrent, sans toutefois s'occuper davantage de lui. Aucun d'eux ne fit mine de sortir par la porte ouverte.

Noyées dans l'ombre, des figures enflées dardaient sur le lieutenant leurs regards éteints. Les visages étaient bleus, comme ceux d'asphyxiés. Paran examina l'un des soldats.

— Ces temps-ci, on dirait bien que porter l'uniforme ne vous vaut rien de bon, maugréa-t-il.

C'est une parodie de veillée funèbre. Je ne suis plus très sûr d'apprécier l'humour noir.

Il s'ébroua, puis traversa la pièce. Les pigeons s'écartèrent sur son passage, roucoulant de plus belle. La porte du bureau du capitaine était entrouverte. Une lumière poussiéreuse filtrait à travers les joints irréguliers des volets clos. Rengainant son épée, Paran entra dans la pièce. Le capitaine était encore assis sur sa chaise, le visage gonflé et tuméfié bleu, vert et gris.

Le lieutenant balaya des plumes humides sur le

dessus de la table pour fouiller des rouleaux de papyrus. Les feuilles se désagrégèrent aussitôt, pourries et grasses sous ses doigts.

Quelqu'un avait minutieusement tout effacé derrière son passage.

Rebroussant chemin, Paran retraversa rapidement la première salle pour retrouver la chaude lumière du jour. Il referma ensuite la porte de la gendarmerie, comme l'avaient sans doute fait les villageois.

La floraison sinistre de la sorcellerie était une souillure que peu de gens étaient prêts à examiner de près. Elle avait une furieuse tendance à se propager.

Le lieutenant détacha sa jument, remonta en selle et quitta le bourg abandonné.

Sans un regard en arrière.

L'orbe dilaté du soleil était posé très bas à l'horizon, sur un nuage cramoisi. Paran avait du mal à garder les yeux ouverts. La journée avait été longue. Et horrible. Cette contrée, naguère sûre et familière, s'était muée en un lieu agité par les sombres courants de la sorcellerie et il se serait volontiers dispensé de camper à la belle étoile pour la nuit.

Sa monture avançait d'un pas lourd, tête basse, tandis que le crépuscule les enveloppait peu à peu. Entraîné par ses pensées lugubres, le lieutenant s'efforçait de trouver un sens à ce qui lui était arrivé depuis la matinée.

Arraché au capitaine revêche de la garnison de Kan, il avait vu ses perspectives d'avenir s'améliorer en quelques heures à peine. Second de l'Adjointe était une promotion qu'il n'aurait jamais imaginée une semaine plus tôt. Même s'ils s'étaient toujours montré hostiles à l'égard de sa vocation, son père et ses sœurs ne pourraient être qu'impressionnés, voire intimidés, devant une telle réussite. Comme de nombreux fils et filles de nobles, Paran rêvait depuis longtemps d'une carrière dans l'Armée impériale. Assoiffé de prestige et agacé par l'immobilisme pédant de la noblesse, il aspirait à des tâches plus exaltantes que la coordination d'expéditions de vin ou la supervision de l'élevage de chevaux.

Il était d'ailleurs loin d'avoir été le premier à s'engager, ce qui lui avait facilité l'accès à la formation d'officier et à un choix de postes. Il s'était retrouvé à Kan par pure malchance, là où une garnison de vétérans pansait ses blessures depuis près de six ans. On y respectait peu les lieutenants sans expérience, et encore moins les nobles.

Paran soupçonnait que la situation avait changé depuis le carnage. Il avait mieux réagi que nombre de ces vétérans, largement aidé par sa monture. En prime, pour prouver à tous son professionnalisme et son sang-froid, il s'était porté volontaire pour commander le détachement chargé d'inspecter le massacre.

Il s'en était bien tiré, même si l'affaire s'était révélée plutôt difficile. En errant parmi les cadavres, il avait entendu d'atroces hurlements qui semblaient provenir de sa propre tête. Ses yeux avaient noté des détails, des bizarreries – la torsion singulière d'un corps, un inexplicable sourire sur le visage d'un mort –, mais le sort des chevaux, surtout, l'avait ébranlé. Ils avaient la bouche et les naseaux pleins d'écume – un signe de terreur absolue – et leurs plaies étaient terribles, monstrueuses, fatales. De la bile et des matières fécales maculaient ces fiers destriers, recouverts d'un éclatant tapis de sang et de lambeaux de chair vermeille. Paran en aurait presque pleuré.

Mal à l'aise, il s'agita sur sa selle, les mains subitement moites sur le pommeau richement orné. Sur le moment, il avait su conserver une certaine confiance en lui, mais à présent que ses pensées s'attardaient de nouveau sur cet abominable spectacle, quelque chose qui était toujours resté ferme dans son esprit bronchait soudain, se dérobant, menaçant son équilibre. Le vague mépris qu'il avait témoigné aux vétérans de son groupe agenouillés au bord de la route, bras ballants et pris de nausées, prenait maintenant une teinte désagréable. Et le souvenir de la gendarmerie de Gerrom – nouveau coup porté à son âme déjà meurtrie – revint une fois de plus le hanter, déchirant la torpeur protectrice qui l'enveloppait encore.

Il fit un effort pour se redresser. Sa jeunesse n'était plus, avait-il dit à l'Adjointe. Il lui avait d'ailleurs dit bien d'autres choses, avec audace et insouciance, négligeant la plus élémentaire prudence que son père avait tenté de lui inculquer concernant les multiples visages de l'Empire.

De très anciennes paroles remontèrent des méandres de son esprit : *mène une vie paisible*. À l'époque, il avait rejeté cette idée et il la rejetait encore. En tout cas, l'Adjointe l'avait bel et bien remarqué. Mais il se demandait à présent pour la toute première fois s'il avait raison d'en éprouver de la fierté.

Le commandant qu'il avait croisé autrefois sur les remparts du Fort de Moque lui aurait craché aux pieds avec mépris aujourd'hui. Le garçon d'alors était devenu un homme. *Tu aurais dû m'écouter, fiston. Regarde-toi un peu, maintenant.*

Sa monture s'arrêta soudain sur la route parcourue d'ornières, dans un martèlement confus de sabots. Scrutant avec inquiétude l'obscurité, Paran porta la main à son arme. Le chemin traversait des rizières et les plus proches masures se trouvaient à cent pas, sur une crête parallèle à la route. Pourtant, une silhouette lui barrait le passage.

Le lent tourbillon d'un souffle d'air froid fit tressaillir sa jument, lui plaquant les oreilles en arrière et dilatant ses naseaux.

L'inconnu, un homme d'à peu près sa taille, était vêtu de vert – depuis sa cape au capuchon rabattu et sa tunique délavée jusqu'à ses jambières de toile, sans parler de ses bottes d'un cuir également teint en vert. Un grand poignard, l'arme favorite des guerriers de Sept-Cités, était glissé dans son étroite ceinture. Ses mains, grises dans la lumière du soir, étaient couvertes de bagues scintillantes : plusieurs à chaque doigt, en dessous et au-dessus des jointures. Il leva un cruchon de terre.

— Vous avez soif, Lieutenant ?

Sa voix douce affichait des intonations étrangement mélodieuses.

— On se connaît ? s'enquit Paran sans lâcher la poignée de son épée longue.

L'homme sourit, rejetant son capuchon en arrière. Des yeux sombres et bizarrement obliques fendaient sa figure allongée, d'un gris plus pâle. Même si ses cheveux étaient blancs, il paraissait avoir moins de trente-cinq ans.

— L'Adjointe m'a demandé une faveur, dit-il. Elle attend votre rapport avec impatience. Il me faut vous escorter… avec célérité.

Il agita son cruchon.

— Mais d'abord, un repas. Mes poches recèlent un véritable festin – une bien meilleure chère que ce qu'un village kanien terrorisé peut offrir. Joignez-vous donc à moi. Nous pourrons nous distraire en conversant et en observant l'éternel labeur des paysans. Je m'appelle Cador.

— Ce nom ne m'est pas inconnu, commenta Paran.

— Ma foi, il ne devrait pas l'être. Car c'est bien de moi, hélas, qu'il s'agit. Le sang d'un Tiste Andii coule dans mes veines, cherchant à s'échapper de son flot plus tristement humain. C'est par ma main que périt la lignée royale d'Unta : roi, reine, fils et filles.

— Et cousins, petits-cousins, cousins au troisième degré…

— Éradiquant toute espérance, coupa Cador. En effet. Tel fut mon devoir en tant que membre inégalé de la Griffe. Mais vous avez négligé de répondre à ma question.

— Qui était ?

— Vous avez soif ?

Se renfrognant, Paran mit pied à terre.

— Je croyais vous avoir entendu dire que l'Adjointe était pressée.

— Et nous nous presserons, Lieutenant. Dès que

nous aurons empli nos ventres et conversé aimablement.

— Si j'en crois votre réputation, la courtoisie est loin d'être votre talent premier, membre de la Griffe.

— Il s'agit pourtant d'un de mes traits de caractère les plus chers. Mais cette époque funeste ne me donne guère l'occasion d'en faire preuve. Allons, Lieutenant, vous m'accorderez bien quelques minutes de votre précieux temps puisque je dois vous guider ?

— Vos accords avec l'Adjointe n'engagent que vous, Cador, rétorqua Paran en s'approchant. Je ne vous dois rien, excepté mon inimitié.

Le membre de la Griffe s'accroupit et tira de ses poches plusieurs paquets, ainsi que deux coupes de cristal. Il déboucha ensuite son cruchon.

— Anciennes blessures que voilà. On m'a laissé entendre que vous aviez pris une autre voie, abandonnant les mornes rangs de la noblesse…

Il emplit les verres d'un vin ambré.

— Désormais, Lieutenant, vous ne faites plus qu'un avec le corps de l'Empire. Il commande vos actes et vous obéissez aveuglément à sa volonté. Vous êtes une petite fraction d'un muscle de ce corps-là. Ni plus, ni moins. Le temps des vieilles rancunes est révolu depuis longtemps. De fait…

Il reposa le cruchon et tendit une coupe à Paran.

— Saluons à présent de nouveaux débuts, Ganoes Paran, lieutenant et second de l'Adjointe Lorn.

Maussade, Paran accepta le verre.

Ils burent tous deux.

Avec un sourire, Cador produisit ensuite un mouchoir de soie pour se tamponner les lèvres.

— Et voilà. Ce n'était pas si difficile, n'est-ce pas ? Puis-je vous appeler par votre prénom ?

— Paran suffira. Et vous ? Quel titre donne-t-on au chef de la Griffe ?

Cador sourit de nouveau.

— Laseen commande toujours la Griffe. Je me borne à l'aider. En ce sens, je suis moi aussi un genre d'Adjoint. Vous pouvez, bien sûr, m'appeler par mon prénom. Je ne suis point homme à conserver des manières formelles avec mes relations, au-delà d'un stade raisonnable.

Paran s'assit sur la route boueuse.

— Et nous avons dépassé ce stade ?

— Absolument.

— Comment décidez-vous de ça ?

— Ah ! Ma foi…

Cador entreprit de déballer ses paquets, exhibant du fromage, du pain, des fruits et des baies.

— J'ai deux façons d'entrer en relations. Vous avez vu la seconde.

— Et la première ?

— Dans ces cas-là, le temps manque, hélas, pour des présentations en règle.

Avec lassitude, Paran déboucla son casque pour s'en débarrasser.

— Souhaitez-vous apprendre ce que j'ai découvert à Gerrom ? s'enquit-il en passant une main dans ses cheveux noirs.

Cador haussa les épaules.

— Si vous en éprouvez le besoin.

— Peut-être ferais-je mieux d'attendre mon audience avec l'Adjointe.

Le membre de la Griffe sourit.

— Vous commencez à apprendre, Paran. Ne jamais gaspiller les informations que l'on possède. Les mots ont une valeur : les monnayer rapporte.

— Jusqu'à ce que l'on meure sur un lit d'or, répliqua Paran.

— Vous avez faim ? J'ai horreur de manger seul.

Paran accepta un quignon de pain.

— L'Adjointe s'impatiente-t-elle réellement ou êtes-vous ici pour d'autres raisons ?

Cador eut un petit sourire et se leva.

— Hélas, c'en est fini de notre conversation distinguée. Notre chemin s'ouvre.

Il fit face à la route.

Paran vit alors une sorte de rideau se déchirer dans le vide au-dessus de la chaussée, laissant filtrer une faible lumière jaune. Une Garenne, les voies secrètes de la sorcellerie.

— Par le souffle de Goule ! soupira-t-il, réprimant un frisson soudain.

Il apercevait un sentier grisâtre, délimité par de modestes talus et coiffé d'une voûte de brume ocre. L'air s'engouffrait par l'entrée comme s'il était aspiré. D'invisibles courants soulevaient des tourbillons de cendres.

— Vous allez devoir vous y habituer, dit Cador.

Paran récupéra les rênes de sa jument et accrocha son casque au pommeau de la selle.

— Après vous.

Le chef de la Griffe le jaugea du regard, avant de s'engager dans la Garenne.

Paran lui emboîta le pas. L'ouverture se referma

derrière eux, laissant place à un prolongement du sentier. L'Itko Kan avait disparu et avec lui tout signe de vie. L'univers dans lequel ils venaient de pénétrer était stérile, funèbre. Les remblais qui bordaient le chemin se révélèrent eux aussi constitués de cendres. L'air avait un goût de métal.

— Bienvenue dans la Garenne impériale, s'exclama Cador avec une pointe de dérision.

— Charmant.

— Creusée de force dans… ce qui se trouvait là auparavant. Un tel exploit fut-il jamais accompli ? Seuls les dieux peuvent le dire.

Ils se mirent en route.

— J'en déduis qu'aucun dieu ne revendique cette Garenne. Ce qui vous permet d'échapper aux péages, aux portiers, aux gardiens d'invisibles ponts et à tous les autres êtres dont on affirme qu'on les trouve ici, au service de leurs maîtres immortels.

— Hum, ironisa Cador, vous imaginez vraiment les Garennes aussi peuplées ? Ma foi, les croyances des ignorants sont toujours réjouissantes. Je pense que vous serez de bonne compagnie pendant ce court trajet.

Paran se tut. Derrière les amoncellements de cendres, l'horizon était proche, mélange flou de ciel ocre et de sol gris foncé. La sueur ruisselait sous son haubert. Sa jument s'ébroua pesamment.

— Au cas où vous vous poseriez la question, reprit Cador au bout d'un moment, l'Adjointe se trouve actuellement à Unta. Nous allons utiliser la Garenne pour combler cette distance : trois cents lieues en quelques petites heures seulement. D'aucuns estiment que l'Empire s'est trop étendu, et certains croient même que leurs provinces reculées se trouvent hors de portée de l'Impératrice Laseen. Comme vous venez de le découvrir, de telles opinions sont professées par des fous et des imbéciles.

La jument s'ébroua de nouveau.

— Vous vous taisez. Aurais-je touché votre amour-propre ? Je vous prie de m'excuser, Lieutenant, si je me suis moqué de votre ignorance…

— Voilà un risque avec lequel il vous faudra apprendre à vivre, répliqua Paran.

Cette fois, ce fut au tour de Cador de garder le silence.

La lumière ne changea pas malgré le temps écoulé. À plusieurs reprises, ils croisèrent des talus de cendres donnant l'impression qu'une immense masse s'était traînée dessus. De larges pistes serpentaient dans l'obscurité. Ils trouvèrent aussi à un moment une sorte de tache brune et des maillons de chaîne, éparpillés telles des pièces de monnaie dans la poussière. Cador examina soigneusement la scène, sous le regard attentif de Paran.

La route est loin d'être aussi sûre que ce qu'il voudrait me faire croire. Il y a des étrangers ici, et ils n'ont rien d'amical.

Paran ne s'étonna guère de voir Cador accélérer l'allure. Ils parvinrent bientôt à une arche de pierre, de construction récente. Paran reconnut le basalte d'Unta, extrait des carrières impériales proches de la capitale. Les murs du domaine de sa propre famille étaient bâtis dans le même matériau gris-noir et scintillant. Au centre de la voûte, loin au-dessus de leurs têtes, une main sculptée munie de serres tenait un globe de cristal : l'Emblème impérial malazéen.

Les ténèbres s'étendaient derrière l'édifice. Paran toussota.

— Nous sommes arrivés ?

Cador se retourna vers lui.

— Vous répondez à la courtoisie par l'arrogance, Lieutenant. Vous feriez bien d'abandonner cette attitude méprisante.

Avec un sourire, Paran lui fit signe.

— Après vous, mon guide.

Cador traversa l'arche et disparut dans un tourbillon de tissu. Lorsque Paran voulut attirer sa jument près du monument, elle regimba en relevant bien haut la tête. Il tenta de l'apaiser, en vain. Finalement, il grimpa en selle, rassembla ses rênes, et amena sa monture face à l'édifice. Il enfonça ses éperons dans ses flancs et l'animal bondit dans le vide.

Une explosion de lumière et de couleurs les engloutit tous les deux. Les sabots de la jument retombèrent sur le sol avec un crissement sourd, soulevant des gerbes de gravier. Paran arrêta sa monture et cligna des yeux, ébloui par le spectacle. Ils étaient arrivés dans une immense salle au plafond étincelant d'or battu et aux murs décorés de tapisseries. Une vingtaine de gardes en armure les cernaient de tous côtés.

Affolé, l'animal fit un écart qui envoya Cador par terre. Une ruade faillit l'atteindre, le manquant d'à peine une paume de main. Les sabots crissèrent de nouveau sur le sol, Cador s'aperçut qu'il ne s'agissait pas de gravier mais d'une mosaïque de pierres fines. Avec un juron, il roula pour se remettre debout, puis darda sur le lieutenant un regard flamboyant d'indignation.

Comme obéissant à un ordre muet, les gardes reculèrent lentement, retournant se ranger le long des murs. Paran oublia un instant le chef de la Griffe. Devant lui, un trône fait d'ossements enchevêtrés se dressait sur une estrade surélevée. Et sur ce trône siégeait l'Impératrice.

Le silence se fit dans la salle, uniquement rompu par le crissement des pierres sous les sabots de la jument. Paran mit pied à terre en grimaçant, observant avec méfiance l'occupante du trône.

Laseen n'avait guère changé depuis la seule fois où il l'avait vue d'aussi près : elle était quelconque et sobrement vêtue, ses cheveux courts et clairs encadraient des traits anonymes et bleutés. Ses prunelles brunes l'examinaient attentivement.

Paran rajusta son ceinturon, puis joignit les mains et s'inclina bien bas.

— Impératrice.

— Je vois que vous n'avez pas tenu compte du conseil que vous donna ce commandant il y a sept ans, fit Laseen d'une voix traînante.

Paran cilla de surprise.

— Mais bien sûr, lui non plus n'a pas tenu compte du conseil qui lui fut donné. Je me demande quel dieu vous a réunis tous deux sur ce rempart : j'aurais mauvaise grâce de ne pas reconnaître son sens de l'humour. Pensiez-vous que l'Arche impériale débouchait dans les écuries, Lieutenant ?

— Ma jument hésitait à la franchir, Impératrice.

— Non sans raison.

Paran sourit.

— Contrairement à moi, elle appartient à une race réputée pour son intelligence. Je vous prie d'accepter mes plus humbles excuses.

— Cador va vous conduire chez l'Adjointe.

Sur un signe de l'Impératrice, l'un des soldats de la Garde s'avança pour prendre les rênes de la jument.

Paran s'inclina de nouveau puis, le sourire aux lèvres, fit face au chef de la Griffe.

Ce dernier l'entraîna vers une petite porte.

— Espèce d'imbécile ! s'exclama sèchement Cador, sitôt la porte refermée derrière eux.

Il traversa l'étroit couloir à grandes enjambées. Paran ne fit aucun effort pour suivre son pas, l'obligeant ainsi à attendre à l'autre extrémité, où montait un escalier en colimaçon.

Le chef de la Griffe semblait dans une rage noire.

— Qu'est-ce que cette histoire de rempart ? Vous l'avez déjà rencontrée. Quand ?

— Puisqu'elle s'est refusée à toute explication, je ne peux que l'imiter, rétorqua Paran en examinant les marches usées. Je présume qu'il s'agit de la tour Ouest, la tour de la Poussière…

— Grimpez au dernier étage, l'Adjointe vous attend dans ses appartements. Il n'y a pas d'autre porte, donc vous ne risquez pas de vous perdre. Contentez-vous de continuer jusqu'en haut.

Acquiesçant d'un signe de tête, Paran se mit à monter.

La porte au sommet était entrebâillée. Paran frappa discrètement avant d'entrer. L'Adjointe était assise sur un banc au fond de la pièce, devant une large fenêtre dont les volets grands ouverts laissaient filtrer la lueur rouge du soleil levant.

La jeune femme s'habillait. Embarrassé, Paran s'immobilisa.

— Je ne suis pas du genre prude, dit-elle. Entrez et refermez la porte.

Paran obéit, puis examina les lieux. Des tapisseries défraîchies recouvraient les murs et des fourrures mitées masquaient les dalles de pierre du sol. Les meubles, peu nombreux, étaient vieux, de style napien, et donc sans raffinement.

L'Adjointe se leva pour enfiler sa cuirasse. Ses cheveux chatoyaient à la lueur de l'aube.

— Vous semblez épuisé, Lieutenant. Asseyez-vous donc.

Regardant autour de lui, Paran trouva un fauteuil dans lequel il se laissa tomber avec reconnaissance.

— La piste a été soigneusement effacée, Adjointe, annonça-t-il. Les seules personnes qui restent à Gerrom ne risquent plus de parler.

Elle acheva de passer son armure.

— À moins d'envoyer un nécromancien.

Paran émit un grognement sceptique.

— Des histoires de pigeons… je pense qu'ils ont aussi pensé à ça.

Perplexe, elle haussa un sourcil.

— Pardon, Adjointe. La mort semble avoir choisi des oiseaux comme messagers.

— Et si nous sondions les yeux des soldats morts, nous ne verrions pas grand-chose d'autre… Bon. Des pigeons, disiez-vous ?

Il acquiesça.

— Curieux, conclut-elle.

Paran l'observa quelques instants en silence, avant de demander :

— Ai-je joué les appâts, Adjointe ?

— Non.

— Et l'arrivée opportune de Cador ?

— Simple commodité.

Paran se tut. Dès qu'il fermait les yeux, sa tête tournait. Il ne s'était pas rendu compte à quel point il était exténué et il lui fallut un moment pour s'apercevoir que l'Adjointe avait repris la parole. Il se redressa en s'ébrouant.

Elle se tenait debout devant lui.

— Ne vous endormez pas tout de suite, Lieutenant. J'étais en train de vous informer de votre avenir. Il serait bon que vous soyez attentif. Vous avez rempli votre mission, comme on vous l'a demandé. Vous vous êtes même montré… plein de ressources. Officiellement, j'en ai désormais fini avec vous. Vous allez rejoindre le Corps des Officiers d'Unta. S'ensuivront une série d'affectations qui marqueront la fin de votre formation initiale. Quant à votre période de service en Itko Kan, rien d'inhabituel ne s'est passé là-bas. Me suis-je bien fait comprendre ?

— Oui.

— Tant mieux.

— Et ce qui s'est réellement passé, Adjointe ? Abandonnons-nous les recherches ? Nous résignons-nous à ne jamais savoir exactement ce qui s'est produit et pourquoi ? Ou est-ce juste moi qui dois abandonner ?

— Lieutenant, la piste dont nous disposons ne doit pas être suivie de trop près, mais nous la suivrons, et votre rôle en la matière sera capital. J'ai présumé – à tort peut-être – que vous souhaiteriez avoir le fin mot de l'histoire, être présent quand l'heure de la vengeance aura enfin sonné. Je me suis trompée ? Peut-être en avez-vous assez vu et ne désirez-vous plus qu'un retour à la normale ?

Paran ferma les yeux.

— Adjointe, j'aimerais être là le moment venu.

Elle ne répondit pas tout de suite et il n'eut pas besoin de la regarder pour savoir qu'elle l'étudiait, s'efforçant d'estimer sa valeur. Mais il n'était plus en état d'éprouver de la gêne ou de l'inquiétude. Il avait formulé son vœu. La décision appartenait à l'Adjointe.

— Nous allons procéder avec prudence, dit-elle enfin. Votre nouvelle affectation prendra effet dans quelques jours. En attendant, rentrez chez votre père. Reposez-vous un peu.

Rouvrant les paupières, Paran se leva. Comme il gagnait la porte, l'Adjointe reprit la parole.

— Lieutenant, j'ose espérer que vous ne réitérerez pas l'incident de tout à l'heure dans la salle du trône.

— Je doute que recommencer me vaille autant de rires, Adjointe.

Une fois sur le palier, il entendit une sorte de quinte de toux en provenance de la pièce qu'il venait de quitter. Difficile d'imaginer qu'il pût s'agir de quoi que ce soit d'autre.

*

Comme hébété, Paran menait son cheval par la bride dans les rues d'Unta. Le décor familier, la foule, les voix et les dissonances entre les différentes langues… Tout lui paraissait étrange, transformé, non pas sous ses yeux, mais dans l'impénétrable espace qui les séparait de sa pensée. Ce changement intérieur lui donnait le sentiment d'être exclu, rejeté.

Les lieux demeuraient pourtant les mêmes : le spectacle qui s'offrait à ses regards restait ce qu'il avait toujours été et rien de ce qu'il voyait autour de lui n'avait vraiment changé. Seule la bénédiction de son sang noble avait jusque-là maintenu les environs à distance, visibles sans risque d'être souillé ni bousculé par la populace. La bénédiction… et la malédiction.

Cette fois cependant, Paran avançait dans la foule sans la protection des gardes au service de sa famille. Privé du prestige de son rang, son uniforme était désormais sa seule défense. Il n'était ni artisan, ni colporteur, ni boutiquier, mais un simple soldat de l'armée impériale – au même titre que des dizaines de milliers d'autres.

Traversant la porte de l'Octroi, il s'engagea dans la rue de la Pente de Marbre. Les premières demeures de marchands se dressaient en retrait de la chaussée aux pavés ronds, à demi dissimulées par les enceintes de leurs cours. Les jardins verdoyants étaient encadrés de murs peints de couleurs vives et la foule s'était clairsemée. Des gardes privés campaient devant des portails voûtés. Débarrassé des relents d'égout et de pourriture, l'air étouffant se rafraîchissait au contact d'invisibles fontaines, apportant dans la large rue le parfum des fleurs.

Des odeurs d'enfance.

Plus Paran s'enfonçait avec sa jument dans le district noble, plus les propriétés se changeaient en îlots préservés, achetés par une longue histoire et d'antiques fortunes. L'Empire semblait peu à peu s'évanouir et se changer en préoccupation lointaine, réservée aux classes populaires. Dans ces quartiers, les arbres généalogiques s'étendaient sur sept siècles, remontant aux anciennes tribus de cavaliers venues de l'Est, qui avaient déferlé sur ces terres. Par le feu et le sang, comme cela se pratiquait toujours, ils avaient vaincu ces cousins des Kaniens qui avaient édifié des villages le long de la côte. De ces guerriers à cheval aux actuels éleveurs de chevaux ou marchands de vin, de bière ou de tissu, l'ancienne noblesse d'épée était devenue une noblesse se basant sur l'or, les accords commerciaux, les manœuvres subtiles et la corruption, dans le secret des salles dorées et des corridors éclairés à l'huile.

Paran avait rêvé d'acquérir les signes extérieurs qui lui auraient permis de boucler la boucle – de revenir à l'épée d'où sa famille était issue, vaillante et sauvage, tant de siècles auparavant. Son père l'avait condamné pour ce choix.

Il arriva devant une poterne familière, une haute ouverture à vantail unique, dans un mur qui donnait sur une ruelle. Dans tout autre secteur de la ville, celle-ci aurait fait figure d'avenue. Là, il n'y avait aucun garde, juste la fine chaîne d'une clochette, qu'il tira deux fois.

Seul, dans la ruelle, il attendit.

De l'autre côté, un bruit de barre retentit, suivi d'un juron, et la porte s'entrebâilla en gémissant.

Paran se retrouva face à un inconnu. Plus petit que lui, l'homme était âgé, bardé de cicatrices et vêtu d'une cotte de mailles en piteux état qui se terminait en lambeaux au niveau de ses genoux. Il portait un casque en fer constellé de bosselures aplaties au marteau, mais remarquablement astiqué.

Il inspecta Paran sous toutes les coutures de son regard gris pâle.

— La tapisserie vit encore, grommela-t-il enfin.

— Plaît-il ?

Le garde ouvrit grand la porte.

— Elle a vieilli, évidemment, mais les grands traits restent les mêmes. Un bon artiste, pour avoir su capter l'attitude, l'expression et tout ça… Bienvenue à la maison, Ganoes.

Paran franchit la poterne pour s'engager dans un étroit passage en plein air, entre deux dépendances de la propriété.

— Je ne vous connais pas, soldat, mais vous semblez avoir étudié mon portrait de près. Aurait-il fini comme carpette dans vos quartiers ?

— Quelque chose dans ce goût-là.

— Quel est votre nom ?

— Gamet, répondit le garde en emboîtant le pas à la jument après avoir soigneusement verrouillé la porte. Je suis au service de votre père depuis trois ans.

— Et avant cela, Gamet ?

— Une question bien indiscrète.

Une fois dans la cour, Paran s'arrêta pour examiner le garde.

— Mon père a pourtant coutume de s'informer jusqu'au moindre détail des antécédents de ceux qu'il emploie.

Gamet exhiba deux rangées complètes de dents blanches.

— Oh ! Il ne s'en est pas privé. Et me voilà. Comme quoi l'examen n'a pas dû être trop déshonorant.

— Vous êtes un vétéran.

— Tenez, monsieur, je vais prendre votre cheval.

Paran lui remit ses rênes, avant de jeter un coup d'œil circulaire à la cour. Elle lui paraissait plus petite que dans son souvenir. Le vieux puits, creusé par les peuples obscurs qui avaient vécu là avant même les Kaniens, semblait sur le point de tomber en poussière. Aucun artisan ne se serait risqué à restaurer ces vieilles pierres, de crainte de réveiller d'antiques fantômes. On retrouvait de similaires assemblages de pierre sèche dans les souterrains de la maison, aux multiples galeries, trop tortueuses et irrégulières pour être utilisées.

Des domestiques et des jardiniers allaient et venaient dans la cour. Aucun d'eux n'avait encore remarqué l'arrivée de Paran.

Gamet se racla la gorge.

— Votre père et votre mère sont absents.

Paran hocha la tête. Il devait y avoir des poulains à surveiller à Emalau, leur propriété à la campagne.

— Mais vos sœurs sont là, continua Gamet. Je vais faire nettoyer un peu votre chambre.

— On l'a laissée telle quelle ?

Gamet exhiba de nouveau ses dents blanches.

— À part les meubles et les barriques supplémentaires entreposées dedans. Les espaces de rangement se font rares, vous savez…

— Rien de neuf, soupira Paran.

Et, sans ajouter un mot, il se dirigea vers l'entrée de la maison.

Les bottes de Paran résonnèrent dans la salle en approchant de la longue table de banquet. Des chats déguerpirent, filant de tous côtés. Il dégrafa son manteau de voyage et le jeta sur le dossier d'une chaise avant de s'asseoir sur une banquette. Il se laissa aller contre un mur lambrissé et ferma les yeux.

Quelques minutes plus tard, une voix féminine se fit entendre.

— Je te croyais en Itko Kan.

Paran rouvrit les paupières. Sa sœur Tavore, d'un an sa cadette, se tenait à l'autre bout de la table, une main sur le fauteuil de leur père. Elle n'était pas devenue plus belle avec le temps, avec ses minces traits blafards et ses cheveux roussâtres coupés trop court, comme le voulait la mode actuelle. Elle avait encore poussé depuis la dernière fois. Presque aussi grande que lui, elle n'avait plus rien d'une adolescente pataude et elle l'observait, absolument impassible.

— J'ai une nouvelle affectation, expliqua-t-il.

— Ici ? Nous l'aurions su.

— C'est imprévu, concéda-t-il. Mais néanmoins effectif. Pas à Unta. Je ne suis là que pour quelques jours.

— Tu es monté en grade ?

Paran sourit.

— L'investissement va-t-il enfin rapporter quelque chose ? Même si mon choix a été accepté à contrecœur, il faut encore raisonner en termes d'influence potentielle, n'est-ce pas ?

— Gérer les intérêts de cette famille n'est plus de ton ressort, mon frère.

— Oh, c'est donc à toi que cela incombe désormais ? Père se serait-il retiré des affaires courantes ?

— Lentement. Sa santé décline. Si tu t'en étais inquiété, même en Itko Kan…

Paran soupira.

— Toujours en train de pallier mes manques, Tavore ? D'assumer le poids de mes fautes ? Je n'ai pas quitté cette maison sur une jonchée de pétales, si tu t'en souviens bien. Quoi qu'il en soit, je n'ai jamais douté que les affaires familiales tomberaient entre des mains compétentes…

Sa sœur plissa les yeux, mais l'orgueil l'empêcha de poser la question qui lui brûlait les lèvres.

— Comment va Félisine ? reprit Paran.

— Elle se montre appliquée. Elle ignore encore ton retour. Elle va être tout excitée, puis très déçue d'apprendre que tu ne restes pas.

— Est-elle devenue ta rivale ?

Avec un reniflement dédaigneux, Tavore se détourna.

— Félisine ? Elle est trop tendre pour ce monde,

mon frère. Pour n'importe quel monde, si tu veux mon avis. Elle n'a pas changé. Elle sera heureuse de te voir.

Sa sœur entreprit de quitter la pièce et Paran suivit des yeux son dos roide.

Il sentait sur lui une odeur de sueur – la sienne et celle de sa jument –, de route, de crasse et de quelque chose d'autre aussi… Un sang ancien et de vieilles peurs. Il regarda alentour.

Les lieux sont beaucoup plus petits que dans mon souvenir.

Chapitre 2

Le sort changea
Avec l'arrivée des Moranths
Et telles des nefs dans un port
les Villes libres furent submergées
par les marées impériales.
La guerre entra dans sa douzième année,
celle de la Lune Fracassée,
Avec ses soudaines pluies mortelles
Et ses noires promesses ailées.
Deux villes s'opposaient encore
à l'offensive malazéenne.
L'une vaillante, avec ses bannières fières
sous l'aile puissante des Ténèbres,
L'autre divisée, sans armée, privée d'alliés.
La ville forte tomba la première.

Appel à l'Ombre
Félisine (née en 1146)

1163e année du Sommeil de Brûle (deux ans plus tard)
105e année de l'Empire Malazéen
9e année du Règne de l'Impératrice Laseen

Des corbeaux tournoyaient sous un voile de fumée pâle, chœur strident voltigeant au-dessus des plaintes des blessés et des mourants. Une odeur de chair brûlée nauséabonde flottait dans la brume immobile.

Loquevoile se tenait debout, seule, sur la troisième colline dominant la cité vaincue de Pale. Les vestiges racornis d'armes et de cuirasses carbonisées s'amoncelaient tout autour de l'éminence : jambières, plastrons, casques. Une heure plus tôt, des hommes et des femmes portaient ces armures, mais il ne restait plus la moindre trace de leur présence. Le silence qui régnait à l'intérieur de ces coquilles vides résonnait sous le crâne de la magicienne tel un chant funèbre.

Elle gardait ses bras croisés contre sa poitrine. La cape bordeaux ornée de l'insigne d'argent de chef du Cadre de Mages de la 2e armée pendait piteusement, tachée et roussie, sur ses épaules courbées. De profonds sillons sur ses joues blêmes marquaient son visage ovale et rebondi qui affichait d'ordinaire une expression sereine et fort bien disposée.

Malgré la puanteur et les bruits environnants, elle se surprit à tendre l'oreille face à un silence plus profond, qui provenait en partie des armures vides, mais ce silence avait aussi une autre source. Cette absence constituait une accusation en tant que telle. Le déchaînement de sorcellerie du matin avait effiloché le tissu qui séparait les mondes. Ce qui se trouvait au-delà, dans les Garennes du Chaos, semblait désormais tout proche, presque à portée de main.

Loquevoile s'était imaginé que la terreur qu'elle venait de connaître avait réduit à néant ses émotions. Mais en voyant les rangs serrés d'une légion de Moranths Noirs entrer en ville, une lueur de haine éclaira ses lourdes paupières.

Des alliés. Ils réclament leur part de sang. La population de Pale perdrait encore vingt mille rescapés. La longue histoire du ressentiment féroce entre ces deux peuples voisins n'allait plus tarder à s'équilibrer, au fil de l'épée. *Miséricordieuse Shedenul, n'y en a-t-il pas déjà eu assez ?*

Une dizaine d'incendies faisaient rage en ville. Après trois longues années, le siège était enfin terminé. Mais Loquevoile savait que tout n'était pas fini pour autant. Quelque chose se cachait, attendait, tapi dans le silence. Elle attendrait donc elle aussi. Elle le devait bien aux morts de la journée. Après tout, n'avait-elle pas échoué à tous les niveaux ?

En contrebas, dans la plaine, des cadavres de soldats malazéens recouvraient le sol, formant un tapis macabre et froissé. Çà et là, des corbeaux se juchaient, en maîtres incontestés, sur les corps abandonnés. Les survivants de la boucherie erraient parmi les cadavres, sidérés, à la recherche de camarades moins chanceux. La magicienne, meurtrie, les suivait du regard.

— Ils arrivent, dit une voix à quelques mètres d'elle.

Lentement, Loquevoile pivota sur sa gauche. Le mage Toupet était allongé sur les vestiges d'une armure calcinée, son crâne rasé de près reflétant le ciel morne.

Une vague de sorcellerie lui avait emporté tout le bas du corps. Des entrailles rosées recouvertes de boue débordaient de sa cage thoracique, enveloppées d'un filet de sécrétions à moitié séchées. Un léger voile de sorcellerie trahissait ses efforts pour rester en vie.

— Je te croyais mort, marmonna Loquevoile.

— C'est l'un de mes jours de chance.

— On ne dirait pas.

Le grognement de Toupet fit jaillir sous son cœur un épais flot de sang noir.

— Ils arrivent, insista-t-il. Tu les vois ?

Plissant ses yeux clairs, Loquevoile scruta la pente. Quatre militaires approchaient.

— Qui est-ce ?

Toupet ne répondit pas.

Se retournant vers le sorcier, Loquevoile surprit son regard rivé sur elle, avec cette intensité propre aux derniers instants des mourants.

— Qui eût cru que tu te prendrais une vague dans les tripes, hein ? Bah ! Je suppose qu'il s'agit d'une façon comme une autre de partir.

La réponse de Toupet la surprit.

— Jouer les dures à cuire te sied mal, Lo. Depuis toujours.

Il fronça les sourcils et battit des paupières – *pour chasser les ténèbres*, se dit Loquevoile.

— Tu as toujours le risque d'en savoir trop. Estime-toi heureuse que je t'aie épargnée.

Un sourire dévoila des dents ensanglantées.

— Mais essaie de penser à de jolies choses. La chair décline.

Loquevoile le dévisagea, troublée par sa soudaine… humanité.

Il était possible que l'imminence de la mort affranchisse des petits jeux habituels, des comédies de la danse de la vie. Ou peut-être ne s'était-elle pas attendue à voir le mortel en Toupet se manifester au bout du compte. Libérant ses bras de leur pathétique et douloureuse étreinte, elle poussa un soupir mal assuré.

— Tu as raison, Toupet, l'heure n'est plus aux faux-semblants. Je ne t'ai jamais beaucoup apprécié, mais je n'ai jamais contesté ton courage et je ne vais pas commencer maintenant.

Elle l'examina d'un œil critique. Une part d'elle-même n'en revenait pas que la gravité des blessures du mage ne la fasse même pas sourciller.

— Je crains malgré tout que même la science de Tayschrenn ne puisse te sauver.

Une lueur de ruse brilla dans le regard du sorcier, qui éclata d'un petit rire peiné.

— Chère enfant, hoqueta-t-il, ta naïveté m'enchantera toujours.

— Ben voyons ! rétorqua-t-elle, piquée de s'être laissé prendre par son apparente sincérité. Une dernière plaisanterie à mes dépens, en souvenir du bon vieux temps !

— Tu te méprends…

— Ah oui ? Tu prétends ne pas être à l'article de la mort. Ta haine de notre Grand Mage serait-elle assez forte pour t'arracher à la froide étreinte de Goule ? Tu mijotes une vengeance d'outre-tombe, c'est ça ?

— Tu devrais commencer à me connaître, Lo. Je me prévois toujours une porte de sortie.

— Et tu comptes l'atteindre comment ? Tu n'es même plus en état de ramper.

Toupet humecta ses lèvres craquelées.

— Cela fait partie du contrat, répliqua-t-il à mi-voix. La porte vient à moi. À l'instant même où nous parlons.

Loquevoile sentit un malaise profond la gagner. Elle entendit derrière elle des crissements d'armure et des cliquetis de métal, glaçants comme un vent du nord. Se retournant, elle vit les quatre militaires arriver au sommet de la colline. Trois hommes et une femme, barbouillés de boue et de sang séché, avec des visages à la blancheur cadavérique. Le regard de la magicienne fut attiré par la femme, qui traînait derrière eux, telle une arrière-pensée malvenue. Elle était jeune, jolie comme une chandelle de glace et affichait une allure non moins glacée. *Quelque chose cloche. Méfiance.*

L'homme de tête – un sergent d'après le torque à son bras – s'avança vers Loquevoile. Il étudia calmement les prunelles de la magicienne de ses yeux gris ardoise, enfoncés dans un visage ridé et fatigué.

— C'est elle ? demanda-t-il enfin à un homme à la peau noire, grand et mince qui l'avait rejoint.

Ce dernier secoua la tête.

— Non. Le nôtre se trouve là-bas.

Même si ce soldat parlait malazéen, il avait l'accent âpre de Sept-Cités.

Le troisième et dernier homme, noir lui aussi, se glissa à la gauche du sergent d'un pas étonnamment léger malgré sa forte corpulence, le regard rivé sur Toupet. Ne goûtant guère d'être ainsi ignorée, Loquevoile songea à quelques mots bien sentis, mais cet effort lui sembla soudain au-dessus de ses forces.

— Ma foi, dit-elle au sergent, si vous êtes de corvée d'enterrement, vous arrivez trop tôt : il n'est pas encore mort. Mais bien sûr, poursuivit-elle, vous n'êtes pas venus pour ça. Je sais, Toupet a passé un genre de contrat. Il s'imagine pouvoir survivre avec la moitié d'un corps.

Sous sa barbe rêche et grisonnante, le sergent pinça les lèvres.

— Où voulez-vous en venir, Magicienne ?

L'homme à la peau noire près de lui jeta un coup d'œil à la fille, qui se tenait une dizaine de pas en arrière. Il parut frissonner mais, quand il se retourna, son visage mince était toujours impassible. Il adressa à Loquevoile un haussement d'épaules énigmatique, avant de la contourner à son tour.

La magicienne frémit alors malgré elle, sous le coup d'une formidable émanation de puissance. Elle retint son souffle. Un mage… Il entreprit de rejoindre son camarade auprès de Toupet et elle lui emboîta le pas, s'efforçant de voir à travers la boue et le sang qui recouvraient son uniforme.

— Enfin, qui êtes-vous, vous autres ?

— 2e armée, 9e escouade.

— La 9e ?

Elle laissa échapper un léger sifflement.

— Vous êtes donc des Brûleurs de Ponts.

Son regard se riva sur le sergent buriné.

— Et vous, vous devez être Mésangeai.

Il tressaillit.

La bouche soudain sèche, Loquevoile s'éclaircit la gorge.

— J'ai entendu parler de vous, bien sûr. J'ai entendu les…

— Peu importe, coupa-t-il d'un ton rauque. Les vieilles histoires poussent comme du chiendent.

La magicienne se frotta le visage et sentit la crasse s'accumuler sous ses ongles. Des Brûleurs de Ponts. Ils incarnaient l'élite de l'ancien Empereur, ses favoris. Mais depuis le coup d'État sanglant de Laseen, neuf ans plus tôt, on les avait expédiés dans les pires souricières. Près d'une décennie de ce régime les avait réduits à une unique division, décimée. Des noms avaient émergé avec le temps : ceux des survivants, des sergents d'escouade pour la plupart.

Des noms qui circulaient dans les armées malazéennes de Genabackis et d'ailleurs, pimentant la légende déjà bien connue de la Grande Armée d'Unbras. Detoran, Bougeotte, Fuseau, Mésangeai. Ces noms, chargés de la gloire et du cynisme amer dont toute armée se nourrit, charriaient avec eux la folie de cette interminable campagne, telle une oriflamme.

Le sergent Mésangeai examinait les débris sur la colline. Loquevoile le vit reconstituer peu à peu le cours des événements. Les muscles de sa joue se crispèrent progressivement en comprenant ce qui s'était déroulé ici. Ses yeux gris ardoise s'adoucirent légèrement en se posant sur elle et ce regard manqua la faire éclater en sanglots.

— Êtes-vous la seule encore debout ? demanda-t-il.

Elle détourna les yeux, à deux doigts de se laisser déborder par l'émotion.

— La seule. Aucun mérite, d'ailleurs. J'ai simplement eu de la chance.

S'il perçut son amertume, il n'en laissa rien paraître, observant en silence les deux natifs de Sept-Cités penchés sur Toupet.

Loquevoile se passa la langue sur les lèvres, mal à l'aise. Les trois hommes devisaient paisiblement. Elle entendit Toupet rire ; une sorte de léger cahot qui la fit grimacer.

— Le grand, reprit-elle, c'est un mage, n'est-ce pas ?

Mésangeai le confirma d'un grognement.

— Il s'appelle Ben le Vif.

— Ce n'est pas son vrai nom.

— Non.

La magicienne roula des épaules sous sa lourde cape, soulageant quelques instants la sourde douleur lui tenaillant les reins.

— Je devrais le connaître, insista-t-elle. Une telle puissance ne passe pas inaperçue. Cet homme n'a rien d'un novice.

— Non, répliqua Mésangeai. Il n'a rien d'un novice, en effet.

Loquevoile sentit la colère monter en elle.

— Sergent, j'exige une explication. Que se passe-t-il ?

— Pas grand-chose, apparemment, grimaça Mésangeai. Ben !

Le mage releva la tête, affichant un sourire éclatant.

— Négociations de dernière minute, Sergent.

— Par le souffle de Goule.

Loquevoile soupira avant de se retourner. La fille se tenait toujours sur la crête, observant visiblement le déploiement des colonnes de Moranths dans la ville. Sa tête pivota vivement, comme si elle avait perçu le regard de la magicienne. Son expression stupéfia Loquevoile, qui détourna les yeux.

— Est-ce tout ce qui subsiste là de votre escouade, Sergent ? Deux maraudeurs du désert et une recrue assoiffée de sang ?

— Il m'en reste sept, répondit Mésangeai d'une voix atone.

— Et ce matin ?

— Quinze.

Décidément, quelque chose cloche.

Elle se sentit obligée de dire quelque chose.

— C'est mieux que la moyenne.

Elle vit le sergent blêmir et se morigéna intérieurement.

— Enfin, je suis sûre que ceux que vous avez perdus étaient de bons soldats.

— Bons pour mourir, répliqua-t-il.

La brutalité de cette repartie la choqua. Ébranlée, elle ferma les yeux, refoulant des larmes de désarroi et de frustration. *Il s'est passé trop de choses. Je ne suis pas en état d'affronter ça. Je ne suis pas en état d'affronter Mésangeai, un homme qui doit supporter le poids de sa propre légende et qui a déjà escaladé je ne sais combien de montagnes de cadavres au service de l'Empire.*

Les Brûleurs de Ponts ne s'étaient guère montrés au cours des trois dernières années. Dès le début du siège, on leur avait assigné la tâche de saper les énormes et anciens remparts de Pale. Cet ordre était venu directement de la capitale, et il s'agissait soit d'une cruelle plaisanterie, soit du résultat d'une terrible ignorance : toute la vallée formait un dépôt glaciaire, un amas de roches obstruant une crevasse si profonde que les mages de Loquevoile eux-mêmes avaient eu du mal à en trouver le fond. *Ils ont passé trois ans sous terre. Quand ont-ils vu la lumière du jour pour la dernière fois ?*

Loquevoile se figea et rouvrit les yeux. La vérité commençait à se dessiner dans son esprit.

— Sergent ? Vous étiez dans vos tunnels depuis l'aube ?

Une ombre de détresse passa sur le visage du sergent.

— Quels tunnels ? dit-il à voix basse, faisant mine de s'éloigner.

Elle le retint par le bras et il tressaillit comme sous le coup d'une décharge électrique.

— Mésangeai, murmura-t-elle, vous en avez deviné tout autant sur moi sur… ce qui s'est passé en haut de cette colline, avec tous ces soldats.

Elle hésita un instant.

— L'échec nous lie. Je suis navrée.

Il dégagea son bras en détournant les yeux.

— Vous n'avez pas à l'être, Magicienne.

Il croisa ensuite son regard.

— Les regrets ne font pas partie de ce que nous pouvons nous permettre.

Elle l'observa tandis qu'il rejoignait ses soldats.

Une voix féminine s'éleva alors juste derrière elle.

— Nous étions mille quatre cents en début de matinée, Magicienne.

Loquevoile pivota. De si près, impossible de lui donner plus de quinze ans, si l'on mettait de côté ses yeux, affichant l'éclat sombre du jais longtemps patiné. Ils semblaient incroyablement vieux, à croire que l'âge avait effacé tout vestige d'émotion.

— Et maintenant ? s'enquit la magicienne.

La fille haussa les épaules, presque insouciante.

— Trente, trente-cinq peut-être. Quatre des cinq tunnels se sont effondrés. On était dans le cinquième, on a creusé un boyau pour sortir. Violain et Esquive continuent à travailler sur les autres, mais ils pensent que tout le monde a été enterré pour de bon. Ils ont essayé d'organiser une équipe de secours.

Un sourire froid et rusé se dessina sur son visage zébré de boue.

— Mais votre maître, le Grand Mage, les en a empêchés.

— Comment ? Tayschrenn a fait quoi ?

La fille se rembrunit, visiblement déçue, avant de s'éloigner comme elle était venue. Regagnant la crête de la colline, elle fit de nouveau face à la ville.

Loquevoile la suivit du regard. Cette fille avait lancé sa dernière phrase comme si elle attendait une réaction particulière. Une sorte de connivence ? En tout cas, c'était raté. *Tayschrenn n'a pas l'air de se faire des amis… Tant mieux.* La journée avait tourné au désastre, et la faute en incombait intégralement au Grand Mage. Loquevoile contempla Pale, puis leva les yeux vers la portion de ciel enfumée qui surplombait la ville.

La silhouette massive, menaçante qu'elle saluait là tous les matins depuis trois ans, était indéniablement partie mais elle avait encore peine à y croire.

— Tu nous avais prévenus, murmura-t-elle au ciel vide en se remémorant sa matinée. Tu nous avais prévenus, pas vrai ?

*

Cela faisait quatre mois qu'elle passait ses nuits avec Calot : une agréable petite diversion, pour dissiper l'ennui d'un siège qui ne menait nulle part. Du moins, elle justifiait son manque de professionnalisme de la sorte. Leurs nuits représentaient plus que cela, bien sûr, beaucoup plus. Mais être honnête avec elle-même n'avait jamais été le fort de Loquevoile.

La convocation magique la réveilla avant Calot. Le corps mince mais bien proportionné du mage était niché contre les nombreux coussins moelleux de sa propre chair. Elle ouvrit les yeux et le découvrit cramponné à elle, comme un enfant. Il perçut lui aussi l'appel magique et elle sourit en le voyant se réveiller.

— Toupet ? questionna-t-il, s'extirpant des couvertures avec un frisson.

Loquevoile fit la grimace.

— Qui d'autre ? Ce type ne dort jamais.

— Je me demande ce qui lui prend cette fois-ci.

Calot se leva et se mit en quête de sa tunique.

Loquevoile l'observa. L'extrême minceur du mage donnait une apparence curieuse à leur couple. Dans la faible lueur de l'aube passant à travers les parois de la tente, les contours vifs et anguleux de son corps semblaient délicats, presque enfantins. Il était âgé d'un siècle mais semblait beaucoup plus jeune.

— Dujek avait chargé Toupet d'une mission, dit-elle. Sans doute ne s'agit-il que de faire le point.

Calot enfila ses bottes avec un grognement.

— Ça t'apprendra à accepter le commandement du Cadre, Lo. En tout cas, c'était plus facile de saluer Nedurian, tu peux me croire. Dès que je te regarde, j'ai juste envie de…

— Ce n'est pas le sujet, Calot, l'interrompit Loquevoile d'un ton qui se voulait plaisant.

Sa phrase se révéla néanmoins suffisamment âpre pour que le mage lui lance un regard vif.

— Tu crois qu'il se mijote quelque chose ? s'enquit-il calmement, le front soudain plissé par son éternel froncement de sourcils.

J'avais pourtant cru que je me débarrasserais de ça. Loquevoile soupira.

— Je n'en sais rien. Je sais juste que Toupet nous a contactés tous les deux. S'il s'agissait d'un simple compte rendu, tu serais encore en train de ronfler.

De plus en plus tendus, ils terminèrent de s'habiller en silence. Avant la fin de la matinée, Calot serait réduit en cendres par une vague de flammes bleues et il n'y aurait plus que des corbeaux pour répondre au cri désespéré de Loquevoile. Mais, dans l'immédiat, les deux mages se préparaient pour une réunion imprévue sous la tente de commandement du Haut Poing Dujek Unbras.

Sur le chemin boueux proche de la tente de Calot, des soldats du dernier tour de garde se pressaient autour de braseros remplis de crottin de cheval, les mains tendues vers la chaleur. Ils ne croisèrent pas grand-monde dans les allées, il était encore trop tôt. D'interminables rangées de tentes grises s'étiraient sur les collines dominant la plaine entourant la ville. Les étendards des régiments ondulaient faiblement dans le vent. La brise avait tourné depuis la veille au soir, apportant avec elle l'odeur des latrines. Au firmament, une poignée d'étoiles achevait de disparaître dans un ciel de plus en plus clair. L'univers semblait presque en paix.

Resserrant sa cape contre le froid, la magicienne s'arrêta devant le dais pour examiner l'énorme montagne suspendue à quatre cents mètres au-dessus de la cité de Pale. Elle scruta la surface bosselée de Sangdelune – le nom qu'elle lui avait toujours connu, quand on ne l'abrégeait pas simplement en Lune, depuis aussi longtemps qu'elle s'en souvienne.

Déchiquetée comme une dent noircie, cette forteresse de basalte abritait le plus puissant ennemi que l'Empire Malazéen ait jamais connu. Très au-dessus du sol, Sangdelune ne craignait aucun siège. Même l'armée personnelle de morts-vivants de Laseen – les T'lan Imass, qui se déplaçaient aussi vite que la poussière au vent – était incapable, ou peu pressée, d'en percer les défenses magiques.

Les sorciers de Pale avaient trouvé là un puissant allié. Loquevoile se rappelait que l'Empire avait déjà affronté le mystérieux seigneur de la Lune, du temps de l'Empereur. Les choses avaient failli mal tourner, avant que Sangdelune ne disparaisse. Nulle personne encore en vie ne savait pourquoi. Encore l'un des mille secrets que l'Empereur avait emportés avec lui dans la tombe.

La réapparition de la Lune sur Genabackis avait été une surprise. Et pas de sursis de dernière minute cette fois. Une demi-douzaine de légions de sorciers Tistes Andii était descendue de Sangdelune et, sous le commandement d'un seigneur de guerre nommé Caladan Rumin, ce régiment avait uni ses forces à celles des mercenaires de la Garde Pourpre. Ensemble, ces deux armées avaient entrepris de repousser la 5e armée malazéenne, qui avait progressé vers l'est en longeant le nord de la plaine rhivie. Cela faisait quatre ans que la 5e, mal en point, s'enlisait dans la forêt du Chien Noir, acculée par Rumin et la Garde Pourpre. Une résistance en passe de se transformer en arrêt de mort.

Mais de toute évidence, Caladan Rumin et ces Tistes Andii n'étaient pas les seuls habitants de Sangdelune. Un invisible seigneur restait aux commandes de la forteresse. Il l'avait amenée ici et avait scellé un pacte avec les formidables sorciers de Pale.

Sur un plan magique, le Cadre de Loquevoile avait peu d'espoir de l'emporter sur de tels adversaires. Le siège avait donc marqué le pas, à l'exception notable des Brûleurs de Ponts qui s'étaient entêtés à saper les anciennes fortifications de la ville.

Reste là, implora-t-elle l'astre. *Continue de tourner sur place pour empêcher l'odeur du sang et les cris d'agonie d'envahir cette terre. Attends que l'on cède les premiers*.

Calot attendait à son côté. Il se taisait, comprenant le rituel qui s'était instauré. C'était d'ailleurs l'une des nombreuses raisons pour lesquelles Loquevoile l'aimait. En tant qu'ami, bien sûr. Il n'y avait rien de sérieux ni d'effrayant dans l'amour qu'on porte à un ami.

— Je sens chez Toupet une certaine impatience, murmura-t-il enfin.

Loquevoile soupira.

— Moi aussi. C'est bien ce qui me fait traîner les pieds.

— Je sais, Lo. Mais on ne peut pas trop s'attarder.

Il afficha un sourire malicieux.

— Ça ferait mauvais genre.

— Mmm. Tu crains de les voir tirer des conclusions hâtives ?

— Pas si hâtives que ça. Quoi qu'il en soit…

Son sourire s'estompa :

— Mieux vaut ne pas tarder.

Quelques minutes plus tard, ils arrivèrent devant la tente de commandement. L'unique sentinelle qui montait la garde à la porte leur adressa un salut nerveux. Loquevoile s'arrêta, le dévisageant attentivement.

— 7e régiment ?

L'homme acquiesça en évitant son regard.

— Oui, Magicienne. 3e escouade.

— Il me semblait bien vous avoir déjà vu. Transmettez mes amitiés au sergent Rouilleux.

Elle se rapprocha :

— Des invités de marque, soldat ?

Le militaire tiqua.

— Pour ça oui, Magicienne. Difficile de marquer davantage.

Loquevoile lança un coup d'œil à Calot, qui

attendait devant le rabat de la tente. Le mage gonfla les joues avec une expression comique.

— Je pensais bien l'avoir flairé, celui-là.

Loquevoile grimaça. La sentinelle suait à grosses gouttes sous son casque de fer.

— Merci de l'avertissement, soldat.

— C'est toujours donnant donnant, Magicienne.

L'homme lui adressa un second salut, plus sec et d'une certaine manière, plus personnel.

Des années et des années que cela dure. Que j'essaie de les convaincre que je suis de leur famille, de la 2ᵉ armée – la plus vieille unité encore indemne, une de celles de l'Empereur. Toujours donnant donnant, Magicienne : sauvez nos peaux, nous sauverons la vôtre. Au fond, c'est cela la famille. Pourquoi faut-il donc que je me sente toujours si étrangère de mon côté ? Elle lui rendit son salut.

Les deux mages entrèrent ensuite dans la tente. Loquevoile perçut aussitôt la présence d'un grand pouvoir, ce que Calot appelait flairer. Elle en eut les larmes aux yeux et sentit une migraine s'annoncer. Elle connaissait bien cette émanation spécifique, provenant d'une force radicalement opposée à la sienne. Ses maux de tête n'en étaient que plus douloureux.

À l'intérieur, des lanternes jetaient une faible lueur embrumée sur la douzaine de sièges en bois de cette première salle. Un pichet d'étain rempli de vin coupé d'eau, ainsi que six timbales ternies et couvertes de luisantes gouttelettes de condensation, trônaient sur une table reléguée contre l'une des parois de la tente.

Toujours à côté de la magicienne, Calot marmonna.

— Par le souffle de Goule, Lo ! Tout ça ne me plaît vraiment pas.

Ses yeux s'accoutumèrent à la pénombre et Loquevoile aperçut à travers la porte de la seconde salle une silhouette familière vêtue d'une robe. Ses longues mains reposaient sur la table de cartographe de Dujek et sa cape magenta ondulait comme de l'eau, alors qu'il demeurait immobile.

— Non mais, franchement ! murmura Loquevoile.

— Je ne te le fais pas dire, renchérit Calot en s'essuyant les yeux.

— Tu crois que c'est une allure qu'il se donne ? s'enquit-elle pendant qu'ils prenaient place.

— Absolument ! répliqua Calot avec un large sourire. Le Grand Mage de Laseen ne serait pas fichu de lire un plan de bataille si sa vie en dépendait.

— Tant que ce ne sont pas les nôtres qui en dépendent.

Une voix s'éleva d'une chaise voisine.

— Aujourd'hui, on travaille.

Loquevoile jeta un regard mauvais aux ténèbres surnaturelles qui enveloppaient le siège en question.

— Tu ne vaux pas mieux que Tayschrenn, Toupet. Et estime-toi heureux que je n'aie pas choisi de m'asseoir sur cette chaise.

Une rangée floue de dents jaunes apparut, avant que le reste du mage prenne forme tandis que le sortilège se dissipait. La sueur perlait sur son front plat et balafré, ainsi qu'à la surface de son crâne rasé. Rien d'inhabituel, le concernant : Toupet aurait transpiré dans une glacière. Il gardait la tête légèrement inclinée, exprimant une sorte de suffisance désinvolte mâtinée de mépris. Il riva sur Loquevoile ses petits yeux noirs.

— Travailler, ça te rappelle quelque chose ?

Son sourire s'élargit, écrasant un peu plus son nez tordu.

— C'est ce que tu faisais avant de t'envoyer en l'air avec ce cher Calot. Avant que tu ne te ramollisses.

Loquevoile s'apprêta à riposter, mais la voix nonchalante de Calot la devança.

— Tu te sens seul, Toupet ? Faut-il t'apprendre que les filles de joie du camp doublent la note pour toi ?

Il agita une main, comme pour écarter des pensées désagréables.

— Il se trouve que Dujek a décidé de placer Loquevoile à la tête du Cadre après la disparition imprévue de Nedurian dans la forêt de Mott. Si cela te déplaît, tant pis pour toi. C'est le juste contrecoup de ton ambivalence.

Toupet se baissa pour chasser un grain de poussière de ses pantoufles de satin qui, contre toute attente, avaient échappé à la boue du campement.

— La foi aveugle est bonne pour les fous et les imbéciles, chers camarades…

Le bruissement du rabat de la tente l'interrompit. Le Haut Poing Dujek Unbras fit son entrée, avec du savon à barbe encore visible dans les poils de ses oreilles et un parfum d'eau de cannelle flottant dans son sillage.

Au fil des ans, Loquevoile en était venue à associer

bien des choses à cette odeur. La sécurité, la stabilité, le bon sens. Dujek Unbras représentait tout cela, pas seulement pour elle, mais pour toute l'armée sous ses ordres. Le Haut Poing s'arrêta au centre de la pièce pour passer en revue les trois mages. Loquevoile renversa légèrement la tête en arrière et l'observa, les yeux mis-clos. Trois ans de passivité forcée durant le siège semblaient avoir revigoré cet homme vieillissant : il paraissait plus proche de la cinquantaine que de ses soixante-dix-neuf ans. Ses yeux gris demeuraient fermes et perçants au milieu de son visage sec et tanné. Il se tenait très droit, ce qui le faisait paraître plus grand que son mètre soixante-dix, et portait une simple tenue de cuir dont la couleur devait autant à la sueur qu'à la teinture magenta impériale. Le moignon de son bras gauche, coupé près de l'épaule, était enveloppé de bandes de cuir. Ses mollets hirsutes, d'une blancheur de craie, étaient visibles entre les lanières de peau de requin de ses sandales napiennes.

Calot tira un mouchoir de sa manche et le lança à Dujek, qui l'attrapa au vol.

— Encore ? Maudit barbier, grommela-t-il en s'essuyant la mâchoire et l'intérieur des oreilles. Il le fait exprès, ma parole.

Il roula le mouchoir en boule et le jeta sur les genoux de Calot.

— Bon, nous sommes tous là. Parfait. Débarrassons-nous d'abord des affaires courantes. Toupet, vous avez touché deux mots aux gars d'en bas ?

Toupet étouffa un bâillement.

— Un sapeur répondant au nom de Violain m'a fait visiter les lieux.

Il s'interrompit pour ôter une peluche de sa manche de brocart, avant de regarder Dujek droit dans les yeux.

— Accordez-leur encore six ou sept ans, et ils atteindront peut-être les murs de la ville.

— Ça ne rime à rien, intervint Loquevoile. C'est d'ailleurs ce que j'ai écrit dans mon rapport…

Elle plissa les yeux sur Dujek.

— … à supposer qu'il soit arrivé jusqu'à la Cour impériale.

— Le dromadaire nage encore…, dit Calot.

Dujek émit un grognement – le son qui, chez lui, se rapprochait le plus d'un rire.

— Allons, Cadre. Écoutez-moi bien. Deux choses…

Une ombre maussade passa sur son visage couturé de cicatrices :

— D'abord, l'Impératrice a envoyé un membre de la Griffe. Ses sbires sont en ville. La chasse aux sorciers de Pale est ouverte.

Un frisson parcourut l'échine de Loquevoile. Personne n'aimait savoir la Griffe dans les parages. Ces assassins impériaux – l'arme privilégiée de Laseen – étaient toujours prêts à retourner leurs dagues empoisonnées contre n'importe qui, Malazéens compris.

Calot devait penser la même chose, car il se redressa vivement.

— S'ils sont ici pour une quelconque autre raison…

— Faudra d'abord qu'ils me passent sur le corps, déclara Dujek, posant son unique main sur le pommeau de son épée longue.

Il a un public, là-bas dans l'autre salle. Il est en train de mettre en garde l'homme qui donne ses ordres au représentant de la Griffe. Que Shedenul le bénisse.

Toupet reprit la parole.

— Ils se cacheront. Ce sont des sorciers, pas des idiots.

Loquevoile mit un moment à comprendre cette précision. *Ah, oui ! les sorciers de Pale.*

Dujek soupesa Toupet du regard, puis opina du chef.

— Ensuite, on attaque Sangdelune aujourd'hui.

Dans l'autre pièce, le Grand Mage Tayschrenn se retourna à ces mots, puis rejoignit les autres avec lenteur. Sous sa capuche, un large sourire plissait son visage sombre d'ordinaire si lisse. Son expression radieuse disparut rapidement et sa peau sans âge recouvra son aspect habituel.

— Bonjour à vous, mes collègues, déclara-t-il, à la fois drôle et menaçant.

Blasé, Toupet renifla.

— Épargne-nous les effets de manche, Tayschrenn, on ne s'en portera tous que mieux.

Ignorant cette remarque, le Grand Mage poursuivit.

— L'Impératrice a perdu patience envers Sangdelune…

Dujek pencha la tête sur le côté et l'interrompit d'une voix légèrement grinçante.

— L'Impératrice a suffisamment la trouille pour frapper la première et frapper fort. Parlez franchement, Mage. Vous vous adressez à votre première ligne, un peu de respect, bon sang !

Le Grand Mage haussa les épaules.

— Bien entendu, Haut Poing.

Il refit face au cadre.

— Votre groupe, moi-même et trois autres Grands Mages allons frapper Sangdelune dans moins d'une heure. La Campagne du Nord a éloigné la plupart des occupants de la forteresse. Nous pensons le seigneur de la Lune seul. Pendant près de trois ans, sa simple présence a suffi à nous tenir en échec. Ce matin, chers collègues, nous allons voir ce que ce seigneur a dans le ventre.

— En espérant fichtrement qu'il bluffe depuis le début ! ajouta Dujek.

Il fronça les sourcils, soucieux :

— Des questions ?

— Combien de temps faut-il pour obtenir une mutation ? demanda Calot.

Loquevoile s'éclaircit la gorge.

— Que savons-nous du seigneur de Sangdelune ?

— Bien peu de chose, j'en ai peur, répliqua Tayschrenn, le regard voilé. C'est un Tiste Andii, à coup sûr, et certainement un archimage.

Se penchant un peu, Toupet cracha intentionnellement devant Tayschrenn.

— Un Tiste Andii, Grand Mage ? Je pense que nous pouvons nous montrer un peu plus précis, non ?

Loquevoile sentit s'accentuer sa migraine. S'apercevant qu'elle retenait son souffle, elle s'obligea à expirer lentement tout en observant la réaction de Tayschrenn face aux paroles de Toupet et au traditionnel défi de Sept-Cités.

— Un archimage, répéta Tayschrenn. Peut-être

le Grand Archimage des Tistes Andii. Cher Toupet, ajouta-t-il en baissant la voix d'un cran, vos moeurs tribales et primitives demeurent pittoresques, même si d'assez mauvais goût.

Toupet retroussa les lèvres.

— Les Tistes Andii sont les premiers enfants de Mère Ténèbre. Tu as senti trembler les Garennes, Tayschrenn. Moi aussi. Interroge Dujek sur les comptes rendus qui arrivent de la Campagne du Nord. De la Magie Ancienne : Kurald Galain. Le seigneur de Sangdelune est le Maître Archimage. Tu connais son nom aussi bien que moi.

— Je ne sais rien de tel, rétorqua sèchement le Grand Mage, ouvertement agacé désormais. Peut-être auriez-vous la bonté de nous faire profiter de vos lumières, Toupet ? Après quoi je pourrai commencer à me renseigner sur vos sources.

— Ah !

Toupet s'avança sur sa chaise, une expression mauvaise déformant ses traits tendus.

— Des menaces maintenant ! On avance. Une petite question, alors. Pourquoi seulement trois autres Grands Mages ? Jamais nos rangs n'ont été si clairsemés. En outre, pourquoi ne pas avoir tenté un tel assaut il y a deux ans ?

Dujek interrompit soudain ce surprenant échange entre Toupet et Tayschrenn.

— Mage, la situation est désespérée, dit le Haut Poing. La Campagne du Nord a mal tourné. La 5e est au bord de l'anéantissement et ne recevra aucun renfort avant l'année prochaine. Le problème, c'est que le seigneur de la Lune pourrait récupérer ses troupes d'un jour à l'autre. Je ne veux pas devoir vous envoyer affronter des légions de Tistes Andii, et je veux encore moins que la 2e soit forcée de combattre sur deux fronts, si une autre armée lui tombe dessus. Ce serait une très mauvaise tactique et, qui que soit ce Caladan Rumin, il s'est révélé particulièrement doué pour nous faire payer nos erreurs.

— Caladan Rumin, murmura Calot. Je jurerais avoir déjà entendu ce nom-là quelque part. Bizarre de n'y avoir jamais prêté vraiment attention.

Loquevoile observa attentivement Tayschrenn. Calot avait raison. Le nom de l'homme qui commandait les Tistes Andii aux côtés de la Garde Pourpre lui semblait en effet familier, mais comme lié à de vieilles légendes ou à un poème épique.

Le Grand Mage croisa son regard songeur.

— L'heure n'est plus aux justifications, déclara-t-il en se tournant vers les autres. L'Impératrice nous a donné des ordres, nous devons obéir.

Toupet renifla de nouveau, puis se cala sur sa chaise et adressa un sourire méprisant à Tayschrenn.

— À propos de coups de force, tu te souviens comment on a joué au chat et à la souris à Aren ? Ce plan pue ton style à plein nez. Tu cherchais une telle occasion depuis longtemps.

Son sourire s'élargit.

— Et qui peuvent bien être les trois autres Grands Mages ? Laisse-moi deviner…

— Assez ! s'exclama Tayschrenn, en s'approchant de lui.

Toupet s'immobilisa aussitôt, le regard étincelant.

La lumière des lanternes avait faibli. Calot se servit

du mouchoir resté sur ses genoux pour essuyer des larmes sur ses joues. *Fichu pouvoir. Je jurerais que ma tête va éclater.*

— D'accord, murmura Toupet. Jouons cartes sur table. Je suis sûr que le Haut Poing te sera reconnaissant de l'aider à clarifier ses soupçons. Parle franchement, vieux camarade.

Loquevoile jeta un coup d'œil à Dujek. Plongé dans une profonde réflexion, le visage du Haut Poing s'était assombri et son regard pénétrant ne quittait plus Tayschrenn.

Calot se pencha vers elle.

— Bon sang, Lo, qu'est-ce qui se passe ?

— Aucune idée, lui souffla-t-elle. Mais ça chauffe pour de bon !

Malgré son ton léger, ses pensées tourbillonnaient autour d'un puits d'angoisse glacée. Toupet connaissait l'Empire depuis plus longtemps qu'elle ou que Calot. Il faisait partie des sorciers qui avaient combattu les Malazéens en Sept-Cités, avant la chute d'Aren et la dispersion des Saints Falah'ds, avant d'avoir à choisir entre périr et servir les nouveaux maîtres. Il avait rallié le Cadre de la 2e à Pan'potsun. Tout comme Dujek, il était présent avec la vieille garde de l'Empereur lorsque les serpents de l'usurpation s'étaient manifestés, le jour où le Premier Glaive de l'Empire avait été trahi et sauvagement assassiné. Toupet savait quelque chose.

Mais quoi ?

— Allons, intervint Dujek avec flegme. On a du pain sur la planche. Autant s'y mettre.

Loquevoile soupira : ce vieil Unbras et ses phrases

à l'emporte-pièce ! Elle lui lança un bref regard. Elle le connaissait bien, non pas en tant qu'ami – Dujek ne sympathisait avec personne – mais comme le meilleur cerveau militaire encore vivant de l'Empire. Si, comme venait de l'insinuer Toupet, le Haut Poing était sur le point d'être trahi par quelqu'un, quelque part, et si Tayschrenn était dans le coup… *Nous sommes une branche prête à céder*, lui avait un jour dit Calot à propos de la Grande Armée d'Unbras, *et gare à l'Empire quand elle cassera. Les troupes de Sept-Cités, les fantômes aux aguets des invincibles vaincus…*

Sur un signe de Tayschrenn, Loquevoile se leva, imité par Calot. Toupet resta assis, les yeux clos, comme endormi.

— À propos de ce transfert, dit Calot à Dujek.

— On verra ça plus tard, grommela le Haut Poing. La paperasse est un cauchemar quand on n'a qu'un bras.

Il inspecta son Cadre et s'apprêtait à ajouter quelque chose quand Calot reprit la parole.

— Anomandaris.

Toupet rouvrit brusquement les yeux, dévisageant Tayschrenn avec un plaisir manifeste.

— Ahhh ! fit-il dans le silence qui avait suivi la brève intervention de Calot. Bien sûr ! Trois autres Grands Mages ? Seulement trois ?

Loquevoile fixa le visage blême et figé de Dujek.

— Le poème, dit-elle doucement. Je m'en souviens à présent.

« Caladan Rumin, tel un menhir,
Endurant l'hiver, sous terre et sans chagrin… »

Calot enchaîna avec les vers suivants.

« ... *Dans un sépulcre privé de mots,*
Et dans ses mains qui broyèrent des enclumes... »

Et Loquevoile poursuivit :

« ... *Le marteau de sa chanson –*
Il vit dormant, adressez donc à tous
Ce muet avertissement : ne le réveillez point.
Ne le réveillez point. »

Tous les regards étaient désormais braqués sur la magicienne.

— Apparemment, il est réveillé, conclut-elle, la gorge nouée. Anomandaris, le poème épique de Pêcheur Keltath.

— Ce poème n'est pas consacré à Caladan Rumin, fit observer Dujek, les sourcils froncés.

— Non, concéda Loquevoile. Il évoque surtout son compagnon.

Toupet se leva lentement et vint se planter devant Tayschrenn.

— Anomander Rake, le Seigneur des Tistes Andii, les âmes de la Nuit sans Étoiles. Rake, la Crinière du Chaos. Voilà qui est le seigneur de la Lune. Et tu lui opposes quatre Grands Mages et un seul Cadre.

Une mince pellicule de sueur recouvrait maintenant le visage lisse de Tayschrenn.

— Les Tistes Andii ne sont pas comme nous, dit-il d'une voix blanche. À vos yeux, ils peuvent sembler imprévisibles, mais ce n'est nullement le cas. Ils sont juste différents. Ils ne servent aucune cause. Ils se bornent à passer d'un drame humain à l'autre. Croyez-vous réellement qu'Anomander Rake restera là pour se battre ?

— Caladan Rumin a-t-il reculé ? s'enquit sèchement Toupet.

— Il n'est pas Tiste Andii, Toupet. Il est humain. Certains prétendent qu'il a du sang barghast dans les veines mais, en tout cas, il n'est pas d'une Race Ancienne et ne réagit pas comme eux.

— Vous escomptez que Rake trahira les sorciers de Pale, déclara Loquevoile. Qu'il ne respectera pas le pacte qui le lie à eux.

— Magicienne, répondit le Grand Mage, le péril n'est pas aussi grand qu'il n'y paraît. Bellurdan a effectué des recherches à Genabaris. De nouveaux rouleaux de La Folie de Gothos ont été découverts dans une citadelle, au-delà de la forêt du Chien Noir. Parmi ces écrits figurent des commentaires sur les Tistes Andii et sur d'autres peuples de l'Âge Ancien. Et n'oubliez pas que Sangdelune a déjà renoncé une fois à une confrontation directe avec l'Empire.

Les jambes en coton, Loquevoile se rassit, assez lourdement pour faire craquer sa chaise de camp.

— Vous nous condamnez à mort, Grand Mage, pour peu que vos calculs se révèlent faux. Et pas seulement nous, mais toute la Grande Armée d'Unbras.

Tayschrenn pivota lentement sur ses talons, leur tournant le dos à tous.

— Tels sont les ordres de l'Impératrice Laseen, dit-il. Nos collègues arriveront par Garenne. Dès qu'ils seront là, j'indiquerai les positions de chacun. C'est tout.

Regagnant la pièce des cartes, il reprit sa position initiale.

L'âge de Dujek semblait l'avoir brusquement

rattrapé. Loquevoile détourna aussitôt les yeux, trop inquiète pour affronter l'abandon qu'elle lisait dans son regard et les soupçons qui s'y cristallisaient. *Une lâche, voilà ce que tu es, ma fille. Une lâche.*

Enfin, le Haut Poing se racla la gorge.

— Préparez vos Garennes, Cadre. Comme toujours, donnant donnant.

Rendons justice au Grand Mage, songea Loquevoile.

Tayschrenn se dressait en effet sur la toute première colline, quasiment dans l'ombre de la Lune. Ils s'étaient répartis en trois groupes, chacun occupant une éminence face aux remparts de Pale. Le tumulus du Cadre était le plus éloigné et celui de Tayschrenn le plus proche. Les trois autres Grands Mages se tenaient sur celui du milieu. Loquevoile les connaissait tous. Frissombre, à la chevelure de jais, grande, impérieuse, manifestant une tendance à la cruauté qui fascinait l'ancien Empereur. Elle se tenait à côté de son compagnon de toute une vie, Bellurdan le broyeur de crânes, un géant thelomen qui devrait éprouver sa force prodigieuse contre le portail de la Lune si l'on en arrivait là. Et enfin A'Karonys, le manieur de flammes, petit et rond, muni d'une lance incendiaire plus longue qu'une lance ordinaire.

La 2e et la 6e armée s'étaient rangées dans la plaine, armes au poing, n'attendant qu'un signal pour marcher sur la ville. Sept mille vétérans et quatre mille recrues. Cinq cents mètres plus loin vers l'ouest, les légions de Moranths Noirs s'alignaient le long d'une crête.

Pas un souffle de vent dans l'air. Des nuées opaques de moucherons voraces voltigeaient entre les soldats qui patientaient en contrebas. Le ciel était voilé par une couche nuageuse mince, mais uniforme.

Debout tout en haut de sa colline, Loquevoile transpirait à grosses gouttes sous ses vêtements. Elle observa un moment les soldats dans la plaine avant de faire face à son maigre Cadre. Six mages auraient dû se trouver derrière elle. Mais il n'en restait que deux. Drapé dans la cape de pluie anthracite de sa tenue de combat, Toupet attendait à l'écart, l'air assez content de lui.

Poussant Loquevoile du coude, Calot désigna Toupet du menton.

— Qu'est-ce qui le réjouit autant ?

— Toupet ! cria Loquevoile. Avais-tu vu juste à propos des trois autres Grands Mages ?

L'intéressé sourit, puis se détourna de nouveau.

— J'ai horreur qu'il fasse des cachotteries, dit Calot.

— Il a pigé quelque chose, c'est sûr, maugréa la magicienne. Qu'est-ce que Frissombre, Bellurdan et A'Karonys ont donc de si spécial ? Pourquoi Tayschrenn les a-t-il choisis et comment Toupet savait-il qu'il les choisirait ?

— Que de questions ! soupira Calot. Tous trois sont de vieux habitués de ce genre d'opérations. Du temps de l'Empereur, chacun d'eux commandait une compagnie d'Initiés. C'était l'époque où l'Empire comptait assez de mages dans ses rangs pour former de véritables compagnies. A'Karonys s'est distingué pendant la Campagne de Falar. Bellurdan et

Frissombre encore avant. Ils sont descendus de Fenn sur le continent de Quon pendant les guerres d'unification.

— Tous de vieux briscards, en effet, commenta pensivement Loquevoile. Aucun d'eux n'a été actif récemment, n'est-ce pas ? Leur dernière campagne fut celle de Sept-Cités…

— Où A'Karonys s'est fait battre à plate couture dans les environs du Pan'potsun.

— On l'a laissé moisir sur place. L'Empereur venait d'être assassiné, c'était la pagaille complète. Les T'lan Imass refusaient de reconnaître la nouvelle Impératrice et ils s'en sont allés dans le Jhag Odhan…

— On les dit de retour, leurs effectifs réduits de moitié. Ils ont dû tomber sur un drôle d'os, là-bas.

Loquevoile hocha la tête.

— Frissombre et Bellurdan ont reçu l'ordre de gagner Nathilog, où ils ont passé six ou sept ans à se tourner les pouces…

— Jusqu'à ce que Tayschrenn expédie le Thelomen à Genabaris. Et pour quoi faire ? Étudier une pile de vieux manuscrits ?

— J'ai peur, avoua Loquevoile. Très, très peur. As-tu vu la tête de Dujek ? Il savait quelque chose. Il a eu comme une illumination, comme un coup de poignard dans le dos.

— Au boulot ! s'écria Toupet.

Calot et Loquevoile se retournèrent.

La magicienne frissonna. Depuis trois ans, Sangdelune pivotait sur elle-même avec une régularité parfaite. Or, elle venait de s'immobiliser. Près du sommet, sur le versant opposé, un renfoncement noyé dans l'ombre était apparu près d'une petite corniche. Un portail.

Pour le moment, rien ne bougeait.

— Il sait, chuchota-t-elle.

— Et il n'a pas l'air de déguerpir, ajouta Calot.

Sur la première colline, le Grand Mage Tayschrenn leva les bras. Un arc de flammes dorées apparut entre ses mains, avant de rouler vers le haut en formant une vague de plus en plus grande en s'approchant de Sangdelune. Le sortilège percuta le roc noir et des blocs de pierre éclatèrent. Une pluie de mort s'abattit sur la ville de Pale et au milieu des légions malazéennes déployées dans la plaine.

— C'est parti, dit Calot dans un souffle.

Un grand silence suivit ce premier assaut de Tayschrenn, à peine troublé par les retombées de débris sur les tuiles des toits de la ville et par les lointains gémissements des soldats blessés. Tous les regards étaient braqués vers le ciel.

La réponse ne fut pas celle escomptée.

Un nuage noir enveloppa Sangdelune, suivi par des cris faibles et perçants. Peu après, le nuage explosa en une multitude de fragments et Loquevoile comprit enfin de quoi il s'agissait. Des corbeaux.

Des milliers et des milliers de Grands Corbeaux. Ils devaient nicher parmi les escarpements et les creux de la surface de la Lune. Leurs cris se changèrent en une cacophonie outragée. Tournoyant, ils s'éloignèrent de la Lune. Avec plus de quatre mètres d'envergure, ils étaient capables de s'élever très haut au-dessus de la ville et de la plaine.

Dans le cœur de Loquevoile, la peur fit place à la terreur. Toupet ricana et pivota vers Calot et elle.

— Voilà les messagers de la Lune, collègues ! s'exclama-t-il, les yeux étincelant de folie. Ces charognards !

Rejetant sa cape en arrière, il leva les bras en l'air.

— Imaginez un seigneur qui parvient à nourrir grassement trente mille Grands Corbeaux !

Une silhouette avait surgi sur la corniche devant le portail, bras levés, une longue chevelure argentée flottant dans son dos.

La Crinière du Chaos. Anomander Rake. Le seigneur des Tistes Andii à peau noire, qui a vu défiler cent mille hivers, qui a goûté au sang des dragons ; qui dirige les derniers de sa race assis sur le Trône d'Affliction, dans un royaume tragique et maudit – un royaume sans terre.

Anomander Rake semblait minuscule face à l'édifice flottant, presque irréel à cette distance. Mais cette illusion n'allait pas tarder à voler en éclats. L'aura de pouvoir du seigneur de la Lune s'épanouit et Loquevoile en eut le souffle coupé. La voir de si loin…

— Canalisez vos Garennes, ordonna-t-elle d'une voix fêlée. Maintenant !

Alors même que Rake rassemblait ses forces, deux boules de feu bleu s'élevèrent à toute allure depuis la colline du milieu. Elles heurtèrent la Lune près de sa base et l'ébranlèrent. Tayschrenn lança une autre vague de flammes dorées, qui se fracassèrent sur Sangdelune dans un jaillissement d'écume ambrée et de flammèches rougeoyantes.

Le seigneur de la Lune réagit. Une onde noire et

frémissante déferla sur la première colline. Le Grand Mage voulut la dévier et tomba à genoux. La magie ravagea l'espace autour de lui puis dévala les pentes, engloutissant les rangées de soldats les plus proches. Loquevoile vit un éclair bleu nuit embraser les malheureux, suivi d'un grondement sourd qui se propagea à travers le sol. La lueur se dissipa. Les soldats gisaient là, fauchés comme du chaume.

De la sorcellerie Kurald Galain. De la Magie Ancienne, le Souffle du Chaos.

Oppressée, pantelante, Loquevoile sentit la puissance de sa Garenne Thyr affluer en elle. Elle la façonna, marmonnant tout bas des incantations, puis la libéra. Calot en fit autant, puisant dans sa Garenne Mockra. Toupet s'enveloppa dans sa propre source de magie et le cadre entra dans la mêlée. Le champ de perception de Loquevoile se rétrécit. Pourtant, une part d'elle-même demeurait à distance, retenue par la terreur, observant ce qui se passait autour d'elle dans une sorte de voile.

L'univers devint un véritable cauchemar. La sorcellerie se déchaînait de bas en haut, contre Sangdelune, et de haut en bas, aveugle et dévastatrice. Des colonnes de terre jaillissaient vers le ciel dans un bruit de tonnerre. Des rochers transperçaient des humains comme des pierres brûlantes traversent la neige. Un déluge de cendre recouvrit les morts et les vivants. Le ciel vira au rose pâle, le soleil se réduisant derrière la brume à un disque de cuivre.

Loquevoile vit une vague traverser les défenses de Toupet, le coupant en deux. Le cri du sorcier, de rage plus que de douleur, fut étouffé par un déferlement de sorcellerie et la magicienne sentit alors ses propres défenses assaillies par une volonté froide, hurlante, qui cherchait à l'anéantir. Chancelante, elle recula, butant contre Calot venu la soutenir. Finalement, l'assaut passa, balayant la pente de la colline sur leur gauche.

Loquevoile était tombée à genoux. Penché sur elle, Calot l'entourait de mots de pouvoir, le regard désormais rivé sur quelque chose ou quelqu'un situé plus bas. Ses yeux étaient écarquillés de terreur.

Loquevoile comprit trop tard ce qui se passait. Calot la protégeait à ses dépens. Un ultime geste, à l'instant même où il assistait à sa propre mort. Un jet de flammes brillantes l'engloutit. Le filet de protection qui enveloppait Loquevoile disparut d'un coup et une bouffée de chaleur grésillante provenant de l'endroit où s'était tenu Calot la projeta au sol. Elle sentit plus qu'elle n'entendit son propre hurlement et le sentiment de distance disparut, son éclatement réduisant à néant toute une couche de ses défenses mentales.

Crachant de la terre et de la cendre, elle se releva et reprit le combat, cherchant uniquement à rester en vie et renoncer à toute attaque contre Sangdelune. Dans un coin de sa tête, une voix criait, impérieuse, paniquée. Calot regardait vers la plaine et non vers Sangdelune. Et à juste titre ! Toupet avait été frappé par une vague venue d'en bas !

Elle vit un démon kenryll'ah surgir aux pieds de Frissombre. Avec un rire strident, l'immense créature décharnée arrachait les membres de la magicienne. Il avait commencé à s'en repaître quand Bellurdan arriva. Le Thelomen poussa un mugissement furieux en sentant le démon lui fouiller la poitrine de ses griffes semblables à des couteaux. Ignorant ses blessures et le sang, le géant serra la tête de la créature entre ses mains et la broya.

A'Karonys lança des jets de flamme avec son bâton et Sangdelune donna l'impression de disparaître sous un déluge de feu. Mais des ailes de glace évanescentes se refermèrent ensuite autour du petit mage dodu, le congelant sur place, avant de le désintégrer dans un nuage de poussière.

Un ouragan de magie ininterrompu s'abattait autour de Tayschrenn, toujours agenouillé sur le sommet noirci de sa colline. Mais le Grand Mage déviait toutes les vagues qui déferlaient sur lui, causant des ravages parmi les soldats tapis sur la plaine. Au milieu de l'odeur du carnage, des cendres, des cris aigus des corbeaux, des averses de rochers, des plaintes des blessés comme des mourants et des hurlements glaçants des démons qui se jetaient sur les rangs des soldats, le fracas de l'assaut du Grand Mage continuait à retentir imperturbablement. D'énormes blocs enflammés arrachés à la face de la Lune chutèrent dans l'enceinte de Pale, entraînant dans leur sillage des colonnes de fumée noire et transformant la ville en fournaise de mort et de chaos.

Les oreilles bouchées, le corps perclus de douleur comme si sa chair elle-même suffoquait, Loquevoile mit longtemps à comprendre que l'assaut magique avait pris fin. Même la voix hurlant dans sa tête s'était tue. Levant des yeux rougis, elle vit Sangdelune reculer – sa surface dévastée et fumante embrasée en une dizaine de points. Penchée sur un côté, la forteresse de basalte s'éloigna, dépassant bientôt la ville. Sangdelune faisait route vers le sud et les lointains monts Tahlyn.

Loquevoile regarda alentour, se rappelant vaguement qu'une compagnie de soldats avait cherché refuge sur sa colline foudroyée. Quelque chose l'avait ensuite attaquée, et elle avait dû mobiliser toutes ses forces pour y résister. À présent, il ne restait plus rien de cette compagnie, en dehors des armures des guerriers. *Toujours donnant donnant, Magicienne.* Réprimant un sanglot, elle reporta son attention sur la première colline.

Tayschrenn était à terre, mais vivant. Un petit groupe d'une demi-douzaine de Marines escaladait la colline au petit trot pour se regrouper autour du Grand Mage. Une minute plus tard, ils l'emportaient.

Sur la colline du centre, Bellurdan, ses vêtements en lambeaux, grièvement brûlé, rassemblait les membres éparpillés de Frissombre en poussant des gémissements lugubres. Ce spectacle horrible et pathétique à la fois frappa Loquevoile avec la violence d'un marteau sur une enclume. Elle se détourna vivement.

— Maudit sois-tu, Tayschrenn.

Pale était tombée. En sacrifiant la Grande Armée d'Unbras et quatre mages. Les légions de Moranths Noirs commençaient tout juste à entrer en ville. Les mâchoires de Loquevoile se crispèrent et ses lèvres pleines se réduisirent à une mince ligne blanche. Quelque chose lui titillait la mémoire, et elle était chaque instant plus convaincue que tout n'était pas entièrement joué.

Elle attendit.

Les Garennes de la Magie se trouvent dans l'au-delà. Trouve la porte et entrebâille-la. Ce qui filtre t'appartient. À toi de lui donner forme. C'était grâce à ces paroles qu'une jeune femme s'était engagée sur la voie de la sorcellerie. *Ouvre-toi à la Garenne qui vient à toi, à celle qui te trouve. Aspire sa puissance – tout ce que ton âme et ton corps seront capables de contenir – mais n'oublie pas, quand le corps flanche, la porte se referme.*

Loquevoile était percluse de douleur. Elle avait l'impression d'avoir subi deux heures de bastonnade. Mais jamais elle ne se serait attendue à ce goût amer sur sa langue, qui lui annonçait que quelque chose de pervers et de malveillant avait fait irruption sur la colline. Il était rare de saisir de tels signaux, à moins que soit ouverte une Garenne béante et débordante de pouvoir. Elle avait entendu d'autres sorciers le raconter et avait lu des parchemins vermoulus évoquant ces moments où le pouvoir affluait, grondant, redoutable. Chaque fois, un dieu était censé avoir posé le pied sur le sol des mortels.

La présence divine la plus logique aurait été celle de Goule, le dieu de la Mort. Pourtant, l'instinct de Loquevoile lui disait qu'il ne s'agissait pas de lui. En fait, elle ne croyait guère à l'arrivée d'un dieu, mais quelque chose d'autre était là. Ne pas arriver à déterminer lequel des êtres qui l'entouraient était dangereux l'exaspérait. Son regard revenait constamment à la jeune fille, mais celle-ci semblait à moitié absente la plupart du temps.

Les voix qui s'élevaient derrière elle finirent par attirer son attention. Le sergent Mésangeai était debout près de Ben le Vif et de l'autre soldat, toujours agenouillés à côté de Toupet. Ben le Vif tenait fermement un objet oblong enveloppé de peaux cousues et dévisageait son sergent comme s'il attendait son accord.

Une tension certaine régnait entre les deux hommes. Fronçant les sourcils, Loquevoile les rejoignit.

— Que faites-vous ? s'enquit-elle, les yeux braqués sur l'objet placé entre les mains presque féminines du sorcier.

Ben le Vif ne parut pas l'entendre. Il regardait toujours le sergent. Mésangeai lança un bref coup d'œil à la magicienne.

— Vas-y, Ben, maugréa-t-il avant d'aller se poster sur la crête, face à l'ouest et aux montagnes moranthes.

Les traits élégants et minces de Ben le Vif se durcirent. Il fit signe à son compagnon.

— Prépare-toi, Kalam.

Redressant le buste, le dénommé Kalam s'accroupit, les mains dans ses manches. Ce changement de position était étonnant après la requête du mage, mais ce dernier parut satisfait. Loquevoile le vit poser une de ses mains arachnéennes sur la poitrine palpitante et ensanglantée de Toupet. Il murmura une courte incantation, puis ferma les yeux.

— On dirait du Denul, dit Loquevoile à Kalam,

toujours immobile. Mais pas tout à fait, ajouta-t-elle avec lenteur. Il l'a transformé.

Elle se tut, percevant chez Kalam quelque chose lui rappelant un serpent prêt à mordre. Un rien aurait sans doute suffi à le faire bondir : un ou deux mots de trop, un geste inconsidéré en direction de Ben le Vif ou de Toupet. Malgré la corpulence d'ours de cet homme, Loquevoile n'avait pas oublié la dangereuse agilité avec laquelle il l'avait contournée tout à l'heure. Un serpent, oui. *Ce type-là est un tueur, un spécialiste qui s'est hissé au sommet dans l'art du meurtre. Ce n'est plus un simple travail pour lui, il y a pris goût.* Elle se demanda si ce n'était pas cette puissance latente, cette silencieuse promesse de danger qui éveillait en elle des relents de tension sexuelle. Elle soupira. La perversité était décidément à l'ordre du jour.

Ben le Vif avait repris ses incantations, cette fois au-dessus de l'objet emballé qu'il posa près de Toupet. Loquevoile vit des filaments d'énergie s'entortiller autour du paquet et regarda avec une inquiétude croissante le mage passer ses longs doigts sur les coutures de l'enveloppe de peau. Cet homme maîtrisait à la perfection la force qui s'écoulait de lui. Sa science dépassait largement celle de Loquevoile. Il avait ouvert une Garenne qu'elle était incapable de reconnaître.

— Mais qui êtes-vous ? murmura-t-elle, reculant d'un pas.

Les yeux de Toupet s'ouvrirent, sans choc ni souffrance. Dès qu'il aperçut Loquevoile, ses lèvres fendillées recouvrèrent leur sourire sanglant.

— C'est un art perdu, Lo. Tu t'apprêtes à assister

à quelque chose qui n'a pas été accompli depuis mille ans.

Il se rembrunit et son sourire disparut.

— Réfléchis, bon sang ! Quand nous sommes tombés, Calot et moi. Qu'as-tu vu ? N'as-tu rien senti ? Rien de bizarre ? Allons, regarde-moi ! Regarde ma plaie, la position de mon corps ! D'où venait la vague qui m'a atteint ?

Ses yeux flamboyaient d'une rage mêlée de triomphe.

— Je n'en suis pas très sûre, répondit lentement Loquevoile. Mais c'était bizarre, oui.

Elle se rappela cette partie distante et critique de son esprit qui n'avait cessé de l'interroger pendant la bataille, qui avait hurlé intérieurement à la mort de Calot, hurlé en réponse aux vagues de sorcellerie – à leur provenance.

— Anomander Rake ne s'est jamais donné la peine de viser, reprit-elle en concentrant son regard sur Toupet. Il frappait à l'aveuglette. Or, ces vagues de pouvoir étaient dirigées, n'est-ce pas ? Elles ne provenaient pas de Sangdelune…

Elle s'interrompit, tremblante.

— Mais pourquoi ? Pourquoi Tayschrenn aurait-il fait ça ?

D'une main mutilée, Toupet agrippa la cape de Ben le Vif.

— Utilisez-la, Mage. Je prends le risque.

Les pensées de Loquevoile s'affolèrent. Dujek avait envoyé Toupet dans les tunnels. Et Mésangeai et son escouade se trouvaient là-bas. Un accord avait été conclu.

— Toupet, que se passe-t-il ? le questionna-t-elle, le cou et les épaules paralysés par la peur. Qu'entends-tu par « m'utiliser » ?

— Tu n'es pas aveugle, tout de même !

— Du calme, intervint Ben le Vif.

Il posa l'objet sur la poitrine ravagée de Toupet, en veillant à bien le centrer dans l'alignement du sternum. L'extrémité supérieure arrivait juste sous le menton du sorcier et l'autre dépassait de quelques centimètres des vestiges de son torse. Une trame d'énergie noire de plus en plus dense tournoyait sans relâche à la surface de l'enveloppe de peau tachetée.

Ben le Vif passa une main par-dessus, et cette toile d'araignée se déploya vers l'extérieur. Ses fils noirs scintillants dessinèrent un motif changeant qui s'insinua dans tout le corps de Toupet, sur la chair et à travers elle, se transformant sans cesse, de plus en plus vite. Les yeux exorbités, Toupet tressauta, avant de retomber en arrière. L'air s'échappa de ses poumons en un sifflement lent et régulier, qui se conclut par un gargouillement. Il avait cessé de respirer.

Ben le Vif se redressa sur ses talons et regarda Mésangeai. Le sergent les observait avec une expression indéchiffrable. D'une manche crasseuse, Loquevoile essuya la sueur de son front.

— Ça n'a pas marché, alors, dit-elle. Ce que vous avez tenté a échoué.

Ben le Vif se releva. Kalam ramassa l'objet emballé, puis s'approcha de Loquevoile et l'examina de ses yeux bruns et pénétrants.

Ben le Vif prit la parole.

— Gardez-le précieusement, Magicienne. Emportez-le dans votre tente et ouvrez-le là-bas. Mais, surtout, ne laissez pas Tayschrenn le voir.

— Et puis quoi encore ? s'enquit Loquevoile, maussade.

Son regard s'arrêta sur l'objet.

— Je ne sais même pas ce que je suis censée accepter. D'ailleurs, tout cela ne me dit rien qui vaille.

La voix de l'adolescente s'éleva juste derrière elle, tranchante et accusatrice.

— J'ignore ce que tu as fait, Sorcier, mais j'ai eu le sentiment d'être tenue à l'écart. Ce n'était guère aimable de ta part.

Loquevoile pivota vers elle, puis observa de nouveau Ben le Vif. *Qu'est-ce que c'est que cette histoire ?* L'expression du Noir était glaciale, mais la magicienne crut voir son regard trembler légèrement. On aurait dit de la peur.

Mésangeai s'en prit aussitôt à la fille.

— Des objections à formuler, recrue ? demanda-t-il d'un ton crispé.

Le regard sombre de l'adolescente glissa vers le sergent. Elle haussa les épaules et s'éloigna.

Kalam tendit l'objet à Loquevoile.

— Des réponses, déclara-t-il tranquillement avec l'accent mélodique et rond du nord de Sept-Cités, nous en avons tous besoin, Magicienne. Le Grand Mage a tué vos camarades. Et nous sommes à peu près tout ce qui reste des Brûleurs de Ponts. Mais les réponses sont… difficiles à obtenir. Êtes-vous prête à en payer le prix ?

Après un ultime regard au corps si affreusement déchiré de Toupet et à ses yeux sans vie, Loquevoile accepta le paquet. Il lui parut léger. Le contenu de ce cocon de peau était de petite taille. Certaines de ses parties étaient mobiles et elle sentait sous ses paumes les protubérances et les cylindres de quelque chose de dur. Elle scruta la mine bourrue de l'assassin.

— Je veux, dit-elle avec lenteur, que Tayschrenn soit puni comme il le mérite.

— Dans ce cas, nous sommes tous d'accord, répliqua Kalam avec un sourire. À vous de jouer désormais.

Loquevoile tressaillit en le voyant sourire. *Enfin, ma fille, qu'est-ce qui te prend ?* Elle soupira.

— Marché conclu.

Alors qu'elle s'apprêtait à redescendre vers le campement, elle croisa le regard de l'adolescente. Un frisson la parcourut.

— Eh ! Toi, la recrue, dit-elle en s'immobilisant. Comment t'appelles-tu ?

La fille sourit, comme à une plaisanterie purement personnelle.

— Mes Regrets.

Loquevoile soupira encore. Ce nom lui allait comme un gant. Fourrant le paquet sous son bras, elle redescendit d'un pas chancelant.

D'un coup de pied, le sergent Mésangeai envoya valdinguer un casque, qu'il regarda dégringoler le long de la pente. Il se retourna ensuite et décocha à Ben le Vif un regard peu amène.

— C'est fait ?

Après un coup d'œil en coin à Mes Regrets, le sorcier hocha la tête.

— Vous allez attirer inutilement l'attention sur notre escouade, dit la fille au sergent. Le Grand Mage Tayschrenn s'en apercevra.

Mésangeai haussa un sourcil.

— Inutilement ? Ça veut dire quoi, au juste ?

Mes Regrets ne répondit pas.

Le sergent ravala un commentaire cinglant. Comment Violain avait-il qualifié cette souris ? De sinistre garce. Il le lui avait dit en face, et elle s'était bornée à le dévisager de son regard glacial jusqu'à ce qu'il baisse les yeux. Même s'il lui en coûtait de l'admettre, Mésangeai partageait le jugement sommaire du sapeur. Plus troublant encore, cette gamine de quinze ans fichait une trouille bleue à Ben le Vif, lequel refusait même d'évoquer le sujet. Qu'est-ce que l'Empire lui avait donc envoyé ?

Son regard revint à Loquevoile. Elle traversait le charnier. Les corbeaux s'envolaient à grands cris devant elle, puis continuaient à décrire des cercles dans le ciel, poussant des croassements hésitants et plaintifs.

Mésangeai perçut à son côté la présence rassurante de Kalam.

— Par le souffle de Goule ! marmonna-t-il. Cette magicienne m'a l'air d'être une vraie terreur pour ces oiseaux.

— Ce n'est pas elle, expliqua Kalam. C'est ce qu'elle transporte.

Le sergent se gratta la barbe, les yeux plissés.

— Tout ça sent très mauvais. Vous êtes sûrs que c'est nécessaire ?

Kalam haussa les épaules.

— Mésangeai, ils nous ont obligés à rester dans les tunnels, intervint derrière eux Ben le Vif. Comme si le Grand Mage ne pouvait pas se douter de ce qui arriverait.

Le sergent fit face à son sorcier. Mes Regrets se tenait une dizaine de pas plus loin, assez près pour les entendre. Il la regarda de travers, mais ne dit rien.

Après un silence pesant, il reporta son attention sur la ville. La dernière des légions moranthes franchissait l'arche de la porte Ouest. Des colonnes de fumée noire s'élevaient derrière les murailles endommagées. Mésangeai connaissait un peu la longue et vive inimitié entre les Moranths et les citoyens de Pale : deux puissances commerciales en perpétuel conflit à cause de routes marchandes contestées. Et Pale avait gagné plus souvent qu'à son tour. Cette fois, les guerriers cuirassés de noir venus d'au-delà des montagnes de l'ouest – ces êtres au visage constamment dissimulé sous la visière chitineuse de leurs casques et qui s'exprimaient par clics et bourdonnements – semblaient enfin sur le point d'égaliser. Au loin, derrière les cris des charognards, on entendait ceux d'hommes, de femmes et d'enfants périssant au fil de l'épée.

— L'Impératrice a l'air de tenir parole avec les Moranths, commenta Ben le Vif à mi-voix. Une heure de massacre. Je ne pensais pas que Dujek…

— Dujek connaît ses ordres, coupa Mésangeai. Et il a un Grand Mage en permanence sur le dos.

— Une heure, répéta Kalam. Et après, on est bons pour tout nettoyer.

— Non. Pas notre escouade, répliqua le sergent. On a reçu de nouvelles instructions.

Les deux hommes de couleur noire le dévisagèrent.

— Et il vous faut encore des preuves ? s'exclama Ben le Vif. Ils veulent nous enterrer, ils...

— Assez ! rugit Mésangeai. Ce n'est pas le moment. Kalam, va chercher Violain, il faut qu'on se réapprovisionne chez les Moranths. Ben, rassemble les autres et prends Mes Regrets avec toi. Rendez-vous dans une heure devant la tente du Haut Poing.

— Et vous ? s'enquit Ben le Vif. Qu'allez-vous faire ?

Le sergent perçut dans la voix du sorcier un espoir mal dissimulé. Sans doute aurait-il voulu des indications, ou peut-être une confirmation comme quoi ils avaient fait le bon choix. Un peu tard pour ça... Mésangeai éprouva néanmoins une pointe de regret à l'idée de ne pouvoir donner à Ben le Vif ce dont celui-ci avait le plus besoin, d'être incapable de lui dire que tout irait pour le mieux. Il s'accroupit, le regard braqué sur Pale.

— Ce que je vais faire, Ben ? Réfléchir. Très sérieusement. Je vous ai écoutés Kalam et toi, Maillet et Violain. Même Gogues est venu déblatérer dans mon oreille. À mon tour, maintenant. Alors fiche-moi la paix et emmène cette maudite gamine avec toi.

Ben tressaillit, semblant se recroqueviller sur lui-même. Quelque chose dans les paroles de son sergent l'avait rendu très malheureux, ou peut-être était-ce leur totalité.

Mésangeai était trop las pour s'en soucier. Il devait songer à leur nouvelle mission. S'il avait été un homme pieux, il aurait versé du sang dans le Bol de Goule en invoquant les ombres de ses ancêtres.

Même s'il détestait l'admettre, il partageait le sentiment général de l'escouade. Quelqu'un, au sein de l'Empire, voulait la disparition des Brûleurs de Ponts.

Pale était désormais derrière eux. De ce cauchemar, il ne lui restait plus qu'un goût de cendre sur la langue. Leur prochaine destination se profilait à l'horizon : la légendaire ville de Darujhistan. Et Mésangeai pressentait qu'un nouveau cauchemar était sur le point de débuter.

*

En bas, dans le campement, juste après la dernière série de collines à nu, des charrettes à chevaux chargées de blessés encombraient les allées étroites entre les rangées de tentes. Le rigoureux ordonnancement du camp malazéen s'était désintégré dans l'atmosphère fébrile des cris de douleur des soldats, qui se mêlaient aux exclamations horrifiées.

Loquevoile se faufila entre les rescapés pantois, enjambant les flaques de sang qui stagnaient dans des ornières. Devant les abris des rebecs, son regard s'attarda sur un amas obscène de membres amputés. Un chœur brisé de milliers de lamentations s'élevait tel un chant funèbre de l'immense taudis de tentes et d'auvents de fortune des suiveurs de l'armée – lugubre rappel que la guerre est toujours liée au chagrin.

À trois mille lieues de là, dans un bureau militaire de la capitale impériale d'Unta, un sous-fifre anonyme bifferait d'un trait de peinture rouge la 2e armée et inscrirait à côté en belles lettres : *Pale, fin de l'hiver, 1163e année du Sommeil de Brûle.*

La mort de neuf mille hommes et femmes serait ainsi enregistrée. Puis oubliée.

Loquevoile grimaça. *Certains d'entre nous n'oublieront pas*. Les Brûleurs de Ponts avaient fait naître en elle d'épouvantables soupçons. L'idée de défier ouvertement Tayschrenn n'aurait pas été pour déplaire à son indignation et – si le Grand Mage avait bien tué Calot – à son sentiment de trahison. Mais elle savait qu'elle se laissait facilement déborder par ses émotions. Un duel avec le Grand Mage impérial l'aurait expédiée tout droit chez Goule. Les accès de courroux étaient l'un des plus courts chemins vers la tombe. Et, comme Calot disait toujours, *brandis ton poing tant que tu veux, mais quand on est mort, on est mort*.

Elle avait bien sûr assisté à de nombreuses scènes de carnage depuis qu'elle avait rejoint les rangs de l'Empire Malazéen, mais du moins celles-ci ne pouvaient pas lui être reprochées. Cela faisait toute la différence, et cela lui avait longtemps suffi. *Je ne suis plus comme avant. J'ai mis vingt ans à laver le sang de mes mains*. Dans l'immédiat cependant, l'image de ces armures vides au sommet de la colline lui revenait sans cesse, et cela la torturait. C'était vers *elle* que ces hommes et ces femmes avaient couru en quête de protection contre les horreurs de la plaine. Un acte désespéré et fatal, mais compréhensible. Tayschrenn se fichait éperdument de ces soldats, mais pas elle. Elle était l'une d'eux. Lors de combats précédents, ils avaient lutté comme des chiens enragés pour empêcher des légions ennemies de la tuer. Mais cette fois, il était question d'une guerre de mages. Son domaine. On s'échangeait des services dans la 2e. C'était ce qui maintenait tout le monde en vie, ce qui avait fait de cette unité une armée de légende. Ces soldats attendaient quelque chose de sa part et à juste titre. Ils avaient cherché leur salut auprès d'elle. Et ils en étaient morts.

Et si je m'étais sacrifiée ? Si j'avais projeté sur eux les défenses de ma Garenne au lieu de protéger ma propre peau ? Mais sur le moment, elle avait agi par pur instinct, un instinct qui n'avait rien d'altruiste. À la guerre, les altruistes ne faisaient pas de vieux os.

Rester vivant n'équivaut pas à s'en réjouir, conclut-elle en arrivant devant sa tente. Elle s'engouffra à l'intérieur et referma le rabat derrière elle, avant de marquer une pause pour contempler les biens qu'elle possédait en ce monde. Plutôt maigre, au terme de deux cent dix-neuf ans d'existence. Le coffre de chêne contenant son livre de sorcellerie Thyr qui demeurait scellé par des charmes protecteurs. Sa petite collection d'instruments alchimiques était éparpillée sur la table, près du lit de camp, tels des jouets abandonnés là par un enfant.

Son Jeu de Dragons trônait au milieu du désordre. Le regard de la magicienne s'attarda quelques instants sur ces cartes divinatoires, avant de poursuivre son examen. Tout lui semblait différent à présent. Comme si son coffre, son matériel d'alchimie et ses vêtements appartenaient à quelqu'un d'autre : une femme plus jeune, qui possédait encore un brin de fierté. Seul le Jeu – le Fatid – lui tendait toujours les bras comme un vieil ami.

Loquevoile s'avança. D'un geste absent, elle posa à côté le paquet que lui avait remis Kalam. Elle tira un tabouret de sous la table et s'assit, tendant la main vers le Jeu, hésitante.

Cela faisait des mois. Quelque chose l'avait détournée des cartes. Peut-être que la mort de Calot aurait pu être prédite, et sans doute cette crainte n'avait-elle jamais quitté un obscur recoin de son esprit. Toute sa vie, la souffrance et la peur avaient façonné son âme, mais le temps passé avec Calot l'avait soumise à un autre genre d'influence, quelque chose de léger, d'heureux, d'agréablement changeant. Là où elle n'avait voulu voir que pure diversion.

— Si ce n'est pas de la mauvaise foi !

Elle s'en voulut aussitôt de l'aigreur de son ton. Ses vieux démons étaient de retour, se gaussant de la mort de ses illusions. *Tu as déjà refusé le Jeu une fois. La veille du jour où Moque eut la gorge tranchée. La veille du jour où Danseur et l'homme qui allait finir par régner sur un empire se sont glissés dans le Fort de ton maître – ton amant. Oserais-tu nier l'existence d'une relation entre les deux, ma fille ?*

La vue brouillée par des souvenirs qu'elle avait cru enterrés pour toujours, elle battit des paupières en observant le Jeu.

— Ai-je réellement envie que tu me parles, vieux compagnon ? Ai-je besoin de ton rappel, de ta confirmation désabusée que la foi n'est bonne que pour les fous et les imbéciles ?

Un mouvement attira son regard. Quelque chose avait bougé dans le cocon de peau. Des bosses surgirent çà et là, forçant sur les coutures. Médusée, Loquevoile retint son souffle. Elle prit le paquet, le posa devant elle et, tirant un petit poignard de sa ceinture, entreprit de trancher les coutures. À l'intérieur, l'objet s'immobilisa, comme s'il attendait le résultat des opérations. Enfin, la magicienne rabattit l'un des morceaux de peau.

— Coucou, Lo, dit alors une voix familière.

Elle écarquilla les yeux. Un pantin de bois vêtu de soie jaune vif s'extrayait de l'enveloppe. Sa tête ronde était peinte de traits qu'elle connaissait parfaitement.

— Toupet.

— Content de te revoir, déclara le pantin.

Il se mit debout, tituba et, pour recouvrer l'équilibre, tendit en avant des mains habilement sculptées.

— Et le transfert a bel et bien réussi, reprit-il, ôtant son souple couvre-chef pour effectuer une hésitante courbette.

Un transfert d'âme.

— Mais on ne sait plus faire ça depuis des siècles ! Même Tayschrenn…

Elle s'interrompit avec une moue, réfléchissant à toute allure.

— Plus tard, décréta Toupet.

Il esquissa quelques pas, puis pencha la tête pour examiner son nouveau corps.

— Ma foi, soupira-t-il, on ne va pas ergoter sur des détails, pas vrai ?

Il releva la tête et riva ses yeux sur la magicienne.

— Tu dois aller dans ma tente avant que Tayschrenn en ait l'idée. J'ai besoin de mon Livre. Tu es dans le coup, maintenant. Tu ne peux plus revenir en arrière.

— Quel coup ?

Toupet ne répondit pas, détournant les yeux.

— Il me semblait bien avoir flairé un Jeu, dit-il en s'agenouillant.

Des filets de sueur glacée ruisselaient sous les aisselles de la magicienne. Toupet l'avait toujours mise plus ou moins mal à l'aise, mais ça… Elle pouvait sentir l'odeur de sa propre peur. Heureusement, il avait cessé de la regarder. Si les légendes étaient vraies, il s'agissait de Magie Ancienne, Kurald Galain. Celle-ci était redoutable, vicieuse, brutale et primordiale. Les Brûleurs de Ponts n'avaient pas la réputation d'être des enfants de chœur, mais arpenter les Garennes les plus proches du Chaos relevait de la folie pure. Ou du pur désespoir.

Presque spontanément, sa Garenne Thyr s'ouvrit et un flot d'énergie emplit son corps fatigué. Ses yeux se rivèrent aussitôt sur le Jeu de Dragons.

Toupet dut s'en apercevoir.

— Allons, Loquevoile, chuchota-t-il, narquois. Le Fatid t'appelle. Lis ce qui doit être lu.

Profondément troublée par l'excitation qui montait en elle, la magicienne tendit la main à contrecœur et la vit trembler en se refermant sur le Jeu. Loquevoile mélangea ensuite lentement les cartes en bois laqué, sentant leur fraîcheur s'insinuer dans ses doigts jusque dans ses bras.

— Une tempête fait rage en elles, je la perçois déjà, dit-elle en reposant le paquet bien droit sur la table.

Toupet répondit par un petit rire impatient et mauvais.

— La première Maison détermine l'orientation, vite !

Loquevoile retourna la carte du dessus. Elle retint son souffle.

— Chevalier des Ténèbres.

Toupet soupira.

— Le Seigneur de la Nuit régit ce jeu. Évidemment.

Loquevoile étudia l'image peinte.

Comme toujours, le visage demeurait flou. Le Chevalier était nu, sa peau d'un noir de jais. Il était humain jusqu'à la taille et fortement musclé, brandissant une épée noire à deux mains à partir de laquelle des chaînes de fumée éthérées allaient se perdre dans les ténèbres vides du fond. Le bas de son corps était celui d'un dragon, dont les écailles noires viraient au gris sur le ventre. Comme toujours, Loquevoile découvrit quelque chose de nouveau, un détail qu'elle n'avait encore jamais vu et qui appartenait à l'instant présent. Au-dessus de sa tête, une forme était suspendue dans les ténèbres. La magicienne l'apercevait seulement du coin de l'œil, vague indice qui s'évanouissait chaque fois qu'elle se concentrait dessus.

— Bien sûr. Tu ne livres jamais la vérité si facilement, n'est-ce pas ?

— Deuxième carte ! s'impatienta Toupet, accroupi près du tableau de jeu gravé sur le plateau de la table.

Loquevoile retourna la deuxième carte.

— Oponn.

Le Fou – les deux visages du Hasard.

— Maudite soit leur manie de l'ingérence, grommela Toupet.

La Dame était à l'endroit tandis que son jumeau, tête renversée, affichait une expression déconcertée. Le fil de la fortune qui attirait à lui plutôt qu'il repoussait : celui du succès. L'expression de la Dame semblait douce, presque tendre, une nouvelle facette illustrant l'équilibre actuel des choses. L'examen attentif de Loquevoile lui révéla un second détail qu'elle n'avait encore jamais vu. Là où la main droite du Seigneur rejoignait la main gauche de la Dame, un minuscule disque argenté occupait l'espace entre leurs doigts. La magicienne se pencha au-dessus de la table. Une pièce. Portant côté face une tête masculine. Loquevoile battit des paupières. Non, féminine. Puis masculine, puis féminine. La magicienne se redressa brusquement. La pièce tournait.

— Carte suivante ! s'exclama Toupet. Tu es trop lente !

Loquevoile se rendit compte que le pantin ne prêtait aucune attention à la carte d'Oponn. Il lui avait même probablement juste accordé un coup d'œil, le temps de l'identifier. La magicienne prit une profonde inspiration. Toupet et les Brûleurs de Ponts étaient liés dans cette affaire, elle le savait d'instinct, mais son propre rôle demeurait incertain. Avec ces deux cartes, elle en savait déjà plus qu'eux. Ce n'était certes pas grand-chose, mais peut-être cela suffirait-il à la maintenir en vie. Expirant d'un coup, elle plaqua violemment la main sur le Jeu.

Toupet sursauta, avant de faire volte-face.

— Tu t'en tiens là ? fulmina-t-il. Tu arrêtes sur le Fou ? Sur la deuxième carte ? Mais c'est ridicule ! Continue, bon sang !

— Non, répliqua Loquevoile en ramassant les deux cartes pour les replacer dans le Jeu. J'ai choisi d'arrêter et tu n'y peux rien.

Elle se leva.

— Garce ! Je pourrais te tuer en un clin d'œil ! Sur-le-champ !

— Excellente idée, rétorqua Loquevoile. Cela me dispensera d'aller faire mon rapport à Tayschrenn. Ne te gêne surtout pas, Toupet.

Croisant les bras, elle attendit.

— Non, lança le pantin d'un ton revêche. J'ai besoin de toi. Et tu méprises Tayschrenn encore plus que moi.

Il inclina la tête, méditant ces paroles, avant de ricaner :

— Je suis donc certain que tu ne me trahiras pas.

Loquevoile y réfléchit.

— Tu as raison, conclut-elle.

Elle regagna ensuite la porte de la tente, empoigna la toile rêche du rabat et s'immobilisa.

— Toupet ? Ton ouïe est-elle fine ?

— Plutôt, maugréa le pantin derrière elle.

— Alors, qu'entends-tu maintenant ?

Une pièce qui tourne ?

— Les bruits du camp, voilà tout. Pourquoi, qu'est-ce que tu entends, toi ?

Loquevoile sourit. Elle écarta le rabat et sortit sans lui répondre. En chemin pour la tente de commandement, un étrange espoir vit jour en elle.

Elle n'avait jamais considéré Oponn comme un allié. Compter sur le hasard relevait de l'idiotie pure et simple. Quant au contact sur sa main de la première Maison sortie, celle des Ténèbres, il avait été glacial, lui évoquant des déferlements de violence et des déchaînements de pouvoir insensés. Et pourtant, il lui avait laissé une impression bizarre, comme un avant-goût de salut. Le Chevalier pouvait être un ennemi ou un allié, ou le plus souvent ni l'un ni l'autre. Il se tenait simplement là, imprévisible, avant tout soucieux de son sort. Mais Oponn chevauchait l'ombre du guerrier, faisant vaciller d'un côté la Maison des Ténèbres, suspendue entre le jour et la nuit. Plus que toute autre chose, c'était la rotation de la pièce d'Oponn qui l'avait décidée à arrêter.

Toupet n'entendait rien. Merveilleux.

Maintenant encore, alors qu'elle s'approchait de la tente, le léger son persistait dans sa tête, et il n'était sans doute pas près de cesser. La pièce tournait, tournait. Oponn présentait deux faces au cosmos, mais c'était la Dame qui avait lancé le pari.

Continue de tourner, petite pièce. Continue de tourner.

Chapitre 3

Thelomen Tartheno Toblakaï…
Trouvez les noms d'un peuple
Résolu à ne pas sombrer
Dans l'oubli…
Leur légende défie
Mon scepticisme railleur et aveugle
Mes yeux d'éclatante gloire…
« Que nul ne se mette en travers de la cage qui
Renferme leur cœur imprenable.
Que nul ne contrarie ces impassibles menhirs,
Éternellement fidèles à la terre. »
Thelomen Tartheno Toblakaï…
Ces imposants piliers toujours debout
Troublent l'échappée glacée
de mon esprit.

La Folie de Gothos (II, 4)
Gothos (né en ?)

La trirème impériale aux voiles déployées fendait les creux des flots telle une hache frappant encore et encore. Ses mâts grinçaient sous un vent régulier. Le capitaine Ganoes Paran était resté dans sa cabine. Il s'était depuis longtemps lassé de guetter l'horizon est, en quête des premiers signes de terre. De toute façon, ceux-ci ne tarderaient plus à apparaître.

Adossé à la paroi inclinée en face de sa couchette, il regardait les lanternes osciller en lançant distraitement sa dague dans le poteau central, désormais criblé d'innombrables petits trous.

Un courant d'air froid et renfermé lui balaya le visage. Il se retourna et vit Cador émerger de la Garenne impériale. Il n'avait pas croisé le chef de la Griffe depuis deux ans.

— Par le souffle de Goule, s'exclama Paran, vous ne pourriez pas vous trouver une autre couleur de vêtements ? Votre obsession pour le vert doit pourtant être curable !

Le grand demi-sang Tiste Andii semblait en effet porter la même tenue que lors de leur dernière rencontre : laine verte, cuir vert. Seules les innombrables bagues sur ses longs doigts lui donnaient quelques taches de couleurs différentes. Il était d'une humeur massacrante et l'accueil de Paran ne fit rien pour l'améliorer.

— Vous croyez que ce genre d'expédition m'amuse, Capitaine ? Dénicher un navire au milieu de l'océan est un exploit dont peu de sorciers seraient capables.

— Ce qui fait de vous un messager particulièrement fiable, marmonna Paran.

— Capitaine, je constate que votre courtoisie laisse toujours autant à désirer. J'avoue ne rien comprendre à la confiance que vous accorde l'Adjointe.

— Que cela ne vous empêche surtout pas de

dormir. Maintenant que vous m'avez trouvé, quel est le message ?

Cador se rembrunit.

— Elle est avec les Brûleurs de Ponts. À l'extérieur de Pale.

— Le siège continue ? De quand datent vos informations ?

— De moins d'une semaine, soit le temps passé à vous courir après. En tout cas, nous sommes sur le point de sortir de l'impasse.

— Hum ! maugréa Paran, avant de froncer les sourcils. Quelle escouade ?

— Vous les connaissez toutes ?

— Oui.

Cador se rembrunit encore davantage, puis entreprit d'examiner les bagues d'une de ses mains.

— Celle de Mésangeai, répondit-il enfin. C'est une recrue à lui.

Paran ferma les paupières. Il aurait dû s'y attendre. *Les dieux se jouent de moi. La question est, quels dieux ? Oh, Mésangeai ! Toi qui commandais naguère une armée, quand Laseen s'appelait encore Revêche. Tu aurais encore pu écouter ton compagnon, faire pencher la balance, arrêter Revêche. Bon sang, peut-être aurais-tu même pu m'arrêter moi. Mais aujourd'hui, tu commandes une simple escouade et elle est impératrice. Et moi ? Je suis un pauvre fou qui a suivi son rêve et désire seulement le voir prendre fin.*

Il rouvrit les yeux et dévisagea Cador.

— Mésangeai, répéta-t-il. La guerre de Sept-Cités : la brèche d'Aren, le Saint-Désert de Raraku, Pan'potsun, Nathilog…

— Tout ça, c'était du vivant de l'Empereur, Paran.

— Je suis donc censé prendre le commandement de l'escouade de Mésangeai. Pour une mission qui nous conduira à Darujhistan, la plus belle des villes.

— Votre recrue commence à manifester ses pouvoirs, dit Cador avec une grimace. Elle a corrompu les Brûleurs de Ponts. Peut-être même Dujek Unbras et toute la 2e et la 3e armée de Genabackis.

— Vous n'êtes pas sérieux ? De toute manière, je dois seulement m'occuper de cette fille. Et de rien d'autre. L'Adjointe pense que nous avons assez attendu et maintenant, vous venez me dire que nous avons trop traîné ? Je ne puis croire que Dujek soit en passe de devenir un renégat. Pas lui. Ni Mésangeai.

— Vous devez procéder comme prévu. On m'a juste chargé de vous rappeler que le secret est plus que jamais de la plus haute importance. Un agent de la Griffe vous contactera à votre arrivée à Pale. Ne vous fiez à personne d'autre. Votre recrue a trouvé son arme et compte frapper au cœur de l'Empire. Un échec ne peut être envisagé.

Les yeux étranges de Cador étincelèrent.

— Si vous ne vous sentez plus à la hauteur de la tâche…

Paran examina son interlocuteur.

— Si la situation est aussi dramatique que vous le prétendez, pourquoi ne pas envoyer là-bas quelques assassins de la Griffe ?

Cador soupira.

— Un dieu se sert d'elle, Capitaine. La tuer ne sera pas simple. Le plan prévu pour se débarrasser d'elle a nécessité… des aménagements. Certains développements, pour tout dire. Des menaces supplémentaires doivent être gérées, mais d'autres s'en occupent déjà. Faites ce qu'on vous a ordonné. Pour prendre Darujhistan, il faut écarter tout risque. Et l'Impératrice veut Darujhistan. Elle a également le sentiment que le temps est venu de… il sourit :

— … de désarmer Dujek Unbras.

— Pourquoi ?

— Il a des partisans. Le bruit court toujours que l'Empereur songeait au vieil Unbras comme son héritier.

Paran eut un reniflement ironique.

— L'Empereur comptait régner éternellement, Cador. Les soupçons de Laseen sont ridicules et ne servent qu'à justifier sa paranoïa.

— Capitaine, répliqua calmement Cador, des hommes plus valeureux que vous sont morts pour bien moins que cela. L'Impératrice s'attend à des serviteurs obéissants et loyaux.

— Tout souverain raisonnable inverserait l'attente et l'exigence en question.

Les lèvres de Cador se changèrent en une mince ligne blanche.

— Prenez le commandement de cette escouade et gardez la recrue à l'œil, mais ne faites rien qui puisse éveiller sa méfiance. Une fois sur place, vous devrez attendre. Est-ce clair ?

Paran détourna le regard en direction du hublot. Dehors, le ciel était bleu. Il y avait trop d'omissions, de demi-vérités et de purs mensonges dans ce… cet inextricable pétrin. *Comment m'y prendre, le moment venu ? La recrue doit mourir. Voilà qui ne fait aucun doute. Mais le reste ? Mésangeai, je me souviens de toi au faîte de ta gloire, et jamais dans mes rêves je n'avais imaginé ce cauchemar croissant. Aurai-je ton sang sur les mains quand tout sera terminé ?* À bien y réfléchir, dans toute cette affaire, il ne savait même plus qui était le traître ultime, si traître il devait y avoir. L'Empire se résumait-il à l'Impératrice ? Où était-ce autre chose – un legs, une ambition, un mirage de paix et de richesse pour tous ? Ou encore une bête féroce vouée à dévorer sans cesse ? Darujhistan : la plus grande ville du monde. Rejoindrait-elle l'Empire en flammes ? Était-il sage d'en ouvrir les portes ? Au sein des frontières troublées de l'Empire Malazéen, la population connaissait une paix inconcevable pour ses ancêtres, et sans la Griffe et les interminables guerres menées dans des terres lointaines, la liberté aurait aussi régné. Cela avait-il été le rêve de l'Empereur au tout début ? Cela avait-il encore de l'importance ?

— Avez-vous compris mes instructions, Capitaine ?

Décochant un coup d'œil au chef de la Griffe, Paran esquissa un geste impatient.

— Suffisamment bien.

Rageur, Cador écarta les bras. La Garenne impériale s'ouvrit derrière lui et il recula d'un pas pour disparaître à l'intérieur.

Paran se pencha en avant et enfouit sa tête entre ses mains.

*

C'était la saison des Courants et les gros transports malazéens tanguaient dans le port de Genabaris, tirant sur leurs cordages, tels d'énormes animaux. Les jetées, peu habituées à accueillir des vaisseaux de cette dimension, résonnaient de sinistres grincements à chaque brutale traction sur leurs bornes d'amarrage.

Des caisses et des balles de marchandises encombraient les docks – des fournitures récemment arrivées de Sept-Cités et destinées au front. En quête de sceaux d'identification, des préposés au ravitaillement grimpaient dessus comme des singes, s'interpellant les uns les autres au-dessus des débardeurs et des soldats.

Adossé à une caisse, à l'entrée d'un débarcadère, ses bras massifs croisés sur sa poitrine, l'agent de la Griffe ne quittait pas de ses petits yeux l'officier assis sur un ballot, une trentaine de mètres plus loin. Ni l'un ni l'autre n'avaient bougé depuis une heure.

L'agent avait du mal à se convaincre qu'il s'agissait bien de l'homme qu'il devait retrouver. Il avait tout d'un gamin, d'un vrai bleu, un bleu plus bleu que le ciel reflété par l'eau rance de la baie. Son uniforme affichait encore les marques de la craie du tailleur et le cuir de la poignée de son épée longue brillait. Il restait bêtement assis depuis une heure, les mains sur les genoux et les épaules voûtées, observant d'un air bovin l'activité frénétique des alentours. Il puait la noblesse à plein nez, au point qu'aucun soldat n'avait jugé utile de le saluer malgré son insigne de capitaine.

L'Adjointe avait dû prendre un coup sur la tête

lors de cette dernière tentative d'assassinat contre l'Impératrice. Comment expliquer autrement que ce grotesque personnage ait droit au type de service que lui-même s'apprêtait à fournir au nom de la Griffe. *Et en personne, pas moins*. Ces temps-ci, il n'y a décidément plus que des abrutis aux postes importants, conclut-il avec aigreur.

Il se redressa en soupirant, avant de s'avancer d'un pas lent vers l'officier.

Celui-ci ne leva pas les yeux avant que l'agent se plante sous son nez et ce dernier révisa aussitôt son jugement. Il y avait quelque chose de dangereux dans ce regard. Comme une lueur enfouie qui lui donnait l'air plus âgé que le reste de son visage.

— Quel nom ? s'enquit l'agent dans un grognement à peine audible.

— Vous avez pris votre temps, commenta l'officier en se levant.

Et en plus, ce salaud était grand. L'agent se renfrogna. Il détestait les gens grands.

— Qui attendez-vous, Capitaine ?

L'officier scruta la terre ferme.

— Plus personne. En route. J'espère que vous savez où nous allons.

Il ramassa son sac de voyage et se mit en marche.

L'agent le rattrapa.

— C'est bon, maugréa-t-il, comme vous voudrez.

Au bout du débarcadère, il prit la première rue à droite.

— Un quorl Vert est arrivé la nuit dernière. Il vous conduira directement à la forêt des Nuées et, de là, un quorl Noir vous mènera jusqu'à Pale.

Le capitaine lui adressa un regard morne.

— Vous n'avez jamais entendu parler de quorls ?

— Non. Je présume qu'il s'agit d'un moyen de transport. Autrement, pourquoi me ferait-on débarquer à mille lieues de Pale ?

— Les Moranths les utilisent, et nous, nous utilisons les Moranths. D'ailleurs, on s'en sert beaucoup ces temps-ci, poursuivit l'agent d'un ton sinistre. Les Verts assurent l'essentiel de la messagerie et trimballent des gens comme vous et moi, mais les Noirs sont stationnés à Pale, et les différents clans n'aiment pas se mélanger. Les Moranths se composent d'une série de clans, avec pour nom la couleur de leur tenue. Comme ça, personne ne peut se tromper.

— Je dois donc partir avec un Vert sur un quorl ?

— Vous avez tout compris.

Ils empruntèrent une rue étroite. Des gardes malazéens grouillaient à tous les carrefours, prêts à tirer leurs armes. Le capitaine rendit son salut à l'une de ces patrouilles.

— Des problèmes d'insurrection ? s'enquit-il.

— Des insurrections, oui. Des problèmes, non.

— Parfait, dit le capitaine avec raideur. Corrigez-moi si je me trompe. Au lieu de m'emmener en bateau jusqu'à un point plus proche de Pale, on me fait voyager par voie terrestre avec une bande de barbares à demi humains déguisés en sauterelles. Moyennant quoi, personne ne s'apercevra de rien, d'autant qu'il nous faudra bien un an pour gagner Pale et que, d'ici là, ce sera la révolution là-bas. Quelque chose m'a échappé ?

L'agent secoua la tête avec un grand sourire. Il

avait beau détester les grands – ou du moins les hommes plus grands que lui –, celui-là commençait à lui plaire. Au moins, il avait son franc-parler, ce qui était déjà remarquable pour un représentant de la noblesse. Peut-être Lorn n'avait-elle pas entièrement perdu la main, tout compte fait.

— L'expression voie terrestre est mal choisie, Capitaine. En réalité, vous serez très loin de la terre ferme.

Une fois parvenu devant une porte d'aspect très quelconque, il se tourna vers l'officier.

— Les quorls sont des animaux volants. Ils ont des ailes. Quatre, pour être exact. Elles sont transparentes et vous pouvez même passer un doigt au travers, si ça vous tente. Seulement, ne vous amusez pas à le faire quand vous serez à douze cents pieds du sol parce que, malgré la distance, la descente risque de vous paraître sacrément rapide. D'accord, Capitaine ?

Il ouvrit la porte, qui donnait sur un escalier.

Le capitaine avait pâli.

— Autant pour les rapports des services de renseignement, marmonna-t-il.

Le sourire de l'agent s'élargit.

— Nous les lisons avant vous. Pourquoi fournir des informations à ceux qui n'en ont pas besoin ? N'oubliez jamais ça, Capitaine…

Pour toute réponse, l'officier sourit.

Ils entrèrent avant de refermer la porte derrière eux.

*

Un jeune militaire se rua vers Loquevoile alors qu'elle traversait l'enceinte de ce qui constituait désormais le Quartier Général de l'Empire à Pale. Le visage du gamin reflétait un effarement absolu et il dut ouvrir la bouche à plusieurs reprises avant d'arriver à émettre le moindre son.

— Magicienne ?

Loquevoile s'immobilisa. L'idée de faire attendre un peu plus Tayschrenn ne lui déplaisait pas.

— Qu'y a-t-il, soldat ?

Le gamin jeta un coup d'œil furtif derrière lui, puis répondit.

— Les gardes, Magicienne. Ils ont comme qui dirait un problème. Ils m'ont envoyé pour...

— Quels gardes ? Conduisez-moi à eux.

— À vos ordres, Magicienne.

Elle le suivit jusqu'à l'angle du bâtiment principal. Un mur d'enceinte courait le long de l'édifice, créant un étroit passage sur toute sa longueur. Au bout de ce couloir, quelqu'un se tenait à genoux, tête nue et inclinée, près d'un grand sac de toile bosselé recouvert de taches brunes. Des nuées de mouches s'agglutinaient autour de l'homme et du sac.

Le jeune soldat fit halte et se tourna vers la magicienne.

— Il n'a toujours pas bougé, dit-t-il. Les gardes se retiennent de vomir chaque fois qu'ils passent devant.

Contemplant la silhouette recroquevillée, Loquevoile sentit des larmes lui monter aux yeux. Elle s'engagea dans le passage, oubliant le soldat. La puanteur la prit aussitôt à la gorge. *Bon sang!* songea-t-elle. *Il est là depuis la bataille. Cinq jours.* Elle se rapprocha. Même s'il était agenouillé, Bellurdan avait pratiquement la tête à la hauteur de celle de la magicienne. Le Grand Mage thelomen portait toujours sa tenue de combat : des lambeaux de fourrure noircis et déchirés, sa tunique grossière réduite à des fragments maculés de sang. Loquevoile s'arrêta devant lui et vit que son cou et son visage étaient couverts de cloques ; la plupart de ses cheveux avaient brûlé.

— Tu as une mine épouvantable, Bellurdan, murmura-t-elle.

La tête du géant pivota lentement. Ses yeux rougis se braquèrent sur la magicienne.

— Ah ! fit-il d'une voix caverneuse, Loquevoile.

Son sourire exténué fendit la chair carbonisée d'une de ses joues. Sa blessure béait, sèche et vermeille. La magicienne manqua éclater en sanglots.

— Il te faut des soins, mon vieil ami.

Elle jeta un coup d'œil au sac de toile, qui grouillait de mouches.

— Allons, Frissombre te passerait un drôle de savon si elle te voyait.

Tremblante, elle poursuivit néanmoins avec fermeté :

— Nous allons nous occuper d'elle, Bellurdan, toi et moi. Mais pour cela, nous aurons besoin de toutes nos forces.

Le Thelomen secoua lentement la tête,

— Non, Loquevoile, J'ai fait mon choix. Les cicatrices du dehors ne font qu'un avec celles du dedans.

Il prit une profonde inspiration :

— Je survivrai à mes blessures. Et j'élèverai seul le

tumulus de ma bien-aimée. Mais le moment n'est pas encore venu.

Il posa une énorme main sur le sac.

— Tayschrenn m'a donné la permission d'agir ainsi. En feras-tu autant ?

Loquevoile fut choquée par la vague de colère qui montait en elle.

— Tayschrenn t'a donné la permission, vraiment ? s'exclama-t-elle d'une voix qui lui parut brutale, âpre.

Bellurdan tressaillit et parut se ratatiner. La magicienne aurait voulu se jeter à son cou pour pleurer, mais la rage la dominait désormais.

— Bellurdan ! Cet ignoble individu a tué Frissombre ! Le seigneur de la Lune n'avait ni le temps ni l'envie d'invoquer des démons, songes-y. Tayschrenn a eu tout le loisir de préparer…

— Non !

La voix tonitruante du géant thelomen résonna dans l'allée entière. Loquevoile recula en le voyant se relever. Les yeux étincelants de désespoir, il semblait prêt à démolir les murs. Il serra les poings et riva un regard furieux sur la magicienne. Mais soudain, il se figea et ses épaules s'affaissèrent. Ses mains se rouvrirent et ses yeux perdirent tout éclat.

— Non, répéta-t-il d'un ton plein de tristesse. Tayschrenn est notre protecteur, Loquevoile. Il l'a toujours été. Rappelle-toi, au début. L'Empereur était fou, mais il avait Tayschrenn à ses côtés. C'est Tayschrenn qui a donné forme au rêve de l'Empire, s'opposant ainsi au cauchemar de l'Empereur. Nous avons sous-estimé le seigneur de Sangdelune, voilà tout.

Loquevoile observa le visage ravagé de Bellurdan.

L'image du corps mutilé de Toupet lui revint en tête. Un lien existait forcément, mais elle ne parvenait pas à saisir lequel.

— Je me souviens du début, dit-elle à voix basse, fouillant dans sa mémoire.

Ses souvenirs demeuraient vifs, mais leur rapport avec le présent lui échappait toujours. Elle aurait donné cher pour une conversation avec Ben le Vif, mais elle n'avait plus croisé les Brûleurs de Ponts depuis la bataille. Ils l'avaient laissée seule avec Toupet, ce pantin qui la terrorisait chaque jour un peu plus. D'autant qu'il s'était trouvé une raison de lui en vouloir – il n'avait toujours pas digéré l'épisode du Jeu de Dragons – et en profitait pour la maintenir dans l'ignorance la plus totale.

— L'Empereur avait l'art de savoir s'entourer, reprit-elle. Mais il n'était pas stupide. Il savait que la trahison viendrait de ce groupe-là. C'est notre pouvoir qui faisait de nous les gens capables d'accomplir notre mission. Oui, Bellurdan. Je me rappelle.

Elle secoua la tête.

— L'Empereur est mort, mais le pouvoir est toujours là.

Elle retint son souffle :

— Et voilà, conclut-elle presque en aparté. C'est Tayschrenn le fil conducteur.

— L'Empereur avait perdu la tête, insista Bellurdan. Sinon, il se serait mieux protégé.

Loquevoile fronça les sourcils. Le Thelomen venait de marquer un point. Comme elle venait de le dire, le vieil Empereur n'était pas un imbécile. Que s'était-il donc passé ?

— Bellurdan, je regrette, je n'ai pas le temps de discuter. Le Grand Mage m'a convoquée. Mais il faut que nous en reparlions plus tard. Tu veux bien ?

Le géant hocha la tête.

— À ton gré. Je partirai bientôt élever le tumulus de Frissombre. Loin dans la plaine rhivie, je pense.

Loquevoile jeta un coup d'œil à l'entrée du passage. Le jeune soldat attendait toujours, se balançant d'un pied sur l'autre.

— Bellurdan, cela t'ennuierait que je jette un sort de préservation sur sa dépouille ?

Les yeux du géant s'embrumèrent. Il regarda le sac à ses pieds.

— Les gardes sont mécontents, c'est vrai.

Il réfléchit un moment :

— Oui, Loquevoile. Tu peux le faire.

*

— Ça empeste d'ici jusqu'au trône, déclara Kalam, ses traits couturés déformés par l'inquiétude.

Accroupi, il traçait machinalement avec sa dague une toile d'araignée dans le sol. Clignant des yeux à cause de la lumière du matin, il leva finalement les yeux sur le sergent.

Les mâchoires serrées sous sa barbe, Mésangeai observait les murs noircis de Pale.

— La dernière fois que j'ai mis les pieds sur cette colline, évoqua-t-il en plissant les paupières, elle était jonchée d'armures. Et d'un mage et demi.

Il se tut un moment, avant de soupirer :

— Continuez, Caporal.

Kalam acquiesça d'un signe de tête.

— J'ai suivi quelques vieilles pistes, reprit-il. Quelqu'un de très haut placé veut notre peau. À la cour, peut-être, ou dans la noblesse – le bruit court que les aristocrates sont de retour en coulisses.

Il grimaça.

— Et voilà qu'on nous envoie d'Unta un nouveau capitaine, pressé de nous faire égorger. Quatre capitaines en trois ans et pas un n'a valu son poids en sel.

Ben le Vif se tenait trois mètres plus loin, bras croisés, sur la crête de la colline.

— Allons, Mésangeai, notre plan est sans faille. Ce type nous arrive tout droit du palais sur un flot de…

— Silence, coupa le sergent. Je réfléchis.

Kalam et Ben le Vif échangèrent un regard.

Une longue minute passa. En bas, sur la route qui menait en ville, des convois de troupes bringuebalaient dans les ornières : des vestiges mal en point de la 5e et la 6e armée, déjà quasiment mises en pièces par Caladan Rumin et la Garde Pourpre. Mésangeai secoua la tête. Les Moranths représentaient l'unique corps encore indemne, mais ils semblaient résolus à ne faire combattre que les régiments Noirs, cantonnant les Verts au transport d'hommes et de matériel. Et où étaient donc passés ces Dorés, dont on lui avait tant rebattu les oreilles ? De toute manière, maudits soient ces salauds de non-humains. Leur vengeance brillait encore dans les caniveaux rougeoyants de Pale. Quand les équipes chargées d'enterrer les corps auraient fini, de nouvelles collines se dresseraient devant les remparts de la ville. Et pas des moindres.

Mais rien ne viendrait témoigner de la mort de mille trois cents Brûleurs de Ponts. Les vers de terre n'auraient pas à chercher bien loin pour se repaître de ces cadavres-là. Hormis les rares rescapés, nul n'avait vraiment tenté de les sauver. Le sergent en avait froid dans le dos. Un officier subalterne avait transmis les condoléances de Tayschrenn, avant de déblatérer des foutaises à la pelle au sujet de la mort, de l'héroïsme et du sacrifice, dans l'accomplissement de son devoir.

Son public de trente-neuf soldats était resté de marbre. Deux heures après, on avait retrouvé l'officier sans vie dans sa chambre, étranglé par une main experte. L'atmosphère était délétère. Personne au sein du régiment n'aurait pu songer à quelque chose d'aussi moche cinq ans plus tôt mais là, nul n'avait éprouvé la moindre surprise.

Étranglé ? Ce sont les méthodes de la Griffe. Kalam avait suggéré qu'il s'agissait d'un coup monté, d'une subtile machination cherchant à discréditer les Brûleurs de Ponts survivants. Mésangeai demeurait sceptique.

Il tenta de faire le point. S'il y avait une logique derrière tout cela, elle était forcément simple – assez pour passer inaperçue. Mais la fatigue l'empêchait de réfléchir. Il emplit ses poumons d'air frais.

— La nouvelle recrue ? demanda-t-il.

Kalam se releva en grognant. Le regard perdu dans le lointain, il parut se replonger dans ses souvenirs.

— Possible, répondit-il enfin. Elle est quand même bien jeune pour appartenir à la Griffe.

— Je n'avais jamais cru au mal à l'état pur avant

de voir Mes Regrets, déclara Ben le Vif, mais tu as raison, elle est terriblement jeune. Combien de temps les entraînent-ils avant de les lâcher dans la nature ?

Gêné, Kalam haussa les épaules.

— Quinze ans minimum. Remarque, ils les prennent petits. Cinq ou six ans.

— Il pourrait y avoir de la magie là-dessous, commenta Ben le Vif. Pour lui donner l'air moins âgé qu'elle ne l'est en réalité. C'est coton, mais à la portée de Tayschrenn.

— Cousu de fil blanc, marmonna Mésangeai. Non, disons que cette gamine a reçu une mauvaise éducation.

— Ne me dites pas que vous croyez un truc pareil ! protesta Ben le Vif.

Le visage du sergent s'assombrit.

— La discussion sur Mes Regrets est close. Et ne viens pas me dire ce que je pense, Sorcier.

Il se retourna vers Kalam.

— Bon. D'après toi, l'Empire s'amuse à tuer les siens ces jours-ci. Tu penses sans doute que Laseen fait le ménage ? Ou un de ses proches ? Pour se débarrasser de certaines personnes ? Parfait. Explique-moi pourquoi.

— La vieille garde, répondit aussitôt Kalam. Tous ceux qui restent fidèles au souvenir de l'Empereur.

— Ça ne tient pas debout, répliqua Mésangeai. On est de toute manière en train de disparaître. Pas besoin de Laseen pour ça. À part Dujek, plus personne dans cette armée ne connaît ne serait-ce que le nom de l'Empereur. Et tout le monde s'en fiche. Il est mort. Longue vie à l'Impératrice.

— Elle n'a pas la patience d'attendre, répliqua Ben le Vif.

Kalam hocha la tête.

— Elle est en perte de vitesse. Les choses allaient mieux avant : c'est ce souvenir-là qu'elle veut éradiquer.

— Toupet est notre arme secrète, insista Ben le Vif avec un hochement de tête convaincu. Ça va marcher, Mésangeai. Je suis sûr de mon coup.

— C'est la stratégie qu'aurait choisie l'Empereur, renchérit Kalam. On inverse les rôles. On fait notre propre ménage.

Mésangeai leva la main.

— Très bien. Silence. On jurerait que vous avez répété, tous les deux.

Il marqua une courte pause.

— C'est une théorie. Compliquée en prime. Qui est au courant et qui ne l'est pas ?

Il fronça les sourcils devant l'expression de Ben le Vif.

— D'accord, c'est le boulot de Toupet. Mais que va-t-il se passer si tu te retrouves nez à nez avec quelqu'un de très fort et de très méchant ?

— Comme Tayschrenn ? ironisa le sorcier.

— Précisément. Mais je suis sûr que tu as une solution. Voyons si j'arrive à la trouver tout seul. Tu cherches quelqu'un d'encore plus méchant. Tu conclus un marché, tu tends un piège et, si nous sommes assez rapides, tout marchera comme sur des roulettes. Je brûle ?

Amusé, Kalam renifla.

Ben le Vif détourna les yeux.

— Autrefois en Sept-Cités, avant l'arrivée de l'Empire…

— Autrefois en Sept-Cités, c'était autrefois, l'interrompit Mésangeai. Nom d'un chien, Ben ! C'est moi qui conduisais la compagnie qui t'a pourchassé dans le désert, tu te souviens ? Je sais comment tu fonctionnes. Et je sais que tu es fichtrement doué dans les plans de ce genre. Si ma mémoire est bonne, tu es aussi le seul de ta cabale à t'en être sorti vivant à l'époque. Mais cette fois ?

Le sorcier pinça les lèvres, apparemment blessé.

Mésangeai soupira.

— Très bien. Essayons. Tu peux lancer l'opération. Mais embarque cette magicienne dans l'histoire. On aura besoin d'elle si Toupet brise ses chaînes.

— Et Mes Regrets ? s'enquit Kalam.

Mésangeai hésita. Il n'ignorait pas le sous-entendu. Ben était le cerveau de l'escouade, mais Kalam leur tueur. Tous deux le mettaient parfois mal à l'aise, avec leur passion à sens unique pour leurs talents respectifs.

— Fiche-lui la paix, dit-il enfin. Pour l'instant.

Kalam et Ben le Vif soupirèrent, non sans échanger un sourire derrière le dos de leur sergent.

— Et que tout ça ne vous monte pas à la tête, reprit sèchement ce dernier.

Les sourires s'évanouirent.

L'attention de Mésangeai se reporta sur les convois de chariots. Deux cavaliers approchaient en sens inverse. Ils appartenaient à son escouade. Violain et Mes Regrets.

— C'est bon, dit-il. En selle. Voilà notre comité d'accueil.

— Vous pensez que le nouveau capitaine est arrivé ? questionna Kalam en se hissant sur sa jument rouanne. Celle-ci tourna la tête et tenta de le mordre. Il répondit par un grognement, et les deux vieux compagnons retrouvèrent leur méfiance mutuelle.

Mésangeai les observait, amusé.

— Probable, répondit-il. Descendons à leur rencontre. Ceux qui nous surveillent du haut des remparts pourraient devenir nerveux.

Sa bonne humeur le quitta. Ils venaient bel et bien d'inverser les rôles et le moment n'aurait pu être plus mal choisi. Contrairement à Ben le Vif et à Kalam, il connaissait toute l'ampleur de leur prochaine mission.

Mais à quoi bon compliquer encore les choses ? Ils l'apprendront bien assez tôt.

*

Loquevoile se tenait cinq ou six pas derrière le Grand Mage Tayschrenn.

Les oriflammes malazéennes claquaient dans le vent, leurs hampes grinçant au-dessus de la tourelle noircie par la fumée. Mais à l'abri des remparts, l'atmosphère demeurait calme. En face de la magicienne, à l'ouest, les montagnes moranthes pointaient un bras mutilé en direction de Genabaris, au nord. La chaîne rejoignait au sud les Tahlyn, ligne dentelée s'étirant sur mille lieues vers l'est. À la droite de Loquevoile, la plaine rhivie déployait son étendue d'herbe jaune.

Accoudé à un merlon, Tayschrenn observait les chariots qui entraient dans la ville, au milieu des mugissements des bœufs et des cris des soldats. Le Grand Mage n'avait ni bougé ni parlé depuis plusieurs minutes. À sa gauche, on trouvait une petite table de chêne dont la surface piquetée était recouverte de runes gravées. De curieuses taches sombres la maculaient.

Loquevoile avait les épaules atrocement raides. Sa rencontre avec Bellurdan l'avait secouée et elle ne se sentait guère en état d'affronter ce qui l'attendait.

— Des Brûleurs de Ponts, marmonna le Grand Mage.

La magicienne tressaillit et fronça les sourcils, avant de rejoindre Tayschrenn. Vers la droite, un groupe de cavaliers descendait d'une colline – une colline qu'elle ne connaissait que trop bien. Malgré la distance, elle en reconnut quatre : Ben le Vif, Kalam, Mésangeai et cette recrue, Mes Regrets. Le cinquième cavalier était un petit homme sec et nerveux, qui avait tout du sapeur.

— Ah ? fit-elle, feignant l'indifférence.

— L'escouade de Mésangeai.

Le Grand Mage regarda Loquevoile droit dans les yeux.

— Ceux-là mêmes à qui vous avez parlé aussitôt après la retraite de la Lune.

Il sourit et lui donna une petite tape sur l'épaule.

— Venez. J'ai besoin d'un Tirage. Oponn tisse un singulier dédale, son influence n'en finit pas de me piéger.

Il se rapprocha de la table avant de tourner le dos

au rempart et de s'assoir sur un créneau, relevant la tête.

— Loquevoile, reprit-il d'un ton mesuré, pour tout ce qui touche à l'Empire, je suis le serviteur de l'Impératrice.

Loquevoile se remémora leurs vifs échanges lors du compte rendu de mission. Rien n'avait été réglé.

— Dans ce cas, peut-être est-ce à elle que je devrais me plaindre ?

Tayschrenn haussa les sourcils.

— Je présume que cette remarque se voulait sarcastique.

— Qui l'affirme ?

— Moi, répliqua-t-il avec raideur. Et estimez-vous heureuse que je le prenne ainsi.

Loquevoile sortit alors son Jeu. Le plaquant sur son ventre, elle laissa courir ses doigts sur la carte du dessus. De la fraîcheur. Une sensation de pesanteur, d'obscurité. Elle plaça ensuite le Jeu au centre de la table, s'agenouilla pesamment et croisa le regard de Tayschrenn.

— On commence ?

— Parlez-moi de la Pièce qui Tourne.

Pétrifiée, la magicienne retint son souffle.

— Première carte, ordonna Tayschrenn.

Loquevoile s'obligea à pousser un profond soupir. *Que Goule emporte le Grand Mage*. L'écho d'un rire résonna dans sa tête, et elle comprit que quelqu'un, quelque chose, avait ouvert la voie. Un Ascendant communiquait par son intermédiaire, une présence désinvolte et amusée, fugace. Ses paupières se refermèrent malgré elle.

Elle saisit la première carte, la retourna et la posa presque au hasard sur sa droite. Les yeux toujours clos, elle se sentit sourire.

— Carte non alignée : l'Orbe. Discernement et vision juste.

Elle plaça la deuxième carte sur la gauche.

— Vierge, Haute Maison de la Mort. Ici balafrée et les yeux bandés, avec du sang sur les mains.

Un bruit de chevaux comme venu de très loin lui parvint, avant de se faire de plus en plus proche puis carrément sous ses pieds, comme si la terre les avait engloutis. Enfin, le martèlement de sabots reprit, dans son dos cette fois. Elle hocha machinalement la tête. La recrue.

— Le sang sur ses mains ne lui appartient pas, le crime n'est pas le sien. Le linge qui l'aveugle est humide.

La magicienne fit claquer la troisième carte juste devant elle. Une image se forma derrière ses paupières. Le froid et la peur la saisirent.

— Assassin, Haute Maison de l'Ombre. La Corde, des nœuds sans fin, le Patron des Assassins est dans ce jeu.

Un instant, elle crut entendre des hurlements de Molosses. Elle posa une main sur la quatrième carte et perçut un frisson électrique, suivi d'un sentiment proche de la fausse modestie.

— Oponn. La Dame en haut, le Seigneur en bas.

Souriant intérieurement, elle plaça la carte devant Tayschrenn. *Le voilà ton problème*, Grand *Mage*. *Rumine un peu là-dessus*, *la Dame t'observe avec dégoût*. Une foule de questions devaient brûler les lèvres de Tayschrenn, mais il n'en formula aucune. Il y avait trop de pouvoir derrière une telle ouverture. Avait-il perçu la présence de l'Ascendant ? L'effrayait-elle ?

— La Pièce, s'entendit dire Loquevoile, continue de tourner, Grand Mage. Nombreux sont ceux vers qui elle tourne sa face – une poignée peut-être – et voici leur carte.

Elle mit la cinquième carte à la droite d'Oponn.

— Une autre non alignée : la Couronne. Sagesse et justice, puisqu'elle est à l'endroit. Autour d'elle, les remparts d'une belle ville, illuminés par des flammes de gaz bleues et vertes.

La magicienne réfléchit.

— Oui, Darujhistan, la dernière Ville libre.

La voie se referma. L'Ascendant s'était retiré, lassé du jeu. Les yeux de Loquevoile s'ouvrirent et une chaleur inattendue réconforta son corps fatigué.

— Je ne peux aller plus loin dans le dédale d'Oponn, dit-elle, amusée par la vérité cachée dans cette formule. Grand Mage.

Tayschrenn expira bruyamment et se redressa.

— Vous êtes déjà allée bien plus loin que moi, Magicienne.

Il la dévisagea, les traits las.

— Je suis impressionné par votre source, quoique peu enchanté par son message.

Il se rembrunit et joignit ses longues mains devant sa figure, les coudes posés sur les genoux.

— Et le tintement de cette Pièce qui n'en finit pas de tourner ! On retrouve l'humour du Fou dans cette affaire. Même à présent, j'ai le sentiment que l'on nous abuse. La Vierge de la Mort, voilà qui sent la supercherie.

Loquevoile fut impressionnée à son tour. Le Grand Mage était donc un Initié. Avait-il entendu les éclats de rire qui avaient ponctué le tirage ? Elle espérait que non.

— La chose n'a rien d'impossible, répondit-elle. Le visage de la Vierge change constamment, il pourrait s'agir de n'importe qui. On ne peut en dire autant d'Oponn ou de la Corde.

Elle hocha la tête.

— Une supercherie est fort vraisemblable, conclut-elle, pas mécontente en réalité de converser avec un égal.

Cette constatation la fit grimacer intérieurement. *Il vaut toujours mieux que la haine et l'indignation restent pures, sans mélange.*

— J'aimerais connaître vos pensées, dit Tayschrenn.

Loquevoile tressaillit sous le regard fixe du Grand Mage, avant d'entreprendre de ramasser ses cartes. Quel mal y aurait-il à fournir quelques éclaircissements ? Au pire, cela ne ferait que le perturber davantage.

— La supercherie est le fort du Patron des Assassins, déclara-t-elle. Je n'ai rien perçu de son maître présumé, Ombretrône. Ce qui m'incite à penser que la Corde œuvre ici pour son propre compte. Prenez garde à l'Assassin, Grand Mage. Ses jeux sont encore plus subtils que ceux d'Ombretrône, si c'est possible. Et bien qu'Oponn joue sa propre partie, le jeu reste le même et se déroule dans notre monde à nous. Les

Jumeaux de la Fortune ne contrôlent rien dans le Domaine de l'Ombre et l'Ombre est une Garenne connue pour déborder au-delà de ses frontières. Pour enfreindre les règles.

— Très juste, maugréa Tayschrenn en se relevant. L'émergence de ce domaine bâtard m'a toujours tracassé.

— Il est encore jeune, fit observer Loquevoile.

Elle rangea son Jeu dans la poche intérieure de sa cape.

— Il ne prendra sa forme définitive que dans des siècles, à supposer qu'il dure assez longtemps. D'autres nouvelles Maisons ont connu une fin rapide.

— Celle-ci contient trop de pouvoir.

Tayschrenn se replongea dans l'observation des montagnes moranthes, avant de reprendre en voyant Loquevoile regagner l'escalier menant en ville :

— Ma gratitude n'est pas sans valeur, j'espère. En tout cas, Magicienne, elle vous est acquise.

Loquevoile hésita sur le palier, un instant seulement. Tayschrenn se montrerait moins magnanime s'il découvrait qu'elle venait de le tromper. Car elle avait sa petite idée sur l'identité de la Vierge. Elle se remémora l'instant où elle avait tiré sa carte. Les chevaux qu'elle avait entendus passer sous elle n'avaient rien d'une illusion : l'escouade de Mésangeai était rentrée en ville, par la porte juste en dessous. Et parmi ces cavaliers se trouvait Mes Regrets. Coïncidence ? Possible. Mais la magicienne en doutait. La Pièce avait légèrement vacillé avant de se remettre à tourner. Loquevoile l'entendait jour et nuit dans sa tête, si bien qu'il lui fallait désormais se concentrer pour en distinguer le bruit, mais elle avait néanmoins capté ce léger signe, senti le changement de rythme, perçu un instant d'incertitude.

La Vierge de la Mort et l'Assassin de la Haute Maison de l'Ombre étaient liés. D'une manière ou d'une autre. Et cela contrariait Oponn. À l'évidence, la situation restait encore changeante.

— Génial, marmonna-t-elle au pied des escaliers.

Elle aperçut le jeune soldat qui l'avait abordée plus tôt, aligné avec d'autres recrues au milieu de l'enceinte du quartier général. Aucun gradé en vue. Loquevoile l'appela.

Il vint se mettre au garde-à-vous devant elle.

— Oui, Magicienne ?

— Que faites-vous tous plantés là ?

— On attend nos armes. Le sergent-chef va nous les remettre. Il est parti chercher le chariot.

Loquevoile hocha la tête.

— J'ai un travail pour vous, soldat. Je veillerai ensuite à ce que l'on vous donne des armes, mais pas la camelote que vos camarades vont recevoir. Si l'un de vos supérieurs s'étonne de votre absence, adressez-le à moi.

— Oui, Magicienne.

Loquevoile eut un pincement au cœur en croisant le regard vif et enthousiaste du gamin. Il serait sans doute mort dans quelques mois. La bannière de l'Empire était maculée de crimes en tous genres, mais celui-là était le pire de tous. Elle soupira.

— Transmettez en personne ce message au sergent Mésangeai, des Brûleurs de Ponts : la grosse dame aux sortilèges veut parler. Compris, soldat ?

Le garçon avait blêmi.

— Allons, je vous écoute.

Il répéta le message d'une voix blanche.

Loquevoile sourit.

— Excellent. Filez maintenant, et n'oubliez pas de revenir avec une réponse. Je serai dans mes appartements.

*

Le capitaine Paran se retourna pour jeter un dernier coup d'œil aux Moranths Noirs. Leur petit groupe venait d'atteindre l'extrémité du plateau. Il attendit qu'ils disparaissent hors de vue, puis pivota de nouveau vers la ville qui se trouvait à l'est.

À cette distance, avec la vaste plaine qui s'étendait entre eux, Pale semblait paisible, même si le sol sous ses remparts était constellé de fragments basaltiques et que l'atmosphère était toujours imprégnée de fumée et de flammes. Des échafaudages s'élevaient par endroits le long des fortifications, peuplés de minuscules silhouettes. Apparemment, celles-ci comblaient d'énormes trous dans les murailles. Un lent défilé de chariots serpentait depuis la porte nord en direction des collines sous un ciel rempli de corbeaux. Au pied de ces éminences s'élevait une rangée de hauts monticules, trop réguliers pour être naturels.

Paran avait entendu les rumeurs. Plusieurs mages tués, dont deux Grands. Les pertes de la 2e s'étaient révélées si effroyables qu'elle avait été obligée de fusionner avec les restes de la 5e et de la 6e afin de former une nouvelle unité. Et Sangdelune s'était retirée vers le sud, survolant en zigzaguant les monts Tahlyn jusqu'au lac Azur, penchée d'un côté, tel un cumulonimbus après l'orage. Mais l'une de ces rumeurs le préoccupait plus que tout le reste : les Brûleurs de Ponts n'existaient plus. Certains récits affirmaient qu'ils étaient exterminés jusqu'au dernier, d'autres assuraient que quelques escouades avaient pu quitter les tunnels avant leur effondrement.

Le capitaine se sentait terriblement frustré. Il avait passé de longs jours parmi les Moranths. Ces mystérieux guerriers ne parlaient pratiquement jamais ou seulement entre eux, dans une langue incompréhensible. Toutes ses informations étaient anciennes, ce qui le plaçait dans une position inhabituelle. Mais en réalité, depuis Genabaris, les situations inhabituelles s'étaient succédé.

Il se retrouvait donc une fois de plus sur la touche. Il rajusta son sac, se préparant à une longue attente, quand il vit surgir un cavalier sur le bord le plus éloigné du plateau. L'homme avait une monture supplémentaire et se dirigeait droit sur lui.

Paran poussa un long soupir. Passer par la Griffe l'irritait toujours. Ces gars-là étaient incroyablement prétentieux. Et en dehors l'agent de Genabaris, aucun d'eux n'avait jamais semblé beaucoup l'apprécier. Cela faisait bien longtemps qu'il n'avait rencontré personne qu'il puisse considérer comme un ami. Plus de deux ans, en fait.

Le cavalier approcha et le capitaine eut un mouvement de recul. Le visage de l'inconnu était à moitié brûlé. Un bandeau recouvrait son œil droit et sa tête était bizarrement inclinée. L'homme mit pied à terre, affichant un sourire horrible.

— Alors, c'est vous ? dit-il d'une voix enrouée.

— C'est vrai, pour les Brûleurs de Ponts ? questionna Paran. Ils sont rayés de la carte ?

— Plus ou moins. Il reste cinq escouades, en gros. Une quarantaine d'hommes en tout.

Sa paupière se plissa dans la lumière et il rajusta son casque cabossé.

— Enfin, maintenant, je sais où vous allez. Vous êtes le nouveau capitaine de Mésangeai, pas vrai ?

— Vous connaissez le sergent Mésangeai ?

Paran fronça les sourcils. Ce type-là ne ressemblait pas aux autres membres de la Griffe. En général, ceux-ci gardaient pour eux leurs réflexions sur lui et il préférait ça.

L'homme remonta en selle.

— Allons-y. On pourra toujours bavarder en route.

Paran attacha son sac à la selle du second cheval. C'était un modèle originaire de Sept-Cités, avec un haut dossier et un pommeau articulé se rabattant vers l'avant. Ce n'était pas le premier du genre qu'il voyait sur ce continent, un détail déjà consigné dans un coin de son esprit. Les natifs de Sept-Cités avaient une furieuse tendance à mettre la pagaille, et toute cette campagne genabackienne n'avait cessé de cafouiller depuis le départ. Ce n'était certainement pas une coïncidence. La plupart des effectifs des 2e, 5e et 6e armées avaient été recrutés sur le sous-continent de Sept-Cités.

Le capitaine enfourcha sa monture et les deux hommes se lancèrent au petit galop à travers le plateau.

— Le sergent Mésangeai a un tas de partisans ici, reprit l'envoyé de la Griffe. Il fait comme si de rien n'était. Vous devez vous rappeler un truc qu'on a tout l'air d'avoir oublié là-bas, à Malaz : autrefois, Mésangeai a commandé une compagnie…

Paran tourna la tête. Cette information avait disparu des annales, comme si cela n'avait jamais existé.

— Quand Dassem Ultor dirigeait l'armée, poursuivit son compagnon avec insouciance, c'est la 7e compagnie de Mésangeai qui a écrasé la cabale de mages de Sept-Cités du côté du Pan'potsun. En mettant ainsi fin à la guerre. Bien sûr, tout s'est gâté ensuite, lorsque Goule a pris la fille d'Ultor et tout ça. Et peu après, à la mort d'Ultor, tous ses officiers ont été rétrogradés sans attendre. C'est à ce moment-là que les gratte-papiers ont bouffé l'armée. Maudits chacals. Depuis, ils n'arrêtent plus de se tirer dans les pattes, et les campagnes s'en ressentent.

Il s'avança sur sa selle et en abaissa le pommeau, avant de cracher près de l'oreille gauche de son cheval. Paran frissonna. Ce geste, qui avait naguère annoncé le début des guerres tribales en Sept-Cités, était devenu le symbole de la 2e armée malazéenne.

— Insinuez-vous que ce que vous venez de me raconter est connu de tous ?

— Pas dans les détails, concéda l'envoyé de la Griffe. Mais quelques vétérans de la 2e ont combattu avec Ultor. Pas seulement en Sept-Cités, mais dès Falar.

Paran réfléchit un moment. Bien que membre de la Griffe, l'homme appartenait aussi à la 2e, dont il avait partagé nombre d'épreuves. Voilà qui lui conférait un point de vue intéressant. Jetant un coup d'œil à son compagnon, il le vit sourire.

— Qu'y a-t-il de si drôle ? s'enquit-il.

L'autre esquissa un haussement d'épaules.

— Les Brûleurs de Ponts sont un brin sur les nerfs, ces jours-ci. Les recrues qu'on leur refile ne valent que dalle, comme si on s'apprêtait à les dissoudre. Vous feriez bien d'expliquer à vos copains de Malaz qu'ils vont se retrouver avec une mutinerie sur les bras s'ils commencent à faire joujou avec les Brûleurs de Ponts. C'est dans tous mes rapports, mais personne n'a l'air d'en tenir compte.

Son sourire s'élargit.

— Peut-être qu'ils s'imaginent que j'ai été retourné ou un truc comme ça ?

Ce fut au tour de Paran de hausser les épaules.

— C'est à vous qu'on a fait appel pour venir à ma rencontre, non ?

L'autre éclata de rire.

— Vous n'êtes vraiment plus dans le coup, hein ? Ils ont fait appel à moi parce que je suis le dernier actif de la 2e. Quant à la 5e et la 6e, plus la peine d'y penser. Les Tistes Andii de Rumin repéraient un membre de la Griffe à cinq cents mètres. Ils n'en ont pas laissé un de vivant. Mon propre supérieur a été étranglé il y a deux jours – un comble, non ? J'ai donc hérité de vous, Capitaine. Mais je vous laisserai vous débrouiller tout seul en ville. Je doute qu'on se revoie jamais. Si vous essayez d'expliquer qu'on vous a bombardé capitaine de la 9e escouade, ou bien ils vous riront au nez, ou bien ils vous planteront un poignard dans l'œil. Cinquante pour cent de probabilités dans un cas comme dans l'autre. Désolé, mais c'est comme ça.

Les portes de Pale se dessinaient devant eux.

— Une dernière chose, poursuivit-il en observant les créneaux au-dessus du portail. Un petit os à ronger, des fois qu'Oponn vous sourirait. Ici, c'est le Grand Mage Tayschrenn qui fait la loi. Dujek n'est pas trop content, surtout depuis ce qui s'est passé avec Sangdelune. Ils sont à couteaux tirés, mais le Grand Mage est en communication étroite et permanente avec l'Impératrice et c'est ce qui lui permet de garder le dessus. Un avertissement, donc. Les soldats de Dujek le suivront n'importe où. Et ça vaut aussi pour la 5e et la 6e armée. C'est un concentré de munitions prêtes à exploser qui se retrouve rassemblé ici.

Paran dévisagea son guide. Cador lui avait pourtant expliqué la situation, mais il avait refusé de le croire tant on aurait dit un scénario conçu pour justifier les exécutions de l'Impératrice.

— Je ne veux surtout pas me voir impliqué dans ce sac de nœuds. Qu'on me laisse accomplir mon unique mission, c'est tout ce que je demande.

Ils s'engouffrèrent dans l'ombre de la porte et son compagnon reprit la parole.

— À propos, Tayschrenn a assisté à notre arrivée. Vous connaîtrait-il, Capitaine ?

— Non.

Enfin, j'espère, ajouta Paran en son for intérieur.

Entrant en ville au trot, ils percutèrent un véritable

mur de bruit. Le regard du capitaine se voila légèrement. Pale était une maison de fous, une succession de squelettes d'édifices ravagés par les flammes. Malgré les pavés soulevés par endroits et enfoncés à d'autres, les rues étaient bondées. Elles grouillaient de charrettes, d'animaux beuglants et brayants, de civils et de militaires. Paran se demanda s'il n'était pas temps d'entamer le compte à rebours des minutes qu'il lui restait à vivre.

Prendre le commandement d'une escouade qui avait vu défiler quatre capitaines en trois ans, puis prétendre l'embarquer dans une mission qu'aucun soldat sensé n'aurait accepté d'envisager, alors même qu'une insurrection à grande échelle menaçait – peut-être conduite par le meilleur chef militaire de tout l'Empire – contre un Grand Mage apparemment occupé à se ménager une place de choix… tout cela le plongeait dans un certain désarroi.

Une grande tape dans le dos le fit sursauter. Son compagnon avait rapproché son cheval du sien.

— Un peu dépassé, Capitaine ? Ne vous en faites pas. Ici, c'est le cas de tout le monde. Certains le savent, d'autres pas. C'est pour ceux-là qu'il faut s'inquiéter. Commencez par le commencement et oubliez le reste pour le moment. Chaque chose en son temps. Vous n'avez qu'à demander à n'importe quel type en uniforme où trouver les Brûleurs de Ponts. Jusque-là, ce sera facile.

Paran acquiesça d'un signe de tête.

L'autre hésita, puis se pencha plus près.

— J'ai réfléchi, Capitaine. Notez que c'est juste une intuition, mais j'ai dans l'idée que vous êtes là pour faire quelque chose de bien. Non, pas la peine de répondre. Simplement, en cas de pépin, faites prévenir Toc le Jeune. C'est moi. Service des Transmissions, Éclaireurs, 2e. D'accord ?

Paran acquiesça de nouveau :

— Merci.

Un grand fracas retentit soudain derrière eux, suivi d'un chœur de voix courroucées. Ni lui ni Toc ne se retournèrent.

— Vous avez dit quelque chose, Capitaine ?

Paran sourit.

— Je ferais mieux d'y aller. Ne mettez pas votre couverture en péril, si jamais il m'arrivait des ennuis. Je vais suivre à la lettre vos instructions pour trouver un guide.

— Bonne idée, Capitaine.

Toc le Jeune le salua de la main, puis engagea sa monture dans une rue transversale. Paran le perdit bientôt de vue. Il inspira profondément et se mit en quête du soldat adéquat.

Paran savait que son enfance et son adolescence dans les cercles de la noblesse l'avaient bien préparé au genre de double jeu que l'Adjointe Lorn attendait de sa part. Ces deux dernières années, il avait toutefois acquis une conscience plus nette de ce qu'il était en train de devenir. Le souvenir du jeune homme fougueux et sincère qui s'était entretenu avec l'Adjointe de l'Impératrice sur la côte itko-kanienne le rongeait à présent. Il était tombé droit dans la toile de Lorn, tel un morceau de glaise informe. Et elle s'était aussitôt employée à le modeler à son gré.

Il avait fini par s'habituer à ce que l'on se serve de lui et c'était ce qui l'effrayait le plus. Il avait si souvent changé d'identité qu'il se voyait mille visages, entendait mille voix, tous en conflit avec les siens. Lorsqu'il songeait à lui, à ce jeune noble initialement doté d'une foi démesurée en l'honnêteté et l'intégrité, il lui venait désormais l'image d'une entité glacée, dure et sombre, repoussée dans les plus obscurs recoins de son esprit et qui le regardait, sans contempler ni juger. Une simple et froide observation clinique.

Il doutait que ce jeune homme réapparaisse un jour. Il continuerait à reculer peu à peu, englouti par les ténèbres, jusqu'à disparaître sans laisser de traces.

Et il n'était même plus sûr de s'en soucier.

Il entra dans la caserne qui avait naguère abrité la Noble Garde de Pale. Une vieille vétérane paressait sur une couchette d'où dépassaient ses pieds enveloppés de haillons. Le matelas avait été jeté dans un coin. Paupières closes, la femme reposait directement sur les planches, les mains derrière la tête.

Le regard de Paran s'arrêta brièvement sur elle, avant de se reporter sur le poste de garde. À part la vétérane, l'endroit était désert. Il reporta son attention sur la femme.

— Vous êtes caporal, c'est bien ça ?

Elle ne bougea pas un cil.

— Ouais. Et alors ?

— J'en déduis que la hiérarchie s'est complètement désintégrée ici ? poursuivit-il d'un ton sec.

Elle ouvrit un œil et le toisa mollement, avant de refermer les paupières.

— C'est probable. Vous cherchez quelqu'un ?

— Je cherche la 9e escouade, Caporal.

— Pourquoi ? Ils ont encore des ennuis ?

Paran sourit intérieurement.

— Caporal, êtes-vous typique du Brûleur de Ponts moyen ?

— Les soldats moyens sont tous morts, répliquait-elle.

— Qui est votre supérieur ?

— Bougeotte. Mais il n'est pas là.

— C'est ce que je vois.

Le capitaine attendit, puis soupira.

— Bon. Où est ce Bougeotte ?

— Essayez l'Auberge de Knobb, au bout de la rue. La dernière fois que je l'ai vu, il allait se faire plumer par Esquive. Bougeotte adore les cartes, mais il joue comme un pied.

Elle entreprit de se curer une molaire et Paran haussa les sourcils.

— Votre officier joue de l'argent avec ses hommes ?

— Bougeotte est sergent, dit la vétérane. Notre capitaine est mort. Et de toute façon, Esquive n'est pas de notre escouade.

— Oh ! Et à quelle escouade appartient-il ?

Avec un sourire ravi, la femme avala ce que son doigt avait délogé.

— La 9e.

— Votre nom, Caporal ?

— Piocheuse. Et vous ?

— Je suis le capitaine Paran.

Piocheuse se redressa brusquement, les yeux ronds.

— Oh, vous êtes le nouveau capitaine qui n'a encore jamais tiré l'épée ?

Paran sourit.

— C'est exact.

— Vous avez idée de votre cote à cette heure ? C'est pas brillant.

— Que voulez-vous dire ?

Affichant un large sourire, Piocheuse se recoucha et referma les paupières.

— Mon pronostic, capitaine Paran, c'est que le premier sang que vous verrez sur vos mains sera le vôtre. Rentrez à Quon Tali, c'est moins dangereux. Dépêchez-vous, l'Impératrice a besoin de se faire lécher les bottes.

— Elles sont déjà assez propres comme ça, riposta Paran, hésitant sur l'attitude à adopter.

D'un côté, il aurait volontiers dégainé son épée pour couper Piocheuse en deux. De l'autre, il avait plutôt envie d'en rire, mais presque nerveusement.

Derrière lui, la porte extérieure s'ouvrit avec fracas et des pas lourds martelèrent le plancher. Il se retourna. Un sergent rubicond au visage dominé par une énorme moustache en guidon avait fait son entrée dans la pièce. Ignorant Paran, l'homme s'approcha du lit et darda sur le caporal un regard furibond.

— Bordel, Piocheuse ! Tu m'avais dit qu'Esquive était dans une mauvaise passe. Cet enfoiré aux jambes arquées m'a complètement lessivé !

— Esquive *est* dans une mauvaise passe, rétorqua Piocheuse. Mais la tienne est pire. Tu t'es bien gardé de me poser la question. Bougeotte, je te présente le capitaine Paran, le nouvel officier de la 9e.

Pivotant sur ses talons, le sergent dévisagea Paran.

— Par le souffle de Goule ! murmura-t-il avant de se retourner vers Piocheuse.

— Sergent, je cherche Mésangeai, dit Paran avec douceur.

Quelque chose dans le son de sa voix fit se retourner Bougeotte. Le sergent ouvrit la bouche, puis la referma en croisant le regard ferme du capitaine.

— Un gamin a apporté un message, déclara-t-il enfin. Mésangeai a dû sortir. Quelques-uns de ses hommes sont encore chez Knobb.

— Je vous remercie, Sergent.

Paran quitta la pièce d'un pas raide. Laissant échapper un long soupir, Bougeotte jeta un coup d'œil à Piocheuse.

— Je lui donne deux jours, décréta-t-elle. Après quoi, quelqu'un se le fait. Le vieux Face-de-Roc a déjà parié vingt là-dessus.

L'expression de Bougeotte se crispa.

— Quelque chose me dit que ce serait bien dommage.

Paran poussa la porte de l'Auberge de Knobb et s'arrêta sur le seuil. Le local fourmillait de militaires, dont les voix formaient une clameur confuse. Un petit nombre d'entre eux seulement arboraient sur leur uniforme l'insigne en forme de flamme des Brûleurs de Ponts. Le reste appartenait à la 2e armée.

Une demi-douzaine de Brûleurs de Ponts jouaient aux cartes autour d'une grande table située sous une passerelle desservant les pièces du premier étage. Dos à la salle, un gaillard aux larges épaules – dont les tresses noires rassemblées en queue de cheval s'ornaient de fétiches et d'amulettes – distribuait les cartes avec des gestes d'une incroyable lenteur. Malgré le vacarme ambiant, Paran entendait son décompte monotone. Ses compagnons de table l'inondaient d'invectives, sans résultat apparent.

— Un Barghast, murmura Paran sans le quitter des yeux. Il n'y en a qu'un chez les Brûleurs de Ponts. C'est donc la 9ᵉ.

Prenant une profonde inspiration, il plongea dans la foule. Le temps d'approcher de la table et sa belle cape était trempée de bière aigre et de mauvais vin, et son front couvert de sueur. Le Barghast venait tout juste de finir et reposait le talon au centre de la table, révélant les immenses tatouages de guède sur son bras nu, aux spirales bleues constellées de cicatrices blanches.

— C'est ici, la 9ᵉ ? s'enquit Paran d'une voix forte.

L'homme assis en face du Barghast lui décocha un coup d'œil avant de se concentrer de nouveau sur ses cartes. Son visage buriné partageait la même couleur que le cuir de son couvre-chef.

— Vous êtes le capitaine Paran ? demanda-t-il.

— En effet. Et vous, soldat ?

— Esquive.

Du menton, il désigna un homme corpulent assis à sa droite :

— Voici Maillet, notre guérisseur. Quant au Barghast, il s'appelle Gogues, et pas parce qu'il est constipé. Le reste ne compte pas, ajouta-t-il en faisant un signe de tête vers la gauche. Ils sont de la 2ᵉ armée et nuls comme joueurs en prime. Asseyez-vous, mon capitaine. Mésangeai et les autres ont dû s'absenter. Devraient plus tarder.

Paran dénicha une chaise libre et s'installa entre Maillet et Gogues.

— Hé, Gogues, grommela Esquive, tu te décides ou quoi ?

Avec un long soupir, Paran se tourna vers Maillet.

— Dites-moi, Guérisseur, quelle est l'espérance de vie d'un officier chez les Brûleurs de Ponts ?

Un grognement échappa à Esquive.

— Avant ou après Sangdelune ?

Les épais sourcils de Maillet se haussèrent imperceptiblement.

— Peut-être deux campagnes, répondit-il. Ça dépend d'un tas de choses. Avoir du cran ne suffit pas, mais ça aide. Et puis, survivre implique d'oublier tout ce qu'on vous a appris et de vous cramponner aux basques de votre sergent. Si vous l'écoutez, vous avez peut-être une chance de vous en tirer.

Esquive frappa un grand coup sur la table.

— Gogues ! Réveille-toi ! C'est quoi le jeu, ce coup-ci ?

Le Barghast se renfrogna.

— Je réfléchis, bougonna-t-il.

Paran se renversa sur son siège et déboucla son ceinturon.

Gogues fit enfin son choix, suscitant les gémissements exaspérés d'Esquive, de Maillet et des trois soldats de la 2e, car c'était apparemment celui qu'il faisait toujours.

— Capitaine, reprit Maillet, vous avez entendu un paquet de rumeurs sur les Brûleurs de Ponts, n'est-ce pas ?

Paran acquiesça :

— La plupart des officiers en ont une peur bleue. On raconte que si le taux de mortalité y est tellement élevé, c'est que la moitié des capitaines finissent avec un poignard dans le dos.

Il marqua un temps d'arrêt et s'apprêtait à poursuivre quand il s'aperçut que le silence était tombé sur la table. Le jeu avait cessé. Tous les regards étaient braqués sur lui. Il se mit à transpirer abondamment.

— Et d'après ce que j'ai vu jusqu'ici, reprit-il, j'ai tout lieu de croire cette rumeur. Mais je vais vous dire une chose – à tous. Si quelqu'un me plante un couteau dans le dos, mieux vaudrait que je l'aie mérité. Sans quoi je serais extrêmement déçu.

Il boucla son ceinturon et se leva.

— Prévenez le sergent que je serai à la caserne. J'aimerais lui parler avant que nous soyons officiellement rassemblés.

Esquive hocha lentement la tête.

— Très bien, mon capitaine.

Il hésita.

— Euh, ça vous dirait de jouer ?

Paran secoua la tête.

— Merci, non.

Il ébaucha un sourire.

— C'est pas terrible quand un officier dépouille ses hommes de leur argent.

— Alors là, Capitaine, faudra nous faire une petite démonstration, répliqua Esquive, les yeux brillants.

— J'y songerai, répliqua Paran en quittant la table.

Comme il se frayait un chemin à travers la cohue, il éprouva soudain un sentiment croissant, qui le prit totalement au dépourvu : l'insignifiance. On lui avait toujours inculqué l'arrogance, de son enfance de petit aristocrate à sa période de formation à l'École militaire. Or, celle-ci se blottissait désormais dans un recoin de son cerveau, muette et pétrifiée.

Il avait su, bien avant de rencontrer l'Adjointe, que son passage par l'école des officiers ne constituait qu'une formalité sans réelles difficultés, marquée par une succession de clins d'yeux et de signes de tête entendus. Mais les guerres de l'Empire se menaient à des milliers de lieues de la cour. Il se rendait compte qu'ici, tout le monde se fichait éperdument des passe-droits et autres échanges de bons procédés. Tous ces raccourcis n'avaient fait qu'accroître ses risques de mourir, et de mourir vite. Si l'Adjointe ne s'en était pas mêlée, il n'aurait absolument pas été préparé à prendre ce commandement.

De retour dans la rue, il esquissa une grimace. Pas étonnant de voir que les armées du vieil Empereur n'avaient fait qu'une bouchée des royaumes féodaux sur leur route vers l'Empire ! Il se félicita soudain d'avoir des taches sur son uniforme. Avec elles, il semblait un peu plus à sa place.

Il s'engagea dans la ruelle menant à l'entrée de service de la caserne, noyée dans l'ombre de hauts murs et d'auvents délavés surplombant des balcons affaissés.

Pale était une cité à l'agonie.

Paran connaissait suffisamment l'Histoire pour reconnaître les teintes fanées d'une gloire depuis longtemps perdue. La ville avait certes disposé d'une puissance suffisante pour forger une alliance avec Sangdelune, mais il soupçonnait que cela avait davantage tenu à la volonté du seigneur de la Lune qu'à une quelconque reconnaissance mutuelle de leurs forces respectives. La petite noblesse locale attachait une grande importance à la pompe et aux atours, mais ses accessoires paraissaient usés, fatigués. Paran se demanda dans quelle mesure lui et les siens ressemblaient à ces citadins ramollis.

Un bruit derrière lui, un effleurement imperceptible… Il se retourna. Une silhouette enveloppée d'ombre se ruait sur lui. Paran poussa un cri et empoigna son épée. Un vent glacial balaya le capitaine, qui recula en apercevant l'éclat de deux lames. Il se tordit d'un côté, son arme à demi dégainée. La main gauche de l'inconnu jaillit vers le haut. Paran rejeta la tête en arrière et lança une épaule en avant pour bloquer un coup qui n'arriva jamais. Mais une longue dague brûlante s'enfonça dans sa poitrine et une seconde plongea dans son flanc alors même qu'un flot de sang lui emplissait la bouche. Toussant, gémissant, il tituba, heurta un mur et s'effondra, sa main agrippant en vain les pierres humides, les moisissures que ses ongles éraflèrent.

Les ténèbres se refermèrent sur lui. Ses pensées semblaient se borner à une sorte de profond sentiment de regret. Un léger tintement parvint à ses oreilles, comme si un petit objet métallique roulait sur une surface dure. Ce bruit persista et l'obscurité cessa de gagner du terrain.

— Plutôt bâclé, commenta quelqu'un d'une voix fluette. Voilà qui m'étonne de toi.

L'accent rappela un souvenir d'enfance à Paran : son père en train de traiter avec des négociants dalhoniens.

La réponse vint juste au-dessus de sa tête.

— Tu me surveilles ?

Encore un accent qu'il reconnaissait : kanien, cette fois. La voix semblait appartenir à une jeune fille ou une enfant. Pourtant, il savait que c'était celle de son meurtrier.

— Pure coïncidence, répliqua l'autre, avant de glousser. Quelqu'un – quelque chose, devrais-je dire – s'est introduit dans notre Garenne. Sans invitation. Mes Molosses chassent.

— Je ne crois pas aux coïncidences.

L'autre gloussa de nouveau.

— Moi non plus. Ce jeu que nous avons lancé il y a deux ans ne concernait que nous – un simple règlement de comptes. Il semble qu'ici, à Pale, nous soyons tombés sur un tout autre jeu.

— Celui de qui ?

— J'aurai bien vite cette réponse.

— Ne te laisse pas distraire, Ammanas. Laseen reste notre cible. Elle et l'effondrement de l'Empire sur lequel elle règne sans l'avoir mérité.

— J'ai comme toujours une confiance absolue en toi, Cotillon.

— Il faut que je rentre, dit la fille en s'écartant.

— Bien sûr. Voici donc celui que Lorn a envoyé à ta recherche ?

— Je crois. En tout cas, cela devrait inciter l'Adjointe à entrer en lice.

— La chose est donc souhaitable ?

La conversation s'estompa comme les deux interlocuteurs s'éloignaient, ne laissant dans la tête de Paran qu'un léger bourdonnement, comme si une pièce tournait, tournait sans fin.

Chapitre 4

De leur temps
Les histoires s'écrivaient
En larges entrelacs tatoués,
Les récits suivant la trace
D'anciennes blessures,
Mais quelque chose brillait
Âprement dans leurs yeux,
Arcades rongées par les flammes,
Plongeant dans le néant
Ils sont leur propre passé,
Tour à tour destinés à tomber
Sur la paisible route près du fleuve
Qu'ils refusent de nommer.

Les Brûleurs de Ponts (IV, 1)
Toc le Jeune (né en 1141)

Loquevoile adressa à Mésangeai un regard furieux.

— Toupet a perdu la raison, dit-elle. Il a toujours été limite, mais là, il a percé ses propres Garennes et goûté au Chaos. Le pire, c'est que ça le rend plus puissant, plus dangereux.

Ils s'étaient réunis dans les appartements de la magicienne, lesquels se composaient d'une première pièce – où ils se trouvaient à présent – et d'une chambre dotée d'une porte en bois massif, un luxe rare. Les occupants précédents avaient emporté à la hâte tous les objets précieux, ne laissant que les plus gros meubles. Loquevoile, Mésangeai, Ben le Vif, Kalam et le sapeur nommé Violain étaient assis autour de la table.

L'atmosphère était devenue lourde, étouffante.

— Bien sûr qu'il n'a plus toute sa tête, répliqua Ben le Vif.

Il jeta un coup d'œil à son sergent au visage toujours impassible, puis s'empressa d'ajouter :

— Mais il fallait s'y attendre. Par la queue de Fener, il a un corps de marionnette ! Ça ne pouvait que le détraquer.

— Le détraquer ? Jusqu'à quel point ? s'enquit Mésangeai. Sauf erreur, il est censé surveiller nos arrières.

— Ben l'a bien en main, assura Kalam. Toupet est en train de remonter à la source pour débrouiller cet écheveau. Il découvrira qui veut notre mort dans l'Empire.

— Le véritable risque serait de se faire repérer, enchaîna Ben le Vif en se tournant vers Loquevoile. Les itinéraires classiques sont tous piégés. En parcourant les Garennes comme d'habitude, il ne passerait pas inaperçu.

Loquevoile réfléchit avant de hocher la tête.

— Tayschrenn le découvrirait ou, du moins, s'apercevrait que quelqu'un mène des recherches.

N'empêche. Toupet se sert du pouvoir du Chaos, des voies situées entre les Garennes. Et ça, c'est malsain. Pas seulement pour lui, mais pour nous tous.

— Pourquoi ? questionna Mésangeai.

— Ça fragilise les Garennes, expliqua Ben le Vif. C'est l'effilochage de leur tissu qui permet à Toupet d'entrer dedans à volonté… et d'en ressortir. Mais nous n'avons pas le choix : nous devons le laisser agir. Pour le moment.

La magicienne soupira, puis se massa le front.

— Tayschrenn est l'homme que vous cherchez, je vous l'ai déjà dit…

— Cela ne suffit pas, coupa Ben le Vif. Combien d'agents utilise-t-il ? Quels sont les détails du plan et, surtout, quel est-il ? Les ordres viennent-ils de Laseen, ou le Grand Mage a-t-il ses propres vues sur le trône ? Nous avons besoin de le savoir, bon sang !

— D'accord, d'accord, dit Loquevoile. Mettons que Toupet démêle toute l'affaire. Et après ? Vous avez l'intention d'essayer de tuer Tayschrenn et toutes les autres personnes impliquées ? Vous comptez sur moi pour vous y aider ?

Elle les dévisagea un par un, sans parvenir à déchiffrer leurs traits. Furieuse, elle se leva.

— Je sais que Tayschrenn a probablement assassiné A'Karonys, Frissombre et mon cadre, reprit-elle avec raideur. Sans doute savait-il que vos tunnels s'effondreraient et il est fort possible qu'il ait décidé que la 2e de Dujek constituait une menace à éliminer. Mais si vous imaginez que je vais vous prêter mon concours sans savoir ce que vous mijotez, vous vous trompez. Vous êtes loin de m'avoir tout dit.

S'il s'agissait juste de sauver votre peau, pourquoi ne pas déserter ? Ça m'étonnerait que Dujek vous coure après. À moins, bien sûr, que la méfiance de Tayschrenn à l'égard du Haut Poing et de la 2e soit fondée… et que vous prévoyiez une mutinerie pour proclamer Dujek Empereur et marcher sur Genabaris.

Elle s'interrompit, son regard passant de l'un à l'autre.

— Tayschrenn vous a-t-il tout simplement devancés, bouleversant ainsi vos plans ? M'entraînez-vous dans une conspiration ? Si oui, il me semble que j'ai le droit d'en connaître les objectifs.

Acquiesçant d'un grognement, Mésangeai saisit le pichet de vin posé sur la table et resservit tout le monde.

Ben le Vif poussa un long soupir et se frotta la nuque.

— Loquevoile, commença-t-il à mi-voix, nous n'allons pas affronter directement Tayschrenn. Ce serait du suicide. Non, nous allons supprimer ses appuis, méticuleusement. Puis nous arrangerons… sa disgrâce. À supposer que l'Impératrice n'ait rien à voir là-dedans. Mais il nous faut plus d'informations pour décider de la conduite à tenir. Vous n'avez pas besoin de vous compromettre davantage. En fait, c'est plus sûr comme ça. Toupet compte sur vous pour protéger ses propres arrières si tout le reste venait à échouer. Mais il est probable que ce ne sera jamais nécessaire.

Il releva la tête avec un sourire crispé.

— Laissez-nous, Kalam et moi, nous charger de Tayschrenn.

— C'est bien joli, mais vous ne m'avez pas répondu.

Loquevoile riva sur l'autre Noir un regard inquisiteur.

— Vous avez fait partie de la Griffe, n'est-ce pas ?

Kalam haussa les épaules.

— Je croyais que personne ne pouvait en sortir vivant.

Il haussa de nouveau les épaules.

Le sapeur Violain se leva en marmonnant des paroles inintelligibles et se mit à arpenter la pièce sur ses jambes arquées, tel un renard coincé dans une fosse. Les autres ne parurent pas s'en formaliser.

Mésangeai tendit un gobelet à Loquevoile.

— Ne nous lâchez pas, Magicienne. En général, Ben le Vif sait ce qu'il fait, dans les grandes largeurs. J'avoue ne pas être totalement convaincu, poursuivit-il, la mine sombre, mais j'ai appris à me fier à lui. Prenez-le pour ce que ça vaut.

Loquevoile but une gorgée de vin puis s'essuya les lèvres.

— Votre escouade part ce soir pour Darujhistan. Dans le plus grand secret. Cela signifie que je ne pourrai plus communiquer avec vous si la situation dégénère.

— Tayschrenn détecterait des modes de communication communs, admit Ben le Vif. Toupet est notre seul moyen de liaison réellement confidentiel. Vous n'aurez qu'à nous joindre par son intermédiaire.

Mésangeai dévisagea la magicienne.

— Revenons-en à Toupet. Vous ne lui faites pas confiance.

— Non.

Le sergent se tut, les yeux rivés au-dessus de la table. Son masque impassible était tombé, trahissant un violent conflit intérieur.

Il garde tout pour lui, mais la pression monte. Loquevoile se demanda ce qui se produirait quand cet homme exploserait.

Les deux natifs de Sept-Cités attendaient, le regard rivé sur leur sergent. Seul le sapeur poursuivait ses allées et venues soucieuses. Son uniforme dépareillé était encore taché par la boue des tunnels. Le devant de sa tunique affichait de larges éclaboussures de sang séché, comme si un camarade était mort dans ses bras. Des brûlures mal cicatrisées se devinaient sous sa barbe irrégulière et des mèches de cheveux roux, raides, pendouillaient sous son casque de cuir.

Une longue minute s'écoula, puis le sergent eut un hochement de tête résolu.

— Très bien, Magicienne, déclara-t-il, le regard dur et toujours fixé sur la table. Ben, parle-lui de Mes Regrets.

Loquevoile haussa les sourcils. Croisant les bras, elle fit face au sorcier. Celui-ci ne semblait guère enthousiaste. S'agitant sur sa chaise, il jeta à Kalam un regard plein d'espoir, mais le solide gaillard détourna les yeux.

— Dépêche-toi, Sorcier, gronda Mésangeai.

Lorsque Ben le Vif croisa enfin le regard de Loquevoile, ses traits fins arboraient une expression presque enfantine où se mêlaient crainte, culpabilité et contrariété.

— Vous vous souvenez d'elle ? demanda-t-il.

La magicienne eut un rire âpre.

— Pas facile de l'oublier. Il y a quelque chose de… bizarre… de dangereux, chez elle.

Elle envisagea de révéler ce qu'elle avait appris lors de son Fatid avec Tayschrenn. La Vierge de la Mort. *Non, je n'ai pas encore assez confiance en eux.*

— Vous la soupçonnez de mener un double jeu ? s'enquit-elle.

Le visage du sorcier avait pris une couleur de cendre. Il se racla la gorge.

— Elle a été recrutée il y a deux ans en Itko Kan. Un classique coup de balai au fin fond de l'Empire.

La voix caverneuse de Kalam s'éleva ensuite.

— Il y a eu du grabuge là-bas, à l'époque. L'affaire a été scrupuleusement enterrée. N'empêche que l'Adjointe s'en est mêlée et qu'un membre de la Griffe a déboulé séance tenante pour réduire au silence à peu près tous les hommes de la garde qui auraient pu parler. Je me suis servi de vieilles sources, j'ai découvert des détails bizarres.

— Bizarres, reprit Ben le Vif, et révélateurs quand on sait quoi chercher.

Loquevoile sourit intérieurement. Ces deux-là avaient la manie de parler en duo. Elle se tourna de nouveau vers le sorcier.

— Apparemment, poursuivit-il, une compagnie de cavalerie est tombée sur un os. Aucun survivant. Quant à ce qu'ils ont rencontré, cela ressemblait plus ou moins à…

— Des chiens, conclut Kalam dans la foulée.

La magicienne dévisagea l'assassin avec un froncement de sourcils.

— Résumons, reprit Ben le Vif, attirant de nouveau l'attention de Loquevoile. L'Adjointe Lorn est la tueuse de mages personnelle de Laseen. Son arrivée suggère l'utilisation de sorcellerie. De la sorcellerie de haut vol.

Il regarda la magicienne droit dans les yeux et attendit.

Loquevoile avala une autre gorgée de vin. *Le Fatid me l'a montré. Des chiens et de la sorcellerie.* L'image de la Corde telle qu'elle l'avait vue pendant ce tirage lui revint. La Haute Maison de l'Ombre, régie par Ombretrône et la Corde, et à leur service…

— Les Sept Molosses de l'Ombre.

Elle observa Mésangeai, mais les yeux du sergent restèrent baissés ; son expression était redevenue de marbre.

— Bien, dit Ben le Vif, légèrement impatient. Les Molosses ont donc chassé. Ce n'est qu'une hypothèse, mais elle se tient. La 19e compagnie du huitième de cavalerie a été anéantie, chevaux compris. Et il a fallu repeupler les villages de la côte sur toute une lieue.

— D'accord, soupira Loquevoile. Et Mes Regrets là-dedans ?

Le sorcier se détourna, laissant la parole à Kalam.

— Toupet ne va pas suivre qu'une seule piste, Magicienne. Nous sommes pratiquement sûrs que Mes Regrets est associée d'une manière ou d'une autre à la Maison de l'Ombre.

— Difficile de nier que depuis son entrée dans le Jeu et l'ouverture de sa Garenne, le chemin de l'Ombre croise trop souvent celui de l'Empire pour relever du hasard. Pourquoi la Garenne, située entre la Lumière et les Ténèbres, serait-elle à ce point… obsédée par l'Empire Malazéen ?

— Curieux, non ? répliqua Kalam, le regard voilé. Mais somme toute, cette Garenne n'est apparue qu'après l'assassinat de l'Empereur. Avant la mort de Kellanved et de Danseur, personne n'avait jamais entendu parler d'Ombretrône ni de son compagnon Cotillon, Patron des Assassins. Il semble aussi que les… différends opposant la Maison de l'Ombre à l'Impératrice Laseen soient de nature, disons… personnelle.

Loquevoile ferma les yeux. *Bon sang ! Est-ce donc si évident ?*

— Voyons, Ben le Vif, une Garenne de l'Ombre n'a-t-elle pas toujours été accessible ? Rashan, la Garenne des Illusions ?

— Rashan est une fausse Garenne, Magicienne. Une ombre de ce qu'il prétend représenter, si vous me passez l'expression. Il est lui-même une illusion. Les dieux seuls savent d'où il sort, qui l'a créé ou même pourquoi. Mais la véritable Garenne de l'Ombre est restée fermée, inaccessible pendant des millénaires, jusqu'à la mille cent cinquante-quatrième année du Sommeil de Brûle, voilà neuf ans. Les premières mentions de la Maison de l'Ombre semblent indiquer que son trône était occupé par un Tiste Edur…

— Un Tiste Edur ? l'interrompit Loquevoile. Quel est donc ce peuple ?

Le sorcier haussa les épaules.

— Des cousins des Tistes Andii ? Je l'ignore, Magicienne.

Vraiment ? Tu as pourtant l'air très au courant !

— Quoi qu'il en soit, reprit Ben le Vif, nous pensons que Mes Regrets est liée à la Maison de l'Ombre.

Mésangeai se leva et tout le monde sursauta.

— Je n'en suis pas du tout convaincu, déclara-t-il en décochant à Ben le Vif un regard suggérant qu'ils n'en étaient pas à leur première discussion à ce sujet. Mes Regrets aime tuer et je sais que sa simple présence fait froid dans le dos. Je le vois et le sens aussi bien que vous. Cela ne signifie pas pour autant qu'elle soit un genre de démon. Elle tue comme toi, Kalam, ajouta-t-il en pivotant vers l'assassin. Vous avez tous les deux de la glace dans les veines. Et alors ? Quand je te regarde, c'est un homme que je vois, car voilà de quoi les hommes sont capables. Je ne vais pas me chercher des excuses pour éviter de regarder la vérité en face. Mes Regrets nous montre un reflet de ce que nous sommes. Qu'y puis-je si ce reflet nous déplaît ?

Il se rassit aussi brusquement qu'il s'était levé et empoigna le pichet de vin, avant de reprendre la parole un ton plus bas.

— C'est mon opinion, en tout cas. Je ne suis pas un expert en démons, mais j'ai vu assez d'hommes et de femmes se comporter comme tels, quand l'occasion s'y prête. Enfin. Le sorcier de mon escouade est terrorisé par une gamine de quinze ans. Mon assassin saisit un couteau dès qu'il la sent à moins de vingt pas…

Il croisa le regard de Loquevoile.

— Toupet a donc deux missions au lieu d'une. Si vous pensez que Ben le Vif et Kalam ont vu juste, vous pouvez encore renoncer. Je sais comment cela se passe quand des dieux descendent dans l'arène.

Ses pattes d'oie se plissèrent, comme si de vieux souvenirs lui revenaient.

— Je le sais, répéta-t-il dans un murmure.

Loquevoile, qui avait retenu son souffle depuis que Mésangeai s'était levé, s'autorisa enfin à respirer. Elle commençait à mieux cerner le problème du sergent. Il préférait que Mes Regrets soit humaine – une simple gamine endurcie par un monde cruel – car c'était quelque chose qu'il pouvait comprendre et gérer.

— En Sept-Cités, dit doucement la magicienne, on raconte que le Premier Glaive de l'Empereur, le commandant de ses armées, Dassem Ultor, avait accepté l'offre d'un dieu. Goule fit de Dassem son Chevalier de la Mort. Mais il se produisit un incident et quelque chose… tourna mal. Dassem renonça alors à son titre et jura de se venger de Goule – du Seigneur de la Mort en personne. Aussitôt, d'autres Ascendants commencèrent à s'en mêler et à manipuler les événements. Tout cela se solda par le meurtre de Dassem, puis par l'assassinat de l'Empereur, et le sang coulant à flots dans les rues, les temples en guerre, les déchaînements de sorcellerie…

Voyant Mésangeai se renfrogner, elle marqua une pause.

— Vous y étiez. Et vous ne voulez surtout pas que cela recommence, ici et maintenant. Vous espérez qu'en niant la véritable allégeance de Mes Regrets, votre certitude suffira à modifier la réalité. Vous avez besoin d'y croire pour ne pas sombrer dans la folie car il existe des choses que l'on ne peut supporter qu'une fois dans la vie. Oh, Mésangeai, je ne puis alléger votre fardeau. Car, voyez-vous, je pense que Ben le

Vif et Kalam ont raison. Si l'Ombre s'est emparée de cette fille, Toupet n'aura aucun mal à le découvrir.

— Vous laissez tomber ? demanda le sergent.

Loquevoile sourit.

— Je ne crains qu'une chose : mourir ignorante. Je vous réponds donc non.

De vaillantes paroles, ma fille. Ces gars-là ont le chic pour faire ressortir le meilleur – ou serait-ce le pire ? – en toi.

Une étincelle s'alluma dans les yeux de Mésangeai, qui acquiesça.

— L'affaire est donc réglée, dit-il d'un ton bourru.

Il se renversa sur sa chaise et s'adressa à l'homme qui faisait toujours les cent pas dans son dos :

— Qu'est-ce qui te tracasse, Violain ?

— Une sale impression, maugréa le sapeur. Un truc qui cloche. Pas ici, mais pas loin. C'est juste que…

Il inclina la tête puis, dans un soupir, reprit ses déambulations troublées.

— … j'arrive pas à mettre le doigt dessus.

Loquevoile le suivit des yeux. Un talent inné ? Un phénomène relevant seulement de l'instinct pur ? Voilà qui était rare.

— Je pense que vous devriez écouter cet homme, dit-elle.

Mésangeai lui décocha un regard affligé tandis que Kalam affichait un large sourire qui creusa une vague de petites rides autour de ses yeux bruns.

— Violain nous a sauvé la vie dans le tunnel, expliqua l'assassin. C'était une autre de ses sales impressions.

Loquevoile s'enfonça sur son siège et croisa les bras.

— Et Mes Regrets ? Où est-elle ?

Violain fit volte-face, bouche bée, les yeux écarquillés.

Les trois autres se levèrent d'un bond, renversant leurs sièges.

— Faut qu'on y aille, dit Violain d'une voix rauque. Il y a une lame là-bas avec du sang dessus.

Mésangeai inspecta sa longue épée.

— Kalam, devant à vingt pas.

L'assassin quitta la pièce et Mésangeai se retourna vers Loquevoile, affichant un air las.

— Nous l'avons perdue il y a environ deux heures. C'est fréquent entre deux missions. Rien ne prouve qu'un lien existe avec cette lame ensanglantée.

Une formidable puissance emplit alors la pièce et la magicienne se retourna. Ben le Vif venait d'accéder à sa Garenne. Il en émanait une atmosphère étrange, tourbillonnante, que Loquevoile n'arrivait pas à identifier et dont l'intensité l'effrayait.

Elle croisa le regard étincelant du sorcier noir.

— Je devrais vous reconnaître, murmura-t-elle. Il n'y a pas assez de vrais maîtres en ce monde pour que je n'aie jamais entendu parler de vous. Qui êtes-vous, Ben le Vif ?

— Tout le monde est prêt ? lança Mésangeai.

Le sorcier se contenta de répondre à Loquevoile d'un haussement d'épaules.

— Prêt, dit-il à Mésangeai.

Le sergent gagna la porte.

— Prenez soin de vous, Magicienne.

L'instant d'après, ils étaient tous partis. Loquevoile redressa les chaises, puis se resservit du vin. La Haute Maison de l'Ombre et une lame dans l'obscurité. *Un nouveau jeu a commencé, à moins que l'ancien ne vienne de changer.*

*

Paran ouvrit les yeux sous une chaude et brillante lumière, mais au-dessus de lui le ciel… ne correspondait pas à cette sensation. Il ne voyait aucun soleil et cet éclat jaune vif ne semblait provenir de nulle part. Une chaleur accablante l'oppressait, presque palpable.

Un gémissement emplissait l'air. Ce n'était pas celui du vent ; il n'y en avait pas. Paran tâcha de réfléchir, de rassembler ses derniers souvenirs, mais seuls subsistaient quelques fragments de son passé : une cabine de bateau, le bruit mat d'une dague qu'il lançait encore et encore contre un poteau de bois ; un homme avec des bagues, des cheveux blancs et un rire sardonique.

Il roula de côté, cherchant la source du gémissement. Une dizaine de pas plus loin, sur cette étendue plane qui ne comportait ni herbe ni terre, s'élevait un portail voûté menant à…

Rien, j'ai déjà vu de telles portes. Quoique jamais aussi grandes, je crois. Aucune qui soit vraiment identique à… cette chose. En effet, à y regarder de plus près, cette porte biscornue qui paraissait oblique n'était pas en pierre. Des formes humaines, des corps nus. Des effigies sculptées ? Non… oh, non. Les silhouettes remuaient, geignaient, se contorsionnaient lentement sur place, leurs peaux noircies comme par de la tourbe, leurs yeux clos et leurs bouches arrondies par d'incessantes lamentations à peine audibles.

Paran se mit debout. Pris de vertiges, il tituba et retomba par terre.

— Voilà qui ressemble fort à de l'indécision, fit une voix placide.

Le capitaine cligna des yeux et roula sur le dos. Un homme et une femme, assez jeunes – des jumeaux –, se tenaient debout près de lui. L'homme portait d'amples vêtements de soie, blancs et or. Il avait une figure maigre, pâle, dénuée de toute expression. Sa jumelle était drapée dans une chatoyante pèlerine pourpre et sa chevelure blonde s'ornait de reflets fauves.

C'était l'homme qui avait parlé. Il adressa à Paran un sourire pincé.

— Nous admirons depuis longtemps votre…

Ses yeux s'agrandirent.

— Épée, compléta la femme avec une pointe d'ironie.

— Un objet bien plus subtil que, mettons, une pièce, n'est-ce pas votre avis ?

Le sourire de l'homme se fit moqueur.

— La plupart des gens, reprit-il en tournant la tête pour examiner le sinistre portail, ne font pas halte ici. Il paraît qu'il existait autrefois un culte, dont les adeptes avaient la manie de noyer leurs victimes dans des tourbières… Goule doit les trouver agréables à l'œil.

— Rien d'étonnant, commenta la femme d'une voix traînante, à ce que la Mort n'ait aucun goût.

Paran voulut s'asseoir, mais ses membres refusaient de lui obéir. Il laissa retomber la tête en arrière et sentit le sol étrange s'enfoncer sous son poids.

— Que s'est-il passé ? s'enquit-il d'une voix rauque.

— Vous avez été assassiné, répliqua l'homme d'un ton léger.

Paran referma les paupières.

— Dans ce cas, pourquoi n'ai-je pas franchi les Portes de Goule, s'il s'agit bien de ça ?

— Nous nous y opposons, dit la femme.

Oponn, les Jumeaux du Hasard. Et mon épée, qui n'a jamais servi mais que j'ai achetée il y a longtemps et dont j'ai choisi le nom par caprice…

— Que me veut donc Oponn ? demanda Paran.

— Juste cette chose trébuchante et ignorante que vous appelez votre vie, cher garçon. L'ennui avec les Ascendants, c'est qu'ils veulent toujours tout truquer. Quant à nous, bien sûr… l'incertitude nous ravit.

Un hurlement lointain déchira l'air.

— Oh là là ! fit l'homme. En voilà qui sont en quête de certitudes, on dirait. Ma sœur, nous ferions mieux de partir. Navré, Capitaine, mais vous devrez quand même franchir cette porte, semble-t-il.

— Peut-être, fit la jumelle.

Son frère la prit à partie.

— Nous étions d'accord ! Pas d'affrontement ! Les affrontements sont pénibles, fâcheux. Fi des scènes embarrassantes ! D'ailleurs, ceux qui arrivent ne jouent pas franc-jeu.

— Alors, nous non plus, répliqua-t-elle sèchement.

Elle pivota vers le portail et cria :

— Seigneur de la Mort ! Nous aimerions vous parler ! Goule !

Paran tourna la tête et vit une silhouette en haillons, claudicante et voûtée, sortir de la porte et s'approcher avec lenteur. Il plissa les yeux. Une vieille femme ; un enfant au menton baveux ; une jeune fille difforme ; un Trell rabougri et délabré ; un Tiste Andii desséché…

— Oh ! Décidez-vous ! s'exclama la jumelle.

L'apparition finit par incliner une tête de mort au rictus jaunâtre.

— Votre choix manque singulièrement d'imagination, fit-elle d'une voix chevrotante.

— Vous n'êtes pas Goule, répliqua le jumeau en se renfrognant.

Des os s'entrechoquèrent sous une peau parcheminée.

— Le seigneur est occupé.

— Occupé ? Nous n'apprécions guère ce genre d'affront, riposta la jumelle.

L'apparition gloussa, puis s'arrêta net.

— Quel dommage ! Un mélodieux rire de gorge m'aurait bien mieux convenu. Enfin… Pour vous répondre, mon maître n'apprécie pas non plus cette intervention pour empêcher la disparition de ce mortel.

— Un mortel tué par un dieu, objecta la jumelle. Cela fait de lui une bonne prise.

La créature grogna puis, traînant les pieds, se rapprocha de Paran. Une faible lueur émanait de ses orbites, évoquant de vieilles perles cachées à l'intérieur.

— Eh bien, Oponn, reprit-elle en étudiant le capitaine, que demandez-vous à mon maître ?

— Rien pour ma part, déclara le jumeau en se détournant.

— Et vous, gente dame ?

— Même pour les dieux, dit la jumelle, la mort attend, tel un doute tapi au plus profond d'eux.

Elle marqua une pause.

— Plongez-les dans l'incertitude.

La créature se remit à glousser puis s'arrêta une nouvelle fois.

— Donnant donnant.

— Bien entendu, répondit la jumelle. J'en chercherai un autre. Une mort prématurée. Absurde, même.

L'apparition se tut un moment, puis acquiesça dans un craquement de vertèbres.

— Dans l'ombre de ce mortel, naturellement.

— Soit.

— Mon ombre ? intervint Paran. Cela veut dire quoi, au juste ?

— Un grand chagrin, hélas ! répliqua l'apparition. Un de vos proches franchira les portes de la Mort… à votre place.

— Non ! Prenez-moi plutôt, je vous en prie.

— Silence ! ordonna l'apparition. Le pathos me rend malade.

Un nouveau hurlement retentit, beaucoup plus près cette fois.

— Mieux vaut y aller, dit le jumeau.

L'apparition ouvrit les mâchoires comme pour rire, puis les referma avec un claquement sec.

— Ah ! non, maugréa-t-elle, ça suffit comme ça.

Péniblement, elle regagna le portail, s'arrêtant une dernière fois pour regarder en arrière et les saluer de la main.

La jumelle leva les yeux au ciel.

— Il est temps de partir, insista son frère, mal à l'aise.

— Oui, oui, répliqua-t-elle en considérant Paran.

Avec un soupir, le capitaine se détourna.

— Pas de devinettes de dernière minute, s'il vous plaît.

Un instant plus tard, Oponn avait disparu. Il tenta de nouveau de s'asseoir. Mais échoua, encore une fois.

Une autre présence arriva, emplissant l'air d'une tension lourde de menace.

Soupirant de plus belle, Paran regarda autour de lui. Deux Molosses – d'énormes créatures sombres et corpulentes – le surveillaient, la langue pendante, assis sur leur arrière-train. *Voilà donc ce qui a tué les cavaliers en Itko Kan.* Ces bêtes épouvantables et maudites. Les deux Molosses se figèrent, tête baissée, comme s'ils lisaient la haine dans ses yeux. Paran sentit son cœur se glacer. Il mit un moment à s'apercevoir que lui-même leur montrait les dents. Une tache d'ombre séparait les deux Molosses. Translucide, elle avait vaguement forme humaine.

— L'envoyé de Lorn, fit l'ombre en prenant la parole. J'aurais imaginé quelqu'un de plus… apte. Même s'il faut reconnaître que vous avez su bien mourir.

— Il faut croire que non, rétorqua Paran.

— Ah ! Certes, convint l'ombre. Aussi me revient-il d'achever la besogne. J'ai un travail fou, ces temps-ci.

Paran se remémora la conversation entre Oponn et le serviteur de Goule. L'incertitude. Le doute. Si un dieu est capable de connaître la crainte…

— Le jour de votre mort, Ombretrône, dit-il calmement, je vous attendrai de l'autre côté de cette porte, le sourire aux lèvres. Car les dieux peuvent mourir, n'est-ce pas ?

Quelque chose craqua sous le portail. Ombretrône et les Molosses tressaillirent, surpris par l'audace de Paran.

— Mais n'ai-je pas toujours méprisé l'autorité ?

Paran continua à agacer les Ascendants, s'interrogeant sur son courage.

— Me trouvant entre la vie et la mort, cette promesse ne me coûte pas grand-chose.

— Menteur ! La seule Garenne qui puisse désormais vous atteindre est…

— La Mort, compléta Paran. Naturellement, quelqu'un d'autre est… intervenu. En veillant à partir bien avant l'arrivée de votre trop bruyante escorte.

Le Roi de la Haute Maison de l'Ombre s'avança d'un pas.

— Qui ? À quelles fins ? Qui s'oppose à nous ?

— Trouvez vos propres réponses, Ombretrône. Évidemment, comprenez que si vous m'obligez maintenant à franchir cette porte, votre… opposition cherchera d'autres moyens. Puisque vous ignorez tout de son prochain instrument, comment déjouer ses futures manœuvres ? Il vous faudra vous battre à l'aveuglette…

— Vous suivre serait plus simple, concéda le dieu. Je dois en toucher un mot à mon compagnon…

— À votre guise, coupa Paran. J'aimerais juste pouvoir me lever.

L'Ascendant ricana.

— Qui se lève marche. La voie est à sens unique. Vous bénéficiez d'un sursis, mais si Goule vient vous relever, seule sa main vous guidera. Si vous vivez, en revanche, mon ombre suivra la vôtre.

— Mon ombre attire la foule, ces jours-ci, grommela Paran.

Son regard se posa de nouveau sur les Molosses. Les créatures l'observaient toujours, les yeux rougeoyant comme des braises. *Je vous aurai.* Comme attisé par cette promesse muette, l'éclat vermeil se raviva encore.

Le dieu reprit la parole. Mais le monde s'était assombri autour de Paran, s'estompant jusqu'à ce que la voix disparaisse. Bientôt, il n'eut plus conscience que du tintement renouvelé d'une pièce qui tournait.

Paran erra parmi des souvenirs qu'il croyait depuis longtemps perdus, sans savoir exactement combien de temps. L'époque où, cramponné aux jupes de sa mère, hésitant, il avait fait ses premiers pas ; ces nuits d'orage où il se ruait dans le couloir glacé jusqu'à la chambre de ses parents, ses petits pieds claquant sur la pierre froide ; et puis ces longs moments d'attente, debout sur les durs galets de la cour, main dans la main avec ses deux sœurs. Les images semblèrent basculer dans sa tête. Les jupes de sa mère ? Non, celles d'une vieille femme au service de sa famille. La chambre de ses parents ? Non, celle des domestiques. Et là, dans la cour, avec ses sœurs, il avait attendu pendant la moitié de la matinée l'arrivée de leur père et de leur mère, qu'ils connaissaient à peine.

Il revoyait des scènes entières dans son esprit, des épisodes à la signification mystérieuse, à la portée secrète, pièces d'un casse-tête qu'il n'arrivait pas à identifier, forgées par des mains qui n'étaient pas les siennes, dans un but qu'il ne comprenait pas. Un frisson d'angoisse traversa ses pensées quand il sentit que quelque chose – quelqu'un – s'employait à réordonner les événements formateurs de sa vie et à les projeter dans l'ombre nouvelle du présent.

D'une certaine manière, la main qui le guidait… jouait. Avec lui, avec sa vie. Une drôle de mort. Des voix lui parvinrent.

— Mince !

Un visage penché sur lui examinait ses yeux vides. Piocheuse.

— On ne lui a laissé aucune chance.

La voix du sergent Bougeotte s'éleva un peu plus loin.

— Personne de la 9ᵉ ne l'aurait tué comme ça. Pas ici, en pleine ville.

Piocheuse palpa une des plaies de Paran. Ses doigts étaient d'une douceur surprenante sur sa poitrine déchirée.

— En tout cas, c'est pas la technique de Kalam, commenta-t-elle.

— Tu peux rester seule ici ? demanda Bougeotte.

Je vais chercher Esquive et Maillet. Et les autres s'ils sont de retour.

— Vas-y, répondit Piocheuse en inspectant l'autre plaie, quinze centimètres sous la précédente. Ce coup est arrivé ensuite. Plus faible, porté avec la main droite.

Une drôle de mort, décidément, songea Paran. Qu'est-ce qui le retenait donc ici ? Y avait-il eu… un autre endroit ? Un lieu baigné d'une lumière jaune et brûlante ? Et d'autres voix, de vagues silhouettes, là-bas, sous l'arche avec… avec tous ces gens étrangement agglutinés, paupières closes, bouches ouvertes – un chœur de morts… N'était-il parti ailleurs que pour revenir à ces voix réelles, à ces mains tangibles sur sa peau ? Comment pouvait-il voir à travers ces yeux vides ? Sentir le contact délicat des mains de cette femme sur son corps ? Et que dire de cette douleur qui, tel un Léviathan, semblait remonter lentement des profondeurs ?

Piocheuse retira ses mains et, les coudes posés sur les cuisses, s'accroupit devant lui, songeuse.

— Voyons, Capitaine, comment ça se fait que vous saignez encore ? Ces blessures-là remontent à au moins une heure.

La douleur atteignit la surface. Paran sentit ses lèvres collées s'entrouvrir. Les articulations de ses mâchoires craquèrent tandis qu'il inspirait désespérément pour se mettre à hurler.

Piocheuse bondit en arrière, son épée comme surgie du néant dans sa main.

— Miséricordieuse Shedenul ! s'exclama-t-elle en reculant contre le mur d'en face.

Un bruit de bottes retentit sur sa droite et elle tourna vivement la tête.

— Guérisseur ! Il est vivant !

*

Les cloches de la troisième heure retentirent bruyamment dans la ville de Pale, résonnant le long des rues désertes à cause du couvre-feu. Une pluie légère s'était mise à tomber, noyant le ciel sombre dans une brume dorée. À deux pâtés de maisons du vieux palais, devant l'entrée d'une vaste demeure truffée de coins et de recoins et désormais incorporée aux quartiers de la 2e, deux militaires montaient la garde, enveloppés dans de noires capes de pluie.

— Sale temps, hein ? fit l'un, tremblant.

L'autre, plus âgé, changea sa pique d'épaule et expédia un impressionnant crachat dans le caniveau.

— T'as trouvé ça tout seul ? répliqua-t-il en hochant la tête. Si t'as d'autres révélations de ce genre à me faire, hésite surtout pas.

— Qu'est-ce que j'ai dit ? s'enquit le premier, vexé.

Son collègue se figea.

— Chut ! On vient.

Tendus, les mains serrées sur leurs armes, ils attendirent. Une silhouette traversa la rue et s'avança à la lumière des torches.

— Halte-là, tonna la plus âgée des sentinelles. Approchez lentement. J'espère que vous avez une bonne raison d'être là.

L'homme fit encore un pas.

— Kalam, Brûleurs de Ponts, 9e, annonça-t-il calmement.

Les gardes restaient méfiants, mais le Brûleur de Ponts garda ses distances, son visage noir brillant sous la pluie.

— Que venez-vous faire ici ? reprit l'aîné.

Kalam jeta un coup d'œil dans la rue derrière lui.

— On ne pensait pas revenir, grommela-t-il. Quant à ce que nous avons à faire, mieux vaut que Tayschrenn l'ignore… vous me suivez, soldat ?

Le garde afficha un grand sourire, puis cracha encore.

— Kalam. Vous devez être le caporal de Mésangeai, dit-il avec une note de respect inédite dans la voix. Comme vous voudrez.

— Pour ça oui ! s'exclama l'autre garde. J'étais à Nathilog, mon caporal. Si vous voulez que la pluie nous rende aveugles pendant une heure ou deux, vous n'avez qu'à le dire.

— On amène un corps, expliqua Kalam. Mais vous n'avez jamais été témoin de ça pendant votre tour de garde.

— Par les Portes de Goule, non ! acquiesça l'aîné des sentinelles. Aucune nuit n'a été aussi calme.

Dans la rue, on entendit plusieurs personnes approcher. Kalam leur fit signe, puis se faufila à travers la grille que le plus jeune des gardes venait d'ouvrir.

— À ton avis, qu'est-ce qu'ils mijotent ? demanda-t-il à son collègue sitôt Kalam disparu.

L'autre haussa les épaules.

— J'espère qu'ils embrocheront Tayschrenn sur un

truc bien dur et bien aiguisé, que Goule emporte cet infâme boucher ! D'ailleurs, connaissant ces Brûleurs de Ponts, c'est exactement ce qu'ils vont faire.

Le reste du groupe arrivait : deux hommes qui en portaient un troisième. Le garde se tut, puis écarquilla les yeux à la vue du grade de l'homme inconscient et du sang qui maculait le devant de son baudrier.

— Oponn vous soit favorable, souffla-t-il au Brûleur de Ponts le plus proche, un homme au crâne dissimulé sous une coiffe de cuir râpé.

Ce dernier lui lança un regard acéré.

— Si une fille rapplique derrière nous, ne vous mettez pas en travers de sa route, pigé ?

— Une fille ? Qui ça ?

— Elle est de la 9e et risque d'avoir soif de sang, répliqua le Brûleur de Ponts en aidant son camarade à traîner le capitaine de l'autre côté de la grille. Oubliez les consignes, ajouta-t-il par-dessus son épaule. Essayez juste de rester en vie.

Après leur passage, les deux gardes se dévisagèrent en silence. Au bout d'un moment, le plus jeune voulut fermer la grille. L'autre le retint.

— Laisse ouvert, maugréa-t-il. Et cherchons-nous un coin d'ombre. Dans le coin, mais pas trop près.

— Fichue nuit, commenta le plus jeune.

— T'as vraiment la manie d'enfoncer les portes ouvertes, hein ? rétorqua son compagnon en s'éloignant de la grille.

L'autre haussa les épaules en signe d'impuissance, avant de lui emboîter le pas sans attendre.

*

Loquevoile étudia longuement la carte centrale de son dernier tirage. Elle avait choisi une disposition en spirale, retournant la totalité des cartes de son Jeu de Dragons pour finir par un symbole qui pouvait marquer soit un point culminant, soit une épiphanie.

La spirale s'était changée en puits, un tunnel orienté vers le bas. Tout au fond, l'image d'un Molosse attendait, lointaine et plongée dans l'ombre.

Une sensation d'immédiateté était liée à ce tirage. La Haute Maison de l'Ombre était désormais impliquée, ce qui remettait en cause la domination d'Oponn sur le jeu. La première carte placée au tout début de la spirale attira son regard. Le Maçon de la Haute Maison de la Mort occupait un rang subalterne, mais le personnage gravé sur le bois paraissait avoir maintenant accédé à une position de force. Ressemblant comme deux gouttes d'eau au Soldat de la même Maison, le Maçon évoquait un homme sec et grisonnant, vêtu de cuir défraîchi. Ses mains épaisses, aux veines saillantes, tenaient des outils de tailleur de pierre, au milieu de menhirs grossièrement taillés.

Loquevoile découvrit sur ces pierres des glyphes à peine lisibles, dans une langue qui lui était étrangère mais dont l'écriture rappelait celle de Sept-Cités. Dans la Maison de la Mort, le Maçon était le bâtisseur de tumulus, le poseur de stèles. Une promesse de mort, ne visant pas une seule personne ou un petit groupe, mais un grand nombre. Le message inscrit sur les menhirs n'était pas destiné à la magicienne : le Maçon avait gravé ces mots pour lui-même et le temps les avait rendus plus difficiles à déchiffrer. Il semblait avoir énormément souffert des intempéries, avec son visage ridé et sa barbe argentée hirsute et clairsemée. L'homme qui avait assumé ce rôle avait autrefois travaillé dans la pierre, mais ce n'était plus le cas.

Loquevoile avait du mal à comprendre ce tirage. Les motifs l'étonnaient : on aurait dit qu'un jeu entièrement nouveau avait débuté, avec des personnages entrant en scène à chaque instant. Le Chevalier de la Haute Maison des Ténèbres se dressait à mi-chemin, à égale distance du début et de la fin. Comme la dernière fois que le Jeu avait dévoilé la silhouette draconienne du Chevalier, quelque chose flottait derrière lui dans le ciel d'encre, toujours aussi insaisissable, semblant parfois une simple mouche devant les yeux de la magicienne.

L'épée du Chevalier envoyait un éclair fumant vers le Molosse situé au sommet de la spirale. Loquevoile en comprit le sens : l'avenir réservait un conflit entre le Chevalier et la Haute Maison de l'Ombre. Cette perspective la plongeait dans un mélange d'effroi et de soulagement. Il s'agirait d'un affrontement, il n'y aurait pas d'alliance entre eux. Il était toutefois rare d'observer un lien aussi net entre deux Maisons, et son potentiel dévastateur la glaça. De telles effusions de sang auraient des retombées à l'échelle du monde entier. Fatalement, des humains en pâtiraient. Le cœur battant à tout rompre, cette pensée la ramena au Maçon. Elle cligna des yeux pour chasser la sueur, avant de tenter de reprendre le contrôle de sa respiration.

— Le sang coule toujours vers le bas, murmura-t-elle.

Le Maçon prépare un tumulus – il est finalement au service de la Mort – et il m'affectera directement. Ce tumulus... Est-ce le mien ? Dois-je me retirer ? Abandonner les Brûleurs de Ponts à leur destin ? Fuir Tayschrenn et l'Empire ?

Un très vieux souvenir refoulé depuis près de deux siècles la submergea soudain. Bouleversée, elle se revit arpenter les rues boueuses de son village natal, petite fille porteuse du Talent, qui avait vu en songe les cavaliers de la guerre fondre sur les vies des villageois. Une petite fille qui avait fui ce savoir, sans dire un mot à personne. Et la nuit était venue, une nuit de cris et de mort.

La culpabilité l'étreignit, spectre au visage d'une familiarité obsédante. Après toutes ces années, ce visage se révélait toujours à même de faire voler son univers en éclats, de vider de sens tout ce à quoi elle aurait aimé se raccrocher, de réduire à néant ses illusions de sécurité, avec une honte près de deux fois centenaire.

Cette image sombra de nouveau dans un marécage trouble, mais l'état d'esprit de la magicienne avait changé. Cette fois, elle ne se déroberait pas. Elle accorda un dernier regard au Molosse. Les yeux de l'animal semblaient brûler d'une flamme jaune, transperçant les siens comme pour atteindre son âme.

Une sorte de courant d'air lui balaya le dos. Elle se figea sur sa chaise, avant de se retourner lentement.

— Désolé de ne pas m'être annoncé, dit Ben le Vif, surgissant du nuage de sa Garenne.

Une odeur étrangement épicée s'en dégageait.

— Nous allons avoir de la visite, ajouta le sorcier, l'air inquiet. J'ai appelé Toupet. Il arrive par Garenne.

Loquevoile frissonna, frappée soudain par un mauvais pressentiment. Elle se retourna vers le jeu et entreprit de rassembler les cartes.

— La situation vient de se compliquer pas mal, reprit Ben le Vif.

La magicienne fit une pause, esquissant pour elle-même un sourire crispé.

— Vraiment ? murmura-t-elle.

*

Sur la tourelle ouest du palais, des torrents de pluie bouchaient la vue. Le vent rabattait l'eau dans la figure de Mésangeai. Le quatrième carillon tinta faiblement dans la nuit. Las, le sergent resserra sa cape imperméable autour de ses épaules, puis changea de jambe d'appui et s'adressa à l'homme debout près de lui.

— Voilà plusieurs jours que tu rumines, soldat. Allons, je t'écoute.

Lorgnant vers l'est, Violain essuya la pluie qui l'aveuglait.

— Pas grand-chose à vous dire, Sergent, maugréa-t-il. Des impressions, c'est tout. Cette magicienne, pour commencer.

— Loquevoile ?

— Ouaip.

Le sapeur débouclait son ceinturon avec un cliquetis métallique :

— Je déteste ce maudit truc, grommela-t-il.

Mésangeai le regarda jeter le ceinturon et le fourreau de son épée courte sur les gravillons du toit derrière eux.

— Au moins, ce coup-ci, ne l'oublie pas, répliqua-t-il en dissimulant un sourire.

— Une toute petite erreur et il y a toujours quelqu'un pour vous en reparler, grimaça Violain.

Mésangeai ne répondit pas mais ses épaules tremblaient de rire.

— Par les os de Goule, poursuivit Violain, combattre, c'est vraiment pas mon truc. Pas comme ça, en tout cas. Je suis né dans une ruelle de Malaz, moi. J'ai appris à tailler la pierre en me faufilant dans des tumulus, là-bas, derrière le Fort de Moque…

Il dévisagea le sergent.

— Vous aussi, vous étiez tailleur de pierres. Mais j'étais moins doué que vous pour apprendre le métier de soldat. Pour moi, c'était l'armée ou les mines. Et des fois, je me dis que j'ai fait le mauvais choix.

Le cœur de Mésangeai se serra. *Apprendre quoi ?* songeait-il. *À tuer des gens ? À les envoyer mourir sur une terre étrangère ?*

— Tes impressions sur Loquevoile ? s'enquit-il, changeant brusquement de sujet.

— Elle est morte de trouille, répondit le sapeur. De vieux démons doivent lui courir après et m'est avis qu'ils sont en train de la rattraper.

— Bah ! Les mages ont rarement un passé très gai.

— Dommage pour nous qu'elle flanche maintenant.

— Elle a perdu son Cadre, on l'a trahie. Sans l'Empire, tu veux qu'elle se raccroche à quoi ? À quoi tu veux que nous nous raccrochions tous ?

— Elle a tout le temps l'air prête à pleurnicher, Sergent. Moi, j'ai bien peur qu'elle n'ait plus rien dans le ventre. Suffirait que Tayschrenn la bouscule un peu pour qu'elle lâche le morceau.

— Violain, déclara Mésangeai, je crois que tu la sous-estimes. Cette magicienne a surmonté bien des crises et elle est loyale. Peu de gens le savent, mais on lui a plus d'une fois proposé le titre de Grand Mage. Et elle l'a toujours refusé. Contrairement aux apparences, un duel entre Tayschrenn et elle ne serait pas gagné d'avance. Elle est Maîtresse de sa Garenne : on n'arrive pas à un tel résultat sans avoir du cran.

Violain lâcha un petit sifflement admiratif, avant de s'accouder au parapet.

— Mettons que je n'aie rien dit.

— Autre chose, sapeur ?

— Juste une, répondit Violain d'une voix impassible.

Mésangeai se raidit. Il savait ce que ce ton impliquait.

— Vas-y.

— Quelque chose est sur le point de se déchaîner cette nuit, Sergent.

Le sapeur pivota, les yeux scintillant dans l'obscurité.

— Ça va faire du grabuge.

Tous deux se retournèrent en entendant la trappe du toit. Le Haut Poing Dujek Unbras apparut, encadré par un faisceau de lumière venu de la pièce en dessous. Il enjamba le dernier barreau de l'échelle et monta sur le toit.

— Aidez-moi avec cette fichue porte !

Les deux Brûleurs de Ponts s'empressèrent de le rejoindre en faisant crisser leurs bottes sur le gravier.

— Des nouvelles du capitaine Paran, Haut Poing ? s'enquit Mésangeai tandis que Violain s'accroupissait pour remettre le lourd abattant en place.

— Aucune, répliqua Dujek. Il a disparu. Ton tueur aussi d'ailleurs, ce Kalam.

Mésangeai secoua la tête.

— Je sais où il est et où il a passé la soirée. Esquive et Maillet sont les derniers à avoir vu le capitaine. Après avoir quitté l'Auberge de Knobb, il semble s'être volatilisé. Nous n'avons pas tué cet homme, Haut Poing.

— Ne joue pas sur les mots, grommela Dujek. Crénom, Violain ! Est-ce votre épée qui traîne là-bas ? Dans une flaque ?

Avec un sifflement consterné, le sapeur se précipita vers son arme.

— Ce gars-là est une incorrigible légende, commenta le Haut Poing. Shedenul le bénisse.

Il s'interrompit soudain, comme pour remettre de l'ordre dans ses pensées.

— D'accord, reprit-il, n'en parlons plus. Vous n'avez pas tué Paran. Alors, où est-il ?

— Nous le cherchons, dit Mésangeai d'un ton neutre.

Dujek soupira.

— Bon, compris. Tu veux savoir qui d'autre

pourrait souhaiter sa mort et donc qui l'a envoyé. Eh bien, Paran est aux ordres de l'Adjointe Lorn. Depuis quelque temps déjà. Mais il n'appartient pas à la Griffe. C'est un foutu fils de noble d'Unta.

Une vingtaine de pas plus loin, Violain avait remis son ceinturon et se tenait au bord du toit, les mains sur les hanches. *Un type bien... tous des types bien, bon sang !* songea Mésangeai en battant des paupières sous la pluie.

— Si Paran vient de la capitale, il pourrait avoir des ennemis là-bas. Personne n'aime les vieilles familles nobles, à commencer par les nobles eux-mêmes.

— Possible, concéda le Haut Poing, visiblement guère convaincu. En tout cas, il est censé commander ton escouade, et pas seulement le temps de cette mission. Son affectation est permanente.

— C'est de lui, cette idée d'infiltrer Darujhistan ?

— Non. Mais je ne saurais dire dans quel cerveau elle a germé. Peut-être celui de l'Adjointe ou de l'Impératrice en personne. Résultat, on vous envoie là-bas de toute manière, conclut Dujek en fronçant les sourcils. Je suis chargé de te transmettre les dernières consignes.

Il se tourna vers le sergent.

— Dans l'hypothèse où Paran aurait définitivement disparu.

— Permission de parler librement, Haut Poing ?

Dujek éclata de rire.

— Tu crois que je ne le sais pas, Mésangeai ? Ce plan est nul. Un vrai cauchemar stratégique...

— Je ne suis pas de cet avis.

— Comment ça ?

— Je pense qu'il remplira parfaitement son objectif, déclara Mésangeai d'une voix sourde, son regard glissant de l'horizon qui pâlissait jusqu'à Violain. Car cet objectif est de nous faire tous tuer.

Le Haut Poing étudia l'expression du sergent.

— Viens, dit-il enfin, l'entraînant vers l'endroit où se tenait le soldat.

Le sapeur leur adressa un signe de tête et tous trois observèrent la ville en contrebas. Les rues mal éclairées de Pale serpentaient entre des masses d'édifices apparemment peu enclins à accueillir la lumière ; sous l'averse, leurs silhouettes ramassées semblaient frissonner dans l'aube naissante.

Au bout d'un moment, Dujek reprit la parole.

— On se sent fichtrement seul, ici, pas vrai ? demanda-t-il d'un ton calme.

Violain acquiesça d'un grognement.

— Vous l'avez dit, Haut Poing.

Mésangeai ferma les yeux. Tout ce qui se déroulait à des milliers de lieues se jouait ici, sur la frontière. Tel était l'Empire. Il en irait toujours ainsi, même si les lieux et les acteurs changeaient. Tous n'étaient que de simples instruments, entre les mains inconnues de ceux qui les forgeaient. Il avait accepté cette vérité depuis longtemps. Elle l'avait ulcéré et c'était encore le cas. Ces temps-ci, seul l'épuisement paraissait à même de le soulager, brièvement.

— Je subis des pressions visant à dissoudre les Brûleurs de Ponts, reprit lentement le Haut Poing. J'ai déjà reçu l'ordre de fusionner la 2e avec la 5e et la 6e. Nous prendrons le nom de 5e, à effectifs presque complets. Les temps changent, messieurs, et les nouveautés qu'ils apportent sont amères.

Il hésita un instant :

— Sergent, si vous et votre escouade sortez vivants de Darujhistan, je vous autorise à ne pas revenir.

Mésangeai se retourna vivement tandis que Violain retenait son souffle.

Dujek hocha la tête.

— Vous m'avez bien entendu. Quant au reste des Brûleurs de Ponts, ma foi, soyez tranquilles, je veillerai sur eux.

Il jeta un coup d'œil vers l'est et eut un sourire sans joie.

— Ils ont beau me harceler, il est hors de question que je me laisse supprimer toute marge de manœuvre. J'ai dix mille soldats à qui je dois beaucoup…

— Pardon, Haut Poing, intervint Violain, mais ces dix mille soldats pensent tous que ce sont eux qui ont une dette envers vous. Vous n'avez qu'un mot à dire et…

— Taisez-vous, prévint Dujek.

— Oui, Haut Poing.

Le sergent garda le silence, emporté par le tourbillon de ses pensées. *Désertion.* Ces syllabes résonnaient dans sa tête tel un chant funèbre. Violain avait dit vrai, il n'en doutait pas. Si jamais le Haut Poing Dujek décidait que le temps était venu de passer à l'action, Mésangeai ne voulait pour rien au monde se retrouver en fuite à des centaines de lieues du cœur des événements. Il était trop proche de Dujek. Malgré leurs efforts pour le dissimuler, le souvenir de leur passé commun restait terriblement vif. Le vieil Unbras avait été son subordonné et même s'il ne lui tenait nullement rigueur de ce coup du sort, il savait que Dujek avait encore du mal à l'accepter. Le moment venu, Mésangeai tenait à se trouver à son côté.

— Haut Poing, déclara-t-il enfin, conscient que ses deux compagnons attendaient qu'il s'exprime, les Brûleurs de Ponts n'ont pas encore tous disparu. Leur épée demeure tranchante, même s'ils sont moins nombreux qu'avant pour la brandir. Ce n'est pas notre style de faciliter la tâche à nos adversaires, quels qu'ils soient. Ou de leur laisser le champ libre…

Il soupira :

— Ma foi, notre départ les arrangerait bien, non ? Tant qu'il leur restera une main valide, je dis bien une, une seule, les Brûleurs de Ponts ne reculeront pas. Question d'honneur, j'imagine.

— Je t'ai bien compris, Mésangeai, répondit Dujek. Tenez, les voilà, ajouta-t-il en grommelant.

Mésangeai leva les yeux vers l'est et suivit le regard du Haut Poing.

*

Ben le Vif tendit l'oreille.

— Tss ! Les Molosses ont flairé sa piste.

Kalam se releva en jurant.

Assise sur le lit d'appoint, Loquevoile, les sourcils froncés, suivait les allées et venues de l'assassin. Le plancher grinçait à peine, malgré son poids, Kalam semblait glisser sur le sol, conférant à la scène une dimension presque surréelle avec le sorcier qui, jambes croisées, planait déjà à quelques centimètres du plancher au centre de la pièce.

Loquevoile se rendit compte qu'elle était épuisée. Il se passait trop de choses, toutes en même temps. Elle s'ébroua intérieurement et observa de nouveau Ben le Vif.

Le sorcier était relié à Toupet. En suivant la piste de quelqu'un – ou de quelque chose –, le pantin s'était retrouvé dans la Garenne de l'Ombre. Il avait atteint les portes mêmes de ce Domaine, puis les avait franchies.

Ben le Vif avait perdu contact avec lui un instant, et la tension était montée d'un cran pendant ces longues minutes de silence. Lorsque le magicien avait de nouveau perçu la présence de Toupet, le pantin n'était plus seul.

— Il sort, annonça Ben le Vif. Il change de Garenne. Avec l'aide d'Oponn, il sèmera les Molosses.

Entendre mentionner de façon aussi désinvolte le nom des Fous Jumeaux fit grimacer Loquevoile. Avec la quantité de courants qui tourbillonnaient si près de la surface, voilà qui risquait fort d'attirer sur eux une attention fâcheuse.

La fatigue alourdissait l'atmosphère tel un encens aux effluves de sueur et de tension. Après son dernier commentaire, Ben le Vif avait baissé la tête. Loquevoile savait que son esprit parcourait désormais les Garennes, fermement cramponné à l'épaule de Toupet.

Les allers et retours de Kalam l'amenèrent devant la magicienne. Il s'arrêta, les mains serrées.

— Et Tayschrenn ? lui demanda-t-il d'un ton brusque.

— Tayschrenn sait qu'il s'est produit quelque chose. Il cherche, mais sa proie lui échappe.

Loquevoile sourit à l'assassin.

— Je le sens avancer avec la plus grande prudence. Pour ce qu'il en sait, il pourrait aussi bien avoir affaire à un loup qu'à un lapin.

La mine de Kalam resta sombre.

— Ou un Molosse, marmonna-t-il avant de se remettre à faire les cent pas.

Loquevoile le dévisagea, stupéfaite. Était-ce donc à cela que l'employait Toupet ? Attirer un Molosse à ses trousses ? Étaient-ils en train de tendre à Tayschrenn une embuscade fatale ?

— J'ose espérer que non, lança-t-elle en lançant un regard dur à l'assassin. Ce serait de la folie.

Kalam l'ignora en se détournant ostensiblement.

— Non, reprit-elle. Pas de la folie, de la démence. Vous rendez-vous compte de ce que vous risquez de déchaîner ? Certains croient les Molosses plus anciens que le Domaine de l'Ombre lui-même. Mais il ne s'agit pas seulement d'eux : le pouvoir attire le pouvoir. Si un Ascendant ouvre une brèche entre les mondes, d'autres viendront s'y engouffrer, flairant l'odeur du sang. D'ici à l'aube, tous les mortels de cette ville pourraient bien mourir !

— Ne vous énervez pas, répliqua finalement Kalam. Personne n'a envie de lâcher un Molosse dans la ville. La peur a dicté mes paroles.

Il s'obstinait néanmoins à fuir son regard. Cet aveu déconcerta Loquevoile. La honte empêchait donc l'assassin de la regarder en face. Avoir peur revenait à admettre sa faiblesse.

— Par Goule ! soupira-t-elle. Voilà deux heures que je n'ai pas bougé de mon coussin.

Surpris, Kalam s'arrêta, avant de se retourner vers elle et d'éclater de rire. Un rire doux et profond, qui ravit la magicienne.

La porte de la chambre s'ouvrit alors et Maillet en sortit, sa face ronde luisante et rougie. Après un coup d'œil à Ben le Vif, le guérisseur alla s'accroupir devant Loquevoile.

— En toute logique, dit-il à mi-voix, le capitaine Paran devrait se trouver dans la fosse des officiers avec cinq pieds de boue sur sa belle gueule.

Il salua Kalam d'un signe de tête en le voyant s'approcher.

— La première blessure était fatale, sous le cœur, vers le haut, les informa-t-il. Un coup de professionnel. La deuxième l'aurait tué moins vite, mais tout aussi sûrement.

Kalam grimaça.

— Il devrait donc être mort. Mais il ne l'est pas. Ce qui signifie ?

— Qu'il y a eu intervention, répondit Loquevoile avec un certain malaise.

Elle tourna vers Maillet ses paupières lourdes.

— Vos compétences en Denul se sont-elles révélées suffisantes ?

Le guérisseur esquissa un sourire.

— C'était facile, on m'a mâché le travail. Les plaies se refermaient déjà, les lésions étaient réparées. J'ai simplement accéléré un peu le processus. Mais le traumatisme a été profond, sur le plan mental comme physique. En principe, il aurait dû mettre des semaines à récupérer. Ce qui pourrait déjà en soi constituer un problème.

— Que voulez-vous dire ? s'enquit Loquevoile.

Kalam était allé attraper sur la table du vin et trois gobelets d'argile. Il les remplit pendant que Maillet répondait.

— La guérison de la chair et celle de la conscience ne devraient jamais être séparées. C'est délicat à expliquer. Les Garennes Denul prennent en compte tous les aspects de la guérison car les dommages concernent toujours plusieurs plans. Le choc incarne la cicatrice qui lie le corps et l'esprit.

— Et Paran dans tout ça ? maugréa Kalam en tendant un gobelet au guérisseur.

Maillet but une longue rasade, puis s'essuya la bouche d'un revers de main.

— Quelle que soit la force qui a décidé d'intervenir, elle ne s'est souciée que de guérir la chair. Le capitaine sera sans doute sur pied dans un jour ou deux, mais il va lui falloir du temps pour se remettre.

— Vous n'avez rien pu y faire ? questionna Loquevoile.

Maillet fit non de la tête.

— Toutes ces choses sont étroitement liées, mais cette intervention extérieure a rompu les liens entre chair et esprit. Combien de chocs, d'événements traumatisants Paran a-t-il subi au cours de son existence ? Quelle cicatrice dois-je retrouver ? Sans le savoir, je risquerais de lui faire plus de mal que de bien.

Loquevoile songea au jeune officier qu'ils avaient

amené dans sa chambre une heure auparavant. Après un cri prouvant qu'il était encore en vie, Paran avait sombré dans l'inconscience. La magicienne savait seulement qu'il était de noble naissance, qu'il venait d'Unta et qu'il devait prendre la tête de l'escouade pour leur mission à Darujhistan.

— De toute façon, reprit Maillet en vidant son gobelet, Esquive garde un œil sur lui. Paran peut reprendre connaissance d'une minute à l'autre, mais rien ne permet de prévoir quel sera son état d'esprit.

Le guérisseur sourit à l'attention de Kalam.

— Esquive s'est pris d'affection pour ce gamin.

L'assassin grommela et le sourire de Maillet s'élargit. Loquevoile haussa un sourcil et le guérisseur choisit de s'expliquer :

— Esquive a la manie d'adopter les chiens errants et autres, euh... créatures dans le besoin.

Il jeta un coup d'œil à Kalam, qui s'était remis à arpenter la pièce.

— Et il s'obstine souvent à ce propos.

Un grognement exaspéré du caporal ponctua ce commentaire. Loquevoile sourit à son tour. Mais ses pensées revinrent au capitaine et sa gaieté se volatilisa.

— Quelqu'un va se servir de lui, dit-elle froidement. Comme d'une arme.

Ces paroles dégrisèrent Maillet.

— Oui, cette guérison n'avait rien de miséricordieux. Il s'agit d'un pur calcul.

La voix de Ben le Vif les fit tous sursauter.

— L'attentat perpétré contre lui est venu de l'Ombre.

Le silence se fit dans la pièce. Loquevoile soupira. Jusqu'ici, elle en était restée au stade du soupçon. Elle vit Maillet et Kalam échanger un regard, dont elle devina le sens. Mes Regrets allait subir à son retour un sérieux interrogatoire. Et Loquevoile savait à présent – avec certitude – que cette fille appartenait à l'Ombre.

— Ce qui veut dire que quiconque a intercédé en faveur du capitaine se trouve désormais en opposition directe avec le Domaine de l'Ombre, reprit joyeusement le sorcier.

Ses yeux sombres observaient la magicienne.

— Nous aurons besoin d'apprendre ce que sait Paran dès qu'il se réveillera. Seulement…

— Nous ne serons plus là, compléta Kalam.

— Comme si Toupet ne suffisait pas ! fit Loquevoile. Vous voulez que je dorlote votre capitaine en prime ?

Ben le Vif se releva et épousseta ses jambières de cuir.

— Toupet restera absent quelque temps. Ces Molosses sont têtus et s'en débarrasser lui prendra sans doute un bon moment. Et si le pire survient, poursuivit le sorcier avec un sourire mauvais, il se retournera contre eux et donnera de quoi réfléchir au seigneur de l'Ombre.

— Va chercher Esquive, ordonna alors Kalam à Maillet. On doit y aller.

Les dernières paroles de Ben le Vif avaient littéralement glacé Loquevoile.

Un goût de cendre lui arracha une grimace et elle regarda sans mot dire le petit groupe qui s'apprêtait à partir. Ils avaient une mission à remplir, une mission qui les conduirait au cœur même de Darujhistan. Cette ville était la suivante sur la liste de l'Empire : la perle du continent, la dernière des Villes libres, la seule qui méritait vraiment d'attiser sa convoitise. L'escouade s'infiltrerait, préparerait le terrain. Ses membres seraient entièrement livrés à eux-mêmes. Curieusement, Loquevoile enviait presque leur isolement à venir. Enfin, pas tout à fait. Car elle craignait fort qu'aucun d'entre eux n'y survive.

Le tumulus du Maçon lui revint à l'esprit, comme érigé par ses propres craintes. Il était assez grand pour les contenir tous.

*

Devant le premier liseré cramoisi de l'aurore, les Moranths Noirs, penchés sur les hautes selles de leurs quorls, étincelaient comme des diamants nappés de sang. Mésangeai, Violain et le Haut Poing regardaient la douzaine de montures volantes approcher. La pluie avait faibli et des traînées de brume grise léchaient la pierre et les tuiles des toits environnants.

— Mésangeai, où est votre escouade ? s'enquit Dujek.

Sur un signe de tête du sergent, Violain fila vers la trappe.

— Elle arrive, répondit Mésangeai.

Les quatre ailes fines et scintillantes de chaque quorl parurent hésiter un court instant avant que les douze Moranths amorcent leur descente vers le toit de la tourelle. Le vrombissement aigu de leurs élytres était ponctué par les clics des cavaliers moranths se transmettant des ordres. Ils passèrent à moins de cinq pieds de la tête des deux hommes et se posèrent sans cérémonie derrière eux.

Violain avait disparu. Dujek, son unique poing sur la hanche, foudroya les Moranths du regard, puis grommela quelque chose d'inaudible avant de repartir à son tour en direction de la trappe.

Mésangeai s'approcha du Moranth le plus proche. La visière de chitine noire qui recouvrait le visage du soldat pivota silencieusement vers lui.

— L'un de vous n'avait plus qu'une main et fut cité cinq fois pour sa bravoure, dit le sergent. Vit-il encore ?

Le Moranth Noir ne répondit pas.

Mésangeai haussa les épaules et reporta son attention sur les quorls. Ces créatures ailées continuaient à le fasciner, même s'il lui était déjà arrivé d'en chevaucher par le passé. Elles attendaient sur le toit, en équilibre sur quatre pattes grêles dépassant de sous leur selle, leurs ailes déployées vibrant assez vite pour créer un fin brouillard de gouttelettes. Leur queue arc-en-ciel bizarrement segmentée s'étirait sur plus de vingt pieds de long. Mésangeai fronça le nez en percevant leur odeur âcre, mais désormais familière. Il étudia les yeux à facettes et les mandibules articulées de l'animal le plus proche. Deux membres supplémentaires – des bras, sans doute – étaient repliés sous lui. Le quorl fit pivoter son énorme tête triangulaire pour braquer son œil gauche sur le sergent.

Mésangeai continua à observer la créature, se

demandant ce qu'elle voyait et pensait – à supposer qu'elle soit capable de penser. Intrigué, il fit au quorl un petit signe.

La tête massive s'inclina, puis se détourna. Stupéfait, Mésangeai vit l'extrémité de la queue de l'animal se recourber un instant. C'était la première fois qu'il était témoin d'un tel geste.

L'alliance entre les Moranths et l'Empire avait changé la face de la guerre impériale.

Sur Genabackis, la tactique malazéenne avait adopté des formes entièrement nouvelles, dépendant chaque jour davantage du transport aérien d'hommes et de matériel. Pour Mésangeai, une telle dépendance était dangereuse. *Nous en savons si peu sur ces Moranths : nul n'a jamais vu leurs villes dans la forêt. Je serais même incapable de discerner leur sexe.* De l'avis de la majorité des spécialistes, il s'agissait bien d'humains, mais impossible de le vérifier : les Moranths ramassaient leurs morts sur les champs de bataille. L'Empire aurait bien du mal si ces guerriers-là se mettaient à manifester une quelconque soif de pouvoir. Mais d'après ce qu'avait entendu dire le sergent, les couleurs de leurs factions reflétaient une hiérarchie en perpétuelle évolution et la rivalité et la compétition régnant entre eux atteignaient des degrés de fanatisme inégalés.

Le Haut Poing Dujek le rejoignit, sa mine sévère légèrement plus sereine. Des éclats de voix montaient depuis la trappe.

— Les voilà, annonça Dujek. Ta recrue se prend un sacré savon. Et ne me dis pas pourquoi – je ne veux pas le savoir.

Le soulagement de Mésangeai fut bientôt gâché ; il avait secrètement espéré voir Mes Regrets déserter. Mais ses hommes avaient fini par la dénicher, à moins qu'elle ne les ait elle-même retrouvés. En tout cas, ses vétérans n'avaient pas l'air très heureux de ces retrouvailles. Mais comment le leur reprocher ? Avait-elle tenté de tuer Paran, comme Ben le Vif et Kalam semblaient le croire ?

On entendait surtout Kalam, qui en rajoutait beaucoup par rapport à ce que son rôle de caporal impliquait, et le regard pénétrant de Dujek suffit à envoyer Mésangeai se pencher sur la trappe. Son regard dur balaya la pièce. Tout le monde était là et formait un cercle menaçant autour de Mes Regrets. Adossée à l'échelle, la jeune fille semblait mourir d'ennui face à leurs réprimandes.

— La ferme ! rugit Mésangeai. Vérifiez vos paquetages et dépêchez-vous de grimper ici. Exécution !

Il les regarda se disperser puis, avec un hochement de tête satisfait, regagna l'endroit où patientait le Haut Poing. Les sourcils froncés, Dujek massait le moignon de son bras gauche.

— Fichue humidité, maugréa-t-il.

— Maillet pourrait te soulager ça, commenta Mésangeai.

— À quoi bon ? répliqua Dujek. Je me fais vieux, c'est tout.

Il se frotta la mâchoire.

— Tout votre équipement lourd vous attend à votre point de chute. Prêt à vous envoler, Sergent ?

Mésangeai jeta un coup d'œil aux selles en bâtière des passagers se dressant tels des capuchons à l'arrière du thorax des quorls. Il acquiesça ensuite d'un signe de tête.

Les membres de son escouade commençaient à arriver, portant chacun une courte cape de pluie et un lourd sac. Violain et Esquive se disputaient à voix basse et le second décocha un regard féroce à Gogues, qui venait de lui marcher sur le talon. L'imposant Barghast avait attaché sur lui toute sa collection de charmes, breloques et autres trophées, lui donnant l'air d'un arbre décoré pour la Fête kanienne des Scorpions. Les Barghasts étaient réputés pour leur curieux sens de l'humour. Ben le Vif et Kalam, visiblement furieux et sur les nerfs, encadraient Mes Regrets. Cette dernière, indifférente à tout ce qui l'entourait, s'avançait sans hâte vers les quorls. Sa sacoche n'était guère plus volumineuse qu'une couverture roulée et son vêtement de pluie – fort peu réglementaire – lui arrivait aux chevilles. Elle avait relevé sa capuche et malgré l'aube, son visage demeurait dans l'ombre. Mésangeai soupira. *Voilà donc tout ce qui me reste.*

— Comment s'en sort-elle, Sergent ? s'enquit Dujek à voix basse.

— Encore en vie, répliqua Mésangeai avec froideur.

Le Haut Poing secoua lentement la tête.

— Ils les prennent si jeunes, ces temps-ci…

Mésangeai réfléchit à ces paroles et un souvenir lui revint.

Lors d'un bref rattachement à la 5e loin du siège de Pale, en pleine Campagne de Mott, Mes Regrets, fraîchement débarquée à Nathilog, les avait rejoints avec les nouvelles troupes. Mésangeai l'avait vue travailler au couteau trois mercenaires locaux faits prisonniers à Chien-Gris, officiellement pour récupérer des informations. Il frissonna : en fait, il s'agissait de quelque chose de bien différent. Mésangeai avait été saisi d'horreur quand elle s'était attaquée à leur bas-ventre. Il se rappelait avoir croisé le regard de Kalam, et le geste désespéré de l'assassin, poignards dénudés. Bousculant Mes Regrets, Kalam avait tranché la gorge de ces malheureux en trois coups. Mais le souvenir le plus terrible de Mésangeai n'était autre que les derniers mots de ces mercenaires, bénissant Kalam.

Mes Regrets avait juste rengainé son arme avant de partir.

Même si elle faisait partie de leur escouade depuis deux ans, les autres la traitaient encore de recrue et continueraient sans doute à le faire jusqu'à leur mort. Mésangeai savait que cela n'avait rien de gratuit. Une recrue n'était pas un Brûleur de Ponts. Pour se débarrasser de cette étiquette, il fallait mériter l'estime de ses pairs dans le feu de l'action. Mes Regrets demeurait une recrue car l'idée de la considérer comme un Brûleur de Ponts à part entière restait en travers de la gorge de tous les autres membres de l'escouade.

Et lui-même n'y était pas insensible.

L'expression du sergent perdit son calme coutumier. Intérieurement, il répondit à Dujek.

Jeune ? Non. On peut pardonner aux jeunes. Leurs besoins sont simples, faciles à satisfaire, et lorsqu'on les regarde au fond des yeux, on reste en terrain connu.

Mais elle ? Non. Mieux valait éviter ces yeux-là. Ils n'avaient rien de jeune – rien du tout.

— Il est temps pour vous de partir, marmonna Dujek. Fais grimper tout le monde en selle.

Le Haut Poing se tourna vers Mésangeai pour lui adresser quelques mots d'adieu, mais ce qu'il lut sur le visage du sergent repoussa ses paroles au fond de sa gorge.

*

L'aube étendait son manteau cramoisi quand deux coups de tonnerre assourdis retentirent, à quelques minutes d'intervalle. Les derniers sanglots de la nuit ruisselaient le long des gouttières, tourbillonnant dans les caniveaux. Le miroir opaque des fondrières reflétait des nuages désormais clairsemés. La fraîcheur et l'humidité nocturnes s'accrochaient encore aux recoins sombres des étroites et tortueuses ruelles du quartier Krael. Là, les briques moisies et les pavés usés avaient absorbé le second coup de tonnerre sans laisser d'écho à même de rivaliser avec le crépitement des gouttes d'eau.

Dans une venelle longeant les remparts, un chien de la taille d'un mulet à la puissante musculature trottinait vers le sud. Sa tête massive rasait le sol. Sa fourrure sèche et poussiéreuse, mouchetée de gris et de noir, laissait penser qu'il avait évité la pluie nocturne. Son museau était tacheté de gris et ses yeux avaient un éclat d'ambre.

Ce Molosse nommé Engrenage – septième sur la liste des serviteurs d'Ombretrône – était en chasse.

Le gibier qui fuyait devant lui se dérobait sans cesse, rapide, rusé. Pourtant, Engrenage sentait qu'il touchait au but. Il ne traquait évidemment pas un humain : aucun mortel, homme ou femme, n'aurait pu échapper si longtemps à ses crocs. Mais plus surprenant encore, Engrenage n'avait pas réussi à apercevoir sa proie. Celle-ci avait franchi les bornes. Elle avait impunément arpenté le Domaine de l'Ombre, sur la piste d'Ombretrône en personne, faisant vibrer toutes les toiles tissées par le seigneur d'Engrenage. La seule réponse à un tel affront était la mort.

Bientôt, le Molosse le savait, il deviendrait la proie. Et si ces chasseurs venaient en force, il aurait du mal à poursuivre sa quête. En ville, certains avaient perçu les brutales déchirures du tissu séparant les mondes. Moins d'une minute après avoir franchi le portail de la Garenne, il avait senti ses poils se hérisser – manifestation de magie proche. Jusqu'ici, il était parvenu à passer inaperçu. Mais cela ne durerait pas.

Avec prudence, il s'avançait silencieusement dans le dédale de baraques et d'appentis lovés contre les murailles de la ville. Ignorant les rares citadins sortis goûter l'air lavé par l'averse, il enjambait les gueux couchés sur sa route. Les chiens et autres chasseurs de rats du coin s'éclipsaient discrètement en le voyant, oreilles couchées et queue traînant sur le sol boueux.

Engrenage contourna l'angle d'une maison de pierre à demi affaissée et un souffle de vent le poussa à humer l'air. Il s'arrêta et fouilla du regard la rue en face de lui. De la brume s'attardait çà et là, mais les premières charrettes des marchands les plus misérables s'ébranlaient déjà, tirées par des silhouettes emmitouflées. Le temps commençait à manquer pour Engrenage.

Il parcourut des yeux la rue, se concentrant finalement sur les murs d'une grande propriété à l'autre bout. Quatre gardes bavardaient devant la grille, jetant aux passants des regards distraits. Le Molosse leva la tête et repéra une fenêtre aux volets fermés au deuxième étage du bâtiment.

Une vague de plaisir l'envahit. La piste s'arrêtait là. Baissant de nouveau la tête, il s'avança, les yeux rivés sur les quatre soldats.

C'était l'heure de la relève. En arrivant, les deux nouveaux gardes constatèrent que la grille était entrebâillée.

— Qu'est-ce qui se passe ? s'enquit l'un d'eux, étudiant les traits tirés de leurs collègues en faction.

— Ç'a été une de ces nuits où on pose pas de questions, répondit l'aîné.

Les deux nouveaux échangèrent un coup d'œil, puis celui qui avait parlé sourit et hocha la tête.

— Je vois le genre… bon, eh bien, allez-y. Vos lits vous attendent.

Le plus âgé souleva sa pique et parut aussitôt s'affaisser. Il jeta un coup d'œil à son compagnon, mais l'attention de ce dernier était concentrée sur quelque chose au bout de la rue.

— Il est sûrement trop tard, dit alors le plus vieux, et ça n'a donc plus vraiment d'importance, mais si jamais une fille rapplique, une Brûleuse de Ponts, laissez-la entrer sans discuter et regardez ailleurs.

— Vous avez vu ce chien ? murmura son jeune camarade.

— Entendu, répliquait l'un des nouveaux. La vie dans la 2e…

— Vous avez vu ce chien ? insista le jeune soldat.

Ses trois collègues se retournèrent enfin. Le plus âgé écarquilla les yeux et lâcha un juron en agitant sa pique. Les autres n'en eurent même pas l'occasion.

*

Étendue sur le lit de la première pièce, Loquevoile contemplait le plafond. Elle se sentait si épuisée que même le sommeil la fuyait. Elle laissait vagabonder ses pensées, récapitulant tant bien que mal les événements des sept derniers jours. Malgré sa colère de se retrouver mêlée aux agissements des Brûleurs de Ponts, elle ne pouvait nier son excitation.

Son désir de plier bagage et d'ouvrir une Garenne – loin de l'Empire, loin de la folie et de l'avidité de Toupet, loin de cette guerre sans fin – lui semblait appartenir à un temps révolu, la conséquence d'un désespoir qu'elle avait cessé d'éprouver.

C'était un dernier regain d'humanité et de fraternité qui la poussait désormais à rester. Les Brûleurs de Ponts n'avaient pas besoin d'elle ; mine de rien, ils s'étaient maintes fois révélés capables de régler seuls leurs propres affaires. Non, en vérité, elle voulait voir Tayschrenn à terre. Et cela l'effrayait. La soif de vengeance empoisonnait l'âme. Qui plus est, elle devrait sans doute attendre un bon moment avant d'assister au trépas bien mérité du Grand Mage. Et si, après s'être nourrie si longtemps de ce poison, elle finissait par porter sur le monde le même regard fou que Toupet ?

— Trop de choses, murmura-t-elle. Trop de choses en même temps.

Un bruit à la porte la fit sursauter. Elle se redressa.

— Oh, fit-elle, maussade. Te revoilà.

— Sain et sauf, déclara Toupet. Navré de te décevoir, Lo.

Le pantin agita sa minuscule main et la porte se referma derrière lui, le loquet retombant tout seul en place.

— Très redoutés, ces Molosses de l'Ombre, reprit-il en s'avançant nonchalamment au centre de la pièce.

Il fit une pirouette avant de s'asseoir, jambes écartées et bras ballants.

— Mais en fin de compte, il ne s'agit que de vulgaires clébards, qui s'arrêtent pisser à chaque tronc d'arbre. Ils ont fait chou blanc sur le rusé Toupet ! railla-t-il.

Loquevoile se recoucha et ferma les yeux.

— Ta négligence a irrité Ben le Vif.

— L'imbécile ! cracha Toupet. Qu'il m'épie donc. Libre à lui de s'imaginer que cela lui donne un quelconque pouvoir sur moi tant que je vais où ça me chante. Que ce crétin continue à proclamer qu'il me contrôle. Ma vengeance n'en sera que plus délectable.

Ce discours n'était pas nouveau. Elle savait que Toupet tentait de saper sa volonté. Il y parvenait en partie, car elle se sentait en proie au doute. Et s'il disait vrai ? Peut-être avait-il déjà échappé à Ben le Vif, à son insu.

— Garde ta vengeance pour celui qui t'a pris ton corps, riposta-t-elle sèchement. Tayschrenn se moque toujours de toi.

— Il sera le premier à payer ! hurla Toupet.

Il mit les mains sur sa taille et chuchota :

— Chaque chose en son temps.

Des cris s'élevaient de l'enceinte sous la fenêtre.

Loquevoile se redressa brusquement.

— Trouvé ! s'exclama Toupet. Il ne faut surtout pas qu'il me voie !

Se relevant d'un bond, le pantin détala vers sa boîte contre le mur du fond.

— Élimine-moi le Molosse, tu n'as pas le choix !

Tant bien que mal, Toupet ouvrit son refuge et se glissa à l'intérieur. Le couvercle retomba avec un bruit sourd et l'auréole d'un charme protecteur l'enveloppa.

Hésitante, Loquevoile resta près du lit.

À l'étage inférieur, du bois volait en éclats en faisant trembler tout le bâtiment. Des hommes vociféraient dans un concert de cliquetis d'armes. La magicienne se figea et sentit la terreur envahir ses membres, comme du plomb fondu. Éliminer un Molosse de l'Ombre ? Des secousses ébranlèrent la fenêtre, comme si l'on envoyait valdinguer des corps sur le plancher. Les coups atteignirent ensuite le pied des escaliers et les cris cessèrent brusquement. Dans la cour, des soldats vociféraient.

Loquevoile puisa dans sa Garenne Thyr. La puissance qui afflua en elle chassa bientôt la frayeur qui la paralysait. Débarrassée de toute fatigue, elle se redressa et pivota vers la porte. Le bois grinça, puis le panneau se retrouva propulsé à l'intérieur de la pièce. Aussitôt écarté par le bouclier magique de Loquevoile, il projeta une volée d'éclats et d'échardes sur les murs et le plafond. Les vitres explosèrent dans le dos de la magicienne. Les volets de la fenêtre s'ouvrirent et un vent glacial s'engouffra dans la pièce.

Le Molosse apparut. Ses yeux étaient pareils à des flammes et ses muscles bandés ondulaient sous le poil de ses larges épaules. La puissance de la créature déferla telle une vague, laissant Loquevoile le souffle coupé. Le Molosse était incroyablement âgé. Elle n'avait encore jamais croisé un être aussi ancien. Il s'arrêta dans l'embrasure de la porte, humant l'air, ses babines noires maculées de sang. Son regard se porta ensuite sur la boîte cerclée de fer posée près du mur, à gauche de la magicienne.

Il s'avança.

— Non, dit Loquevoile.

Le Molosse s'immobilisa. Sa tête massive se tourna lentement vers la magicienne, comme s'il la remarquait pour la première fois. Ses babines se retroussèrent, révélant la lueur phosphorescente de canines longues comme le pouce.

Toupet, maudit sois-tu ! Je t'en supplie, aide-moi !

Un éclair blanc jaillit au-dessus des yeux révulsés du Molosse. Il chargea.

L'attaque fut si rapide que Loquevoile n'eut même pas le temps de lever les mains. Sa première couche de protections magiques ne parvint même pas à ébouriffer sa fourrure. Les défenses les plus rapprochées de la magicienne, un amoncellement de Hautes Gardes, encaissèrent de plein fouet la charge de l'animal.

Loquevoile les sentit se lézarder et les profondes fissures se propagèrent dans ses bras et sa poitrine, immédiatement suivies de giclées de sang. Le choc la projeta contre le mur de la fenêtre. Ses défenses amortirent le choc, mais elle se retrouva enveloppée dans un nuage de poussière. Des fragments de brique écrasée s'éparpillèrent sur le plancher.

Le Molosse était retombé sur les jarrets. Il se redressa en secouant la tête et s'ébroua, avant de l'attaquer de nouveau.

Déjà considérablement secouée, Loquevoile leva faiblement un bras zébré de sang devant sa figure, incapable de faire plus.

Le Molosse bondit, gueule ouverte, prêt à lui broyer la tête. Mais une vague de lumière grise le frappa soudain sur le flanc, l'expédiant sur le lit à droite de la magicienne. Le bois craqua. Le Molosse se releva pesamment, pivotant cette fois vers Toupet qui, le front luisant de sueur et les bras dressés, se tenait perché sur sa boîte.

— Oh, oui, Engrenage ! glapit-il. C'est bien moi qui suis ton gibier !

Loquevoile s'affaissa, puis se pencha pour vomir. Une Garenne chaotique tournoyait dans la pièce, formant un miasme écœurant frappé d'une abominable pestilence. Il irradiait de Toupet en pulsations visibles de gris moucheté de noir.

Le Molosse, pantelant, observait le pantin. On aurait dit qu'il s'efforçait de chasser les ondes de pouvoir de son cerveau. Un grondement sourd monta dans sa poitrine – le premier véritable son qu'il émettait. Sa large tête ploya.

Loquevoile le regarda un moment avant de comprendre.

— Molosse ! s'écria-t-elle, affolée. C'est à ton âme qu'il en veut ! Sauve-toi ! Va-t'en tout de suite !

Le grondement se fit plus grave, mais la bête ne bougea pas pour autant.

Aucun des protagonistes ne nota l'entrebâillement de la porte de la chambre, ni l'apparition hésitante du capitaine Paran, drapé dans une couverture de laine terne. Blême, les traits tirés, il s'avança en braquant sur le Molosse un regard absent. L'invisible bras de fer mental entre Engrenage et Toupet se poursuivait et Paran se rapprocha.

Ce mouvement attira l'œil de Loquevoile. Elle voulut l'avertir d'un cri, mais Paran la devança. Sa couverture s'entrouvrit et il se fendit, révélant une longue épée. La lame s'enfonça profondément dans la poitrine du Molosse et le capitaine recula aussitôt, dégageant l'arme en la faisant tourner. Un hurlement grave s'échappa de la gorge d'Engrenage. Titubant, il recula jusqu'aux débris du lit en essayant de mordre sa plaie sanglante.

Hurlant de rage, Toupet se rua sur le Molosse, mais un croc-en-jambe de Loquevoile l'envoya valser contre un mur.

Engrenage hurla de nouveau. Une sombre crevasse s'ouvrit avec un bruit de toile déchirée et il plongea dans les ténèbres. La fente se referma bien vite, ne laissant derrière elle qu'un remous d'air froid.

Abasourdie au point d'en oublier ses douleurs, Loquevoile se concentra sur le capitaine et son arme ensanglantée.

— Comment avez-vous fait ? hoqueta-t-elle. Comme avez-vous pu transpercer le halo magique du Molosse ? Votre épée…

Paran baissa les yeux sur son arme.

— Simple coup de chance, j'imagine.

— Oponn ! s'exclama Toupet en se relevant.

Il lança à Loquevoile un regard meurtrier.

— Que la Malédiction de Goule soit sur les Fous ! Quant à toi, ma vieille, je n'oublierai pas ta traîtrise. Tu me le paieras, je le jure !

Détournant les yeux, Loquevoile soupira. Un sourire étira ses lèvres tandis que les paroles de Ben le Vif lui revenaient, habitées d'un sens nouveau.

— Tu seras bien trop occupé à rester en vie pour t'en prendre à moi, pantin. Tu as donné de quoi réfléchir à Ombretrône, et tu n'as pas fini de regretter d'avoir attiré son attention. Ose le nier.

— Je rentre dans ma boîte, grommela Toupet. Attends-toi à voir Tayschrenn d'une minute à l'autre. Pas un mot, Magicienne. Pas un seul.

Le couvercle se referma violemment et le sourire de Loquevoile s'élargit. Le goût du sang dans sa bouche lui semblait soudain un silencieux présage, un avertissement explicite adressé à Toupet. Mais elle savait qu'il ne discernait pas cet avertissement. La saveur en devint presque douce.

Elle voulut bouger, mais ses membres semblaient pris dans de la glace. Son esprit était encombré de visions. Les ténèbres se refermèrent sur elles avant qu'elle ait eu le temps de les noter. Elle se sentit sombrer.

Une voix d'homme s'éleva près d'elle, pressante.

— Qu'entendez-vous ?

Elle plissa le front et s'efforça de se concentrer.

— Une pièce qui tourne. J'entends une pièce qui tourne, sourit-elle.

LIVRE II

DARUJHISTAN

Quel vent nous effleura ainsi ?
Ce nuage grondant qui rasait
Les eaux placides du lac et faisait
Tourner les ombres du jour
Telle une roue nous emportant de l'aube
Au crépuscule tandis que d'un pas titubant
Nous suivions nos tendres détours…

Quel vent souffle de sinistres avertissements ?
Sur la houle légère qui vers nous
Entraîna un bouchon dansant
Dont la subtile senteur magenta flotte
Telle une robe de pétales
Qui avaient l'air de cendres
Dans le demi-jour cramoisi…

Rumeur Née
Pêcheur (né en ?)

Chapitre 5

Et si cet homme te voit en songe,
Osciller dans la ténébreuse nuit
De ce moment de l'année
Sous la branche d'un arbre,
Avec ton ombre encapuchonnée
Au-dessus du nœud de la corde,
Le vent soulevé par son passage
Tordra tes membres raidis
En un semblant de galopade...

Rumeur Née
Pêcheur (né en ?)

907e année du Troisième Millénaire
Saison de Fanderay en l'An des Cinq Défenses
2000e anniversaire de la naissance de Darujhistan, la ville

Dans son rêve, le petit homme rondouillard quittait la ville de Darujhistan par la porte des Deux-Bœufs en direction du soleil couchant. Il était si pressé que les basques dépenaillées de son gilet rouge délavé voltigeaient. Il n'avait aucune idée de la distance qu'il devrait parcourir, mais ses pieds étaient déjà meurtris.

Les malheurs ne manquaient pas en ce bas monde, sans même parler de son propre cas. Dans ses moments d'éveil, il faisait passer les ennuis du monde avant les siens. Heureusement, ces moments étaient rares et il n'en vivait pas un présentement.

— Las ! Le même rêve anime encore ces outils aux multiples orteils sous ces pauvres genoux branlants.

Il soupira :

— Toujours le même rêve.

Et c'était bien le cas. À travers un brouillard de fumée de bois, le disque cuivré du soleil frôlait le sommet d'une lointaine colline. Ses pieds l'entraînaient sur le tortueux chemin de terre du taudis gadrobi, entouré de misérables bicoques tapies dans l'obscurité naissante. Accroupis devant des feux de cuisine, des vieillards vêtus des haillons jaunes des lépreux se turent à son approche. Près du puits boueux, des femmes vêtues à l'identique cessèrent de tremper des matous, une activité déconcertante dont le symbolisme échappait totalement au petit homme, qui les dépassa à toute allure.

Il franchit le pont qui enjambait la Maiten, puis traversa les campements de plus en plus rares des bergers gadrobis, jusqu'à la grand-route flanquée de vignobles. Là, il s'attarda un peu, songeant au vin que donneraient ces succulents raisins. Mais les rêves suivaient leur propre voie et cette pensée resta fugace.

Il savait que son esprit avait pris la fuite. Pour échapper à la ville condamnée qu'il laissait derrière lui et à la forme sombre et menaçante qui la dominait. Mais, surtout, pour échapper à tout ce qu'il savait et tout ce qu'il était.

Le talent de certains s'exprimait à travers les jets d'osselets, dans le sens à donner à des omoplates craquelées sous le coup de la chaleur, ou bien le Fatid du Jeu de Dragons. Mais Kruppe n'avait aucun besoin de telles mises en scène. Son pouvoir de divination se trouvait dans sa tête et il ne pouvait y renoncer, malgré tous ses efforts. Le chant funèbre de la prophétie résonnait sous son crâne, se répercutant jusque dans sa moelle.

— Bien sûr, ceci est un rêve, marmonna-t-il tout bas. La fuite dans le sommeil. Mais peut-être cette fois se sauvera-t-il pour de bon. Après tout, personne ne pourrait traiter Kruppe de fou. Gras à force de paresse et de laisser-aller, oui ; enclins aux excès, sans doute ; parfois maladroit avec un bol de soupe, très certainement. Mais pas fou. Vient un temps où le sage doit choisir. N'est-il point sensé de conclure que la vie des autres n'a pas la même importance que la sienne ? Bien sûr que si. La sagesse même. Oui, Kruppe est très sage.

Il s'arrêta pour reprendre son souffle. Les collines et le soleil lui semblaient toujours aussi lointains. De tels songes rappelaient la course précipitée de la jeunesse vers l'âge adulte – une cavalcade effrénée et sans espoir de retour… Mais qui parlait de jeunesse ? Ou d'un jeune en particulier ?

— Sûrement pas le sage Kruppe ! Son esprit erre – que Kruppe pardonne magnanimement ce calembour ! –, torturé par ses pieds mis au supplice, avec leur plante déjà à moitié fatiguée, que nenni, usée par ce train d'enfer. Des ampoules sont apparues, c'est sûr. Un pied implore un baume tiède et savonneux. Son compagnon fait chœur. Ah, quelle poignante litanie ! Quels cris de désespoir ! Cessez donc de vous lamenter, chères ailes de ma fuite. À quelle distance le soleil peut-il bien se trouver, de toute manière ? Juste derrière les collines, Kruppe en est certain. Pas plus loin, c'est sûr. Oui, aussi sûr qu'une pièce qui n'en finit pas de tourner – mais qui a mentionné une pièce ? Kruppe proclame son innocence !

Une forte brise venue du nord s'engouffra dans son rêve, apportant une odeur de pluie. Kruppe voulut rajuster son habit élimé. Il rentra le ventre pour fermer les deux boutons du bas, mais le dernier résista.

— Jusque dans le sommeil, la culpabilité se fait sentir, geignit-il.

Le vent l'obligea à fermer les yeux.

— De la pluie ? Mais l'année commence à peine ! Pleut-il au printemps ? Jamais encore Kruppe ne s'était soucié de questions aussi triviales. Peut-être ces effluves ne sont-elles que le souffle du lac. Oui, assurément. L'affaire est entendue.

Il loucha vers la sombre barrière de nuages surplombant le lac Azur.

— Kruppe devra-t-il donc courir ? Que nenni ! Et sa fierté ? Sa dignité ? Jamais elles n'ont montré le bout de leur nez dans ses rêves. N'y aurait-il point d'abri sur cette route-ci ? Ah ! Les pieds de Kruppe souffrent, pauvres lambeaux sanglants de chair frémissante ! Mais qu'est-ce donc ?

Un carrefour se dressait un peu plus loin. Un

édifice était perché sur une petite butte. La lumière des bougies passait à travers des volets.

Kruppe sourit.

— Bien sûr. Une auberge. Long fut le trajet et manifeste est le besoin d'un lieu de repos et de détente pour le voyageur à bout de force. Car tel est Kruppe, aventurier ratatiné avec bien des lieues dans les jambes, sans parler de sa propre circonférence.

Il pressa le pas.

Un grand arbre dénudé occupait le carrefour. Une forme allongée enveloppée de toile à sac se balançait sur l'une de ses plus grosses branches en grinçant. Kruppe lui accorda à peine un regard. Gagnant le sentier, il entama son ascension.

— Voilà qui est peu judicieux. Les auberges destinées au voyageur poussiéreux ne devraient pas être juchées sur des collines. La découverte de la distance qui reste à parcourir symbolise la malédiction de l'ascension. Il faudra en toucher un mot au patron… dès qu'une bière douce aura apaisé le gosier, que de succulentes tranches de viande bien saignante accompagnées de patates douces grillées auront calmé l'estomac, et que des onguents et des pansements auront soulagé les pieds. Ces soins réconfortants devront passer avant les défauts de conception que constate ici Kruppe.

Son monologue cessa, remplacé par ses halètements. Il arriva à la porte de l'auberge le souffle si court qu'il poussa le panneau usé par les intempéries sans même lever les yeux. La porte finit par céder dans un grincement de gonds rouillés.

— Hé là ! cria Kruppe, s'interrompant pour

épousseter les manches de son habit. Une chope bien mousseuse pour ce…

Sa voix s'éteignit en passant en revue la série de visages noircis tournés vers lui.

— Hum ! marmonna-t-il, les affaires marchent mal, ce me semble.

Le local était effectivement une auberge, ou plutôt avait dû l'être un bon siècle plus tôt.

— Le fond de l'air est frais, ce soir, reprit Kruppe à l'intention de la demi-douzaine de mendiants accroupis autour d'une large chandelle posée sur le sol de terre battue.

L'un d'eux hocha la tête.

— Nous vous accorderons audience, infortuné personnage.

Il désigna une natte de paille.

— Prenez place et égayez notre compagnie.

Kruppe haussa un sourcil.

— Kruppe est très honoré par votre invitation, messire.

Il inclina la tête et s'avança.

— Mais de grâce, ne le croyez pas incapable de contribuer à cette digne réunion, continua-t-il en s'asseyant péniblement en tailleur. Il romprait volontiers le pain avec vous.

Il tira alors une petite miche de seigle de l'une de ses manches tandis qu'un couteau à pain surgissait dans son autre main.

— Kruppe, à présent assis devant vous, est bien connu de ses amis comme des étrangers. Habitant de Darujhistan qui là-bas scintille, joyau mystique de Genabackis, grappe juteuse prête à être cueillie.

Il sourit d'un air béat en produisant un gros morceau de fromage de chèvre :

— Et ceci est son rêve.

— En effet, répliqua le porte-parole des gueux, amusé, le visage plissé. Nous sommes toujours heureux de goûter votre saveur particulière, Kruppe de Darujhistan. De même que nous sommes toujours ravis de vos fringales de voyage.

Kruppe posa la miche pour couper des tranches.

— Kruppe vous a toujours considérés comme de simples aspects de lui-même, une demi-douzaine de Désirs parmi tant d'autres. Mais malgré tous vos besoins, à quoi voudriez-vous inciter votre maître ? À renoncer à sa fuite, bien sûr. Vous estimez que son crâne est un endroit trop digne pour que la duplicité y règne. Et pourtant Kruppe, riche d'une longue expérience, vous assure que toute tromperie naît dans l'esprit et s'y nourrit, pendant que la vertu meurt de faim.

Le porte-parole accepta une tranche de pain avec un sourire.

— Dans ce cas, peut-être sommes-nous vos Vertus.

Kruppe marqua une pause pour examiner le fromage de chèvre.

— Une idée à laquelle Kruppe n'avait encore jamais songé, qui vient s'unir à la silencieuse observation de moisissures sur ce fromage. Hélas, notre propos risque de se perdre dans ce dédale sémantique. De plus, les mendiants ne peuvent faire les difficiles en matière de fromage. Vous voici donc revenus, et Kruppe sait pourquoi, comme il vient de l'expliquer avec un admirable calme.

— La Pièce tourne, Kruppe. Elle tourne encore.

Le visage de l'homme était redevenu sérieux.

Kruppe soupira et tendit le morceau de fromage à son voisin de droite.

— Kruppe l'entend tourner, concéda-t-il, las. Il ne peut s'empêcher de l'entendre. Un tintement continu bourdonne dans sa tête. Et malgré tout ce qu'a vu Kruppe, tout ce qu'il soupçonne être, il n'en reste pas moins simplement Kruppe, un homme capable de prendre les dieux à leur propre jeu.

— Peut-être sommes-nous vos Doutes, alors. Que vous n'avez jamais craint de regarder en face, comme en cet instant. Pourtant, nous cherchons à vous faire rebrousser chemin. Même, nous vous demandons de lutter pour que vive Darujhistan, pour que vivent vos nombreux amis, et pour que vive l'adolescent aux pieds de qui tombera la Pièce.

— Elle va tomber cette nuit même, affirma Kruppe.

Les six mendiants hochèrent la tête, bien que l'attention de la plupart d'entre eux soit demeurée rivée sur le pain et le fromage.

— Kruppe relèvera-t-il donc ce défi ? reprit-il. Au fond, que sont les dieux sinon des victimes idéales ?

Il leva les mains en souriant et agita ses dix doigts.

— Des victimes idéales pour Kruppe, dont l'agilité manuelle n'a d'égale que l'agilité mentale ? Oui, proclame Kruppe, de parfaites victimes de leur assurance, toujours aveuglées par leur arrogance, toujours convaincues de leur infaillibilité. N'est-il pas incroyable qu'ils aient survécu si longtemps ?

Le porte-parole acquiesça d'un signe de tête.

— Alors, peut-être sommes-nous vos Dons,

commenta-t-il, la bouche pleine de fromage. Qui s'étiolent, pour ainsi dire.

— Possible, dit Kruppe, plissant les yeux. Mais vous êtes le seul à parler.

Le gueux prit le temps d'avaler, puis se mit à rire, le regard dansant à la lueur de la bougie.

— Peut-être les autres doivent-ils encore trouver leur voix, Kruppe. Ils n'attendent qu'un ordre de leur maître.

— Tiens donc, soupira Kruppe en se relevant avec un grognement bien senti. Kruppe est décidément plein de surprises.

Le porte-parole leva les yeux.

— Vous rentrez à Darujhistan ?

— Naturellement, répliqua le petit homme. Kruppe est juste sorti respirer l'air du soir, tellement plus pur en dehors des murs délabrés de la ville, ne trouvez-vous pas ? Sans doute a-t-il besoin d'exercice pour aiguiser ses facultés déjà prodigieuses. Il se promène donc dans son sommeil. Cette nuit, poursuivit-il en glissant ses pouces dans sa ceinture, la Pièce tombera. Kruppe doit prendre place au cœur des événements. Il va donc regagner son lit, car la nuit ne fait que commencer.

Il balaya du regard l'assemblée des mendiants. Tous semblaient avoir pris du poids. Il poussa un soupir satisfait.

— Messieurs, assura Kruppe, ce fut un plaisir. La prochaine fois, cependant, optons pour une auberge bâtie ailleurs qu'en haut d'une colline. D'accord ?

Le porte-parole sourit.

— Ah ! Mais Kruppe, les Dons ne sont pas faciles

à atteindre, ni les Vertus, pas plus que les Doutes ne sont aisés à surmonter, tandis que les Désirs poussent toujours à s'élever.

Kruppe lui adressa un regard mi-clos.

— Kruppe est décidément beaucoup trop intelligent, bougonna-t-il.

Quittant leur compagnie, il referma doucement la porte grinçante et redescendit jusqu'au carrefour. Là, il s'arrêta devant la silhouette enveloppée de toile qui se balançait au bout d'une branche. Il l'examina, poings sur les hanches.

— Toi, dit-il d'un ton gai, je sais qui tu es. Tu es l'ultime aspect de Kruppe, venu parfaire ce déploiement onirique de visages qui le regardent et qui sont les siens. C'est en tout cas ce que tu proclamerais. Tu es l'Humilité. Mais, comme chacun sait, l'Humilité n'a aucune place dans la vie de Kruppe, ne l'oublie pas. Tu resteras donc là.

Il pivota ensuite vers la grande ville qui illuminait le ciel de bleu et de vert à l'est.

— Ah ! Cette merveilleuse gemme brillant de mille feux ! Darujhistan ! La patrie de Kruppe. Et voilà qui respecte l'ordre des choses, conclut-il en reprenant sa marche.

*

Les toits de Darujhistan multipliaient les terrasses, gâbles, tours coniques, beffrois et plates-formes, depuis les quais éparpillés le long de la rive du lac jusqu'au sommet de la colline de Majesté où se réunissait le Conseil municipal, en passant par les étages irréguliers des districts gadrobi et daru, puis par la zone des temples et des plus riches demeures. Les toits s'entassaient en un foisonnement si chaotique que nulle rue ne voyait jamais le soleil en dehors des artères majeures de la cité.

Les torches qui jalonnaient les itinéraires les plus fréquentés étaient constituées de tiges creuses dont les griffes de fer noirci agrippaient de la pierre ponce. Acheminé au moyen de vieux tuyaux de cuivre corrodé, le gaz soufflait autour de ces pierres poreuses des auréoles de flammes, illumination irrégulière à la lumière bleue et verte. Ce gaz provenant d'immenses cavernes situées sous la ville était transporté via d'énormes vannes. La surveillance de ces ouvrages était confiée aux Grisvisages, des hommes et des femmes silencieux évoluant tels des spectres sous les pavés ronds de la ville.

Cela faisait neuf cents ans que cette haleine gazeuse avait commencé à alimenter un premier district de Darujhistan. Malgré des ruptures de canalisations dues à d'effroyables incendies qui avaient vu des flammes de plus de cent mètres venir lécher les cieux, les Grisvisages avaient tenu bon, faisant finalement ployer leur invisible dragon.

Un univers éternellement baigné d'une lueur bleue s'étirait sous les toits. Cette lumière soulignait les principales avenues ainsi que les rues des marchés, aussi étroites et tortueuses que fréquentées. Toutefois, plus de vingt mille ruelles, à peine assez larges pour laisser passer une charrette, demeuraient dans l'ombre, rarement troublée par un riverain muni d'une torche ou par les lanternes rondes du Guet.

De jour, les terrasses brillantes chauffées par le soleil étaient surplombées par les étendards de la vie domestique que les ménagères faisaient sécher grâce au vent du lac. De nuit, la lune et les étoiles éclairaient un monde quadrillé par des cordes à linge et leurs ombres mouvantes.

Cette nuit-là, à travers un rideau d'ombres vaporeuses, un individu se frayait un chemin entre les cordes de chanvre. Au firmament, un croissant de lune fendait les minces nuages, évoquant le cimeterre d'un dieu. L'individu avait le buste et les membres étroitement enveloppés de linges noircis de suie. Son visage était recouvert à l'identique, avec une fente pour ses yeux, qui étudiaient les toits voisins. Un harnais de cuir noir s'entrecroisait sur sa poitrine, muni de poches et de boucles serrées, rigides, maintenant en place les outils de sa profession : des rouleaux de fil de cuivre et des limes de fer, trois scies à métaux emballées séparément dans du parchemin huilé, de la gomme de racines et un cube de suif, une bobine de fil de pêche et, enfin, sous son bras gauche, une dague à fine lame et un couteau de jet, pommeau vers l'avant dans leurs étuis.

Le voleur avait trempé l'extrémité de ses mocassins dans de la poix. Il veillait à ne pas trop peser sur ses orteils en traversant une toiture plate, préservant l'essentiel de cette mince bande de goudron gluant. Parvenu au bord, il regarda en bas. Un petit jardin était blotti trois étages en dessous, faiblement éclairé par quatre becs de gaz disposés à chaque angle d'un patio dallé autour d'une fontaine. Une lueur pourpre baignait le feuillage qui débordait sur la cour intérieure, miroitant également dans l'eau de la fontaine, qui s'écoulait le long d'une série de gradins de pierre, jusqu'à un bassin peu profond. Un garde dormait assis sur un banc près de la source, une lance sur ses genoux.

La demeure des D'Arle était un sujet de conversation très en vogue dans la plus haute noblesse de Darujhistan depuis que la cadette de la famille était désormais en âge de se marier. Les prétendants avaient afflué et les présents en joyaux et colifichets divers, désormais entreposés dans la chambre de la jeune fille, ne manquaient pas.

Si ce genre d'histoires faisait les délices de l'aristocratie, rares étaient les gens du peuple à s'en soucier lorsqu'elles leur parvenaient. D'aucuns y prêtaient pourtant une oreille attentive, avares de leurs pensées mais curieusement avides de détails.

Les yeux rivés sur le garde, Crokus Jeunemain se livrait à de prudentes conjectures. Le tout était de trouver la chambre de la jeune fille parmi la vingtaine de pièces de la propriété. Crokus n'aimait guère les devinettes, mais il avait déjà eu l'occasion de constater que l'instinct lui dictait une logique très sûre quand il s'agissait de résoudre ce genre de difficultés.

L'étage supérieur à coup sûr, pour la plus jeune et la plus jolie fille des D'Arle. Et un balcon donnant sur le jardin.

L'attention du voleur se concentra sur le mur qu'il surplombait. Il comptait trois balcons, mais un seul au troisième étage, sur sa gauche. Crokus s'éloigna du bord et progressa silencieusement jusqu'à la verticale du balcon. Il se rapprocha ensuite avant de regarder de nouveau en bas.

Trois mètres maximum. Des colonnes de bois peint richement sculptées se dressaient de chaque côté du balcon. À une longueur de bras, un arceau en demi-lune complétait ce luxueux encadrement. Crokus jeta un dernier coup d'œil au garde : il n'avait pas bougé et sa lance ne semblait pas sur le point de tomber avec fracas sur le dallage. Le voleur entreprit alors de se glisser lentement contre le mur.

La poix de ses mocassins adhérait aux parois, lui conférant une assurance agréable. Les prises ne manquaient pas car le sculpteur avait profondément entaillé le bois dur et le soleil, la pluie et le vent usé la peinture. Crokus descendit le long de l'une des colonnes et ses pieds touchèrent la rambarde du balcon à son point de jonction avec le mur. Un instant plus tard, il s'accroupit sur un carrelage vernissé, dans l'ombre d'une table en fer forgé et d'un fauteuil garni de coussins.

Aucune lumière ne filtrait à travers les volets de la porte coulissante. Crokus s'en approcha en deux pas feutrés. Un rapide examen lui permit d'identifier le type de fermeture. Il sortit une scie à dents fines et se mit au travail. Le son produit par l'instrument était presque inaudible, tel le murmure d'une patte de sauterelle. Il s'agissait d'un bel outil, rare et sans doute ruineux. Crokus ne pouvait que se féliciter d'avoir un oncle amateur d'alchimie, contraint d'user de ce genre d'instruments magiquement renforcés pour fabriquer ses dispositifs bizarres de condensation et de filtrage. Mieux encore : un oncle distrait, qui avait tendance à égarer les objets.

Vingt minutes plus tard, les dents de la scie

tranchèrent la dernière fixation. Crokus rangea l'outil dans son harnais, puis essuya ses mains moites et entrouvrit la porte.

Il jeta un coup d'œil à l'intérieur. Dans la vague pénombre, il repéra sur sa gauche un grand lit à colonnes, la tête adossée au mur extérieur. Une moustiquaire l'entourait, retombant en petits tas sur le sol. Derrière le voile, on entendait la respiration régulière d'un être profondément endormi. L'odeur d'un parfum coûteux imprégnait la pièce, quelque chose d'épicé, provenant sans doute de Béjaune.

Deux portes se trouvaient juste en face de Crokus. L'une d'elles, entrebâillée, donnait sur une salle de bains. L'autre, formidable barrière de chêne renforcée de métal, comportait une énorme serrure. Contre le mur situé à la droite du voleur, on trouvait une armoire à vêtements et une coiffeuse, surmontée de trois miroirs d'argent poli reliés par des charnières. Le miroir central était parallèle au mur, mais les deux autres s'orientaient diversement au-dessus de la petite table, offrant une infinité de reflets admiratifs.

Crokus se faufila dans la pièce. Il se releva ensuite lentement et s'étira pour soulager ses muscles de la tension subie lors de la dernière demi-heure. Enfin, à pas de loup, il se dirigea vers la coiffeuse.

*

La demeure des D'Arle était la troisième en partant du haut de la vieille avenue de K'rul, qui gravissait la première des collines de la ville jusqu'à une esplanade circulaire, encombrée d'herbes folles et de dolmens irréguliers, à demi enterrés. Le temple de K'rul aux antiques pierres lézardées couvertes de mousse se dressait face à l'esplanade.

Le dernier moine de l'Ancien Dieu était mort des générations plus tôt et le beffroi carré qui dépassait de la cour intérieure du temple portait la marque d'un peuple depuis longtemps disparu. Quatre colonnes de marbre rose soutenaient encore solidement un toit pointu, dont les tuiles de bronze verdi dessinaient autant d'écailles.

Le beffroi donnait sur une dizaine de terrasses appartenant à des maisons de la petite noblesse, dont l'une touchait presque l'un des murs du temple. L'ombre massive de la tour en barrait le toit. Un assassin était tapi là, les mains trempées de sang.

Talo Krafar, du clan de Jurig Denatte, respirait difficilement. La sueur ruisselait sur son front en filets crasseux avant de tomber de son large nez crochu. Il ouvrait de grands yeux en regardant ses mains car le sang qui les maculait était le sien.

On l'avait chargé cette nuit de jouer les Vadrouilleurs : il devait patrouiller sur les toits de la ville, domaine réservé des assassins, exception faite pour quelques voleurs. Les toits représentaient pour ces tueurs le moyen le plus aisé de parcourir Darujhistan sans se faire repérer. Ils empruntaient cet itinéraire lors de missions politiques très officieuses, de la poursuite d'une vendetta entre deux Maisons à la punition d'une trahison. Le Conseil gouvernait le jour et la Guilde présidait la nuit, en secret, sans laisser de témoins. Il en avait toujours été ainsi depuis la fondation de Darujhistan sur les rives du lac Azur.

Talo traversait un toit plat quand le carreau d'une arbalète avait violemment percuté son épaule gauche. Le choc l'avait projeté en avant et l'assassin avait contemplé avec stupeur le ciel couronné de nuages tout en se demandant ce qui avait bien pu lui arriver. Enfin, la douleur avait remplacé l'étourdissement et il s'était contorsionné pour voir la plaie. Le trait l'avait transpercé de part en part, gisant quelques pas plus loin sur les tuiles goudronnées. Talo roula sur lui-même pour s'en approcher.

Un regard au projectile ensanglanté suffit à lui confirmer qu'il ne s'agissait pas d'un carreau de voleur. Ce trait-là provenait d'une arme lourde, une arme d'assassin. Talo se redressa à genoux tout en tentant d'assimiler cette information, avant de se remettre debout. Il trottina ensuite d'un pas chancelant jusqu'au bord de l'édifice.

Saignant abondamment, il descendit le long du mur jusqu'à la ruelle plongée dans la pénombre. Il fit une pause en atteignant enfin les pavés glissants jonchés d'immondices, s'obligeant à raisonner calmement. Une guerre d'assassins avait débuté ce soir. Mais quel chef de clan était assez fou pour se croire capable de renverser Vorcan pour prendre la tête de la Guilde ? En tout cas, mieux valait regagner le repaire de son propre clan dans la mesure du possible. Avec cet objectif en tête, il partit en courant.

Il s'était engouffré dans l'ombre de la troisième ruelle quand un frisson glacé lui parcourut l'échine. Il retint son souffle et se figea. Impossible de nier cette sensation : on le traquait. Un coup d'œil à sa chemise trempée de sang lui confirma qu'il n'avait aucun espoir de distancer son poursuivant. Celui-ci l'avait certainement vu entrer dans la ruelle et devait déjà se tenir prêt à le cueillir à l'autre bout avec son arbalète. Du moins, Talo s'y serait pris ainsi.

Il allait devoir inverser les rôles, tendre un piège. Et il aurait besoin des toits. Retournant au croisement qu'il venait de quitter, Talo examina les constructions voisines. Deux rues plus loin, sur sa droite, s'élevait le temple de K'rul. Le regard de l'assassin se riva sur le sombre beffroi. Là.

Regagner les toits manqua lui faire perdre connaissance. Tapi dans l'ombre du clocher, il se trouvait désormais à un bâtiment du temple. Ses efforts lui avaient fait perdre beaucoup de sang. Bien sûr, il avait déjà vu son sang, mais jamais en pareil volume. Pour la première fois, il se demanda sérieusement s'il allait mourir. Une sorte d'engourdissement gagnait ses membres. S'il restait plus longtemps sur place, il risquait de ne jamais repartir. Il se redressa avec un petit grognement. Descendre sur le toit du bâtiment était l'affaire d'un bond de quelques mètres, mais le choc de l'atterrissage le fit tomber à genoux.

Haletant, il écarta toute idée d'échec de son esprit. Il n'avait plus qu'à se laisser glisser le long d'un mur dans la cour du temple, puis à gravir l'escalier en colimaçon du beffroi. Deux tâches. Deux tâches simples. Une fois à l'ombre de la plate-forme du clocher, il dominerait tous les toits alentour. Et son poursuivant devrait venir à lui.

Talo prit le temps de vérifier sa propre arbalète, attachée dans son dos, et les trois carreaux de l'étui plaqué contre sa cuisse gauche.

— Qui que tu sois, mon salaud, je t'aurai, chuchota-t-il, adressant un regard menaçant aux ténèbres environnantes.

Rampant, il entreprit de traverser le toit du bâtiment.

*

La serrure du coffret à bijoux s'était révélée facile à crocheter. Dix minutes après avoir pénétré dans la chambre, Crokus l'avait déjà nettoyée, récupérant une petite fortune en orfèvrerie, perles et pierres précieuses, qui reposaient désormais dans une bourse de cuir nouée à sa ceinture.

Accroupi près de la coiffeuse, le voleur examinait sa dernière prise. *Ça, je le garde pour moi.* Il s'agissait d'un turban de soie bleu ciel passementé de glands d'or, vraisemblablement prévu pour la prochaine Fête. Après une longue minute de réflexion, Crokus fourra l'objet sous son bras et se releva. Son regard se posa sur le lit et il s'en approcha.

À travers la fine moustiquaire, une forme à demi enfouie sous de moelleuses couvertures apparut. Encore un pas et le voleur se retrouva au bord du châlit. La fille était nue jusqu'à la taille. Les joues de Crokus s'empourprèrent, mais il ne détourna pas les yeux pour autant. *Reine des Songes, mais c'est qu'elle est ravissante !* Du haut de ses dix-sept ans, Crokus avait déjà vu suffisamment de prostituées et de danseuses pour ne pas rester tremblant et bouche bée devant les charmes ainsi exposés d'une femme ; toutefois, son regard s'attarda. Il regagna finalement la porte du balcon en grimaçant, inspirant une bouffée d'air frais pour s'éclaircir les idées. Une poignée d'étoiles brillaient assez pour percer le voile de nuages sombres, ou plutôt de fumée, qui dérivait du nord, au-dessus du lac. Depuis deux jours, la nouvelle de la chute de Pale aux mains de l'Empire Malazéen était dans toutes les bouches.

Et nous sommes les suivants.

L'oncle de Crokus lui avait raconté que le Conseil prônait ardemment la neutralité, tentant désespérément de retirer Darujhistan de l'alliance caduque entre les Villes libres. Mais les Malazéens ne semblaient guère sensibles à cette volonté. *Et pourquoi le seraient-ils ?* s'était exclamé oncle Mammot. *L'armée de Darujhistan n'est qu'une méprisable poignée de rejetons de nobles qui ne savent que se pavaner dans la rue des Tapineuses en exhibant leurs épées incrustées de pierreries…*

Crokus remonta sur le toit de la demeure et le parcourut sans bruit. Une autre maison similaire se dressait à un mètre cinquante tout au plus. Il s'arrêta au bord du bâtiment. La ruelle se trouvait dix mètres plus bas, mais il ne vit qu'un puits d'ombre. Le voleur sauta et atterrit en souplesse sur l'autre toit.

L'austère silhouette de la tour de beffroi de K'rul s'élevait à sa gauche, semblable à un poing noueux dressé contre le ciel. Palpant le sac de cuir attaché à sa ceinture, Crokus vérifia du bout des doigts la solidité du nœud et l'état des cordons. Rassuré, il fit ensuite de même avec le turban, glissé sous l'une des courroies de son harnais. Tout allait bien. Il reprit sa traversée silencieuse. *Une excellente nuit, décidément*, songea-t-il en souriant.

*

Talo Krafar rouvrit les yeux. Étourdi, il regarda autour de lui, sans comprendre. Où était-il ? Pourquoi se sentait-il si faible ? Un gémissement lui échappa quand la mémoire lui revint ; il s'était évanoui, adossé à cette colonne de marbre. Mais qu'est-ce qui avait bien pu le réveiller ? Tendu, l'assassin se redressa contre la colonne poussiéreuse et observa les toits en contrebas. Là ! Une silhouette s'avançait sur la terrasse d'un édifice situé à moins de cinq mètres.

Tu vas voir, mon salaud. Calant un coude contre la colonne, Talo leva son arbalète. Elle était déjà armée, bien qu'il n'eût aucun souvenir de l'avoir fait. D'aussi près, il ne pouvait pas rater sa cible. Plus que quelques secondes et son poursuivant serait mort.

Retroussant les lèvres, Talo visa soigneusement.

*

Au milieu de la terrasse, Crokus caressait d'une main la parure de soie nichée contre son cœur quand une pièce de monnaie rebondit bruyamment à ses pieds. D'instinct, il se pencha pour l'attraper. Quelque chose siffla alors juste au-dessus de sa tête. Surpris, il leva les yeux, puis se baissa de nouveau en entendant un carreau de céramique voler en éclats à six mètres de lui.

Il poussa un gémissement affligé et se releva à la hâte, fourrant spontanément la pièce sous sa ceinture.

Talo pesta, incrédule. Abaissant son arbalète, il regarda avec stupéfaction la silhouette s'enfuir avant que son sens du danger ne se manifeste une dernière fois. Faisant volte-face, il entrevit un personnage en cape debout bras levés. Les bras s'abattirent brusquement et deux longues dagues à gouttières s'enfoncèrent dans la poitrine de Talo. Avec un ultime grognement décontenancé, l'assassin mourut.

Une sorte de crissement parvint aux oreilles de Crokus, qui se retourna aussitôt vers le beffroi. Une forme noire dégringolait de la plate-forme, atterrissant à cinq mètres de lui avec un bruit sourd. Une arbalète suivit la même trajectoire un instant plus tard. Levant les yeux, Crokus vit alors une silhouette apparaître entre les colonnes, deux longs poignards luisants entre ses mains. La silhouette semblait l'observer.

— Oh, Mowri !

Le voleur fit une prière, avant de prendre ses jambes à son cou.

*

Dans le clocher de K'rul, le tueur aux yeux étranges regarda le voleur déguerpir vers l'autre bout du toit. Sourcils froncés, il releva ensuite la tête et huma l'air. Une explosion de pouvoir venait de trouer le voile de la nuit, comme un doigt crevant une étoffe moisie. Et quelque chose s'était glissé à travers la déchirure.

Atteignant le rebord du toit, le voleur disparut de

l'autre côté. Le tueur chuchota alors une incantation dans une langue plus ancienne que le beffroi ou le temple, une langue que l'on n'avait plus entendue ici depuis des millénaires. Puis il sauta de la tour. Enveloppée de magie, sa descente fut lente, contrôlée. Il se posa sur le toit, telle une plume.

Cape déployée à la façon d'une aile noire, une deuxième silhouette surgit des ténèbres, rejoignant la première. Une troisième descendit ensuite, tout aussi silencieuse, touchant terre près des deux précédentes. Toutes trois se consultèrent rapidement. La dernière arrivée grommela un ordre avant de repartir. Les deux autres échangèrent une poignée de mots supplémentaires et se lancèrent sur la piste du voleur, la deuxième armant déjà son arbalète.

*

Dix minutes plus tard, Crokus s'adossa au toit pentu de la maison d'un marchand pour reprendre haleine. Il ne voyait plus ni n'entendait plus personne. Soit le tueur ne l'avait pas poursuivi, soit il avait réussi à le – ou la – semer. Il se remémora la silhouette aperçue en haut du beffroi. Non, peu probable qu'il se soit agi d'une femme. Trop grande – près de deux mètres – et trop mince.

Un frisson parcourut le jeune voleur. Sur quoi était-il donc tombé ? Un assassin avait manqué le transpercer d'un carreau avant de finir lui-même massacré. Une guerre au sein de la Guilde ? Dans ce cas, traîner sur les toits allait devenir risqué.

Il se redressa prudemment et observa les environs.

Une tuile dégringola le long de la pente. Crokus se retourna et vit le tueur bondir, ses deux dagues étincelant dans la nuit. Aussitôt, le voleur fonça vers le bord du toit et sauta dans les ténèbres.

Le bâtiment en face était trop éloigné, mais Crokus connaissait bien les lieux. Tout en tombant, il tendit des mains tâtonnantes. Le fil de guidage le retint au niveau des coudes. Cherchant fiévreusement une meilleure prise, il se retrouva suspendu à six mètres du sol.

Si la plupart des cordes à linge des rues de Darujhistan n'étaient que de minces fils de chanvre d'une fiabilité douteuse, on trouvait aussi des câbles renforcés. Installés par des voleurs des générations plus tôt, ces câbles étaient solidement fixés aux murs. De jour, le boulevard des Singes – surnom donné par les voleurs – ne se distinguait nullement des autres cordes, couvertes à l'identique de sous-vêtements et de draps. Mais au coucher du soleil, il reprenait sa véritable fonction.

Les paumes à vif, Crokus s'avança vers le mur opposé. Il se risqua à regarder en l'air et se figea. Au bord du toit, de l'autre côté, un deuxième chasseur le tenait en joue avec une arbalète lourde.

Crokus lâcha le câble. Un trait siffla juste au-dessus de sa tête. Un peu plus bas, une fenêtre vola en éclats derrière lui. Sa chute fut soudain stoppée par la première d'une série de cordes à linge, qui le ballotta violemment avant de céder. Crokus eut l'impression de tomber sans fin au milieu des cordes qui déchiraient ses vêtements et lui mettait la peau à vif, mais il atteignit finalement la chaussée. Malheureusement pour lui, ses jambes étaient trop droites et son buste trop penché en avant. Ses genoux cédèrent. Il parvint néanmoins à incliner suffisamment une épaule pour amortir un minimum le choc et roula au sol avant de finir la tête contre un mur.

Sonné, il se redressa en gémissant et leva les yeux. La vue troublée par la douleur, il entrevit vaguement quelqu'un descendre droit sur lui, avec une lenteur feinte. Il écarquilla les yeux. De la sorcellerie !

Titubant, il fit volte-face avant de s'élancer en boitillant vers l'autre bout de la ruelle. Arrivé à l'angle, il traversa à la hâte une large voie éclairée au gaz pour s'engouffrer dans une nouvelle artère sombre. Il s'arrêta ensuite dans la venelle et pencha prudemment la tête de l'autre côté du mur. Un carreau d'arbalète percuta une brique tout près de son visage. Bondissant en arrière, il fit demi-tour et repartit sans plus attendre.

Crokus entendit une cape voltiger au-dessus de sa tête. Une douleur cuisante au niveau de la hanche gauche le fit trébucher, puis un autre trait d'arbalète lui frôla l'épaule, avant d'aller déraper sur les pavés. La douleur se révéla fugace et Crokus poursuivit sa course chancelante. Au bout de la ruelle, l'entrée d'un immeuble était éclairée. Assise sur le perron, une vieille femme fumait la pipe. Ses yeux scintillèrent à l'approche du jeune voleur. Crokus la dépassa en bondissant sur les marches et cogna sa pipe contre la semelle de l'une de ses chaussures. Une pluie d'étincelles s'abattit sur les pavés.

Le voleur poussa la porte et se rua à l'intérieur. Il s'arrêta un instant. Un étroit couloir mal éclairé s'ouvrait devant lui, avec au fond un escalier occupé par une ribambelle d'enfants. Le regard braqué sur les marches, il traversa le corridor au petit trot. Une invraisemblable cacophonie émanait de derrière les rideaux : des éclats de voix rageurs, des bébés en pleurs, des bruits d'ustensiles de cuisine.

— Personne ne dort donc jamais, ici ? cria-t-il.

Les enfants dans les escaliers s'écartèrent vivement de son chemin et il grimpa quatre à quatre les marches gauchies. Au dernier étage, il s'arrêta dans le couloir devant une porte en chêne massif cette fois.

À l'intérieur, un vieil homme installé derrière un énorme bureau leva un instant les yeux avant de se remettre à griffonner frénétiquement sur un bout de parchemin froissé.

— Bonsoir, Crokus, dit-il distraitement.

— Bonsoir, mon oncle, hoqueta l'adolescent.

Un minuscule singe ailé était perché sur l'épaule du vieil homme.

Le regard luisant et à moitié dément de la créature suivit le jeune voleur, qui gagna précipitamment la fenêtre située face à la porte. Ouvrant grand les volets, Crokus grimpa sur le rebord. En bas, un jardin mal entretenu était quasiment noyé dans l'ombre, dominé par un arbre tordu. Le jeune homme jeta un coup d'œil aux branches, empoignant l'encadrement de la fenêtre et s'inclinant vers l'arrière. Il inspira à fond et se lança en avant.

Il franchit la distance le séparant de l'arbre et entendit un grognement de surprise, suivi par de furieux grattements contre de la pierre. Quelqu'un s'écrasa alors dans le jardin. Des miaulements aigus se mêlèrent à un bref cri de douleur.

Crokus s'était raccroché à une branche courbe et flexible. Il évalua les oscillations du bois, puis allongea les jambes quand la branche l'entraîna de nouveau vers le haut. Ses mocassins se posèrent sur un appui de fenêtre. Il prit une profonde inspiration et lâcha la branche, se propulsant en direction de la fenêtre. Un coup de poing sur les volets de bois suffit à les ouvrir vers l'intérieur. Crokus roula au sol tête la première et se redressa.

Il y avait du remue-ménage dans une pièce voisine. Le jeune homme fila vers la porte de l'appartement, puis sortit en la claquant à l'instant même où un juron rauque retentissait derrière lui. Il courut dans le couloir jusqu'à une échelle menant à une trappe au plafond.

Le voleur fut bientôt sur le toit. Tapi dans l'ombre, il s'efforça de reprendre son souffle. La sensation de brûlure revint dans sa hanche ; il avait dû se faire mal en tombant du boulevard des Singes. Pourtant, en allongeant la main pour se masser, il sentit sous ses doigts quelque chose de dur, de rond et de chaud. La pièce ! Il la saisit.

Un soudain sifflement retentit et des éclats de pierre giclèrent sur son visage. Il se baissa et vit un carreau d'arbalète fendu par le choc rebondir sur la toiture, avant de plonger de l'autre côté en tournoyant follement. Avec un gémissement effaré, Crokus se rua vers l'autre côté du toit et sauta sans hésiter. Il atterrit trois mètres plus bas, sur un auvent souple. L'armature de fer maintenant la toile s'affaissa mais ne céda pas. De là, la chaussée n'était plus très loin.

Crokus trottina jusqu'au coin de la rue, où les carreaux sales d'un vieil édifice laissaient filtrer une lumière jaune. Une enseigne de bois pendait au-dessus de l'entrée, sur laquelle était peinte l'image délavée d'un oiseau crevé, couché sur le dos, pattes en l'air. Le voleur franchit les marches à la hâte avant de pousser la porte.

Le flot de lumière et de bruit qui le submergea alors le rasséréna quelque peu. Il claqua la porte derrière lui. Adossé au panneau de bois, il ferma les paupières et entreprit d'ôter le linge qui lui recouvrait la tête et la figure. Des cheveux noirs dégoulinants de sueur retombèrent sur ses épaules, encadrant des traits réguliers.

Il leva le bras pour s'essuyer le front et quelqu'un lui fourra une chope dans la main. Le jeune voleur rouvrit les yeux, bleus et très clairs. Sulty, la serveuse, s'affairait à proximité, soutenant d'une main un plateau chargé de pots à bière en étain. La jeune femme se retourna à demi et lui adressa un large sourire.

— Rude nuit, Crokus ?

Il la dévisagea fixement.

— Non, rien d'exceptionnel.

Portant la chope à ses lèvres, il but à longs traits.

Au bord d'un toit situé en face de la miteuse Auberge du Phénix, un chasseur, son arbalète à la main, examinait la porte que venait de franchir le voleur.

Le second chasseur le rejoignit, rengainant deux grands poignards.

— Qu'est-ce qui t'est arrivé ? s'enquit tranquillement le premier dans leur langue maternelle.

— Une altercation avec un chat.

Tous deux se turent un moment, puis le premier poussa un soupir préoccupé.

— L'un dans l'autre, tout ça a trop mal tourné pour être naturel.

L'autre acquiesça.

— Toi aussi, tu as senti la déchirure.

— Un Ascendant a… interféré. Mais il s'est montré très prudent et ne s'est pas dévoilé.

— Dommage. Il y a longtemps que je n'ai pas tué d'Ascendant.

Ils se mirent à examiner leurs armes. Le premier chargea son arbalète et glissa quatre carreaux supplémentaires dans sa ceinture. Le second sortit ses poignards un par un pour les essuyer avec soin.

Entendant quelqu'un approcher, ils se retournèrent. C'était leur chef.

— Il est dans l'auberge, lui apprit le second chasseur.

— Nous ne laisserons aucun témoin de cette guerre secrète avec la Guilde, renchérit le premier.

La nouvelle arrivée jeta un coup d'œil à la porte de l'auberge.

— Non, dit-elle aux deux chasseurs. Les bavardages d'un témoin peuvent servir nos plans.

— Cette demi-portion a eu de l'aide, insista le premier chasseur d'un air entendu.

Mais la femme secoua la tête.

— On rentre à la maison.

— Bon.

Les deux chasseurs rangèrent leurs armes. Le premier lança un dernier regard à l'auberge.

— D'après vous, qui l'a protégé ?

— Quelqu'un qui a un fichu sens de l'humour, maugréa le second.

Chapitre 6

C'est une cabale qui souffle
Plus profond que ces poumons
Qui alimentent les feux d'émeraude
Sous les pavés luisants de pluie,
Si le murmure sourd des cavernes
Peut vous parvenir,
Le murmure de la sorcellerie est plus doux
Que le soupir étouffé d'un voleur
Trébuchant malgré lui
Dans la toile secrète de Darujhistan…

Cabale (fragment)
Flaque (né en 1122 ?)

Mégère s'élevait sur les courants ascendants sifflant autour de Sangdelune et la pointe évasée de son aile droite frôla soudain la roche noire. Ses nerveux frères et sœurs l'interpellaient au passage, depuis les sombres cavités et les corniches éclairées par les étoiles. *Partons-nous ?* Mais Mégère les ignora. Ses yeux noirs étincelants demeuraient braqués sur les cieux, ses ailes colossales battaient au rythme formidable d'une puissance implacable. Elle n'avait pas le temps d'écouter le caquetage nerveux des jeunes, pas le temps de répondre à leurs besoins primaires, du haut de la sagesse née de ses mille ans d'existence.

Cette nuit, Mégère volait pour son seigneur.

Survolant les pics ébranlés du sommet de la Lune, un grand vent la balaya, sec et froid sur ses plumes huileuses. Autour d'elle, de minces rubans de fumée erraient, tels des esprits perdus, au gré de la brise nocturne. Mégère décrivit un cercle, son regard perçant captant les faibles lueurs des quelques feux qui persistaient encore dans les escarpements rocheux. Elle s'inclina ensuite pour suivre le vent qui l'emportait au nord vers le lac Azur.

La morne plaine de la Demeure se déployait en contrebas. Nulle colline ni maison ne venait briser ses vagues d'herbe grise. Et, droit devant Mégère, le scintillant manteau de joyaux de Darujhistan projetait une lueur saphir dans les cieux. À l'approche de la ville, sa vision d'une acuité surnaturelle détectait l'émanation aigue-marine de la sorcellerie parmi les demeures bâties sur les hauteurs.

Mégère émit un rire enthousiaste. Pour les Grands Corbeaux, la magie était pareille à de l'ambroisie. L'odeur du sang et du pouvoir les attirait et, grâce aux enchantements, leur vie se prolongeait sur des siècles. Ce n'était d'ailleurs pas le seul effet de son musc. Mégère gloussa de nouveau, puis son regard se riva sur une demeure bien précise, brillant d'une débauche de sorcellerie protectrice. Son seigneur lui avait fourni une description minutieuse de la signature magique à rechercher. Et elle l'avait trouvée.

Elle bomba les ailes et descendit gracieusement vers l'édifice.

*

À partir du port du district gadrobi, la ville comptait quatre terrasses s'étirant vers l'est. Des chaussées en pente aux galets usés formant une mosaïque lisse désignaient les cinq rues marchandes de ce premier district. Il s'agissait des seules voies à traverser le District du Marais jusqu'au niveau suivant, le District du Front-de-Lac. Au bout des allées tortueuses du Front-de-Lac, douze portes en bois s'ouvraient sur le district daru et, de ce dernier, douze autres – gardées par le Guet municipal et barrées de herses de fer – reliaient la ville basse à la ville haute.

Au quatrième niveau, le plus élevé, on trouvait les demeures de la noblesse de Darujhistan et des sorciers les plus en vue de la ville. À l'angle de la Promenade du Vieux Roi et de l'Allée Panoramique s'élevait une colline aplatie, siège de l'Hôtel de Majesté où le Conseil se réunissait chaque jour. Un parc étroit entourait cette colline, parcouru d'allées recouvertes de sable, qui serpentaient entre des acacias centenaires. À l'entrée, non loin de la colline du Haut Gibet, un passage en pierre formé de blocs grossiers incarnait l'ultime vestige du château qui dominait autrefois la colline de Majesté.

Le temps des rois était depuis longtemps révolu à Darujhistan. Les lézardes de cette porte austère dépourvue d'ornements appelée Barbacane du Despote semblaient désormais illustrer le manifeste usé d'une tyrannie passée.

Deux hommes se tenaient dans l'ombre de l'énorme linteau de la Barbacane. L'un d'eux, une épaule appuyée contre la muraille criblée de trous, portait un haubert de mailles et une calotte de cuir bouilli, ornée de l'insigne du Guet municipal. Une simple épée courte, dont l'usure avait lissé le cuir de la poignée, pendait à son ceinturon. Une pique reposait sur son épaule libre. La fin de sa garde approchait et il attendait l'arrivée du collègue censé le relever en pleine nuit. De temps en temps, il jetait un bref coup d'œil à son voisin, avec qui il avait partagé cette mission maintes fois au cours de l'année écoulée. Les regards qu'il lançait à ce gentilhomme bien vêtu étaient furtifs, impassibles.

Comme chaque fois qu'il se rendait à la Barbacane à cette heure indue, le conseiller Turban Orr n'avait pas jugé le garde digne d'attention. Du reste, il n'avait jamais donné l'impression d'avoir remarqué qu'il s'agissait toujours du même homme.

La patience ne semblait pas être la vertu première de Turban Orr. Il allait et venait sans cesse, s'arrêtant seulement pour rajuster sa cape bordeaux ornée de joyaux. Le claquement de ses bottes astiquées soulevait un léger écho sous la porte. Le garde pouvait apercevoir la main gantée du conseiller sur le pommeau d'argent d'une épée de duel et nota que son index battait la mesure de ses pas.

Au début de son service, bien avant l'arrivée de Turban Orr, le garde avait coutume de marcher lentement autour de la Barbacane, caressant parfois d'une main l'antique et sinistre ouvrage de pierre. Six ans de factions nocturnes avaient créé des liens étroits entre cet homme et le basalte grossièrement taillé. Il en connaissait chaque fissure, chaque marque de ciseau, chaque assemblage affaibli, là où le temps et les éléments avaient broyé le mortier avant de le réduire en poussière. Et il savait également que ces fragilités n'étaient qu'illusion. La Barbacane – et tout ce qu'elle représentait – attendait toujours patiemment, fantôme du passé avide de renaître.

Le garde s'était juré depuis longtemps qu'il ne le permettrait jamais, si l'empêcher était en son pouvoir. La Barbacane du Despote lui donnait sa raison d'être : Briseur de Cercle, un espion.

Le conseiller et lui attendaient l'arrivée d'un troisième homme, qui ne manquait jamais de venir. Ulcéré par le manque de ponctualité, Turban Orr grommellerait, comme d'habitude. Ensuite, il prendrait l'autre par le bras et tous deux s'avanceraient sous le sombre linteau. Avec des yeux depuis longtemps accoutumés à l'obscurité, le garde graverait alors à jamais les traits de ce troisième homme dans la fabuleuse mémoire que dissimulait sa physionomie banale.

Le temps que les deux membres du Conseil reviennent, il aurait été relevé et serait déjà parti remettre un message, conformément aux instructions de son maître. Si la chance était de son côté, peut-être Briseur de Cercle survivrait-il à la guerre civile dans laquelle Darujhistan, il en était convaincu, s'apprêtait à basculer – sans même parler de la menace malazéenne. Un cauchemar à la fois, se disait-il souvent, surtout des nuits comme celle-ci, où la Barbacane du Despote semblait murmurer ses promesses de résurrection avec une assurance moqueuse.

*

— Comme il pourrait être dans votre intérêt de l'apprendre, dit le Grand Alchimiste Baruk, lisant le parchemin qu'il tenait dans ses mains grassouillettes.

Toujours la même formule d'ouverture, suggérant des informations inquiétantes. Une heure plus tôt, son serviteur Roald lui avait remis ce billet glissé dans l'une des meurtrières de la poterne arrière de sa demeure, comme tous ceux qu'on lui adressait depuis un an.

Reconnaissant le procédé, Baruk avait aussitôt lu le message, puis avait dépêché ses messagers dans la ville. Ce type d'information appelait une prompte réaction, et l'alchimiste était l'une des rares autorités secrètes de Darujhistan à même de pouvoir s'en assurer.

Il méditait à présent dans l'un des fauteuils recouverts de peluche de son cabinet de travail. Son regard trompeusement somnolent revint au texte du parchemin.

— Le conseiller Turban Orr se promène dans les jardins avec le conseiller Feder. On me connaît sous le seul nom de Briseur de Cercle, au service de l'Anguille, dont les intérêts demeurent identiques aux vôtres.

Une fois de plus, la tentation tenaillait Baruk.

Avec tous ses talents, il lui aurait été facile d'identifier l'auteur des messages. À défaut de l'Anguille, évidemment, car nombreux étaient ceux qui cherchaient à découvrir son identité, sans résultat. Mais, comme toujours, quelque chose le retint.

Agitant sa lourde masse dans son fauteuil, Baruk soupira.

— Fort bien, Briseur de Cercle. Je respecterai votre anonymat, quoique vous en sachiez clairement plus sur moi que l'inverse. Il est effectivement heureux que les intérêts de votre maître coïncident avec les miens. Il n'empêche.

Il se rembrunit en songeant à l'Anguille et aux buts inconnus de cet homme ou de cette femme. Pour sa part, il en savait assez pour se rendre compte que trop de forces étaient désormais en jeu. Un regroupement d'Ascendants était une véritable calamité. Œuvrer dans l'ombre pour protéger la ville devenait de plus en plus difficile. La question se posait donc une fois de plus : cette Anguille se servait-elle également de lui ?

Bizarrement, cette éventualité ne l'inquiétait pas outre mesure. On lui avait transmis déjà tant d'informations cruciales !

Il replia soigneusement le parchemin, puis marmonna une formule simple. Le message disparut avec un petit « ploc », rejoignant les autres en lieu sûr.

Baruk ferma les yeux. Derrière lui, un coup de vent agita les larges volets de sa fenêtre, puis ceux-ci s'immobilisèrent. Un coup sec retentit contre le verre fumé. L'alchimiste se redressa et rouvrit les yeux, étonné. Au deuxième impact, plus fort que le premier, il se leva et se retourna avec une vivacité surprenante pour un homme de sa corpulence. Quelque chose était posé sur le rebord de l'embrasure. À travers les volets, on ne voyait qu'une imposante forme noire.

Baruk fronça les sourcils. Impossible. Rien ne pouvait franchir ses barrières magiques sans être détecté. Il agita la main et les volets s'ouvrirent brusquement. Un Grand Corbeau attendait derrière la vitre. L'oiseau pivota la tête pour dévisager Baruk, un œil après l'autre. Finalement, il poussa résolument la mince vitre, poitrine en avant. Le carreau se bomba et éclata.

Sa Garenne grande ouverte, Baruk leva les deux bras, une incantation furieuse lui montant aux lèvres.

— Ne gaspillez pas votre salive, sorcier ! croassa le corbeau, gonflant son jabot et ébouriffant ses plumes miteuses pour se débarrasser des éclats de verre, avant d'incliner la tête. Vous avez appelé vos gardes. Voilà qui est superflu. J'apporte des paroles qui vous plairont.

D'un petit saut, l'énorme volatile se retrouva à terre.

— Auriez-vous quelque chose à manger ?

Baruk examina l'intrus.

— Je n'ai pas pour habitude de recevoir des Grands Corbeaux chez moi. Cela dit, vous ne semblez pas être un démon déguisé.

— Bien sûr que non. Mon nom est Mégère.

La créature esquissa une révérence moqueuse :

— À votre disposition, Monseigneur.

Baruk hésita. Après un instant de réflexion, il soupira.

— C'est bon. J'ai renvoyé mes gardes à leurs postes. Et mon serviteur Roald va apporter des restes de souper, si cela vous convient.

— Parfait !

Mégère partit s'installer en se dandinant sur la carpette devant la cheminée.

— Voilà, Monseigneur. Et maintenant, que diriez-vous d'un verre de vin pour vous détendre ?

Baruk alla chercher la carafe sur son bureau. D'ordinaire, il ne buvait jamais après le coucher du soleil car il travaillait de nuit. Il devait toutefois admettre la perspicacité de l'oiseau : un peu de vin lui ferait le plus grand bien.

— Qui vous envoie, Mégère ?

Le Grand Corbeau hésita une seconde avant de répondre.

— Le seigneur de Sangdelune.

Baruk cessa de remplir sa coupe de cristal.

— Je vois, répondit-il à mi-voix.

S'efforçant de maîtriser les battements de son cœur, il reposa la carafe avec lenteur puis, avec une intense concentration, porta la coupe à ses lèvres. Le liquide lui parut frais sur sa langue. Le sentir couler dans sa gorge le détendit.

— Ma foi, reprit-il en se retournant, que peut bien vouloir votre maître à un paisible alchimiste comme moi ?

Mégère ouvrit son bec ébréché en une sorte de rire silencieux et riva sur Baruk un œil pétillant.

— La réponse se trouve dans la question,

Monseigneur. La paix. Mon maître souhaite s'entretenir avec vous. Ici, cette nuit même. Dans l'heure qui vient.

— Et vous devez attendre ma réponse.

— Seulement si vous vous décidez vite. J'ai d'autres choses à faire, je suis bien plus qu'une simple porteuse de message. Tous ceux qui savent reconnaître de sages discours me chérissent. Je suis Mégère, aînée des Grands Corbeaux de la Lune, et mes yeux ont contemplé mille ans de folie humaine. D'où ma livrée dépenaillée et mon bec cassé, témoignages de vos destructions aveugles. Je ne suis qu'une spectatrice ailée de votre démence immuable.

— Plus que ça, ironisa tranquillement Baruk. On sait bien combien vous et vos semblables avez fait bombance dans la plaine, sous les murs de Pale.

— Pourtant, Monseigneur, nous n'avons pas été les premiers à nous repaître de chair et de sang, au cas où vous l'auriez oublié.

Baruk se détourna.

— Loin de moi l'idée de défendre mon espèce, marmonna-t-il, piqué au vif, davantage pour lui-même que pour Mégère.

Son regard s'arrêta ensuite sur les éclats de verre qui jonchaient le dallage de marbre. Il prononça une formule magique et observa la reconstitution de la fenêtre.

— Je parlerai avec votre maître, Mégère.

Il hocha la tête tandis que la vitre se remettait en place.

— Mais dites-moi, se moquera-t-il de mes défenses comme vous l'avez fait ?

— Mon maître ne manque ni de respect ni de courtoisie, répliqua Mégère, énigmatique. Dois-je donc l'appeler ?

— Faites, répondit Baruk en humant son vin. Ma maison lui sera grande ouverte.

On frappa alors à la porte.

— Oui ?

Roald entra.

— Quelqu'un à la grille désire vous parler, Maître, annonça le serviteur aux cheveux blancs, avant de déposer par terre une assiette garnie de rôti de porc.

Baruk jeta un coup d'œil interrogateur à Mégère, qui hérissa les plumes.

— Votre visiteur n'est qu'un personnage ordinaire, assura-t-elle. Un être agité, dont les pensées sont lourdes d'avidité et de perfidie. Un démon nommé Ambition est juché sur son épaule.

— Son nom, Roald ? s'enquit Baruk.

Gêné, le serviteur hésita, désignant d'un regard doux l'oiseau qui s'avançait vers la nourriture.

Baruk éclata de rire.

— Le commentaire de mon invitée éclairée laisse penser qu'elle connaît parfaitement l'identité de cet homme. Tu peux parler, Roald.

— Il s'agit du conseiller Turban Orr.

— Je resterais volontiers durant cet entretien, dit Mégère. Au cas où vous souhaiteriez bénéficier de mes conseils.

— J'en serais heureux, oui, répliqua l'alchimiste.

Le Grand Corbeau devança sa prochaine question.

— Je ne serai qu'un humble chien de compagnie, roucoula-t-elle. Aux yeux du conseiller, s'entend. Et mes propos ne seront que gémissements d'animal à ses oreilles.

Elle embrocha un morceau de viande qu'elle engloutit promptement.

Baruk s'aperçut que cette vieille sorcière déplumée commençait à lui être sympathique.

— Faites entrer le conseiller, Roald.

Son serviteur repartit.

*

D'antiques flambeaux éclairaient d'une lumière tremblante un jardin privé entouré de hauts murs, projetant sur les dalles des formes dansantes. Un vent venu du lac caressait les feuilles, faisant valser ces ombres comme des lutins. Au deuxième étage de la maison, un balcon donnait sur le parc. Un homme et une femme bougeaient derrière les rideaux de la baie vitrée.

À plat ventre sur le mur de l'enceinte, à l'ombre de la corniche à gâbles de la demeure, Rallick Nom suivait la silhouette féminine avec une patience de serpent. C'était la cinquième nuit consécutive qu'il occupait ce discret poste d'observation. Dame Simtal avait autant d'amants, mais il en avait surtout repéré deux. Deux conseillers municipaux.

La porte vitrée s'ouvrit et quelqu'un sortit sur le balcon. Rallick reconnut le conseiller Lim et sourit. Il se déplaça légèrement, glissant une main gantée sous l'arbrier de son arbalète tout en rabattant la manivelle bien huilée. L'assassin inséra un carreau sans quitter des yeux l'homme accoudé à la balustrade. Un bref regard le rassura : le poison nappait d'un éclat humide les arêtes tranchantes comme un rasoir du trait en fer. Rallick reporta son attention sur le balcon et vit que Dame Simtal avait rejoint Lim.

Rien d'étonnant à ce que cette souris-là ne manque pas d'amants, songea Rallick.

Sa chevelure noire, désormais libre, cascadait, soyeuse et lustrée, jusqu'au creux de ses reins. Les lumières de la chambre dessinaient en contre-jour des courbes admirables à travers sa chemise de nuit vaporeuse.

Le vent portait sa voix et celle du conseiller jusqu'à la cachette de l'assassin.

— Pourquoi l'alchimiste ? demandait-elle, poursuivant à l'évidence une conversation commencée à l'intérieur. Un vieillard obèse qui sent la fleur de soufre ? Voilà qui n'évoque guère un pouvoir politique. Il n'est même pas membre du Conseil, que je sache ?

Lim eut un petit rire.

— Votre naïveté est charmante, madame. Charmante.

Dame Simtal croisa les bras en s'écartant de la balustrade.

— Instruisez-moi donc, rétorqua-t-elle avec une irritation contenue.

Lim haussa les épaules.

— Hélas, nous n'avons que des soupçons, madame. Mais sage est le loup qui suit chaque piste, aussi vague soit-elle. L'alchimiste aimerait bien que tout le monde le considère comme vous : un vieux fou gâteux.

Lim hésita, l'air songeur, s'interrogeant peut-être sur l'étendue des révélations qu'il pouvait faire à son amante.

— Nous avons des informateurs, reprit-il avec prudence. Parmi les mages. Ceux-ci nous ont signalé un fait lourd de conséquences. Les magiciens de la ville sont nombreux à craindre l'alchimiste et le désignent par un certain titre, qui suffit à suggérer un genre de cabale secrète. Un regroupement de sorciers, madame, représente une véritable catastrophe.

Dame Simtal avait repris position auprès du conseiller. Tous deux étaient maintenant accoudés à la balustrade et observaient le sombre jardin en contrebas. Au bout d'un moment de silence, Dame Simtal demanda :

— A-t-il des liens avec le Conseil ?

— Si c'est le cas, il le cache bien.

Lim esquissa un sourire.

— Et s'il n'en a pas, cela pourrait changer. Dès cette nuit.

La politique ! ricana intérieurement Rallick. Et le pouvoir.

Cette garce écarte les jambes devant tout le Conseil, et rares sont ceux qui peuvent ignorer son vice. Les mains de l'assassin se contractèrent. Ce soir, il tuerait. Pas par contrat, la Guilde n'avait rien à voir là-dedans. Cette vendetta-là était personnelle. Dame Simtal s'efforçait de gagner en influence tout en se protégeant de son mieux, et Rallick pensait savoir pourquoi : le spectre de la trahison ne la laissait pas en paix.

Patience, se dit-il, mettant en joue. Il y avait

deux ans que Dame Simtal menait une vie de faste oisif. Les richesses qu'elle avait dérobées n'avaient fait qu'aiguiser ses appétits et son prestige d'unique propriétaire de cette demeure avait largement contribué à graisser les gonds de la porte de sa chambre. Elle n'avait commis aucun crime à l'encontre de Rallick mais, contrairement à la principale victime de la belle, l'assassin ne mettait pas un point d'honneur à renoncer à toute vengeance.

Patience, se répéta Rallick, formant les syllabes sur ses lèvres tandis qu'il visait soigneusement. Patience. Une qualité toujours récompensée. Et la récompense n'allait plus tarder.

*

— Belle bête, glosa le conseiller Turban Orr en rendant son manteau à Roald.

Dans la pièce, Baruk était le seul capable de discerner l'aura d'illusion entourant le chien de chasse noir roulé en boule sur le tapis du foyer. Avec un sourire, l'alchimiste désigna l'un des sièges couverts de peluche.

— Conseiller, asseyez-vous, je vous prie.

— Pardon de vous déranger si tard, reprit Orr en s'installant dans le fauteuil, mais on affirme que l'alchimie s'épanouit mieux dans la nuit noire.

Baruk s'était assis en face de lui, avec Mégère entre eux deux.

— Vous avez donc supposé que je serais debout… Judicieux pari. Eh bien, Conseiller, que puis-je faire pour vous ?

Orr tapota d'une main la tête de Mégère et Baruk dut se détourner pour ne pas rire.

— Le Conseil vote dans deux jours, dit Orr. Avec une proclamation de neutralité comme celle que nous souhaitons, la guerre avec l'Empire Malazéen pourra être évitée. C'est en tout cas notre avis. Mais, au sein du Conseil, tous ne le partagent pas. L'orgueil les a rendus belliqueux, déraisonnables.

— N'est-ce pas ce qu'il nous fait à tous ? murmura Baruk.

Orr se pencha vers lui.

— Le soutien des mages de Darujhistan aiderait beaucoup notre cause.

— Attention, gronda Mégère, nous entrons dans le vif du sujet.

Orr abaissa les yeux vers le chien.

— Des douleurs à la patte, déclara Baruk, n'y prenez pas garde.

Il s'enfonça dans son fauteuil et tira sur un fil qui dépassait de sa robe.

— J'avoue un certain embarras, Conseiller. Vous semblez préjuger de plusieurs éléments que je ne saurais approuver.

Écartant les deux mains, il croisa le regard de son vis-à-vis.

— Les mages de Darujhistan, pour commencer. Vous pourriez parcourir les Dix Mondes sans trouver une engeance plus malveillante. Oh, je ne prétends pas qu'ils sont tous ainsi. Certains ont pour unique intérêt, unique obsession même, l'approfondissement de leur art. Ils ont le nez dans leurs livres depuis si longtemps qu'ils seraient incapables de vous dire en quel siècle nous nous trouvons. Quant aux autres, les disputes sont leur seul vrai plaisir dans l'existence.

Un sourire était apparu sur les lèvres minces du conseiller.

— Cependant, fit-il observer avec une lueur rusée dans ses yeux bruns, aucun d'eux ne conteste un certain élément.

— Ah ? Et quel est-il, Conseiller ?

— Le pouvoir. Nous sommes tous conscients de votre position éminente parmi les sorciers de la ville, Baruk. Un mot de vous en rallierait bien d'autres.

— Votre opinion me flatte, répliqua l'alchimiste. Hélas, c'est là que réside votre deuxième supposition erronée. Même si je possédais l'influence que vous me prêtez…

Mégère s'ébroua et Baruk lui lança un regard noir avant de poursuivre :

— Ce qui n'est nullement le cas. Pour quelle raison soutiendrais-je une position aussi aveugle que la vôtre ? Une proclamation de neutralité ? Autant siffler contre le vent, Conseiller. À quoi bon ?

Le sourire d'Orr se crispa.

— Vous ne souhaitez tout de même pas partager le sort des sorciers de Pale ? dit-il d'un ton doucereux.

Le visage de Baruk se rembrunit.

— Qu'entendez-vous par là ?

— Assassinés par la Griffe impériale. Sangdelune s'est retrouvée seule contre l'Empire.

— Je n'ai pas les mêmes informations, répliqua

l'alchimiste avec raideur, avant de se maudire intérieurement.

— Sur ce point, ne vous y fiez pas trop, intervint Mégère d'un ton pédant. Vous faites erreur tous deux.

Orr haussa les sourcils.

— Vraiment ? dit-il à Baruk. Dans ce cas, peut-être nous serait-il mutuellement profitable de partager nos renseignements ?

— J'en doute, rétorqua l'alchimiste. Qu'insinuez-vous en me menaçant avec l'empire ? Que si la proclamation est rejetée par le Conseil, tous les sorciers de la ville périront sous ses coups. Alors que si elle est votée, vous serez libre de justifier l'ouverture des portes aux Malazéens en vue d'une coexistence pacifique. En pareil cas, les mages de la ville auraient la vie sauve.

— Astucieux, Monseigneur, commenta Mégère.

Baruk étudia l'expression d'Orr, affichant désormais sa colère.

— La neutralité ? reprit l'alchimiste. Comme vous avez réussi à déformer ce mot ! Votre proclamation constitue le premier pas vers une annexion totale, Conseiller. Il est heureux pour vous que je n'aie ni autorité, ni droit de vote, ni influence.

Il se leva.

— Roald va vous reconduire.

Turban Orr se leva à son tour.

— Vous venez de commettre une grave erreur, répliqua-t-il. Le texte n'est pas encore définitif. Nous ferions bien de supprimer toute mention relative aux mages de Darujhistan.

— Il paraît bien sûr de lui, intervint Mégère. Insistez pour voir ce qu'il y a derrière.

Baruk se dirigea vers la fenêtre.

— Il ne me reste plus qu'à espérer que vous perdrez ce vote, déclara-t-il sèchement sans même se retourner.

La réponse d'Orr fut vive.

— D'après mes calculs, Alchimiste, nous avons atteint la majorité cette nuit même. Vous auriez pu être la cerise sur le gâteau. Las ! poursuivit-il d'un ton narquois. Nous ne l'emporterons que d'une voix. Mais cela suffira.

Baruk pivota à l'instant même où Roald pénétrait discrètement dans la pièce avec le manteau du conseiller.

Mégère s'étira sur son tapis.

— Cette nuit entre toutes ! soupira-t-elle avec une consternation feinte. Vous tentez le sort avec de telles affirmations !

Elle pencha doucement la tête, avec l'impression d'entendre une pièce tournoyer, très loin.

Quelque part en ville, un frémissement de pouvoir se fit soudain sentir et Mégère frissonna.

*

Rallick Nom attendait. Fini le faste pour Dame Simtal. Cette nuit mettrait un terme à ses voluptés. Les deux silhouettes s'écartèrent de la balustrade pour se tourner vers la porte vitrée. Le doigt de Rallick se crispa sur la détente.

Soudain, l'assassin se figea. Une sorte de vrombissement lui emplit la tête, lui soufflant de terribles paroles. Son esprit bascula. Sa volonté de vengeance s'étiola et de ses ruines surgit quelque chose… de beaucoup plus élaboré.

Tout cela s'était déroulé en un clin d'œil. La vision de Rallick s'éclaircit. Le couple se tenait devant la porte-fenêtre. Dame Simtal tendit une main pour faire coulisser la vitre. Rallick décala son arbalète de deux centimètres vers la gauche et pressa la détente. Les branches de fer noirci de l'arc vibrèrent quand la tension se relâcha. Le carreau jaillit, si rapide qu'il demeura invisible avant de toucher sa cible.

Sur le balcon, une des silhouettes virevolta sous le choc avant de s'effondrer à travers la porte vitrée, qui vola en éclats.

Dame Simtal hurla d'horreur.

Rallick n'attendit pas davantage. Roulant sur le dos, il fourra l'arbalète dans l'étroit espace entre la corniche et le toit. Il se laissa ensuite glisser de l'autre côté du mur, restant suspendu à deux mains tandis que des cris d'alarme retentissaient aux quatre coins de la propriété. Enfin, il lâcha prise et se retourna pendant sa chute pour retomber dans la ruelle tel un chat.

Il rajusta sa cape en se redressant, puis s'éloigna calmement dans une rue transversale. Finie l'indolence pour Dame Simtal. Mais pas de fin rapide non plus. Un membre très puissant et très respecté du Conseil municipal venait d'être assassiné sur son balcon. L'épouse – ou plutôt la veuve – de Lim y trouverait sûrement à redire. *Et voilà pour la première phase*, songea Rallick en franchissant à grandes enjambées la porte d'Osserc, en direction de la large rampe qui descendait dans le district daru. Une simple manœuvre d'ouverture, destinée à indiquer à l'éminente Dame Simtal que la chasse venait de commencer et qu'elle représentait le gibier. Ce ne sera pas facile. En matière d'intrigues, cette femme-là est une experte.

— Le sang n'a pas fini de couler, murmura l'assassin en débouchant devant l'entrée mal éclairée de l'Auberge du Phénix. Mais cette garce finira par tomber et, grâce à sa chute, un vieux camarade se relèvera.

Il atteignit l'auberge et une silhouette émergea des ombres d'une ruelle voisine. Rallick se figea. La silhouette lui fit signe, puis recula dans les ténèbres.

Rallick la suivit dans l'artère puis attendit que ses yeux se fassent à l'obscurité.

L'autre soupira.

— Ton petit règlement de comptes t'a sans doute sauvé la vie, ce soir, dit-il avec amertume. S'adossant au mur de l'auberge, Rallick croisa les bras.

— Ah ?

Ocelot, son chef de clan, se rapprocha. Son étroite figure vérolée était aussi renfrognée que d'ordinaire.

— La nuit a été un désastre, Nom. Tu n'as rien entendu ?

— Non.

Un sourire pincé étira les lèvres minces d'Ocelot.

— Une guerre a démarré sur les toits : quelqu'un est en train de nous massacrer. On a perdu cinq Vadrouilleurs en moins d'une heure. Bref, il n'y avait pas qu'un tueur là-haut.

— Certainement, approuva Rallick, impatient.

La froide humidité des pierres du mur s'insinuait à travers sa cape. Comme toujours, les affaires de la Guilde l'assommaient.

— On a perdu ce géant, Talo Krafar, poursuivit Ocelot. Et un chef de clan.

Il lança un coup d'œil derrière lui, comme s'il s'attendait à voir une dague surgir dans son dos. Malgré son indifférence affichée, Rallick haussa un sourcil.

— Ils doivent être bons…

— Bons ? Tous nos témoins oculaires sont morts, c'est la dernière blague sinistre qui circule. Ils ne commettent pas d'erreurs, ces salauds.

— Tout le monde en commet, maugréa Rallick. Vorcan est sortie voir ?

Ocelot fit non de la tête.

— Pas encore. Elle est trop occupée à battre le rappel des clans.

Rallick fronça les sourcils, intrigué malgré lui.

— Pourrait-il s'agir d'une tentative pour prendre sa place ? Un truc interne, peut-être ? Une faction…

— Tu nous prends pour des crétins, Nom ? C'est la première chose à laquelle a pensé Vorcan. Non, ça n'a rien d'interne. Ceux qui tuent les nôtres viennent de l'extérieur. Ils sont étrangers à la Guilde, à cette ville.

L'explication parut soudain évidente à Rallick, qui haussa les épaules.

— La Griffe impériale, alors.

Circonspect, Ocelot acquiesça néanmoins.

— Probable, dit-il d'une voix rauque. Ils sont censés être les meilleurs, non ? Mais pourquoi s'en prendre à la Guilde ? On s'attendrait plutôt à ce qu'ils liquident les nobles.

— Tu me demandes de deviner les intentions de l'Empire, Ocelot ?

Le chef de clan tiqua et se renfrogna un peu plus.

— Je suis venu t'avertir, Nom. Et c'est une faveur. Avec cette histoire de vengeance qui t'obsède, rien n'oblige la Guilde à te protéger.

Rallick s'écarta du mur et pivota vers l'entrée de la ruelle.

— Une faveur, Ocelot ? répéta-t-il avec un petit rire.

— On prépare un piège, répliqua Ocelot en lui barrant le passage.

Le chef de clan désigna l'Auberge du Phénix d'un signe du menton.

— Montre-toi là-dedans et ne laisse planer aucun doute sur ton gagne-pain.

Rallick le dévisagea, impassible.

— Je sers d'appât.

— Fais-le. Un point c'est tout.

Sans ajouter un mot, Rallick quitta la ruelle, grimpa les marches et s'engouffra dans l'Auberge du Phénix.

*

— Quelque chose prend forme dans la nuit, annonça Mégère après le départ de Turban Orr. L'air se mit à chatoyer pendant qu'elle reprenait son véritable aspect.

Les mains nouées derrière le dos pour contenir leur tremblement, Baruk s'avança vers sa table de cartographe.

— Vous l'avez donc senti, vous aussi.

Il s'interrompit en soupirant.

— Tout bien considéré, il y a encore plus d'effervescence à cette heure qu'en plein jour.

— Une convergence de pouvoirs produit toujours cet effet, répliqua doctement Mégère en se redressant pour étirer ses ailes. Les vents noirs se rassemblent, Alchimiste. Prenez garde à leur souffle cinglant.

— Tandis que vous les chevauchez, héraut de nos tragiques malheurs, grommela Baruk.

Hilare, Mégère se dandina vers la fenêtre.

— Mon maître arrive. D'autres tâches m'attendent.

— Permettez, déclara Baruk en faisant volte-face.

Il fit un geste et la fenêtre s'ouvrit.

Mégère battit des ailes pour aller se percher sur le rebord. Pivotant la tête, elle lança un regard en coin à l'alchimiste.

— Je vois douze vaisseaux à l'ancre dans un port profond, dit-elle. Onze sont la proie de hautes flammes.

Inquiet, Baruk se raidit. Il ne s'était pas attendu à une prophétie.

— Et le douzième ? s'enquit-il d'une voix à peine audible.

— Portée par le vent, une grêle d'étincelles emplit la nuit. Je les vois tournoyer et tournoyer encore autour du dernier navire, avança Mégère avant de marquer un temps d'arrêt. Elles tournoient toujours.

Elle disparut sans plus attendre.

Les épaules de Baruk s'affaissèrent. Pivotant vers la carte étalée sur la table, il examina les onze villes naguère libres sur lesquelles flottait à présent le drapeau impérial. Seule Darujhistan, la douzième et dernière, restait désignée par un drapeau qui n'était pas bordeaux et gris.

— C'est le glas de la liberté, murmura-t-il.

Soudain, les murs de la pièce grincèrent et Baruk eut la sensation qu'un poids énorme s'abattait sur lui. Le sang battait sous son crâne, lui valant d'atroces élancements. Il dut se raccrocher au bord de la table pour garder l'équilibre. Les globes de lumière incandescents suspendus au plafond faiblirent, avant de s'éteindre tout à fait. Dans le noir, l'alchimiste entendit alors les murs se lézarder de haut en bas, comme si la main d'un géant pesait sur l'édifice. La pression disparut brusquement et Baruk porta une main tremblante à son front baigné de sueur.

Une voix douce s'éleva derrière lui.

— Salutations, Grand Alchimiste. Je suis le seigneur de Sangdelune.

Toujours devant sa table, Baruk ferma les yeux et hocha la tête.

— Oublions mon titre, chuchota-t-il. Appelez-moi simplement Baruk.

— Je suis chez moi dans les ténèbres, déclara le seigneur. Cela risque-t-il de vous incommoder, Baruk ?

L'alchimiste marmonna une formule magique. Les détails de la carte se firent de plus en plus nets, émettant une froide lueur bleue. Il fit ensuite face au seigneur de Sangdelune et eut la surprise de constater que sa haute silhouette enveloppée d'une cape ne renvoyait pas plus la chaleur que les objets inanimés de la pièce. Baruk n'en distinguait pas moins assez clairement les traits de son interlocuteur.

— Vous êtes un Tiste Andii, fit-il observer.

Le seigneur de Sangdelune s'inclina légèrement, examinant les lieux de ses yeux obliques aux teintes changeantes.

— Auriez-vous du vin à m'offrir ?

— Certainement, seigneur, répondit Baruk en se dirigeant vers son bureau.

— Mon nom, sous sa forme la plus facile à prononcer par des humains, est Anomander Rake.

Il emboîta le pas à l'alchimiste, ses bottes claquant sur le marbre poli.

Baruk emplit deux coupes, puis se retourna pour étudier Rake avec une certaine curiosité. Il avait entendu dire que des guerriers Tistes Andii combattaient l'Empire au nord, sous le commandement d'une sorte de sauvage nommé Caladan Rumin. Ils s'étaient alliés avec la Garde Pourpre et, ensemble, décimaient les Malazéens. Sangdelune abritait donc d'autres Tistes Andii et l'homme devant lui était leur chef.

C'était la première fois que Baruk voyait un guerrier de ce peuple d'aussi près, et il n'en était pas peu troublé. *Quels yeux remarquables !* songea-t-il. Un instant d'une profonde nuance ambrée, semblables à ceux des chats et déconcertants, la minute d'après gris et fendus comme ceux d'un serpent : un redoutable spectre de couleurs variant selon l'humeur. L'alchimiste se demanda s'ils pouvaient mentir.

Sa bibliothèque contenait des copies des tomes subsistants de la Folie de Gothos, une œuvre jaghute vieille de plusieurs millénaires. Il se souvenait que les

Tistes Andii y étaient évoqués, avec terreur. Gothos lui-même, sorcier jaghut ayant exploré les Garennes les plus profondes de la Magie Ancienne, avait remercié les dieux de son époque que les Tistes Andii soient si peu nombreux. Depuis, le nombre des représentants de cette mystérieuse race à peau noire avait encore décru.

Conformément aux descriptions de Gothos, la peau d'Anomander Rake était d'un noir d'encre, mais sa chevelure était d'argent. Il mesurait largement plus de deux mètres et possédait des traits anguleux, comme taillés dans du jais, et de grands yeux légèrement en biais, aux pupilles verticales.

Il portait sur son large dos une épée à deux mains. Elle avait un pommeau d'argent en forme de crâne de dragon et une garde à quillons droits d'un autre temps, dépassant d'un fourreau de bois presque aussi grand que son propriétaire. La puissance qui émanait de cette arme souillait l'atmosphère, telle une tache d'encre noire dans une flaque d'eau. Son regard s'attarda dessus et Baruk manqua défaillir en voyant, l'espace d'un instant, s'ouvrir d'immenses ténèbres froides comme le cœur d'une mer de glace. Il en émanait des relents d'antiquité et de faibles gémissements. Baruk s'arracha à la contemplation de l'épée et s'aperçut que Rake l'observait.

Le Tiste Andii esquissa un sourire entendu, puis remit l'une des coupes à l'alchimiste.

— Mégère a-t-elle fait preuve de son théâtralisme coutumier ?

Baruk tiqua, puis ne put s'empêcher de sourire à son tour.

Rake but son vin.

— La modestie n'a jamais été son fort. Elle adore faire étalage de ses talents. Pouvons-nous nous asseoir ?

— Naturellement, répondit Baruk, se détendant malgré tout.

Ses longues années d'études lui avaient appris que la puissance façonne autrement les âmes différentes. Si celle de Rake avait été pervertie, il l'aurait immédiatement senti. Mais le contrôle du seigneur de Sangdelune semblait absolu, ce qui suffisait déjà à lui inspirer un respect mêlé de crainte. Cet être donnait forme à son pouvoir et non l'inverse. Une telle maîtrise était… eh bien, inhumaine. Et l'alchimiste se doutait qu'il n'avait pas fini de découvrir de quoi le glacer d'effroi au sujet de ce guerrier-mage.

— Elle m'a jeté à la tête tout ce qu'elle avait, dit brusquement Rake.

Ses prunelles avaient pris l'éclat vert des glaciers.

Surpris par sa véhémence, Baruk fronça les sourcils. *Elle ? Oh, l'Impératrice, bien sûr.*

— Et même alors, poursuivit le Tiste Andii, elle n'a pas pu me vaincre.

— Pourtant, avança prudemment l'alchimiste en se raidissant sur son siège, vous avez été repoussé, et sérieusement malmené. Je sens votre puissance, Anomander Rake, ajouta-t-il avec une grimace. Ses formidables pulsations. Je dois donc vous poser cette question : comment expliquer votre défaite ? Je connais un peu le Grand Mage impérial Tayschrenn. Son pouvoir est grand, mais pas autant que le vôtre. Comment a-t-il pu vous battre ?

— J'ai envoyé mes sorciers et mes guerriers dans la Campagne du Nord de Rumin, répondit Rake, le regard rivé à la table.

Il adressa à Baruk un sourire sans joie.

— Dans ma cité, il ne reste que des enfants, des prêtres et trois vénérables sorciers captivés par leurs livres.

Une cité ? Il y avait donc une cité à l'intérieur de Sangdelune ?

Les prunelles de Rake avaient viré au gris-brun.

— Je ne puis défendre seul une Lune entière. Je ne peux pas me trouver partout à la fois. Quant à Tayschrenn, il se fichait éperdument de ceux qui l'entouraient. Je pensais le dissuader, rendre le prix à payer trop élevé…

Il secoua la tête d'un air perplexe, puis dévisagea Baruk.

— J'ai battu en retraite pour sauver la demeure de mon peuple.

— En abandonnant Pale à sa ruine…

Baruk se mordit aussitôt les lèvres, maudissant son manque de tact. Rake se contenta toutefois de hausser les épaules.

— Je ne m'attendais pas à une attaque d'une telle ampleur. Ma simple présence avait tenu l'Empire en respect près de deux ans.

— J'ai entendu dire que la patience de l'Impératrice est arrivée à bout, marmonna songeusement Baruk, avant de plisser les yeux. Vous souhaitiez me rencontrer, Anomander Rake. Nous voici donc réunis. Qu'attendez-vous de moi ?

— Une alliance, répondit le seigneur de la Lune.

— Avec moi ? Personnellement ?

— Épargnez-moi ces petits jeux, Baruk, répliqua Rake, tout à coup très froid. Je ne suis pas dupe des querelles de ce Conseil d'idiots. Je sais que vous et vos amis mages dirigez Darujhistan.

Il se leva et riva sur l'alchimiste un regard gris :

— Laissez-moi vous dire ceci. L'Impératrice considère votre ville comme la seule et unique perle de ce continent de boue. Elle la veut et elle obtient généralement ce qu'elle veut.

Baruk se baissa pour tirailler le bord effrangé de sa robe.

— Je vois, murmura-t-il. Pale aussi avait ses sorciers.

Rake fronça les sourcils.

— En effet.

— Pourtant, poursuivit Baruk, lorsque la bataille a vraiment commencé, vous avez pensé au salut de votre Lune et non à votre alliance avec eux.

— Qui vous a dit cela ? demanda Rake.

Baruk écarta les deux mains et se releva.

— Certains de ces sorciers ont réussi à s'échapper.

— Ils sont en ville ?

Les yeux de Rake avaient viré au noir. L'alchimiste sentit la sueur tremper ses vêtements.

— Pourquoi ? s'enquit-il néanmoins.

— Je veux leurs têtes, répliqua négligemment Rake.

Il se versa de nouveau du vin et en avala une gorgée.

Des doigts de glace semblaient s'être glissés autour

du cœur de Baruk, resserrant peu à peu leur étreinte. L'intensité de son mal de tête venait de décupler.

— Mais pourquoi ? insista-t-il en hoquetant.

Si le Tiste Andii avait conscience du malaise soudain de l'alchimiste, il n'en laissa rien paraître.

— Pourquoi ? répéta-t-il avec un léger sourire, semblant savourer ce mot comme un bon vin. Lorsque l'armée moranthe est descendue des montagnes et que Tayschrenn a pris la tête de son Cadre de Mages, quand le bruit s'est répandu qu'un membre de la Griffe impériale s'était infiltré dans la ville…

Son sourire se changea en rictus :

— Les sorciers de Pale ont fui.

Il marqua une pause, comme si ces instants lui revenaient en mémoire.

— J'ai balayé les envoyés de la Griffe avant qu'ils aient pu faire dix pas à l'intérieur des murs.

Il s'interrompit de nouveau et une ombre de regret passa sur son visage.

— Si les sorciers de Pale étaient restés, l'assaut aurait été repoussé. Tayschrenn avait, semble-t-il, d'autres impératifs en tête. Sa position – le sommet d'une colline – était bardée de défenses magiques. Ensuite, il a lâché des démons, mais pas sur moi, sur certains de ses compagnons. J'étais surpris, mais au lieu de laisser ce genre de créatures vagabonder à leur guise, j'ai perdu une énergie précieuse à les détruire.

Il soupira :

— Quand j'ai décidé de partir, il était sur le point d'être anéanti. J'ai laissé la lune dériver vers le sud et je me suis lancé à la poursuite de ces sorciers.

— À leur poursuite ?
— Je les ai tous retrouvés, sauf deux.
Rake regarda Baruk droit dans les yeux :
— Je veux ces deux-là. Vivants de préférence, mais leurs têtes suffiront.
— Vous avez tué les autres ? Comment ?
— Avec mon épée, bien sûr.
— Oh ! murmura Baruk avec un mouvement de recul horrifié, oh.
— L'alliance, enchaîna Rake avant de vider sa coupe.
Baruk se releva, tremblant.
— Je consulterai la Cabale. Sa décision vous sera bientôt communiquée.
Son regard se posa ensuite sur l'épée du Tiste Andii.
— Dites-moi, si nous vous livrons ces sorciers vivants, vous servirez-vous de… ça contre eux ?
Rake fronça les sourcils.
— Bien entendu.
Se détournant, Baruk ferma les yeux.
— Vous aurez leurs têtes.
Derrière lui, Rake laissa échapper un rire dur.
— Vous êtes trop miséricordieux, Alchimiste.

*

Une pâle lumière annonçait l'aube derrière les carreaux. Dans la salle de l'Auberge du Phénix, il ne restait qu'une table occupée. Quatre hommes étaient assis là. L'un d'eux ronflait bruyamment, la tête dans une flaque de bière éventée. Les autres jouaient aux cartes. Deux avaient les yeux rouges de fatigue. Le dernier examinait sa main en parlant sans fin.

— Et puis, il y a eu la fois où j'ai sauvé la vie de Rallick Nom au fond de la rue des Veilles. Quatre, non, cinq infâmes truands avaient coincé le gamin contre un mur. Il tenait à peine debout, notre Rallick, pissant le sang. Cette échauffourée ne pouvait plus durer bien longtemps. Alors, moi, le vieux Kruppe, je saute sur ces six assassins par-derrière, avec des flammes dansant au bout des doigts – un sortilège d'une épouvantable violence ! Je prononce la formule magique d'une seule traite et hop ! Six petits tas de cendres aux pieds de Rallick. Six petits tas de cendres, avec au centre le contenu brillant de six porte-monnaie. Ah, voilà une digne récompense !

Murillio pencha sa longue silhouette élégante vers Crokus Jeunemain.

— Est-ce possible ? chuchota-t-il. Est-ce possible qu'un tour dure aussi longtemps que celui de Kruppe ?

Crokus adressa à son ami un sourire las.

— Franchement, ça m'est égal. Ici, je suis en sécurité. Le reste, je m'en moque.

— Une guerre d'assassins, balivernes ! s'exclama Kruppe en se renversant sur sa chaise pour s'éponger le front avec un vieux mouchoir de soie.

— Kruppe demeure totalement sceptique. Dis-moi, n'as-tu point vu Rallick ici tout à l'heure ? Le bougre a même eu une longue conversation avec Murillio, ici présent. N'était-il pas aussi calme qu'à l'accoutumée ?

Murillio fit la grimace.

— Nom est comme ça chaque fois qu'il vient de

tuer quelqu'un. Sapristi, abats une carte ! J'ai des rendez-vous tôt dans la matinée.

— Au fait, de quoi Rallick t'a-t-il parlé ? demanda Crokus.

Murillio se borna à hausser les épaules, foudroyant toujours Kruppe du regard.

Les minces sourcils du petit homme s'arquèrent.

— Serait-ce le tour de Kruppe ?

Crokus ferma les yeux et s'affala sur sa chaise en gémissant.

— J'ai vu trois assassins sur les toits, Kruppe. Et les deux qui ont tué le troisième m'ont poursuivi, alors qu'il est évident que je ne suis pas un assassin.

— Ma foi, dit Murillio en lorgnant les vêtements déchirés du jeune voleur et les égratignures de son visage et de ses mains, je suis enclin à te croire.

— Fous ! Kruppe est assis à une table de fous. Et Coll ici présent, ajouta-t-il en jetant un coup d'œil au ronfleur, est le pire de tous. Avec le grand malheur d'en être conscient. D'où son état actuel, dont on pourrait tirer bien des vérités blasphématoires. Des rendez-vous, Murillio ? Kruppe ne pensait pas que les gentes dames de cette ville se levaient de si bonne heure. Mais malgré tout, que risqueraient-elles de voir dans leurs miroirs ? Kruppe frémit à cette idée.

Crokus massa un bleu sous ses longs cheveux noirs. Il tressaillit de douleur, avant de se pencher en avant.

— Allons, Kruppe, maugréa-t-il. Joue.

— C'est à moi ?

— Apparemment, le degré de conscience de Kruppe ne va pas jusqu'à lui dire quand c'est à lui de jouer, commenta sarcastiquement Murillio.

Des bruits de bottes retentirent dans l'escalier. Les trois joueurs se retournèrent : Rallick Nom descendait du premier étage. Le grand gaillard au teint basané semblait reposé. Il portait sa cape de jour, d'une pourpre princière, au col fermé par une broche d'argent en forme de coquillage. Ses cheveux noirs avaient été tressés et encadraient un visage allongé et rasé de frais. Il s'avança jusqu'à la table et empoigna la tignasse clairsemée de Coll. Lui soulevant la tête de sa flaque de bière, il se pencha pour étudier sa face marbrée. Il laissa ensuite retomber doucement la tête du dormeur sur la table et prit une chaise.

— C'est la même partie que la nuit dernière ?

— Et comment ! s'exclama Kruppe. Kruppe a acculé ces deux jouvenceaux, désormais en grand danger de perdre leur chemise ! Content de te revoir, mon cher ami. Ce garçon-là ne cesse de parler de meurtres, poursuivit-il en désignant Crokus d'une main molle aux doigts agiles. Un vrai déluge de sang ! As-tu jamais entendu de telles âneries, Rallick, cher ami de Kruppe ?

L'assassin haussa les épaules.

— Une rumeur de plus. Cette ville a été bâtie sur des rumeurs.

Crokus se renfrogna. Personne ne paraissait disposé à répondre à ses questions ce matin. N'empêche. Il se demanda de nouveau de quoi Rallick et Murillio avaient bien pu discuter quelques heures plus tôt, dans un coin de la salle. Penchés autour d'une table mal éclairée, on aurait dit deux conspirateurs. Les complots n'étaient pas rares entre eux mais, la plupart du temps, Kruppe était au centre de l'affaire.

— Sulty ! cria Murillio en se retournant vers le bar. Tu dors ?

Un grognement leur parvint de derrière le comptoir en bois. Sulty, les cheveux en bataille, exhiba sa face rebondie gonflée par le sommeil.

— Ouais… quoi ? marmonna-t-elle.

— Un petit-déjeuner pour mes amis ici présents, je te prie.

Murillio se leva et jeta sur sa tenue un regard critique, visiblement désapprobateur. Sa douce et ample chemise d'un vert éclatant pendouillait lamentablement sur sa carcasse dégingandée, chiffonnée et maculée de bière, et sa belle culotte de peau tannée était toute déformée.

Il s'écarta de la table dans un soupir.

— Je dois aller prendre un bain et me changer. Je capitule, consumé par le désespoir. Kruppe, j'en ai acquis la conviction, ne jouera jamais sa carte, nous laissant ainsi piégés – potentiellement pour l'éternité – dans l'improbable univers de ses souvenirs. Bonne fin de soirée à tous, autant que vous êtes.

Il croisa le regard de Rallick et hocha imperceptiblement la tête.

Cet échange n'échappa pas à Crokus, de plus en plus maussade. Il regarda Murillio s'éloigner, avant de jeter un coup d'œil à Rallick. L'assassin observait Coll avec une expression aussi indéchiffrable que d'ordinaire.

Sulty avait disparu dans la cuisine. Bientôt, un bruit d'ustensiles qui s'entrechoquaient résonna dans la salle. Crokus jeta ses cartes au milieu de la table et se renversa sur sa chaise avant de fermer les yeux.

— Notre jeune ami capitule-t-il également ? s'enquit Kruppe.

Crokus fit signe que oui.

— Ah ! Kruppe reste invaincu.

Reposant ses cartes, le petit homme attacha une serviette à son large cou.

Une foule de soupçons se bousculaient dans la tête du voleur. D'abord la guerre d'assassins, et maintenant Rallick et Murillio. Soupirant intérieurement, il rouvrit les yeux. Ses aventures nocturnes l'avaient laissé épuisé, mais il savait qu'il avait eu de la chance. Il regarda Coll sans le voir. L'image des grands assassins drapés de noir lui revint en tête et il frissonna. Malgré le danger, il avait ressenti un frisson d'excitation. Une fois dans l'auberge, après avoir englouti la bière que Sulty lui avait fourrée dans la main, il avait tremblé de tout son corps pendant une bonne heure.

Son regard se concentra sur Coll.

— Coll, Kruppe, Murillio et Rallick. Quelle étrange bande ! Un ivrogne, un mage obèse aux talents douteux, un minet maniéré et un tueur.

Mais ils étaient ses meilleurs amis. Ses parents avaient succombé à la Peste Ailée alors qu'il n'avait que quatre ans et son oncle Mammot l'avait élevé depuis. Le vieil érudit avait fait de son mieux, mais cela n'avait pas suffi. Crokus trouvait les rues sombres, les toits et les nuits sans lune infiniment plus passionnants que les livres moisis et poussiéreux de son oncle.

Cependant, il se sentait bien seul en cet instant. Kruppe ne quittait jamais son masque de bêtise feinte et béate, pas une seule seconde. Tout au long de ses années d'apprentissage auprès de ce replet individu, le voleur l'avait toujours vu se comporter ainsi. L'existence de Coll exigeait apparemment qu'il évite à tout prix de rester sobre, pour des raisons inconnues de Crokus, même si celui-ci soupçonnait que Coll avait été autrefois un personnage nettement plus important. Et voilà que Rallick et Murillio l'avaient exclu d'une nouvelle combine.

Une autre image s'insinua dans ses pensées. Le corps d'une jeune fille endormie, caressé par le clair de lune. Il secoua la tête avec colère.

Sulty leur apporta le petit-déjeuner : des croûtes de pain frites dans du beurre, un gros morceau de fromage de chèvre, une généreuse grappe de raisin et un pot de café fort de Béjaune.

Elle servit d'abord Crokus, qui grommela quelques remerciements.

L'impatience de Kruppe s'accrut lorsque Sulty servit Rallick.

— Quelle impertinence ! s'exclama-t-il en rajustant ses larges manches graisseuses. Kruppe a bien envie de lancer mille horribles sortilèges sur cette grossière Sulty.

— Kruppe ferait mieux de s'abstenir, dit Rallick.

— Oh, simple façon de parler ! rectifia aussitôt Kruppe, s'épongeant le front. Un sorcier de mon envergure ne s'abaisserait jamais à s'en prendre à une simple souillon.

Sulty fit volte-face.

— Une souillon ?

Elle saisit une croûte de pain dans l'assiette et la lui plaqua sur la tête :

— Vous en faites pas, ajouta-t-elle en regagnant le bar. Avec des cheveux comme ça, personne verra la différence.

Kruppe retira la croûte de son crâne et s'apprêtait à la jeter par terre quand il se ravisa, se léchant les lèvres avant de poser le pain dans son assiette.

— Kruppe est d'humeur magnanime, ce matin, déclara-t-il avec un large sourire.

Il noua ses doigts boudinés et s'inclina vers la table.

— Kruppe souhaiterait commencer son repas avec un peu de raisin, s'il vous plaît.

Chapitre 7

Je vois un homme
Tapi dans les flammes
Qui me laissent froid
que fait-il donc
Tapi avec insolence
Dans mon bûcher…

Épitaphe gadrobie
Anonyme

Le rêve de Kruppe le conduisit cette fois à travers la porte du Marais dans l'avenue du Sud, puis à gauche, sur la route de Cutter. Au-dessus de sa tête, des volutes argentées et vert pâle tourbillonnaient dans le ciel.

— Tout reste en devenir, ahana Kruppe, tandis que ses pieds l'emportaient le long de la route poussiéreuse. La Pièce se trouve désormais en la possession d'un enfant, même si l'enfant en question l'ignore. Kruppe est-il fait pour arpenter ce boulevard des Singes ? Heureusement que le corps replet de Kruppe incarne l'exemple même de la symétrie. Il ne suffit point de naître doué pour l'équilibre, encore faut-il l'apprendre grâce à un entraînement laborieux. Mais, bien sûr, Kruppe a ceci de remarquable qu'il lui est inutile de s'entraîner, jamais.

Dans les champs sur sa gauche, au centre d'un cercle d'arbrisseaux, un petit feu projetait une vague lueur rouge entre des branches couvertes de bourgeons. Les yeux perçants de Kruppe distinguèrent un personnage solitaire qui semblait tenir ses mains dans les flammes.

— Trop de pierres roulent sous le pied sur ce chemin parcouru d'ornières, reprit Kruppe, de plus en plus essoufflé. Kruppe essaierait bien la terre labourée, que la saison n'a pas encore couverte de verdure. À dire vrai, ce feu l'appelle.

Il quitta donc la route pour s'approcher des arbres.

Le petit homme passa entre deux minces troncs pour pénétrer dans la lumière et l'inconnu se tourna lentement vers lui. En dépit des flammes, son visage demeurait caché par l'ombre d'un capuchon et ses longs doigts sinueux, largement écartés, semblaient fort bien endurer la température, alors qu'ils étaient plongés au cœur du feu.

Kruppe esquissa une légère courbette.

— Je partagerais volontiers cette chaleur, si rare ces temps-ci, dans les rêves de Kruppe.

— Des étrangers les traversent, déclara l'autre d'une voix grêle, avec un accent étrange. Tel est mon cas. M'avez-vous donc convoqué ? Il y a longtemps que je n'avais foulé cette terre.

Kruppe haussa les sourcils.

— Convoqué ? Non pas. Kruppe est lui aussi une

victime de ses rêves. Après tout, songez qu'en ce moment même, Kruppe dort sous de chaudes couvertures, bien à l'abri dans son humble chambre. Et pourtant voyez, étranger, j'ai froid, non, je suis même gelé.

Avec un petit rire, l'autre lui fit signe d'approcher du feu.

— J'essaie de retrouver des sensations, expliqua-t-il. Mais mes mains sont mortes. Être adoré, c'est partager les souffrances de celui qui vous prie. Je crains que mes fidèles aient tous disparu.

Kruppe garda le silence. Il n'aimait pas l'atmosphère sinistre de ce rêve. Il avait beau tendre les mains vers le feu, il ne se réchauffait pas vraiment. Ses genoux lui faisaient mal. Il dévisagea par-dessus les flammes l'être encapuchonné assis en face de lui.

— Kruppe pense que vous êtes un Ancien Dieu. Avez-vous un nom ?

— On m'appelle K'rul.

Kruppe retint son souffle. Il avait deviné juste. L'idée qu'un Ancien Dieu erre dans ses rêves dispersa ses pensées comme une bande de lièvres affolés.

— Comment se fait-il que vous soyez là, K'rul ? s'enquit-il, d'une voix légèrement chevrotante.

L'endroit lui paraissait soudain beaucoup trop étouffant. Tirant son mouchoir, il s'épongea le front. K'rul réfléchit avant de répondre, et Kruppe nota l'incertitude dans sa voix.

— Du sang a été répandu derrière les murs de cette radieuse cité, Kruppe. Sur des pierres autrefois consacrées en mon nom. Ce… ceci est nouveau pour moi. J'ai régné sur les esprits de nombreux mortels qui me nourrissaient de sang et d'os brisés. Bien avant que les premières tours de pierre s'élèvent au gré de mortels caprices, j'ai marché parmi des chasseurs.

La capuche bascula et Kruppe sentit un regard immortel se poser sur lui.

— Du sang a été à nouveau répandu, mais cela ne suffira pas. Je crois être ici pour attendre quelqu'un d'autre, que l'on s'apprête à éveiller. Un autre que j'ai connu il y a bien longtemps.

Kruppe digéra péniblement cette information.

— Et qu'apportez-vous à Kruppe ?

L'Ancien Dieu se leva soudain.

— Un antique feu qui vous communiquera sa chaleur dans les moments difficiles. Mais vous ne m'êtes redevable de rien. Cherchez le T'lan Imass qui guidera la femme. Ce sont les Éveilleurs. Je dois me préparer à un combat, je crois. Un combat que je perdrai.

Kruppe écarquilla les yeux.

— On se sert de vous, dit-il dans un souffle.

— Possible. Dans ce cas, les Dieux Enfants ont commis une grave erreur. Après tout, je perdrai une bataille, mais je ne mourrai pas, poursuivit-il avec un soupçon d'ironie.

K'rul se détourna du feu et sa voix se retrouva assourdie :

— Continuez la partie, mortel. C'est sous la main d'un mortel que tombent tous les dieux. Telle est la seule fin à l'immortalité.

La mélancolie de l'Ancien Dieu n'échappa pas à Kruppe. Il devinait qu'une grande vérité venait de lui être révélée. Une vérité dont il pouvait désormais se servir.

— Et Kruppe s'en servira, murmura-t-il.

K'rul avait quitté le rond de lumière, il se dirigeait vers le nord-est à travers champs. Kruppe contempla le feu. Celui-ci léchait avidement le bois, mais sans produire de cendres. Même si personne ne l'avait alimenté depuis l'arrivée de Kruppe, il ne faiblissait pas. Le petit homme frissonna.

— Entre les mains d'un enfant, marmonna-t-il. Cette nuit, Kruppe est véritablement seul au monde. Tout seul.

*

Une heure avant l'aube, Briseur de Cercle fut relevé de sa garde.

Cette nuit-là, personne ne s'était donné rendez-vous sous la porte. Pendant qu'il descendait la tortueuse rue des Charmes d'Anis, dans le quartier des Épices, des éclairs zébraient le ciel au nord, entre les pics déchiquetés des monts Tahlyn. Le Front-de-Lac scintillait. Des navires marchands en provenance des lointaines Béjaune, Elingarth et Dépit-de-Kepler dévoilaient leurs carcasses sombres entre les jetées de pierre éclairées au gaz.

La brise fraîche du lac charriait une odeur de pluie Au zénith, les étoiles brillaient avec une clarté saisissante. Briseur de Cercle portait son tabard en bandoulière, replié dans une petite sacoche de cuir. Seule son épée courte battant à son côté trahissait sa condition de soldat, mais sans indiquer son appartenance.

Au fur et à mesure qu'il approchait de l'eau, ses

années de service paraissaient s'effacer de son esprit. Seuls les souvenirs de son enfance sur ces docks restaient clairs. Les étranges et fascinants vaisseaux qui oscillaient dans le port l'avaient toujours marqué, semblables à de vieux héros fatigués revenus d'une guerre contre les éléments déchaînés. À l'époque, il n'était pas rare de voir dans la baie les galères racées des Libres Corsaires, débordantes de butin. Elles venaient de ports aussi mystérieux que Filman Orras, Fort-par-Moitié, Fable-du-Mort et Exil, des noms synonymes d'aventure pour un gamin qui n'avait jamais vu sa ville natale de l'extérieur des remparts.

L'homme ralentit en arrivant au niveau de la digue. Les années qui le séparaient de ce gamin défilaient dans sa tête, formant une entêtante litanie d'images martiales, de plus en plus sinistres. S'il étudiait les nombreux carrefours qui avaient jalonné sa route, il voyait leurs cieux voilés par l'orage, leurs paysages accidentés meurtris par le vent. Les forces de l'âge et de l'expérience leur pesaient à présent et tous ses choix lui semblaient marqués par la fatalité et le désespoir.

Les jeunes sont-ils les seuls à connaître un tel découragement ? se demanda-t-il en allant s'asseoir sur la digue. Les eaux noires de la baie clapotaient devant lui. Six ou sept mètres en contrebas, le rivage parsemé de rochers était toujours noyé dans les ténèbres. Des tessons de verre et de vaisselle scintillaient ici et là, telles des étoiles.

Pivotant légèrement vers la droite, il suivit des yeux la pente du terrain jusqu'au sommet, dominé par la masse trapue de l'Hôtel de Majesté. *Ne jamais vouloir aller trop loin*. Une leçon de vie simple apprise bien des années plus tôt, sur le pont en feu d'un vaisseau corsaire éventré dérivant au large des fortifications d'une ville nommée Gueule Cassée. Un orgueil démesuré. C'était là le verdict des érudits au sujet de la flamboyante fin des Libres Corsaires.

Ne jamais vouloir aller trop loin. Son regard s'attarda sur l'Hôtel de Majesté. L'impasse engendrée par l'assassinat du conseiller Lim n'avait pas encore trouvé de solution. Sous le choc, le Conseil tournait en rond, gaspillant de précieuses heures en se livrant à des conjectures passionnées au lieu de se consacrer aux affaires de l'État. Depuis que sa victoire aux urnes lui avait été ravie à la dernière minute, Turban Orr lançait ses limiers à la recherche des espions qui avaient infiltré son entourage ; il en était convaincu. Le conseiller n'était pas un imbécile.

Un vol de mouettes grises se dirigea vers le lac, emplissant la nuit de ses cris. Briseur de Cercle prit une profonde inspiration. Les épaules voûtées, il s'arracha à la contemplation de la colline de Majesté.

Trop tard pour songer à ne pas aller trop loin. Son destin avait été scellé le jour où un agent de l'Anguille était venu le trouver. Certains auraient vu là une trahison, et peut-être était-ce bien le cas. Qui pouvait dire ce que l'Anguille avait en tête ? Même son principal agent – le contact de Briseur de Cercle – affirmait ignorer totalement les projets de son maître.

Ses pensées revinrent à Turban Orr. Un homme rusé, puissant. Face à Orr, l'anonymat représentait sa seule protection. Mais cela ne durerait plus très longtemps.

Assis sur la digue, il attendait l'agent de l'Anguille et s'apprêtait à lui remettre un message pour son maître. Que changerait donc cette missive ? N'était-ce pas une erreur de rechercher de l'aide, de menacer un peu plus son fragile anonymat – la solitude qui lui conférait tant de force intérieure et renforçait sa détermination ? Mais rivaliser d'astuce avec Turban Orr... Non, il ne pensait pas y arriver tout seul.

Il se trouvait à la croisée des chemins. Il était au moins sûr de cela, se dit-il en tirant un rouleau de son pourpoint. En proie à des craintes mal contenues, il avait rédigé un véritable appel à l'aide.

Capituler aurait pourtant été facile. Il soupesa le fragile parchemin, sensible à sa légèreté, à sa texture vaguement huileuse, au tressage rugueux de son cordon. Oui, facile. Et désespéré.

Il releva la tête. Le ciel avait commencé à pâlir et le vent s'était remis à souffler sur le lac. Il allait pleuvoir. Une pluie venue du nord, comme souvent à cette époque de l'année. Elle nettoierait la ville, rafraîchirait la brise chargée d'épices. Briseur de Cercle fit glisser le cordon et déroula le parchemin.

Si facile.

Avec des gestes mesurés, il déchira la missive, laissant ses morceaux s'envoler et s'éparpiller dans la pénombre des noires rives du lac. La houle les emporta, flocons de cendres pailletant la surface des flots.

Il crut alors entendre, tout au fond de son esprit, un son triste. Celui d'une pièce qui tournait.

Il quitta la jetée quelques minutes plus tard. Lors

de sa promenade matinale, l'agent de l'Anguille noterait au passage l'absence de son contact et poursuivrait simplement sa route.

Prenant la rue du Front-de-Lac, il s'éloigna du sommet de la colline de Majesté. Les premiers marchands de soie arrivaient, déployant leurs marchandises sur la large promenade pavée. Il reconnut la teinte lavande des rouleaux et coupons d'Illem, les jaunes pâles de Setta et de Lest – deux villes du sud-est dont il savait que l'Oracle de Pannion les avait annexées le mois dernier – et les lourds rouleaux éclatants de Sarrokalle. Un échantillon réduit ; tout commerce avec le Nord avait pris fin depuis la domination malazéenne.

Quittant le lac à l'entrée du Bois Parfumé, il se dirigea vers l'intérieur des terres. Quatre rues plus loin, sa chambre l'attendait au deuxième étage d'un immeuble délabré, silencieuse et grise dans l'aube naissante, sa mince porte voilée verrouillée à double tour. Dans cette pièce, il ne laissait la place à aucun souvenir, rien à même d'être repéré par un sorcier ou un chasseur d'espion à l'esprit vif. Dans cette pièce, il restait anonyme, y compris à ses propres yeux.

*

Dame Simtal faisait les cent pas. Ces dernières heures, elle avait dû dépenser une quantité bien trop importante de son or durement gagné pour calmer les vagues. L'épouse de Lim, cette garce, n'avait pas laissé le chagrin étouffer sa cupidité. *Deux petits jours de deuil, pas plus !* Elle l'avait retrouvée dans les tribunaux, au bras de ce bellâtre de Murillio, à se rengorger comme une grue.

Ses sourcils dessinés avec soin se froncèrent légèrement. Murillio. Ce jeune homme savait attirer l'attention. Tout bien réfléchi, peut-être méritait-il que l'on sollicite sa compagnie.

Interrompant ses allées et venues, elle se tourna vers l'homme vautré sur son matelas.

— Tu n'as donc rien appris.

Une pointe de mépris s'était glissée dans sa voix. Elle se demanda aussitôt s'il l'avait perçue.

Les yeux dissimulés par un avant-bras couturé de cicatrices, le conseiller Turban Orr répondit sans esquisser le moindre geste.

— Je te l'ai déjà dit, il n'y a pas moyen de savoir d'où sortait ce carreau empoisonné. Fichtre ! Empoisonné. Quel assassin se sert encore de poison de nos jours ? Vorcan les a tellement bardés de magie que tout le reste est devenu désuet.

— Là n'est pas la question, répliqua Dame Simtal, rassérénée ; la véritable nature de ses sentiments avait de toute évidence échappée au conseiller.

— Comme je te l'ai expliqué, Lim était impliqué dans plus d'une affaire, disons… délicate. Son assassinat n'a probablement aucun rapport avec toi. Ç'aurait pu tomber sur le balcon de n'importe qui. Le hasard a voulu que ce soit le tien.

Dame Simtal croisa les bras.

— Turban, je ne crois pas aux coïncidences. Est-ce une coïncidence si sa mort t'a privé de la majorité quelques heures à peine avant le vote ?

La joue droite du conseiller se contracta un instant

et Simtal sut qu'elle avait fait mouche. Elle s'assit sur le lit en souriant, pour caresser d'une main la cuisse nue de son amant.

— Quoi qu'il en soit, as-tu vérifié ce qu'il mijotait dernièrement ?

— Qui donc ?

Elle se renfrogna et retira brusquement sa main avant de se relever.

— Mon cher dépossédé, espèce d'idiot.

Orr esquissa un rictus hautain.

— Je garde toujours un œil sur lui pour toi, ma chère. Rien n'a changé à ce niveau. Il n'a pas dessoûlé depuis que tu l'as fichu dehors.

Le conseiller s'assit sur le matelas et récupéra ses vêtements accrochés à l'un des montants du lit.

Dame Simtal se retourna vers lui.

— Qu'est-ce que tu fabriques ? s'enquit-elle d'une voix stridente.

— À ton avis ? rétorqua Orr en enfilant ses hauts-de-chausses. Le débat fait rage à l'Hôtel de Majesté. Ma présence est requise.

— Pour quoi faire ? Plier un nouveau conseiller à ta volonté ?

Souriant toujours, Orr enfila sa chemise de soie.

— Entre autres choses.

— Oh, mais bien sûr ! s'exclama Dame Simtal en levant les yeux au ciel. L'espion. Je l'avais oublié, celui-là.

— Personnellement, reprit Orr, je suis convaincu que la proclamation de neutralité passera. Demain peut-être. Ou après-demain.

Dame Simtal ricana.

— Neutralité ? Ma parole, tu vas finir par croire ta propre propagande. La seule chose que tu veux, c'est le pouvoir. Le pouvoir absolu que procure le titre de Haut Poing malazéen. Tu t'imagines que cette proclamation t'ouvrira les bras de l'Impératrice. Au détriment de cette ville, mais ça, tu t'en moques bien !

Le conseiller lui rit au nez.

— Ne te mêle donc pas de politique, femme. La chute de Darujhistan est inévitable. Quitte à subir une occupation, autant qu'elle soit pacifique et non brutale.

— Pacifique ? Ignores-tu ce qui est arrivé à la noblesse de Pale ? Les corbeaux en ont eu pour des jours à se régaler de chair tendre ! Cet empire-là s'abreuve de sang noble.

— Ce qui s'est passé à Pale n'était pas aussi simple, répliqua Orr. Il y avait un règlement de comptes moranth dans l'affaire – une clause du texte de l'alliance. Ce genre de massacre n'aura pas lieu ici. Et quand bien même, il pourrait nous servir, que je sache.

Il sourit de nouveau.

— Ne compte pas me faire croire que ton cœur saigne aux malheurs de la ville ! Tu ne t'intéresses qu'à toi, Simtal. Garde tes tirades de vertueuse citoyenne pour tes admirateurs, conclut-il en ajustant ses jambières.

Se rapprochant du montant de lit, Dame Simtal caressa le pommeau d'argent de l'épée du conseiller.

— Tu devrais le tuer, murmura-t-elle. Qu'on en finisse.

— Encore ? s'esclaffa Orr.

Il se leva.

— Tu réfléchis comme une gamine capricieuse.

Il récupéra son épée.

— Je n'en reviens pas que tu aies réussi à arracher quoi que ce soit à ton crétin de mari. Côté finesse, vous étiez vraiment bien assortis.

— Il n'est rien de plus facile à briser que le cœur d'un homme, rétorqua Dame Simtal, souriant intérieurement.

Elle s'allongea sur le lit et se cambra avant d'étirer les bras.

— Et Sangdelune ? La forteresse est toujours là.

Le conseiller baissa la tête et parcourut des yeux le corps de sa maîtresse.

— Nous n'avons pas encore trouvé comment y envoyer un message, répondit-il distraitement. Des délégués attendent sous une tente dans l'ombre de la lune, mais son mystérieux seigneur nous ignore.

— Peut-être est-il mort, suggéra Dame Simtal en relâchant ses muscles. Peut-être la Lune reste-t-elle là parce qu'il n'y a plus âme qui vive à l'intérieur. L'avez-vous envisagé, cher conseiller ?

Turban Orr se dirigea vers la porte.

— Nous y avons pensé. Je te vois ce soir ?

— Je veux qu'il meure.

Le conseiller posa une main sur le loquet.

— On verra. Je te retrouve ce soir ?

— On verra.

Orr resta immobile quelques instants, avant de quitter la pièce. Étendue sur son lit, Dame Simtal soupira. Ses pensées se tournèrent ensuite vers un certain minet, dont elle aurait fort goûté la perspective de le chaparder à une certaine veuve.

*

Murillio but une petite gorgée de vin aux épices, et la brûlure de l'alcool sur ses lèvres lui arracha une grimace.

— Les détails restent flous, dit-il.

Dans la rue, une voiture parée de couleurs vives passait bruyamment, tirée par trois chevaux blancs harnachés de noir. L'homme cramponné aux rênes était vêtu d'une robe noire et d'une cagoule. Les chevaux, oreilles rabattues et yeux exorbités, secouaient la tête, mais les larges mains aux veines saillantes du conducteur restaient de fer. Des femmes d'âge mûr marchaient de chaque côté de la voiture, avec des coupelles de bronze posées sur leurs crânes rasés, émettant des volutes de fumée odorante.

Murillio s'accouda à la balustrade pour observer le cortège.

— On trimbale cette garce de Fanderay, commenta-t-il. Voilà des rituels bien sinistres, si vous voulez mon avis.

Il se rassit dans son fauteuil et sourit à sa compagne en levant son verre :

— La déesse Louve de l'Hiver se meurt comme tous les ans, sur un tapis immaculé, s'il vous plaît. Et dans une semaine, la Fête de Gedderone emplira les rues de fleurs, qui s'empresseront d'aller encombrer les caniveaux et d'obstruer les égouts de toute la ville.

La jeune femme assise en face de lui sourit, les yeux

rivés à sa propre coupe de vin, qu'elle tenait à deux mains comme une offrande.

— À quels détails faisiez-vous allusion ? s'enquit-elle en lui jetant un bref regard.

— Des détails ?

Elle esquissa un nouveau sourire.

— Ceux qui sont flous.

— Oh !

Murillio agita une main gantée avec mépris :

— Selon Dame Simtal, le conseiller Lim était venu la remercier personnellement de son invitation officielle.

— Son invitation ? Pour la réception qu'elle organise pour la Nuit de Gedderone, vous voulez dire ?

Murillio battit des cils.

— Bien entendu. Votre Maison a été invitée, j'imagine ?

— Certes. Pas vous ?

— Hélas, non, répliqua-t-il avec un sourire.

La jeune femme se tut, baissant les paupières d'un air songeur.

Murillio reporta son attention sur la rue. Il attendait. Il était impossible de brusquer ce genre de choses et lui-même n'aurait su naviguer dans les méandres de la pensée d'une femme, surtout en matière de galanteries. Et il s'agissait à n'en pas douter d'obtenir des faveurs, sa spécialité ; il parvenait toujours à ses fins. La clé était de ne jamais les décevoir. Le secret le mieux gardé est celui que le temps ne gâte pas.

Presque toutes les tables du balcon étaient désertes. Les nobles clients de l'établissement privilégiaient l'atmosphère feutrée de la salle intérieure. Murillio se sentait quant à lui plus à l'aise au cœur du bourdonnement animé de la ville, et il savait que c'était aussi le cas de son invitée. Avec tout ce bruit, il y avait peu de risques que l'on surprenne leur conversation.

Observant la rue Morul des Joyaux d'un œil distrait, Murillio se figea, les yeux écarquillés. Il venait d'apercevoir un homme posté sous un porche sur le trottoir d'en face. Il se décala sur son siège et passa le bras gauche par-dessus la balustrade de pierre, hors de vue de la jeune femme, pour agiter la main en foudroyant l'homme du regard.

Le sourire de Rallick Nom s'élargit. Quittant le porche, l'assassin remonta la rue d'un pas faussement distrait, avant de s'arrêter pour inspecter un assortiment de perles devant une boutique, sur une table d'ébène. Le propriétaire esquissa un pas nerveux vers lui, avant de se détendre en le voyant s'éloigner.

Avec un soupir, Murillio se rassit et but une autre gorgée de liqueur. *L'imbécile !* Le visage de Nom, ses mains, sa démarche, ses yeux, tout chez lui trahissait son rôle : tueur. Même sa garde-robe possédait la chaleur et la gaieté d'une tenue de bourreau.

Oui, la subtilité n'était pas le point fort de Rallick, loin de là. Il était donc assez étrange d'imaginer que son cerveau ait pu concevoir une machination aussi complexe. Malgré tout, peu importait son origine, c'était du génie à l'état brut.

La jeune femme reprit enfin la parole.

— Vous serait-il agréable d'assister à cette réception, Murillio ?

Il lui adressa son plus chaleureux sourire, puis détourna son regard.

— La demeure est vaste, si je ne m'abuse ?

— Celle de Dame Simtal ? Absolument. Truffée de chambres.

La jeune femme trempa un doigt fin dans le liquide épicé, le portant à ses lèvres. Après un temps de réflexion, elle le glissa dans sa bouche, sans quitter des yeux la coupe qu'elle tenait de l'autre main.

— Je présume que la plupart des appartements des domestiques resteront vides la plus grande partie de la nuit, même s'ils sont dépourvus du luxe le plus élémentaire.

Murillio n'avait pas besoin d'une invitation plus limpide. Le plan tout entier de Rallick tournait autour des conséquences de cet instant. L'adultère comportait néanmoins un inconvénient : Murillio n'avait aucune envie d'affronter le mari de cette dame en duel. Il écarta cette pensée déplaisante d'une nouvelle gorgée de vin.

— J'adorerais assister à cette fête, déclara-t-il en regardant la jeune femme droit dans les yeux, mais à une condition. Que vous m'honoriez de votre présence ce soir-là. Pendant une heure ou deux, s'entend…

Il plissa le front, soucieux :

— Je m'en voudrais d'empiéter sur les droits de votre mari.

Ce qui était pourtant exactement son intention, comme tous les deux le savaient pertinemment.

— Bien sûr, répliqua la jeune femme, minaudant soudain. Ce serait grossier. Combien d'invitations vous faut-il ?

— Deux. Il vaut mieux que l'on me voie avec un ami.

— C'est préférable, oui.

Murillio jeta un coup d'œil attristé à sa coupe désormais vide et soupira.

— Las ! Il me faut déjà vous faire mes adieux.

— J'admire votre maîtrise.

Tu l'admireras moins pendant la Nuit de Gedderone, répliqua silencieusement Murillio tout en se levant.

— La Dame du Hasard m'a accordé une grande grâce en favorisant notre rencontre, déclara-t-il en s'inclinant bien bas. À très bientôt, Dame Orr.

— À très bientôt, répondit la femme du conseiller, semblant déjà se désintéresser de lui.

Murillio s'inclina une fois de plus, avant de partir. Il traversa la salle à manger bondée, sous les regards de nobles dames aux paupières mi-closes.

*

La rue Morul des Joyaux se terminait au niveau de la porte de la Faucille.

En franchissant ce passage entre les pierres massives du troisième rempart, Rallick sentit le regard stupéfait des deux gardes postés près de la rampe. Ocelot lui avait dit de se faire repérer et, même si Murillio pensait que seul un aveugle aurait pu le prendre pour autre chose qu'un tueur, Rallick s'était donné du mal pour en rajouter.

Les gardes ne firent rien, bien sûr. Avoir l'air d'un meurtrier ne revenait pas à en être un. Les lois municipales étaient strictes à ce sujet. Rallick savait qu'on risquait de le suivre dans les rues opulentes du Haut District, mais il ne se fatiguerait pas à les semer. La noblesse de Darujhistan dépensait une fortune pour lâcher, jour après jour, des espions dans les rues. Autant que ces gars-là méritent leur paie.

Rallick n'avait aucune sympathie à leur égard. Il ne partageait toutefois pas la haine du commun des mortels à l'égard des nobles. Malgré tout, leurs grands airs, leurs honneurs ombrageux et leurs interminables querelles contribuaient à la bonne marche des affaires.

Mais avec l'Empire Malazéen, tout cela risquait de prendre fin. Dans l'Empire, les guildes d'assassins étaient illégales et les professionnels les plus doués se retrouvaient enrôlés en secret dans les rangs de la Griffe. Quant à ceux qui n'en étaient pas jugés dignes, ils disparaissaient, tout simplement. Les nobles n'étaient pas vraiment mieux logés, si les rumeurs venues de Pale disaient vrai. Avec l'Empire, le monde serait différent, et Rallick n'était pas sûr de souhaiter en faire partie.

Il lui restait toutefois deux ou trois choses à accomplir avant. Il se demanda si Murillio avait réussi à obtenir les invitations. Leur plan reposait là-dessus. Ils en avaient longuement discuté la nuit passée. Murillio préférait les veuves, l'adultère n'avait jamais été son style. Devant l'insistance de Rallick, il avait tout de même fini par céder.

L'assassin s'étonnait encore des réticences de son ami. Il avait d'abord pensé que Murillio craignait l'éventualité d'un duel avec Turban Orr. Mais Murillio n'était pas le moins doué rapière en main.

Rallick s'était suffisamment entraîné avec lui dans des lieux retirés pour le soupçonner d'être un Initié. Et Turban Orr lui-même ne pouvait prétendre à ce statut.

Ce n'était toutefois pas la peur qui inspirait à Murillio de la répugnance à ce sujet. Rallick s'était peu à peu rendu compte qu'il y avait une question morale en jeu. Il avait ainsi découvert une facette inédite de Murillio.

Il réfléchissait toujours à ces implications quand son regard découvrit un visage bien connu au cœur de la foule. Il s'arrêta pour examiner les bâtiments alentour et ses yeux s'écarquillèrent en prenant conscience de sa destination vagabonde. Reportant son attention sur la silhouette familière qui réapparaissait de temps en temps de l'autre côté de la rue, l'assassin, préoccupé, plissa les yeux.

*

Sous le ciel bleu-argent de ce milieu de matinée, Crokus cheminait dans la rue du Front-de-Lac, cerné par le chahut des marchands et de leurs clients. Une dizaine de rues plus loin, derrière le troisième rempart, on pouvait distinguer les collines de la ville. Le beffroi de K'rul se dressait sur celle qui se trouvait le plus à l'ouest et ses écailles de bronze mouchetées de vert étincelaient sous le soleil.

Dans l'esprit du jeune voleur, cette vieille tour, qui dominait les jardins et bâtiments blottis sur les collines inférieures, défiait la brillante façade de l'Hôtel de Majesté. Avec ses yeux chassieux et ses traits marqués par l'histoire, elle contrastait radicalement avec l'éclat triomphant du bâtiment.

Crokus partageait en partie les réserves sardoniques de son oncle Mammot au sujet de l'Hôtel de Majesté car ses opinions avaient déteint sur lui au fil du temps. Il fallait ajouter à cela une bonne dose de ressentiment juvénile à l'égard de toute figure d'autorité. Même s'il n'y songeait que rarement, il s'agissait des principaux mobiles de ses activités illicites. Mais jusqu'ici, il n'avait encore jamais pris conscience de l'affront le plus blessant né de ses cambriolages : l'invasion et la violation de la vie privée. Dans ses rêveries, l'image de la jeune fille endormie sous la moustiquaire lui revenait sans cesse.

Il avait fini par comprendre que cette vision résumait tout. Il s'était introduit dans la chambre de cette fille, là où les fils de nobles qui rampaient à ses pieds n'avaient jamais mis un orteil, où elle parlait peut-être aux poupées de son enfance, de cet âge où le mot « innocence » ne se bornait pas à désigner une fleur attendant d'être cueillie. Et Crokus avait pillé ce sanctuaire, dérobant à son occupante le plus précieux de ses biens : son intimité.

Peu importe qu'elle fût la fille des D'Arle, issue d'un sang que n'avait pas touché la Dame des Mendiants. Peu importe que sa vie soit destinée à s'écouler à l'abri des souillures du monde réel. Peu importe. Pour Crokus, le crime qu'il avait commis envers elle équivalait à un viol. Avoir bouleversé son univers de façon aussi impudique…

S'accablant d'amers reproches, le jeune voleur se

fraya un chemin à travers la foule pour emprunter la rue des Charmes d'Anis.

Dans sa tête, la citadelle naguère inébranlable de son bon droit s'effritait. La noblesse haïe lui avait montré un visage dont la beauté le hantait, l'entraînant dans mille directions inattendues. Les douces senteurs des magasins d'épices, qui flottaient comme un parfum dans la brise tiède, lui avaient noué la gorge d'une émotion inexplicable et indicible. Et les cris des enfants darus jouant dans les ruelles lui inspiraient des divagations sentimentales.

Il traversa la porte de la Girofle et s'engagea dans le passage d'Osserc. La rampe d'accès aux Hautes Demeures s'élevait devant lui. En approchant, il dut se ranger contre un mur pour éviter un grand attelage qui arrivait dans son dos. Il n'eut pas besoin d'examiner les armoiries qui ornaient le véhicule pour en reconnaître le propriétaire. Les chevaux ruaient et tentaient de mordre, fonçant sans se soucier de rien ni de personne. Crokus s'arrêta pour regarder la voiture monter la rampe à grand fracas, écartant le moindre passant. D'après ce qu'il avait entendu dire au sujet du duelliste et conseiller Turban Orr, ces chevaux-là reflétaient à merveille le mépris de leur maître pour celles et ceux que celui-ci était censé servir.

La voiture avait déjà franchi le portail de la demeure des Orr quand Crokus arriva à sa hauteur. Quatre solides gardes avaient repris position des deux côtés de l'entrée, tournant le dos à un mur haut de près de cinq mètres, surmonté de morceaux de fer rouillés plantés dans de l'argile durcie au soleil. Des torches de pierre ponce s'alignaient tous les trois mètres le long du mur. Feignant d'ignorer les gardes, Crokus passa devant la grille. À sa base, la maçonnerie formée de classiques briques grossières d'un pied carré semblait faire un bon mètre vingt d'épaisseur. Le jeune voleur continua à longer le mur, puis tourna à droite pour inspecter la partie de l'enceinte bordant la ruelle transversale. Une unique porte de service en chêne goudronné renforcé de bronze se dressait au coin.

Aucun garde en vue. Les ombres de la propriété voisine recouvraient d'une lourde chape l'étroit passage. Crokus s'enfonça dans ces ténèbres humides qui sentaient le moisi. Il avait parcouru la moitié du chemin quand une main le bâillonna par-derrière. Il sentit la pointe acérée d'une dague qui se pressait contre son flanc et se figea. Son agresseur lui fit pivoter la tête et le jeune voleur se retrouva nez à nez avec un visage connu.

Rallick Nom écarta sa dague et recula, sourcils froncés. Bouche bée, Crokus le regarda et s'humecta les lèvres.

— Par le cœur de Beru, Rallick ! Tu m'as fichu une sacrée trouille !

— Tant mieux, répliqua l'assassin. Et maintenant, écoute-moi bien, Crokus. Ne t'avise pas d'essayer d'entrer chez Orr. Ne t'approche plus de cette propriété.

Crokus haussa les épaules.

— C'était juste une idée, Nom.

— Oublie-la.

Le voleur pinça les lèvres et hocha la tête.

— Bon, d'accord.

Il repartit ensuite vers l'étroite bande de lumière qui indiquait la rue suivante et sentit sur lui le regard de Rallick jusqu'à ce qu'il débouche dans l'allée du Traître.

La colline du Haut Gibet s'élevait à sa gauche. Ses parterres somptueusement fleuris encadraient les cinquante-trois Marches Tortueuses, dans un véritable concert de couleurs. Au-dessus de la plate-forme, les cinq nœuds coulants oscillaient dans le vent et leurs ombres dans la pente venaient lécher les pavés de la rue. La pendaison du dernier Haut Criminel remontait à fort longtemps, mais dans le district gadrobi, on remplaçait chaque semaine les cordes trop usées du Bas Gibet. Un singulier contraste, emblématique des tensions du moment.

Crokus secoua la tête. Chasser les questions qui le tourmentaient lui demandait trop d'effort. Rallick l'avait-il suivi ? Non. L'assassin se livrait plus vraisemblablement à des repérages en vue de tuer Orr ou quelqu'un appartenant à sa maisonnée. Un contrat fort audacieux ! Qui pouvait bien avoir eu le cran de le proposer ? Un autre noble, à coup sûr. Mais le courage d'offrir un tel contrat n'était rien à côté de celui qu'il avait fallu à Rallick pour l'accepter.

En tout cas, la mise en garde de l'assassin suffit à lui ôter toute envie de cambriolage chez Orr – dans l'immédiat du moins. Reprenant sa route, Crokus fourra ses mains dans ses poches. Perdu dans un dédale de réflexions aux allures de cul-de-sac, il fronça les sourcils. Au fond de sa poche droite, sa main venait de se refermer sur une pièce.

Oui, c'était bien la pièce qu'il avait ramassée la nuit des assassinats. Il se remémora son inexplicable apparition sonore à ses pieds, juste avant que le trait d'arbalète du tueur le manque. Cette fois, dans la lumière limpide du matin, il prit le temps de l'examiner. Elle était ornée du profil d'un homme jeune à la mine amusée, coiffé d'un couvre-chef en tissu. De minuscules caractères semblables à des runes couraient autour de l'effigie – une écriture que Crokus ne reconnut pas, bien différente de la cursive daru qui lui était familière.

Il retourna la pièce. Étrange ! Un autre profil, féminin celui-là, tourné de l'autre côté. Les caractères gravés étaient là d'un autre genre : une sorte de hachurage, incliné vers la gauche. La femme avait l'air jeune et ressemblait beaucoup à l'homme, mais son expression, loin d'être amusée, lui parut froide et inflexible.

Le métal était vieux, veiné par endroits de cuivre brut et piqueté d'étain grossier près des visages. La pièce pesait étonnamment lourd, même si sa seule valeur résidait sans doute dans son caractère unique. Crokus avait déjà vu des monnaies de Béjaune, Genabaris, Amat-El et même, une fois, les barres striées des Segulehs, mais aucune ne ressemblait à celle-là.

D'où était-elle tombée ? Ses vêtements l'avaient-ils accrochée quelque part, ou lui avait-il donné un coup de pied en traversant le toit ? À moins qu'elle n'ait fait partie du trésor de la fille D'Arle ? Le voleur haussa les épaules. En tout cas, elle était arrivée à point nommé.

Ses pas l'avaient conduit à la porte Est.

Juste derrière les remparts, le long de la route dite du Tracas de Jatem, se regroupait une poignée de constructions affaissées connues sous le nom de Tracasville, destination du jeune voleur. La porte restait ouverte pendant la journée et une lente procession de charrettes à légumes encombrait le passage étroit. En se glissant sur le côté, Crokus découvrit parmi elles les premières vagues de réfugiés de Pale : tous ceux qui, ayant réussi à se faufiler entre les lignes des assiégeants durant la bataille, avaient traversé le sud de la plaine rhivie, puis les collines gadrobies, pour échouer ici. Un vif désespoir se lisait sur leurs visages, émoussé toutefois par l'épuisement. Ces gens jetaient un coup d'œil désabusé aux fragiles défenses de la ville, comprenant que leur fuite ne leur avait offert qu'un sursis, mais trop exténués pour s'en soucier réellement.

Troublé par cette vision, Crokus franchit la porte à la hâte, puis s'avança vers la plus grande bâtisse de Tracasville : une taverne de bois biscornue. Une planche ornée d'un bélier à trois pattes peint des décennies plus tôt pendait au-dessus de sa porte. Dans l'esprit du jeune voleur, cette œuvre n'avait guère de rapport avec le nom de la taverne, *Aux larmes du sanglier*. La pièce toujours à la main, il entra et marqua un temps d'arrêt.

Quelques visages dispersés pivotèrent brièvement pour l'observer avant de retourner à leurs chopines. À une table du fond, dans un recoin sombre, il aperçut un personnage familier qui, mains levées au-dessus de la tête, gesticulait follement. Crokus s'avança, sourire en coin.

— Et c'est alors que Kruppe, d'un mouvement si prompt qu'il échappa à tout le monde, rafla la couronne et le sceptre du roi sur son sarcophage. Trop de prêtres dans cette tombe, songea alors Kruppe. Un de moins serait un soulagement pour tous, ou cet air renfermé risque de faire défaut au roi disparu et d'éveiller ainsi son spectre. Bien des fois déjà Kruppe, dans quelque profond trou de D'rek, avait eu à braver la colère d'un revenant récitant la liste des crimes de son existence tout en déplorant l'obligation de dévorer son âme ! Ah, ah ! Kruppe fut toujours trop insaisissable pour ces divers esprits au bavardage bancal…

Crokus posa une main sur l'épaule moite du mage, qui tourna vers lui un visage luisant.

— Ah ! s'exclama Kruppe en faisant signe à son unique compagnon de table. Un ancien élève venu me rendre un hommage mérité ! Crokus, assieds-toi donc, mon garçon. Jeune fille ! Encore un peu de votre meilleur vin, fissa !

Crokus lorgna le vis-à-vis de Kruppe.

— Désolé de vous interrompre, dit-il. Vous aviez peut-être à faire ?

L'inconnu se leva d'un bond, le visage illuminé d'espoir.

— Pas du tout ! assura-t-il, son regard passant du mage au jeune voleur. Restez, je vous en prie. De toute manière, je devais partir. Bien le bonjour à vous, Kruppe. À la prochaine, ajouta-t-il en s'éclipsant avec un petit salut.

— Que de précipitation, marmonna Kruppe en s'emparant du gobelet de vin abandonné. Regarde !

ajouta-t-il gravement à l'intention de Crokus. Il en reste près des deux tiers. Quel gâchis potentiel !

Il vida le godet d'un trait, avant de pousser un soupir d'aise :

— Dessembrae soit loué, voilà ledit gâchis déjoué.

Le jeune homme s'assit.

— C'était ton revendeur ?

— Ciel, non ! s'exclama le mage en agitant une main. Un pauvre réfugié de Pale errant, égaré. Par bonheur, il a croisé Kruppe, dont les remarquables lumières l'ont…

— Envoyé droit dehors, enchaîna Crokus en riant.

Kruppe se rembrunit, puis la servante leur apporta dans un cruchon de terre un vin à l'odeur aigrelette.

Le mage emplit de nouveau les gobelets.

— Et maintenant, s'interrogea Kruppe, que peut bien chercher auprès de son ex-maître ès tous les arts scélérats un garçon aussi habilement formé ? Viendrais-tu, riche d'un nouveau triomphe, avec un butin par-devers toi, en quête d'un circuit de distribution adéquat ?

— Euh, oui… non, enfin, pas vraiment.

Crokus jeta un coup d'œil autour d'eux, avant de se pencher sur la table :

— C'est au sujet de la dernière fois, dit-il à voix basse. Je savais que tu serais ici pour écouler la marchandise.

Le mage se pencha également.

— L'acquisition D'Arle ? chuchota-t-il en tricotant des sourcils, à quelques centimètres à peine de la figure du voleur.

— Tout juste ! Tu l'as déjà vendue ?

Kruppe tira un mouchoir de sa manche et s'épongea le front.

— Eh bien, le fait est qu'avec toutes ces histoires de guerre, les routes commerciales sont sens dessus dessous. Donc, pour répondre à ta question, hum, pas encore tout à fait, avoue Kruppe…

— Génial !

Kruppe sursauta et ferma les yeux, avant de les rouvrir à moitié.

— Hum ! Kruppe comprend. Le garçon souhaite récupérer ces articles dans l'espoir d'en tirer une meilleure récompense ailleurs.

— Non, bien sûr que non, répondit Crokus en clignant des yeux. Enfin, si, je veux les récupérer. Mais pas pour les fourguer ailleurs. C'est-à-dire… je continue à traiter avec toi pour tout le reste. Seulement, ce coup-là est un peu spécial.

Il sentit ses joues s'empourprer, soulagé d'être plongé dans la pénombre.

— Il s'agit d'un cas particulier, Kruppe, insista-t-il.

Un large sourire s'épanouit sur le visage rond du mage.

— Parfait, mon garçon, pas de problème. Dois-je te livrer les articles en question ce soir ? Très bien, considère l'affaire réglée. Mais dis-moi, plaît-il, qu'as-tu dans cette main-là ?

Crokus le dévisagea, troublé, puis regarda sa main.

— Oh ! Juste une pièce, expliqua-t-il en la montrant à Kruppe. Je l'ai ramassée la nuit où j'ai cambriolé les D'Arle. Elle a deux côtés face, tu vois ?

— Tiens donc ! Kruppe pourrait-il examiner de plus près ce bizarre objet ?

Crokus lui tendit la pièce et, prenant son gobelet de vin, s'adossa à son siège.

— Pour la suite, dit-il nonchalamment, les yeux fixés sur Kruppe, je pensais à la demeure d'Orr.

— Mmm…

Kruppe n'en finissait pas de retourner la pièce.

— Voilà une fonte de bien piètre qualité, maugréa-t-il. Même chose pour l'estampage. La demeure d'Orr, dis-tu ? Kruppe te recommande la prudence. Cette maison est bien protégée. Non, de l'avis de Kruppe, le métallurgiste qui a fondu cela aurait dû finir pendu. L'a sans doute été. Du cuivre noir, rien que ça. De l'étain au rabais. Des températures beaucoup trop basses… Me rendrais-tu un service, Crokus ? Va donc à la porte regarder dans la rue. Si tu vois un chariot rouge et vert entrer en ville, Kruppe te serait fort reconnaissant de l'avertir.

Le jeune homme se leva, traversa la salle et sortit jeter un coup d'œil dehors. N'apercevant aucun chariot, il haussa les épaules et rentra rejoindre le mage.

— Rien à signaler.

— Bah ! Tant pis, dit Kruppe en reposant la pièce sur la table. Absolument dénuée de valeur, tel est le verdict de l'avisé Kruppe. Tu peux t'en défaire à ta guise.

Crokus récupéra la pièce et la glissa dans sa poche.

— Non, je la garde. Comme porte-chance.

Kruppe leva des yeux vifs, mais Crokus contemplait son gobelet. Avec un soupir, le petit homme regarda au loin.

— Il faut que Kruppe parte sur-le-champ, si nous

voulons que le rendez-vous de ce soir soit favorable à tous.

Crokus termina son verre.

— On peut rentrer ensemble, proposa-t-il.

— Excellent.

Kruppe se leva et écarta les miettes de son habit.

— Sommes-nous donc partis ?

Il leva les yeux et vit Crokus observer sa main, sourcils froncés.

— Quelque chose perturbe notre jeune ami ?

Crokus tressaillit. Rougissant, il détourna les yeux d'un air coupable.

— Non, marmonna-t-il en jetant un dernier coup d'œil à sa main. J'ai dû ramasser un peu de cire quelque part.

Il s'essuya sur la cuisse et afficha un sourire penaud :

— Allons-y.

— Une belle journée pour se promener, assure Kruppe, sage en toutes choses.

*

Le rond-point de l'Or Blanc entourait la base d'une tour abandonnée d'une profusion d'auvents aux couleurs vives. Les boutiques des orfèvres, toutes surveillées de l'extérieur par des gardes attitrés, donnaient sur cette rue circulaire, parfois séparées par d'étroits passages menant à l'enceinte en ruine de la tour.

Les multiples récits de mort et de folie entourant la tour de Hinter et ses environs la maintenaient déserte et, élément capital aux yeux des orfèvres, en faisaient une voie d'accès fort incertaine.

À l'approche du crépuscule, la foule du rond-point se clairsemait et les gardes privés redoublaient de prudence. Des grilles de fer se refermaient bruyamment sur les devantures et des torches s'allumaient entre les rares échoppes encore ouvertes.

Arrivé au rond-point par la rue du troisième rempart, Murillio s'arrêta pour examiner la marchandise des boutiquiers. Il s'était drapé dans une chatoyante cape bleue du désert de Malle et savait que cette richesse ostentatoire contribuerait largement à apaiser les soupçons.

Il parvint à une certaine boutique, encadrée par des magasins plongés dans l'ombre.

Un orfèvre à la figure étroite et au nez proéminent attendait au comptoir, affichant des airs d'oiseau de proie. Il arborait sur ses mains brunes de minuscules cicatrices grises rappelant des traces de pattes de corbeau dans la boue et l'un de ses doigts battait impatiemment la mesure. Murillio s'avança et croisa son regard renfrogné sous d'épais sourcils.

— C'est bien la boutique de Krute de Talient ?

— Je suis Krute, répondit l'homme avec aigreur, comme si son sort le mécontentait grandement. Perles de Talient, montées sur Orsang des mines de Moap et de Belt. Vous n'en trouverez pas d'autres dans tout Darujhistan.

Il se pencha en avant et cracha à côté de Murillio, qui s'écarta spontanément.

— Pas de clients aujourd'hui ? s'enquit Murillio, tirant de sa manche un mouchoir qu'il porta à ses lèvres.

Le regard de Krute se durcit.

— Un seul, répliqua-t-il. Venu examiner des pierres précieuses de Goaliss, rares comme lait de dragon et nées d'une roche non moins sinistre. Chaque pierre arrachée à ces veines revêches coûta la vie de cent esclaves.

Il enfonça la tête dans les épaules et son regard balaya les environs.

— Je les garde dans l'arrière-boutique, à l'abri des tentations. Un bain de sang est si vite arrivé.

Murillio hocha la tête.

— Sage précaution. Votre homme a-t-il acheté certaine de ces pierres ?

Krute exhiba des chicots noircis.

— Une. Mais pas la plus belle. Venez, je vais vous montrer. Par ici, indiqua-t-il en ouvrant la porte latérale.

Murillio pénétra dans la boutique. Les murs étaient tapissés de tentures noires et l'endroit sentait le renfermé et la transpiration. Krute le conduisit dans l'arrière-salle, dont l'atmosphère était encore plus infecte et accablante. Il laissa retomber le rideau séparant les deux pièces et se retourna vers Murillio.

— Vite ! J'ai exposé un tas de faux or et de pierres sans valeur sur le comptoir de devant. Si un client à l'œil exercé les repère, c'en sera fini de ce trou.

Il donna un coup de pied dans le mur du fond et un panneau oscilla sur ses gonds.

— Rampez par-là, allez ! Et dites à Rallick que la Guilde n'apprécie guère qu'il se montre aussi disert avec nos secrets. Filez !

Murillio dut franchir l'ouverture à quatre pattes

et la terre humide lui salit les mains et les genoux. Il entendit la trappe se rabattre dans son dos et poussa un grognement de dégoût en se redressant. La tour de Hinter se dressait devant lui, avec ses murailles de pierre couvertes de moisissures scintillant dans le jour mourant. Une allée pavée envahie d'herbes conduisait à une entrée voûtée, noyée dans l'ombre. Derrière, Murillio ne voyait que les ténèbres.

Les racines des petits chênes rabougris bordant l'allée avaient déchaussé la plupart des pavés, rendant le chemin traître. Progressant avec prudence, Murillio atteignit l'entrée au bout d'une minute. Plissant les yeux, il s'efforça de percer les ténèbres.

— Rallick ? chuchota-t-il. Où diantre es-tu ?

Une voix s'éleva dans son dos.

— Il est un peu tard.

Murillio fit volte-face et dégaina de la main gauche une longue et mince rapière, se campant en garde basse tout en faisant surgir une dague dans sa main droite.

— Sapristi, Rallick ! se détendit-il aussitôt.

L'assassin lâcha un grognement amusé, non sans jeter un coup d'œil à la pointe acérée de la rapière qui n'était pas passée très loin de son plexus solaire.

— Heureux de constater que tu as conservé tes réflexes, camarade. Le vin et la bonne chère ne semblent pas t'avoir trop empâté… pour l'instant.

Murillio rengaina ses armes.

— Je pensais te trouver dans la tour.

— Tu es cinglé ? répliqua Rallick, les yeux ronds. Elle est hantée.

— Insinuerais-tu qu'il ne s'agit pas de simples

fariboles inventées par vous les assassins pour écarter les curieux ?

Rallick rebroussa chemin en direction d'une terrasse en contrebas qui avait autrefois donné sur un jardin. Des bancs de pierre blanche dépassaient des broussailles, tels les ossements tachés de quelque gigantesque animal. Rejoignant l'assassin, Murillio découvrit sous la terrasse un bassin rempli de vase et d'algues. Dans la tiédeur de l'air du soir, des grenouilles coassaient au milieu des moustiques.

— Certains soirs, l'entrée regorge de spectres, déclara Rallick en balayant les feuilles mortes de l'un des bancs. On peut s'en approcher tout près et écouter leurs prières et leurs menaces. Ils veulent tous sortir de là, conclut-il avant de s'asseoir.

Murillio resta debout à contempler la tour.

— Et Hinter ? Son fantôme est-il là lui aussi ?

— Non. Le forcené dort à l'intérieur, à ce qu'il paraît. Les autres esprits sont piégés dans les cauchemars du sorcier. Il se cramponne à eux et même Goule ne peut les attirer dans son froid giron. Veux-tu savoir d'où viennent ces spectres, Murillio ? ajouta Rallick avec un grand sourire. Entre dans la tour et tu le découvriras par toi-même.

De fait, Murillio s'apprêtait à y pénétrer quand Rallick l'avait surpris.

— Merci du conseil, répliqua-t-il, sarcastique. Rassemblant les pans de sa cape, il s'assit à son tour.

Rallick chassa les moustiques de sa figure.

— Alors ?

— Je les ai, répondit Murillio. La plus fiable des servantes de Dame Orr les a apportées cet après-midi.

Il sortit de sous sa cape un tube de bambou entouré d'un ruban bleu. Deux invitations à la fête de Dame Simtal, comme promis.

— Parfait.

L'assassin lança un bref coup d'œil à son ami.

— Kruppe n'est au courant de rien ?

— Pas encore. Je suis tombé sur lui tout à l'heure. Crokus semble nourrir d'étranges fantaisies. Mais naturellement, qui peut savoir quand Kruppe a flairé quelque chose ? ajouta Murillio en se renfrognant. En tout cas, je n'ai rien remarqué dans son comportement qui suggère que ce petit gnome fuyant se doute de quelque chose.

— Que disais-tu à propos de Crokus ?

— Ah ! Une drôle d'histoire, reprit Murillio, songeur. Lorsque je suis passé à l'Auberge du Phénix, en fin d'après-midi, Kruppe rendait au gamin le produit de son dernier boulot. Mais cela m'étonnerait que Crokus ait changé de receleur. Nous l'aurions tous su.

— De quelle demeure provenait ce butin, déjà ? questionna Rallick.

— Celle des D'Arle.

Murillio haussa les sourcils.

— Par le baiser de Gedderone ! s'exclama-t-il. La petite D'Arle ! Une mignonne à croquer qui ne manque pas de toupet... Ils n'arrêtent pas de la sortir, en ce moment. Il faut carrément passer la serpillière derrière tellement les jeunes héritiers des maisons nobles en ont la langue qui pend. Ça, par exemple ! Notre petit voleur s'en serait-il entiché au point de vouloir conserver ce butin pour lui ? Il a vraiment choisi le pire de tous les rêves perdus d'avance qu'un garçon de son âge peut entretenir.

— Peut-être, dit tranquillement Rallick. Ou peut-être pas. Un mot à son oncle…

La mine attristée de Murillio s'éclaira.

— Un coup de pouce dans la bonne direction ? Oui, enfin ! Mammot sera content…

— Tout doux, coupa Rallick. Transformer un gamin chapardeur en homme respectable et cultivé risque de prendre un temps bien trop long pour un cœur en pâmoison.

— Ma foi, pardonne-moi de m'exalter à la perspective de sauver la vie à ce garçon, rétorqua Murillio, maussade.

— Inutile de t'excuser. De tels plaisirs sont rares.

Le sourire triste de l'assassin arracha un soupir à Murillio, qui sentit disparaître son ironie cinglante.

— Il y a bien des années que nous n'avions pas eu autant de bonnes raisons de nous battre, commenta-t-il, d'un ton plus calme.

— Une voie sanglante, répliqua Rallick. Ne l'oublie pas. Mais oui, cela faisait longtemps. À se demander si Kruppe s'en souvient encore.

Un reniflement désabusé échappa à Murillio.

— La mémoire de Kruppe est corrigée d'heure en heure. La crainte d'être démasqué est son unique trait commun.

Le regard de Rallick s'assombrit.

— Comment ça, démasqué ?

Murillio paraissait perdu dans ses pensées.

— Oh ! sourit-il enfin. De vieux soupçons, rien de plus. Insaisissable est Kruppe.

Cette parodie syntaxique fit glousser Rallick. Il étudia l'eau stagnante à leurs pieds.

— Oui, convint-il enfin. Insaisissable, c'est sûr.

Il se leva.

— Krute va vouloir fermer. Il n'y a plus personne à cette heure.

— Très bien.

Les deux amis quittèrent la terrasse, avec des tourbillons de brume jusqu'aux mollets. Une fois dans l'allée, Murillio jeta un dernier coup d'œil à l'entrée de la tour, s'attendant presque à apercevoir un spectre bredouillant. Mais derrière l'arcade affaissée, il ne vit qu'un mur de ténèbres. Et curieusement, il trouva cela plus troublant que n'importe quelle horde d'âmes perdues.

*

Un soleil matinal limpide entrait à flots par la large baie du bureau de Baruk. Une brise tiède s'insinuait dans la pièce, apportant les odeurs et les bruits de la rue. Encore en habit de nuit, l'alchimiste était perché sur un tabouret devant sa table de cartographe, tenant un pinceau qu'il plongeait de temps à autre dans un encrier d'argent ouvragé.

Il avait dilué de l'encre rouge et peignait une carte au lavis en recouvrant les zones occupées par l'Empire Malazéen. Une bonne moitié du parchemin – tout le nord – était désormais en rouge. Une petite bande claire, juste au sud de la Forêt du Chien Noir, désignait les forces de Caladan Rumin, flanquées de part et d'autre par deux taches plus petites indiquant la

Garde Pourpre. Le lavis rouge entourait ces points clairs avant de descendre engloutir Pale, s'arrêtant à la limite nord des monts Tahlyn.

La rue s'était faite beaucoup plus bruyante, nota l'alchimiste en s'inclinant un peu plus sur la carte pour peindre la bordure méridionale de la marée rouge. Il entendit des poulies grincer et quelqu'un apostropher les passants – un chantier, sans doute. Les sons s'atténuèrent, avant un « crac » retentissant. Baruk sursauta et renversa l'encrier.

L'encre rouge se répandit sur le parchemin.

L'alchimiste se redressa en grognant et ouvrit des yeux ronds quand la tache rouge recouvrit Darujhistan, avant de continuer vers le sud jusqu'à Carlin. Passablement secoué par ce qui pouvait aisément être considéré comme un présage, il descendit de son tabouret et attrapa un chiffon pour s'essuyer les mains. Il se pencha ensuite à la fenêtre.

Une équipe d'ouvriers éventrait la rue. Deux hommes maniaient des pioches tandis que trois autres formaient une chaîne pour empiler les vieux pavés au milieu du trottoir, formant un tas de plus en plus imposant. Un peu plus loin, le contremaître, adossé à un chariot, étudiait un parchemin.

Baruk fronça les sourcils.

— Qui est responsable de l'entretien des routes ? se demanda-t-il à voix haute.

Un léger coup à la porte détourna toutefois son attention.

— Oui ?

Roald ne fit qu'un pas dans la pièce.

— Un de vos agents est là, Maître.

Baruk jeta un coup d'œil à la carte :

— Fais-le patienter quelques instants, Roald.

— Très bien, Maître.

Reculant, le serviteur referma la porte. Baruk regagna sa table et roula le parchemin endommagé. Une voix tonitruante retentit alors dans le hall d'entrée, suivie d'un murmure. L'alchimiste glissa la carte sur une étagère et se retourna juste à temps pour voir entrer l'agent suivi par un Roald renfrogné.

Baruk fit signe à son serviteur de partir et considéra l'intrus vêtu de façon criarde.

— Bonjour, Kruppe, dit-il, tandis que Roald s'esquivait en refermant doucement la porte.

— Mieux que bon, Baruk, cher ami de Kruppe. Merveilleux, en vérité ! Avez-vous pris l'air frais du matin ?

— Hélas, répondit Baruk en jetant un coup d'œil à sa fenêtre, l'air que l'on respire par chez moi est devenu fort poussiéreux.

Kruppe marqua un temps d'arrêt, puis tira un mouchoir d'une manche.

— Ah, oui ! s'exclama-t-il en se tamponnant le front. Kruppe a croisé des cantonniers. Belliqueuse engeance, estime Kruppe. Grossière, même, quoique la chose ne soit pas vraiment surprenante de la part de travailleurs aussi banals.

Baruk désigna un siège.

Kruppe s'assit, un sourire béat aux lèvres.

— Quelle chaleur ! déclara-t-il en convoitant du regard la carafe de vin posée sur la cheminée.

Ignorant cette remarque, Baruk retourna à sa fenêtre et s'y adossa pour observer son visiteur, se demandant s'il découvrirait un jour ce que cachaient les manières angéliques de Kruppe.

— Qu'avez-vous donc entendu ? s'enquit-il avec douceur.

— Qu'a entendu Kruppe ? Qu'est-ce que Kruppe n'a pas entendu, plutôt !

Baruk haussa un sourcil.

— Que diriez-vous de vous montrer concis, pour changer ?

Kruppe s'agita dans son fauteuil et s'épongea le front.

— Quelle chaleur ! insista-t-il.

L'expression de Baruk s'assombrit et il poursuivit :

— Et donc, côté nouvelles…

Il se pencha en avant tout en baissant la voix :

— On raconte au fond des estaminets, on murmure sous les porches obscurs des rues froides et humides, on chuchote dans l'ombre scélérate de la nuit vespérale, on…

— Au fait !

— Oui, bien sûr. Ma foi, Kruppe a surpris une rumeur. Rien moins qu'une guerre entre assassins. On dit que la Guilde encaisse de lourdes pertes.

Baruk se retourna pour examiner la rue.

— Et qu'en pensent les voleurs ?

— Les toits deviennent encombrés. On tranche des gorges. Les profits ont chuté.

— Où est Rallick ?

Kruppe cilla.

— Disparu. Voilà des jours que Kruppe ne l'a point vu.

— Cette guerre d'assassins, n'est-elle pas interne ?

— Non.
— Dans ce cas, l'adversaire a-t-il été identifié ?
— Non.
L'alchimiste plissa les yeux. Les ouvriers dans la rue semblaient passer bien plus de temps à se disputer qu'à travailler. Une guerre entre assassins pouvait devenir un sérieux problème. La Guilde de Vorcan était puissante, mais moins que l'Empire, à supposer que ces nouveaux arrivants soient bien membres de la Griffe. Cette affaire avait néanmoins quelque chose d'étrange. Par le passé, l'Impératrice s'était plutôt servie de Guildes locales, recrutant souvent du personnel en leur sein. Baruk ne voyait pas l'intérêt d'une telle guerre, ce qui le dérangeait encore plus que la guerre elle-même. Il entendit du bruit dans son dos et se rappela de la présence de Kruppe.
— Vous pouvez partir, dit-il avec un sourire.
Il surprit soudain dans le regard de Kruppe une lueur déconcertante.
— Kruppe n'a pas terminé, maître Baruk, dit-il en se levant souplement.
Perplexe, l'alchimiste lui fit signe de poursuivre.
— Hélas, l'histoire est compliquée, reprit Kruppe en rejoignant Baruk à la fenêtre.
Son mouchoir avait disparu.
— Kruppe ne peut que conjecturer du mieux possible, tel un homme aux innombrables talents. Durant ses moments de loisir, lors de jeux de hasard et autres semblables occupations. Dans l'aura des Jumeaux, l'Initié peut parfois entendre, voir, humer et palper des choses aussi évanescentes que le vent.

Un avant-goût de Dame Chance, le cruel avertissement du Rire du Seigneur…

Kruppe dévisagea l'alchimiste :

— Me suivez-vous, maître ?

Baruk répondit calmement, le regard rivé sur la face ronde de Kruppe.

— Vous voulez parler d'Oponn.

Kruppe regarda de nouveau la rue.

— Peut-être. À moins qu'il ne s'agisse d'une ruse sinistre visant à égarer ce pauvre fou de Kruppe…

Fou ? Baruk sourit intérieurement. À d'autres.

— Qui sait ?

Levant une main, Kruppe révéla un mince disque de cire.

— Un objet sans origine, dit-il à mi-voix en contemplant le disque. Mais recherché par de nombreux êtres avides de connaître son froid baiser. On parie souvent sa vie dessus. Seul, la richesse d'un mendiant. En grand nombre, la folie d'un roi. Lesté de bien des ruines, et pourtant, la moindre pluie en efface le sang et plus rien n'indique son coût au suivant. Il est en soi, déclare Kruppe, dénué de valeur, sauf pour ceux qui affirment le contraire.

Baruk avait retenu son souffle. Ses poumons le brûlaient mais il ne pouvait se résoudre à relâcher sa respiration. Les paroles de Kruppe l'avaient entraîné dans une dimension imprévue, un lieu évoquant d'immenses réserves de connaissances. Il avait vu la main sûre qui les avait rassemblées, couchées sur parchemin. Il avait vu une bibliothèque, des étagères en bois d'un noir vif, des volumes reliés dans un cuir luisant, des rouleaux jaunis, un bureau taché, rongé par les vers… Mais Baruk avait la sensation de n'avoir jeté qu'un coup d'œil furtif à cet endroit : l'esprit de Kruppe, le lieu secret dont la porte ne s'ouvrait qu'à une personne.

— Vous voulez parler d'une pièce de monnaie, articula lentement l'alchimiste, qui s'efforçait de revenir à la réalité en se concentrant sur le disque de cire.

La main de Kruppe se referma. Il fit volte-face puis posa le disque sur le rebord de la fenêtre.

— Examinez ce moulage, Maître Baruk. Il correspond aux deux côtés d'une même pièce.

Le mouchoir réapparut et Kruppe recula, se tamponnant le front.

— Mais c'est qu'il fait horriblement chaud, trouve Kruppe !

— Servez-vous du vin, murmura l'alchimiste.

Kruppe s'éloigna et Baruk ouvrit sa Garenne. D'un geste, le disque de cire s'éleva lentement dans les airs et vint flotter juste devant ses yeux. Baruk étudia l'empreinte qui lui faisait face.

— La Dame, acquiesça-t-il en marmonnant.

Le disque pivota, lui révélant le Jumeau. Le disque pivota encore, et Baruk, stupéfait, le vit se mettre à tournoyer. Une sorte de vrombissement emplit l'arrière de son crâne. Sa Garenne soutint une pression qui augmenta avec le son, mais la source de son pouvoir finit par céder.

La voix de Kruppe lui parvint alors, comme de très loin.

— Même dans ce simulacre souffle l'haleine des Jumeaux, Maître Baruk. Aucune Garenne de Mage ne peut résister à ce vent-là.

Le disque tournoyait toujours dans le vide devant Baruk, vague tache argentée. Un fin brouillard s'en dégagea. L'alchimiste recula, le visage éclaboussé par des gouttelettes brûlantes. De minuscules flammes bleues jaillirent de la cire en fusion. Le disque se consuma rapidement avant de disparaître. Le bruit et la pression qui l'accompagnaient cessèrent brusquement.

Le silence résonna douloureusement dans la tête de Baruk, qui se raccrocha d'une main tremblante au rebord de la fenêtre, fermant les yeux.

— Qui a la Pièce, Kruppe ?

Les mots avaient du mal à quitter sa gorge nouée.

— Qui ?

Kruppe revint auprès de lui.

— Un garçon, dit-il d'un ton désinvolte. Connu de Kruppe, assurément, ainsi que de vos autres agents, Murillio, Rallick et Coll.

Baruk rouvrit les yeux.

— Cela ne peut être une coïncidence, souffla-t-il.

Un espoir désespéré monta en lui, combattant sa terreur. Oponn était entré en lice et le sort d'une ville et de tous ses habitants ne signifiait plus rien à un tel niveau de puissance.

— S'il en est ainsi, réunissez le groupe, ordonna-t-il. Tous ceux que vous avez nommés. Ils ont longtemps servi mes intérêts et doivent le faire à présent, c'est une priorité absolue. Me comprenez-vous ?

— Kruppe communiquera votre insistance. Rallick risque d'être lié par ses devoirs envers la Guilde, mais Coll, retrouvant ainsi un but, pourrait bien prendre cette mission à cœur. À propos, Maître Baruk, quelle est la mission ?

— Protéger le détenteur de la Pièce. Le surveiller, repérer quelle face l'observe, avec bienveillance ou pas. Je dois savoir s'il appartient à la Dame ou au Seigneur. Et il faut trouver Rallick. Si le Seigneur revendique le Porteur, les talents de l'assassin seront requis.

Kruppe battit des paupières.

— Entendu. Las ! Puisse la miséricorde sourire au jeune Crokus.

Baruk fronça les sourcils.

— Crokus ? Ce nom me dit quelque chose.

Kruppe demeura impassible.

— Bah ! Peu importe. Fort bien, Kruppe, reprit l'alchimiste en pivotant de nouveau vers la fenêtre. Tenez-moi informé.

— Comme toujours, Baruk, ami de Kruppe, répondit le petit homme avec une courbette. Et merci pour le vin, il était des plus délicieux.

Tout en scrutant la rue, Baruk entendit la porte s'ouvrir et se refermer. Il avait réussi à maîtriser sa peur. Oponn savait s'y prendre pour ruiner les plans les plus soigneusement calculés. La perspective de voir le hasard intervenir dans ses affaires indisposait l'alchimiste. Il ne pourrait plus compter sur ses capacités à prédire, à parer à toute éventualité, à estimer chaque possible afin de rechercher le mieux adapté à ses désirs. *Comme tourne la Pièce, tourne la ville*.

S'y ajoutaient les impénétrables desseins de l'Impératrice. Baruk se massa le front. Il allait devoir demander à Roald de lui apporter une tisane, car son mal de tête commençait à atteindre des sommets inégalés. Il abaissa la main et aperçut un éclair rouge.

Il examina ses deux paumes : elles étaient couvertes d'encre rouge. Il s'accouda ensuite au rebord de la fenêtre. Les toits de Darujhistan et, au-delà, le port de la ville, s'étendaient derrière un nuage de poussière scintillant.

— Quant à vous, Impératrice, murmura-t-il, je sais que vous êtes là, quelque part. Vos pions restent invisibles, mais je les trouverai, soyez-en sûre. Avec ou sans cette maudite chance d'Oponn.

LIVRE III

LA MISSION

Des marionnettes dansent
Dans des mains expertes,
Empêtré dans leurs fils
Je trébuche parmi elles,
En un complexe pas-de-deux,
Et je maudis tous ces insensés
Qui pirouettent follement –
Je ne vivrai pas comme eux
Oh non, laissez-moi
À ma ronde solitaire –
Ces involontaires convulsions
Dont vous êtes témoins sont,
Je le jure sur la tombe de Goule,
La conclusion d'un art savant.

Dits du Fou
Theny Bule (né en ?)

Chapitre 8

Il redescendit alors au rang
Des hommes et des femmes,
Le sceau arraché
Lors de la purge immonde,
Sur le sable baigné de sang
Répandait les vies de l'Empereur
Et du Premier Glaive
Une trahison si tragique…
Il était de la Vieille Garde,
Chef du vif tranchant
De la fureur impériale,
En redescendant les échelons
Sans disparaître pour autant
Il demeura pour Elle
L'image du souvenir, l'intolérable
Malédiction de sa conscience.
Un prix avait été placé devant lui
Qu'il négligea d'abord
Sans rien savoir et si peu averti
En redescendant au rang
Des hommes et des femmes

Il découvrit le poids de son renoncement
Et maudit son réveil…

Les Brûleurs de Ponts
Toc le Jeune

Un quart d'heure avant l'aube, le ciel affichait une teinte de fer chamarré de rouille. Accroupi sur un imposant rocher, au-dessus d'une plage de galets, le sergent Mésangeai contemplait la surface brumeuse du lac Azur. Loin au sud, sur la rive opposée, la cité de Darujhistan émettait un faible halo.

Cette fois, la traversée des montagnes avait été cauchemardesque. Les quorls s'étaient retrouvés au cœur de trois fronts orageux antagonistes, ne compter aucune perte relevait du miracle. La pluie avait finalement cessé, mais l'atmosphère demeurait fraîche et humide.

Le sergent se retourna en entendant un bruit de bottes, accompagné d'une sorte de cliquètement. Kalam et un Moranth Noir se frayaient un chemin parmi les éboulis couverts de mousse entourant son poste d'observation. Derrière eux, les troncs de la sombre forêt de séquoias se dressaient telles des sentinelles chevelues face au versant montagneux. Mésangeai se releva et inspira profondément, humant leurs senteurs aromatiques.

— Tout va bien, annonça Kalam. Les Moranths Verts ont livré tout ce qu'on leur a demandé, et plus encore. Violain et Esquive sont deux sapeurs comblés.

Les sourcils froncés, le sergent pivota vers le Moranth Noir.

— Je vous croyais presque à court de munitions.

Le visage de la créature restait dans l'ombre de son casque articulé. Ses paroles semblaient résonner comme depuis une profonde caverne.

— Tout dépend pour qui, Oiseau Voleur. Vous êtes bien connu des Moranths. Vous foulez l'ombre de l'ennemi. Notre assistance ne vous fera jamais défaut.

Surpris, Mésangeai détourna pensivement son regard.

— Vous vous êtes renseignés au sujet de l'un des nôtres, poursuivit le Moranth. Un guerrier manchot qui combattit avec vous dans les rues de Nathilog, voilà bien des années. Il est toujours en vie.

Le sergent prit une profonde inspiration.

— Merci.

— Nous souhaitons que le prochain sang sur vos mains soit celui d'un ennemi, Oiseau Voleur.

Mésangeai fronça les sourcils, avant de hocher sèchement la tête en dévisageant de nouveau Kalam.

— Quoi d'autre ?

L'expression de l'assassin devint impassible.

— Ben le Vif est prêt.

— Bien, rassemble les autres. Je vais vous expliquer mon plan.

— Votre plan, Sergent ?

— Oui, mon plan, répliqua fermement Mésangeai. À partir de maintenant, le plan conçu par l'Impératrice et ses stratèges, on oublie. On va faire les choses à ma manière. Exécution, Caporal.

Kalam salua vivement, puis repartit.

Mésangeai descendit du rocher et ses bottes s'enfoncèrent dans la mousse.

— Dites-moi, Moranth, un escadron de Noirs pourrait-il patrouiller dans cette zone dans deux semaines ?

La tête du guerrier cuirassé de noir pivota vers le lac avec un grincement audible.

— Ce genre de patrouille improvisée n'est pas rare. Je compte en commander une moi-même dans quinze jours.

Mésangeai ne le quittait pas du regard.

— Je ne sais trop comment prendre cette réponse, répondit-il enfin.

— Nous ne sommes pas si différents de vous, déclara l'autre en se retournant vers lui. À nos yeux, les actes ont un poids. Nous jugeons. Nous agissons en fonction de ces jugements. Comme à Pale, un esprit pour un esprit.

Le sergent se rembrunit.

— Que voulez-vous dire ?

— Dix-huit mille sept cent trente-neuf âmes ont quitté ce monde pendant le ratissage de Pale, une pour chaque victime moranthe attestée de la longue hostilité de Pale à notre égard. Esprit pour esprit, Oiseau Voleur.

Mésangeai ne trouva rien à répondre et la suite des propos de son interlocuteur le troubla profondément.

— Des vers rongent la chair de votre Empire. Mais ce genre de détériorations est naturel, dans tous les organismes. Votre peuple n'a pas encore connu de blessure mortelle. Sa plaie peut être nettoyée. Les Moranths excellent dans ce domaine.

Mésangeai hésita, choisissant soigneusement ses mots.

— Comment envisagez-vous, au juste, ce nettoyage ?

Le souvenir du long cortège de chariots remplis de cadavres quittant Pale lui fit froid dans le dos.

— Un esprit pour un esprit, répliqua le Moranth en reportant son attention sur la ville, au sud. Pour l'heure, Oiseau Voleur, nous allons partir. Vous nous retrouverez ici dans deux semaines.

Mésangeai regarda le Moranth Noir s'enfoncer dans les fourrés entourant la clairière où l'attendaient ses compagnons. De rapides battements d'ailes se firent bientôt entendre et les quorls s'élevèrent audessus des arbres. Les Moranths décrivirent un cercle dans le ciel puis se glissèrent entre les troncs qui grimpaient à flanc de montagne, en prenant vers le Nord.

Mésangeai se rassit sur son rocher, les yeux rivés sur le sol. Les membres de son escouade vinrent s'accroupir autour de lui. Mais il garda le silence, comme s'il se croyait encore seul, le front plissé et les mâchoires roides, grinçant lentement des dents avec une précision méthodique.

— Sergent ? fit doucement Violain.

Mésangeai tressaillit et leva les yeux, avant de prendre une profonde inspiration. En dehors de Ben le Vif, tout le monde était là. Il laisserait à Kalam le soin d'informer le sorcier.

— Bien, commença-t-il. Nous avons renoncé au plan initial car il visait seulement à nous faire tuer.

Comme je n'aimais pas vraiment cet objectif, on va s'y prendre autrement et, si tout va bien, s'en sortir vivants.

— On ne mine plus les portes de la ville ? s'enquit Violain avec un coup d'œil à Esquive.

— Non, répondit le sergent. Nous ferons un meilleur usage de ces munitions moranthes. Deux objectifs, deux équipes. Kalam dirigera la première, qui comprendra Ben le Vif…

Il hésita un instant :

— Ainsi que Mes Regrets. Je conduirai l'autre. La première tâche consiste à s'introduire dans la ville sans nous faire repérer. En civil.

Il regarda Maillet.

— Je présume que les Verts ont fourni le nécessaire ?

Le guérisseur acquiesça.

— Fabrication locale, rien à dire. Une barque de six mètres, dotée de quatre rames. On doit pouvoir traverser le lac assez facilement avec ça. Il y a même deux filets.

— Dans ce cas, nous pêcherons, décréta Mésangeai. Arriver au port les mains vides serait suspect. Quelqu'un a déjà pêché ?

Il y eut un silence, puis Mes Regrets prit la parole.

— Moi, il y a longtemps.

Stupéfait, Mésangeai la dévisagea.

— Bon, dit-il enfin. Choisis les hommes qu'il te faut pour ça.

Mes Regrets esquissa un sourire moqueur et Mésangeai détourna les yeux, jurant entre ses dents.

Il considéra ses deux saboteurs.

— Combien de munitions ?

— Deux caisses, répliqua Esquive en rajustant son calot de cuir. De tout, des jureuses aux fumeuses.

— De quoi faire sauter un palais ! renchérit Violain en se dandinant d'excitation.

— Tant mieux, déclara Mésangeai. Et maintenant, ouvrez grand vos oreilles, ou on va tous y laisser notre peau…

*

Dans une clairière isolée, au cœur de la forêt, Ben le Vif versa du sable blanc et s'assit au centre du cercle qu'il venait de dessiner. Il aligna ensuite devant lui cinq bâtons aiguisés, les enfonçant dans le terreau à des profondeurs variables. Celui du milieu – le plus long – dépassait du sol d'environ quatre-vingt-dix centimètres ; ses voisins, de soixante, et, ceux placés aux extrémités, de trente.

Le sorcier déroula ensuite environ un mètre de fil de boyau. Il confectionna un nœud coulant miniature à l'une des extrémités et le serra en haut du bâton du milieu. Il passa ensuite le fil vers la gauche, l'enroula autour du bâton suivant, le fit passer à droite puis l'enroula de nouveau. Marmonnant quelques mots, il amena ensuite son fil sur le dernier bâton de gauche, l'entortilla deux fois, et termina par le dernier bâton de droite, faisant un nœud et coupant la longueur de fil en trop.

Le sorcier se redressa et replia les mains sous lui. Un pli soucieux lui barrait le front.

— Toupet ! s'écria-t-il.

L'un des bâtons latéraux remua et tourna légèrement, avant de s'immobiliser.

— Toupet ! insista-t-il.

Cette fois, les cinq bâtons bougèrent. Celui du centre s'inclina vers le sorcier. Le fil se tendit et un bourdonnement grave se fit entendre. Un souffle froid balaya la figure de Ben le Vif, chassant la sueur apparue au cours de ces derniers instants. Un bruit impétueux emplit la tête du sorcier, qui se sentit tomber dans de sombres cavernes aux parois invisibles, résonnant comme si des marteaux de fer frappaient ces murs de roche. Des éclairs argentés lui brûlaient les yeux et le vent ridait la peau de son visage.

Dans un recoin protégé de son esprit, il conservait toutefois une sensation de distance, de maîtrise. Au sein de cet espace de sérénité, il pouvait réfléchir, observer, analyser.

— Toupet, murmura-t-il, tu es allé trop loin, trop bas. Cette Garenne t'a avalé et ne te recrachera jamais. Tu ne contrôles plus rien, Toupet.

Mais ces pensées ne s'adressaient qu'à lui-même. Il savait le pantin encore loin.

Ben le Vif se regarda poursuivre sa chute, virevoltant à travers les Cavernes du Chaos. Toupet serait forcé d'en faire autant, mais en sens inverse. Soudain, il se retrouva debout. Sous ses pieds, la roche noire semblait tourbillonner lentement, laissant apparaître des éclats lumineux d'un rouge vif.

Examinant les alentours, Ben le Vif s'aperçut qu'il se trouvait sur un long cylindre de roche inclinée. Son extrémité supérieure déchiquetée se dressait à trois ou quatre mètres de là. De l'autre côté, la pierre disparaissait dans des nuages jaunes et ondoyants. Le sorcier se sentit pris de vertige. Il chancela puis, recouvrant son équilibre, entendit derrière lui un ricanement. Il se retourna et vit Toupet perché au sommet du cylindre, son corps de bois roussi, sali, ses habits de poupée réduits à l'état de lambeaux.

— Nous sommes bien sur l'Espar d'Andii ? s'enquit Ben le Vif.

La tête ronde du pantin s'inclina.

— À mi-chemin. Tu sais désormais jusqu'où je suis allé, sorcier. Jusqu'au fond de la Garenne. Là où le pouvoir trouve sa forme originelle. Là où tout est possible.

— C'est ce que tu crois ? répliqua Ben le Vif, toisant la marionnette. Quel effet cela fait de se retrouver au milieu de toute cette création sans pouvoir y toucher, s'en servir ? Sa nature est trop différente de ce que l'on connaît, n'est-ce pas ? Ça brûle dès que l'on s'en approche.

— Je parviendrai à maîtriser tout ça, rétorqua Toupet d'une voix sifflante. Tu ne sais rien. Rien du tout.

Ben le Vif sourit.

— Je suis déjà venu ici, Toupet.

Il scruta les nuées qui, portées par des vents contraires, tourbillonnaient autour d'eux.

— Tu as eu de la chance. Il existe des créatures qui se considèrent maîtresses de ce domaine, même si elles ne sont qu'une poignée… Elles n'aiment guère les intrus, tu sais, dit-il en dévisageant le pantin d'un air narquois. As-tu vu ce qu'elles leur font ? Ce qu'elles laissent derrière elles ?

Notant le frémissement involontaire de Toupet, le sourire de Ben le Vif s'élargit.

— Hum, oui, tu as vu, conclut-il avec calme.

— Tu dois me protéger, rétorqua sèchement Toupet. Nous sommes tous les deux liés, sorcier ! La responsabilité t'en incombe et je ne me priverai pas de le faire savoir si je suis pris.

— Tu es lié à moi, en effet, répliqua Ben le Vif en s'accroupissant. Ravi de constater que la mémoire t'est revenue. Dis-moi, comment s'en sort Loquevoile ?

Le pantin se voûta, détournant son regard.

— Elle a quelque difficulté à se rétablir.

Ben le Vif fronça les sourcils.

— Se rétablir ? Dans quelle mesure ?

— Le Molosse Engrenage a suivi ma trace, expliqua Toupet, visiblement mal à l'aise. Nous avons eu... un accrochage.

Le visage du sorcier s'assombrit.

— Et ?

Le pantin haussa les épaules.

— Engrenage s'est enfui. Gravement blessé par une épée ordinaire tenue par votre espèce de capitaine. Tayschrenn a rappliqué, mais Loquevoile avait perdu connaissance. Le Grand Mage n'a donc pas pu la questionner, mais le soupçon le dévore. Ses serviteurs arpentent les Garennes en quête d'indices sur mon identité, ma nature et mes motivations. Tayschrenn sait que ton escouade est impliquée, il sait que vous tentez de sauver vos miches...

Les yeux déments du pantin flamboyèrent.

— Il veut votre mort à tous, Sorcier. Quant à

Loquevoile, il espère peut-être que la fièvre l'emportera, ce qui lui éviterait de la tuer. Il perdra néanmoins beaucoup si elle meurt avant de l'avoir interrogée. Sans doute pourchasserait-il son âme jusque chez Goule pour essayer de découvrir ce qu'elle sait, mais elle serait assez maligne pour rester évasive.

— Tais-toi une seconde, ordonna Ben le Vif. Reprenons depuis le début. Tu as dit que le capitaine Paran a blessé Engrenage avec son épée ?

Toupet se renfrogna.

— Tout à fait. Une simple arme de mortel. Jamais cela n'aurait dû être possible. Peut-être même que le Molosse a été mortellement touché.

Il marqua un temps d'arrêt et se mit à gronder :

— Tu ne m'as pas tout dit, sorcier. Des dieux sont concernés dans cette histoire. Si tu me laisses dans l'ignorance, je risque fort de tomber sur l'un d'eux.

Il cracha.

— C'est déjà assez pénible d'être ton esclave. T'imagines-tu pouvoir rivaliser avec un dieu pour mon contrôle ? Je serais pris, retourné. Peut-être même utilisé contre vous, poursuivit-il en dégainant l'un de ses petits poignards.

Il s'avança d'un pas, une lueur sinistre dans le regard. Ben le Vif haussa un sourcil. Au fond de lui, il n'en menait pas large. Était-ce possible ? N'aurait-il rien perçu ? Pas même l'aura, le parfum d'une présence immortelle ?

— Une dernière chose, murmura Toupet, en faisant un nouveau pas en avant. La fièvre de Loquevoile a encore augmenté la nuit dernière. Elle a crié quelque chose au sujet d'une pièce. Une pièce qui tournait mais qui est tombée, qui a rebondi et qui se trouve à présent entre les mains de quelqu'un. Tu dois me parler de cette pièce, sorcier, je veux ton opinion.

Il s'immobilisa soudain, troublé, avant de rengainer son arme et de s'accroupir.

— Qu'est-ce qu'une simple pièce peut bien avoir de si important ? grommela-t-il. Rien. La garce délirait. Elle est plus forte que je ne l'avais cru.

Ben le Vif se figea. Le pantin semblait avoir oublié sa présence, énonçant à haute voix ses pensées les plus secrètes. Une vitre s'était brisée et il contemplait désormais l'esprit dérangé de Toupet. C'était là que résidait le danger.

Il retint son souffle tandis que Toupet continuait, les yeux braqués sur les nuages en contrebas.

— Engrenage aurait dû la tuer et il s'en serait chargé sans ce crétin de capitaine. Quelle ironie ! Le voilà maintenant qui veille sur elle et qui porte la main à son épée dès que je tente de m'approcher. Il sait bien que je prendrais la vie de cette garce en un clin d'œil. Mais cette épée ? Quel dieu joue avec cet imbécile de noble ?

Le pantin poursuivit son monologue, qui se changea bien vite en marmonnements inaudibles.

Espérant en apprendre davantage, Ben le Vif attendit, mais son cœur battait déjà la chamade. Cette créature démente était devenue totalement imprévisible. Et la chaîne qui la retenait toujours, les fils de pouvoir que le sorcier avait noués au pantin, s'était encore tendue. Mais une telle folie décuplait ses forces. Serait-ce suffisant pour briser ses liens ? Ben le Vif n'était plus aussi sûr qu'avant de maîtriser la situation.

Toupet s'était tu. Une flamme noire vacillait encore dans ses yeux peints, émanation de la puissance du Chaos. Ben le Vif fit un pas vers lui.

— Découvre les projets de Tayschrenn, ordonna-t-il.

Ben le Vif envoya valdinguer le pantin d'un coup de pied en pleine poitrine. Toupet tomba par-dessus bord et son hurlement indigné résonna dans le vide, avant d'être étouffé par les nuages jaunes.

Ben le Vif inspira une bouffée d'air épais, vicié. Il espérait que ce renvoi sans ménagement suffirait à altérer chez Toupet le souvenir des minutes précédentes. Il sentait néanmoins la tension des fils du pantin s'accroître de façon régulière. Plus cette Garenne corromprait Toupet et plus le pouvoir du pantin augmenterait.

Le sorcier savait ce qu'il aurait à faire. En toute honnêteté, Toupet lui avait facilité la tâche. Mais cela ne le réjouissait guère. Un goût de bile aigre lui monta à la bouche et il cracha dans le vide. Une odeur de sueur imprégnait l'air. Il lui fallut un moment pour s'apercevoir qu'il s'agissait de la sienne.

— Assez traîné ici, maugréa-t-il avant de lever les bras.

Le vent se mit à mugir. Happé vers le haut, Ben le Vif traversa une succession de cavernes. Tandis que leurs parois se brouillaient, un seul nom occupait ses pensées, tissant une toile d'araignée autour du problème incarné par Toupet.

Il sourit, mais ce sourire n'était qu'une réaction nerveuse à l'effroi.

Et le nom persista – Engrenage –, donnant un visage à la terreur du sorcier.

*

Mésangeai se leva dans un profond silence.

Autour de lui, les mines étaient graves. Regard baissé ou ailleurs, chacun ruminait de sombres pensées, à l'exception de Mes Regrets qui rivait sur lui un regard brillant et approbateur. Mésangeai se demanda un instant *qui* l'approuvait vraiment. Il secoua la tête, furieux d'avoir laissé une partie des soupçons de Kalam et de Ben le Vif s'insinuer dans son esprit.

Jetant un coup d'œil au loin, il vit le sorcier arriver, visiblement fatigué, affichant un teint cendreux. Mésangeai décocha un regard à Kalam.

Le caporal acquiesça.

— Allez ! Du nerf, tout le monde. Chargez le bateau et préparez-vous à partir.

Maillet en tête, l'escouade se dirigea vers la plage tandis que Kalam et Mésangeai attendaient Ben le Vif.

— Ils ont tous l'air crevé, Sergent, nota l'assassin. Violain, Gogues et Esquive m'inquiètent. Ils ont déblayé assez de terre dans ces maudits tunnels pour enterrer l'Empire. Maillet semble tenir le coup pour l'instant… mais n'empêche. Même si Mes Regrets est une pêcheuse de premier ordre, je doute que quiconque parmi nous soit en état de faire le tour d'une baignoire à la rame. Et vous voudriez qu'on traverse un lac presque aussi grand qu'une mer ?

Mésangeai serra les dents, puis s'obligea à esquisser un haussement d'épaules désinvolte.

— Tu sais pertinemment que toute ouverture de Garenne près de la ville risquerait d'être détectée. On n'a pas le choix, Caporal. Il faut ramer. À moins d'installer une voile.

— Hum. Et d'abord, depuis quand cette fille saitelle pêcher ?

Le sergent soupira.

— Je sais. On se demande vraiment d'où ça sort, pas vrai ?

— Ça tombe étonnamment à pic.

Ben le Vif avait atteint les rochers. Les deux autres se turent en remarquant son expression.

— Je vais vous faire une proposition qui ne va pas vous plaire, annonça le sorcier.

— Dis toujours, répliqua Mésangeai, impassible.

Dix minutes plus tard, tous trois descendirent sur la plage aux galets glissants. Mésangeai et Kalam semblaient aussi secoués l'un que l'autre. L'embarcation se trouvait à une quinzaine de mètres du rivage. Gogues, haletant et gémissant, tirait en pesant de tout son poids sur une corde attachée à la proue.

Agglutiné d'un côté, le reste du groupe épiloguait sur la futilité des efforts du Barghast. Violain leva la tête et pâlit soudain en voyant Mésangeai se diriger droit sur eux.

— Gogues ! rugit le sergent.

Les yeux exorbités, le Barghast tourna vers lui

un visage si tendu que ses tatouages en devenaient illisibles.

— Lâche cette corde, soldat.

Derrière Mésangeai, Kalam renifla, amusé.

Le sergent foudroyait les autres du regard.

— Et maintenant, bande de crétins, reprit-il d'une voix rude, puisque vous avez trouvé malin de charger tout le matériel sur le bateau à sec, vous n'avez qu'à tous vous débrouiller avec cette corde pour me tirer ça dans le lac ! Non, pas toi, Gogues. Toi, tu vas t'installer bien confortablement à l'arrière.

Mésangeai s'interrompit un instant, étudiant les traits impassibles de Mes Regrets.

— De la part de Violain et Esquive, je ne suis guère surpris, mais je croyais t'avoir chargée de tout superviser.

Elle se contenta de hausser les épaules et Mésangeai soupira.

— Pourrais-tu nous bricoler une voile ?

— Il n'y a pas de vent.

— Peut-être qu'il finira par y en avoir ! s'exclama-t-il, exaspéré.

— D'accord, d'accord, répondit Mes Regrets. On a de la toile. Il va falloir un mât.

— Prends Violain et débrouillez-vous tous les deux pour en fabriquer un. Les autres, grouillez-vous de me mettre ce bateau à l'eau.

Gogues grimpa à l'intérieur pour s'asseoir à la poupe. Il étira ses longues jambes et passa un bras par-dessus bord, avant de dévoiler ses dents limées, affichant une expression évoquant vaguement un sourire.

Mésangeai se tourna vers Kalam et Ben le Vif, tous les deux hilares.

— Eh bien ? Qu'est-ce que vous attendez ?

Leurs sourires disparurent aussitôt.

Chapitre 9

Avez-vous vu l'unique
Qui à l'écart se tient
Maudit lors du rite
Liant les siens
Par-delà la mort
L'armée tournoie
Un nuage de pollen
À l'écart il se tient
Premier d'entre tous
Voilé au fil du temps
Réprouvé, solitaire
T'lan Imass errant
Comme une graine dans le vent

Lai d'Onos Out'ilan
Toc le Jeune

Toc le Jeune se pencha sur sa selle pour cracher. C'était son troisième jour loin de Pale et le réconfort des hauts murs de la ville lui manquait. La plaine rhivie qui l'entourait était recouverte d'herbe jaune ondulant sous le vent de l'après-midi, mais il ne lui trouvait nul autre attrait.

Grattant le pourtour de la blessure qui l'avait privé de son œil gauche, Toc grommelait tout bas. Quelque chose n'allait pas. Il aurait dû la croiser depuis deux jours déjà. Rien ne se passait comme prévu ces temps-ci. Entre la disparition du capitaine Paran avant même de rencontrer Mésangeai et cette sombre histoire de Molosse qui aurait attaqué la dernière survivante du Cadre de Mages de la 2e en laissant quatorze morts derrière lui, comment s'étonner que ce rendez-vous-là ait mal tourné lui aussi ? Apparemment, le chaos était un signe des temps.

L'éclaireur se redressa sur ses étriers. Il n'y avait pas de route à proprement parler, mais les caravanes des marchands avaient tracé du nord au sud une piste grossière, le long de la bordure occidentale de la plaine. Les échanges commerciaux avaient cessé, mais plusieurs décennies de passage de chariots et de chevaux avaient laissé des traces. Le centre de la plaine était la patrie des Rhivis, de petits êtres à la peau brune se déplaçant avec de grands troupeaux au fil des saisons. Ce peuple n'avait rien de belliqueux, mais les Malazéens lui avaient imposé leur volonté : ses membres combattaient désormais l'Empire, effectuant des missions de reconnaissance au côté des légions tistes andii de Caladan Rumin.

D'après les Moranths, les Rhivis se trouvaient loin au nord et à l'est, ce qui convenait très bien à Toc. Il avait beau se sentir terriblement seul sur ces terres désolées, la solitude était un moindre mal.

Son œil valide s'écarquilla soudain : peut-être

n'était-il pas si seul. Des corbeaux tournoyaient à environ une lieue devant lui. Il jura et tira le cimeterre glissé contre sa hanche. Réprimant une forte envie de lancer son cheval au galop, il opta pour un trot soutenu.

L'éclaireur aperçut en approchant d'un côté de la piste une zone d'herbe piétinée. Le silence était seulement troublé par des croassements enjoués : les corbeaux avaient déjà entamé leur festin. Toc arrêta sa monture et, incliné sur sa selle, resta immobile. Aucun des corps en vue ne semblait devoir bouger et les chamailleries excitées des corbeaux ne laissaient guère de doute : les éventuels survivants avaient dû quitter les lieux depuis longtemps. Mais tout cela ne lui disait rien qui vaille. Il y avait quelque chose dans l'air. Quelque chose entre une saveur et une odeur.

Toc attendit, sans trop savoir quoi exactement. Mais il était incapable d'esquisser le moindre geste. Tout à coup, il identifia ce sentiment d'étrangeté : quelqu'un avait eu recours à de la magie.

— C'est bien ma veine, maugréa-t-il avant de mettre pied à terre.

Les corbeaux s'écartèrent, sans vraiment s'éloigner. Ignorant leurs cris offensés, il s'approcha des cadavres, au nombre de douze. Huit portaient des uniformes de l'armée malazéenne. Il ne s'agissait cependant pas de soldats ordinaires. Toc examina leurs casques aux emblèmes d'argent. Des Jakatakiens. Des membres d'un corps d'élite. Taillés en pièces.

Se concentrant sur les quatre derniers corps, Toc sentit un frisson lui remonter l'échine. Rien d'étonnant à ce que les Jakatakiens aient connu un tel sort !

Il alla s'accroupir près de l'un des autres. Il connaissait un peu les marques de clan des Barghasts, ces tatouages de guède permettant d'identifier leurs différents groupes de chasseurs. Avec un petit sifflement, il fit pivoter vers lui le visage du sauvage et hocha la tête, impressionné. Ces gars-là appartenaient au clan Ilgres. Avant d'être recrutés par la Garde Pourpre, leur territoire se trouvait mille cinq cents lieues plus à l'est, dans les montagnes au sud de Porule. Toc se releva. Les Ilgres faisaient partie des guerriers les plus forts à avoir rejoint la Garde Pourpre dans la forêt du Chien Noir, mais celle-ci se trouvait quatre cents lieues plus au nord.

Qu'est-ce qui avait bien pu les amener ici ?

Des relents de magie lui chatouillèrent les narines. Il se retourna et aperçut près d'une étendue d'herbe roussie un corps qu'il n'avait pas encore remarqué.

— Voilà qui répond à ma question, murmura-t-il.

Le groupe avait été mené par un chamane barghast. D'une façon ou d'une autre, ils étaient tombés sur une piste, parfaitement identifiée par le chamane en question. Toc examina son cadavre : il avait reçu un coup d'épée en pleine gorge. C'était le chamane qui avait employé la magie, mais nulle autre sorcellerie ne lui avait répondu, fait d'autant plus surprenant que c'était bien le chamane qui avait trouvé la mort, et non son adversaire.

Toc grogna.

— Ma foi, ne l'appelle-t-on pas le fléau des mages ?

Il fit le tour du carnage et découvrit bien vite une piste. Quelques Jakatakiens avaient survécu et, d'après une série d'empreintes plus légères, c'était aussi le cas de celle dont ils avaient la charge. On trouvait également une demi-douzaine d'empreintes de mocassins. Les traces s'écartaient vers l'ouest de la piste marchande, mais se dirigeaient toutefois vers le sud.

Toc remonta à cheval et fit rebrousser chemin à sa monture. Il tira ensuite un petit arc de son étui de selle, le banda et encocha une flèche. Il n'avait aucune chance de surprendre les Barghasts. Ils l'attendraient avec leurs fichues lances. Il serait repéré bien avant de les avoir à portée de flèche et cette portée s'était énormément raccourcie depuis la perte de son œil. Mais il n'avait pas le choix. Il espérait juste en descendre un ou deux avant de se faire embrocher.

Il cracha de nouveau et enroula les rênes autour de son avant-bras gauche pour manipuler plus facilement son arc. Enfin, il gratta énergiquement la large cicatrice rouge qui lui barrait la figure. De toute manière, cette douloureuse démangeaison ne tarderait pas à revenir.

— Bah ! murmura-t-il en enfonçant ses talons dans les flancs de sa monture.

*

Le monticule isolé qui se dressait sous les yeux de l'Adjointe Lorn n'avait rien de naturel. Un cercle de pierres l'entourait et seul son sommet restait visible. Lorn se demanda ce qu'il pouvait bien contenir, avant de chasser ses craintes. Si ces pierres levées étaient de la taille de celles qu'elle avait vues autour des mystérieux tumulus hors de Genabaris, ce tumulus-là devait remonter à plusieurs millénaires. Elle pivota vers les deux soldats qui titubaient d'épuisement derrière elle.

— Nous allons prendre position ici, déclara-t-elle. Vous, avec l'arbalète, postez-vous en haut, à plat ventre.

L'homme acquiesça d'un bref signe de tête et grimpa d'un pas vacillant jusqu'à la cime de la butte. Son camarade et lui semblaient presque soulagés à l'idée de faire halte, même si leur mort n'en était que plus imminente.

L'Adjointe étudia l'autre soldat. Une barbelure de lance lui avait déchiré l'épaule gauche et le sang coulait encore en abondance sur sa cuirasse. Comment tenait-il debout depuis une heure ? Lorn n'en revenait pas. Il lui adressa un regard résigné, mais qui ne trahissait rien de sa souffrance.

— Je défendrai votre gauche, dit-il en serrant de la main droite la poignée d'un tulwar.

Lorn dégaina sa propre épée longue et scruta le nord. Seuls quatre des six Barghasts restants étaient visibles et ils approchaient lentement.

— Ils essaient de nous prendre de côté, cria-t-elle à l'arbalétrier. Occupez-vous de celui à votre gauche.

L'homme à côté d'elle grogna.

— Adjointe, ma vie n'a pas besoin d'être préservée. Nous sommes chargés de votre protection et…

— Taisez-vous, coupa Lorn. Plus longtemps vous vivrez et mieux je serai protégée.

Le soldat acquiesça en ronchonnant de nouveau.

Les quatre Barghasts se trouvaient à présent à la limite de la portée des arbalètes. Deux d'entre eux avaient encore leurs lances. Les deux autres tenaient de courtes haches. Soudain, un cri retentit à la droite de Lorn. Elle fit volte-face et vit une lance voler droit sur elle.

Un Barghast chargeait.

Elle plaça son épée devant elle et s'agenouilla avant de lever l'arme au-dessus de sa tête, déviant d'un même mouvement la pointe de la lance qui alla se briser à sa droite, contre le tumulus.

Dans son dos, l'Adjointe entendit l'arbalétrier lâcher un trait. Elle se tourna vers les quatre Barghasts qui lui fonçaient dessus et entendit un hurlement de douleur venu de l'autre côté de la butte. Semblant oublier sa blessure, le soldat auprès d'elle empoigna son tulwar des deux mains et se planta fermement sur ses pieds.

— Attention, Adjointe, dit-il.

Le Barghast sur la droite poussa un cri et Lorn le vit du coin de l'œil tomber sous l'impact d'un carreau d'arbalète.

Les quatre guerriers n'étaient plus qu'à dix mètres. Les lances s'envolèrent. Lorn ne bougea pas. Celle qui la visait allait la manquer. Son compagnon s'écarta sur la gauche, mais pas assez pour éviter l'autre lance, qui frappa si violemment sa cuisse droite qu'elle la transperça avant de se ficher dans le sol. Cloué sur place, l'homme ne laissa échapper qu'un léger râle, puis leva son sabre pour arrêter une hache.

Lorn s'occupait déjà d'un Barghast. La hache de celui-ci étant une arme courte, elle en profita pour prendre son adversaire de vitesse et lui allonger une botte. Il tenta de parer avec le manche gainé de cuivre de son arme, mais l'Adjointe, d'un vif mouvement du poignet, avait déjà plongé sa lame sous la hache. La pointe de son épée se logea dans la poitrine du Barghast, déchirant le cuir de son armure comme du tissu.

Emportée par son élan, Lorn faillit tomber. La chute en arrière du Barghast manqua lui arracher l'épée. Elle tituba, s'attendant à se faire fracasser le crâne d'un coup de hache. Recouvrant son équilibre, elle fit volte-face et vit l'arbalétrier, à présent armé d'un tulwar, à la lutte avec un autre Barghast, tout en cherchant des yeux son second garde du corps.

Contre toute attente, celui-ci était encore en vie alors qu'il tenait tête à deux Barghasts. Il avait réussi à tirer la pointe de la lance du sol, mais la hampe demeurait fichée dans sa jambe. Qu'il soit encore capable de bouger – sans parler de se défendre – en disait long sur la discipline et la qualité de la formation des Jakatakiens.

L'Adjointe s'empressa d'engager le fer contre son adversaire le plus proche, à la droite du soldat. Une hache heurta son compagnon en pleine poitrine. Le tranchant de l'arme lourde fendit son armure. L'homme retomba sur un genou en gémissant, aspergeant la terre de son sang.

Trop éloignée pour le secourir, Lorn ne put que contempler, horrifiée, la hache s'abattre cette fois sur la tête du soldat. Son casque s'affaissa et sa nuque se brisa. Il bascula sur la droite, atterrissant aux pieds de l'Adjointe qui trébucha, emportée par son élan.

Un juron échappa à Lorn lorsqu'elle s'affala sur

le Barghast. Elle s'efforça de diriger la pointe de son épée contre le dos du guerrier, mais il esquiva souplement d'un bond. Avant de toucher le sol, elle tenta encore désespérément de l'atteindre. Mais elle sentit son épaule se disloquer au contact de la terre durcie et l'épée s'échappa de sa main engourdie.

À présent, songea-t-elle en roulant sur le dos, *il ne me reste plus qu'à mourir*.

Avec un grognement, le Barghast leva bien haut sa hache.

Une main squelettique jaillit alors du sol sous les yeux de Lorn et empoigna l'une des chevilles du guerrier. Des os craquèrent. Le Barghast hurla. L'Adjointe se demanda vaguement où étaient passés les deux autres sauvages. Les échos du combat semblaient avoir cessé, mais un grondement grandissant faisait vibrer le sol.

Le Barghast abaissa les yeux vers la main qui lui broyait le tibia, puis hurla de nouveau en voyant la lame ondulée d'une épée de silex apparaître entre ses jambes. Lâchant sa hache, il baissa les mains pour tenter de dévier l'épée et adressa des coups de pied furieux à l'aide de sa jambe libre. Trop tard. La lame l'empala et le souleva dans les airs, tandis que son cri d'agonie s'élevait vers les cieux.

Lorn se releva tant bien que mal. Son bras droit pendait, inutile. Elle identifia enfin l'origine du grondement. Un martèlement de sabots. Elle pivota. Un cavalier malazéen approchait. Tout en digérant cette information, elle regarda autour d'elle. Ses deux gardes du corps étaient morts et des flèches dépassaient de deux cadavres de Barghasts.

Elle chercha à reprendre son souffle malgré la douleur dans sa poitrine, puis considéra la créature qui avait surgi du sol. Vêtue de fourrures sales, elle se tenait penchée sur le Barghast dont elle serrait toujours la jambe. De l'autre main, elle tenait son épée de silex, qu'elle avait fini par enfoncer sur toute la longueur du corps de sa victime. La pointe ressortait maintenant au niveau du cou du Barghast.

— Voilà des jours que je vous attends, dit Lorn, la foudroyant du regard.

La créature leva sur elle un visage dissimulé par l'ombre du rebord jauni de son casque en os. Lorn vit alors que ce casque n'était autre que le crâne d'une bête à cornes, dont seule une corne subsistait.

Le cavalier arriva dans son dos.

— Adjointe ! s'écria-t-il, en mettant pied à terre.

Une flèche encore encochée dans son arc, il la rejoignit. De son unique œil, il l'inspecta sous toutes les coutures puis, apparemment rassuré quant à la gravité de ses blessures, il se concentra sur la créature trapue qui leur faisait face.

— Par le souffle de Goule ! Un T'lan Imass.

Furieuse, Lorn continuait à dévisager ce dernier.

— Je savais que vous étiez dans les parages, reprit-elle. C'était la seule explication à la présence ici d'un chamane barghast et de ses chasseurs d'élite. Il a sans doute utilisé une Garenne pour se déplacer. Alors ? Où étiez-vous ?

Toc le Jeune la dévisageait, stupéfait par cet accès de colère, avant de reporter son attention sur le T'lan Imass.

La dernière fois qu'il en avait vu, c'était en Sept-

Cités, huit ans plus tôt. Et encore, de loin, quand ces légions de non-morts s'étaient mises en route vers les friches occidentales pour une mission dont même l'Impératrice ne savait rien. En voir un d'aussi près maintenant piquait sa curiosité. Toutefois, leur représentant n'était guère impressionnant. Sorcellerie ou pas, ses trois cent mille ans avaient un prix. Sa peau lustrée d'un brun noisette et rappelant le cuir était tendue sur son robuste squelette. La chair qu'elle avait jadis dû recouvrir était désormais réduite à de minces lanières, aussi dures que des racines de chêne. Quelques muscles se devinaient çà et là. La face de la créature – ce que Toc pouvait en voir, en tout cas – affichait une lourde mandibule au menton fuyant, des pommettes saillantes et des arcades sourcilières prononcées, dont les orbites évoquaient des puits de ténèbres.

— Je vous ai posé une question, T'lan, reprit Lorn d'un ton grinçant. Où étiez-vous ?

Avec un craquement d'os, l'Imass examina ses pieds.

— J'explorais, répondit-il d'un ton calme, d'une voix née des pierres et de la poussière.

— Votre nom ? s'enquit Lorn.

— Onos Out'ilan. Anciennement du clan Tarad des T'lan de Logros. Engendré durant l'automne de l'An Morne, neuvième fils du Clan affûté comme guerrier lors de la Sixième Guerre Jaghute…

— Ça suffira comme ça, coupa Lorn.

Ses épaules tombèrent et Toc se rapprocha d'elle. Elle releva la tête, sourcils froncés.

— Vous avez vraiment une sale mine. Mais je suis

quand même contente de vous voir, ajouta-t-elle avec un petit sourire.

Toc sourit à son tour.

— Commençons par le commencement, Adjointe. Trouvons un endroit pour vous reposer.

Elle se laissa guider vers une petite butte herbeuse située près du tumulus et ne protesta pas quand Toc la fit asseoir. Il jeta ensuite un coup d'œil en arrière. Le T'lan Imass n'avait pas bougé d'un pouce. Il s'était cependant retourné et semblait à présent étudier le tumulus.

— Il va falloir immobiliser votre bras, dit Toc à la jeune femme épuisée, tout en s'accroupissant près d'elle. On m'appelle Toc le Jeune.

À ce nom, Lorn se redressa un peu.

— J'ai connu votre père.

Son sourire revint :

— Un grand archer, lui aussi.

Toc inclina la tête.

— C'était également un excellent commandant, poursuivit Lorn en étudiant le visage ravagé du jeune homme qui s'occupait de son bras. L'Impératrice a beaucoup regretté sa mort.

— Sa disparition, coupa Toc, tendu.

Détournant les yeux, il entreprit de retirer le gantelet de l'Adjointe.

— Rien ne prouve sa mort.

— Certes, concéda Lorn avec douceur. Sa disparition, depuis la mort de l'Empereur.

Elle grimaça de douleur quand Toc arracha finalement son gantelet pour le jeter de côté.

— Je vais avoir besoin de tissu, annonça-t-il.

Il se leva et Lorn le regarda se diriger vers l'un des Barghasts morts. Elle ignorait tout de l'identité de son contact. Elle savait juste qu'il s'agissait du dernier membre de la Griffe encore en vie parmi les forces de Dujek. Elle se demanda pourquoi Toc le Jeune s'était écarté de façon aussi tranchée de la voie suivie par son père. Appartenir à la Griffe ne comportait nul agrément, nulle fierté. Terreur et efficacité, voilà ce qui comptait.

À l'aide d'un poignard, Toc entailla l'armure de cuir tanné du Barghast, dévoilant une grossière chemise de laine, qu'il entreprit de découper en lanières. Il rejoignit enfin l'Adjointe, une poignée de bandes de tissu à la main.

— J'ignorais que vous seriez accompagnée d'un Imass, dit-il en s'accroupissant de nouveau.

— Ils choisissent leur propre mode de locomotion, répliqua Lorn avec une pointe de colère. Et ils arrivent quand cela leur chante. Mais oui, il joue un rôle à part entière dans ma mission.

Elle se tut soudain, serrant les dents comme Toc lui passait sous le bras une écharpe improvisée.

— Je n'ai guère de bonnes nouvelles à vous transmettre, déclara Toc.

Il l'informa de la disparition de Paran et du départ de Mésangeai et de ses hommes, sans le capitaine, tout en finissant de disposer l'écharpe à sa convenance. Enfin, il se redressa en soupirant.

— Malédiction ! siffla Lorn. Aidez-moi à me relever.

Toc s'exécuta. Vacillante, elle lui agrippa l'épaule pour se rétablir, puis fit un signe du menton.

— Mon épée.

Il se rendit à l'endroit indiqué et découvrit bientôt l'épée longue dans l'herbe. Son œil se plissa en identifiant la poussiéreuse lame rouge de l'arme.

— Une épée d'Otataral, commenta-t-il. Le minerai qui anéantit la magie.

— Et les mages, ajouta Lorn.

Elle saisit tant bien que mal l'épée dans sa main gauche et la rengaina.

— J'ai vu le chamane mort, dit Toc.

— Ma foi, pour vous autres de Sept-Cités, l'Otataral n'a rien de mystérieux mais peu de gens en ont entendu parler ici. J'aimerais autant que cela continue.

— Compris, Adjointe.

Toc se tourna vers l'Imass.

— L'Otataral ne peut pas venir à bout de leur magie à eux, expliqua Lorn, semblant lire dans ses pensées. Croyez-moi, la chose a déjà été essayée. Les Garennes des Imass sont analogues à celles des Jaghuts et des Forkruls Assail : anciens et liés au sang et à la terre. Son épée de silex ne se brisera jamais, et elle est capable de trancher le meilleur acier aussi aisément que la chair et les os.

Toc frémit avant de cracher.

— Je ne vous envie pas votre compagnie, Adjointe.

Lorn sourit.

— Vous allez pourtant la partager quelque temps, Toc le Jeune. Pale se trouve encore bien loin.

— Six ou sept jours de marche. Je pensais que vous seriez à cheval.

Lorn laissa échapper un profond soupir.

— Le chamane barghast a frappé nos montures. Un mal les a toutes emportées. Même mon étalon, que j'avais pris avec moi par Garenne.

Ses traits creusés s'adoucirent, reflétant un chagrin sincère.

Toc en fut surpris. Tout ce qu'il avait entendu dire sur l'Adjointe l'avait conduit à imaginer une sorte de monstre froid, l'implacable main de la mort, prête à frapper à tout instant. Peut-être était-ce vrai aussi. Il espérait ne pas en être témoin. Après tout, elle ne s'était guère apitoyée sur ses gardes.

— Vous prendrez ma jument, Adjointe, dit-il. Ce n'est pas un cheval taillé pour la bataille, mais elle est rapide et très endurante.

Lorn sourit en arrivant à l'endroit où Toc avait laissé sa monture.

— Une Wickienne, commenta-t-elle en flattant l'encolure de la jument. Trêve de modestie, Toc le Jeune, ou je vais perdre toute confiance en vous. C'est une bête superbe.

Toc l'aida à monter.

— Et l'Imass ? demanda-t-il. On le laisse là ?

— Il trouvera son propre chemin, acquiesça Lorn. Offrons à cette jument l'occasion de faire ses preuves. On dit que le sang des Wickiens sent le fer. Venez, ordonna-t-elle en tendant son bras gauche à Toc.

L'éclaireur eut bien du mal à dissimuler sa surprise. Partager sa selle avec l'Adjointe de l'Impératrice ? L'idée était si absurde qu'il manqua éclater de rire.

— Je peux marcher, Adjointe, maugréa-t-il d'un ton bourru. Vous n'avez plus de temps à perdre. En vous dépêchant, vous pourrez être en vue des remparts de Pale dans trois jours. Moi, j'avancerai par étapes de dix heures.

— Non, Toc le Jeune, répliqua-t-elle sèchement. J'aurai besoin de vous à Pale et je veux tout savoir sur Dujek, Tayschrenn et les légions. Mieux vaut que j'arrive un peu plus tard que mal préparée. Maintenant, prenez mon bras et allons-y.

Toc obéit. La jument renâcla alors et fit un écart si brusque que l'Adjointe et lui faillirent tomber. Ils découvrirent soudain Onos Out'ilan, la tête levée vers Lorn.

— Le tombeau a livré une vérité, Adjointe, déclara le T'lan Imass.

Toc sentit la jeune femme se raidir.

— Laquelle ?

— Nous sommes sur la bonne voie.

Toc se dit que la voie à laquelle se référait l'Imass n'avait rien à voir avec la piste menant à Pale. Lorn fit silencieusement pivoter leur monture et le jeune homme jeta un dernier coup d'œil au tumulus et à Onos Out'ilan. Ni l'un ni l'autre ne semblaient prêts à dévoiler leurs secrets, mais la réaction de l'Adjointe lui avait donné un frisson. Son œil crevé le démangea de nouveau. Jurant dans sa barbe, il recommença à se gratter.

— Quelque chose ne va pas, Toc le Jeune ? s'enquit Lorn sans se retourner.

Il réfléchit soigneusement à sa réponse.

— La rançon de l'aveuglement, Adjointe. Rien de plus.

*

Le capitaine Paran arpentait l'étroite pièce.

C'était absurde ! On le cachait, voilà tout ce qu'il savait. Mais les réponses qu'il cherchait ne pouvaient venir que d'une magicienne clouée au lit par une étrange fièvre ou d'un pantin acariâtre dont les yeux peints le dévisageaient avec une haine farouche.

De vagues souvenirs le hantaient. La sensation de la pierre froide et glissante sous ses ongles, son corps exsangue, puis la vision floue d'un énorme chien – un Molosse ? – dans cette même pièce, un chien à l'haleine empestant la mort. Cet animal avait voulu tuer la magicienne et Paran l'en avait empêché. Comment, impossible à dire.

Le capitaine redoutait que le chien ne soit pas mort et craignait son retour. Le pantin ignorait la plupart de ses questions. Quand il daignait lui adresser la parole, c'était pour lui lancer de terribles menaces. Apparemment, la présence de la magicienne – le simple fait qu'elle refuse de mourir – était tout ce qui retenait le dénommé Toupet de mettre ses menaces à exécution.

Où était donc passé Mésangeai ? Le sergent était-il parti sans lui ? Quelles en seraient les conséquences vis-à-vis de l'Adjointe Lorn ?

Cessant de faire les cent pas, Paran riva un regard irrité sur la magicienne. Toupet lui avait raconté qu'elle s'était arrangée pour le cacher juste avant l'arrivée du Grand Mage Tayschrenn, qui avait senti la présence du chien. Le capitaine ne s'en souvenait absolument pas, mais il se demandait bien comment cette femme avait pu accomplir quoi que ce soit après ce qu'elle avait connu. Toupet, ironique, lui avait dit qu'elle n'avait même pas eu conscience d'ouvrir une dernière fois sa Garenne, qu'elle avait agi par pur instinct. Paran avait toutefois l'impression que cette manifestation de puissance avait effrayé le pantin. Toupet semblait désirer la mort de la magicienne, mais il paraissait incapable d'agir lui-même à ce sujet, à moins qu'il ne fût trop effrayé pour essayer. Il avait marmonné quelque chose à propos de protections qu'elle avait dû dresser autour d'elle.

Rien n'avait entravé les soins que Paran lui avait prodigués. Sa fièvre avait fini par chuter la nuit précédente et le capitaine commençait à se sentir à court de patience. Si la magicienne ne se réveillait pas très vite, il prendrait les choses en main. Il quitterait cette cachette et se lancerait peut-être à la recherche de Toc le Jeune, s'il parvenait à sortir de ce bâtiment sans croiser Tayschrenn ou n'importe quel officier.

Emporté par ses pensées, Paran observait toujours la magicienne d'un regard absent. Lentement, il prit conscience d'un changement. Elle avait ouvert les yeux et l'observait.

Il esquissa un pas vers le lit, mais fut arrêté net.

— J'ai entendu la Pièce tomber, Capitaine.

Il pâlit, soudain rattrapé par un souvenir.

— Une pièce ? s'enquit-il dans un souffle.

Une pièce qui tourne ? La voix de dieux, de trépassés. Des hurlements de Molosses. Autant de fragments de ma mémoire en lambeaux.

— Elle a cessé de tourner, répondit la magicienne en se redressant. De quoi vous souvenez-vous ?

— De presque rien, avoua-t-il, interloqué par sa

propre franchise. Le pantin n'a même pas voulu me donner votre nom.

— Loquevoile. J'ai… fréquenté Mésangeai et son escouade.

Une voile de prudence parut tomber sur ses paupières lourdes.

— Je devais veiller sur vous jusqu'à votre rétablissement.

— Je crois que vous l'avez fait, répliqua Paran. Et je vous ai rendu la pareille. Nous sommes quittes, Magicienne.

— Très juste. Et maintenant, que fait-on ?

— Vous n'en savez rien ? répondit Paran en ouvrant des yeux ronds.

Loquevoile haussa les épaules.

— Mais c'est ridicule ! s'exclama-t-il. Je n'ai pas la moindre idée de ce qui se passe. Je me suis réveillé en compagnie d'une sorcière au seuil de la mort et d'un pantin qui parle. L'unité que j'étais censé diriger a disparu. Mon escouade est déjà partie pour Darujhistan ?

— Je n'ai guère de réponses à vous donner, murmura Loquevoile. Tout ce que je peux vous dire, c'est que le sergent tenait à vous voir rester vivant car il a besoin de savoir qui a tenté de vous assassiner. Nous aimerions tous le savoir, en fait.

Elle se tut, pleine d'espoir.

Paran scruta son visage rond et livide. Quelque chose en elle allait au-delà de son apparence physique banale, la transcendait même, suscitant en lui des réactions surprenantes. Elle avait d'ailleurs un visage amical et le capitaine ne se rappelait même plus la dernière fois qu'on l'avait regardé ainsi. Il en était tout désarçonné et n'avait plus que Loquevoile à qui se raccrocher. Cela lui donnait la sensation de tomber dans une spirale occupée par la magicienne. Tomber ? Ou monter ? Il n'en était pas sûr et cette incertitude le rendait méfiant.

— Je ne m'en souviens pas du tout, répondit-il enfin.

Ce n'était pas tout à fait un mensonge, même si le regard mi-clos de la magicienne lui en donna l'impression.

— Je pense, ajouta-t-il malgré ses appréhensions, qu'ils étaient deux. Je me souviens vaguement d'une conversation, mais j'étais mort, je crois.

— Vous avez néanmoins entendu une pièce tourner, insista Loquevoile.

— Oui, admit-il, perplexe.

Et plus encore... Un lieu... jaune, une lumière infernale, un chœur de gémissements, une tête de mort...

Loquevoile hocha la tête, comme si l'un de ses soupçons se confirmait.

— Un dieu est intervenu, Capitaine. Il vous a rendu la vie. Cela pourrait passer pour une faveur, mais je crains qu'il ne soit pas question de générosité. Vous me suivez ?

— On se sert de moi, répliqua-t-il d'une voix neutre.

Loquevoile haussa un sourcil.

— Cela ne vous dérange pas ?

Paran se détourna, haussant les épaules.

— Ça n'a rien de bien nouveau, marmonna-t-il.

— Je vois, dit-elle. Mésangeai avait donc raison.

Vous n'êtes pas un simple nouveau capitaine. Vous êtes beaucoup plus que cela.

— C'est mon affaire, répliqua-t-il d'un ton sec, évitant toujours le regard de la magicienne.

La mine sombre, il lui fit face.

— Et votre rôle à vous, là-dedans, quel est-il ? Vous avez pris soin de moi, dans quel but ? Vous servez votre dieu, c'est ça ?

Loquevoile éclata de rire.

— Sûrement pas. D'ailleurs, je n'ai pas fait grand-chose pour vous. Oponn s'est occupé de tout.

Paran se figea.

— Oponn ?

Les Jumeaux, le frère et la sœur – les Jumeaux du Hasard. Lui qui attire, elle qui repousse. Sont-ils venus me trouver dans mes rêves ? Ces voix, cette allusion à… mon épée.

Il resta un moment silencieux, puis se dirigea vers la commode. Son arme était posée dessus. Paran plaça une main sur la poignée.

— J'ai acheté cette épée il y a trois ans, même si c'était la première fois que je m'en servais l'autre jour, contre le chien.

— Vous vous en souvenez ?

Quelque chose dans le ton de Loquevoile le fit se retourner, et il lut dans ses yeux une crainte qu'elle ne tentait nullement de dissimuler. Il hocha la tête.

— J'ai donné un nom à cette arme le jour de son achat.

— Lequel ?

Paran esquissa un sourire lugubre.

— Hasard.

Loquevoile ferma les yeux et poussa un long soupir.

— Cette trame se tisse depuis longtemps, commenta-t-elle. Néanmoins, même Oponn n'aurait pu imaginer que le premier sang que ferait couler votre lame serait celui d'un Molosse de l'Ombre.

Les yeux clos, Paran soupira à son tour.

— Ce chien était donc un Molosse.

Loquevoile le confirma d'un signe de tête.

— Vous avez rencontré Toupet ?

— Oui.

— Prenez garde à lui. Ma fièvre a été déclenchée par la Garenne du Chaos qu'il a ouverte. En admettant que les Garennes suivent une réelle orientation, celle de Toupet est diamétralement opposée à la mienne. Il est fou, Capitaine. Et il a juré de vous tuer.

Paran ceignit son épée.

— Quel est son rôle dans toute cette histoire ?

— Je n'en sais trop rien.

Voilà qui ressemblait fort à un mensonge. Mais Paran n'insista pas.

— Toupet passait chaque soir prendre des nouvelles de votre santé, dit-il. Mais je ne l'ai pas vu ces deux dernières nuits.

— Combien de temps suis-je restée sans connaissance ?

— Six jours, je crois. Même si je pense avoir autant de mal que vous avec le passage du temps.

Il gagna la porte.

— Tout ce que je sais, c'est que je ne peux pas me cacher ici éternellement.

— Attendez ! s'exclama Loquevoile.

Paran sourit.

— Fort bien, dit-il en se retournant de nouveau. Expliquez-moi pourquoi je ne devrais pas partir.

La magicienne hésita avant de répondre.

— J'ai encore besoin de vous ici.

— Pour quelle raison ?

— Ce n'est pas moi qui effraie Toupet, répondit-elle, visiblement à contrecœur. C'est vous, votre épée, qui m'avez maintenue en vie. Il a vu ce que vous avez réussi à faire au Molosse.

Paran jura dans sa barbe. Même si Loquevoile n'était qu'une étrangère, cet aveu le touchait. Il s'efforça de résister à la compassion naissante qu'il sentait monter en lui, se disant que sa mission était prioritaire, qu'il avait déjà payé sa dette envers cette femme – si dette il y avait eu – et qu'elle était loin de lui avoir donné toutes les raisons justifiant qu'il reste caché – ce qui voulait dire qu'elle ne lui faisait pas confiance.

Il se répéta tous ces arguments, mais aucun ne semblait suffire.

— Si vous partez, insista-t-elle, Toupet me tuera.

— Et les défenses qui vous entourent ? demanda-t-il d'un ton presque désespéré. Toupet dit que vous avez des protections.

Loquevoile eut un sourire crispé.

— Vous croyez vraiment qu'il va venir vous raconter combien vous êtes dangereux ? Des protections ?

Elle éclata de rire.

— J'ai à peine la force de rester assise. Si j'essayais d'ouvrir ma Garenne dans cet état, son énergie me consumerait et me réduirait en cendres. Toupet préfère vous laisser dans l'ignorance – de tout. Il a menti.

Ces propos sonnèrent eux aussi comme une demi-vérité aux oreilles de Paran. Mais ils semblaient au moins expliquer la haine du pantin à son égard, ainsi que sa terreur manifeste. Paran était persuadé que le plus grand menteur des deux était Toupet et non Loquevoile. Il n'avait certes pas grand-chose pour soutenir cette certitude mais, au moins, Loquevoile était… humaine. Il soupira.

— Tôt ou tard, Magicienne, dit-il en débouclant son ceinturon et en reposant l'épée sur la commode, il faudra cesser de jouer au plus malin. Oponn ou pas, nous avons un ennemi commun.

Loquevoile poussa un soupir de soulagement.

— Merci. Euh… Capitaine ?

Il lui adressa un regard méfiant.

— Quoi ?

Elle afficha un grand sourire.

— Ravie de faire votre connaissance.

Paran se renfrogna. Voilà qu'elle remettait ça.

*

— Ces militaires paraissent bien mécontents, dit Lorn en patientant devant la porte Nord de Pale.

L'un des gardes était parti en ville leur chercher une seconde monture, tandis que les trois autres marmonnaient non loin.

Toc le Jeune avait mis pied à terre. Il se rapprocha de sa jument.

— C'est le cas, Adjointe. Très mécontents. Le

démantèlement de la 2e et de la 6e a entraîné une réorganisation complète de la hiérarchie. Plus personne ne se retrouve au même endroit qu'avant, jusqu'au dernier des troufions. Et maintenant, on raconte que les Brûleurs de Ponts vont être mis au placard.

Jetant un coup d'œil aux trois soldats, il surprit leur regard dur braqué sur lui et sur l'Adjointe.

— Les gars d'ici n'aiment pas ça, conclut-il à mi-voix.

Lorn se renversa sur sa selle. La douleur de son épaule s'était changée en élancement continu, et elle était soulagée que le voyage fût terminé, pour l'instant. Ils n'avaient pas revu le T'lan Imass, même si la jeune femme avait souvent senti sa présence dans le vent et la poussière, ou sous la plaine craquelée. Mais en compagnie de Toc le Jeune, elle avait senti la sourde colère agitant les forces malazéennes de ce continent.

Dix mille soldats étaient au bord de la révolte. Après avoir sauvagement supprimé les espions en leur sein, ils n'attendaient plus qu'un signe du Haut Poing Dujek. Le Grand Mage Tayschrenn n'arrangeait pas les choses en donnant ouvertement des ordres contraires à ceux de Dujek. Pourtant, cette étrange histoire d'affrontement entre un Molosse de l'Ombre et la dernière magicienne de la 2e la contrariait bien plus encore. C'était un véritable mystère, d'une importance capitale. Pour peu qu'elle s'en charge, tout le reste pouvait être traité en temps et en heure.

Elle avait hâte de rencontrer Tayschrenn et cette magicienne, Loquevoile. Ce nom lui disait quelque chose, apparemment lié à des souvenirs d'enfance. Un voile de terreur pesait sur ses souvenirs troubles. Mais elle était bien décidée à s'en occuper le moment venu.

La grille s'ouvrit enfin. Lorn vit le garde approcher avec un destrier, il n'était plus seul. Toc le Jeune se mit au garde-à-vous, avec une énergie qui amena l'Adjointe à s'interroger sur sa loyauté. Elle mit pied à terre lentement, puis fit un signe de tête au Haut Poing Dujek.

Celui-ci semblait avoir vieilli d'une bonne dizaine d'années depuis leur dernière entrevue à Genabaris, treize mois plus tôt. Un sourire effleura les lèvres de Lorn à l'idée du spectacle qu'ils devaient offrir : le Haut Poing, un manchot usé et las, l'Adjointe de l'Impératrice, le bras droit en écharpe, et Toc le Jeune, ultime représentant de la Griffe sur Genabackis, borgne et à moitié défiguré par ses brûlures. Ils représentaient trois des quatre pouvoirs de l'Empire et tous étaient en piteux état.

Se méprenant sur son sourire, Dujek le lui rendit.

— Moi aussi, Adjointe, je suis heureux de vous voir. Je surveillais le réapprovisionnement quand on m'a prévenu de votre arrivée.

Il l'observa ensuite plus attentivement et sa mine redevint grave.

— Je vais vous faire mander un guérisseur Denul, Adjointe.

— La sorcellerie ne marche pas sur moi, Haut Poing. Depuis longtemps. Un guérisseur normal suffira. À condition que je n'aie pas à utiliser mon épée à l'intérieur de Pale, ajouta-t-elle en plissant les yeux.

— Je ne peux rien vous garantir là-dessus, répliqua Dujek avec désinvolture. Allons, venez.

Lorn se tourna vers Toc le Jeune.

— Merci de m'avoir escortée, soldat.

Dujek éclata de rire, rivant sur Toc un regard brillant.

— Ne vous fatiguez pas, Adjointe. Je connais Toc le Jeune et je sais pertinemment ce qu'il est. Comme pratiquement tout le monde ici. S'il est aussi bon dans la Griffe que comme militaire, vous feriez bien de vous assurer qu'il reste en vie.

— Ce qui signifie ?

— Que seule sa réputation de soldat de la 2e lui évite de se faire trancher la gorge. Autrement dit, sortez-le de Pale.

Lorn jeta un coup d'œil à Toc.

— Je vous verrai plus tard, déclara-t-elle.

Emboîtant le pas à Dujek, ils franchirent l'arche massive de la porte. Les rues regorgeaient de militaires chargés de diriger les chariots des marchands et la foule des citadins. Les traces du déluge mortel marquaient encore de nombreux édifices, mais des ouvriers s'étaient attelés aux travaux de rénovation sous la direction de soldats.

— La purge de la noblesse est imminente, annonça Dujek. Tayschrenn veut que la chose soit systématique et publique.

— Telle est la politique impériale, répliqua Lorn avec raideur. Vous le savez très bien, Haut Poing.

Dujek lui décocha un regard indigné.

— Pendre neuf nobles sur dix, Adjointe ? Enfants compris ?

Elle le dévisagea.

— Voilà qui semble excessif.

Dujek se tut, l'entraînant le long de l'avenue principale, avant de monter vers son quartier général. De nombreux visages impassibles se retournaient sur eux : les habitants de la ville semblaient connaître l'identité de Dujek. Lorn s'efforça de définir l'atmosphère née de la présence du Haut Poing, mais elle ne put déterminer s'il était question de crainte, de respect ou des deux à la fois.

— Ma mission me conduira bientôt hors de cette ville, reprit-elle lorsqu'ils arrivèrent aux abords d'une bâtisse de pierre à trois étages dont une douzaine de sentinelles aux aguets barraient l'entrée.

— Je ne veux rien savoir, Adjointe, coupa Dujek. Faites ce que vous avez à faire. Ne traînez pas dans mes pattes, voilà tout.

Bien que son intonation ne soit pas vraiment menaçante, Lorn se tendit. Cet homme était à bout de nerfs et sans aucun doute à cause de Tayschrenn. Que fabriquait donc le Grand Mage ?

La situation puait l'incompétence à plein nez.

— Comme je disais, poursuivit Lorn, mon séjour sera bref. Je profiterai toutefois de ma présence pour signifier clairement au Grand Mage que ses interventions dans la gestion de cette ville ne seront pas tolérées, ajouta-t-elle d'un ton plus ferme. Si vous avez besoin d'un appui, Dujek, vous l'avez.

Ils s'arrêtèrent juste devant l'entrée et le vieil homme la dévisagea longuement, comme pour évaluer sa sincérité. Mais lorsqu'il reprit la parole, sa réponse étonna Lorn.

— Je suis capable de régler mes problèmes tout seul, Adjointe. Faites ce que vous voudrez, mais je ne vous demande rien.

— Vous autoriserez donc cette purge excessive de la noblesse ?

Les traits de Dujek se renfrognèrent.

— L'art de la guerre peut s'appliquer à n'importe quelle situation, Adjointe. Et le Grand Mage n'a rien d'un tacticien.

Il pivota et la conduisit en haut des marches. Deux gardes leur ouvrirent des portes visiblement neuves et renforcées de bronze, et ils pénétrèrent dans l'édifice.

Ils empruntèrent un long et large couloir bordé de battants espacés d'environ quatre mètres, chacun gardé par des militaires. Pour Lorn, il était clair que l'incident du Molosse avait renforcé les précautions mises en œuvre au point de friser le ridicule.

— Haut Poing, a-t-on essayé d'attenter à votre vie ? demanda-t-elle tout à coup.

Dujek lâcha un grognement amusé.

— Quatre fois la semaine dernière, Adjointe. On finit par s'y habituer. Tous ces soldats se sont portés volontaires : ils ne m'écoutent même plus. Le dernier assassin a été découpé en si petits morceaux que je n'ai même pas pu déterminer s'il s'agissait d'un homme ou d'une femme.

— Vos légions comptent-elles beaucoup de natifs de Sept-Cités ?

— Oh oui. Loyaux à l'excès quand ils s'y mettent.

Loyaux à quoi ? Et à qui ? Ces temps-ci, les recrues de Sept-Cités n'étaient plus envoyées à Genabackis.

L'Impératrice ne tenait pas à ce que les soldats de Dujek apprennent que leur terre natale était à deux doigts d'une rébellion ouverte. Une telle information aurait pu faire pencher la balance ici, sur Genabackis, déclenchant du coup le soulèvement de Sept-Cités. Lorn et l'Impératrice n'ignoraient pas à quel point la situation était devenue dangereuse, elles devaient procéder avec une extrême prudence pour tenter de réparer les dégâts. Et il était désormais évident que Tayschrenn constituait un problème majeur.

Lorn se dit soudain qu'elle avait davantage besoin de l'appui de Dujek que lui du sien.

Ils parvinrent au bout du couloir, devant les doubles vantaux d'une énorme porte. Les soldats postés là l'ouvrirent après avoir salué le Haut Poing. Elle donnait sur une vaste salle au centre de laquelle trônait une table en bois dur encombrée de cartes, de rouleaux, d'encriers et de pots de peinture.

La porte se referma derrière eux.

— Tayschrenn a été informé de votre arrivée, annonça Dujek en s'asseyant sur le rebord de la table. Mais il aura un peu de retard. Si vous avez des questions au sujet des derniers événements à Pale, Adjointe, c'est le moment de les poser.

Lorn savait qu'il lui offrait l'occasion d'entendre des réponses autres que celles de Tayschrenn, même s'il lui revenait au bout du compte d'accepter l'une ou l'autre version. Elle commençait à mieux comprendre le commentaire du vieil Unbras sur l'art de la guerre. Gagnant le fauteuil le plus proche, elle s'installa avec précaution au milieu des coussins.

— Très bien, Haut Poing. Commençons par les

petits problèmes. Avez-vous rencontré des difficultés avec les Moranths ?

Dujek fronça les sourcils.

— C'est drôle que vous me posiez cette question. Ils commencent à faire preuve de scrupules. J'ai eu un mal de chien à obtenir que les légions des Ors – leurs guerriers d'élite – combattent Caladan Rumin. Apparemment, ils le jugent trop honorable pour le traiter en ennemi. Toute l'alliance a failli capoter à cause de ça mais ils ont fini par obtempérer. J'enverrai bientôt les Noirs les rejoindre.

Lorn acquiesça :

— Même problème avec les Verts et les Bleus à Genabaris. D'où mon arrivée par voie terrestre. L'Impératrice suggère de tirer le maximum de cette alliance, étant donné que celle-ci risque de ne pas durer.

— Nous n'avons guère le choix, grommela Dujek. Combien de légions supplémentaires recevrai-je au printemps ?

— Deux, répondit-elle. Et un régiment de lanciers wickiens. Les Wickiens et la 11e légion arriveront à Nathilog. La 9e débarquera à Nisst pour se joindre aux unités de conscrits. L'Impératrice considère que ces renforts suffiront à mettre la Garde Pourpre en déroute au passage du Renard, ouvrant ainsi le flanc de Rumin.

— Dans ce cas, l'Impératrice se berce d'illusions, répliqua sèchement Dujek. Les conscrits ne sont pas bons à grand-chose et, l'année prochaine à la même époque, la Garde Pourpre aura libéré Nisst, Treet, Chat-Borgne, Porule, Garait…

— Je connais la liste, coupa Lorn en se relevant brusquement. Vous aurez deux légions de plus l'an prochain, Haut Poing. C'est tout.

Dujek réfléchit, les yeux rivés sur la carte épinglée sur le dessus de la table. Lorn attendit. Elle savait qu'il révisait ses plans pour la saison prochaine. Plongé dans un univers composé de divisions et de matériel, il s'efforçait de prévoir les intentions de Caladan Rumin et du commandant de la Garde Pourpre, le Prince K'azz. Finalement, il se racla la gorge.

— Adjointe, serait-il possible d'inverser les débarquements ? La 11e et les lanciers wickiens sur la côte est, au sud de Pomme. La 9e sur la côte ouest, à Tulipes.

Lorn s'approcha de la table pour examiner la carte. Tulipes ? Pour quoi faire ? Cela n'avait aucun sens.

— L'Impératrice sera curieuse de connaître vos nouveaux plans, Haut Poing.

— Ce qui signifie « peut-être ».

Dujek frotta sa barbe de trois jours, puis inclina sèchement la tête.

— Très bien, Adjointe. Tout d'abord, les conscrits ne tiendront pas le passage du Renard. La Garde Pourpre sera dans les terres du nord avant l'arrivée des renforts. Ce secteur est surtout dévolu à l'agriculture et l'élevage. En nous repliant pour ramener les conscrits à Nisst, nous raserons tout. Plus de récoltes, plus de bétail. K'azz devra apporter avec lui tout le nécessaire. Et toute armée en marche, toute armée qui poursuit un ennemi en déroute, laisse forcément son convoi de ravitaillement prendre du retard, trop pressée qu'elle est de rattraper l'ennemi pour lui porter un coup fatal. C'est là que les lanciers wickiens interviendront.

Les Wickiens n'avaient pas leur pareil pour les raids, Lorn le savait. Dans ce type de région, ils seraient insaisissables, avec des conséquences redoutables.

— Et la 11e dans tout cela ?

— Un tiers sera stationné à Nisst. Le reste avancera à marche forcée vers le passage du Renard.

— Pendant que Caladan Rumin restera au sud de la forêt du Chien Noir ? C'est absurde, Haut Poing.

— Vous avez suggéré d'utiliser les Moranths au maximum, non ? Eh bien, à partir de Tulipes, ils organiseront avec leurs quorls un gigantesque pont aérien.

Le regard de Dujek se concentra sur cette partie de la carte.

— Je veux que la 9e se retrouve au sud du marais du Chien Noir lorsque je retirerai mes forces pour les placer au sud de Rumin. Une poussée concertée des Dorés et des Noirs devrait l'expédier droit vers nous, pendant que ses alliés de la Garde Pourpre resteront coincés de l'autre côté du passage du Renard.

— Vous comptez transporter toute une légion par voie aérienne ?

— L'Impératrice veut-elle que cette guerre soit gagnée de son vivant ou pas ?

Dujek se mit à arpenter la pièce.

— Notez bien, reprit-il, comme si le doute le rattrapait soudain, qu'il se pourrait que tout cela soit purement théorique. Si j'étais Rumin, je…

Il ne termina pas sa phrase et pivota vers Lorn :

— Les débarquements seront-ils inversés ?

Elle étudia les traits du Haut Poing. Elle sentait qu'il venait d'avoir une brusque intuition en rapport avec Caladan Rumin et que la question était en effet désormais purement théorique à ses yeux. Lorn se rendait aussi compte qu'il n'entendait nullement partager ses réflexions avec elle. Elle étudia de nouveau la carte, s'efforçant d'y voir ce que Dujek avait vu. Mais c'était sans espoir : la tactique militaire n'était pas son fort. Percer les pensées de Dujek était déjà difficile, alors comment aurait-elle pu deviner celles de Caladan Rumin ?

— Votre plan, quoique téméraire, est à ce jour officiellement accepté au nom de l'Impératrice. Votre requête sera satisfaite.

Dujek acquiesça mollement.

— Une dernière chose, Haut Poing, avant que Tayschrenn arrive. Un Molosse de l'Ombre est-il venu ici ?

— Oui. Je n'étais pas sur place mais j'ai vu les dégâts qu'il a causés. Sans Loquevoile, ç'eût été bien pire.

Lorn surprit dans les yeux du Haut Poing une lueur d'horreur qui lui rappela la scène de la route côtière en Itko Kan, deux ans auparavant.

— J'ai déjà eu l'occasion d'observer les ravages accomplis par des Molosses, dit-elle.

Leurs regards se croisèrent et, l'espace d'un instant, ils partagèrent une même et profonde émotion. Dujek détourna les yeux.

— Cette Loquevoile, reprit Lorn, afin de dissimuler un soupçon de regret, elle doit être très douée.

— C'est la seule de son cadre à avoir survécu à l'assaut de Tayschrenn contre Sangdelune.

— Vraiment ?

Lorn trouva cette révélation encore plus remarquable. Elle se demanda si Dujek nourisssait de quelconques soupçons, mais la suite des propos du Haut Poing la rassura.

— D'après elle, il s'est juste agi d'un coup de chance. Les deux fois. Et sans doute n'a-t-elle pas tort.

— Est-elle Mage de Cadre depuis longtemps ? s'enquit Lorn.

— Depuis que j'ai pris ce commandement en tout cas. Huit ou neuf ans, peut-être.

Lorn eut à nouveau l'impression d'avoir déjà entendu le nom de Loquevoile, telle une main de fer lui broyant le cœur. Elle se rassit. Dujek s'était avancé d'un pas, affichant une inquiétude sincère.

— Vous avez besoin de soins, dit-il d'un ton bourru. J'aurais dû m'en occuper tout de suite.

— Non, non, je vais très bien. C'est juste la fatigue.

Il l'examina avec perplexité.

— Voulez-vous un peu de vin, Adjointe ?

Elle hocha la tête. Loquevoile… était-ce possible ? Elle le saurait dès qu'elle la verrait. Elle le saurait aussitôt.

— Neuf ans, murmura-t-elle. La Souris.

— Je vous demande pardon ?

Lorn leva les yeux. Dujek lui tendait une coupe.

— Rien, répondit-elle en prenant le verre tendu. Merci.

Les portes s'ouvrirent brusquement et ils se retournèrent tous les deux.

Tayschrenn entra en trombe et se tourna vers Dujek, le visage déformé par la colère.

— Soyez maudit ! s'exclama-t-il. Si vous avez trempé là-dedans, je le saurai, vous pouvez me croire.

Dujek haussa un sourcil.

— Trempé dans quoi, Grand Mage ? répondit-il calmement.

— Je reviens de la salle des Archives. Un feu ? On dirait l'intérieur d'un four !

Lorn se leva et s'interposa entre les deux hommes.

— Grand Mage Tayschrenn, déclara-t-elle d'une voix grave et voilée d'une menace subtile, peut-être pourriez-vous m'expliquer en quoi cette affaire d'incendie dans un local administratif devrait primer sur toute autre considération ?

Tayschrenn cilla.

— Pardon, Adjointe, répondit-il d'un ton crispé, mais la salle des Archives contenait les listes de recensement de la ville.

Son regard noir se reporta sur le Haut Poing.

— Celles où figuraient les noms de tous les nobles de Pale.

— Fâcheux, commenta Dujek. Avez-vous ouvert une enquête ? Mes hommes sont à votre entière disposition.

— Inutile, Haut Poing, répliqua le sorcier, d'un ton sardonique. À quoi bon faire double emploi avec tous vos autres espions ?

Il s'interrompit, puis recula pour s'incliner devant Lorn.

— Salutations, Adjointe. Toutes mes excuses pour cette désagréable entrée en matière.

— Gardez vos excuses pour plus tard, coupa Lorn.

Elle se tourna vers Dujek.

— Merci pour le vin et la conversation.

Notant avec satisfaction que Tayschrenn s'était raidi à ces mots, elle reprit :

— Je présume qu'il y aura un dîner officiel, ce soir ?

Dujek acquiesça.

— Naturellement, Adjointe.

— Auriez-vous l'amabilité de prier Loquevoile d'y assister ?

Elle sentit le Grand Mage tressaillir là encore et lut dans le regard de Dujek un respect nouveau, comme s'il prenait acte de son habileté dans ce domaine.

— Adjointe, intervint Tayschrenn, la magicienne est souffrante depuis sa rencontre avec un Molosse de l'Ombre.

Il adressa un sourire à Dujek avant de poursuivre :

— Mais je suis sûr que le Haut Poing vous a déjà raconté tout ça.

De façon trop succincte, songea Lorn à regret. Mais autant que Tayschrenn imagine le pire.

— J'aimerais l'avis d'un sorcier sur cet événement, Grand Mage, déclara-t-elle.

— Vous l'aurez sous peu.

Dujek s'inclina.

— Je vais me renseigner sur l'état de santé de Loquevoile, Adjointe. Si vous voulez bien m'excuser.

Pivotant vers le Grand Mage, il le salua d'un bref signe de tête.

Tayschrenn regarda le vieux manchot quitter la pièce, puis attendit que les portes se referment.

— Adjointe, cette situation est…

— Ridicule, acheva Lorn. Enfin, Tayschrenn ! Avez-vous perdu la raison ? Vous vous êtes attaqué au plus rusé des renards que l'armée impériale ait jamais compté dans ses rangs ! Il est en train de vous dévorer tout cru !

Elle se retourna vers la table pour se resservir du vin.

— D'ailleurs, vous ne l'avez pas volé.

— Adjointe…

— Non, Tayschrenn, coupa-t-elle en faisant volte-face. Écoutez-moi. C'est l'Impératrice qui parle. Elle a accepté votre instrumentalisation de l'assaut contre Sangdelune non sans réticences, mais si elle avait su à quel point la subtilité vous fait défaut, jamais elle ne l'aurait autorisé. Prenez-vous tous les autres pour des imbéciles ?

— Dujek n'est qu'un homme, rétorqua Tayschrenn.

Lorn but une bonne gorgée de vin avant de reposer sa coupe et de se masser le front.

— Dujek n'est pas notre ennemi, dit-elle avec lassitude. Il ne l'a jamais été.

Tayschrenn s'avança d'un pas.

— Il fut l'homme de l'Empereur, Adjointe.

— Il est insultant de mettre en doute sa loyauté envers l'Empire. Et c'est précisément cet affront qui risque de le faire changer de camp. Dujek n'est pas qu'un homme. Aujourd'hui, il en représente dix mille et dans un an, ce sera vingt-cinq mille. Il ne cède pas à vos instances ? Parce qu'il ne peut pas. Il a dix mille soldats derrière lui. Et croyez-moi, quand ceux-là seront assez remontés pour faire pression dans l'autre sens, vous ne ferez pas le poids. Quant à Dujek, il finira juste porté par la vague.

— Alors, c'est un traître.

— Non, Tayschrenn. C'est un être humain soucieux de ses subordonnés comme de ses supérieurs. C'est le meilleur de l'Empire. S'il se retrouve forcé de se retourner contre nous, c'est nous qui seront les traîtres. Suis-je assez claire ?

Un pli profond creusait le front du Grand Mage.

— Oui, Adjointe, répondit-il à mi-voix. Très claire.

Il releva les yeux.

— Cette tâche dont l'Impératrice a tenu à me charger… elle pèse lourd sur mes épaules. Mes compétences sont autres. Il serait bon de me relever de mes fonctions.

Lorn y réfléchit sérieusement. Par nature, les mages n'inspiraient guère la loyauté. La crainte, oui, et le respect qu'elle engendrait. Mais c'était bien la loyauté qu'un mage avait peine à comprendre et à gérer. Pourtant, autrefois, l'un d'eux avait su insuffler une immense loyauté et ce mage était devenu l'Empereur.

— Grand Mage, dit-elle enfin, nous sommes tous d'accord sur un point : la vieille garde doit disparaître. Tous ceux qui ont combattu au côté de l'Empereur et qui continuent à se raccrocher à son souvenir œuvreront toujours contre nous, consciemment ou non. Dujek est une exception, et il en existe une poignée d'autres. Ceux-là, nous ne devons en aucun cas les perdre. Quant aux autres, il faudra les voir mourir. Mais il ne faut surtout pas les alerter. Agir trop ouvertement risquerait de provoquer une insurrection à même d'anéantir l'Empire.

— Hormis Dujek et Loquevoile, répliqua Tayschrenn, tous les autres ont été liquidés. En ce qui concerne Mésangeai et son escouade, ils sont tout à vous, Adjointe.

— Avec un peu de chance, dit Lorn.

Elle fronça les sourcils en voyant le Grand Mage grimacer.

— Qu'y a-t-il ?

— Adjointe, je consulte chaque soir mon Jeu de Dragons. Or j'ai acquis la certitude qu'Oponn s'est immiscé dans les affaires des mortels. Une lecture par Loquevoile a largement confirmé mes soupçons.

Lorn lui décocha un regard acéré.

— C'est une Initiée ?

— Bien plus experte que moi, avoua Tayschrenn.

— Que pouvez-vous me dire sur l'implication d'Oponn ?

— Darujhistan.

— C'est bien ce que je craignais d'entendre, répliqua Lorn en fermant les yeux. Nous avons besoin de Darujhistan, Tayschrenn. Désespérément. Il nous faut ses richesses pour mettre ce continent à genoux.

— Je sais, Adjointe. Mais la situation est encore pire que vous ne l'imaginez. Je crois aussi que, d'une manière ou d'une autre, Mésangeai et Loquevoile sont alliés.

— Avez-vous des informations quant au sort du capitaine Paran ?

— Aucune. Quelqu'un le cache, lui ou son cadavre. Je le crois mort, mais son âme n'a pas encore franchi les Portes de Goule. Et seul un mage peut empêcher cela.

— Loquevoile ?

Le Grand Mage haussa les épaules.

— Possible. Il faudrait que j'en sache davantage sur le rôle du capitaine.

Lorn hésita.

— Il avait entrepris une quête longue et ardue.

— Dans ce cas, maugréa Tayschrenn, peut-être a-t-il trouvé ce qu'il cherchait.

Lorn le dévisagea.

— Peut-être. Dites-moi, Loquevoile est-elle douée ?

— Assez pour être Grand Mage si elle le voulait. Assez pour survivre à l'attaque d'un Molosse et le mettre en fuite, même si je n'aurais jamais cru la chose possible. Moi-même, ça me serait difficile.

— Peut-être qu'on l'a aidée murmura Lorn.

— Je n'y avais pas songé.

— Eh bien, faites-le. Mais tout d'abord, l'Impératrice exige que vous poursuiviez vos efforts, sans toutefois les diriger contre Dujek. Vous êtes indispensable ici comme intermédiaire, si jamais ma mission à Darujhistan tournait mal. N'intervenez plus dans l'occupation de Pale. Vous fournirez aussi à Dujek des précisions sur l'apparition d'Oponn. Si un dieu est descendu dans l'arène, il a le droit de le savoir afin de modifier ses plans en conséquence.

— Comment peut-on planifier quoi que ce soit avec Oponn ?

— Laissez cela à Dujek. Ces instructions vous posent-elles problème ? s'enquit-elle en observant attentivement le Grand Mage.

Tayschrenn sourit.

— En vérité, Adjointe, vous me voyez grandement soulagé.

— Tant mieux. Et maintenant, il me faut un guérisseur et des appartements.

— Certainement.

Tayschrenn se dirigea vers la porte, puis marqua un temps d'arrêt et se retourna.

— Je suis heureux que vous soyez là, Adjointe.

— Je vous remercie, Grand Mage.

Après son départ, Lorn s'effondra de nouveau dans un fauteuil et laissa son esprit remonter neuf ans en arrière, à ce qu'avait vu et entendu une enfant une nuit dans la Souris – une nuit où tous les cauchemars susceptibles de hanter l'imagination d'une gamine étaient devenus réalité.

Elle se remémora le sang, partout, et les visages hébétés de sa mère, de son père et de son frère aîné. Des visages figés en comprenant qu'on les avait épargnés, que ce sang n'était pas le leur. Et, alors que ces souvenirs lui revenaient, un nom bruissait, comme emporté par le vent à travers des branches mortes.

— Loquevoile, murmura Lorn.

*

La magicienne avait trouvé la force de quitter son lit. Se retenant d'une main au chambranle de la fenêtre, elle observait la rue encombrée de véhicules militaires. Le pillage systématique que les intendants nommaient « réapprovisionnement » était déjà bien avancé. L'expulsion de la noblesse de ses demeures ancestrales pour loger les officiers, dont elle-même faisait partie, avait eu lieu plusieurs jours plus tôt tandis que la réparation des fortifications, la remise en état des portes et le déblaiement de la « pluie de Lune » se poursuivaient à un rythme soutenu.

Loquevoile était soulagée d'avoir échappé aux flots de cadavres qui avaient dû initialement remplir les rues, avec leurs interminables files de chariots gémissant sous le poids des corps entassés, cette chair livide brûlée par le feu, tranchée par le fil de l'épée, rongée par les rats et picorée par les corbeaux – hommes, femmes et enfants. Elle avait déjà assisté à ce genre de scène et ne tenait nullement à recommencer.

Le choc et la terreur avaient reflué en ville. La normalité revenait à mesure que fermiers et marchands sortaient de leur cachette pour satisfaire les besoins des occupants comme des occupés. Des guérisseurs malazéens avaient sillonné la ville, éradiquant le début d'une épidémie et traitant les maladies les plus courantes chez tous ceux qu'ils touchaient. Ils n'avaient écarté personne. Et les sentiments de la population amorçaient le revirement programmé de longue date par l'Empire.

Bientôt, ce serait la purge de la noblesse, une calamité qui enverrait à la potence les nobles les plus cupides et les moins aimés, dans le cadre d'exécutions publiques. Une procédure éprouvée, qui gonflait les recrutements dans l'allégresse d'une basse vengeance : mettre une épée dans ces mains faussement vertueuses revenait à inclure tous les acteurs de la ville dans la chasse à la prochaine victime de la cause – la cause impériale, bien sûr.

La magicienne avait vu ce mécanisme à l'œuvre dans des centaines de cités comme celle-ci. Aussi bienveillants que les anciens dirigeants aient pu être, aussi généreux que se soient montrés les nobles, le mot d'Empire et la puissance qui s'y rattachait transformaient le passé en tyrannie aux yeux des habitants. Une triste réflexion sur l'humanité, une amère leçon, rendue d'autant plus infecte par le propre rôle de Loquevoile.

Les visages des Brûleurs de Ponts lui revinrent, étrange contrepoint au cynisme avec lequel elle considérait tout ce qui l'entourait. Mésangeai : un homme au bord du gouffre, ou plutôt un homme qui voyait des gouffres s'ouvrir sous ses pieds et qui ne croyait plus à rien, à qui ne restait plus que son escouade dans cet océan d'inhumanité – aux rangs de plus en plus maigres. Mais il tenait bon et résistait encore, avec vigueur même. Elle aimait penser – non, elle voulait le croire – qu'il finirait par gagner, qu'il vivrait assez longtemps pour voir son univers débarrassé de l'Empire.

Et Ben le Vif et Kalam, qui s'efforçaient de décharger leur sergent de ses responsabilités. C'était leur seul moyen de lui témoigner de l'affection, même s'ils ne l'auraient jamais formulé ainsi. Chez les autres, hormis Mes Regrets, elle percevait la même chose, mais avec une sorte d'acharnement qu'elle trouvait touchant, un désir ardent, enfantin presque, de soulager Mésangeai de tout ce que leur condition lui avait imposé.

Ils faisaient réagir chez elle une partie de son âme dont elle imaginait depuis longtemps les cendres dispersées en silence, car aucun mage ne pouvait se permettre une telle sensibilité. Ce n'était pas sans danger, mais voilà qui ne faisait qu'en accroître l'attrait.

Mes Regrets, c'était une autre histoire, et Loquevoile se surprenait même à éviter de penser à cette jeune fille.

Restait donc Paran. Que faire de ce capitaine ? Pour le moment, il était assis derrière elle sur le lit, occupé à graisser son épée, Hasard. Ils n'avaient pas beaucoup parlé depuis qu'elle-même avait repris connaissance, quatre jours plus tôt. Leur méfiance mutuelle demeurait trop grande.

Peut-être était-ce ce mystère, cette incertitude, qui les attirait tant l'un vers l'autre. Car cette attirance était manifeste. Même à présent, sans le regarder, elle sentait entre elle et lui un fil tendu. Quelle que soit la nature de cette flamme, elle paraissait dangereuse. Ce qui la rendait excitante.

Loquevoile soupira. Toupet était revenu le matin même, impatient et agité. Il avait refusé de répondre à leurs questions mais elle soupçonnait que le pantin avait trouvé une piste, laquelle semblait devoir le conduire hors de Pale et vers Darujhistan.

Une perspective qui n'avait rien de réjouissant.

La magicienne s'immobilisa. Le dispositif d'alarme qu'elle avait placé devant sa porte d'entrée venait de vibrer.

— Un visiteur, annonça-t-elle en pivotant vers Paran.

Celui-ci se releva, Hasard toujours entre ses mains.

Loquevoile leva la main devant lui.

— Vous voilà invisible, Capitaine. Nul ne pourra percevoir votre présence. Ne faites aucun bruit et attendez-moi là.

On frappa doucement à la porte alors qu'elle gagnait l'autre pièce. Un jeune militaire se tenait dans le couloir.

— Qu'y a-t-il ? demanda-t-elle.

Le soldat s'inclina.

— Le Haut Poing Dujek s'enquiert de votre santé, Magicienne.

— C'est très gentil à lui. Dites-lui que je vais beaucoup mieux. Et maintenant…

Le soldat l'interrompit d'un air embarrassé.

— Dans l'éventualité d'une telle réponse, on m'a chargé de vous transmettre l'invitation expresse du Haut Poing à assister à un dîner officiel ce soir, dans le bâtiment principal.

Loquevoile jura intérieurement. Elle aurait mieux fait de mentir. Il était trop tard à présent. Une « invitation expresse » de son commandant ne se déclinait pas.

— Informez le Haut Poing que je serai très honorée de partager sa table pour le dîner.

Un doute subit la saisit.

— Puis-je savoir qui d'autre sera présent ?

— Le Grand Mage Tayschrenn, un messager nommé Toc le Jeune et l'Adjointe Lorn.

— L'Adjointe Lorn est ici ?

— Depuis ce matin, Magicienne.

Oh, Goule.

— Transmettez ma réponse, dit-elle, luttant contre une peur grandissante.

Elle referma la porte et entendit le soldat s'éloigner rapidement dans le couloir.

— Que se passe-t-il ? s'enquit Paran depuis l'embrasure de l'autre porte.

— Rangez cette épée, Capitaine.

Elle se dirigea vers la commode et se mit à farfouiller dans ses tiroirs.

— Je dois me rendre à un dîner.

Paran se rapprocha.

— Une réception officielle.

Loquevoile hocha distraitement la tête.

— Avec l'Adjointe Lorn en prime. Comme si Tayschrenn ne suffisait pas.

— Elle a donc fini par arriver, murmura le capitaine.

Loquevoile se figea, puis pivota lentement vers lui.

— Vous l'attendiez, n'est-ce pas ?

Paran tressaillit et lui lança un coup d'œil inquiet. De toute évidence, il aurait préféré qu'elle ne l'entende pas.

— Bon sang ! siffla la magicienne. Vous travaillez pour elle !

Il lui tourna le dos. La réponse était claire. Furieuse, Loquevoile le regarda disparaître dans la chambre. Les soupçons de Ben le Vif étaient donc justifiés : on cherchait à anéantir l'escouade. Sa propre vie s'en trouvait-elle également menacée ? Elle se sentait sur le point de prendre une décision. Laquelle, elle n'aurait encore su le dire, mais ses pensées suivaient désormais une direction précise, avec l'irrésistible élan d'une avalanche.

*

Sept heures sonnaient au sommet d'une tour lointaine quand Toc le Jeune pénétra dans le Quartier Général de l'Empire.

Il présenta son invitation à un énième garde tendu et revêche, qui l'autorisa de mauvaise grâce à emprunter le couloir principal menant à la salle à manger. Toc se sentait particulièrement mal à l'aise. Il savait l'Adjointe à l'origine de l'invitation, mais cette femme pouvait se montrer aussi imprévisible et manipulatrice que les autres. Peut-être allait-il tomber droit dans un nid de serpents attendant impatiemment son arrivée.

Il se demanda s'il parviendrait à maîtriser ses réactions. Conscient de l'état de son visage balafré, il se demanda sombrement si les autres parviendraient à contrôler les leurs. Parmi ses compagnons d'armes pourtant, ses cicatrices se remarquaient à peine. Rares étaient les soldats de l'armée de Dujek qui n'en arboraient pas au moins une. Le peu d'amis qu'il lui restait avaient simplement paru heureux qu'il soit encore en vie.

En Sept-Cités, on disait que la perte d'un œil marquait aussi la naissance de la vision intérieure. Ces quinze derniers jours, on avait dû le lui rappeler au moins vingt fois. Malheureusement, il n'avait obtenu aucun don secret. Une lumière fulgurante lui déchirait parfois le cerveau, mais il s'agissait sans doute seulement du souvenir de la dernière chose qu'il avait vue avec cet œil : des flammes.

Et voilà qu'il s'apprêtait à s'asseoir à la table des plus grands personnages de l'Empire, après l'Impératrice. Sa blessure lui semblait soudain honteuse : il incarnerait les horreurs de la guerre. Il se figea devant la porte de la salle. Était-ce pour cela que l'Adjointe l'avait fait inviter ? Il hésita une seconde puis se décida à entrer avec un haussement d'épaules.

Dujek, Tayschrenn et Lorn se tournèrent vers lui. Toc s'inclina. Les autres se tenaient debout, près de la plus grande de trois cheminées.

— Merci d'être venu, dit l'Adjointe. Joignez-vous donc à nous. Nous n'attendons plus qu'une personne.

Reconnaissant à Dujek de son large sourire, Toc s'avança. Le vieil homme reposa sa coupe de cristal sur la cheminée et gratta posément le moignon de son bras gauche.

— Je parie que la vôtre vous rend à moitié dingue, déclara-t-il en souriant de plus belle.

— Je la gratte des deux mains, répliqua Toc.

Dujek eut un rire bref.

— Vous voulez du vin ?

— Merci, oui.

Il surprit le regard appréciateur de l'Adjointe en prenant la coupe que le Haut Poing lui tendait. Saisissant la carafe reléguée sur une table voisine, il jeta un coup d'œil au Grand Mage, mais l'attention de Tayschrenn était focalisée sur le feu crépitant derrière Lorn.

— Votre jument s'est-elle remise ? s'enquit l'Adjointe.

Toc hocha la tête.

— La dernière fois que je l'ai vue, elle faisait le poirier.

Lorn esquissa un vague sourire, comme si elle n'était pas entièrement convaincue que ce soit une plaisanterie.

— J'ai expliqué à ces messieurs comment vous m'avez sauvé la vie, Toc le Jeune. Ces quatre flèches que vous avez décochées à la suite et qui ont terrassé quatre Barghasts.

Toc lui lança un regard acéré.

— Je ne me serais jamais cru capable des deux derniers tirs.

Résistant à une furieuse envie de gratter sa cicatrice, il but une gorgée de vin.

— Votre père aussi avait coutume de surprendre les gens, grogna Dujek. Voilà bien un homme qui me manque.

— À moi aussi, répliqua Toc, baissant la tête.

Le silence gêné fut heureusement rompu par l'arrivée de la dernière invitée. En entendant la porte s'ouvrir, Toc se retourna, comme tout le monde. Il dévisagea la femme qui se tenait dans l'embrasure et tressaillit. Était-ce bien Loquevoile ? Il ne l'avait encore jamais vue autrement qu'en tenue de combat et n'en revenait pas. *Bigre !* songea-t-il, rêveur. *Elle n'est pas mal du tout ! Enfin, quand on les aime bien en chair…* Il esquissa un sourire.

Lorn avait réagi à l'apparition de Loquevoile par une sorte de hoquet.

— Nous nous sommes déjà croisées, Magicienne. Bien que je doute que vous vous en souveniez.

Loquevoile cilla.

— Je n'aurais pas oublié une telle rencontre, répondit-elle avec prudence.

— Je crains que si. Je n'avais que onze ans à l'époque.

— Dans ce cas, vous devez faire erreur. Je côtoie peu d'enfants.

— Ils ont brûlé la Souris une semaine après votre passage, Loquevoile.

La voix de Lorn était si vibrante de rage que chacun se raidit.

— Les survivants, ceux que vous aviez laissés, se sont retrouvés dans le Trou de Moque et c'est dans ces cavernes pestilentielles que ma mère, mon père et mon frère sont morts.

Le visage rond de Loquevoile blêmit.

Déconcerté, Toc jeta un coup d'œil aux trois autres convives. Dujek demeurait impassible, mais une tempête couvait derrière son regard, rivé sur Lorn. Quant à Tayschrenn, il s'était tourné vers la magicienne, comme frappé par une soudaine prise de conscience.

— C'était notre premier commandement, dit doucement Loquevoile.

Toc retint son souffle en voyant l'Adjointe trembler. Mais quand Lorn reprit la parole, ce fut avec une clarté et un sang-froid parfaits.

— Une explication s'impose, dit-elle en pivotant vers le Haut Poing. Il s'agissait de nouvelles recrues, un Cadre de Mages. Ils attendaient à Malaz leur nouveau commandant lorsque la Maîtresse de la Griffe publia un édit contre la sorcellerie. Ils furent envoyés dans la Vieille Ville – le quartier de la Souris – pour nettoyer les lieux. Ils frappèrent…

Sa gorge se noua :

— … sans discernement. Cette femme faisait partie du groupe, poursuivit-elle en dévisageant de nouveau Loquevoile. Cette nuit-là, Magicienne, fut ma dernière avec mes parents. Dès le lendemain, on me donna à la Griffe. Pendant des années, on m'a caché la mort de ma famille. Et pourtant…

Sa voix se réduisit à un murmure :

— Je me souviens parfaitement de cette nuit – du sang, des cris.

Loquevoile semblait incapable de proférer le moindre son. L'atmosphère de la pièce était devenue lourde, étouffante. S'arrachant enfin à la contemplation de l'Adjointe, la magicienne s'adressa à Dujek.

— Haut Poing, il s'agissait de notre première mission de cette nature. Nous avons perdu le contrôle de la situation. J'ai démissionné dès le lendemain et on m'a affectée à une autre unité.

Elle se reprit.

— Si l'Adjointe souhaite réunir un tribunal, je ne présenterai aucune défense et j'accueillerai mon exécution comme un juste châtiment.

— Voilà qui est acceptable, répondit Lorn.

Elle porta la main gauche à son épée, prête à la tirer.

— Non, intervint le Haut Poing Dujek. Cela ne l'est pas.

Lorn s'immobilisa, foudroyant le vieil homme du regard.

— Vous semblez oublier mon rang.

— Pas du tout, Adjointe. Mais si votre volonté est que tous ceux qui ont commis des crimes au nom de l'Empereur soient exécutés, alors, je dois faire partie du lot, déclara-t-il en s'avançant d'un pas. Je pense d'ailleurs que le Grand Mage Tayschrenn pourrait également revendiquer sa part d'atrocités. Et pour finir, il y a l'Impératrice. Après tout, à l'époque, Laseen commandait la Griffe impériale – elle l'a même créée. En prime, l'édit était de sa main, même s'il fut heureusement bien vite abrogé.

Il se tourna vers la magicienne.

— J'étais là, Loquevoile. Sous les ordres de Mésangeai. On m'a envoyé vous contenir. Ce que j'ai fait.

Loquevoile secoua la tête.

— Mésangeai commandait cette unité ?

Elle plissa les yeux.

— On dirait bien là l'intervention d'un dieu.

— L'Empire a son histoire et nous en faisons tous partie, reprit Dujek à l'intention de l'Adjointe.

— Sur ce point, Adjointe, déclara Tayschrenn d'une voix enrouée, je ne puis qu'être d'accord avec le Haut Poing.

— Il n'est pas indispensable d'officialiser la chose, objecta Loquevoile en croisant le regard de Lorn. Adjointe, je vous défie en duel. Pour ma part, je recourrai à toute ma science magique pour vous anéantir. Libre à vous de vous défendre avec votre épée.

S'avançant d'un pas, Toc ouvrit la bouche puis

la referma sans rien dire. Il avait été sur le point de prévenir la magicienne que l'épée de Lorn était en Otataral, que ce duel n'aurait rien d'équitable et qu'elle mourrait en quelques instants à peine, après que l'épée eut absorbé tous ses sortilèges. Mais il venait de comprendre qu'elle le savait déjà.

— Bon sang, Loquevoile ! rugit Dujek. Vous pensez que tout n'est qu'affaire de formulation ? Exécution, duel… quelle différence ? Tout ce qu'accomplit l'Adjointe, tout ce qu'elle dit, elle le fait au nom de l'Impératrice Laseen.

Il se tourna vivement vers Lorn :

— Vous êtes ici la voix de l'Impératrice, Adjointe. Sa volonté.

Tayschrenn reprit doucement la parole.

— La femme nommée Lorn, cette femme qui fut une enfant, qui eut une famille…

Il posa sur l'Adjointe un regard douloureux.

— Cette femme n'existe plus. Elle a cessé d'exister le jour où elle est devenue l'Adjointe.

Les yeux écarquillés, Lorn dévisagea les deux hommes.

Toc vit alors leurs paroles ébranler sa volonté, briser sa colère, réduire en poussière les ultimes vestiges de son identité. Le calme glacial de l'Adjointe de l'Impératrice réapparut dans son regard. Le cœur battant, Toc comprit qu'il venait d'assister à une exécution. La dénommée Lorn avait surgi des brumes du passé pour obtenir justice et recouvrer une existence propre. Mais elle s'était vu opposer une fin de non-recevoir. Non pas par Dujek ou Tayschrenn, mais par cette chose connue sous le nom d'Adjointe.

— Bien entendu, répondit-elle en retirant la main de son épée. Entrez donc, Magicienne Loquevoile. Nous n'attendions plus que vous pour dîner.

Son timbre dénué d'émotion apprit à Toc que cette invitation ne lui avait rien coûté, ce qui l'horrifia et le bouleversa au plus profond de lui-même. Un bref coup d'œil à Tayschrenn et à Dujek lui révéla qu'ils éprouvaient la même chose, même si le Haut Poing le dissimulait de son mieux.

Loquevoile semblait tout bonnement malade. Elle acquiesça malgré tout d'un signe de tête hésitant.

Toc récupéra la carafe et une coupe vide, puis s'avança vers la magicienne en souriant.

— Je suis Toc le Jeune, dit-il. Et vous, vous avez besoin d'un verre.

Il remplit la coupe, puis la lui tendit.

— Je vous ai souvent vu trimbaler votre espèce de garde-robe ambulante. Enfin je découvre ce qu'il y avait dedans. Vous êtes un vrai baume pour les yeux, Magicienne.

Une lueur de gratitude éclaira le regard de Loquevoile.

— J'étais loin de me douter que mes bagages suscitaient autant d'intérêt, répliqua-t-elle en haussant un sourcil.

Le sourire de Toc s'élargit.

— Je crains même qu'ils ne soient devenus proverbiaux dans la 2e. À la moindre embuscade ou escarmouche imprévue, l'ennemi était invariablement censé sortir de votre armoire de voyage.

Derrière eux, Dujek s'esclaffa.

— Je me suis toujours demandé d'où venait cette

expression et, mince, je l'ai souvent entendue, y compris chez mes officiers !

L'atmosphère se détendit légèrement. Si les tensions sous-jacentes persistaient, elles ne semblaient plus concerner que Loquevoile et Tayschrenn. La magicienne observait Lorn chaque fois que celle-ci regardait ailleurs, et la compassion que Toc lisait sur son visage accrut considérablement son respect. À sa place, il n'aurait pu s'empêcher d'éprouver de la peur à chaque coup d'œil. Quant au conflit larvé entre Loquevoile et le Grand Mage, il paraissait dû à des divergences d'opinion mâtinées de suspicion, et non à des questions d'ordre personnel.

Mais là encore, la présence imposante du Haut Poing avait peut-être constitué un facteur de modération. Son père lui avait souvent décrit Dujek comme un homme qui ne perdait jamais le contact avec ceux qui ne détenaient aucun pouvoir. Il n'hésitait jamais à mettre ses propres défauts en avant, et chez ceux qui en possédaient un peu plus, son œil infaillible saisissait toute ambition personnelle avec la précision d'un chirurgien devant procéder à une ablation, pour ne plus laisser qu'un être chez qui la confiance et l'honnêteté allaient de soi.

À observer les rapports cordiaux de Dujek avec ses hôtes, lui compris, ou bien avec les serviteurs qui défilèrent avec des plateaux de victuailles, Toc se dit que cet homme restait le même que celui que son père avait considéré comme un ami. Et cela l'impressionna d'autant plus qu'il n'ignorait pas les pressions subies par le Haut Poing.

Une fois chacun assis devant les hors-d'œuvre,

l'Adjointe Lorn prit les rênes de la discussion. Dujek s'effaça de bonne grâce, manifestement persuadé que l'incident était clos.

De son étrange voix monocorde, Lorn s'adressa de nouveau à Loquevoile.

— Magicienne, permettez-moi de vous féliciter pour votre victoire sur un Molosse de l'Ombre, ainsi que pour votre rétablissement à point nommé. Je sais que Tayschrenn vous a déjà interrogée, mais j'aimerais entendre le récit des événements de votre propre bouche.

Loquevoile contempla brièvement son assiette avant d'affronter le regard ferme de l'Adjointe.

— Comme le Grand Mage vous l'a peut-être expliqué, il est désormais clair que des dieux sont intervenus. En particulier, concernant les projets de l'Empire sur Darujhistan…

Toc se releva brusquement.

— Je crois qu'il est temps que je me retire. Ce débat dépasse…

— Asseyez-vous, Toc le Jeune, ordonna Lorn. Vous êtes ici le représentant de la Griffe et il vous incombera à ce titre de parler en son nom.

— Moi ?

— Oui, vous.

Toc reprit place avec lenteur.

— Veuillez poursuivre, Magicienne.

Loquevoile hocha la tête.

— Oponn joue un rôle central. La manœuvre d'ouverture des Jumeaux a fait des vagues – je pense que le Grand Mage ne me démentira pas sur ce point – et ces vagues ont attiré l'attention d'autres dieux.

— Ombretrône, dit Lorn, en se tournant vers Tayschrenn.

— Voilà qui semblerait logique, convint le Grand Mage. Je n'ai toutefois rien perçu qui indique qu'Ombretrône s'intéresse à nous, même si j'ai soigneusement exploré cette alternative après l'attaque du Molosse.

Lorn poussa un long soupir.

— Continuez, Magicienne, je vous en prie.

— L'irruption du Molosse de l'Ombre n'était qu'un accident, reprit Loquevoile avec un regard furtif à Tayschrenn. En consultant mon Jeu de Dragons, je suis tombée sur la carte du Molosse. Comme tous les Initiés, j'ai vu l'image s'animer. Et lorsque je me suis concentrée dessus, j'ai eu la sensation… qu'une porte s'ouvrait. Depuis l'autre côté de cette carte, depuis la Haute Maison de l'Ombre elle-même.

Elle écarta les mains et dévisagea le Grand Mage.

— Est-ce possible ? Le Domaine de l'Ombre est nouveau parmi les Maisons et on ne connaît pas l'étendue de sa puissance… Enfin, toujours est-il que, porte ou déchirure, Engrenage est apparu.

— Mais alors, pourquoi est-il apparu dans la rue et non dans votre chambre ?

Loquevoile sourit.

— J'ai ma petite idée là-dessus. Mais ce n'est qu'une hypothèse.

— Nous aimerions l'entendre, dit l'Adjointe.

— J'ai des protections dans ma chambre. Les plus internes relèvent du Haut Thyr.

Tayschrenn tressaillit, visiblement surpris.

— Ce genre de protections crée un flux, poursuivit

Loquevoile, un courant d'énergie semblable à un cœur battant, mais à un rythme très rapide. Je soupçonne qu'elles ont suffi à faire rebondir le Molosse hors de mon voisinage immédiat. Dans son état transitionnel, à mi-chemin entre son domaine et le nôtre, il ne pouvait faire appel à toute l'étendue de ses pouvoirs. Mais une fois arrivé à destination, il ne s'en est pas privé.

— Comment êtes-vous parvenue à repousser un Molosse de l'Ombre ? questionna Tayschrenn.

— J'ai eu de la chance, répliqua Loquevoile sans hésiter.

Sa réponse parut rester suspendue au-dessus de leurs têtes et Toc eut la sensation que tout le monde en avait oublié son repas.

— Autrement dit, fit lentement Lorn, vous croyez à une intervention d'Oponn.

— Absolument.

— Pourquoi ?

Loquevoile éclata de rire.

— Si j'avais la réponse, Adjointe, je serais la plus heureuse des femmes. En tout cas, poursuivit-elle, redevenue sérieuse, tout laisse à penser que l'on se sert de nous. L'Empire lui-même est devenu un pion.

— Y a-t-il moyen de sortir du jeu ? grommela Dujek, faisant sursauter tout le monde.

Loquevoile haussa les épaules.

— Si oui, Haut Poing, la solution se trouve à Darujhistan car c'est autour de cette ville que le jeu d'Oponn semble se concentrer. Cela dit, peut-être qu'Oponn veut justement nous attirer à Darujhistan.

Grattant instinctivement sa cicatrice, Toc se

renversa sur son siège. Ce n'était pas tout, il l'aurait juré, même s'il n'arrivait pas à définir l'origine de ses soupçons. Il gratta plus fort. Loquevoile pouvait se montrer désinvolte quand elle le voulait, et son histoire était indéniablement carrée. *Les meilleurs mensonges sont toujours les plus simples.* Pourtant, personne ne semblait vraiment méfiant. La magicienne avait fait basculer l'attention de l'auditoire de son récit aux implications futures de celui-ci. Chacun s'était désormais projeté dans l'avenir, laissant derrière les doutes qui auraient pu la concerner.

Il la regarda observer les autres et fut le seul à surprendre la brève lueur de triomphe et de soulagement qui illumina son regard quand Lorn reprit la parole.

— Oponn n'est pas le premier dieu qui cherche à manipuler l'empire Malazéen, déclara l'Adjointe. D'autres ont échoué, à leurs dépens. Il est regrettable qu'Oponn – et Ombretrône, d'ailleurs – n'aient pas compris cette leçon.

Elle soupira profondément :

— Loquevoile, quels que soient vos différends avec le Grand Mage, il est nécessaire – non, vital – de travailler de concert pour découvrir les modalités de l'intervention d'Oponn. Pendant ce temps, le Haut Poing Dujek continuera à préparer le départ de ses légions, tout en consolidant notre emprise sur Pale. Quant à moi, je quitterai bientôt cette ville. Soyez assurés que ma mission partage les mêmes objectifs que les vôtres. Une dernière chose, ajouta-t-elle en pivotant vers Toc. Je souhaite entendre l'avis du représentant de la Griffe au sujet des propos échangés ici.

Surpris, Toc la dévisagea. Il avait endossé sans même s'en rendre compte le rôle qu'elle lui avait assigné. S'asseyant bien droit, il jeta un coup d'œil à Loquevoile. Elle paraissait désormais nerveuse. Les mains de la magicienne avaient glissé sous la table.

Il attendit de croiser son regard et le soutint un moment avant de s'adresser à l'Adjointe.

— La magicienne a dit la vérité ou en tout cas, elle pense le faire. Ses conjectures étaient sincères, même si je n'y connais pas grand-chose en magie. Peut-être que le Grand Mage Tayschrenn pourrait nous éclairer sur ce point ?

Lorn parut vaguement déçue, mais hocha la tête.

— Très bien. Grand Mage ?

Tayschrenn poussa un long soupir.

— Rien à redire, répliqua-t-il. Les conjectures sont plausibles.

Toc se resservit du vin. Les hors-d'œuvre n'avaient quasiment pas été touchés, mais à l'arrivée du plat principal, chacun se concentra dessus et la conversation mourut. Toc mastiquait avec lenteur, évitant les fréquents regards de Loquevoile, qu'il sentait posés sur lui. Il s'interrogeait sur sa propre attitude. Tromper à la fois l'Adjointe de l'Impératrice, le Grand Mage et le Haut Poing lui paraissait pour le moins imprudent, sinon suicidaire. Mais ses motivations n'étaient pas vraiment rationnelles, ce qui rendait la chose d'autant plus perturbante.

La 2e possédait une histoire longue et sanglante. Il n'aurait pu compter le nombre de fois où quelqu'un s'y était battu pour quelqu'un d'autre, envers et contre tout. Et plus souvent qu'à son tour, le Cadre de Mages. Toc avait vu, avec des milliers d'autres témoins, leur cadre se faire massacrer par des forces largement supérieures. Un tel gâchis ne convenait guère à la 2e. Et bien qu'il soit membre de la Griffe, les visages qui l'avaient entouré, ces visages l'observant avec espoir, désespoir ou, parfois, une résignation fatale, n'étaient autres que des reflets de son propre visage. Mais ils défiaient constamment la Griffe. Ses années d'entraînement passées à combattre toute émotion et toute forme de sympathie ne faisaient pas le poids face à la réalité quotidienne qu'était devenue pour lui la 2e armée.

Ce soir, par ses paroles, Toc avait rendu quelque chose à Loquevoile. Pas seulement à elle, à son cadre. Qu'elle le comprenne ou non n'avait pas d'importance. Il savait que son attitude avait dû la déconcerter, mais il s'en fichait. Il avait agi avant tout pour lui-même.

Il se redressa sur son siège. *Alors ça*, songea-t-il, *c'est curieux. Ma cicatrice ne me gratte plus.*

*

Étourdie, Loquevoile traversait le couloir menant à ses appartements d'un pas chancelant. Le vin n'y était pour rien, elle le savait. Nerveuse comme elle l'avait été, ce bon cru lui avait paru avoir le goût de l'eau et il lui avait fait à peu près autant d'effet.

L'Adjointe avait fait resurgir en elle des souvenirs qu'elle avait passé des années à enterrer. Pour Lorn, ces événements avaient constitué un moment crucial, mais pour Loquevoile, il s'était agi d'un simple cauchemar parmi tant d'autres. Cependant, contrairement à d'autres crimes, ceux-là l'avaient fait craquer. C'était à cause d'eux qu'elle s'était retrouvée rattachée à la 2ᵉ armée – celle où on l'avait affectée à ses débuts. La boucle avait été bouclée mais elle-même avait changé entre-temps.

Ce soir, cette longue appartenance à la 2ᵉ – cette vingtaine d'années de service – lui avait sauvé la vie. Elle savait que Toc le Jeune avait menti pour elle, et le regard qu'il lui avait adressé juste avant d'évaluer son témoignage constituait un message qu'elle avait parfaitement saisi. Même s'il était entré dans la 2ᵉ comme agent de la Griffe, comme espion, ses années de formation dans cette organisation secrète n'étaient pas en mesure de rivaliser avec le nouvel univers dans lequel il était maintenant plongé.

Loquevoile ne le comprenait que trop, car il lui était arrivé la même chose. La magicienne qui avait autrefois pénétré dans le quartier de la Souris avec un Cadre de Mages ne se souciait que d'elle-même. Même sa tentative pour se dissocier des horreurs auxquelles elle avait pris part était née d'un désir égoïste d'absoudre sa conscience. Mais l'Empire le lui avait refusé. Le lendemain du massacre de la Souris, un vieux soldat était venu la voir, un anonyme, un simple vétéran envoyé afin de la convaincre qu'on avait toujours besoin d'elle. Elle se rappelait parfaitement ses propos : « Fuir la culpabilité liée à votre passé, Magicienne, c'est fuir votre âme. Si jamais vous arrivez à la semer, quand elle vous rattrapera, elle vous tuera. » Ensuite, plutôt que de rejeter sa demande ouvertement, on l'avait expédiée quelque temps dans une armée de vétérans, la 5e, jusqu'à ce que l'heure vienne pour elle de regagner la 2e et un poste sous le commandement de Dujek Unbras. On lui avait ainsi accordé une seconde chance.

Arrivée à sa porte, Loquevoile prit le temps de vérifier l'état de ses dispositifs d'alarme. Tout était en ordre. Avec un soupir, elle rentra dans ses appartements, puis s'adossa à la porte après l'avoir refermée derrière elle.

Le capitaine Paran sortit de la chambre d'un air méfiant, presque intimidé.

— Vous n'êtes pas en état d'arrestation ? Ça alors !

— J'en suis la première surprise.

— Toupet est passé. Il m'a chargé de vous transmettre un message.

Loquevoile étudia l'expression du capitaine, cherchant un quelconque indice de ce qu'il s'apprêtait à lui révéler, mais il évita son regard et demeura près de l'encadrement de la porte.

— Eh bien ? dit-elle.

Il se racla la gorge.

— Tout d'abord, Toupet m'a paru, comment dire, passablement excité. Il est au courant de l'arrivée de l'Adjointe et il a dit qu'elle n'était pas seule.

— Pas seule ? A-t-il été plus précis ?

Paran haussa les épaules.

— Il a dit que la poussière marche autour d'elle, que la boue remue sous ses bottes et que le vent parle de givre et de feu. Je veux bien être pendu si j'y comprends quoi que ce soit. Vous comprenez quelque chose, vous ?

Loquevoile gagna la commode et entreprit d'ôter les rares bijoux qu'elle avait portés pour le dîner.

— Je pense que oui, répliqua-t-elle lentement. A-t-il dit autre chose ?

— Oui. Que l'Adjointe et son acolyte quitteraient bientôt Pale et qu'il avait l'intention de les suivre. Magicienne…

Paran semblait en proie à un violent conflit intérieur, comme s'il luttait contre ce que lui dictaient ses instincts. Posant un bras sur la commode, Loquevoile attendit. Le capitaine finit par croiser son regard et elle retint son souffle.

— Vous alliez dire quelque chose ? murmura-t-elle.

Son cœur battait beaucoup trop vite et tout son corps s'était brusquement embrasé ; ce qu'elle avait lu dans le regard de Paran avait été fort explicite.

— Je connais une partie de la mission de l'Adjointe, déclara-t-il. Je devais être son contact à Darujhistan.

Le charme se brisa aussitôt. Le regard de Loquevoile se durcit et la colère assombrit ses traits.

— Elle va partir pour Darujhistan, n'est-ce pas ? Et vous deviez tous deux veiller à la fin tant espérée des Brûleurs de Ponts. Ensemble, vous pensiez être en mesure de tuer Mésangeai, d'anéantir son escouade de l'intérieur.

— Non !

Paran s'avança d'un pas mais, voyant Loquevoile brandir vers lui sa paume ouverte, il se figea.

— Attendez, dit-il dans un souffle. Écoutez-moi au moins jusqu'au bout…

La Garenne Thyr de la magicienne était apparue dans sa main, prête à se déchaîner.

— Pourquoi faire ? s'enquit-elle. Maudit soit Oponn de vous avoir laissé vivre !

— Loquevoile, s'il vous plaît.

— Très bien, répliqua-t-elle d'un ton maussade. Parlez.

Il recula vers le fauteuil le plus proche puis, bras tendus, s'assit et leva les yeux vers la magicienne.

— Laissez vos mains où elles sont, ordonna-t-elle. Loin de votre épée.

— Loquevoile, l'Adjointe s'occupe personnellement de cette affaire depuis le début. Il y a deux ans, j'étais en poste en Itko Kan, dans le cadre de ma formation d'officier. Un jour, tous les soldats disponibles furent envoyés sur une portion de la route côtière.

Les mains du capitaine s'étaient mises à trembler et ses mâchoires s'étaient contractées.

— Ce que nous avons vu là-bas… Vous ne le croiriez jamais.

Loquevoile se remémora le récit de Ben le Vif et de Kalam.

— Un gigantesque carnage. Toute une compagnie de cavalerie.

— Comment le savez-vous ? demanda Paran, abasourdi.

— Poursuivez, Capitaine.

— L'Adjointe Lorn est arrivée et elle a pris les choses en main. D'après elle, ce massacre était… une diversion. Nous sommes partis sur une piste, d'abord floue. Magicienne, puis-je baisser les bras ?

— Lentement. Sur les accoudoirs.

Avec un soupir de soulagement, Paran reposa ses avant-bras tremblants.

— Bref, l'Adjointe a établi qu'une fille avait été possédée par un dieu.

— Lequel ?

— Allons, si vous avez eu vent du massacre, est-ce si compliqué à deviner ? grimaça le capitaine. Les cavaliers ont été tués par des Molosses de l'Ombre. Difficile de ne pas songer à Ombretrône… L'Adjointe pense qu'il était impliqué, mais le dieu qui a possédé la fille était la Corde – je ne lui connais pas d'autre nom. Le Patron des Assassins, le compagnon d'Ombretrône.

Loquevoile laissa retomber sa main. Elle avait refermé sa Garenne quelques instants plus tôt, de crainte de ne pas pouvoir tenir plus longtemps sans la relâcher.

— Vous avez trouvé la fille, conclut-elle d'un ton las.

Paran s'avança sur son siège.

— Oui !

— Elle s'appelle Mes Regrets.

— Vous êtes au courant, dit-il, en s'adossant de nouveau à son fauteuil. Mésangeai le sait donc également car qui d'autre pourrait vous l'avoir dit ?

Il la dévisagea, troublé.

— Je n'y comprends plus rien.

— Vous n'êtes pas le seul, répliqua Loquevoile. Donc, tout cela – votre arrivée, celle de l'Adjointe – ne visait qu'à rechercher cette fille ?

Elle secoua la tête :

— Cela ne suffit pas, Capitaine. Il y a forcément autre chose.

— C'est tout ce que je sais, Loquevoile.

Elle le dévisagea longuement.

— C'est bon. Je vous crois. Quels sont les détails de la mission de l'Adjointe ?

— Je l'ignore, répondit-il en écartant les bras. En principe, c'était moi qu'elle devait pouvoir retrouver. Ma présence au sein de l'escouade aurait donc dû la conduire à la fille.

— Les talents de l'Adjointe sont multiples, nota Loquevoile. Même si tout l'oppose à la sorcellerie, elle pourrait bien posséder les aptitudes requises pour s'être liée avec vous, surtout si vous l'avez beaucoup fréquentée ces deux dernières années.

— Dans ce cas, pourquoi ne force-t-elle pas votre porte ?

La magicienne contemplait les bijoux sur la commode.

— Oponn a rompu le lien, Capitaine.

— Je n'aime guère l'idée de quitter des chaînes pour en retrouver d'autres, bougonna-t-il.

— Il doit y avoir autre chose, insista Loquevoile, s'adressant surtout à elle-même. Lorn a un T'lan Imass avec elle.

Paran se redressa brusquement.

— C'était le sens des allusions tordues de Toupet, expliqua la magicienne. Je pense que la mission comportait deux volets. Tuer Mes Regrets, certes, mais aussi se débarrasser de Mésangeai et de toute son escouade. Autrement, le T'lan n'aurait rien à faire dans l'histoire. Pour abattre Mes Regrets, et peut-être même tuer la Corde, si c'est bien lui qui possède la fille, l'épée d'Otataral de l'Adjointe suffit.

— Je ne peux pas le croire, répliqua Paran. Ce sont mes hommes. Ils sont sous ma responsabilité. L'Adjointe ne me trahirait pas ainsi…

— Ah non ? Pourquoi ?

Le capitaine eut bien du mal à répondre. Une lueur obstinée persistait néanmoins dans son regard. Loquevoile prit enfin la décision qu'elle avait senti venir. Celle-ci la laissa de glace.

— Toupet est parti trop tôt, dit-elle. Il avait hâte, beaucoup trop hâte de poursuivre l'Adjointe et le T'lan Imass. Il doit avoir découvert quelque chose sur eux et sur ce qu'ils mijotent.

— Qui contrôle Toupet ? questionna Paran.

— Ben le Vif, le mage de Mésangeai, répondit-elle en dévisageant le capitaine. C'est le meilleur que j'aie jamais rencontré. Pas le plus puissant, notez bien, mais incroyablement subtil et audacieux. N'empêche que si le T'lan Imass le prend par surprise, il n'aura aucune chance. Pas plus que les autres.

Elle s'interrompit un instant sans lâcher Paran des yeux.

— Je dois quitter Pale.

Il se leva d'un bond.

— Pas toute seule.

— Si. Il faut que je trouve Mésangeai. Or, si vous m'accompagnez, Lorn le trouvera elle aussi.

— Je refuse de croire que l'Adjointe représente la moindre menace pour le sergent. D'ailleurs, êtes-vous capable de tuer Mes Regrets ? Même avec l'aide de Ben le Vif ?

La magicienne hésita.

— Je ne suis pas sûre de le vouloir, Capitaine.

— Quoi ?

— Cette décision incombe à Mésangeai. Je crains de n'avoir aucune bonne raison à vous offrir pour vous en persuader, mais telle est ma conviction.

Elle savait ne se fier qu'à son instinct à ce sujet, tout en jurant de s'y tenir.

— De toute façon, insista Paran, je ne peux pas rester caché ici éternellement. Que voulez-vous que je mange ? Les draps ?

— Je vous ferai sortir. Personne ne vous reconnaîtra. Louez une chambre dans une auberge et abstenez-vous de porter l'uniforme. Si tout va bien, je serai de retour dans deux semaines. Vous pouvez bien attendre jusque-là ?

Paran la considéra fixement.

— Et si j'allais tout simplement me présenter à Dujek ?

— Le Grand Mage Tayschrenn vous grillerait la cervelle à force de sortilèges pour vous arracher la vérité. Vous portez la marque d'Oponn, Capitaine. Et ce soir, Oponn vient d'être désigné ennemi officiel de l'Empire. Après en avoir terminé avec vous, Tayschrenn vous laisserait mourir – ce qui demeure préférable à la folie qui vous gagnerait s'il vous maintenait en vie. Il vous accorderait au moins cette grâce.

Loquevoile devança les objections de Paran :

— Dujek pourrait certes tenter de vous protéger mais Tayschrenn dispose des pleins pouvoirs. De plus, vous êtes devenu un instrument d'Oponn et, pour Dujek, la sécurité de ses troupes passe avant le plaisir de défier Tayschrenn. Dans les faits, il risque fort de ne pas lever le petit doigt pour vous. Je suis navrée, Capitaine, mais si vous sortez maintenant, vous serez vraiment seul.

— Je serai seul aussi après votre départ, Magicienne.

— Je sais. Mais pas pour toujours.

Elle sentit la compassion l'envahir en contemplant son regard affligé.

— Paran, reprit-elle, tout n'est pas si noir. Malgré la méfiance qui règne entre nous, vous m'inspirez des sentiments que je n'ai éprouvés pour personne depuis, ma foi, un certain temps. J'ignore le prix que vous pouvez accorder à cela, conclut-elle avec un sourire triste, mais je suis quand même contente de l'avoir dit.

Paran la dévisagea longuement.

— Très bien, Loquevoile. Je ferai ce que vous me demandez. Une auberge ? Avez-vous de l'argent local ?

— J'en ai facilement acquis.

Les épaules de la magicienne s'affaissèrent.

— Pardonnez-moi, mais je tombe de fatigue.

Elle se dirigea vers la chambre et son regard s'arrêta sur le dessus de la commode. Sous un petit tas de sous-vêtements, elle aperçut son Jeu de Dragons. Vu la décision qu'elle venait de prendre, il aurait été insensé de ne pas le consulter.

— Loquevoile, murmura soudain Paran juste derrière elle. À quel point êtes-vous fatiguée ?

L'ardeur avec laquelle il avait posé cette question réveilla le feu qui couvait en elle. Se détournant du

Jeu, elle pivota vers le jeune homme. Sa réponse, quoique muette, dut s'avérer suffisamment éloquente car Paran lui prit la main, d'un geste dont l'innocence la surprit. Si jeune, songea-t-elle, et le voilà qui me conduit dans ma chambre.

Elle en aurait ri, si ce n'avait été aussi exquis.

*

Les premières lueurs précédant l'aube éclairaient l'horizon quand l'Adjointe franchit avec sa monture et son cheval de bât la porte est de Pale. Conformément aux ordres de Dujek, aucun garde n'était en vue et on avait laissé la porte ouverte. Lorn espérait que les rares regards endormis qu'elle avait croisés dans les rues n'avaient fait que refléter une vague curiosité. De toute façon, elle portait une simple armure de cuir et son visage était presque entièrement dissimulé par l'ombre du rebord d'un banal casque en bronze. Ses chevaux appartenaient quant à eux à une race locale : robustes et placides, beaucoup plus petits que les destriers malazéens dont elle avait l'habitude, mais néanmoins très confortables. Il paraissait peu probable qu'elle attire l'attention, nombre de mercenaires sans emploi avaient déjà quitté Pale depuis l'arrivée de l'Empire.

Au sud, une ligne dentelée de pics enneigés lui barrait l'horizon. Les monts Tahlyn allaient rester un bon moment à la droite de Lorn, jusqu'à ce que la plaine rhivie les contourne pour devenir la plaine de la Catlin. Rares étaient les fermes à troubler la platitude du paysage et elles se retrouvaient cantonnées aux terres appartenant à la cité. Les Rhivis ne toléraient guère qu'on empiète sur leur pays et dans la mesure où toutes les routes commerciales menant à Pale traversaient le territoire traditionnel de ce peuple, les gens de la ville s'abstenaient prudemment d'irriter les Rhivis.

Une aube pourpre apparut sous ses yeux. La pluie avait cessé depuis quelques jours. Au firmament, les dernières étoiles faiblissaient dans un ciel limpide d'un bleu argenté.

La journée s'annonçait chaude. L'Adjointe desserra les lanières de cuir, révélant la fine cotte de mailles qu'elle portait en dessous. Elle atteindrait une première source vers midi. Elle passa une main sur l'une des outres attachées à sa selle. Elle devint vite humide de condensation et elle s'en humecta les lèvres.

Une voix s'éleva soudain auprès d'elle, la faisant sursauter tandis que sa monture, renâclant de terreur, s'écartait vivement.

— Je vais marcher avec vous, déclara Onos Out'ilan. Pendant un certain temps.

Lorn le foudroya du regard.

— J'aimerais autant que vous vous annonciez, répliqua-t-elle sèchement. À bonne distance.

— Comme il vous sied.

Le T'lan Imass s'enfonça aussitôt dans le sol telle une masse de poussière.

L'Adjointe poussa un juron, avant de constater qu'il l'attendait une centaine de mètres plus loin, éclairé en contre-jour par le soleil levant. Le ciel cramoisi semblait l'avoir changé en flamme rouge

L'effet produit ébranla les nerfs de Lorn. Elle avait l'impression de contempler une scène touchant à ses souvenirs les plus profonds, les plus anciens – dépassant le cadre de sa propre vie. Le T'lan Imass demeura immobile jusqu'à ce qu'elle le rejoigne, puis se remit à marcher à ses côtés.

Cramponnée aux rênes, Lorn apaisa tant bien que mal sa jument.

— Faut-il vraiment que vous preniez tout à la lettre, Outil ?

Le guerrier desséché parut réfléchir, avant d'acquiescer.

— J'accepte ce nom. Toute mon histoire est morte. L'existence recommence à zéro et avec elle un nouveau nom. Celui-ci convient.

— Pourquoi vous a-t-on choisi pour m'accompagner ? questionna Lorn.

— À l'ouest et au nord de Sept-Cités, je suis le seul de mon clan à avoir survécu à la Vingt-huitième Guerre Jaghute.

Lorn écarquilla les yeux.

— Je croyais qu'il n'y en avait eu que vingt-sept, murmura-t-elle. Quand vos légions nous ont quittés pour s'en aller dans le désert, après la conquête de Sept-Cités…

— Nos Jeteurs d'Os avaient senti une enclave de survivants jaghuts, l'interrompit Outil. Notre commandant T'lan Logros décida que nous devions les exterminer. Et c'est ce que nous fîmes.

— Ce qui explique la diminution de vos effectifs, commenta Lorn. Vous auriez pu informer l'Impératrice de votre décision. Elle s'est retrouvée privée de la plus puissante de ses armées, sans même connaître la date prévue pour son retour.

— Le retour n'était nullement assuré, Adjointe.

Lorn dévisagea la créature en haillons.

— Je vois.

— L'arrêt de mon chef de clan, Kig Aven, fut suivi par tous les miens. Désormais seul, je ne suis plus lié à Logros. La Jeteuse d'Os de Kig Aven était Kilava Onass, qui disparut bien avant que l'Empereur nous réveille.

Les pensées de Lorn se succédaient à toute allure. Dans l'Empire Malazéen, les T'lan Imass étaient aussi appelés la Grande Armée Silencieuse. Jamais elle n'avait croisé d'Imass aussi loquace que celui-ci. Peut-être était-ce en rapport avec la suppression de son lien. Parmi les Imass, seul le commandant Logros s'entretenait régulièrement avec des humains. Quant aux Jeteurs d'Os – les chamanes imass –, on ne les voyait jamais. Seule une dénommée Olar Ethil avait soutenu un jour le chef de clan Eitholos Ilm lors de la bataille de Kartool, véritable théâtre de sorts devant lequel Sangdelune faisait figure de simple tour de passe-passe.

Ce bref entretien avec Outil lui en avait déjà appris davantage sur les Imass que les Annales impériales. L'Empereur, pour sa part, en avait su beaucoup plus, mais consigner ce genre d'informations par écrit n'avait jamais été son style. Avait-il ranimé les Imass ? Les érudits en débattaient depuis des années : Lorn savait désormais qu'il s'agissait de la vérité. Combien d'autres secrets ce T'lan Imass serait-il prêt à lui révéler au détour d'une conversation ?

— Outil, avez-vous déjà rencontré l'Empereur personnellement ?

— Je me suis réveillé avant Galad Ketan et après Onak Shendok et, comme tous les T'lan Imass, je me suis agenouillé devant l'Empereur quand il monta sur le Premier Trône.

— L'Empereur était-il seul ?

— Non. Il était accompagné par le dénommé Danseur.

— Bon sang ! laissa échapper Lorn.

Danseur était mort au côté de l'Empereur.

— Où se trouve ce Premier Trône, Outil ?

Le guerrier se tut un moment.

— À la mort de l'Empereur, dit-il enfin, les T'lan Imass de Logros réunirent leurs esprits – un acte rare, accompli pour la dernière fois avant la Diaspora – et un pacte fut signé. La réponse à votre question relève de ce pacte, Adjointe. Je ne peux vous donner satisfaction. Cela vaut pour tous les T'lan Imass de Logros et tous les T'lan Imass de Kron.

— Qui sont les T'lan Imass de Kron ?

— Ils arrivent, répliqua Outil.

L'Adjointe sentit soudain la sueur perler à son front. La première fois que les légions de Logros étaient entrées en scène, elles comptaient près de de dix-neuf mille combattants. On les estimait réduites à quatorze mille, la majorité des pertes étant survenues au-delà des frontières de l'Empire, lors de cette dernière Guerre Jaghute. Dix-neuf mille autres Imass s'apprêtaient-ils donc à surgir ? Qu'avait donc déchaîné l'Empereur ?

— Outil, reprit-elle avec lenteur, regrettant presque

d'éprouver le besoin de continuer à l'interroger. Que signifie la venue de ces T'lan Imass de Kron ?

— L'Année du Trois-centième Millénaire approche, répondit le guerrier.

— Et que se passera-t-il alors ?

— La Diaspora prendra fin.

*

Mégère le Grand Corbeau volait très haut au-dessus de la plaine rhivie.

Au nord, l'horizon n'était plus qu'une courbe teintée de vert qui s'épaississait au fil des heures. La fatigue alourdissait les ailes du Grand Corbeau, mais le souffle céleste était puissant. Surtout, rien ne pouvait entamer la conviction de Mégère : ce monde allait connaître de grands changements. Elle puisait donc sans relâche dans ses immenses réserves de magie.

Si une convergence de forces gigantesques avait jamais eu lieu, c'était bien ici et maintenant. Les dieux se retrouvaient sur le sol mortel pour livrer bataille, forgeant des instruments de chair et d'os. Le sang de la sorcellerie bouillonnait avec une frénésie issue d'un élan impossible à arrêter. Jamais Mégère ne s'était sentie aussi vivante.

Ces dévoilements de puissance avaient déjà tourné quelques têtes. Mégère volait vers l'une d'elles, répondant à une convocation impossible à ignorer. Car le seigneur Anomander Rake n'était pas son seul maître – ce qui, pour elle, ne rendait les choses que plus intéressantes. Quant à ses propres ambitions, elle les garderait pour elle. Dans l'immédiat, son savoir était sa force.

Et s'il était un secret plus attirant que tous les autres, c'était bien le mystère qui entourait ce guerrier à demi humain nommé Caladan Rumin. Une délicieuse attente revigora Mégère.

Peu à peu, la forêt du Chien Noir recouvrait le nord de son manteau verdoyant.

Chapitre 10

— J'ai parcouru cette terre alors que les T'lan Imass étaient encore des enfants, dit Kallor. J'ai commandé des armées comptant cent mille âmes. J'ai répandu le feu de ma colère sur des continents entiers et j'ai siégé seul sur de grands trônes. Comprends-tu ce que cela signifie ?

— Oui, dit Caladan Rumin. Tu n'apprends jamais.

Entretiens sur la Guerre
(Conversation entre le Commandant en Second Kallor
et le Seigneur de Guerre Caladan Rumin,
rapportée par l'Éclaireur Hurlochel, 6e armée)

L'Auberge de Vimkaros se trouvait juste derrière la place Eltrosan, dans le quartier Opale. Les vagabondages de Toc à travers la ville de Pale lui avaient au moins permis de retenir cette information. Mais il avait beau se creuser la tête, il ne connaissait personne là-bas. Pourtant, les instructions au sujet de son mystérieux rendez-vous avaient été claires.

Il s'approcha d'un pas circonspect du pompeux édifice, sans rien remarquer d'étrange. La place était encombrée par les habituels étals de marchands et par les chalands fortunés. Les gardes malazéens étaient rares. Les exécutions de nobles avaient largement contribué à plonger Pale dans une atmosphère de stupéfaction faisant peser sur la population un joug invisible.

Ces derniers jours, Toc était le plus souvent resté renfermé sur lui-même, se limitant à quelques réjouissances avec ses camarades même s'il avait de moins en moins la tête à ça. L'Adjointe partie et Loquevoile portée disparue, Dujek et Tayschrenn s'étaient réparti les tâches. Le Haut Poing s'occupait de réorganiser Pale et sa nouvelle 5e armée tandis que le Grand Mage cherchait Loquevoile, visiblement sans grand succès.

Toc se doutait que la trêve entre les deux ne durerait pas. Depuis le dîner de l'autre soir, il s'était tenu à l'écart de la hiérarchie, préférant manger avec ses camarades plutôt qu'avec les officiers, comme l'y aurait autorisé son nouveau statut de responsable local de la Griffe.

Moins il se ferait remarquer et mieux cela vaudrait.

Il franchit le portail de l'auberge et s'arrêta. Plusieurs allées serpentaient à travers un somptueux jardin, dans une cour à ciel ouvert. De toute évidence, le siège de la ville n'avait pas affecté l'Auberge de Vimkaros. Une large allée centrale menait directement à un vaste comptoir, derrière lequel un homme âgé et corpulent grappillait du raisin. Quelques clients se promenaient dans les autres allées, devisant à voix basse.

Le texte du message avait insisté pour que Toc

s'habille à la façon des locaux. Il attira donc peu l'attention quand il s'avança vers le comptoir.

Le vieil homme interrompit sa collation et le salua d'un signe de tête.

— À votre service, monsieur, dit-il, s'essuyant les mains.

— On a dû réserver une table à mon nom, expliqua Toc. Je suis Render Kan.

L'homme examina une tablette de cire posée devant lui, puis se redressa avec un sourire.

— Certainement, monsieur. Suivez-moi.

Quelques instants plus tard, Toc se retrouva assis à une table d'un balcon surplombant le jardin, avec pour seule compagnie une carafe de vin saltoain. Tout en sirotant une coupe bien fraîche, il surveillait de son œil valide les allées et venues.

Un serviteur s'approcha et s'inclina devant lui.

— Mon bon monsieur, je dois vous transmettre un message. Un gentilhomme va bientôt vous rejoindre. Il s'est retrouvé complètement dépassé sans le savoir. Et il le sait désormais.

Toc fronça les sourcils.

— Tel est le message ?

— Absolument.

— Ce sont ses propres mots ?

— Et les vôtres, monsieur.

Le serviteur repartit après l'avoir salué une nouvelle fois.

Le froncement de sourcils de Toc s'accentua. Les muscles tendus, il s'avança sur son siège, puis se tourna vers la porte du balcon à l'instant même où le capitaine Paran faisait son entrée. Vêtu à la mode de la petite noblesse de Pale, le capitaine n'était pas armé et semblait très en forme. Toc se leva, un grand sourire aux lèvres.

— Pas trop secoué, j'espère, lui dit Paran.

Ils s'installèrent et le capitaine se servit du vin.

— Mon message vous avait-il bien préparé ?

— Si l'on veut, répondit Toc. Je ne sais trop comment le prendre, Capitaine. Est-ce conforme aux consignes de l'Adjointe ?

— Elle me croit mort, répliqua Paran, soucieux. D'ailleurs, je l'ai été, pendant un certain temps. Dites-moi, Toc le Jeune, est-ce à un membre de la Griffe ou à un soldat de la 2e que je parle ?

Toc plissa son œil indemne.

— C'est une question difficile.

— Vraiment ? s'enquit Paran en le dévisageant avec intensité.

Toc hésita, puis recouvra son sourire.

— Par Goule, non, ce n'est pas si difficile ! Très bien, Capitaine. Bienvenue dans la défunte 2e.

Paran éclata de rire, manifestement soulagé.

— Et maintenant, expliquez-moi donc cette histoire d'être mort sans être mort, reprit Toc.

La gaieté de Paran s'évanouit. Il avala une gorgée de vin et détourna les yeux.

— Une tentative d'assassinat, répondit-il en grimaçant. Sans Maillet et Loquevoile, je serais mort.

— Comment ? Le guérisseur de Mésangeai et la magicienne ?

Paran acquiesça.

— Je me rétablissais dans les appartements de Loquevoile il y a encore peu de temps. Mésangeai voulait garder le secret. Toc, poursuivit-il en se penchant un peu plus vers l'éclaireur, que savez-vous des projets de l'Adjointe ?

Toc examina le jardin. Loquevoile était au courant. Et lors du dîner, elle avait réussi à le cacher à tout le monde. Remarquable.

— À présent, dit-il avec calme, c'est un membre de la Griffe que vous interrogez.

— Exact.

Toc plongea son regard dans celui du capitaine.

— Où est Loquevoile ? Paran se redressa.

— Fort bien. Elle est en route pour Darujhistan. Elle sait qu'un T'lan Imass accompagne l'Adjointe et elle croit que tuer Mésangeai et son escouade fait partie du plan de Lorn. Personnellement, je ne suis pas de cet avis. Mon rôle était de garder l'œil sur un des membres de l'escouade et cette personne-là devait être la seule à mourir. Lorn m'a confié ce commandement après plus de deux ans passés à son service : il s'agit d'une récompense, et je ne peux pas croire qu'elle veuille m'en priver. Voilà ce que je sais, Toc. Pouvez-vous m'aider ?

Toc poussa un long soupir.

— À ce que je sache, la mission de l'Adjointe est loin de se borner à tuer Mes Regrets. Le T'lan Imass l'accompagne dans un autre but. Capitaine, poursuivit-il, la mine sombre, les jours des Brûleurs de Ponts sont comptés. Mais le nom de Mésangeai est quasiment sacré chez les hommes de Dujek. Je n'ai pas réussi à convaincre l'Adjointe à ce sujet – elle semble même persuadée du contraire –, mais si le sergent et les Brûleurs de Ponts sont éliminés, cette armée ne rentrera pas dans le rang, elle se mutinera. Et l'Empire Malazéen devra affronter le Haut Poing Dujek sans un seul chef militaire qui lui arrive à la cheville. La Campagne genabackienne va tourner court et la guerre civile risque fort de se propager jusqu'au cœur de l'Empire.

Le visage de Paran avait blêmi.

— Je vous crois, Toc. Très bien, vous avez transformé mes doutes en convictions. Et celles-ci ne me laissent plus qu'une option.

— Laquelle ?

Paran fit tourner la coupe vide entre ses mains.

— Darujhistan, répondit-il enfin. Avec un peu de chance, je rattraperai Loquevoile et nous pourrons essayer de contacter Mésangeai avant que l'Adjointe le fasse.

Il lança un coup d'œil à Toc.

— On dirait bien que Lorn n'est plus en mesure de me localiser. Loquevoile m'a interdit de l'accompagner sous prétexte que l'Adjointe risquait de détecter ma présence, mais elle a aussi laissé échapper que ma « mort » avait tranché les liens qui me liaient à Lorn. J'aurais dû faire le rapprochement plus tôt, mais... Loquevoile m'a distrait.

Se remémorant l'allure de la magicienne ce soir-là, Toc hocha la tête d'un air entendu.

— Je n'en doute pas.

— Enfin..., soupira Paran. Quoi qu'il en soit, il me faut au moins deux chevaux et des provisions. Je sais que l'Adjointe suit une sorte de calendrier. Elle n'est donc pas pressée. Je devrais rejoindre Loquevoile dans un jour ou deux. Ensuite, nous filerons au pied des monts Tahlyn et dépasserons l'Adjointe en les contournant.

Toc se renversa sur son siège avec un demi-sourire.

— Vous aurez besoin de chevaux wickiens, Capitaine, car ce programme requiert de meilleures montures que celles de l'Adjointe. Comment comptez-vous franchir les portes de la ville en costume local, mais avec des chevaux impériaux ?

Paran cilla.

— Moi, je sais, reprit Toc, élargissant les mains avec un grand sourire. Je viendrai avec vous. Laissez-moi m'occuper des chevaux et du ravitaillement, et je vous garantis que nous sortirons de Pale sans nous faire remarquer.

— Mais…

— Ce sont mes conditions, Capitaine.

Paran toussota.

— Parfait. Maintenant que j'y pense, un peu de compagnie serait la bienvenue.

— Alors, adjugé, grogna Toc en empoignant la carafe. Buvons à cette fichue expédition.

*

Le trajet devenait de plus en plus ardu et Loquevoile connut un premier frisson d'angoisse. Elle parcourait une Garenne de Haut Thyr que Tayschrenn lui-même n'aurait pu attaquer, mais elle subissait pourtant bel et bien un assaut, même s'il était indirect. La force qui s'opposait à elle était subtilement envahissante et émoussait ses pouvoirs magiques.

La Garenne s'était rétrécie, étouffée par des obstacles. Par moments, elle tremblait et ses parois sombres vibraient comme sous l'effet d'une formidable pression. Au sein du tunnel qu'elle s'efforçait de façonner, l'air avait pris une odeur qu'elle avait du mal à identifier, avec des relents aigres et de moisi qui rappelaient des tombes éventrées. À chaque inspiration, Loquevoile semblait se vider un peu plus de son énergie.

Elle comprit qu'elle ne pouvait continuer ainsi. Elle allait devoir regagner le monde physique pour s'y reposer. Une fois de plus, elle maudit sa négligence : elle avait oublié son Jeu des Dragons. Elle aurait su à quoi s'attendre avec lui. Elle soupçonnait l'action d'une force extérieure. La première distraction était venue du capitaine Paran et, bien que fort agréable, elle n'oubliait pas que Paran appartenait à Oponn. Ensuite, elle avait été prise d'un besoin inexplicablement impérieux de partir, si bien qu'elle avait tout abandonné derrière elle.

Privée de sa Garenne, elle allait se retrouver seule sur la plaine rhivie, sans nourriture, sans même une couverture. Cette précipitation dont elle avait fait preuve était contraire à tous ses instincts. Elle commençait à acquérir la certitude qu'on l'a lui avait imposée. D'une manière ou d'une autre, elle avait baissé sa garde, se rendant ainsi vulnérable à de telles manipulations. Voilà qui la ramenait au capitaine Paran, serviteur de la volonté d'Oponn.

Finalement, incapable d'avancer davantage, elle entreprit de rassembler ses forces durement éprouvées, laissant la Garenne s'effondrer peu à peu. Le sol se raffermit sous ses pieds et se para d'herbe jaune. Le crépuscule imposa sa sombre teinte lavande. Un vent aux senteurs de terre lui balaya le visage, puis l'horizon se stabilisa de tous côtés. Au loin, sur sa droite, le soleil colorait encore les pics scintillants des monts Tahlyn. Droit devant elle, une énorme silhouette se découpait en contre-jour qui lâcha un grognement surpris en se retournant.

Inquiète, la magicienne recula. La voix qui émergea alors lui arracha un soupir de soulagement, bientôt remplacé par de l'effroi.

— Loquevoile, dit Bellurdan avec tristesse, Tayschrenn ne pensait pas que tu arriverais jusqu'ici. Je m'attendais à te repérer de loin.

Le géant thelomen eut un haussement d'épaules presque enfantin. Le même sac de toile que lors de leur dernière entrevue se trouvait à ses pieds, même si le corps qu'il contenait s'était ratatiné depuis.

— Comment le Grand Mage a-t-il réussi à m'interdire l'accès à ma Garenne ? questionna Loquevoile, dont la peur avait fait place à une lassitude proche de la résignation.

— Il n'aurait jamais pu faire cela, répliqua Bellurdan. Il a simplement prévu que tu tenterais de te rendre à Darujhistan et, comme ta Garenne Thyr ne peut fonctionner sur l'eau, il en a conclu que tu emprunterais cet itinéraire.

— Mais alors, que s'est-il passé avec ma Garenne ?

Bellurdan émit un grognement blasé.

— Le T'lan Imass qui accompagne l'Adjointe a créé autour d'eux un espace mort. Notre sorcellerie est absorbée par les pouvoirs anciens de ce guerrier.

Si tu ouvrais grand ta Garenne, Loquevoile, tu serais entièrement consumée.

Le Thelomen s'avança d'un pas.

— Le Grand Mage m'a chargé de t'arrêter et de te reconduire auprès de lui.

— Et si je refuse ?

Bellurdan répondit d'un ton affligé.

— Alors, je devrais te tuer.

— Je vois.

Loquevoile réfléchit. Son univers semblait s'être brusquement rétréci. Tous ses souvenirs devenaient inutiles. Son cœur tambourinait dans sa poitrine. Tout ce qu'il lui restait de son passé, le seul vrai sentiment de son existence, était une impression de regret, vague et pourtant écrasante.

Elle leva vers le Thelomen un regard débordant de compassion.

— Où sont donc ce T'lan et l'Adjointe ?

— À peut-être huit heures vers l'est. L'Imass n'a même pas conscience de notre présence. Allons, Loquevoile. Il n'est plus temps de discuter. Viendras-tu avec moi ?

— Je ne t'aurais jamais cru capable de trahir une amie de longue date, dit-elle, la gorge sèche.

Écartant plus largement les bras, Bellurdan répondit d'une voix peinée.

— Je ne te trahirai jamais, Loquevoile. Le Grand Mage est notre chef. Comment peut-il y avoir trahison ?

— Je ne parle pas de ça, répliqua vivement la magicienne. Je t'ai autrefois demandé si je pouvais m'entretenir longuement avec toi, tu t'en souviens ?

Tu m'as répondu oui, Bellurdan. Et à présent, tu me dis qu'il n'est plus temps. Je n'aurais jamais imaginé que ta parole avait si peu de valeur.

Dans le jour mourant, elle ne pouvait distinguer les traits du Thelomen, dont l'intonation reflétait toutefois un déchirement certain.

— Je suis navré, Loquevoile. Tu as raison. Je t'ai donné ma parole que nous reprendrions notre conversation. Ne pouvons-nous pas le faire en regagnant Pale ?

— Non. Je veux que ce soit maintenant.

Bellurdan inclina la tête.

— Soit.

Loquevoile s'obligea alors à dénouer ses épaules et son cou.

— J'ai plusieurs questions pour toi, dit-elle. Tout d'abord, Tayschrenn t'a envoyé à Genabaris. Tu as fait des recherches pour lui dans de vieux manuscrits ?

— Oui.

— Puis-je savoir de quels manuscrits il s'agissait ?

— Est-ce vraiment important à présent, Loquevoile ?

— Oui. La vérité m'aidera à choisir : te suivre ou mourir ici.

Bellurdan n'hésita qu'un bref instant.

— Très bien. Parmi les archives récupérées chez les mages de la ville – comme tu le sais, ils ont tous été exécutés –, on a retrouvé des copies de fragments de la Folie de Gothos, un ancien texte jaghut…

— J'en ai entendu parler, coupa Loquevoile. Continue.

— En tant que Thelomen, je possède du sang

jaghut, même si, bien sûr, Gothos le contesterait. Le Grand Mage m'a confié l'examen de ces fragments. Je devais y chercher des informations sur la tombe d'un Tyran jaghut, tombe qui était en réalité une prison.

— Attends, dit Loquevoile, secouant la tête. Les Jaghuts n'avaient pas de gouvernement. Qu'entends-tu par Tyran ?

— Un être dont le sang était empoisonné par l'ambition de dominer les autres. Ce Tyran jaghut réduisit en esclavage les terres autour de lui – tout ce qui était vivant – pendant près de trois mille ans. Les Imass de l'époque cherchèrent à le détruire, en vain. Il revint à d'autres Jaghuts de s'occuper d'emprisonner ce Tyran car une telle créature leur était aussi abominable qu'aux Imass.

— Bellurdan…

Le cœur de Loquevoile battait à tout rompre, elle redoubla d'efforts pour poursuivre :

— Où ce Tyran a-t-il été enterré ?

— Je suis parvenu à la conclusion que son tumulus se trouve au sud, dans les collines gadrobies, directement à l'est de Darujhistan.

— Reine des Songes ! Bellurdan, sais-tu ce que tu as fait ?

— J'ai obéi à notre Grand Mage.

— Et c'est la raison pour laquelle le T'lan Imass accompagne l'Adjointe.

— Je ne comprends rien à ce que tu racontes, Loquevoile.

— Enfin, imbécile ! Ils veulent libérer le Tyran ! L'épée de Lorn, son épée d'Otataral…

— Non, marmonna Bellurdan, ils ne feraient

jamais une chose pareille. Ils doivent plutôt essayer d'empêcher quelqu'un de le relâcher. Oui, voilà qui est plus probable. Telle est la réalité des choses. Loquevoile, cette conversation est terminée.

— Je ne peux pas rentrer, déclara la magicienne. Il faut que je poursuive ma route. Ne me retiens pas, s'il te plaît.

— Nous devons retourner à Pale, répliqua obstinément Bellurdan. Tu as obtenu satisfaction. Laisse-moi maintenant te ramener afin que je puisse continuer à chercher le bon endroit pour enterrer Frissombre.

Loquevoile savait qu'elle n'avait plus le choix mais, dans son esprit, il devait forcément exister une issue.

Cet entretien lui avait fait gagner du temps, assez pour se remettre de ses épreuves. Une phrase de Bellurdan lui revint : si elle accédait à sa Garenne Thyr, elle serait réduite en cendres. Consumée par l'influence du T'lan Imass. Son regard s'arrêta sur le sac de toile près du Thelomen. Une faible lueur en émanait. *Un sortilège. Le mien.* Elle s'en souvenait à présent : un geste de compassion, un charme de… préservation. *Serait-ce ma porte de sortie ? Par le souffle de Goule ! Est-ce seulement possible ?* Elle songea à Toupet, à son transfert d'un corps agonisant à un… réceptacle inanimé. *Shedenul, aie pitié de nous…*

La magicienne recula et ouvrit sa Garenne. La sorcellerie s'embrasa. Elle vit Bellurdan basculer en arrière, puis recouvrer son équilibre. Il cria quelque chose qu'elle n'entendit pas et se jeta sur elle.

Alors même que les flammes noircissaient son

monde, Loquevoile, tout en déplorant le courage fatal du Thelomen, ouvrit grand les bras pour l'étreindre.

*

Lorn rejoignit Outil. Le T'lan Imass observait l'ouest. Il dégageait une tension presque palpable.

— De quoi s'agit-il ? questionna-t-elle, le regard fixé sur la gerbe de flammes blanches qui s'élevait au-dessus de l'horizon. Je n'ai jamais rien vu de semblable.

— Moi non plus, répondit Outil. Cela se trouve à l'intérieur de la barrière que j'ai dressée autour de nous.

— Mais c'est impossible, s'exclama sèchement Lorn.

— Oui. Impossible que cela dure aussi longtemps. Sa source aurait dû se retrouver presque instantanément consumée. Et pourtant…

Le T'lan Imass se tut. La colonne de feu embrasait la nuit depuis une heure, frénétique tourbillon de magie semblant jaillir d'un inépuisable puits. Dans le noir d'encre de la nuit, quelques étoiles surnageaient encore. L'odeur apportée par le vent écœurait vaguement Lorn.

— Reconnais-tu la Garenne, Outil ?

— Les Garennes, Adjointe, Tellann, Thyr, Denul, D'riss, Tennes, Thelomen Toblakai, Starvald Demelain…

— Starvald Demelain ? Par Goule, qu'est-ce donc ?

— Une Ancienne Garenne.

— Mais je croyais que les Garennes Anciennes étaient au nombre de trois et ce n'est pas l'une d'elles.

— Trois ? Non, il y en avait beaucoup, Adjointe. Toutes nées d'une seule : Starvald Demelain.

Les yeux toujours rivés sur la colonne de feu, Lorn resserra sa cape sur ses épaules.

— Qui pourrait réussir un tel tour de force ?

— Il y en eut un… autrefois. Il ne lui reste pas d'adorateur, il n'en est donc plus capable. Je n'ai aucune réponse à votre question, Adjointe.

L'Imass vacilla en voyant la colonne exploser. Un lointain grondement de tonnerre leur parvint.

— Fini, murmura Lorn.

— Détruit, corrigea Outil.

Le guerrier pencha la tête.

— Bizarre. La source est bien détruite, mais quelque chose est aussi né. Je sens une présence nouvelle.

Lorn vérifia son épée.

— De quel ordre ?

— C'est nouveau et ça s'enfuit, répondit-il en haussant les épaules.

Fallait-il y voir un motif d'inquiétude ? Les sourcils froncés, Lorn se tourna vers le T'lan Imass, mais il s'était déjà éloigné, regagnant leur feu de camp à grandes enjambées. Elle jeta un dernier coup d'œil à l'ouest. Un nuage à l'horizon dissimulait désormais les étoiles.

Il semblait immense. Lorn frissonna.

Il était temps de dormir. L'Imass monterait la garde. Elle n'avait pas à craindre de mauvaises surprises. La journée avait été longue et elle s'était trop rationnée en eau. Sensation inhabituelle, elle se sentait un peu faible. Elle se rembrunit. La silhouette d'Outil, immobile, lui rappelait l'arrivée du guerrier l'avant-veille. La lueur ardente qui bondissait le long de son casque d'os et de corne éveilla une fois encore en elle quelque chose de primaire, à quoi s'associait une crainte profonde, irraisonnée des ténèbres. Elle s'arrêta juste à côté de l'Imass.

— Le feu est vie, chuchota-t-elle.

Cette phrase parut surgir du tréfonds de son instinct.

Outil hocha la tête.

— La vie est feu, ajouta-t-il. C'est sur ces paroles que naquit le Premier Empire. L'Empire des Imass, l'Empire de l'Humanité.

Il se tourna vers l'Adjointe.

— Vous avez bien travaillé, mon enfant.

*

Un voile de fumée grise planait à une dizaine de lieues au nord sur la forêt du Chien Noir lorsque Mégère inclina sa queue déployée pour descendre péniblement vers l'armée qui campait dans la plaine rhivie.

Les tentes étaient disposées en rayons à partir d'un noyau central fortifié où un grand auvent ondoyait dans la brise matinale. Le Grand Corbeau se dirigeait dans cette direction. Son regard perçant repéra dans les allées plusieurs indigènes. Les bannières vert et argent du Cheval de la Catlin sur la bordure orientale du campement désignaient le contingent mercenaire de la principale armée de Caladan Rumin. La majorité des troupes se composait toutefois de Tistes Andii – les gens d'Anomander Rake, les habitants de la cité au cœur de Sangdelune – dont les hautes silhouettes vêtues de noir évoluaient telles des ombres entre les tentes.

Des traces de roues menaient au nord, à l'orée de la forêt – ces voies de ravitaillement vers des retranchements naguère tenus par les Malazéens marquaient désormais la ligne de front de Rumin. Des charrettes acheminaient un flot incessant de provisions tandis que d'autres véhicules, chargés de morts et de blessés, pénétraient dans le camp, formant un sinistre cortège.

Mégère caqueta. Les émanations de sorcellerie de la tente principale coloraient l'air poussiéreux d'un magenta dense et profond – la couleur de la Garenne D'riss, de la magie de la terre. Ses ailes lui paraissaient soudain légères, revigorées par une énergie juvénile.

— Ah ! soupira-t-elle. La magie !

Franchissant allègrement protections et pièges, elle atterrit devant la tente. Il n'y avait pas de garde devant l'entrée, dont le rabat avait été attaché à l'un des montants.

Le Grand Corbeau entra en sautillant.

En dehors d'un petit rideau dissimulant un lit de camp, la tente n'était pas divisée en compartiments. Une table massive trônait au centre, avec une carte de la région gravée sur son plateau. Dos à la porte, un homme seul était penché dessus, un énorme marteau de fer glissé en travers de ses larges omoplates. Malgré la taille et le poids évident de cet objet, on aurait presque dit un jouet comparé à cette vaste plage de muscles et d'os. Des ondes de pouvoir aux relents fauves émanaient du guerrier.

— Des retards, toujours des retards, maugréa Mégère en s'envolant pour aller se percher sur la table.

Caladan Rumin lui accorda un grognement distrait.

— As-tu senti la tornade de sorcellerie, cette nuit ? s'enquit-elle.

— Senti ? Nous l'avons vue. Les chamanes rhivis semblent passablement perturbés, mais ils n'ont aucune explication. Nous en discuterons plus tard, Mégère. Je dois réfléchir.

Mégère inclina la tête vers la carte.

— Le flanc ouest se replie dans le plus complet désordre. Qui commande cette bande de Barghasts ?

— Quand les as-tu survolés ?

— Avant-hier. Je n'ai vu qu'un tiers de l'effectif initial encore en vie.

Rumin secoua la tête.

— Jorrick Lanceperçante, avec sous ses ordres cinq mille Barghasts et sept lames de la Garde Pourpre.

— Lanceperçante ?

Mégère siffla de rire.

— Il m'a l'air plutôt imbu de lui-même, non ?

— En effet. Mais ce sont les Barghasts qui l'ont nommé ainsi. J'allais donc dire que cinq légions de Moranths Ors lui sont tombées dessus il y a trois jours. Jorrick a battu en retraite à la faveur de la nuit, et les deux tiers de ses forces ont disparu à l'est et à l'ouest. Ses Barghasts ont le chic pour se volatiliser en rase campagne. Hier, sa clique terrifiée a fait volte-face pour affronter les Ors. Les Barghasts ont avancé en tenaille. Deux légions moranthes furent balayées, les trois autres en fuite dans la forêt, avec la moitié de leur matériel éparpillé dans la plaine.

Mégère inclina de nouveau la tête.

— Un plan de Jorrick ?

Rumin acquiesça.

— Il est de la Garde Pourpre, bien que les Barghasts le considèrent comme l'un des leurs. Jeune, et donc intrépide.

L'oiseau se remit à étudier la carte.

— Et l'est ? Le passage du Renard tient toujours ?

— Sans problème, répondit Rumin. Il y a surtout des conscrits de Stannis en face. Les Malazéens font face à des alliés réticents. On verra l'an prochain de quoi la Garde Pourpre est capable, avec le débarquement de la prochaine vague de soldats malazéens.

— Pourquoi ne pas pousser vers le nord ? questionna Mégère. Le prince K'azz pourrait libérer les ex-Villes libres pendant l'hiver.

— Le Prince et moi sommes d'accord : il reste là où il est.

— Mais pourquoi ?

— Notre tactique, c'est notre affaire, grogna Rumin.

— La confiance règne, petit salopard, bougonna Mégère en sautillant le long du bord inférieur de la carte. Il reste donc à examiner ton point faible. Entre toi et Pale, il y a seulement les habitants de la plaine rhivie. Mais cette plaine est à présent parcourue par des forces dont les Rhivis eux-mêmes ne savent rien.

Pourtant, guerrier, tu manifestes peu d'inquiétude. Mégère se demande bien pourquoi.

— J'ai discuté avec le prince K'azz et ses mages, ainsi qu'avec les chamanes barghasts et rhivis. Ce qui est né cette nuit dans la plaine n'appartient à personne. Cette créature est seule et terrifiée. D'ores et déjà, les Rhivis se sont mis à sa recherche. Non, cela ne m'inquiète pas. Mais il se passe bien d'autres choses au sud, conclut Rumin en se redressant.

— C'est Anomander, roucoula Mégère. Il complote de tous les côtés et sème des éclats de verre sous les pieds de tout le monde. Je ne l'ai jamais vu d'aussi bonne humeur.

— Assez de ragots. Tu as des nouvelles pour moi ?

— Bien sûr, Maître.

Avec un soupir, le Grand Corbeau déploya ses ailes puis, d'un coup de bec, attrapa une puce qui le démangeait.

— Je sais qui détient la Pièce.

— Qui donc ?

— Un garçon dont l'ignorance est le plus grand des bonheurs. La Pièce tourne et montre l'une de ses faces à tous ceux que croise ce garçon. Ils jouent leur propre jeu, mais ils se rassembleront dans un but de plus grande ampleur, permettant aux fils ténus d'Oponn de vibrer et d'atteindre des sphères autrement inaccessibles à son influence.

— Que sait Rake ?

— Là-dessus, pas grand-chose. Mais tu connais son aversion pour Oponn. Il n'hésiterait pas un instant à trancher ces fils.

— L'imbécile, grommela Rumin.

Le guerrier réfléchit, aussi immobile qu'une statue de pierre et de fer, tandis que Mégère allait et venait sur la plaine rhivie, ses longues serres noires éparpillant les pièces de bois symbolisant les régiments et les divisions.

— Sans Oponn, reprit enfin Rumin, la puissance de Rake n'a pas de rivale. Il surplombe Darujhistan tel un phare et l'Impératrice va forcément vouloir l'affronter. Une bataille de cette ampleur...

— Raserait Darujhistan, conclut gaiement Mégère. Ainsi s'envolent les Villes libres, comme cendres dans le vent, en flammes.

— Le mépris de Rake pour tout ce qui se trouve au ras du sol nous a suffisamment fait mordre la poussière, déclara Rumin.

Il jeta un d'œil à Mégère et haussa un sourcil glabre.

— Arrête. Tu disperses mes armées.

Mégère interrompit ses déambulations.

— Une fois encore, soupira-t-elle, Caladan Rumin le Grand Guerrier cherche à éviter les effusions de sang. Si Rake récupère cette pièce, il attirera Oponn et embrochera le Seigneur et la Dame sur cette charmante épée dont il est le dépositaire. Imagine le chaos qui s'ensuivrait ! Une prodigieuse onde de choc qui pourrait jeter bas des dieux et submerger des Domaines...

Elle renchérit, de plus en plus enjouée :

— On s'amuserait bien !

— Silence, oiseau, ordonna Rumin. Maintenant que Rake a rappelé ses mages, le Porteur de Pièce a besoin de protection.

— Mais qui est de taille à lutter contre des Tistes

Andii ? s'enquit Mégère. Tu ne comptes tout de même pas abandonner cette campagne ?

Rumin découvrit ses dents limées en un vilain sourire.

— Ah ! Te voilà prise de court, hein ? Tant mieux. Tu mérites bien qu'on te rabatte un peu le caquet, Mégère. Tu ne sais pas tout. Quel effet ça fait ?

— C'est uniquement par respect pour ton tempérament que je te laisse me torturer ainsi, s'écria le Grand Corbeau. Mais ne me pousse pas à bout, Rumin. Allons, dis-moi qui peut tenir tête aux mages de Rake ici. Je dois le savoir. Ah ! Toi et tes secrets ! Comment puis-je servir au mieux les désirs de mon maître s'il me cache des informations vitales ?

— Que sais-tu de la Garde Pourpre ? questionna Rumin.

— Bien peu de choses. Une compagnie de mercenaires, tenue en haute estime par ceux de la même espèce. Et alors ?

— Demande aux Tistes Andii de Rake ce qu'ils en pensent, corneille.

Indignée, Mégère se hérissa.

— Corneille ? Je n'endurerai pas un tel affront ! Je pars. Je retourne à la Lune, y méditer une telle liste d'insultes que tous les Domaines en seront souillés !

— C'est cela, du vent, sourit Rumin. Tu as bien travaillé.

— Si seulement Rake n'était pas encore plus pingre que toi ! gémit Mégère en sautillant vers la sortie. C'est à vos dépens que j'exercerais mes talents d'espionne.

— Une dernière chose, Mégère.

S'arrêtant devant la porte, l'oiseau inclina la tête.

Le guerrier s'était replongé dans l'observation de la carte.

— Quand tu survoleras l'extrême sud de la plaine rhivie, dit-il, observe bien les forces que tu y sentiras actives. Mais méfie-toi. Ce qui se trame là-bas sent très mauvais.

Mégère se contenta de caqueter puis s'envola.

Rumin demeura penché sur sa carte, plongé dans une intense réflexion. Au bout d'une vingtaine de minutes d'immobilité absolue, il se redressa et sortit de la tente. Mégère avait disparu. Grognant de dépit, il se retourna pour passer en revue les tentes les plus proches.

— Kallor ! Où es-tu ?

Une haute silhouette grise surgit de derrière un chapiteau et s'avança lentement.

— Les Dorés sont embourbés en forêt, Seigneur de la Guerre, annonça Kallor d'une voix rocailleuse.

Il plongea un regard éteint dans celui de Rumin.

— Un orage descend depuis les Hauteurs du Laederon. Les quorls des Moranths vont rester cloués au sol un bon moment.

Rumin hocha la tête.

— Je te laisse le commandement. Je file au passage du Renard.

Kallor haussa un sourcil.

Rumin le dévisagea fixement.

— Surtout, ne t'excite pas trop, ou les gens vont finir par croire que tout cela ne t'ennuie pas autant que tu le prétends. Je vais voir le prince K'azz.

Un léger sourire étira les lèvres minces de Kallor.

— Quelle folie Jorrick Lanceperçante a-t-il encore perpétrée ?

— Aucune, à ma connaissance. Lâche-le un peu, Kallor. Il s'en est bien sorti, cette fois. Souviens-toi, tu as été jeune toi aussi.

Le vieux guerrier haussa les épaules.

— Le dernier succès de Jorrick appartient tout au plus à la Dame de la Chance. Ce n'était certainement pas le fruit du génie.

— Je ne te le contesterai pas, dit Rumin.

— Puis-je savoir ce qui motive un entretien personnel avec K'azz ?

Rumin regarda alentour.

— À propos, où est passé mon maudit cheval ?

— Probablement tapi quelque part, répliqua Kallor non sans ironie. Il paraît que ses membres se sont raccourcis sous ta prodigieuse personne. La chose me laisse sceptique, mais qui peut contredire un cheval ?

— J'ai besoin de certains des hommes du Prince, expliqua Rumin en s'engageant dans une allée. Pour être plus précis, ajouta-t-il par-dessus son épaule, il me faut la 6e Lame de la Garde Pourpre.

Kallor soupira en le voyant s'éloigner.

— Encore Rake, n'est-ce pas, Seigneur de Guerre ? Tu ferais mieux de suivre mon conseil et de l'anéantir. Tu t'en repentiras.

Ses yeux morts suivirent Caladan Rumin jusqu'à ce que celui-ci disparaisse derrière une tente.

— Considère cela comme mon dernier avertissement.

*

La terre calcinée crissait sous les sabots des chevaux.

Toc le Jeune jeta un coup d'œil en arrière. Le capitaine Paran répondit par un hochement de tête lugubre. Ils approchaient de la source de la colonne de feu vue la nuit précédente. Comme l'avait promis Toc, quitter la ville s'était révélé simple. Personne ne les avait interpellés et ils avaient trouvé la porte entrebâillée. Leurs chevaux étaient bien des Wickiens, grands et longilignes, et s'ils couchaient les oreilles en roulant des yeux inquiets, ils restaient sages.

Une odeur de soufre imprégnait l'air figé de la mi-journée et une fine couche de cendres recouvrait déjà les deux hommes et leurs bêtes. Au zénith, le soleil s'était changé en globe de cuivre étincelant. Toc arrêta sa monture pour attendre le capitaine.

Paran essuya son front baigné de sueur et rajusta son casque. Ils se dirigeaient vers l'origine de la colonne de feu. Regardant loin devant, son camail lui semblait bien lourd sur ses épaules. La nuit l'avait plongé dans une terreur profonde. Ni lui ni Toc n'avaient jamais assisté à une telle conflagration de sorcellerie. Leur bivouac avait beau se trouver à des lieues de là, ils avaient quand même senti la chaleur des flammes. Et maintenant qu'ils arrivaient sur les lieux, le capitaine éprouvait une effroyable appréhension.

Les deux hommes ne parlaient pas. Une sorte de tronc d'arbre mort difforme s'élevait à une centaine de mètres vers l'est. Une branche noueuse et noircie se dressait vers le ciel. Tout autour, à l'intérieur d'un cercle parfait, l'herbe était intacte sur environ cinq mètres. Une tache brune, légèrement décentrée, se détachait.

Paran poussa sa monture en avant. Toc en fit autant après avoir empoigné son arc. Il rattrapa Paran et vit que ce dernier avait encoché une flèche.

Plus ils approchaient et moins la chose carbonisée ressemblait à un arbre. La partie saillante avait des contours familiers. Paran plissa les yeux, puis poussa un juron et éperonna son cheval. Il couvrit rapidement la distance, laissant derrière lui un Toc stupéfait.

Une fois sur place, il mit pied à terre pour s'avancer vers ce qu'il avait désormais identifié comme deux corps, dont l'un était gigantesque. Ils étaient méconnaissables, mais Paran ne se faisait guère d'illusions sur l'identité du plus petit. *Tout ce qui s'approche de moi, tout ce à quoi je tiens…*

— Loquevoile, murmura-t-il en tombant à genoux.

Toc le rejoignit, mais resta en selle. Debout sur ses étriers, il scruta l'horizon. Au bout d'une minute, il descendit de cheval et contourna lentement les deux cadavres enlacés, avant de s'arrêter devant la tache sombre qu'ils avaient aperçue de loin. Il s'accroupit pour l'examiner.

Relevant la tête, Paran s'obligea à observer les deux corps calcinés. Le bras appartenait au géant. Les flammes qui les avaient dévorés avaient noirci ce membre sur presque toute sa longueur, mais la main n'était que légèrement roussie. Le capitaine contempla ses doigts raidis, se demandant quel salut le géant avait tenté d'atteindre à l'heure de mourir. *La liberté qu'apporte la mort. Une liberté que l'on me refuse. Maudits soient les dieux, maudits soient-ils tous.* Prostré, il mit un moment à se rendre compte que Toc l'avait appelé.

Il se remit péniblement debout. D'un pas mal assuré, il rejoignit l'endroit où Toc demeurait accroupi devant un sac de toile éventré.

— Il y a des traces, annonça Toc d'une voix tremblante, avec une drôle d'expression sur son visage.

Il gratta vigoureusement sa cicatrice, avant de se relever.

— Elles se dirigent vers le nord-est.

Paran le dévisagea sans comprendre.

— Des traces ?

— Petites. Comme celles d'un enfant. Mais...

— Mais quoi ?

Toc serra ses bras contre sa poitrine.

— Ces pieds étaient essentiellement formés d'os.

Il croisa le regard ahuri du capitaine.

— Comme si la chair avait disparu, expliqua-t-il. Pourrie ou brûlée, je ne sais pas... Il s'est passé quelque chose d'horrible, Capitaine. Et je suis bien content que ce truc s'éloigne, quel qu'il soit.

Paran se tourna de nouveau vers les deux formes entremêlées, portant une main à sa joue.

— C'est Loquevoile, dit-il d'une voix blanche.

— Je sais. Je suis navré. L'autre est le Grand Mage thelomen Bellurdan. C'est forcément lui.

Toc contempla le sac de toile.

— Il s'était absenté pour aller enterrer Frissombre... Je doute que Frissombre ait encore besoin d'être enterrée, conclut-il à mi-voix.

— C'est Tayschrenn qui a fait ça, dit Paran.

Quelque chose dans son ton alerta Toc, qui se retourna.

— Tayschrenn, reprit Paran, et l'Adjointe.

Loquevoile avait raison. Sinon, ils ne l'auraient pas tuée. Seulement, elle ne leur a pas facilité la tâche. *Elle ne choisissait jamais la facilité, en rien. Lorn me l'a prise. Comme tout le reste.*

— Capitaine…

La main de Paran s'était inconsciemment crispée sur le pommeau de son épée.

— Cette garce sans cœur doit payer, et je vais y veiller.

— Parfait, marmonna Toc. Essayons juste de nous y prendre un peu intelligemment.

Paran darda sur lui un regard de défi.

— En route, Toc le Jeune.

Toc jeta un dernier coup d'œil au nord-est.

Tout ça n'était pas terminé, songea-t-il en frissonnant. Une furieuse et cruelle démangeaison lui arracha une grimace. Impossible à soulager. Et un brasier informe flambait derrière son orbite vide, une sensation qu'il avait souvent éprouvée ces derniers temps. Il rejoignit son cheval en marmonnant et grimpa en selle.

Le capitaine se dirigeait déjà vers le sud, avec sa propre monture et leur troisième cheval. Même de dos, son maintien en disait long à Toc, qui se demanda s'il n'avait pas commis une erreur en insistant pour l'accompagner. Puis l'éclaireur haussa les épaules.

— Ma foi, dit-il aux deux corps carbonisés, ce qui est fait est fait, pas vrai ?

*

La plaine était plongée dans l'obscurité mais, à l'est, Mégère apercevait encore le soleil couchant. Elle utilisait des vents d'altitude d'un froid cinglant. Cela faisait deux jours qu'elle avait quitté Caladan Rumin et elle n'avait décelé aucun signe de vie sur ces terres désolées. Même les gigantesques troupeaux de bhederins que les Rhivis avaient coutume de suivre avaient disparu.

La nuit, ses perceptions demeuraient limitées, même si c'était dans l'obscurité que les Grands Corbeaux détectaient le mieux la sorcellerie. Volant toujours en direction du sud, elle scrutait d'un œil avide le sol lointain. Plusieurs de ses frères et sœurs de Sangdelune patrouillaient régulièrement au-dessus des plaines, à la solde d'Anomander Rake. Elle n'en avait encore vu aucun, mais ce n'était qu'une question de temps avant de pouvoir leur demander s'ils avaient récemment repéré une source de magie.

Rumin n'était pas du genre à s'inquiéter pour rien. S'il se passait par ici quelque chose qui le tourmentait, cela pouvait se révéler d'une importance capitale, et Mégère tenait à en être la première informée.

Une lueur surgit dans le ciel devant elle, à environ une lieue de là, bref flamboiement teinté de vert et de bleu. Mégère se tendit. C'était de la sorcellerie, une sorcellerie qu'elle ne connaissait pas. Elle reçut une bouffée d'air chaud et humide imprégné d'une odeur de charnier lui rappelant – perplexe, elle inclina la tête – des plumes brûlées !

Un cri de rage et de terreur retentit. Mégère ouvrit le bec mais se ravisa. Ce cri provenait d'un membre de son espèce, elle en était sûre. Mais, pour d'obscures raisons, elle éprouva le besoin de tenir sa langue. Une autre boule de feu explosa alors, suffisamment proche cette fois pour que Mégère voie ce qu'elle engloutissait : un Grand Corbeau.

Elle laissa échapper un petit chuintement. À la faveur de ce bref éclair, elle avait aperçu une demi-douzaine de ses congénères tournoyant dans le ciel, un peu plus loin à l'ouest. Elle infléchit son vol et se dirigea vers eux.

Dès qu'elle entendit autour d'elle leurs battements d'ailes paniqués, elle cria :

— Mes enfants ! Écoutez Mégère ! Votre Grande Mère est là !

Piaillant de soulagement, les corbeaux se regroupèrent autour d'elle. Dans un concert de cris perçants, ils tentèrent de lui raconter ce qui s'était produit, mais un sifflement irrité les réduisit au silence.

— J'ai cru entendre la voix de Bolide, dit-elle. Me suis-je trompée ?

Un jeune mâle s'approcha d'elle.

— Non, répondit-il. Je suis Bolide.

— Bolide, j'arrive du nord. Explique-moi ce qui se passe.

— C'est fort confus, répliqua cyniquement Bolide.

Mégère caqueta. Plus que quiconque, elle raffolait des bonnes plaisanteries.

— Vraiment ? Continue, mon garçon.

— Avant le crépuscule, Pince-Pair a détecté au sol un flamboiement de sorcellerie. La sensation était bizarre mais, de toute évidence, une Garenne venait de s'ouvrir sur la plaine. Pince-Pair m'a signalé la chose avant de partir enquêter. Je l'ai suivie d'en haut pendant sa descente et j'ai donc vu la même chose qu'elle. Mégère, j'ai dans l'idée que l'art du transfert d'âme a une fois de plus été pratiqué.

— Quoi ?

— À terre, expliqua Bolide, à peine sorti d'une Garenne, un pantin animé de petite taille, doté d'un grand pouvoir. Quand cette créature a repéré Pince-Pair, il l'a descendue en flammes d'un seul geste. Depuis, le pantin a disparu dans sa Garenne, n'en ressortant que pour tuer un autre d'entre nous.

— Pourquoi restez-vous donc là ? s'enquit Mégère.

Bolide gloussa.

— Nous aimerions déterminer sa route. Pour l'instant, il semble se diriger vers le sud.

— Très bien. Maintenant que cela se confirme, emmène les autres avec toi et rentrez à Sangdelune faire votre rapport à notre seigneur.

— Comme tu voudras, Mégère.

Inclinant une aile, Bolide s'enfonça dans les ténèbres. Les autres répondirent en chœur.

Mégère attendit. Elle voulait être sûre qu'ils avaient tous quitté le secteur avant de se livrer à ses propres investigations. Ce pantin était-il la chose engendrée par la colonne de feu ? Voilà qui semblait peu plausible. Et à quel genre de sorcellerie faisait-il appel pour qu'un Grand Corbeau ne puisse l'absorber ? Tout cela sentait la magie des Anciens. Le transfert d'âmes n'était pas une mince affaire et, même au temps où sa technique était largement connue, il n'avait jamais été courant chez les sorciers. Il circulait beaucoup trop d'histoires d'hommes et de femmes devenus fous à cause d'un tel sort.

Peut-être ce pantin avait-il survécu depuis tout ce temps ? Mégère réfléchit. C'était peu probable.

La sorcellerie se manifesta alors de nouveau dans la plaine, puis la lueur s'éteignit. Une petite force magique. *Là !* songea Mégère. *Voici la réponse à mes questions. Tuer mes jeunes t'amuse ? Voyons si tu t'en tireras aussi facilement avec moi.*

Elle descendit en piqué et l'air se mit à siffler autour d'elle. La petite silhouette interrompit sa progression pour scruter le ciel et Mégère produisit un sombre halo de magie protectrice. Elle entendit alors un rire dément. Le pantin esquissa un geste.

Une immense puissance engloutit Mégère, bien supérieure à ses prévisions. Ses défenses résistèrent, mais elle eut l'impression de subir une véritable bastonnade. Elle chuta en caquetant de douleur et dut mobiliser toute son énergie et toute sa volonté pour déployer ses ailes afin de profiter d'un courant ascendant. S'élevant de plus en plus haut dans la nuit, elle poussa un cri outragé et inquiet. Un coup d'œil en contrebas lui apprit que le pantin avait réintégré sa Garenne. Il n'y avait plus aucune émanation magique en vue.

— Aïe ! soupira-t-elle. Le prix de la connaissance est si élevé ! Une Garenne Ancienne, pour sûr. La plus ancienne de toutes. Qui joue donc avec le Chaos ? Mégère ne saurait le dire. Tout se rassemble, et se rassemble ici même.

Trouvant un autre courant d'air, elle mit le cap vers le sud. Il fallait prévenir Anomander Rake et tant pis pour les consignes de Caladan Rumin visant à laisser le Tiste Andii dans l'ignorance. Rake avait plus de talents que Rumin ne voulait bien l'admettre.

— Celui de la destruction, déjà.

Mégère glousa :

— Et de la mort ! Il est doué !

Reprenant de la vitesse, elle ne remarqua pas la tache morte en bas dans la plaine, ni la femme campée au milieu. De toute manière, il n'y avait pas là de magie à proprement parler.

*

Accroupie près de son couchage, l'Adjointe Lorn scrutait le ciel nocturne.

— Outil, tout cela avait-il un rapport avec ce que nous avons vu il y a deux nuits ?

Le T'lan Imass secoua la tête.

— Je ne pense pas, Adjointe. Voilà qui m'inquiéterait plutôt davantage. Il s'agit de sorcellerie, une sorcellerie qui ne fait aucun cas de la barrière que j'ai élevée autour de nous.

— Comment cela ? s'enquit calmement Lorn.

— Il n'y a qu'une possibilité, Adjointe. De la magie des Anciens. Une Garenne perdue qui nous revient du passé. Quel que soit celui qui la manie, nous devons partir du principe qu'il nous suit. Délibérément.

Lorn se redressa avec lassitude et sentit ses vertèbres craquer.

— Est-il question d'Ombretrône ?

— Non.

— Dans ce cas, Outil, je ne supposerais pas

forcément que cette chose nous suit, répliqua-t-elle en jetant un coup d'œil à son matelas.

En silence, le T'lan la regarda s'installer pour la nuit.

— Adjointe, dit-il, ce chasseur semble en mesure de percer mes défenses. Il pourrait donc parfaitement ouvrir le portail de sa Garenne juste derrière nous, une fois qu'il nous aura trouvés.

— La magie ne me fait pas peur, marmonna Lorn. Laisse-moi dormir.

Le T'lan Imass se tut, mais continua à observer la jeune femme tandis que la nuit s'égrenait lentement. Lorsque l'aube éclaira l'est, il bougea légèrement, puis s'immobilisa de nouveau.

Un rayon de soleil caressa le visage de Lorn. Elle gémit et roula sur le dos, battant des paupières. Levant lentement la tête, elle vit le T'lan Imass planté juste devant elle. La pointe de l'épée de silex du guerrier se trouvait à quelques centimètres de sa propre gorge.

— Le succès, Adjointe, exige de la discipline, déclara Outil. La nuit dernière, nous avons assisté à une manifestation de Magie Ancienne qui a pris des corbeaux pour cible. Mais les corbeaux ne volent pas la nuit. Vous pourriez croire que l'association de mes talents aux vôtres garantit notre sécurité. Ce n'est pas assuré.

Écartant son arme, le T'lan Imass recula et Lorn prit une inspiration tremblante.

— Voilà une erreur, Outil, dit-elle en s'interrompant pour s'éclaircir la voix, que je reconnais volontiers. Merci d'avoir attiré mon attention sur ma tendance croissante au relâchement.

Elle s'assit.

— Dis-moi, ne trouves-tu pas curieux que cette plaine rhivie prétendument déserte connaisse une telle activité ?

— Question de convergence, répondit Outil. Le pouvoir attire le pouvoir. Cette idée n'a rien de compliqué, et pourtant, elle nous a échappé, à nous autres Imass.

L'antique guerrier tourna la tête vers l'Adjointe.

— Comme elle échappe à nos enfants, ajouta-t-il. Les Jaghuts avaient bien compris le danger. Aussi s'évitèrent-ils les uns les autres – s'abandonnant mutuellement à la solitude – et laissèrent-ils une civilisation disparaître. Les Forkruls Assail l'ont également compris, bien qu'ils aient choisi une autre voie. Ce qui est vraiment curieux, Adjointe, c'est que, de ces trois peuples fondateurs, seuls les Imass et leur ignorance ont traversé les âges.

Lorn le dévisagea longuement.

— Tu viens de chercher à plaisanter, Outil ?

Le T'lan Imass rajusta son casque.

— Tout dépend de votre état d'esprit, Adjointe.

Lorn se remit debout et alla inspecter ses chevaux.

— Outil, dit-elle doucement, s'adressant surtout à elle-même, tu deviens plus étrange de jour en jour.

La première image qu'elle avait vue à son réveil lui revint : cette maudite créature et son épée. Combien d'heures était-il resté ainsi ? Toute la nuit ? Elle prit le temps de faire jouer prudemment son épaule. Celle-ci guérissait vite. Peut-être sa blessure était-elle moins grave qu'elle ne l'avait supposé.

Elle jeta un coup d'œil à l'Imass tout en sellant son

cheval. Celui-ci l'observait. Quel genre de pensées pouvaient bien occuper un esprit vieux de trois cent mille ans ? Et d'ailleurs, les T'lan Imass vivaient-ils ? Avant de rencontrer Outil, elle les avait considérés comme non-morts et donc sans âme, seule leur chair étant animée par quelque force extérieure. Mais à présent, elle n'en était plus aussi sûre.

— Dis-moi, Outil, qu'est-ce qui occupe tes pensées ?

L'Imass haussa les épaules.

— Je pense à la futilité, Adjointe.

— Tous les Imass pensent-ils à la futilité ?

— Non. Rares sont ceux qui pensent tout court.

— Pourquoi ?

Inclinant la tête de côté, l'Imass la dévisagea.

— Parce que c'est futile, Adjointe.

— Bien, Outil. Allons-y. Nous avons perdu assez de temps.

— Oui, Adjointe.

Lorn grimpa en selle, non sans se demander quel était le véritable sens de la dernière réponse de l'Imass.

LIVRE IV

ASSASSINS

J'ai rêvé d'une pièce
Au visage changeant
Tant de jeunes visages,
Tant de rêves ruineux
Elle roulait, elle tintait
Sur le rebord doré
D'un calice de gemmes

Vie de Rêves
Ilbares la Sorcière

Chapitre 11

La nuit enveloppait
Durant mon errance
L'esprit sans étai
Sur terre ni pierre
Libérée de tout arbre
Inaccessible aux clous
Mais telle la nuit même
Entité d'air privée de lumière
Quand je rencontrai ces maçons qui
Taillaient et gravaient
Se fiant aux étoiles et à leurs mains
La pierre burinée dans la nuit.
Et le soleil ? leur demandais-je
L'éclat de sa révélation
Ne réchauffe-t-il pas votre ouvrage de sa raison ?
Nulle âme, me répondit
L'un d'eux, ne saurait endurer
Ses traits d'or
Et la raison s'obscurcit
Lorsque tombent les ténèbres,
Ainsi façonnons-nous des tumulus dans la nuit
Pour vous et vos semblables.

Pardonnez, répliquai-je, mon interruption.
Les morts n'interrompent jamais, dit le maçon. Ils arrivent.

Stèle d'un Misérable
Darujhistan

Encore une autre nuit, encore un autre rêve, gémit Kruppe, rien qu'avec un maigre feu pour tenir compagnie au pauvre voyageur que voici.

Il tenait ses mains au-dessus de l'éternel foyer allumé par un Ancien Dieu. Aussi bizarre que soit ce don, il avait certainement un sens.

— Un sens que Kruppe aimerait bien comprendre, car rare et malvenue est cette frustration.

Le paysage était désertique. Il n'y avait même pas de terre labourée ou d'habitations. Le feu solitaire brûlait au cœur d'une vaste toundra où flottait une odeur de glace en décomposition. Au nord et à l'est, une lueur verte, quasi phosphorescente, brillait à l'horizon. Même si aucune lune ne s'était levée pour faire pâlir les étoiles. Kruppe n'avait encore jamais rien vu de semblable. Et pourtant, cette image s'était formée dans son esprit.

— Troublant, en vérité, proclama Kruppe. Sont-ce donc des visions nées de l'instinct, dévolues à une fin précise ? Kruppe l'ignore, et il regagnerait sans attendre son lit douillet s'il en avait le choix.

Il examina le sol couvert de mousse et de lichen, fronçant les sourcils devant leurs étranges couleurs vives. Il avait entendu parler de la plaine Brinrouge, au-delà du plateau du Laederon, à l'extrême nord.

La toundra ressemblait-elle donc à cela ? Il s'était toujours représenté un univers morne, incolore.

— Considérez pourtant là-haut ces étoiles. Elles scintillent avec une énergie juvénile, que nenni, elles pétillent comme pour se gausser de celui qui les contemple. Et sur la face de la terre elle-même, on devine de vastes embrasements de rouge, d'orange et de violet.

Kruppe se redressa en percevant un grondement sourd à l'ouest. Un gigantesque troupeau d'animaux à fourrure brune se déplaçait au loin. Leurs haleines formaient un halo argenté autour d'eux. Ils pivotaient chaque fois d'un même mouvement, mais toujours à bonne distance. Kruppe les observa un moment. Il remarqua des stries roussâtres sur leur pelage, et aussi l'allure de leurs cornes, incurvées vers le bas puis vers le haut et l'extérieur. Le sol tremblait sous leurs sabots.

— Telle est donc la vie en ce monde, s'émerveilla Kruppe. Serait-il remonté au début des temps ?

— Absolument, dit derrière lui une voix grave.

Kruppe se retourna.

— Ah ! Venez donc partager mon feu.

Il se trouvait face à un personnage trapu revêtu de peaux tannées, en daim ou issues d'un animal similaire. Sur la tête de l'inconnu, des bois jaillissaient d'une calotte plate et grisâtre, recouverte de peau duveteuse. Kruppe s'inclina.

— Vous voyez devant vous Kruppe, de Darujhistan.

— Je suis Pran Chole, du clan de Cannig Tol des T'lan de Kron.

Pran se rapprocha et alla s'accroupir près du feu.

— Je suis aussi le Renard Blanc, avisé en matière de glace.

Il regarda Kruppe et sourit.

Son visage était large, avec une ossature marquée et une peau lisse et dorée. Ses yeux étaient à peine visibles sous d'épaisses paupières, mais le peu que l'on pouvait saisir était d'une saisissante nuance ambrée.

Pran étendit de longues mains souples au-dessus du feu.

— Le feu est vie, et la vie est feu. L'âge de la glace touche à sa fin, Kruppe. Longtemps nous avons vécu ici, chassant les grands troupeaux, nous rassemblant pour guerroyer contre les Jaghuts dans les terres du sud, naissant et mourant au rythme du gel et du dégel des fleuves.

— Kruppe a donc voyagé bien loin.

— Jusqu'au début et jusqu'à la fin. Ma race va céder place à la vôtre, même si les guerres ne cesseront pas. Ce que nous vous offrirons, c'est la liberté vis-à-vis de ces conflits. Les Jaghuts ne sont plus qu'une poignée et se replient toujours plus loin dans des lieux inhospitaliers. Les Forkruls Assail ont disparu, quoique nous n'ayons jamais éprouvé le besoin de les combattre. Et les K'Chains Che'Malle ne sont plus : la glace leur a soufflé des paroles de mort.

Pran contempla de nouveau les flammes.

— Nos chasses ont apporté la mort aux grands troupeaux, Kruppe. Nous sommes entraînés vers le sud et cela ne doit pas se produire. Nous sommes les T'lan, mais l'heure du Rassemblement arrive. Alors retentiront le Rite d'Imass et le Choix des Jeteurs d'Os, puis viendra la séparation de la chair, du temps lui-même. Avec le Rassemblement naîtront les T'lan Imass et le Premier Empire.

— Pourquoi, se demande Kruppe, est-il ici ?

Pran Chole haussa les épaules.

— Je suis venu car on m'a appelé. Qui, je l'ignore. Peut-être en va-t-il de même pour vous.

— Mais Kruppe rêve. Nous sommes dans le rêve de Kruppe.

— Alors, vous m'en voyez très honoré.

Pran se redressa.

— Quelqu'un de votre temps vient, qui détient peut-être les réponses que nous cherchons.

Kruppe suivit vers le sud le regard de Pran et haussa un sourcil.

— Sauf erreur, Kruppe reconnaît là une Rhivie.

Une femme entre deux âges s'approchait en effet, apparemment enceinte. Son visage rond et basané arborait des traits analogues à ceux de Pran Chole, quoique moins prononcés. Ses yeux brillaient de peur et, pourtant, elle dégageait aussi une sombre détermination. Une fois près du feu, elle examina les deux hommes, réservant à Pran Chole l'essentiel de son attention.

— T'lan, déclara-t-elle, la Garenne Tellann des Imass de notre temps a donné naissance à un être nouveau, une enfant. Son âme erre, perdue. Sa chair est une abomination. Un transfert doit avoir lieu.

Pivotant vers Kruppe, elle rejeta en arrière l'épais vêtement de tissu qu'elle portait, découvrant un ventre distendu récemment tatoué qui représentait un renard au pelage blanc.

— L'Ancien Dieu foule à nouveau notre sol,

reprit-elle. Ressuscité par du sang versé sur des pierres consacrées. K'rul a réagi à la détresse de l'enfant et nous aide à présent dans notre quête. Il vous prie de l'excuser, Kruppe, de se servir du monde intérieur de votre rêve, mais aucun dieu plus jeune ne peut influencer cet endroit. Apparemment, vous avez immunisé votre âme contre eux.

— Les bénéfices du cynisme, commenta Kruppe, s'inclinant.

La femme sourit.

— Si je comprends bien, intervint Pran Chole, vous voudriez faire de cette enfant, issue de pouvoirs imass, un Solipris.

— Oui, T'lan, c'est le mieux à espérer. Une forme de transfert, que nous aussi connaissons sous le nom de Solipris, doit être créée.

Kruppe s'éclaircit la voix.

— Je vous prie de pardonner Kruppe, mais ne manque-t-il pas quelqu'un d'essentiel à cette fin ?

— Elle se trouve à cheval entre deux mondes, expliqua la Rhivie. K'rul la guide à présent vers le vôtre. Elle est encore terrifiée. Il vous incombe, Kruppe, d'aller l'accueillir.

Kruppe rajusta les manches de son habit élimé.

— Voilà qui ne devrait guère présenter de difficultés pour un être aussi charmeur que Kruppe.

— Possible, dit la Rhivie, la mine sombre. Mais sa chair est une abomination. Vous aurez été prévenu.

Kruppe acquiesça, puis regarda alentour.

— N'importe quelle direction fera-t-elle l'affaire ?

Pran Chole éclata de rire.

— Je suggère le sud, répondit la Rhivie.

Kruppe haussa les épaules, insouciant, avant de saluer ses deux compagnons et de partir dans la direction indiquée. Au bout de quelques minutes, il jeta un coup d'œil en arrière. Le feu avait disparu et il se retrouva seul dans la nuit glacée.

À l'est, la pleine lune surgit à l'horizon, baignant le paysage de lumière argentée. La toundra s'étendait à perte de vue, plate et monotone. Il plissa les yeux. Au loin, une forme venait d'apparaître, cheminant apparemment à grand-peine. Kruppe la vit tomber, se relever. Malgré la clarté ambiante, elle semblait toute noire.

Il s'avança. Elle ne l'avait pas encore remarqué et il s'arrêta à une dizaine de mètres d'elle. La Rhivie avait dit vrai… Saisissant son mouchoir de soie, Kruppe épongea son front en sueur. Ce qu'il voyait avait été une femme, grande, aux longs cheveux noirs. Mais cette femme était morte depuis longtemps. Sa chair s'était flétrie et avait pris une teinte de bois foncé. Le plus horrible était peut-être ses jambes et ses bras, recousus tant bien que mal sur son tronc.

— Yep ! murmura Kruppe. Voilà une femme qui a été sauvagement démembrée.

Relevant soudain la tête, elle riva sur Kruppe un regard aveugle. Elle s'immobilisa ensuite et ouvrit la bouche, mais sans émettre aucun son.

Fronçant les sourcils, Kruppe s'entoura discrètement d'un sortilège. Elle aussi avait été enveloppée d'un sortilège : un charme de préservation. Mais quelque chose avait altéré ce charme.

— Ma fille ! glapit Kruppe. Je sais que tu peux m'entendre !

À vrai dire, il n'en aurait pas juré, mais décida néanmoins d'insister.

— Ton âme est piégée dans un corps qui n'est pas le tien. Ce corps ne te sied pas. Mon nom est Kruppe, et je vais t'aider. Viens !

Il rebroussa chemin et se remit en marche. Un bruit de pas traînants lui arracha un sourire.

— Ah ! chuchota-t-il. Kruppe ne manque certes pas de charmes, mais il sait aussi se montrer ferme quand il le faut !

Le feu guidant à nouveau ses pas, Kruppe aperçut bientôt le T'lan et la Rhivie qui les attendaient. Les restes du sort qu'il s'était jeté les rendaient aveuglants, tant leur pouvoir était grand. Pran Chole s'avança vers la femme et lui.

— Merci, Kruppe.

Il examina la femme puis hocha lentement la tête.

— Oui, je vois sur elle les effets de l'Imass. Et autre chose.

Il se tourna vers la Rhivie.

— Était-elle mage ?

Pour toute réponse, la Rhivie se rapprocha de la femme.

— Écoute-moi, égarée. Tu te nommes Loquevoile, ta sorcellerie est Thyr. Cette Garenne coule à présent en toi. Elle t'anime et te protège.

Elle écarta de nouveau les pans de son vêtement.

— Il est temps de te rendre au monde.

Loquevoile recula, affolée.

— En toi réside le passé, dit Pran. Mon monde. Tu connais le présent et la Rhivie t'offre à l'avenir. Tout se mêle en ce lieu. La chair que tu as revêtue est préservée par un charme et tu as ouvert ta Garenne dans la zone d'influence du Tellann au moment de mourir. Tu erres maintenant dans le rêve d'un mortel. Kruppe incarne le changement. Permets-nous de t'aider.

Avec un cri muet, Loquevoile s'effondra dans les bras de Pran. La Rhivie s'empressa de les rejoindre.

— Ça, par exemple ! s'exclama tout bas Kruppe. Les rêves de Kruppe ont décidément pris un tour étrange. Ses propres préoccupations ont beau le hanter encore, il lui faut une fois de plus les laisser de côté.

Soudain, K'rul apparut près de lui.

— Pas du tout. Il n'est pas dans mes procédés de me servir de toi sans juste récompense.

Kruppe leva les yeux vers l'Ancien Dieu.

— Kruppe ne demande rien. Il est heureux de contribuer à ces bienfaits. K'rul hocha la tête.

— Tout de même. Parle-moi de tes efforts.

— Rallick et Murillio cherchent à redresser un tort ancien, soupira Kruppe. Ils croient que je ne sais rien de leurs projets, mais je les exploiterai à mes propres fins. La culpabilité entache cette décision, mais les deux sont indispensables.

— Entendu. Et le Porteur de Pièce ?

— Il est protégé, même si la forme précise de cette protection reste à définir. Je sais l'Empire Malazéen présent à Darujhistan, en secret, pour le moment. Ce que ces gens veulent…

— Est tout sauf clair, Kruppe. Même pour eux. Tires-en profit quand tu les découvriras. On peut se faire parfois des alliés surprenants. Je te dirai ceci : deux voyageurs s'approchent de la ville. L'un est un T'lan Imass, l'autre un fléau pour la magie. Leurs visées sont terribles, mais des forces déjà en jeu s'en occupent. Essaie de te renseigner à leur propos, mais sans les défier ouvertement. Ils sont dangereux, Kruppe. Le pouvoir attire le pouvoir. Abandonne-les aux conséquences de leurs actes.

— Kruppe n'est pas fou, acquiesça ce dernier. Il ne défie personne ouvertement et considère le pouvoir comme une chose à éviter à tout prix.

Entre-temps, la Rhivie avait pris Loquevoile dans ses bras. Accroupi, les yeux clos à côté d'elle, Pran Chole remuait silencieusement les lèvres. La Rhivie berçait le corps desséché en chantonnant doucement. De l'eau coulait entre ses cuisses.

— Ça alors ! murmura Kruppe. C'est qu'elle s'apprête à enfanter pour de bon.

Brusquement, la Rhivie rejeta au loin le corps et celui-ci s'effondra en un tas inanimé.

La lune était à présent suspendue juste au-dessus de leurs têtes, si brillante que Kruppe ne pouvait plus la regarder en face.

La Rhivie s'était accroupie et oscillait au rythme du travail, le visage baigné de sueur. Pran Chole restait immobile, même si son corps était secoué de tremblements lui tordant les traits de douleur. Ses yeux grands ouverts rivaient sur la lune leur vif éclat ambré.

— Ancien Dieu, reprit Kruppe à voix basse, quel souvenir cette Loquevoile conservera-t-elle de sa vie antérieure ?

— Nul ne le sait, répondit K'rul. Le transfert d'âme est une opération délicate. Cette femme fut consumée par la magie. Son âme s'est envolée sur les ailes de la douleur et de la violence. Elle séjourna de plus dans un autre corps ravagé et dut composer avec ses propres traumatismes. L'enfant ainsi née ne sera comme aucune autre. Son existence, Kruppe, est un mystère.

Kruppe grogna pour manifester son assentiment.

— Vu ses parents, elle sera effectivement exceptionnelle.

Il fronça les sourcils.

— Et le premier enfant que portait la Rhivie, qu'est-il advenu de lui ?

— Il n'y en a jamais eu, Kruppe. La femme rhivie a été préparée d'une façon inconnue des hommes, moi compris…

K'rul leva la tête avec un petit rire.

— Cette sorcellerie-là est du ressort de la Lune, Kruppe.

Tous deux continuèrent à observer la Rhivie. Kruppe avait l'impression d'avoir déjà attendu dans l'obscurité bien plus d'heures que ne pouvait en contenir une nuit normale. La Lune demeurait au zénith, comme si cette position lui était particulièrement agréable, ou plutôt, comme si elle montait la garde.

Enfin, un faible cri s'éleva dans l'air silencieux, et la Rhivie souleva une enfant recouverte de fourrure argentée.

Sous le regard de Kruppe, la fourrure tomba. La Rhivie retourna alors l'enfant et, plaquant ses dents contre son ventre, trancha le cordon ombilical.

Pran Chole rejoignit ensuite Kruppe et l'Ancien Dieu. Le T'lan paraissait épuisé.

— Cette enfant m'a pris plus de pouvoir que je n'en possède, commenta-t-il avec douceur.

La Rhivie s'accroupit de nouveau en tenant cette fois l'enfant contre son sein et Kruppe écarquilla les yeux : le ventre de la mère était parfaitement lisse, le renard blanc tatoué avait disparu.

— Cela me désole de ne pouvoir revenir dans vingt ans voir la femme que sera devenue cette enfant, reprit Pran.

— Tu reviendras, dit solennellement K'rul. Mais pas en tant que T'lan. En tant que Jeteur d'Os T'lan Imass.

Pran laissa échapper un petit sifflement.

— Dans combien de temps ?

— Trois cent mille ans, Pran Chole du clan de Cannig Tol.

Kruppe posa une main sur le bras de Pran.

— Au moins, dit-il, cela vous fera quelque chose à attendre avec impatience.

Le T'lan le dévisagea un moment puis, rejetant la tête en arrière, éclata d'un rire tonitruant.

*

Les heures précédant le rêve de Kruppe s'étaient révélées riches en rebondissements. À commencer par la révélation de l'existence du Porteur de Pièce lors de son entretien avec Baruk, marqué par l'habile, même si un brin théâtrale, suspension de l'empreinte en cire de la pièce – un tour qui avait étrangement mal tourné.

Mais après avoir quitté le bureau de l'alchimiste avec

son gilet constellé de gouttes de cire durcie, Kruppe s'arrêta derrière la porte. Roald restait invisible.

— Oh là là, haleta Kruppe en épongeant la sueur de son front. Pourquoi le nom de Crokus aurait-il dû paraître familier à Maître Baruk ? Ah ! stupide Kruppe, oncle Mammot, bien sûr. Kruppe a eu chaud ! Pour un peu, tout était perdu.

Il se dirigea ensuite vers les escaliers.

Pendant quelques instants, là-bas, Oponn s'était considérablement… échauffé. Cette astuce arracha à Kruppe un sourire, mais un sourire distrait. À l'avenir, il ferait bien d'éviter de tels contacts. La présence d'un pouvoir extérieur avait tendance à faire réagir ses propres talents. Déjà, il ressentait dans sa tête l'appel impérieux du Jeu des Dragons.

Il descendit rapidement les marches, puis traversa le hall d'entrée. Roald arrivait, les bras chargés de provisions. Kruppe remarqua la poussière qui recouvrait les habits du vieil homme.

— Cher Roald, on jurerait que vous venez d'essuyer une tempête de sable ! Avez-vous besoin de l'assistance de Kruppe ?

— Non, merci, grommela Roald. Je vais me débrouiller, Kruppe. Auriez-vous simplement l'amabilité de refermer cette porte derrière vous ?

— Bien sûr, mon bon Roald, répliqua Kruppe en lui tapotant le bras.

Il sortit dans la cour. Le portail donnant sur la rue était resté entrouvert. Un nuage de poussière tourbillonnait de l'autre côté.

— Ah ! oui, marmonna Kruppe. Les travaux de voirie.

Un violent mal de tête venait de naître sous son crâne et le soleil éclatant n'arrangeait rien. Il se trouvait à mi-chemin du portail quand il s'immobilisa.

— La porte ! Kruppe a oublié de fermer la porte !

Rebroussant chemin, il regagna l'entrée de la demeure et poussa un soupir soulagé quand la porte se referma avec un déclic. Il s'apprêtait à repartir, mais un cri retentit dans la rue, suivi d'un grand vacarme que Kruppe ne perçut toutefois pas.

Car le cri venait de déclencher dans son esprit une véritable tempête de sorcellerie. Il tomba à genoux puis redressa vivement la tête, les yeux écarquillés.

— Ceci était indéniablement un juron malazéen. Alors, pourquoi l'image de la Maison de l'Ombre brûle-t-elle comme du feu dans le crâne de Kruppe ? Qui arpente à présent les rues de Darujhistan ?

Un compte de nœuds sans fin…

— Plus on résout de mystères, plus il s'en crée.

La douleur avait cessé. Kruppe se releva et épousseta ses vêtements.

— Il est heureux, nota Kruppe avec soulagement, que ce pénible accès se soit produit à l'abri des regards soupçonneux. Tout cela grâce à une promesse faite à l'ami Roald. Sage vieux Roald. Pour une fois, le souffle d'Oponn fut le bienvenu, doit avouer Kruppe.

Arrivé au portail, il observa la rue. Une charrette de pavés ébréchés s'était renversée. Deux hommes s'en rejetaient la responsabilité tout en la redressant, avant de la remplir à nouveau. Kruppe les observa. Ils parlaient bien le daru mais avec un léger accent, pour une oreille attentive. Un accent qui n'avait rien de local.

— Oh là là, dit Kruppe, en reculant d'un pas. Il

rajusta sa tenue puis, prenant une profonde inspiration, ouvrit grand le portail et sortit dans la rue.

Le petit homme replet aux manches voltigeantes quitta la propriété et tourna à gauche. Il semblait pressé.

*

Plissant les yeux face au soleil, le sergent Mésangeai passa sur son front moite un avant-bras truffé de cicatrices.

— C'est lui, Sergent, dit Mes Regrets à son côté.

— Tu en es sûre ?

— Certaine.

Mésangeai suivit du regard les méandres que décrivait le petit homme à travers la foule.

— Qu'a-t-il donc de si important ?

— J'admets ne pas le savoir avec certitude, Sergent. Mais cet homme est capital.

Mésangeai se mordilla la lèvre inférieure, puis se tourna vers le chariot. Un plan de la ville était étalé au fond, maintenu aux quatre coins par des blocs de pierre.

— Qui vit dans cette maison ?

— Un dénommé Baruk, répondit Mes Regrets. Un alchimiste.

Mésangeai se rembrunit. Comment diantre le savait-elle ?

— Ce petit gros est le Baruk en question ?

— Non. Lui travaille pour l'alchimiste. Mais pas comme domestique. Comme espion, peut-être. Il est versé dans l'art du vol et il possède… un don.

Mésangeai leva les yeux de sa carte.

— Un Voyant ?

Curieusement, Mes Regrets tressaillit. Déconcerté, le sergent la vit blêmir. *Bon sang, qu'est-ce qu'il lui prend ?*

— Je crois, répondit-elle enfin d'une voix tremblante.

Mésangeai se redressa.

— Très bien. Suis-le.

Elle hocha vaguement la tête, avant de se glisser dans la foule.

Le sergent s'adossa au chariot, et sa mine s'assombrit en examinant son escouade. Gogues maniait la pioche comme sur un champ de bataille. Des pierres volaient partout et les passants baissaient la tête, jurant parfois. Retranchés derrière une brouette, Violain et Esquive sursautaient chaque fois que la pioche du Barghast frappait. Un peu plus loin, Maillet orientait les piétons vers l'autre trottoir. Il ne criait plus depuis qu'il s'était cassé la voix lors d'une altercation avec un vieillard dont l'âne chancelait sous une énorme corbeille de bois. Le vieux et son âne avaient disparu, mais leurs fagots étaient désormais éparpillés sur la chaussée, assurant une barrière efficace contre les véhicules à roues.

Dans l'ensemble, tous ses hommes avaient endossé leur rôle d'ouvriers rendus fous par la chaleur avec une aisance qu'il trouvait étrangement troublante.

Esquive et Violain avaient déniché le chariot chargé de pavés moins d'une heure après leur débarquement sur un quai du Front-de-Lac. Mésangeai préférait ne pas savoir comment, mais cela servait parfaitement leurs plans. Un détail dérangeait vaguement le sergent, mais il le chassa de son esprit. Un soldat obéissait aux ordres. Le moment venu, il y aurait une belle pagaille à tous les principaux carrefours.

— Enterrer des mines ne sera pas facile, avait indiqué Violain. Alors, autant faire ça sous le nez de tout le monde.

Mésangeai secoua la tête. Conformément aux prédictions de Violain, personne ne leur avait encore posé la moindre question. Ils continuaient tranquillement à éventrer les rues pour remplacer les vieux pavés par des munitions moranthes moulées dans de l'argile durcie. Tout allait-il donc se révéler aussi simple ?

Sûrement pas, songea-t-il en se remémorant Mes Regrets.

Ben le Vif et Kalam avaient fini par le convaincre qu'ils auraient bien plus de chances d'accomplir leur propre partie de la mission sans elle. Elle avait donc suivi l'autre équipe, les yeux toujours aux aguets mais sans vraiment aider ses camarades. Mésangeai devait avouer éprouver un certain soulagement à l'avoir expédiée sur la piste du petit gros.

Qu'est-ce qui avait bien pu propulser cette gamine dans l'univers de la guerre ? Cela le dépassait. Il n'arrivait pas à faire abstraction de son jeune âge. Mais il avait beau répéter à ses hommes quelle était aussi humaine qu'eux, il en doutait un peu plus à chaque nouvelle question sans réponse. Apprendre qu'elle savait manœuvrer un bateau de pêche avait été un vrai coup de théâtre. Et ici, à Darujhistan, elle ne se comportait guère comme une gamine élevée dans un village de pêcheurs. Elle affichait une sorte d'aplomb, une assurance plus courante dans les milieux aisés, cultivés.

Où qu'elle fût, elle semblait partout chez elle.

Cela évoquait-il une adolescente de dix-sept ans ? Non. Cela cadrait plutôt avec les affirmations de Ben le Vif, de quoi exaspérer Mésangeai. Mais comment expliquer autrement l'impitoyable sang-froid avec lequel elle avait torturé des prisonniers à peine débarquée à Nathilog ? Chaque fois que ses yeux se posaient sur elle, une part de lui pensait : « Jeune, pas désagréable à regarder, une confiance en elle qui lui confère un certain magnétisme », tandis qu'une autre partie se refermait comme une huître. Jeune ? Il lui semblait entendre son propre ricanement affligé. Oh ! Certainement pas ! Cette souris-là devait déjà arpenter la terre dans la nuit des temps, sous une lune rouge sang. *Son visage est celui de tout ce qui ne peut être sondé. Elle a beau te regarder droit dans les yeux, Mésangeai, jamais tu ne sauras ce qu'elle pense.*

Il avait la figure et le cou baignés de sueur. Ridicule. Cette partie-là de son esprit se laissait gagner par sa propre terreur. Dans son désespoir aveugle, elle tentait de donner un visage à l'inconnu. Le désespoir avait toujours besoin d'une orientation, d'un épicentre.

Qu'on les trouve et le désespoir s'en va.

Bien sûr, ce n'était pas aussi simple. Son désespoir à lui était trop flou. Il ne s'agissait pas seulement de Mes Regrets, de cette interminable guerre ou même de la trahison venue de l'Empire. Le problème était qu'il n'avait plus nulle part où chercher des réponses et qu'il en avait assez de s'interroger.

Lorsqu'il avait observé Mes Regrets à Chien-Gris, son sentiment d'horreur était né en prenant conscience de ce qu'il était en train de devenir : un tueur sans remords, blindé dans une froide armure d'inhumanité, dégagé de toute obligation de chercher des réponses, de se bâtir une vie raisonnable comme un îlot dans un océan de massacre.

Dans le regard vide de cette enfant, il avait contemplé sa propre âme flétrie. Le reflet avait été limpide, sans aucune imperfection lui permettant de mettre en doute la véracité de ce qu'il voyait.

La sueur qui ruisselait sous son pourpoint lui parut soudain brûlante comparée au froid glacial qui l'étreignait. Il porta à son front une main tremblante. Dans les jours à venir, des gens allaient mourir sur son ordre. Il l'avait jusqu'ici envisagé comme le produit d'une organisation précise et rigoureuse, son succès calculé selon les morts du camp adverse et ses propres pertes. Cette ville – ses multitudes vaquant à leurs existences grandes ou petites, lâches ou courageuses – n'était qu'un plateau de jeu, et ce jeu se déroulait au seul profit d'absents. Il avait tout planifié comme si rien chez lui n'était en jeu. Et pourtant, ses amis risquaient de mourir – voilà, il les appelait enfin par leur vrai nom – et les amis d'autres personnes aussi, tout comme leurs fils, et leurs filles, leurs parents.

La litanie des vies brisées semblait interminable.

Pris de vertige, il s'appuya plus fortement contre les planches du chariot et s'arracha à la contemplation de la rue. Au deuxième étage de la maison d'en face, un homme les observait de sa fenêtre. Les mains de cet homme étaient rouge vif.

Secoué, Mésangeai détourna les yeux et se mordit la joue jusqu'au sang. *Concentre-toi*, se dit-il. *Prends du recul. Éloigne-toi de ce gouffre. Concentre-toi ou tu mourras, et ton escouade avec. Tes hommes comptent sur toi. Tu dois continuer à mériter leur confiance*. Inspirant profondément par le nez, il pivota de côté pour cracher une gorgée de sang.

— Voilà, chuchota-t-il en scrutant les pavés rougis. Ce n'est pas si difficile à regarder, pas vrai ?

Un bruit de pas lui fit relever la tête. Esquive et Violain s'approchaient, l'air soucieux.

— Ça va, Sergent ? s'enquit Violain à mi-voix.

Maillet arrivait derrière, braquant un regard attentif sur son visage livide et en sueur.

— On a pris du retard, grimaça Mésangeai. Encore combien de temps ?

La figure barbouillée de poussière blanche, les deux sapeurs échangèrent un coup d'œil.

— Trois heures, répondit Esquive.

— On a opté pour sept mines, expliqua Violain. Quatre allumeuses, deux flambeuses et une jureuse.

— Cela démolira-t-il certains de ces bâtiments ? questionna Mésangeai en évitant le regard de Maillet.

— Sûr. Pas de meilleur moyen de bloquer un carrefour, déclara Violain avec un sourire entendu à l'attention de son comparse.

— Il y en a un en particulier que vous voudriez voir s'écrouler ? demanda Esquive.

— La maison derrière vous est celle d'un alchimiste.

— Bon, dit Esquive. Ça devrait faire un beau feu d'artifice.

— Je vous accorde deux heures et demie, décréta Mésangeai. Ensuite, on passe au carrefour de la colline de Majesté.

Les deux saboteurs s'éloignèrent et Maillet s'approcha.

— Encore une migraine ? s'enquit-il tout bas.

Mésangeai ferma les yeux, puis fit signe que oui.

Le guérisseur lui passa une main devant le front.

— Ça devrait déjà l'atténuer un peu.

Le sergent esquissa un sourire triste.

— Ça commence à sentir le réchauffé, Maillet. Tu dis toujours la même chose.

Une fraîcheur apaisante envahit progressivement ses pensées. Les traits tirés, Maillet ôta sa main.

— Dès qu'on aura le temps, j'en trouverai l'origine.

— C'est cela. (Le sergent sourit de nouveau.) Dès qu'on aura le temps.

— J'espère que Kal et Ben s'en sortent bien, dit Maillet, reprenant sa surveillance du trafic. Vous avez envoyé Mes Regrets faire une course ?

— Oui. On va terminer à cinq. Les trois autres savent où nous retrouver. Mésangeai jeta un coup d'œil à la fenêtre d'en face. L'homme aux mains rouges était toujours là, mais il observait à présent les toits. Un nuage de poussière le dissimula à la vue du sergent, qui se concentra de nouveau sur le plan de la ville. Tous les grands carrefours, la caserne et la colline de Majesté avaient été entourés d'un cercle rouge.

— Maillet ?
— Oui ?
— Je me suis encore mordu l'intérieur de la joue.
Le guérisseur se rapprocha et leva une nouvelle fois le bras.

*

Crokus Jeunemain suivait la Promenade de Trallit, en direction du sud. Les premiers signes de la prochaine Fête de Gedderone étaient là. Des oriflammes colorées pendaient aux fils à linge au-dessus de la rue, des fleurs peintes et des lambeaux d'écorce encadraient les portes et des boisseaux d'herbes sèches avaient été cloués aux murs à chaque carrefour.

De nombreux étrangers à la ville emplissaient déjà les rues – bergers gadrobis, marchands rhivis, tisseurs de la Catlin –, composant une foule moite, braillarde, excitée. Des odeurs animales se mêlaient à celles des humains, imprégnant les ruelles les plus étroites jusqu'à les rendre presque impraticables et augmentant encore l'engorgement des artères principales.

Les années précédentes, Crokus s'était réjoui de ces festivités, se faufilant dans la foule au cœur de la nuit pour se remplir les poches en vidant celles des autres. Avec la fête, les inquiétudes liées aux exploits de l'Empire Malazéen loin au nord disparaissaient. Cela faisait toujours sourire oncle Mammot, pour qui les changements de saison ramenaient les efforts de l'humanité à leur juste valeur : « Les actes puérils et mesquins d'une espèce à la vie et à la vue courtes ne peuvent en rien altérer les Grands Cycles de l'Existence. »

Tandis que Crokus rentrait chez lui, ces paroles de Mammot lui revinrent. Il avait toujours considéré son oncle comme un vieux sage, quoique un brin inefficace. Mais ses commentaires le troublaient de plus en plus.

La célébration du Rite printanier de Gedderone n'aurait jamais dû représenter une excuse pour se soustraire aux exigences de la réalité. Il ne s'agissait pas seulement d'un simple moment d'évasion mais bien du meilleur moyen de rendre le probable inévitable. *Nous pourrions danser toute l'année dans les rues*, songeait Crokus, maussade, *en l'honneur de mille Grands Cycles, ça n'empêcherait pas l'Empire Malazéen de franchir quand même nos portes, aussi sûrement que se succèdent les saisons*. Ces gens dotés d'une vue tristement courte mettraient fin au bal à coups d'épée car ils étaient disciplinés et efficaces comme personne.

Arrivé devant l'immeuble, il adressa un signe de tête à la vieille fumeuse de pipe assise sur les marches. Le couloir était désert. L'éternelle ribambelle d'enfants était sans doute sortie jouer dehors. Un apaisant murmure filtrait de derrière les portes closes. Le jeune voleur gravit l'escalier grinçant jusqu'au premier.

Le singe ailé apprivoisé de Mammot traînait devant la porte, grattant et tirant frénétiquement sur la poignée. Il ignora Crokus puis se mit à piailler en décrivant des cercles autour de la tête du voleur quand celui-ci l'écarta.

— Toujours aussi casse-pieds, hein, Mastard ? commenta Crokus, tentant de le chasser d'une main.

Mais la créature voltigeait trop près. Elle finit par se prendre dans ses cheveux, les agrippant avec de minuscules mains.

— Bon, bon, d'accord, dit Crokus, radouci, avant d'ouvrir la porte.

À l'intérieur, Mammot préparait une infusion.

— Tu veux de la tisane, Crokus ? s'enquit-il sans même se retourner. Quant au petit monstre sans doute sur ta tête, tu peux lui dire que je l'ai assez vu pour aujourd'hui.

Avec un reniflement indigné, Mastard battit des ailes jusqu'au bureau du savant et y atterrit à plat ventre, éparpillant des documents par terre avant de se mettre à babiller gaiement.

Mammot soupira. Un plateau entre les mains, il se retourna et riva sur Crokus des yeux pâles.

— Tu m'as l'air fatigué, mon garçon.

Crokus se laissa choir dans le moins abîmé des deux fauteuils de la pièce.

— Oui, fatigué et énervé.

— Comme toujours, ma tisane fera des miracles, assura son oncle en souriant.

— Peut-être, maugréa Crokus, le regard baissé. Ou peut-être pas.

Mammot posa le plateau sur la petite table qui séparait les fauteuils, puis s'assit avec un petit grognement.

— Crokus, comme tu le sais, la profession que tu t'es choisie m'inspire peu de scrupules, puisque je mets en doute tous les droits quels qu'ils soient, celui de propriété compris. Comme je te l'ai toujours dit, même les privilèges comportent des responsabilités, et celui de propriété suppose que le propriétaire soit responsable de la protection de ce qu'il revendique comme sien. Bien entendu, mon unique souci concerne les risques que tu dois forcément prendre.

Il s'inclina pour verser la tisane.

— S'il est une chose dont un voleur doit être sûr, mon garçon, c'est bien de sa concentration. Les distractions sont dangereuses.

Crokus le dévisagea puis, désignant le bureau, demanda brusquement.

— Qu'écris-tu depuis toutes ces années ?

Surpris, Mammot empoigna une tasse et s'enfonça dans son siège.

— Ma foi ! Un authentique intérêt pour les études ? Enfin ? Comme je te l'ai déjà dit, tu possèdes l'intelligence requise. Même si je ne suis qu'un humble homme de lettres, un mot de moi pourrait t'ouvrir bien des portes dans cette ville. Même le Conseil municipal ne serait pas hors de portée, si tel était ton choix. Tout est affaire de discipline, mon garçon. La qualité même qu'il t'a fallu maîtriser en tant que voleur.

Une lueur rusée illumina le regard de Crokus.

— Combien de temps me faudrait-il pour m'introduire dans ces milieux ? s'enquit-il sans cesser d'observer son oncle.

— Ma foi, c'est bien sûr de se cultiver qui compte, répliqua Mammot.

— Cela va de soi.

Mais dans l'esprit de Crokus, l'image d'une jeune fille endormie avait surgi.

Mammot souffla sur sa tasse.

— Avec des études à plein temps, et en tablant sur ton ardeur juvénile, je hasarderais un an. Peut-être plus, peut-être moins. Y a-t-il une quelconque urgence ?

— Simple question d'ardeur juvénile, je suppose. Mais tu n'as pas répondu à ma première question. Qu'écris-tu, mon oncle ?

— Ah !

Jetant un coup d'œil à son bureau, Mammot haussa un sourcil. Mastard avait entrepris d'engloutir le contenu d'un encrier.

— L'histoire de Darujhistan. Je viens d'entamer le cinquième tome, qui commence avec le règne d'Ektalm, avant-dernier des Rois Tyrans.

Crokus tiqua.

— Qui ça ?

Souriant, Mammot but un peu de tisane.

— L'usurpateur de Letastte. Sa fille Sandenay lui a succédé, ouvrant l'Ère Ascendante qui a marqué la fin de l'âge des tyrans.

— Ah, oui.

— Crokus, si tu veux sérieusement t'instruire, c'est par l'histoire de Darujhistan que nous commencerons, mais pas à partir du cinquième tome. Nous reprendrons tout dès le début.

— Née d'une rumeur, acquiesça Crokus.

Sur le bureau, Mastard s'étrangla et toussa. Mammot lui décocha un regard furieux, puis se tourna de nouveau vers son neveu, affichant une expression impénétrable.

— Oui, mon garçon. Darujhistan est née d'une rumeur.

Il hésita :

— As-tu entendu prononcer cette formule ailleurs qu'ici ? Récemment ?

— Oui. Mais je ne me souviens plus par qui, répondit Crokus d'un ton détaché.

En réalité, il s'en souvenait parfaitement. C'était Rallick Nom, l'assassin, qui l'avait évoquée.

— Sais-tu ce que cela signifie ?

Crokus fit non de la tête.

Le vieil homme se renversa sur son siège.

— Bois ta tisane, mon garçon… Lors des Premiers Cycles de notre Domaine, trois grands peuples, dont aucun n'était humain au sens où nous l'entendons maintenant, se disputèrent la suprématie. Les Forkruls Assail – ou Krussails, comme on les nomme aujourd'hui – se retirèrent tôt de la lutte. Non pas par faiblesse, mais… ma foi, par désintérêt. Les deux peuples restants se combattirent sans relâche. En fin de compte, l'un d'eux perdit, car il s'agissait d'une race qui se battait autant entre eux que contre ses ennemis héréditaires. On les appelait les Jaghuts, bien que ce terme ait depuis dégénéré en Jhag, ou Shurl. Ils ne disparurent pas entièrement pour autant. On dit que certains d'entre eux survivent encore, mais heureusement pas sur Genabackis.

Mammot referma ses deux mains sur sa tasse avant de reprendre son exposé.

— Darujhistan est donc née d'une rumeur. En effet, parmi les tribus indigènes gadrobies, on racontait qu'un Jaghut était enterré quelque part dans ces collines. Or les Jaghuts étaient les détenteurs d'une magie puissante, les créateurs de Garennes secrètes et d'objets de pouvoir. Avec le temps, la légende gadrobie se répandit bien au-delà des collines, vers le nord genabackien et le sud de la Catlin, jusqu'à des royaumes depuis longtemps retombés en poussière. Toujours est-il que des chercheurs arrivèrent dans les collines, d'abord en petit nombre, puis par hordes, des tribus entières menées par des chamans et des sorciers avides de pouvoir. Les moindres coteaux furent percés de tranchées et de puits. De leurs campements et bidonvilles, de ces milliers de chercheurs de trésor affluant à chaque printemps, une ville naquit.

— Darujhistan, dit Crokus.

— Oui. Nul ne trouva jamais le tumulus, et la rumeur s'est depuis longtemps calmée. Rares sont ceux qui la connaissent encore, et ceux-là se gardent bien de reprendre les fouilles.

— Pourquoi ?

Mammot se rembrunit.

— Il est exceptionnel qu'une création jaghute finisse entre les mains d'un humain, mais cela s'est déjà produit, et les conséquences ont fatalement été catastrophiques.

Le vieil homme s'assombrit davantage.

— La leçon est claire pour tous ceux qui veulent bien l'entendre.

Crokus réfléchit un moment.

— Donc, les Krussails ont disparu, les Jhags ont été battus. Et le troisième peuple ? Ceux qui ont gagné ? Pourquoi ne sont-ils pas ici à notre place ?

Mammot ouvrit la bouche comme pour répondre avant de se raviser.

Intrigué, Crokus plissa les yeux. Qu'est-ce que son oncle avait bien pu être sur le point de lui révéler ?

Finalement, Mammot reposa sa tasse.

— Personne n'en est bien sûr, Crokus. Pas plus que l'on ne sait comment ils sont devenus ce qu'ils sont maintenant. Ils existent, en quelque sorte, et sont connus de tous ceux qui ont affronté l'Empire Malazéen sous le nom de T'lan Imass.

*

Mes Regrets se frayait un chemin à travers la foule, s'efforçant de ne pas perdre de vue le petit gros. Il n'était pas difficile à suivre mais une tempête faisait rage dans la tête de la jeune fille, déclenchée par un simple mot prononcé par le sergent Mésangeai.

Voyant.

On aurait dit qu'à ce mot, une chose obscure logée dans son cerveau s'était soudain libérée et combattait à présent tout ce qui l'entourait. Malgré l'irrésistible force avec laquelle cette chose l'avait initialement envahie, Mes Regrets la sentait peu à peu refluer : ce que la chose affrontait était en train de gagner la partie. Il lui semblait toutefois vaguement entendre les pleurs d'une enfant.

— Je suis Cotillon, murmura-t-elle machinalement. Le Patron des Assassins, connu sous le nom de Corde de l'Ombre.

Les pleurs s'affaiblirent.

— La Voyante est morte.

Une partie de son esprit se récria à cette idée, tandis qu'une autre se demandait : quelle Voyante ?

— Je suis à l'intérieur et pourtant à part. Je me tiens au côté d'Ombretrône, qui se nomme Ammanas, le Seigneur des Ombres. Je suis le bras de la mort.

Avec un sourire, Mes Regrets hocha la tête. Elle avait repris le dessus. Ce qui l'avait défiée avait disparu, de nouveau enfoui profondément. Les larmes, la colère, la peur étaient un luxe qui ne lui appartenait pas, qui ne lui avait jamais appartenu.

Inspirant profondément, elle concentra ses facultés sur sa tâche du moment. Le petit gros était dangereux. Le comment et le pourquoi restaient à établir mais, dès qu'elle l'apercevait, tous ses sens la mettaient en garde. *Et tout ce qui est dangereux doit périr*, se dit-elle.

*

Dans le Front-de-Lac, sous le Deuxième Rempart, le marché de la promenade Salée battait son plein, comme d'habitude. La chaleur pesante qui s'était accumulée toute la journée dans les rues et les venelles encombrées était à son comble. Des marchands exténués et en sueur se lançaient des insultes par-dessus la tête des chalands. Des bagarres éclataient toutes les cinq minutes, mais la foule séparait les combattants bien avant l'arrivée de gardes revêches.

À croupetons sur des nattes de fibres, des nomades de la plaine rhivie dévidaient de leurs voix nasillardes et chantantes d'interminables éloges à propos de leur viande de cheval. Aux carrefours, des bergers gadrobis surveillaient des chèvres et des moutons qui bêlaient attachés à des piquets, tandis que d'autres poussaient des charrettes de bois croulant sous des fromages et des cruches d'argile emplies de lait fermenté. Des pêcheurs darus, suivis par des nuées de mouches bourdonnantes, promenaient par-dessus leur tête des poissons fumés qui pendaient au bout de bâtons.

Assis en tailleur, des tisseurs de la Catlin avaient érigé des remparts d'un bon mètre de haut avec des rouleaux d'étoffes aux couleurs vives. Debout dans leur chariot, des fermiers de Gredfalan vendaient les fruits amers et les tubercules sucrés de la saison. Des marchands de bois forçaient dans la cohue un passage pour leurs chariots à bœufs, leur marmaille s'agrippant comme une horde de singes aux fagots entassés. Des hommes et des femmes de Bajaune, vêtus de robes sombres, psalmodiaient les lois discordantes des mille Sectes de D'rek, brandissant chacun l'icône qui lui était propre.

Kruppe descendait la rue du Marché d'un pas leste, ses bras comme animés d'une vie propre. Ces mouvements n'avaient toutefois rien de simples simagrées : ils masquaient habilement les gestes requis pour jeter des sorts. Les goûts de Kruppe restaient modestes. Il volait de la nourriture – des fruits et des sucreries pour l'essentiel – en affinant ses talents magiques en fonction de ces appétits.

La danse syncopée de ses membres lui permettait de saisir des pommes volant hors de leur panier, des pâtisseries qui bondissaient de leur plateau, des cerises au chocolat jaillissant de leurs casseroles. Toutes ces victuailles se déplaçaient si vite qu'elles étaient réduites à des taches floues au milieu des badauds. Des poches, grandes ou petites, étaient cousues à l'intérieur de ses larges manches. Tout ce qui entrait dans les mains de Kruppe disparaissait promptement, rangé dans une poche de la taille appropriée. Et il poursuivait sa route, amateur éclairé de friandises d'innombrables cultures, avec une expression de contentement repu sur son visage rond.

Il parvint finalement à l'Auberge du Phénix au bout d'un long trajet riche en détours. Il s'arrêta en haut des marches pour bavarder avec un vaurien solitaire avant de tirer un beignet glacé au miel de l'une de ses manches, puis de pousser la porte en mordant dedans.

Un demi-pâté de maisons plus loin, Mes Regrets s'adossa au mur d'un vieil immeuble et croisa les bras. Ce petit gros était vraiment extraordinaire. Elle avait suffisamment observé son ballet raffiné pour reconnaître en lui un Initié. Elle se sentait toutefois perplexe, car l'esprit qui se dissimulait derrière cette façade ronde laissait présager des capacités très supérieures à celles qu'il venait de déployer. Il s'agissait donc bel et bien d'une créature dangereuse.

L'homme posté sur les marches de l'auberge semblait filtrer les entrées, mais elle ne discerna aucun geste suggérant le recours à un code de voleurs. Les conversations étaient brèves, se bornant en général à une identification mutuelle. Elle n'en comptait pas moins s'introduire dans cette auberge. C'était tout à fait le genre d'endroit que Mésangeai avait chargé Kalam et Ben le Vif de trouver : un repaire de voleurs, de gros bras et d'assassins. Quant à savoir pourquoi le sergent s'y intéressait, personne n'avait jugé bon de l'en informer. Le sorcier et Kalam se méfiaient d'elle, et elle sentait que leurs arguments commençaient à ébranler Mésangeai. S'il n'avait tenu qu'à eux, ils l'auraient gardée en dehors de tout, mais elle n'avait pas l'intention de les laisser faire.

S'écartant du mur, elle traversa la rue en direction de l'auberge. Durant l'après-midi, le ciel s'était alourdi, s'assombrissant au fil des heures : il y avait de la pluie dans l'air. L'attention du voyou se concentra sur elle.

— Alors, comme ça, on suit Kruppe ? ricana-t-il en hochant la tête. De toute façon, les filles, ça devrait pas porter d'épée. Tu voulais pas entrer, j'espère ? Avec une arme ? Houla ! Pas seule, en tout cas.

Mes Regrets recula en jetant un coup d'œil de chaque côté de la rue. Le piéton le plus proche était à plus d'un pâté de maisons et s'éloignait d'eux. Elle serra les pans de sa courte cape autour de sa taille.

— Laissez-moi passer, dit-elle calmement.

Comment ce petit gros l'avait-il repérée ?

L'homme s'accouda à la rambarde.

— T'as vraiment envie qu'on fasse connaissance, hein ? Qu'est-ce que tu dirais d'aller un peu dans la ruelle, là derrière ? Si tu poses ton épée, tout se passera gentiment. Autrement, je pourrais m'énerver et quel plaisir y aurait-il à…

La main gauche de Mes Regrets jaillit. Il y eut un bref éclair et une dague se ficha dans l'œil droit de son interlocuteur jusqu'au cerveau. L'homme bascula par-dessus la rampe et retomba lourdement derrière les escaliers. Mes Regrets récupéra sa dague et prit le temps de rajuster le ceinturon de son épée, avant d'examiner la rue. Ne voyant personne d'assez proche pour avoir remarqué quoi que ce soit dans la pénombre grandissante, elle grimpa les marches et s'engouffra à l'intérieur.

Elle n'avait pas fait deux pas qu'elle fut arrêtée par un garçon gémissant pendu par les pieds. À tour de rôle, deux mégères le balançaient d'arrière en avant. Chaque fois qu'il tentait d'attraper la corde nouée à ses chevilles, il recevait un coup sur la tête. Une des deux femmes adressa un grand sourire à Mes Regrets puis, comme cette dernière la contournait, lui empoigna le bras.

— Hé !

Mes Regrets lui décocha un regard glacial.

— Quoi ?

Avec une haleine imprégnée de bière, la femme se pencha pour lui souffler à l'oreille.

— Si on t'embête, t'as qu'à appeler Meese et Irilta. C'est nous. D'ac ?

— Merci bien.

Mes Regrets s'avança dans la salle. Elle avait déjà localisé le petit gros – comment l'autre l'avait-il appelé ? Kruppe. Il s'était assis à une table près du mur du fond, sous la galerie. À travers la foule, Mes Regrets aperçut une place libre au bar, qui constituerait un bon poste d'observation. Elle se fraya un chemin jusque-là.

Kruppe l'ayant de toute évidence remarquée, elle décida de ne rien faire pour dissimuler l'attention qu'elle lui portait. Souvent, c'était exactement ce genre de pression qui faisait craquer un homme. Dans une guerre des nerfs et de patience, songea-t-elle avec un petit sourire intérieur, le mortel est toujours désavantagé.

*

Tournant à l'angle d'une rue, Crokus arriva aux abords de l'Auberge du Phénix. Le programme concocté par Mammot était impressionnant. Il avait prévu de l'instruire bien au-delà de ce que le jeune homme avait imaginé, jusqu'à l'étiquette dans les milieux officiels, le rôle des différents fonctionnaires, en passant par la généalogie des nobles et diverses bizarreries relatives à certains dignitaires. Crokus s'était néanmoins juré d'aller jusqu'au bout, il comptait bien se retrouver un jour devant cette demoiselle D'Arle pour des présentations en règle.

Quelque chose en lui s'esclaffa à cette idée. Et voici Crokus l'érudit, le jeune homme raffiné et prometteur, le voleur. Tout ça était trop absurde. Et pourtant, cette image le poursuivait, renforçant sa détermination. Cela viendrait. Bientôt. En attendant, il devait s'occuper de certaines choses et en corriger d'autres.

Parvenu à l'escalier de l'auberge, il aperçut une ombre recroquevillée sous la rampe. Il s'en approcha prudemment.

*

Lorsque Mes Regrets arriva au bar, la porte d'entrée à l'autre bout de la salle s'ouvrit. Comme tout le monde, elle se retourna et aperçut dans l'embrasure un jeune homme aux cheveux noirs.

— On a assassiné Chert ! cria-t-il. Quelqu'un l'a poignardé !

Une demi-douzaine de clients se ruèrent vers la porte et disparurent.

Mes Regrets refit face au bar et croisa le regard de l'homme installé derrière.

— Une blonde de Gredfalan, s'il vous plaît. Dans une chope d'étain.

La femme qu'Irilta avait appelée Meese surgit et planta sur le comptoir deux avant-bras massifs.

— Soigne bien la demoiselle, Scurve, grommela-t-elle en se penchant vers le tenancier. Elle a du goût.

Elle inclina ensuite la tête vers Mes Regrets.

— Du goût sur toute la ligne. Chert était un porc.

Mes Regrets se raidit et glissa ses mains sous sa cape.

— Du calme, fillette, reprit Meese à voix basse. On n'est pas des bavardes. Ici, on s'occupe d'abord de ses affaires et j'ai pas envie d'me retrouver avec un couteau dans l'œil. On a dit qu'on veillerait sur toi, pas vrai ?

La bière arriva. Mes Regrets saisit sa chope.

— Vous n'avez pas besoin de veiller sur moi, dit-elle tranquillement.

Quelqu'un vint s'installer auprès de Meese. D'un simple regard, Mes Regrets reconnut le jeune homme aux cheveux noirs. Il était blême.

— Fichtre ! Meese, soupira-t-il, ce n'est vraiment pas mon jour !

Meese gloussa et lui passa un bras autour des épaules.

— Scurve, sers-nous donc deux de ces blondes de Gredfalan. Notre Crokus a bien mérité ce que Darujhistan a de meilleur.

Elle se tourna de nouveau vers Mes Regrets.

— La prochaine fois, évite d'afficher ce genre de savoir-vivre. Ici, en tout cas.

Contemplant sa chope, Mes Regrets fronça les sourcils. Elle avait effectivement fait preuve de négligence en commandant la bière la plus chère. Elle en but une gorgée.

— Très bonne, commenta-t-elle. Vraiment excellente.

Avec un large sourire, Meese poussa son voisin du coude.

— Tu entends, Crokus ? La demoiselle aime ce qui est bon.

Il se pencha et adressa à Mes Regrets un sourire las, mais chaleureux. On entendait dehors la corne de la Garde. Scurve servit les deux autres bières.

Mes Regrets vit alors le regard de Crokus se promener le long de son corps, puis s'arrêter. Le sourire du jeune homme se crispa et ses traits pâlirent un peu plus. Détournant les yeux, il tendit la main vers la chope que l'on venait de poser devant lui.

— Paie donc avant de boire, Crokus, maugréa Scurve. Tu deviens aussi détestable que Kruppe.

Le garçon tira de sa poche une poignée de pièces. Quelques-unes lui glissèrent entre les doigts et rebondirent sur le comptoir. Deux des trois qui étaient tombées oscillèrent brièvement avant de s'immobiliser.

La troisième s'était mise à tourner et ne semblait pas vouloir s'arrêter. Mes Regrets riva son regard dessus, de même que Scurve et Meese. Crokus avança une main pour la rattraper, puis hésita. Elle tournait toujours.

Mes Regrets observa la pièce, sentant l'écho fracassant de vagues de pouvoir déferler sous son crâne. Une réaction instinctive monta soudain en elle. Scurve poussa un cri en voyant la pièce déraper le long du comptoir, puis rebondir et venir s'arrêter juste devant Crokus.

Nul ne dit mot. En dehors de leur petit groupe, personne n'avait rien remarqué.

Crokus ramassa vivement la pièce.

— Pas celle-là, dit-il d'une voix rauque.

— D'accord, répondit Scurve d'un ton non moins enroué.

Les mains tremblantes, il rassembla les autres pièces que Crokus avait posées sur le comptoir. Mes Regrets effleura la poignée et le fourreau de sa dague. Ils étaient humides. Crokus avait donc vu le sang. Elle devrait le tuer. Seulement, songea-t-elle, la mine sombre, elle savait qu'elle n'en ferait rien.

— Crokus, mon garçon ! cria quelqu'un sous la galerie.

Avec un ricanement, Meese se tourna dans cette direction.

— Tiens donc ! Le poisson hors de l'eau en personne, marmonna-t-elle. Mon gars, Kruppe t'appelle.

Crokus avait remis la pièce dans sa poche. Il renifla, puis prit sa chope.

— À plus, Meese.

Mes Regrets avait donc trouvé l'homme d'Oponn. Sans difficulté. Et, d'une manière ou d'une autre, il était lié à Kruppe. C'était presque trop simple. Et donc louche.

— Un garçon prometteur, déclara Meese. Irilta et moi, on veille sur ses intérêts. D'accord ?

Mes Regrets s'accouda au bar en contemplant sa chope. Elle allait devoir jouer très serré. Cette explosion de sorcellerie de l'Ombre en réaction à l'influence de la Pièce avait été purement instinctive.

— Parfait, Meese, répliqua-t-elle. Aucune inquiétude à avoir là-dessus. Entendu ?

— Entendu, soupira Meese. Retour à la normale. Scurve ? Une bière darue, s'il te plaît. Dans une chope en terre, si tu as.

*

Le Bar à Tin, repaire habituel de marins et de pêcheurs, se dressait sous le Deuxième Rempart, côté Front-de-Lac. Ses murs étaient en grès taillé et tout l'édifice s'était progressivement incliné vers l'arrière au fil du temps, comme s'il cherchait à s'éloigner de la rue. Le bar s'affaissait désormais contre la muraille du Rempart, à l'image des misérables baraques attenantes, construites pour l'essentiel à partir de bois flottant et de planches échouées sur la plage au gré des naufrages sur le récif du Môle.

Une pluie fine s'était mise à tomber avec le crépuscule et les brumes du lac avaient gagné le rivage. Au large, des éclairs déchiraient le ciel, trop loin cependant pour que le tonnerre se fasse entendre.

Kalam sortit du Bar à Tin à l'instant même où un Grisvisage approchait son bâton enduit de poix enflammée d'un bec de gaz voisin, après avoir ouvert les vannes de cuivre. Le réverbère s'alluma dans un jaillissement de flammes bleues. Kalam s'arrêta devant le bar et regarda le curieux personnage vêtu de gris poursuivre sa route. Jetant un coup d'œil au ciel, l'assassin remonta la rue. Arrivé à la dernière baraque de la rangée, adossée à une saillie particulière du rempart, il pénétra à l'intérieur.

Assis en tailleur au centre du sol de terre battue, Ben le Vif leva les yeux.

— Bonne pêche ?

— Non, répondit Kalam. La Guilde se terre. Pourquoi, je n'en sais rien.

Gagnant le mur du fond, il s'assit sur son couchage et s'adossa aux vieilles pierres usées, pour mieux dévisager son camarade.

— Tu crois que le Conseil municipal pourrait avoir pris des mesures pour éloigner les assassins locaux ?

Les prunelles de Ben le Vif scintillèrent dans l'obscurité.

— Tu veux dire, en prévision de nos tentatives de contact ?

Kalam se détourna.

— Ils ne sont sûrement pas idiots, Ben. Ils doivent bien savoir que c'est la méthode malazéenne : offrir à la Guilde un contrat qu'elle ne peut refuser, puis regarder tranquillement les dirigeants locaux tomber comme des mouches. Mésangeai a suggéré ce plan. Dujek l'a approuvé. Ces deux-là parlent le langage du vieil Empereur. Il doit bien rire en enfer, celui-là.

— Déplaisante image, frissonna le sorcier.

Kalam haussa les épaules et poursuivit.

— De toute façon, tout ça restera vain s'il n'y a pas moyen de dénicher un assassin du coin. Où qu'ils puissent être, ce n'est pas dans le district du Front-de-Lac, j'en jurerais. Je n'ai capté qu'un seul nom auréolé d'un certain mystère : l'Anguille. Mais il ne s'agit pas d'un assassin, c'est autre chose.

— Alors, où cherche-t-on maintenant ? s'enquit Ben le Vif. Dans le district gadrobi ?

— Penses-tu. Rien que des paysans et des bergers là-bas. L'odeur qui s'en dégage suffirait déjà à le rayer de la liste. Non, à partir de demain, on essaiera le quartier daru.

Il hésita.

— Et de ton côté ?

Ben le Vif baissa les yeux et répondit dans un murmure :

— Je suis quasiment prêt.

— Tu sais, Ben, Mésangeai a failli s'étrangler en entendant ta proposition. Moi pareil. Tu t'apprêtes à te jeter dans la gueule du loup. Tu es sûr que c'est indispensable ?

— Non.

Le sorcier releva la tête.

— Personnellement, je préférerais laisser tomber et filer loin de tout ça – loin de l'Empire, de Darujhistan, de cette guerre. Mais va convaincre le sergent d'abandonner la partie. Il n'y a pas plus têtu que ce genre d'homme.

Kalam hocha la tête.

— L'honneur, l'intégrité, toutes ces foutaises qui coûtent si cher.

— Tout juste. Alors, on fait comme ça parce que c'est la seule solution qui nous reste. La folie de Toupet l'a rendu dangereux, mais il peut encore nous servir une dernière fois. Le pouvoir attire le pouvoir et, avec un peu de chance, c'est exactement ce que la mort de Toupet fera. Plus on arrivera à entraîner d'Ascendants dans la mêlée, mieux ce sera.

— J'avais toujours cru que c'était plutôt une chose à éviter.

— À qui le dis-tu ! répliqua le sorcier avec un sourire crispé. Mais, dans l'immédiat, plus il y aura de désordre et de confusion, mieux cela vaudra.

— Et si Tayschrenn flaire quelque chose ?

Le sourire de Ben le Vif s'élargit.

— On mourra plus vite, voilà tout.

Kalam lâcha un rire bref et sans joie.

— Comme tu dis.

Le sorcier pencha la tête d'un côté.

— Le soleil s'est couché. C'est l'heure.

— Tu veux que je sorte ? demanda Kalam.

Ben le Vif secoua la tête.

— Non. Ce coup-ci, j'aime mieux que tu restes ici. Si je ne reviens pas, brûle mon corps, éparpille les cendres aux quatre vents et maudis mon nom de tout ton cœur.

Kalam se tut un moment avant de bougonner.

— J'attends combien de temps ?

— L'aube. Tu comprends que je ne demanderais cela qu'à mon meilleur ami.

— Je comprends. Et maintenant, finissons-en, bon sang.

Ben le Vif fit un geste. Un cercle de feu jailli du sol l'entoura. Il ferma les yeux.

Kalam eut alors l'impression que le corps de Ben se dégonflait légèrement, comme privé d'un élément vital. La nuque du sorcier craqua, son menton retomba sur sa poitrine, ses épaules s'affaissèrent et l'air s'échappa de ses poumons en un lent sifflement. L'anneau de feu flamba plus fort avant que son éclat ne se réduise.

Allongeant les jambes et croisant les bras, Kalam s'installa et attendit dans un silence grandissant.

*

Livide, Murillio regagna la table.

— Quelqu'un s'est chargé du corps, dit-il en s'asseyant.

Il secoua la tête.

— Chert a été tué par un professionnel. Vicieux en prime. Droit dans l'œil et…

— Stop ! s'écria Kruppe, levant les deux bras. Cher Murillio, il se trouve que Kruppe est en train de manger. Et il se trouve aussi que Kruppe a l'estomac délicat.

— Chert était un crétin, insista Murillio sans se soucier de Kruppe, mais pas au point de susciter une telle cruauté.

Crokus se taisait. Il avait vu le sang sur la dague de la brune.

— Qui sait ? répliqua Kruppe en haussant les

sourcils. Peut-être fut-il témoin de quelque horrifique horreur. Peut-être l'a-t-on éliminé comme on écrabouille une jolie petite souris.

Crokus jeta un coup d'œil alentour. Son regard se reporta sur la fille accoudée au bar avec Meese. Sa cuirasse et la sobre épée qui pendait à son côté lui rappelaient la fois où, enfant, il avait vu une troupe de mercenaires traverser la ville à cheval. Il s'était agi de la Garde Pourpre : cinq cents hommes et femmes, sans même une seule boucle neuve sur eux.

Il continua d'observer l'inconnue. Telle une mercenaire, c'était une tueuse depuis longtemps indifférente au meurtre. Qu'avait donc fait Chert pour mériter un coup de poignard dans l'œil ?

Il se détourna juste à temps pour voir Rallick Nom entrer dans la salle. L'assassin se dirigea droit sur eux, sans sembler remarquer les habitués qui s'écartaient sur son passage.

Coll l'intercepta d'une grande claque dans le dos, puis s'accrocha à lui en titubant.

— Nom ! Vieux salopard !

Rallick passa un bras autour des larges épaules voûtées de l'ivrogne et, ensemble, ils s'approchèrent de la table.

Kruppe releva la tête.

— Holà ! Chers camarades ! Kruppe vous invite à rejoindre notre cercle.

Désignant des bras deux chaises vides, il se balança en arrière sur son siège.

— Pour vous tenir au courant de nos spectaculaires faits et gestes, l'ami Crokus rêvasse, le regard dans le vide, pendant que Murillio et Kruppe discutaient des derniers racontars qui traînent dans nos rues.

Coll resta debout, chancelant, le front creusé, tandis que Rallick s'asseyait et empoignait le pichet de bière.

— De quels potins s'agit-il ? s'enquit négligemment l'assassin.

— Le bruit court que nous serions des alliés de Sangdelune, répondit Murillio.

— Billevesées, bien sûr ! s'exclama Kruppe. Qui a vu quoi que ce soit pouvant suggérer une chose pareille ?

— La Lune n'est pas partie, que je sache, sourit Murillio. Et puis, il y a cette tente que le Conseil a fait installer en dessous.

— D'après oncle Mammot, intervint Crokus, les Conseillers n'ont pas réussi à faire parvenir un message aux gens de Sangdelune.

— Voilà qui ne m'étonne pas d'eux, commenta Murillio en lançant un bref regard à Rallick.

— Qui vit à l'intérieur de Sangdelune ? questionna Crokus.

Vacillant, Coll plaqua ses deux mains sur la table pour se rétablir, avant d'approcher son visage congestionné de celui de Crokus.

— Cinq dragons noirs ! rugit-il.

*

Ben le Vif connaissait l'existence d'innombrables itinéraires mouvants menant à des portes dans la Garenne du Chaos. Il s'agissait en fait de barrières, de masses d'énergie aussi solides que du basalte, créées aux points de contact entre les Garennes. Le Chaos effleurait tous les domaines du bout de ses doigts noueux et dégoulinants de pouvoir, et les portes constituaient autant de blessures dans la chair d'autres mondes, d'autres canaux magiques.

Ben le Vif avait concentré ses talents sur ces « portes ». Durant son séjour dans la Garenne du Chaos, il avait appris à façonner leur énergie. Il avait trouvé des moyens de modifier ces barrières, de percevoir ce qui se trouvait derrière. Chaque Garenne magique possédait une odeur, une texture et, même s'il n'empruntait jamais deux fois le même chemin, il savait comment découvrir la voie qu'il cherchait.

Il parcourait à présent l'une d'elles, une piste de néant entourée par les couches de la Garenne, tortueuse et pleine de contradictions. À un moment, il avait voulu avancer et s'était retrouvé en train de reculer ; ailleurs, il avait dû tourner brusquement à angle droit, puis encore, encore et encore une fois, toujours dans le même sens.

Il savait que la puissance de son esprit ouvrait ces voies, mais chacune possédait ses propres lois. Ou peut-être étaient-ce les siennes à lui, qu'il ignorait encore. Quelle que soit l'origine de ces configurations, c'était l'incarnation même de la folie.

Il parvint enfin à la porte qu'il cherchait. La barrière se présentait comme une simple dalle, gris ardoise. Flottant devant elle, le sorcier murmura un ordre et son esprit revêtit la forme de son propre corps. Il resta un moment debout, le temps de maîtriser le tremblement de ce corps fantôme, puis s'avança vers la porte et posa les mains dessus.

Les bords de la dalle étaient durs et tièdes. Vers le centre, elle se réchauffait et devenait souple au toucher. Au contact de ses mains, la surface perdit peu à peu son opacité et devint vitreuse comme de l'obsidienne. Ben le Vif ferma les yeux.

Jamais encore il n'avait essayé de franchir une telle porte. Il n'était même pas sûr que la chose fût possible. Et s'il survivait de l'autre côté, y aurait-il moyen de revenir ? Au-delà de l'aspect mécanique de la question se profilait son ultime et plus sérieuse inquiétude : il allait tenter de s'introduire dans un domaine où il n'était pas le bienvenu.

Il rouvrit les paupières.

— Je suis la direction, dit-il avec calme.

Il poussa contre la barrière.

— Je suis la puissance de la volonté en un lieu qui respecte cela, et uniquement cela.

Il poussa plus fort.

— Je suis le contact de la Garenne. Contre le chaos, nulle chose, nul homme n'est immunisé.

Sentant que la porte commençait à céder, il rejeta une main en arrière pour repousser une pression croissante.

— Je passerai seul ! proclama-t-il d'une voix sifflante.

Avec un étrange fracas, il glissa à travers la porte, dans un impressionnant embrasement d'énergie.

Il trébucha ensuite sur un sol rocailleux. Recouvrant son équilibre, il observa les environs. Il se trouvait sur une plaine nue, avec de petites collines à l'horizon, sur sa gauche. Le ciel était vif-argent et une kyrielle de longs nuages filandreux, d'un noir d'encre, se déplaçaient juste au-dessus de lui.

S'asseyant, il replia les jambes et croisa les mains sur son ventre.

— Ombretrône, dit-il, Seigneur des Ombres, me voici venu dans ton domaine. Recevras-tu ma présence comme il sied à celle d'un paisible visiteur ?

Des collines lui parvint une réponse : les hurlements des Molosses.

Chapitre 12

Accompagne-moi
Sur la Route des Voleurs
Écoute sous tes pieds sa chanson
Comme elle sonne clair
À chaque faux pas
Et te renvoie deux échos

Rengaine d'Apsalar
Drisbin (né en 1135)

Assis dans le cabinet de travail de Mammot, Kruppe lisait en se triturant le front.

… et lors de la Descente sur terre le Dieu fut Estropié, et ainsi Enchaîné sur place. Lors de la Descente, quantité de contrées furent scindées par les Poings du Dieu, et des choses naquirent et des choses furent libérées. Enchaîné et Estropié était ce Dieu…

Levant le nez de l'antique volume, Kruppe implora le ciel.

— Un peu de concision, s'agaça Kruppe. Un peu

de concision ! répéta-t-il avant de revenir à l'écriture à demi effacée du manuscrit.

… et il cultivait la prudence dans le dévoilement de ses pouvoirs. Le Dieu Estropié cultivait la prudence mais pas assez car à la fin, les pouvoirs de la terre s'abattirent sur lui. Enchaîné était le Dieu Estropié, et, ainsi Enchaîné, il fut anéanti. Et sur cette plaine aride qui emprisonna le Dieu Estropié, beaucoup se rassemblèrent à cet exploit. Goule, gris vagabond de la Mort, était du rassemblement, ainsi que Dessembrae, alors Guerrier de Goule, même si ce fut alors en ce lieu que Dessembrae brisa les liens auxquels Goule l'avait assujetti. Étaient aussi du rassemblement…

Kruppe poussa un gémissement ulcéré et survola la suite. La liste semblait interminable, ridiculement longue. À ce compte-là, il s'attendait presque à voir mentionner sa grand-mère. Enfin, au bout de trois pages, il trouva les noms qu'il cherchait.

… et parmi ceux qui vinrent du dôme argenté des cieux, les Tistes Andii, habitants des Ténèbres dans le Lieu d'avant la Lumière, des Dragons Noirs au nombre de cinq, et dans leur groupe volait Silanah aux Ailes Rouges, dont on dit qu'elle réside parmi les Tistes Andii dans leur Croc des Ténèbres descendant du dôme argenté des cieux…

Kruppe hocha la tête en marmonnant. Un Croc des Ténèbres descendant des cieux : Sangdelune ? Demeure de cinq dragons noirs et d'un dragon rouge ?

Il frissonna. Comment Coll pouvait-il le savoir ? Certes, ce gaillard n'avait pas toujours été un pauvre ivrogne mais, même au temps de sa gloire, l'érudition n'était guère son fort.

Qui donc avait parlé par sa bouche à l'haleine avinée ?

— Encore une question dont la réponse va devoir attendre. La portée de la braillarde proclamation de Coll réside toutefois dans sa vérité manifeste et dans la façon dont elle se retrouve liée à la situation présente.

Il referma le livre et se leva. Des pas retentirent derrière lui.

— Je t'apporte de la tisane, Kruppe, annonça Mammot en pénétrant dans le minuscule réduit. La lecture du Compendium des Domaines d'Alladart t'a-t-elle été profitable ?

— Profitable, certainement, répliqua Kruppe en acceptant avec gratitude la tasse grossière que lui tendait Mammot. Kruppe a appris la valeur du langage moderne. Les interminables délayages propres à ces anciens lettrés sont une malédiction que Kruppe est heureux de voir aujourd'hui éteinte.

— Ah ! toussota Mammot, détournant son regard. Ma foi, est-il indiscret de te demander ce que tu cherchais ?

Kruppe se redressa et plissa les yeux, amusé.

— Du tout, Mammot. Je pensais trouver là le nom de ma grand-mère.

Le vieil érudit fronça les sourcils avant de hocher la tête.

— Je vois. Je ne te demanderai donc pas si tu as eu cette chance.

— De grâce, n'en fais rien ! s'exclama Kruppe, les yeux ronds. Ces jours-ci, la chance est une affreuse compagne. Tout semble aller de travers. Mais merci de comprendre le besoin de prudence de Kruppe.

Mammot agita une main.

— De rien. Je ne voulais pas… Enfin, si. Simple curiosité, vois-tu. D'ordre intellectuel.

Souriant béatement, Kruppe porta la tasse à ses lèvres.

— Eh bien, reprit Mammot, que dirais-tu de regagner la salle commune pour goûter quelque répit devant l'âtre ?

Ils passèrent dans la pièce à côté. Kruppe s'assit et étira ses jambes en s'enfonçant dans son siège.

— Comment avancent tes écrits ?

— Lentement, répondit Mammot. Logique, bien sûr.

Il semblait avoir quelque chose en tête et Kruppe attendit, remuant paresseusement les orteils. Une minute s'écoula, puis Mammot s'éclaircit la voix.

— Kruppe, as-tu beaucoup vu mon cher neveu récemment ?

Kruppe haussa les sourcils.

— Il y a longtemps, Kruppe fit une promesse à un homme, cet homme étant l'oncle inquiet d'un jeune garçon qui voyait dans les rues un terrain de jeu excitant. Le gamin rêvait de combats à l'épée et de secrets exploits accomplis dans de sombres ruelles au profit de princesses déguisées ou quelque chose de ce genre…

Mammot hochait la tête, les yeux clos.

— Mais Kruppe s'est scrupuleusement appliqué à

tenir cette promesse, car lui aussi avait de l'affection pour le garçon. Et, de même que toute entreprise, la survie étant affaire d'habileté, Kruppe prit ce garçon sous son aile avec une certaine réussite, non ?

Mammot sourit, acquiesçant une nouvelle fois.

— Et donc, pour répondre à la question de l'oncle, oui, Kruppe a vu le garçon.

Mammot se pencha vers Kruppe et le dévisagea intensément.

— As-tu remarqué quoi que ce soit d'étrange dans son comportement ? Je veux dire, t'a-t-il posé des questions bizarres, demandé des choses particulières ?

Kruppe plissa les yeux, puis but une gorgée de tisane.

— Pour parler franc, oui. Tout d'abord, il a souhaité récupérer un joli lot de joaillerie qu'il avait récemment acquis. Pour raisons personnelles, a-t-il dit. Personnelles ! Voilà qui a fort intrigué Kruppe et l'intrigue encore, mais l'apparente sincérité du gamin, non, son extrême concentration a favorablement impressionné Kruppe.

— Et comment ! Croiras-tu que Crokus vient de manifester un intérêt pour une éducation en règle ? Je n'y comprends goutte. Ce garçon est obsédé par quelque chose.

— Dans ce cas, peut-être Kruppe devrait-il enquêter.

— Merci, répliqua Mammot, soulagé. J'aimerais connaître l'origine de cette soudaine soif de connaissances. Une si brusque flambée d'ambition risque, je le crains, de s'épuiser très vite, mais si nous pouvions l'entretenir…

— Absolument, renchérit Kruppe. Après tout, il n'y a pas que le chapardage dans la vie.

— Eh bien ! s'exclama Mammot avec un large sourire. Si je m'attendais à cette déclaration !

— Mieux vaut que ce genre de commentaire reste entre toi et Kruppe. Quoi qu'il en soit, je crois que Murillio a des lumières sur la question qui nous occupe. Il l'a laissé entendre tout à l'heure pendant que nous dînions à l'Auberge du Phénix.

— Murillio va bien ?

Kruppe sourit.

— Le filet tendu autour du garçon est toujours là. D'ailleurs, Rallick Nom a pris quant à lui cette responsabilité très au sérieux. Peut-être Crokus lui rappelle-t-il un peu sa propre jeunesse perdue. À vrai dire, la véritable nature de Rallick échappe à Kruppe. Un homme férocement loyal, c'est certain, et qui honore ses dettes avec une énergie propre à faire honte à tous ceux qui l'entourent – excepté Kruppe, naturellement. Mais est-ce du sang qui coule dans ses veines ? Difficile de ne pas se poser la question, parfois.

Le regard de Mammot s'était perdu dans le lointain.

Kruppe se tendit. Il y avait de la magie dans l'air. Il se pencha en avant pour examiner le visage du vieil érudit. Quelqu'un communiquait avec Mammot, et la Garenne qui puisait à présent dans la pièce était familière à Kruppe.

Se rencognant dans son fauteuil, il attendit.

Enfin, Mammot se leva prestement, l'air distrait.

— J'ai des recherches à faire, déclara-t-il. Quant à toi, Kruppe, Maître Baruk désire te parler, tout de suite.

— Il me semblait bien avoir senti sa présence, répondit Kruppe, s'extrayant de son fauteuil en grognant. Les rigueurs de ces nuits fatidiques ne cessent de nous bousculer ! À plus tard donc, Mammot.

— Au revoir, marmonna l'érudit, le front soucieux, avant de s'engouffrer dans le petit cabinet où Kruppe venait de passer une heure.

Songeur, Kruppe rajusta les manches de son habit. De la part de Mammot, un tel manquement à l'étiquette ne pouvait s'expliquer que par la survenue d'événements effroyables.

— Donc, murmura-t-il, mieux vaut ne pas faire attendre Baruk. Ou, du moins, rectifia-t-il en s'acheminant vers la porte, pas trop longtemps. La bienséance exige en effet que Kruppe reste digne. Il marchera vite. Mais sans courir. Car il lui faut du temps pour réfléchir, prévoir, organiser, planifier, se projeter en arrière et en avant par la pensée, bref, faire tout le nécessaire. En tout premier lieu, Kruppe doit discerner la nature de la fille qui l'a suivi, et qui a tué Chert, et qui a noté que Crokus avait vu du sang sur son arme, et a instantanément repéré que Rallick Nom était un assassin. Elle pourrait bien être la clé de tout, et plus encore, car, un court instant, certes, la Pièce a indéniablement tourné sa face vers elle. Et, en bien ou en mal, nous retombera dessus, pense Kruppe.

Il s'interrompit et battit des paupières en maugréant.

— Kruppe devrait à tout le moins quitter l'appartement de Mammot.

Un murmure de pages feuilletées bien vite se fit

entendre depuis le fauteuil où l'érudit s'était installé. Poussant un soupir de soulagement, Kruppe sortit.

*

Très agitée, Mégère sautillait en ébouriffant ses plumes roussies. Où donc était passé cet alchimiste ? Elle avait mille choses à terminer avant l'aube, bien qu'à vrai dire, elle aurait eu du mal à en citer une. Toujours était-il qu'elle détestait qu'on la fasse attendre.

La porte du bureau s'ouvrit : Baruk resserrait une robe de chambre autour de ses larges épaules.

— Mes excuses, Mégère, j'étais indisposé.

Mégère maugréa. Des traînées de sorcellerie denses et âcres flottaient encore derrière l'alchimiste.

— Mon maître, le seigneur Anomander Rake, déclara-t-elle, m'a ordonné de vous rapporter ce que je lui ai conté de mes aventures au-dessus de la plaine rhivie.

Baruk s'approcha de la table à cartes où allait et venait l'oiseau, la mine sombre.

— Mais vous êtes blessée !

— Dans mon amour-propre, rien de plus. Écoutez donc mon récit.

Baruk leva un sourcil : la vieille sorcière ne semblait pas à prendre avec des pincettes ! Comme il se taisait, elle commença.

— Un petit pantin de bois arrive du nord. Il est né d'un transfert d'âme et puise dans une Garenne du Chaos. Son pouvoir est immense et retors, même pour les Grands Corbeaux. Il a tué nombre des miens au cours de ses sorties hors de sa Garenne. Il a manifestement pris plaisir à ces forfaits.

Après un claquement de bec coléreux, elle poursuivit :

— Il court après une puissance dont je n'ai pu m'approcher mais qui se dirige droit vers les collines gadrobies. Mon seigneur et moi sommes d'accord là-dessus. Cette puissance cherche quelque chose dans ces collines, Alchimiste, mais nous autres ne sommes pas d'ici. Aussi nous apportons-vous cette nouvelle. Deux forces convergent vers les collines. Mon seigneur vous demande pourquoi.

Baruk avait pâli. Se détournant avec lenteur, il alla s'asseoir dans un fauteuil, avant de lever ses mains jointes devant son visage et de fermer les yeux.

— L'Empire Malazéen s'est mis en quête d'une chose qu'il ne peut espérer contrôler, dit-il. Une chose enfouie dans les collines gadrobies. Que l'une ou l'autre des forces que vous évoquez soit capable de la libérer est une autre histoire. Chercher ne revient pas à trouver, et trouver ne revient pas à réussir.

Mégère siffla d'impatience.

— Qui est enterré là, Alchimiste ?

— Un Tyran jaghut, emprisonné par les Jaghuts eux-mêmes. Des générations d'érudits et de sorciers ont tenté de retrouver son tumulus. Aucun n'est jamais parvenu à découvrir le moindre indice.

Les traits creusés d'inquiétude, Baruk se redressa.

— Je connais un homme, ici à Darujhistan, qui a rassemblé toutes les informations disponibles sur ce lieu de sépulture. Je dois le consulter. À votre seigneur, je puis néanmoins dire ceci : je connais l'emplacement exact d'une pierre levée dans les collines gadrobies. Elle est presque invisible. Seul son sommet usé, large d'une paume environ, dépasse du sol. Les six mètres restants sont sous terre. Vous verrez les vestiges d'innombrables tranchées et puits qui furent creusés à côté – tous en vain. Car si la pierre marque bien le point de départ, elle ne constitue pas l'entrée de la tombe.

— Où se situe donc cette entrée ?

— Je ne peux vous le dire. Quand je me serai entretenu avec mon collègue, peut-être pourrai-je vous fournir davantage de précisions. Ou peut-être pas. Le moyen de pénétrer dans le tumulus doit en tout cas demeurer secret.

— Cela ne nous avance à rien ! Mon seigneur…

— Est extrêmement puissant. Et ses intentions sont tout sauf claires, même si nous sommes alliés. Ce qui gît sous ce tumulus peut détruire une ville – cette ville. Je ne permettrai pas que Rake s'en empare. Je vous indiquerai l'emplacement de la pierre levée, car tel est l'endroit où les chercheurs devront commencer par se rendre. J'ai toutefois une question à vous poser, Mégère. Ce pantin, êtes-vous certaine qu'il poursuit l'autre puissance ?

L'oiseau inclina sèchement la tête.

— À la trace. Il se dissimule si besoin est. Vous semblez supposer que ces deux puissances sont malazéennes. Pourquoi ?

— Tout d'abord, les Malazéens veulent Darujhistan, grommela Baruk. Ils sont prêts à tout pour cela. Ils ont obtenu l'accès à d'immenses bibliothèques au fil de leurs conquêtes. En soi, le tumulus du Jaghut n'a rien d'un mystère. De plus, vous avez dit que ces deux puissances viennent du nord. Elles ne peuvent être que malazéennes. Pourquoi l'une se cache de l'autre me dépasse, même si des factions rivales existent sans doute au sein de l'Empire. Dans une entité politique aussi vaste, les dissensions sont forcément nombreuses. En tout cas, ces puissances représentent une menace directe pour Darujhistan et pour le désir de votre seigneur d'empêcher l'Empire Malazéen de nous conquérir. Supposer qu'elles sont malazéennes paraît légitime.

— Vous serez tenu au courant des mouvements sur la plaine rhivie, répliqua Mégère, contrariée. Mon seigneur doit décider s'il convient ou non d'intercepter ces puissances avant qu'elles atteignent les collines gadrobies.

Elle tourna vers Baruk un œil courroucé.

— Il n'a guère reçu d'aide de ses alliés. J'ose espérer que, lors de notre prochain entretien, vous y remédierez.

L'alchimiste haussa les épaules.

— Ma première rencontre avec Anomander Rake fut aussi la seule. S'entraider suppose un minimum de communication. Informez votre maître que notre mécontentement est à la hauteur du sien, conclut-il en durcissant le ton.

— Mon seigneur a été très occupé, marmonna Mégère avant de s'envoler jusqu'au rebord de la fenêtre.

Baruk la regarda s'apprêter à partir.

— Occupé ? répéta-t-il, la mine sombre. Comment ?

— Chaque chose en son temps, roucoula Mégère, avant de disparaître.

Baruk grommela, remit la fenêtre en place et claqua les volets. Mais le faire de loin et par magie n'était pas aussi satisfaisant que s'il l'avait fait physiquement. Se relevant en marmonnant, il gagna la cheminée et commença à se servir du vin. Moins d'une demi-heure plus tôt, il avait évoqué un démon. Rien de très ambitieux : il avait besoin d'un espion, pas d'un tueur. Mais quelque chose lui disait que, dans un proche avenir, il devrait faire appel à des créatures autrement redoutables. Maussade, il but une gorgée de vin.

— Mammot, chuchota-t-il ensuite en ouvrant sa Garenne. J'ai besoin de toi.

Il sourit en voyant alors surgir dans son esprit l'image d'une petite pièce dotée d'une cheminée de pierre. Assis dans un fauteuil en face de son point de vue se trouvait Kruppe.

— Parfait. J'ai besoin de vous deux.

*

Le Molosse qui s'avançait vers Ben le Vif était grand et lourd, avec un pelage d'un blanc sale. En le regardant trottiner vers lui, le sorcier vit que ses yeux aussi étaient blancs. Cette créature ne possédait pas de pupilles. Elle s'arrêta tout près et s'assit.

Ben le Vif s'inclina.

— Tu es le Molosse nommé Aveugle, compagne de Baran et mère d'Engrenage. Je ne cherche à faire aucun mal, j'aimerais parler à ton maître.

Un grondement retentit près du sorcier. Celui-ci se figea puis regarda en bas. À moins de trente centimètres de sa jambe droite était couché un autre Molosse, moucheté de brun et feu. Efflanqué et couvert de cicatrices, il gardait les yeux braqués sur Aveugle.

— Baran, reprit Ben le Vif avec un signe de tête.

Un autre grondement répondit à celui de Baran, derrière le sorcier cette fois.

Pivotant encore, Ben le Vif découvrit quelques mètres plus loin un troisième Molosse : une femelle noire aux formes sveltes et allongées. Ses prunelles, rivées sur lui, brillaient d'une lueur rouge.

— Et Shan, conclut calmement le sorcier.

Il se tourna de nouveau vers Aveugle.

— Avez-vous trouvé votre gibier ou jouez-vous le rôle de mon escorte ?

Baran se leva sans bruit. Le garrot de l'animal lui arrivait à la poitrine. Aveugle se redressa également et partit au petit trot sur la gauche. Elle s'arrêta et tourna la tête. Une double série de grognements incitèrent Ben le Vif à la suivre.

Le paysage se modifiait lentement. Certains détails glissaient dans une ombre dénuée d'origine apparente avant d'en ressortir imperceptiblement altérés. À l'horizon, peut-être vers le nord, une forêt grise s'avançait jusqu'à ce qui aurait pu être un mur. Celui-ci occupait la place du ciel, et peut-être s'agissait-il bien d'un bout de ciel, mais il semblait à Ben le Vif étrangement proche, alors même que la forêt se trouvait à des lieues de là. Un coup d'œil en l'air ne l'aida pas à confirmer ou infirmer son impression que ce domaine était bordé par une muraille magique car le zénith aussi paraissait presque à portée de la main. Pourtant, des nuages noirs filaient au-dessus de sa tête, faussant ses perceptions et lui donnant le tournis.

Un autre Molosse les avait rejoints, un mâle gris foncé dont un œil était bleu et l'autre jaune. Bien que celui-là demeurât à l'écart, Ben le Vif jugea que c'était le plus grand des quatre, et ses mouvements laissaient présager une rapidité redoutable. Le sorcier savait qu'il s'agissait de Bistre, premier-né du chef de la meute, Crucifix, et de la première compagne de celui-ci, Pallick.

Bistre trotta un moment à côté d'Aveugle puis bondit en avant, une fois atteint le sommet d'une modeste éminence.

Parvenu en haut à son tour, Ben le Vif aperçut leur destination et soupira. Comme sur l'image gravée sur l'autel des temples consacrés à Ombretrône, le Donjon de l'Ombre se dressait dans la plaine tel un énorme bloc de verre noir, ondulé par endroits, avec de brusques plans incurvés, strié parfois d'arêtes d'une blancheur scintillante comme si le verre avait été écrasé. La plus vaste des surfaces visibles – un mur – était terne et tachetée, semblable à un cortex ou à de l'obsidienne érodée.

Il n'y avait pas de fenêtres à proprement parler, mais de nombreuses surfaces luisantes à demi translucides semblaient briller d'une lumière interne. A première vue, il n'y avait ni porte, ni grille, ni pont-levis.

Une fois sur place, le sorcier poussa une exclamation de surprise en voyant Aveugle disparaître à l'intérieur de la paroi. Il hésita puis, Baran s'approchant dangereusement, s'avança jusqu'au mur pour faire un pas en avant, mains tendues. Il ne sentit absolument rien en franchissant la paroi et se retrouva dans un grand couloir tout à fait ordinaire en apparence.

Ce couloir sans ornement mesurait environ dix mètres de long et se terminait par une entrée à double vantail. Aveugle et Bistre s'assirent de chaque côté de la porte, qui s'ouvrit toute seule.

Ben le Vif pénétra dans la salle en coupole qui se trouvait derrière. Devant lui, sur une estrade légèrement surélevée, se dressait un simple trône d'obsidienne. Le sol terne, pavé de galets, n'était revêtu d'aucun tapis. Les murs étaient nus, à l'exception de torches allumées tous les trois mètres. Ben le Vif en compta quarante, mais leur lumière vacillante semblait lutter contre des ombres envahissantes.

Il crut d'abord le trône inoccupé. Mais en s'approchant, il découvrit une silhouette assise, comme formée d'ombres presque translucides. D'allure vaguement humaine, la silhouette était coiffée d'une capuche masquant tout regard. Le sorcier n'en sentait pas moins l'attention du dieu entièrement rivée sur lui et réprima tant bien que mal un frisson.

D'une voix calme et claire, Ombretrône prit la parole.

— Shan m'apprend que tu connais les noms de mes Molosses.

Ben le Vif s'inclina devant l'estrade.

— Je fus servant dans votre temple, Seigneur.

Le dieu se tut un moment.

— Est-il sage de l'avouer, Sorcier ? Ai-je coutume de considérer avec bienveillance ceux qui délaissent mes voies après m'avoir servi ? Dis-moi. J'aimerais que tu me racontes ce qu'enseignent mes prêtres.

— S'engager sur le Chemin de l'Ombre et le quitter est récompensé par la Corde.

— Ce qui signifie ?

— Que tous ceux qui suivent vos voies ont le devoir de me tuer.

— Et pourtant, te voilà, Sorcier.

Ben le Vif s'inclina de nouveau.

— Seigneur, j'aimerais vous proposer un marché.

Le dieu pouffa, puis leva la main.

— Non, chère Shan. Calme-toi.

Ben le Vif se figea tandis que la femelle noire le contournait pour grimper sur l'estrade. Se couchant aux pieds du dieu, elle lorgna l'intrus d'un air décontenancé.

— Sais-tu pourquoi je viens de te sauver la vie, Sorcier ?

— Oui, Seigneur.

Ombretrône se pencha en avant.

— Shan veut que tu me le dises.

Ben le Vif croisa le regard rougeoyant du Molosse.

— Ombretrône adore les marchés.

Soupirant, le dieu s'enfonça dans son trône.

— Un servant, indéniablement. Eh bien, parle, tant que tu le peux.

— Je dois commencer par une question, Seigneur.

— Pose-la.

— Engrenage vit-il encore ?

Les yeux de Shan flamboyèrent, et elle se releva à demi avant que la main du dieu lui effleure la tête.

— Alors, là, dit Ombretrône, voilà une sacrée question. Sorcier, tu viens de réussir quelque chose dont peu se sont montrés capables, hélas : piquer ma curiosité. Je te répondrai donc. Oui, Engrenage survit. Continue, je te prie.

— Seigneur, j'aimerais vous livrer celui qui a offensé votre Molosse.

— Comment ? Il appartient à Oponn.

— Il ne s'agit pas de lui, Seigneur, mais de celui qui a attiré Engrenage dans cette chambre. Celui qui a tenté de s'emparer de l'âme du Molosse, et qui y serait parvenu sans l'intervention de l'instrument d'Oponn.

— Que voudrais-tu en échange ?

Ben le Vif jura intérieurement. L'intonation du dieu demeurait indéchiffrable, ce qui rendait les choses encore plus délicates que prévu.

— Ma vie, Seigneur. Je souhaite être affranchi de la récompense de la Corde.

— Autre chose ?

— Oui, Seigneur.

Ben le Vif hésita un instant avant de poursuivre.

— Je souhaite choisir le lieu et l'heure. Autrement, celui dont je parle échappera à vos Molosses par sa Garenne du Chaos. Moi seul peut l'en empêcher. Cela doit donc faire partie du marché. Vous n'aurez qu'à vous assurer que vos Molosses sont prêts à agir. Je vous appellerai le moment venu pour vous indiquer l'emplacement exact de la créature. Le reste dépendra des Molosses.

— Voilà certes un plan bien conçu, déclara Ombretrône. Pour l'heure, je ne vois aucun moyen de tuer à la fois la créature et toi. Je te félicite. Mais comment prévois-tu de me contacter ? Je présume que tu ne comptes pas revenir ici ?

— Vous serez prévenu, Seigneur, je vous le garantis. Mais je ne peux en dire davantage.

— Et si je voulais maintenant te soumettre, Sorcier, afin d'extirper tout ce que tu dissimules dans ton frêle cerveau ? Comment m'en empêcherais-tu ?

— Pour le savoir, Seigneur, il faut d'abord répondre à ma proposition.

Shan grogna et, cette fois, le dieu ne fit rien pour l'apaiser.

Ben le Vif se hâta d'enchaîner.

— Sachant que vous essaierez de me trahir à la première occasion, et que vous chercherez les moindres faiblesses de mon plan, je voudrais votre parole que vous accomplirez votre part du contrat si vous ne trouvez aucune faille. Promettez-le, Seigneur, et je répondrai à votre dernière question.

Ombretrône garda le silence un long moment.

— Bien, marmonna-t-il enfin. Ta ruse est admirable, Sorcier. Je suis stupéfait et, je dois l'admettre, enchanté par ce duel. Mon seul regret est que tu aies quitté les Voies de l'Ombre – tu aurais pu monter haut. Très bien, tu as ma parole. Les Molosses seront prêts. Et maintenant, qu'est-ce qui m'interdit de mettre sur-le-champ ton cerveau en lambeaux ?

— La réponse, Seigneur, réside dans vos propos. Je me suis en effet élevé très haut à votre service.

Ben le Vif leva les bras, ouvrant sa Garenne.

— Vous ne m'aurez pas, Ombretrône, car cela vous est impossible.

Il chuchota sa formule de rappel, un mot né du Chaos. Une explosion de puissance l'entoura et une main géante parut se refermer sur lui. Alors même que cette main le ramenait dans sa Garenne, il entendit le cri rageur d'Ombretrône.

— Delat ! C'était toi, petite ordure métamorphe !

Ben le Vif sourit. Il avait réussi. Il était hors d'atteinte. Une fois encore, il s'en était sorti.

*

Kruppe fut introduit dans le bureau de Baruk sans aucun des retards qu'il aimait tant déjouer. Quelque peu déçu, il s'assit et s'épongea le front.

Baruk entra immédiatement.

— Vous avez pris votre temps, grommela-t-il. Enfin, peu importe. Vous avez du nouveau ?

Reposant son mouchoir sur ses genoux, Kruppe entreprit de le replier avec soin.

— Selon vos instructions, dit-il, nous continuons à protéger le Porteur de Pièce. Quant à la présence de Malazéens infiltrés, rien jusqu'ici.

Le mensonge était de taille, mais essentiel.

— J'ai toutefois à vous transmettre un message, poursuivit-il, dont l'origine est pour le moins insolite. Sa remise à Kruppe fut même particulièrement étrange.

— Abrégez !

Kruppe grimaça. L'alchimiste semblait de bien mauvaise humeur.

— Un message à vous transmettre personnellement, Maître, reprit-il avec un soupir.

Achevant de plier son mouchoir, il releva les yeux.

— De la part de l'Anguille.

Baruk se figea, les traits tirés.

— Pourquoi pas ? maugréa-t-il. Cet individu connaît jusqu'à l'identité de mes agents.

Son regard s'éclaircit et il dévisagea Kruppe.

— J'attends, gronda-t-il.

— Oui, bien sûr !

D'un geste vif, Kruppe déplia son mouchoir et s'épongea à nouveau le front.

— Dans les rues, regardez pour voir qui vous cherchez. Voilà. C'est tout. Transmis à Kruppe par l'enfant le plus…

Kruppe s'interrompit, secouant la tête. Non, une telle exagération ne prendrait jamais. Pas avec un Baruk d'aussi mauvaise humeur.

— … Enfin, un très jeune enfant.

Mains derrière le dos, Baruk triturait une grosse bague d'argent en observant d'un œil sombre les braises mourantes de sa cheminée.

— Dites-moi, Kruppe, reprit-il avec lenteur, que savez-vous sur cette Anguille ?

— Bien peu de choses, avoua Kruppe. Homme, femme ? Tout le monde l'ignore. Origines ? Un mystère. Objectifs ? La perpétuation d'un statu quo caractérisé par l'aversion de la tyrannie. Enfin, c'est ce que l'on dit. Influence ? Considérable. Même en ne retenant que le dixième des rumeurs associées à l'Anguille, ses agents doivent se compter par centaines. Tous voués à la protection de Darujhistan. Il paraît que le conseiller Turban Orr les traque, persuadé qu'ils ont ruiné ses plans. Et peut-être est-ce bien le cas, ce qui devrait tous nous soulager.

Mais Baruk semblait tout sauf soulagé. Kruppe avait presque l'impression d'entendre les dents de l'alchimiste grincer. Celui-ci se retourna toutefois avec un hochement de tête.

— J'ai un travail pour vous, Kruppe. En vue duquel vous devrez réunir Murillio, Rallick et Coll. Et emmenez le Porteur de Pièce avec vous, histoire de le garder en sûreté.

Kruppe haussa un sourcil.

— Hors de la ville ?

— Oui. Le Porteur de Pièce est la priorité absolue. Ne laissez personne s'en approcher. Quant à votre mission, vous observerez. Rien de plus. M'entendez-vous, Kruppe ? Observer. Toute autre tentative reviendrait à risquer la vie du Porteur de Pièce. En tant qu'instrument d'Oponn, il est aussi le meilleur moyen pour un autre Ascendant d'atteindre les Jumeaux. Il ne manquerait plus que des dieux viennent s'affronter sur nos plaines.

Kruppe se racla la gorge.

— Que devrons-nous observer, Maître ?

— Je n'en suis pas certain. Peut-être un groupe d'étrangers, creusant de-ci, de-là.

Kruppe tressaillit.

— Comme pour… des travaux de voirie ?

L'alchimiste se rembrunit.

— Je vais vous envoyer dans les collines gadrobies. Vous y resterez jusqu'à ce que quelqu'un arrive là-bas ou que je vous transmette de nouvelles instructions.

Si quelqu'un se montre, Kruppe, vous devrez rester caché. Évitez à tout prix de vous faire repérer. Le cas échéant, utilisez votre Garenne.

— Nul ne découvrira Kruppe et ses fidèles et valeureux camarades, affirma Kruppe, radieux, en agitant ses doigts.

— Parfait. Ce sera tout.

Surpris, Kruppe se leva.

— Quand devrons-nous partir, Maître ?

— Bientôt. Je vous préviendrai la veille au plus tard. Est-ce suffisant ?

— Oui, ami Baruk. Kruppe estime ce délai plus que suffisant. Rallick semble indisponible pour le moment, mais avec un peu de chance, il pourra se libérer.

— Emmenez-le si possible. Au cas où l'influence du Porteur de Pièce se retournerait contre nous, il incombera à l'assassin de tuer ce garçon. L'a-t-il bien compris ?

— Nous en avons discuté.

Baissant la tête, Baruk sombra dans le silence.

Kruppe attendit un moment, avant de disparaître discrètement.

*

Moins d'une heure après le départ de l'âme de Ben le Vif pour le Domaine de l'Ombre, le corps assis sur le sol de la cabane reprit vie avec un léger craquement. Les yeux fatigués par une tension exacerbée, Kalam se mit debout et attendit que son ami reprenne connaissance.

Par précaution, il avait posé les mains sur ses deux longs-couteaux. Si quelqu'un – ou quelque chose – s'était emparé du sorcier, cette entité risquait d'annoncer son arrivée en attaquant quiconque se trouverait à sa portée. L'assassin retint sa respiration.

Les yeux de Ben le Vif s'ouvrirent et leur aspect vitreux s'estompa peu à peu. Le magicien sourit en voyant Kalam.

L'assassin relâcha son souffle.

— Ça y est ? Gagné ?

— Oui. Sur les deux plans. Difficile à croire, hein ?

Une incontrôlable jubilation s'empara de Kalam, qui s'avança et aida son ami à se relever.

Non moins hilare, le sorcier s'appuya fortement contre lui.

— Il a compris qui j'étais juste au moment où j'ai filé. Tu aurais dû l'entendre hurler !

— Ça t'étonne ? Combien de grands prêtres brûlent leurs vêtements sacerdotaux ?

— Pas assez, si tu veux mon avis. Sans temples ni prêtres, le domaine des mortels serait inaccessible aux maudites ingérences des dieux. Et ça, mon ami, ce serait le paradis, tu ne crois pas ?

— Peut-être, dit une voix dans l'embrasure de la porte.

Les deux hommes se retournèrent et découvrirent la svelte silhouette de Mes Regrets drapée dans sa courte cape. Elle était trempée. Kalam remarqua alors la pluie qui dégoulinait autour d'eux à travers des fissures.

Pour avoir les mains plus libres, il s'écarta de Ben le Vif.

— Qu'est-ce que tu fabriques ici ? gronda-t-il.

— Tu rêves de paradis, Sorcier ? reprit Mes Regrets. Dommage que j'aie raté le début de la conversation.

— Comment nous as-tu retrouvés ? demanda Ben le Vif.

Elle entra, rejetant sa capuche en arrière.

— J'ai repéré un assassin, déclara-t-elle. Dans un établissement nommé l'Auberge du Phénix, dans le district daru. Ça vous intéresse ? conclut-elle en les dévisageant d'un air morne.

— J'attends une réponse, insista Kalam d'une voix sourde.

Ben le Vif recula vers le fond de la cabane pour laisser le champ libre à l'assassin et, éventuellement, préparer ses sortilèges, même s'il n'était guère en état d'utiliser sa Garenne. De plus, Kalam non plus ne semblait pas dans une forme idéale pour se bagarrer. Cela ne risquait toutefois pas de l'arrêter : tout dans son ton le disait prêt à bondir.

Mes Regrets riva sur l'assassin son regard éteint.

— Le sergent m'a envoyé vous…

— Mensonge, coupa Kalam à voix basse. Mésangeai ignore où nous sommes.

— Très bien. J'ai senti ton pouvoir, Sorcier. Sa signature est très reconnaissable.

— Mais j'ai dressé un écran autour de cet endroit, objecta Ben le Vif avec stupéfaction.

— Oui, moi aussi, cela m'a étonnée. D'habitude, je n'arrive pas à te localiser. On dirait que des fissures sont apparues.

Ben le Vif réfléchit. « Fissures » n'était pas le

terme approprié, mais Mes Regrets ne devait pas le savoir. Elle avait perçu sa présence car elle était bel et bien ce qu'ils soupçonnaient, un pion de la Corde. Son propre corps s'était retrouvé associé au Domaine de l'Ombre, même si c'était de façon brève et superficielle ; mais seul un serviteur de l'Ombre pouvait posséder la sensibilité nécessaire pour détecter un tel lien.

Le sorcier posa une main sur l'épaule de Kalam.

L'assassin lui décocha un regard peu amène.

— Elle a raison, Kalam. Des fissures se sont formées. Cette fille a de toute évidence un talent inné en sorcellerie. Viens, mon ami. Vu qu'elle a trouvé ce que nous cherchons, autant aller y jeter un coup d'œil.

Mes Regrets remonta sa capuche.

— Je ne vous accompagne pas, prévint-elle. Vous reconnaîtrez tout de suite le type. À mon avis, il est censé afficher ouvertement sa profession. Peut-être la Guilde a-t-elle pris les devants. En tout cas, cherchez l'Auberge du Phénix.

— Et toi, où vas-tu encore ? questionna Kalam.

— J'ai un travail à terminer pour le sergent, répondit-elle en tournant les talons.

Les épaules de Kalam s'affaissèrent. Il laissa échapper un long soupir.

— Elle est ce que nous pensions, expliqua tranquillement Ben le Vif. Jusqu'ici, tout va bien.

— Autrement dit, maugréa l'assassin, si je lui avais sauté dessus, je serais un homme mort.

— Tout juste. On s'en occupera le moment venu mais, pour l'instant, nous avons besoin d'elle.

Kalam acquiesça d'un signe de tête.
— On va à l'Auberge du Phénix ?
— Et comment ! Dès qu'on sera là-bas, je commence par me payer un verre.
Ben le Vif sourit.
— Accordé.

*

Rallick leva les yeux à l'instant où la grande carcasse de l'inconnu entrait dans la salle. Sa peau noire le désignait comme un homme du sud, ce qui n'avait en soi rien d'exceptionnel. Son attention fut en revanche attirée par les longs couteaux à manche de corne et pommeau d'argent glissés dans son étroite ceinture. Ces armes étaient tout sauf méridionales et les hachures croisées de leur pommeau étaient reconnaissables pour tous ceux de la profession comme la marque d'un assassin.

Le nouveau venu s'avança dans la salle comme s'il était chez lui, et aucun des habitués qu'il écarta à coups d'épaule ne parut désireux de le contrarier. Une fois au comptoir, il commanda une bière blonde.

Rallick examina le fond de sa propre chope. De toute évidence, ce gars-là voulait se faire remarquer, encore plus par quelqu'un comme lui : un assassin de la Guilde.

Qui jouait l'appât ? Tout cela ne cadrait pas.

Ocelot et tous les autres membres de la Guilde semblaient convaincus que des assassins de la Griffe impériale étaient arrivés en ville. Mais Rallick n'en aurait pas mis sa main au feu. Le type accoudé au bar pouvait aussi bien venir de Sept-Cités que de Béjaune. Et quelque chose en lui évoquait l'Empire Malazéen. Faisait-il partie de la Griffe ? Si oui, pourquoi se montrer ? Jusqu'ici, leurs ennemis s'étaient bien gardés de laisser le moindre indice, sans parler de témoins, de leur identité. L'impudence de l'inconnu s'accordait mal avec cette stratégie, à moins d'un changement complet de tactique. Était-ce une conséquence des ordres de Vorcan ?

Une foule de sonnettes d'alarme retentissaient dans sa tête. Tout cela ne lui disait rien qui vaille.

Murillio s'inclina vers lui.

— Un problème, mon ami ?

— Des affaires de Guilde, répondit Rallick. Tu as soif ?

— Ce genre d'offre ne se refuse pas, sourit Murillio.

L'assassin jeta un bref regard perplexe à Coll, affalé sur un siège – qu'avait-il donc raconté à propos de cinq dragons noirs ? Il quitta la table et se fraya un chemin à travers la foule. Rallick se dirigea vers le bar et donna un grand coup de coude dans le dos d'un adolescent. Le garçon hoqueta de surprise, puis se glissa furtivement dans la cuisine.

Arrivé à destination, Rallick commanda à Scurve un autre pichet de bière. Sans même regarder l'inconnu, il savait que celui-ci l'avait repéré. Ce n'était qu'une impression, mais il avait appris à s'y fier. Scurve lui remit le pichet mousseux et il soupira. Voilà. Il avait fait ce que son chef de clan lui avait demandé, même s'il soupçonnait Ocelot de ne pas vouloir s'arrêter là.

De retour à leur table, il causa un moment avec Murillio et lui laissa boire l'essentiel du pichet. Enfin, sensible à sa tension croissante, Murillio finit sa bière et se leva.

— Ma foi, Kruppe a décampé, Crokus de même, et Coll est à nouveau ivre mort. Il est temps que je me trouve un lit douillet. Rallick, grand merci pour la bière. À demain, donc.

Rallick resta encore assis cinq minutes, croisant une fraction de seconde seulement le regard du Noir. Il se leva à son tour et partit en direction de la cuisine. À son passage, les deux cuistots se dévisagèrent avec des yeux ronds. Les ignorant, il gagna la porte de service, laissée entrouverte pour laisser passer un peu d'air frais. La ruelle restait mouillée, même si la pluie avait cessé. Une silhouette familière émergea de l'ombre d'un renfoncement du mur d'en face.

Rallick s'avança vers son chef de clan.

— Mission accomplie. Ton homme est le gros Noir qui fait durer sa bière. Deux poignards, avec des hachures dessus. Il n'a pas l'air commode. Il est tout à toi.

Le visage grêlé d'Ocelot se convulsa.

— Il est encore à l'intérieur ? Parfait. Retournes-y. Vérifie qu'il t'a bien repéré. Tu dois en être absolument sûr.

Rallick croisa les bras.

— J'en suis déjà sûr, répliqua-t-il avec nonchalance.

— Alors, il faut que tu l'attires dehors jusqu'à l'entrepôt de Tarlow, dans la zone de chargement.

Ocelot ricana.

— Ordre exprès de Vorcan, Nom. Et quand tu sortiras, fais-le par devant. Pas de gaffes, rien de subtil.

— Ce type est un assassin, rétorqua Rallick d'une voix rauque. Si je ne suis pas subtil, il comprendra qu'il s'agit d'un piège et me tombera dessus.

— Ne discute pas, Nom. Retournes-y.

Rallick dévisagea son chef pour lui faire sentir son dégoût, avant de retourner à l'intérieur. Les cuistots lui adressèrent un grand sourire, mais un coup d'œil à la tête de l'assassin suffit à couper court à leur bonne humeur. Ils se replongèrent dans leur travail comme s'ils avaient un contremaître sur le dos.

Rallick regagna la grande salle, puis s'arrêta net.

— Et m… !

L'inconnu était parti. Que faire ? Il haussa les épaules.

— Va pour la porte de devant.

*

Crokus, adossé aux briques humides d'une maison de marchand, surveillait attentivement une fenêtre située au-delà du mur, dans une ruelle bordée par un haut parapet de pierres. Une chambre que le voleur connaissait bien se trouvait derrière ses volets, au troisième étage.

La lumière était restée allumée pendant l'essentiel des deux heures qu'il avait passées là mais, depuis un quart d'heure, la pièce était plongée dans l'obscurité. Engourdi, rongé par le doute, Crokus se drapa plus étroitement dans sa cape. Pour la énième fois, il se demanda ce qu'il fichait là. Toute sa détermination semblait avoir filé dans les caniveaux avec la pluie.

Était-ce la brune de l'auberge ? L'avait-elle à ce point ébranlé ? À voir le sang sur sa dague, il était certes clair qu'elle n'hésiterait pas à le tuer pour préserver son secret. Ou n'était-ce pas plutôt le bizarre tournoiement de la pièce qui l'avait tant troublé ? Car cet incident n'avait rien eu de naturel.

Pourquoi son rêve d'être présenté à la fille D'Arle lui semblait-il soudain si problématique ? Cela n'avait pourtant aucun rapport avec la tueuse du bar.

— Non, aucun, maugréa-t-il.

Il se renfrogna. Voilà qu'il parlait tout seul, à présent. Une idée lui vint, qui assombrit encore son humeur. Tout avait commencé à se gâter la nuit où il avait cambriolé la jeune fille. Si seulement il ne s'était pas attardé, si son regard ne s'était pas arrêté sur ce doux et charmant visage… Il changea de pied d'appui en grognant. Une fille de la noblesse. C'était bien ça le vrai problème, non ?

Tout cela lui semblait désormais si stupide, si ridicule. Comment avait-il pu se convaincre qu'une rencontre en bonne et due forme était possible ? Il se secoua. Tant pis. Puisqu'il avait tout préparé, autant y aller.

— Je deviens cinglé, grommela-t-il en s'écartant du mur pour longer la ruelle.

Il effleura d'une main la bourse attachée à sa ceinture.

— Je n'arrive pas à croire que je m'apprête à rendre des bijoux pour rien.

Parvenu à la portion de mur qu'il cherchait, il prit une profonde inspiration et se mit à grimper.

— Bon. Finissons-en.

Les pierres étaient humides, mais il aurait escaladé des montagnes. Durant son ascension, il ne dérapa pas une seule fois.

Chapitre 13

Il y a une araignée
Dans ce coin-ci
Et dans le noir
Ses trois yeux sur la pointe
De ses huit pattes
Parcourent mon échine,
Reflet et parodie
De mes propres pas.

Il y a une araignée
Qui sait tout de moi
Sa toile tisse mon histoire.
Quelque part en ce lieu étrange
Une araignée guette
Ma fuite éperdue...

La Conspiration
Gallan l'Aveugle (né en 1078)

Kalam termina sa bière après le départ de l'assassin de la Guilde, avant de payer et de monter les escaliers. Du haut de la galerie, constatant que personne ne lui prêtait beaucoup d'attention, il emprunta le couloir, entra dans la dernière chambre sur la droite et verrouilla soigneusement la porte derrière lui.

Par terre, Ben le Vif était assis en tailleur, au centre d'un cercle de cire bleue fondue. Le sorcier avait le torse nu, le dos rond, les yeux clos, le front couvert de sueur. Autour de lui, l'air miroitait, comme drapé d'un voile de laque.

Kalam contourna le cercle de cire pour atteindre le lit. Il décrocha ensuite une sacoche de cuir pendue au mur, la posa sur la mince paillasse et, soulevant le rabat, entreprit de la vider méthodiquement. Une minute plus tard, il avait étalé sur le matelas les pièces d'une arbalète à pied-de-biche. Les éléments métalliques avaient été bleuis et l'étroit arbrier de bois enrobé de poix, puis saupoudré de sable noir. Lentement, calmement, Kalam assembla l'arme.

La voix de Ben le Vif s'éleva bientôt dans son dos.

— J'ai fini. Quand tu voudras, mon ami.

— Le type est parti par la cuisine, déclara Kalam en se redressant avec son arbalète. Mais il reviendra.

Il fixa une courroie et glissa l'arme sur son épaule, avant de se retourner vers le sorcier.

— Je suis prêt.

Ben le Vif se remit debout et s'essuya le front d'un revers de manche.

— Deux sortilèges, annonça-t-il. Avec le premier, tu pourras flotter en l'air, contrôler n'importe quelle chute ou descente. L'autre devrait te permettre de voir tout ce qui est magique – enfin, presque. S'il y a un Grand Mage dans les parages, c'est la faute à pas de chance.

— Et toi ? s'enquit Kalam en inspectant sa trousse à carreaux d'arbalète.

— Tu ne me verras pas directement, seulement mon aura, répondit le sorcier avec un sourire. Mais je serai là.

— Bon. Espérons que ça se passera bien. On rencontre la Guilde, on lui propose un contrat au nom de l'Empire, elle accepte et nous nettoie la ville de tout ce qui représente une menace sérieuse.

Endossant sa cape noire, l'assassin en releva la capuche.

— Tu es sûr qu'il ne suffit pas de descendre voir ce type pour tout lui expliquer ?

Kalam secoua la tête.

— Ce n'est pas l'usage. On l'a identifié, lui a fait de même. Il vient probablement de prévenir son chef et ils organiseront les choses à leur façon. Notre homme devrait maintenant nous conduire au point de rendez-vous.

— On ne va pas tomber dans un guet-apens ?

— Plus ou moins, reconnut l'assassin. Mais ils essaieront d'abord de savoir ce qu'on leur veut. Et ensuite, ça m'étonnerait que le maître de la Guilde ait très envie de nous tuer. Prêt ?

Ben le Vif leva une paume en marmonnant une brève incantation.

L'assassin sentit alors une grande légèreté l'envahir et créer autour de lui un coussinet d'air frais. Dans le même temps, un halo bleu-vert enveloppa le corps du sorcier, plus fort au niveau de ses longues mains.

— Je les vois, commenta Kalam d'un ton amusé. Deux vieilles copines.

— Comme tu dis, soupira Ben le Vif. Penser qu'on remet encore ça…

Il croisa le regard de l'assassin.

— Goule est sur nos talons, Kal. Ces jours-ci, je sens même son souffle sur ma nuque.

— Tu n'es pas le seul, répliqua Kalam en se dirigeant vers la fenêtre. Par moments, j'ai bien l'impression que notre cher Empire veut notre peau, ajouta-t-il sèchement.

Il ouvrit grand les volets, puis s'appuya au rebord de l'embrasure.

Ben le Vif posa une main sur son épaule. Ils scrutèrent les ténèbres, partageant brièvement un même malaise.

— Nous en avons trop vu, murmura doucement le sorcier.

— Par Goule ! Pourquoi fait-on ça, de toute manière ?

— Peut-être que si l'Empire obtient ce qu'il veut – Darujhistan –, il nous laissera filer.

— Certes, mais qui va convaincre le sergent de lâcher l'Empire ?

— On lui démontrera qu'il n'a plus le choix.

Kalam grimpa sur l'appui de fenêtre.

— Encore heureux que je n'appartienne plus à la Griffe. De simples soldats, d'accord ?

Ben le Vif s'effleura la poitrine et disparut.

— D'accord, répondit sa voix désincarnée avec

une pointe d'ironie désabusée. Finies les missions secrètes pour le vieux Kalam.

L'assassin pivota vers l'extérieur du mur et entreprit de l'escalader.

— Ouais. J'ai toujours eu horreur de ça.

— Plus d'assassinats, reprit le sorcier, dont la voix était désormais toute proche.

— Plus d'espionnage, renchérit Kalam en s'agrippant au bord du toit.

— Plus de sortilèges de camouflage.

Kalam se hissa sur la toiture et se figea, à plat ventre.

— Plus de poignards dans le dos, chuchota-t-il.

Il s'assit et fouilla du regard les toits voisins, mais il ne vit rien : ni formes suspectes tapies dans l'ombre, ni brillantes auras magiques.

— Les dieux soient loués, murmura Ben le Vif au-dessus de sa tête.

— Les dieux soient loués, répéta Kalam comme en écho.

Il jeta un coup d'œil par-dessus le rebord du toit. Une flaque de lumière signalait l'entrée de l'auberge.

— Prends la porte de derrière, dit-il. Je vais surveiller celle-là.

— D'accord.

Mais l'assassin se figea.

— Le voilà, dit-il dans un souffle. Tu es toujours là ?

Ben le Vif acquiesça.

Ils regardèrent tous deux la silhouette de Rallick Nom, à présent drapée dans une cape, traverser la rue et s'engager dans une ruelle.

— J'y vais, annonça Ben le Vif.

Une lueur bleu-vert se répandit autour du sorcier. Il s'éleva dans les airs et survola rapidement la rue, ralentissant seulement au-dessus de la ruelle. Kalam se redressa et longea silencieusement le bord du toit. Une fois à l'angle, il examina la toiture du bâtiment contigu avant de sauter.

Il tomba lentement, comme s'il traversait de l'eau, et atterrit sans bruit. Un peu plus loin sur sa droite, l'aura magique de Ben le Vif suivait un itinéraire parallèle. Kalam traversa ce nouveau toit jusqu'au bâtiment suivant. Leur homme avait pris la direction du port.

Kalam continua à se guider avec la lueur dégagée par Ben le Vif, cheminant de toit en toit, tantôt sautant, ailleurs grimpant. Il n'utilisait guère de détours : là où d'autres finassaient, il recourait à la force de ses solides bras et jambes. Cela faisait de lui un improbable assassin, mais il avait appris à exploiter la chose à son avantage.

Ils approchaient désormais du secteur des quais, avec ses vastes hangars et ses rues mal éclairées, sauf près des grandes portes des entrepôts, parfois surveillées par un garde privé. L'air nocturne empestait le poisson et les égoûts.

Enfin, Ben le Vif resta un moment immobile au-dessus d'une cour de stockage, puis il s'empressa de rejoindre Kalam qui attendait en haut d'un bâtiment administratif à deux étages.

— Apparemment, c'est là, dit Ben le Vif, planant un mètre au-dessus de l'assassin. Et maintenant ?

— Il me faut une bonne vue sur cette cour.

— Suis-moi.

Le sorcier le mena à un autre édifice, d'où l'on voyait leur homme. Tapi sur le toit de l'entrepôt, celui-ci regardait en bas dans la cour.

— Tu crois que ça sent le roussi, Kal ?

Kalam eut un reniflement sarcastique.

— Quelle idée ! Prends position, camarade.

— Bon.

Rallick Nom se tenait couché sur le ventre, sa tête dépassant du bord du toit. Devant lui s'étendait la cour plane, grise et vide de l'entrepôt. Ses ombres restaient impénétrables. La sueur baignait le visage de l'assassin.

La voix d'Ocelot s'éleva d'en bas dans l'ombre.

— Il te voit ?

— Oui.

— Et il ne bouge pas ?

— Non. Écoute, je suis sûr qu'il y en a plus d'un. S'il m'avait suivi, je m'en serais aperçu. Ça pue la magie, Ocelot, et tu sais ce que j'en pense.

— Bon sang, Nom ! Si seulement tu te décidais à utiliser les trucs qu'on te donne, tu serais l'un des meilleurs d'entre nous. Enfin, Goule t'emporte… Nous avons des guetteurs et il faudrait vraiment qu'ils aient eu affaire à un sorcier d'exception pour n'avoir rien repéré de magique. Regarde les choses en face, conclut Ocelot, perfide. Il est meilleur que toi. Il t'a bel et bien suivi. Seul.

— Et maintenant ?

— En ce moment même, notre cercle se referme sur lui, gloussa Ocelot. Ton boulot est terminé,

Nom. Ce soir, la guerre va prendre fin. Dans cinq minutes, tu pourras rentrer chez toi.

*

Très loin au-dessus de la ville, un démon battait ses ailes parcheminées, inspectant les toits de ses vertes pupilles reptiliennes. Sa vision détectait aussi bien la magie que la chaleur. S'il n'était pas plus grand qu'un chien, son pouvoir était immense, presque égal à celui de l'homme qui l'avait invoqué cette nuit même. Il aperçut deux auras sur un toit. Celle d'un individu sur qui des sortilèges avaient été jetés et celle d'un sorcier, un très bon sorcier. Sur d'autres toits, formant un cercle irrégulier, des hommes et des femmes s'avançaient vers ces deux-là, trahis tantôt par la chaleur de leur corps, tantôt par des objets imprégnés de sorcellerie.

Jusque-là, le démon s'était laissé porter par les vents d'altitude, plein d'ennui et de ressentiment à l'égard de son maître. Une simple mission d'observation, pour un être aussi puissant que lui... À présent, il sentait toutefois monter en lui une grande soif de sang. Si seulement son maître avait été plus faible ! Il aurait pu briser ses chaînes pour descendre sur les toits, et faire un beau carnage...

Concentré sur la scène sous ses yeux, le démon ruminait ces sombres pensées quand le talon d'une botte percuta violemment l'arrière de sa petite tête ronde. Il tomba en vrille, puis se rétablit et, envahi d'une rage folle, fit face à son agresseur.

Quelques secondes plus tard, il défendait

chèrement son existence même. L'être avec qui il se trouvait aux prises possédait une aura magique aveuglante. Leurs flux d'énergie s'enroulaient tels des tentacules. Pressé par son adversaire, le démon se débattit contre une atroce douleur. Un froid brûlant emplit son crâne, un froid émanant d'une puissance qui lui était étrangère, si étrangère qu'il ne voyait aucun moyen de la contrecarrer.

Tous deux dégringolaient lentement dans le ciel, s'affrontant dans un silence absolu, à l'aide de forces invisibles aux habitants de la ville en dessous. Autour d'eux, d'autres silhouettes munies d'arbalètes descendaient vers l'entrepôt, capes déployées comme des voiles, leurs figures encapuchonnées braquées sur les toits et dissimulées par de noirs masques. Ils furent onze en tout à passer devant le démon et son assaillant. Aucun des onze ne leur prêta la moindre attention, ce qui suscita chez le démon une émotion qu'il n'avait encore jamais ressentie : la peur.

Songeant uniquement à son salut, il s'arracha à l'étreinte de son adversaire et s'envola vers le firmament en poussant un cri aigu. Au lieu de le poursuivre, l'autre rejoignit alors ses onze compagnons dans leur silencieuse descente sur la ville.

Comme ceux-ci s'approchaient du cercle d'hommes et de femmes, l'un d'eux s'écarta du groupe pour se diriger vers les deux cibles des chasseurs. Visant soigneusement, les douze assassins masqués entamèrent un massacre.

*

Hésitant sur la conduite à tenir, Kalam observait l'assassin couché sur le toit. La Guilde attendait-elle qu'il fasse le premier pas ? Un grognement sourd lui échappa. Quelque chose n'allait pas, il le sentait jusque dans ses os.

— Bon sang, Ben, fichons le camp d'ici !

— Attends ! dit la voix désincarnée de Ben le Vif. Oh, mince.

Deux formes brillantes étaient en train d'atterrir derrière leur homme, sur le toit de l'entrepôt.

— Qu'est-ce que c'est que ça ? s'exclama Kalam.

Il sentit alors la toiture vibrer légèrement sous ses mains. Roulant sur le dos, il entendit un carreau d'arbalète le manquer de peu et, entre ses jambes repliées, il aperçut à environ dix mètres une silhouette encapuchonnée qui s'élançait vers lui. Une deuxième silhouette atterrit derrière la première, près de l'autre extrémité du toit.

Kalam fila, se laissant tomber par-dessus la corniche.

Ben le Vif flottait au-dessus de lui. Le sortilège dont il s'était entouré relevait d'une magie de Premier Ordre. Il était ainsi certain de demeurer invisible à ces nouveaux assaillants. Il regarda la silhouette ralentir. Deux dagues luisaient dans ses mains gantées. Elle s'avança ensuite prudemment jusqu'à l'endroit où Kalam avait disparu. Une fois au bord, elle s'accroupit et se pencha en avant. Ben le Vif retint son souffle.

Kalam n'était pas allé bien loin, agrippé à la corniche. Dès que le buste de son agresseur lui dissimula les étoiles, il se redressa d'un seul bras et referma l'autre comme un étau autour du cou de l'inconnu, avant de tirer celui-ci vers le bas tout en levant un genou. Le visage masqué de son adversaire encaissa le choc avec un craquement. Après quoi Kalam, toujours cramponné d'une main à la corniche, secoua une fois le corps inerte avant de l'envoyer s'écraser sur les pavés.

Pantelant, il se hissa de nouveau sur le toit. Tout au bout, le deuxième assassin pivota. Avec un grognement, Kalam se releva et lui fonça dessus.

L'autre recula, apparemment surpris, puis abaissa une main et disparut sur-le-champ.

Kalam stoppa net, dérapant légèrement. Les bras ballants, il scruta les alentours.

— Je la vois, chuchota Ben le Vif.

Kalam décrivit un tour complet sur lui-même, puis se plaça dos au vide.

— Pas moi.

— Elle se démène, expliqua le sorcier. Je n'arrête pas de la perdre. Attends une seconde.

Il se tut.

Attendre ? Au moindre bruit étouffé, Kalam tournait vivement la tête, les mains crispées, le souffle court. Un grondement sourd monta de sa poitrine. Attendre quoi ? De se faire trancher la gorge ?

Soudain, la nuit s'embrasa à grand fracas, et Kalam vit son assaillante lui surgir sous le nez, une dague pointée contre sa poitrine. Des gerbes de fumée et d'étincelles émanaient de cette femme, mais elle n'en semblait nullement affectée. Kalam se contorsionna pour éviter la lame. Mais le poignard fendit sa chemise, perçant la chair, avant de lui déchirer le côté. Un flot de sang tiède jaillit tandis qu'il enfonçait un poing dans le plexus solaire de son adversaire. Suffoquée, elle tituba en arrière, la dague qu'elle tenait dans sa main droite projetant des filets de sang. Kalam fonça et, ignorant son arme, lui assena un nouveau coup de poing dans la poitrine. Il entendit les côtes craquer. Il la frappa au front du plat de l'autre main. Elle s'effondra sur le dos, heurtant le toit avec un bruit sourd.

Aspirant de grandes goulées d'air, Kalam plia un genou.

— Enfin, Ben ! pesta-t-il. Qu'est-ce qui t'a pris de me dire d'attendre ?

Il pressa un pan de sa chemise en boule contre sa blessure.

— Ben ?

Pas de réponse. Kalam se figea, puis se retourna pour scruter les toits inférieurs. Des cadavres gisaient un peu partout. Le toit de l'entrepôt était désormais désert.

Gémissant faiblement, il s'écroula à genoux.

Lors de l'attaque de la femme, il avait entendu quelque chose au milieu des jaillissements de flammes. Une, non, deux déflagrations, très rapprochées : un échange de sorcellerie. Il retint son souffle. Y avait-il eu un troisième assassin ? Un sorcier ? Que Ben le Vif aurait mis hors d'état de nuire à ses propres dépens ?

— Oh, Goule, murmura Kalam, jetant un regard accablé autour de lui.

Pour Rallick, la situation commença à dégénérer

avec un violent coup entre ses omoplates, qui le cloua sur place, le souffle coupé. D'après les élancements dans son dos, il savait qu'il avait reçu un trait d'arbalète, mais le jaseran qu'il portait sous sa chemise avait résisté : si la pointe barbelée du carreau avait bien percé le métal, elle s'en était néanmoins trouvée assez ralentie pour ne pas aller au-delà. Malgré les battements de son sang dans ses oreilles, il réussit à entendre deux séries de pas derrière lui.

La voix d'Ocelot retentit en bas.

— Nom ? Qu'est-ce qui se passe ?

Les pas cessèrent, suivis par le léger déclic d'une arbalète qu'on bandait. Rallick recouvra subitement son souffle et, avec lui, l'usage de son corps. Sa propre arme était à portée de main, toute prête. Il attendit.

— Nom ?

Il perçut un léger frôlement vers la gauche et roula sur le dos, saisit son arbalète, s'assit et tira. L'assassin se trouvait à moins de trois mètres : il fut projeté en arrière et son arme s'envola.

Rallick se souleva à demi et aperçut finalement son second agresseur, loin derrière le premier. L'inconnu s'accroupit, actionna son arbalète. Le trait frappa Rallick en haut de la poitrine, du côté droit puis, ricochant par-dessus sa tête, disparut dans les ténèbres. Le choc lui avait engourdi tout le bras droit. Se remettant péniblement debout, il dégaina un poignard à lame recourbée qui projeta un éclair bleu dans la nuit.

Son adversaire esquissa un pas prudent, puis recula jusqu'à l'autre bout du toit et sauta dans le vide.

— Par le souffle de Goule ! s'exclama près de Rallick la voix d'Ocelot.

L'assassin se retourna, mais ne vit personne.

— Il a repéré mon aura magique, reprit Ocelot. Beau travail sur le premier, Nom. Peut-être va-t-on enfin savoir qui sont ces gens.

— Ça m'étonnerait, répliqua Rallick, les yeux rivés sur le corps inerte qu'un halo incandescent enveloppait à présent.

Ocelot jura en voyant le corps disparaître.

— Un genre de sortilège de rappel, maugréa-t-il.

Il se matérialisa soudain devant Rallick et, le visage déformé par un rictus, promena un regard furieux autour d'eux.

— On leur tend un piège et c'est nous qui prenons la raclée.

Rallick ne répondit pas. Passant une main par-dessus son épaule, il arracha le carreau d'arbalète fiché là et le jeta au loin. Les chasseurs étaient devenus les proies, mais il aurait juré que l'homme qui l'avait pisté n'avait rien à voir avec ces nouveaux venus. Se tournant vers le toit où s'était posté le grand Noir, il vit un brusque éclair de lumière rouge et jaune accompagné d'un double coup de tonnerre. L'éclair s'évanouit, ne laissant que des ténèbres. Mais Rallick avait eu le temps d'apercevoir une silhouette de dos sous le coup d'une attaque bille en tête.

— De la sorcellerie, chuchota Ocelot. Et de haut niveau. Viens, on se tire d'ici.

Ils s'empressèrent de filer par la cour de l'entrepôt.

*

À présent qu'elle avait repéré le petit gros et le Porteur de Pièce, Mes Regrets pouvait les retrouver sans difficulté. Et même si son intention initiale avait été de suivre ce Kruppe, quelque chose avait fini par la conduire vers Crokus. Un vague soupçon, une intuition que les actes de ce garçon étaient, pour l'heure du moins, plus importants que les vagabondages de Kruppe.

Le Porteur de Pièce était le dernier maillon de l'influence d'Oponn et son principal atout. Jusqu'ici, elle s'était bien débrouillée pour éliminer les autres joueurs potentiels : des hommes comme le capitaine Paran, auxiliaire de l'Adjointe et, donc par extension, serviteur direct de l'Impératrice. Il y avait aussi eu ce responsable de la Griffe à Pale, celui qu'elle avait étranglé. D'autres encore avaient été supprimés, mais seulement en cas d'absolue nécessité, sur la route qui l'avait menée aux Brûleurs de Ponts.

Ce garçon devait mourir, elle le savait. Pourtant, quelque chose en elle semblait s'y opposer. Or il s'agissait d'une part d'elle-même qu'elle n'arrivait pas à identifier. Voilà deux ans qu'on l'avait prise sur une route côtière pour faire d'elle une tueuse. Son corps était commode, il avait eu la bonne fortune d'être préservé des traces malencontreuses d'une existence tragique. C'était celui d'une jeune fille – une jeune fille qui ne pouvait rivaliser avec la puissance qui avait submergé, détruit son esprit.

Mais était-il vraiment détruit ? Qu'avait donc éveillé cette pièce en elle ? Et quelle était cette voix qui s'élevait dans sa tête avec tant de force et de détermination ? Elle l'avait déjà entendue lorsque Mésangeai avait prononcé le mot « Voyant ».

Elle s'efforça de se remémorer d'éventuelles relations avec des Voyants au cours des deux dernières années. Mais rien ne lui revint.

Elle resserra sa cape autour de ses épaules. Dénicher le garçon avait été facile, mais comprendre ce qu'il fabriquait était une autre histoire. À première vue, cela ne semblait guère plus compliqué qu'un banal cambriolage. Planté dans une ruelle, il avait longuement scruté une fenêtre allumée au troisième étage d'une demeure, jusqu'à ce que la lumière s'éteigne. Et les ombres surnaturelles dont elle-même s'était enveloppée l'avaient alors empêché de la remarquer tandis qu'il escaladait le mur glissant auquel elle s'appuyait. Il avait d'ailleurs franchi ce mur avec une grâce et une adresse impressionnantes.

Elle s'était ensuite trouvé un autre poste d'observation, avec une bonne vue sur le balcon de la chambre et ses portes coulissantes. Cela avait supposé de pénétrer dans le jardin de la propriété, mais seul un garde y patrouillait. Elle l'avait facilement tué et se tenait à présent sous un arbre, les yeux rivés sur le balcon.

Crokus était déjà en haut. Il avait crocheté la serrure et s'était introduit dans la chambre – assez habilement, elle devait l'admettre. Mais quel voleur aurait ensuite passé près d'une demi-heure dans la pièce qu'il devait dévaliser ? Une demi-heure, et ce n'était pas fini. Aucun signal d'alarme n'avait encore retenti, nulle lumière n'avait jailli derrière d'autres fenêtres, rien ne semblait indiquer que quoi que ce soit eût mal tourné.

Alors, qu'est-ce que Crokus pouvait bien faire là-dedans ?

Elle se raidit en sentant une explosion de sorcellerie dont elle reconnut l'odeur, dans un autre secteur de Darujhistan. Elle hésita, incapable de choisir. Laisser là le garçon pour aller enquêter sur cette nouvelle et redoutable émanation ? Ou rester sur place jusqu'à ce que Crokus réapparaisse ou soit découvert ?

Derrière les portes coulissantes du balcon, elle aperçut soudain quelque chose qui mit un terme à ses hésitations.

*

Transpirant d'angoisse, Crokus devait fréquemment essuyer la sueur qui lui brouillait la vue. Il avait déjoué les nouveaux dispositifs d'alarme – celui du balcon, avec le fil relié au loquet – et s'approchait maintenant à pas de loup de la coiffeuse. Une fois devant, il se figea, paralysé. Quel crétin ! Qu'est-ce que je fiche ici ?

Il écouta la respiration douce et régulière qui s'élevait derrière lui, tel le souffle d'un dragon. Il aurait juré la sentir sur sa nuque. Relevant la tête, il adressa un regard maussade à son reflet. Que lui arrivait-il ? S'il ne partait pas très vite… Il se décida enfin à ouvrir son sac. Puis il jeta un nouveau coup d'œil à son reflet et en aperçut un autre derrière : un visage blanc et rond, qui l'observait du lit.

La fille prit la parole.

— Quitte à les rapporter, j'aimerais autant que tu les remettes à leur place. Le pot à fard va à gauche de la glace, la brosse à cheveux à droite. Tu as aussi mes boucles d'oreilles ? Pose-les juste sur la table.

Crokus gémit. Il avait même oublié de se masquer la figure.

— Ne fais pas un geste, grommela-t-il. J'ai tout rendu et, maintenant, je vais m'en aller. Pigé ?

Ramenant les couvertures autour d'elle, la fille se rapprocha du bord du lit.

— Tes menaces sont sans effet, voleur. Je n'ai qu'à crier pour que le chef des gardes de mon père arrive en quelques secondes. Voudrais-tu affronter son épée avec ton petit poignard ?

— Non, répliqua Crokus, je le presserais plutôt contre ta gorge. Avec toi comme otage, ça m'étonnerait qu'il me brandisse son épée sous le nez.

La fille blêmit.

— En tant que voleur, on te couperait une main. Mais enlever une noble, ce serait le gibet à coup sûr.

D'un air faussement détaché, Crokus haussa les épaules, jetant un regard en coin au balcon et s'efforçant d'évaluer le temps nécessaire pour sortir et regagner le toit. Ce nouveau fil d'alarme était une calamité.

— Ne bouge pas, ordonna la fille. J'allume une lampe.

— Pour quoi faire ? s'enquit Crokus, mal à l'aise.

— Pour mieux te voir.

La pièce s'éclaira alors grâce à une lanterne qu'elle tenait sur ses genoux.

Crokus se rembrunit. Il n'avait même pas remarqué cette lampe, si près du lit. Cette fille sabotait ses plans au fur et à mesure qu'il les échafaudait.

— Mieux me voir ? Quel intérêt ? rétorqua-t-il, hargneux. Contente-toi d'appeler tes sales gardes pour me faire arrêter, qu'on en finisse.

Il sortit le turban de soie de sous sa chemise et le laissa tomber sur la coiffeuse.

— Tiens. C'est tout ce qui restait.

Après un bref coup d'œil au turban, la fille haussa les épaules avec indifférence.

— Il devait faire partie de mon costume pour la fête, mais j'ai trouvé un meilleur déguisement depuis.

— Qu'est-ce que tu me veux, au juste ? s'exclama Crokus, ulcéré.

Cet éclat désespéré parut effrayer la fille. Elle se reprit néanmoins très vite et sourit.

— J'aimerais simplement savoir pourquoi un voleur qui a réussi à s'emparer de tous mes bijoux me les rapporte à présent. Ce n'est pas une pratique courante dans votre confrérie.

— Et pour cause, maugréa Crokus dans sa barbe.

Il fit un pas vers elle, puis s'arrêta en la voyant reculer d'un bond sur le matelas, les yeux exorbités.

— Désolé, dit-il en levant une main apaisante, je ne voulais pas te faire peur. Je voulais juste… mieux te voir, c'est tout.

— Pour quoi faire ?

Il fut bien embarrassé pour répondre. Il ne pouvait décemment pas lui expliquer qu'il était tombé éperdument amoureux d'elle.

— Comment tu t'appelles ? lâcha-t-il enfin.
— Challice D'Arle. Et toi ?
Challice.
— Évidemment, marmonna-t-il. Tu ne pouvais qu'avoir un prénom dans ce genre-là.
Il lui décocha un regard noir.
— Ça ne te regarde pas, comment je m'appelle. Les voleurs ne se présentent pas à leurs victimes.
Elle haussa les sourcils.
— Leurs victimes ? Mais je ne suis plus une victime puisque tu es revenu, non ? D'ailleurs, il me semble que, vu ce que tu viens de faire, tu es plus ou moins obligé de me dire ton nom, poursuivit-elle d'un ton rusé. Mais tu dois être du genre à prendre tes obligations au sérieux, aussi bizarres qu'elles puissent paraître.
Crokus se renfrogna. Que racontait-elle donc ? Que connaissait-elle de ses façons de faire ? Et pourquoi fallait-il qu'elle eût raison ? Vaincu, il soupira.
— Je m'appelle Crokus Jeunemain. Et toi, tu es cette fille du noble D'Arle courtisée par une foule de prétendants. Mais un jour, Challice, tu me trouveras dans leurs rangs, et tu seras la seule à savoir où tu m'as vu pour la première fois. Il s'agira de présentations en règle, et je t'apporterai un cadeau comme il se doit.
Il la dévisagea, horrifié par sa propre tirade.
Challice soutint un moment son regard. Ses grands yeux brillaient d'émotion – une émotion que Crokus désespérait de comprendre. Elle éclata alors de rire, se plaquant aussitôt une main sur la bouche, avant de s'avancer sur le lit.

— Tu ferais mieux de filer, Crokus. On m'a sûrement entendue. Dépêche-toi, et fais attention au fil !

Raide comme un piquet, il se dirigea vers les portes coulissantes. Le rire de Challice avait mis un point final à tous ses rêves. Il se sentait comme mort à l'intérieur, en dehors d'une sorte de ricanement cynique qu'il avait peut-être proféré à voix haute, à en juger par le regard bizarre de Challice. Ses couvertures avaient encore glissé et elle était de nouveau nue. Il s'étonna vaguement qu'elle ne paraisse même pas s'en apercevoir.

Derrière la porte qui donnait sur le couloir, des bruits de voix retentirent.

— Vite, espèce d'idiot ! chuchota Challice.

Quantité de sonnettes d'alarme se déclenchèrent soudain dans la tête du voleur, le tirant de sa torpeur. Il fallait déguerpir et vite ! Enjambant le fil, il fit coulisser la porte. Puis il jeta un coup d'œil en arrière et sourit en voyant Challice remonter les couvertures jusqu'à son menton. Finalement, c'était toujours ça de pris.

On frappa à la porte de la chambre.

Crokus se rua sur le balcon, puis escalada la rambarde. Inspectant le jardin en contrebas, il manqua dégringoler. Le garde avait disparu. Une femme se tenait à sa place. En dépit de son ample cape, Crokus la reconnut : c'était la fille du bar, et elle dardait sur lui un regard sombre qui le transperça de part en part.

La porte de la chambre s'ouvrit. Crokus se secoua. *Maudite soit cette fille ! Maudites soient-elles, toutes les deux !* S'agrippant au rebord de la toiture, il se hissa souplement hors de vue.

*

Un poignard dans chaque main, Kalam demeurait immobile dans une atmosphère lourde et tendue. De longues minutes passèrent. Par moments, il se persuadait qu'il était seul, que Ben le Vif et l'autre sorcier avaient quitté les lieux pour se poursuivre dans le ciel, dans les ruelles ou sur un autre toit. Il captait un son – une brusque inspiration, un froissement d'étoffe sur du cuir – ou encore un souffle d'air lui frôlait la joue par cette nuit sans vent.

Soudain, les ténèbres volèrent en éclats. Deux formes surgirent devant lui, flottant au-dessus de l'édifice. Leur adversaire avait trouvé Ben le Vif et se rua sur lui avec un jet de flammes qui parut l'étourdir.

Kalam bondit en avant pour s'interposer. Ben le Vif disparut, reparaissant aussitôt derrière son agresseur, qu'un éclair bleu jailli de ses mains frappa en plein dos. Vêtements en feu, l'autre culbuta dans le vide.

Ben le Vif pirouetta vers Kalam.

— Vite ! Filons !

Kalam courut, son ami voltigeant auprès de lui. Une fois au bout du toit, il jeta un dernier coup d'œil en arrière. Le mage-assassin avait réussi à éteindre ses habits et recouvrait son équilibre. À l'extrémité opposée du toit, deux de ses camarades étaient apparus.

— Saute, dit Ben le Vif. Je vais les retarder.

— Avec quoi ? s'exclama Kalam, vacillant près du rebord.

Pour toute réponse, Ben le Vif saisit une petite fiole. Il tournoya sur lui-même et la lança violemment.

Kalam sauta en jurant.

La fiole se brisa sur le toit avec un léger tintement. Derrière, les trois assassins se figèrent. Ben le Vif resta sur place, surveillant la fumée blanche qui montait des débris de verre. Une forme se dessinait peu à peu, de plus en plus grande. Elle était presque immatérielle, la fumée s'étirant par endroits en longs filaments pour boucler ailleurs comme de la laine. L'unique chose visible en son sein était deux yeux, deux fentes noires qui considéraient le sorcier.

— Vous n'êtes pas Maître Tayschrenn, dit la créature d'une voix enfantine.

— C'est exact, répliqua Ben le Vif. Mais j'appartiens à ses troupes. Tu restes au service de l'Empire.

Il désigna du doigt l'autre côté.

— Démon, voici trois ennemis impériaux. Des Tistes Andii venus s'opposer à l'Empire Malazéen.

— Mon nom est Perle, déclara doucement le démon korvalah.

Il se tourna vers les trois assassins, déployés le long du bord du toit.

— Ils ne fuient pas, commenta-t-il, légèrement surpris.

S'essuyant le front, Ben le Vif regarda en bas. Kalam l'attendait dans la ruelle.

— Je sais, répondit-il enfin.

Cette constatation l'avait lui aussi troublé. N'importe lequel des Korvalahrais de Tayschrenn pouvait raser une ville s'il le désirait.

— Ils acceptent mon défi, reprit Perle, faisant de nouveau face au sorcier. Dois-je avoir pitié d'eux ?

— Non, dit Ben le Vif. Tue-les, que l'on n'en parle plus.

— Après quoi je retournerai auprès de Maître Tayschrenn.

— C'est cela.

— Quel est votre nom, Sorcier ?

Ben le Vif hésita avant de répondre.

— Ben Adaephon Delat.

— Vous êtes censé être mort, fit observer Perle. Votre nom figure sur les rouleaux contenant la liste des Grands Mages tombés face à l'Empire en Sept-Cités.

Ben le Vif regarda en l'air.

— D'autres arrivent, Perle. Tu vas devoir combattre.

Le démon leva les yeux. Au-dessus de leurs têtes, de brillantes silhouettes descendaient du ciel. Cinq étaient regroupées, une sixième venait derrière. Il émanait de cette dernière une puissance telle que le sang de Ben le Vif se glaça. Elle portait dans son dos un objet long et étroit.

— Ben Adaephon Delat, répliqua Perle d'un ton plaintif, voyez le dernier qui arrive. Vous m'envoyez à ma mort.

— Je sais, murmura Ben le Vif.

— Alors, fuyez. Je les retiendrai assez pour vous permettre de vous échapper, mais pas davantage.

Ben le Vif se laissa glisser vers le sol.

Avant qu'il disparaisse entièrement de sa vue, le Korvalah le rappela.

— Ben Adaephon Delat, avez-vous pitié de moi ?

— Oui, répondit le sorcier avec douceur, avant de se retourner et de plonger dans les ténèbres.

*

Rallick marchait au milieu de la chaussée. Des colonnes couronnées de becs de gaz projetaient sur les pavés mouillés des ronds de lumière bleue. La pluie fine avait repris, nappant tout d'une pellicule luisante. Sur la colline située à droite de l'assassin, derrière les résidences qui bordaient ce côté-là de la rue, les coupoles blafardes du Haut Thalanti scintillaient contre un ciel gris sombre.

Avec ses fondations de plus de deux mille ans, ce temple était un des plus vieux édifices de la ville. Les moines du Thalanti étaient arrivés, comme tant d'autres, sur les ailes de la rumeur. Rallick en savait toutefois moins sur cette histoire que Murillio ou Coll. Un membre de l'un des Peuples Anciens, un individu éminemment riche et puissant, avait – croyait-on – été enseveli dans les collines. Ses lumières s'arrêtaient là.

Mais cette rumeur avait eu bien des conséquences. Sans ces milliers de puits, les cavernes de gaz n'auraient jamais été découvertes. Et quoique nombre de ces puits se fussent effondrés ou eussent été oubliés au fil des siècles, d'autres subsistaient encore à ce jour, désormais reliés entre eux par des tunnels.

Dans l'une des multiples salles qui criblaient le sous-sol du temple, Vorcan, la Maîtresse des Assassins, attendait. Rallick se représenta Ocelot descendant faire son rapport, accablé par le poids de la nouvelle du désastre, et cette image amena un sourire sur ses lèvres minces. Il n'avait jamais rencontré Vorcan, mais Ocelot était tout à fait à sa place dans ces catacombes : juste un des innombrables rats qui grouillaient sous ses pieds.

Un jour, Rallick en était convaincu, il deviendrait lui-même chef de clan. Il aurait des entretiens avec Vorcan, quelque part là-dessous. Il se demanda en quoi cela le changerait, et cette perspective teinta ses pensées d'amertume.

Il n'avait plus d'autre choix. Autrefois, il aurait pu emprunter une autre voie. Mais ces jours-là étaient révolus et son avenir ne comptait plus que des nuits, une plage d'obscurité qui se prolongerait jusqu'aux ténèbres éternelles. Il finirait par rencontrer la Maîtresse de la Guilde. Il lui jurerait une allégeance absolue. Et ce serait tout. La dernière porte se serait enfin refermée sur lui.

Sa révolte face aux injustices disparaîtrait dans les noirs souterrains de Darujhistan. Dans l'exigeante rigueur de ses méthodes d'assassinat, sa dernière victime ne serait autre que lui-même.

Et cela, plus que toute autre chose, faisait du plan qu'il partageait avec Murillio son ultime acte d'humanité. De son point de vue, la trahison était le pire des crimes, car elle recroquevillait tout ce qu'un être avait d'humain en une boule de souffrance. Face à cela, le meurtre lui-même devenait miséricordieux. Il était rapide et mettait un terme aux affres d'une vie sans espoir. Si tout se déroulait comme prévu, Dame Simtal et tous les hommes qui avaient concouru avec elle à la trahison de son mari, le seigneur Coll, périraient. Cela pouvait-il réparer leurs torts, rééquilibrer la balance de la justice ? Non. Mais peut-être cela rendrait-il à un homme sa vie et son espérance.

De son côté, Rallick les avait depuis longtemps perdues et il n'était pas du genre à remuer les braises. Aucune flamme ne pouvait renaître. La vie appartenait à d'autres et le seul pouvoir qu'il conservait sur elle était sa faculté de l'ôter à ces derniers. Quant à l'espoir, il n'était même plus sûr de reconnaître ce lointain fantôme.

À proximité de l'entrée de l'auberge, l'assassin vit Crokus arriver dans l'autre sens. Il accéléra le pas.

— Crokus !

Le gamin tressaillit et s'arrêta après l'avoir reconnu.

Rallick le prit par le bras et, sans un mot, l'entraîna dans la ruelle. Une fois dans l'ombre, il resserra sa prise et fit pivoter l'adolescent face à lui.

— Écoute-moi bien, dit-il d'une voix sifflante, à quelques centimètres à peine du visage d'un Crokus stupéfait. Cette nuit, les meilleurs de la Guilde se sont fait massacrer. Cela n'a rien d'un jeu. Alors, tiens-toi à l'écart des toits. Compris ?

Crokus hocha la tête.

— Bon. Va dire ceci à ton oncle : un membre de la Griffe est en ville.

Les yeux du garçon s'écarquillèrent.

— Et il y a quelqu'un d'autre, poursuivit Rallick. Quelqu'un qui descend du ciel et qui tue tout ce qu'il voit.

— Oncle Mammot ? bredouilla Crokus.

— Oui, répète-lui ça. Et maintenant, ouvre grand tes oreilles. Ce que je m'apprête à te dire est strictement personnel, entre toi et moi. Compris ?

Très pâle, Crokus acquiesça de nouveau.

— Parfait. Continue sur cette voie et tu te feras trouer la peau. Je me fiche de savoir à quel point tout cela te paraît excitant. Ce qui te passionne tant fait le désespoir de beaucoup d'autres. Cesse de te repaître du sang de cette ville. Saigner les autres à blanc n'a rien d'héroïque. Suis-je clair ?

— Oui, murmura Crokus.

Rallick le relâcha et recula.

— Allez, file.

Il poussa le gamin hors de la ruelle, puis le regarda s'éloigner d'un pas mal assuré et disparaître au coin d'une rue. Enfin, sur une profonde inspiration, il dégrafa le col de sa cape, surpris de constater que ses mains tremblaient.

Murillio sortit de l'ombre.

— Je ne jurerais pas que cela va marcher, mais il fallait bien essayer, commenta-t-il en posant une main sur l'épaule de l'assassin. Mon ami, Maître Baruk a du travail pour nous. Et Kruppe tient à ce que nous emmenions Crokus.

Rallick fronça les sourcils.

— L'emmener ? Où ça ? Hors de Darujhistan ?

— J'en ai peur.

— Alors, partez sans moi. Tu n'as qu'à dire à

Baruk que je reste introuvable. La situation ici est devenue critique, y compris pour nos projets.

— Il y a du nouveau ?

— Tu as entendu le message que j'ai chargé Crokus de transmettre à son oncle ?

Murillio fit non de la tête.

— J'ai raté le début. Je t'ai juste vu l'entraîner dans la ruelle.

— Dans ce cas, déclara Rallick, viens donc boire un verre. Ce fut une nuit à réjouir Goule.

Les deux hommes se dirigèrent vers les escaliers de l'auberge. Dans la rue, la lumière de l'aube se devinait à travers le brouillard d'une pluie persistante.

*

Au centre du toit, un large tas de cendres et d'os grésillait faiblement, projetant de temps à autre une sifflante étincelle. Anomander Rake rengaina son épée d'un geste brusque.

— J'ai envoyé ici douze d'entre vous, dit-il à sa voisine drapée de noir, or je n'en vois plus que huit. Que s'est-il passé, Serrat ?

La Tiste Andii était visiblement exténuée.

— Seigneur, nous avons eu affaire à forte partie.

— Au fait, au fait ! s'exclama Rake.

Serrat soupira.

— Jekaral a la nuque brisée et trois côtes cassées. Boruld a le visage en bouillie – nez cassé, pommettes cassées, mâchoire cassée…

— Contre qui se sont-ils battus ? coupa Rake en se tournant vers son lieutenant avec exaspération.

La Maîtresse de la Guilde est-elle enfin sortie de son trou ?

— Non, Seigneur. Jekaral et Boruld sont tombés sous les coups d'un seul homme, qui n'appartient pas à la Guilde locale.

Un éclat dangereux se lut dans les pupilles de Rake.

— La Griffe ?

— Possible. Il était accompagné d'un Grand Mage. Celui qui nous a fait cadeau de ce Korvalah.

— Ce démon sentait l'Empire, marmonna Rake, les yeux rivés au tas fumant qui avait commencé à attaquer la toiture. Un des auxiliaires de Tayschrenn, j'imagine.

Un sourire féroce se dessina sur ses lèvres.

— Le sommeil du Grand Mage de l'Impératrice a dû être troublé, cette nuit…

— Dashtal a reçu un carreau empoisonné, dit Serrat. Un des assassins de la Guilde a réussi à l'atteindre. Seigneur, la campagne de Rumin nous a beaucoup éprouvés. Il nous faudrait du repos. Cette nuit, des erreurs ont été commises. Certains membres de la Guilde nous ont filé entre les doigts et, si vous n'aviez pas répondu à mon appel, nous aurions subi encore plus de pertes pour détruire ce démon.

Les mains sur les hanches, Rake contempla le ciel pâlissant, avant de soupirer.

— Ah ! Serrat, ne me crois pas insensible. Mais nous devons obliger la Maîtresse des Assassins de cette ville à se montrer. La Guilde doit cesser ses activités.

Il dévisagea son lieutenant.

— Ce membre de la Griffe, crois-tu qu'un rendez-vous avec lui était organisé ?

— Pas un rendez-vous, répondit Serrat. Un piège.

Rake hocha la tête.

— Tant mieux.

Il marqua un temps d'arrêt et ses yeux prirent, comme ceux de Serrat, une nuance violette.

— Regagnez Sangdelune, alors. Et veille à ce que la Grande Prêtresse s'occupe personnellement de Jekaral.

Serrat s'inclina.

— Merci, Seigneur, répondit-elle avant de se retourner pour faire signe aux autres.

— Ah ! reprit Rake, assez fort pour être entendu par l'ensemble de son Cadre de Mages-assassins. Une dernière chose. Vous avez bien travaillé. Vraiment. Vous avez mérité de vous reposer. Je vous accorde trois jours et trois nuits à employer à votre guise.

Son lieutenant s'inclina de nouveau.

— Nous prendrons le deuil, Seigneur.

— Le deuil ?

— Le carreau empoisonné a tué Dashtal. Le poison était l'œuvre d'un alchimiste – habile de surcroît. Il contenait du paralt.

— Je vois.

— Rentrerez-vous avec nous ?

— Non.

Serrat s'inclina une troisième fois. D'un même mouvement, les huit Tistes Andii levèrent alors les bras et disparurent. Rake abaissa son regard vers le tas brûlant à l'instant même où celui-ci, achevant de percer le toit, se déversait dans les ténèbres. Un bruit de chute se fit entendre. Contemplant de nouveau le ciel, le seigneur Anomander Rake soupira.

*

Mésangeai fit basculer son fauteuil en arrière pour caler le dossier contre le mur délabré. La petite pièce miteuse empestait l'urine et l'humidité. À la gauche du sergent, deux étroits lits de bois garnis de toile de jute bourrée de paille étaient disposés le long du mur. Les trois autres fauteuils branlants avaient été installés autour d'une unique table au centre de la pièce. Une lampe à l'huile suspendue au-dessus éclairait Violain, Esquive et Maillet en train de jouer aux cartes.

Ils avaient fini au crépuscule, devant l'Hôtel de Majesté. Avant l'alliance avec les Moranths, les saboteurs malazéens n'étaient que des sapeurs, chargés de creuser des tunnels et de défoncer des portes, mais l'alchimie moranthe avait doté l'Empire de toute une gamme d'explosifs et de poudres hyper réactifs, souvent au contact d'un acide lent qui devait ronger les coques d'argile durcie. Le sabotage était devenu un art : l'équation précise entre l'épaisseur de l'argile et la force de l'acide était délicate, et rares étaient ceux qui survivaient assez longtemps pour tirer les leçons de leurs erreurs.

De l'avis de Mésangeai, Esquive et Violain étaient des soldats lamentables. Il n'aurait su dire la dernière fois qu'ils avaient dégainé leurs épées courtes. Si leur formation initiale avait comporté un minimum de discipline, celle-ci s'était totalement désagrégée au fil du temps. Mais, en matière de sabotage, ils n'avaient pas leur pareil.

Les paupières mi-closes, le sergent étudia les trois joueurs. Depuis plusieurs minutes déjà, aucun d'eux n'avait fait un geste ni prononcé un mot.

Un des nouveaux jeux de Violain, sans doute. Il en inventait sans cesse, se moquant des règles. Et malgré d'interminables disputes, il ne se retrouvait jamais à court de participants.

Voilà où mène l'ennui, songea Mésangeai. Mais bien sûr, ce n'était pas la question. L'attente vous rongeait les sangs, surtout quand elle concernait des amis. Kalam et Ben le Vif gisaient peut-être face contre terre dans une ruelle sordide, et cette éventualité était dure à supporter.

Le sergent laissa errer son regard sur le lit où reposaient son armure et sa longue épée. La rouille avait formé sur le haubert endommagé des taches couleur de sang séché. Certaines mailles manquaient. D'autres étaient tordues. Ses os et ses muscles se souvenaient de tous ces accrocs. Chaque entaille, chaque coup le hantaient désormais de douleurs qui le saluaient chaque matin comme de vieilles camarades. Son épée à courte garde, avec sa sobre poignée enrobée de cuir, dormait dans un fourreau de bois recouvert de peau, dont le ceinturon et les courroies pendaient au bord du lit.

Il l'avait découverte au milieu d'un champ de cadavres, au cours de sa première bataille. À l'époque, il avait encore la craie de la carrière paternelle sous ses semelles et un monde d'espérances se déployait devant lui sous les bannières de l'Empire. Cette épée lui était tombée du ciel toute brillante, sans une éraflure sur sa lame effilée, et il en avait fait son propre étendard.

Le regard de Mésangeai se voila. Son esprit avait retrouvé le chemin gris et boueux de sa jeunesse et, dépaysé, il reparcourait cet itinéraire pourtant familier, le regard brouillé par un chagrin impossible à identifier.

La porte s'ouvrit brusquement. Un courant d'air humide s'engouffra, aussitôt suivi par Gogues. Les prunelles charbonneuses du Barghast croisèrent celles du sergent.

Mésangeai se leva pour aller récupérer son épée sur le lit. À la table, les autres restaient concentrés sur leur jeu, même si l'on pouvait lire leur anxiété dans le discret déplacement de leurs sièges. Passant devant Gogues, Mésangeai referma presque entièrement la porte, puis jeta un coup d'œil dans l'entrebâillement. En face, au débouché d'une ruelle, deux silhouettes étaient tapies dans l'ombre. La plus massive s'appuyait lourdement sur l'autre. Mésangeai laissa échapper un léger sifflement.

— Maillet, appela-t-il par-dessus son épaule.

Le guérisseur adressa un froncement de sourcils aux deux saboteurs et reposa soigneusement ses cartes sur la table. Les deux silhouettes traversèrent la rue. La main de Mésangeai glissa sur la poignée de son arme.

— Lequel ? demanda Maillet tout en retapant les couvertures d'un des lits.

— Kalam, répondit le sergent.

Il ouvrit la porte pour laisser passer les deux

hommes, puis la referma derrière eux. Gogues alla se poster à la fenêtre, écartant un coin du rideau pour surveiller la rue.

Affaissé contre Ben le Vif, Kalam était très pâle. Sa chemise gris foncé était trempée de sang. Maillet alla prêter main-forte au sorcier et tous deux soutinrent l'assassin jusqu'au lit. Dès que Kalam fut allongé, le guérisseur fit signe à Ben le Vif de s'éloigner et entreprit d'ôter la chemise du blessé.

Ben le Vif secoua la tête en regardant Mésangeai et s'assit sur le siège occupé un instant plus tôt par Maillet. Il ramassa les cartes du guérisseur, puis fronça les sourcils.

— C'est quoi, ce jeu ?

Ni Esquive ni Violain ne répondirent.

— Aucune idée, dit Mésangeai en allant se placer derrière Maillet. Ils se contentent de regarder dans le vide en restant assis.

La mine de Ben le Vif s'éclaira.

— Ah ! un jeu d'attente, hein Violain ?

S'adossant confortablement au fauteuil, il allongea les jambes. Le guérisseur lança un coup d'œil au sergent.

— Il lui faudra un moment pour se remettre. La blessure est saine, mais il a perdu pas mal de sang.

Mésangeai s'accroupit pour étudier le visage livide de l'assassin. Le regard de Kalam restait vif, concentré sur lui.

— Eh bien ? questionna le sergent. Que s'est-il passé ?

Derrière lui, Ben le Vif répondit.

— On a eu un petit duel entre mages, sur les toits.

Kalam confirma d'un hochement de tête.

Se redressant, Mésangeai observa son sorcier sans aménité.

— Et ?

Ben le Vif se tassa légèrement sur son siège.

— Les choses ont mal tourné. J'ai dû lâcher un démon impérial pour nous tirer d'affaire.

Un silence de mort tomba dans la pièce. À la fenêtre, Gogues se retourna et esquissa un geste tribal de protection.

— Et le démon en question se promène dans la ville ? demanda Mésangeai d'une voix douce.

— Non, répliqua le sorcier. Il est mort.

— Mais sur *qui* êtes-vous tombés ? hurla Mésangeai en levant les bras.

— Je n'en suis pas certain, répondit Ben le Vif. Mais en tout cas, le démon a été expédié en moins d'une minute. Nous n'étions qu'à quelques pâtés de maisons quand j'ai entendu son cri d'agonie. Des mages-assassins, Sergent. Qui descendaient du ciel. Ils avaient l'air de vouloir liquider la Guilde locale.

Mésangeai regagna son fauteuil et s'effondra dessus, faisant gémir le bois.

— Venus du ciel. Des Tistes Andii.

— Oui, marmonna Ben le Vif, c'est ce que nous avons pensé. Leur sorcellerie avait ce parfum-là. Ancienne, sombre, et d'un froid glacial. Kurald Galain.

— D'après ce qu'on a pu voir, Sergent, intervint Kalam, ils ont fait un sacré bon boulot. Pas moyen d'établir le contact. C'était vraiment la pagaille, là-haut.

— La Lune est donc en activité ici.

Mésangeai s'interrompit, puis frappa du poing l'un de ses accoudoirs.

— Pire, le seigneur de la Lune a une longueur d'avance sur nous. Il a prévu que nous tenterions de contacter la Guilde, et que fait-il ?

— Il la supprime, répliqua Kalam. Si ce n'est pas de l'arrogance !

Mésangeai fit la grimace.

— Quelle que soit l'arrogance de ce seigneur, elle n'est pas sans fondement, je le lui accorde. Je me demande quelle est la puissance du chef de la Guilde locale. Suffisante pour s'attaquer à des Tistes Andii ? J'en doute.

— À propos, dit Ben le Vif, pour l'autre truc, ça a marché.

Le sergent le dévisagea quelques secondes, puis hocha la tête.

— Et nous sommes aussi tombés sur Mes Regrets, ajouta Kalam.

Il tressaillit ensuite en sentant Maillet presser une main contre sa blessure. Le guérisseur marmonnait des incantations.

— Ah, bon ? répondit Mésangeai. Je l'ai envoyée suivre un gros bonhomme qu'elle pensait important. Comment ça se fait qu'elle vous ait croisés ?

Ben le Vif haussa les sourcils.

— Elle a donc dit vrai. J'ignore comment elle nous a trouvés, mais elle a retrouvé l'homme que nous cherchions et nous l'a indiqué.

Maillet ôta sa main. À l'emplacement de la blessure, il n'y avait plus qu'une cicatrice rose. Kalam grommela quelques mots de remerciement et s'assit sur le lit.

Mésangeai tambourinait des doigts sur les bras de son fauteuil.

— Si seulement on savait qui dirige cette fichue ville, on pourrait essayer de se débrouiller tout seuls.

L'assassin renifla.

— Si on commençait à descendre quelques membres du Conseil, les vrais dirigeants se manifesteraient peut-être.

Le sergent fronça les sourcils.

— Pourquoi pas ? dit-il, en se relevant. Étudiez la question. Avec cette histoire de démon, le seigneur de la Lune sait maintenant que nous sommes là. Il va falloir faire vite.

Violain adressa un sourire béat à Esquive.

— On pourrait faire sauter l'Hôtel de Majesté.

— Vous avez assez de munitions ? s'enquit Mésangeai.

Violain se rembrunit.

— Eh bien, bon, il doit rester de quoi liquider un hôtel particulier. Mais en récupérant quelques-unes des mines qu'on a enterrées…

— Tout ça devient absurde, soupira Mésangeai. Non, on laisse les choses comme elles sont.

Il observa le jeu de cartes. Aucune n'avait bougé. Le sergent plissa les yeux. Ses hommes essayaient-ils de lui dire quelque chose ?

*

À l'est, des lueurs jaunes et orangées éclairaient l'horizon, projetant des reflets cuivrés sur les briques de Darujhistan. Seule l'eau gouttant des toits brisait le silence, mais les rues n'allaient plus tarder à s'animer. Dans quelques minutes, les fermiers dont les réserves de céréales, de fruits et de tubercules s'étaient épuisées quitteraient la ville avec leurs charrettes et chariots. Et les échoppes et éventaires des marchands s'ouvriraient pour accueillir la première vague de clients.

Dans tout Darujhistan, les Grisvisages s'apprêtaient à refermer les vannes d'alimentation en gaz de l'éclairage des artères principales. Ils se déplaçaient par petits groupes, se rassemblant aux carrefours pour se disperser à la première cloche du jour.

Mes Regrets regarda Crokus gravir avec lassitude les marches de l'entrée d'un immeuble. Elle se tenait un demi-pâté de maisons en arrière, dans une ombre qui, malgré la clarté croissante, semblait réticente à s'effacer.

Un peu plus tôt, la mort du démon impérial l'avait atteinte presque physiquement, la frappant au cœur. En général, les démons s'empressaient de regagner leur domaine dès qu'on les avait assez malmenés pour rompre leurs liens de convocation. Mais le Korvalah n'avait pas été simplement terrassé ou forcé à s'enfuir. Sa disparition avait eu quelque chose d'irrévocable qui avait bouleversé Mes Regrets : une vraie mort. Elle entendait encore dans sa tête l'écho de son cri silencieux, désespéré.

Toute ambiguïté concernant le Porteur de Pièce l'avait abandonnée. Elle le tuerait, elle le savait désormais. Et vite. Mais il lui fallait d'abord percer son mystère : dans quelle mesure Oponn se servait-il de lui ?

Elle savait que Crokus l'avait vue dans le jardin des D'Arle, juste avant de filer par le toit. Les D'Arle étaient puissants. L'idée que Crokus fût embarqué dans une histoire d'amour clandestine avec leur fille paraissait extravagante, mais comment imaginer autre chose ? Restait donc à vérifier si Oponn opérait directement par son intermédiaire pour influencer le Conseil municipal. Mais de quelle influence pouvait bien disposer cette jeune fille ?

Simple question de rang, sans doute. De scandale potentiel. Quelle était donc la position politique du conseiller Estraysian D'Arle ? Même si elle en savait déjà beaucoup sur le contexte politique de Darujhistan, Mes Regrets se rendait compte qu'elle n'en savait pas encore assez pour prévoir les manœuvres d'Oponn. Certes, le conseiller D'Arle était le principal opposant de Turban Orr dans cette histoire de neutralité, mais quelle importance ? L'Empire Malazéen s'en fichait pas mal. À moins que la proclamation ne soit qu'une feinte. Ce Turban Orr cherchait-il à préparer un coup d'État soutenu par l'Empire ?

Les réponses à ces questions ne tomberaient pas tout de suite. Elle devrait faire preuve de patience. Mais la patience était sa principale qualité. Elle avait juste espéré que se montrer une deuxième fois à Crokus, là-bas dans le jardin, déclencherait chez lui un accès de panique ou contrarierait Oponn, si le contrôle du dieu était bien aussi direct que cela.

Elle l'avait ensuite observé, depuis les ombres dont elle s'enveloppait, pendant que l'assassin nommé Rallick le prenait à partie. Et elle s'était aussi attardée pour surprendre la conversation entre Rallick et Murillio. Apparemment, ce garçon avait des protecteurs. Une drôle d'équipe, en admettant que le petit gros, Kruppe, joue le rôle de chef de bande. Découvrir qu'ils allaient emmener Crokus hors de Darujhistan pour le compte de leur « maître » n'avait fait que rendre le mystère plus épais.

Elle savait qu'elle devrait bientôt agir et n'imaginait pas une seconde que la protection assurée par Kruppe et ce Murillio la gênerait beaucoup. Kruppe dissimulait certainement ses talents, mais la violence ne semblait pas son fort.

Elle tuerait donc Crokus hors de la ville. Dès qu'elle aurait découvert la nature de leur mission et l'identité de leur maître. Dès que tous les éléments du puzzle seraient en place.

Le sergent Mésangeai devrait attendre encore un peu son retour. Cette idée la fit sourire. Elle savait que toute l'escouade serait soulagée de son absence. Quant au reste – la menace représentée par Ben le Vif et Kalam – eh bien, chaque chose en son temps.

*

L'atroce migraine de l'alchimiste Baruk commençait à passer. La chose lâchée en ville n'existait plus. Assis dans son fauteuil, Baruk pressait contre son front un morceau de glace enveloppé d'un linge. Il s'était agi d'une évocation, il en était sûr. Ces émanations empestaient la démonerie. Mais il y avait aussi eu autre chose. L'instant précédant la disparition de cette présence, il avait éprouvé un déchirement mental qui avait failli lui faire perdre connaissance.

Il s'était associé à l'ultime cri de la créature et en entendant son propre hurlement, ses hommes d'armes affolés avaient accouru jusqu'à la porte de sa chambre.

Il ressentait au plus profond de lui une sorte d'injustice, comme si son âme avait été meurtrie. Une seconde, il avait entrevu un univers de ténèbres absolues et des sons – le grincement de roues en bois, le cliquetis de chaînes, les gémissements de mille âmes emprisonnées. La vision s'était ensuite dissipée et il s'était retrouvé dans son fauteuil, Roald agenouillé près de lui avec un seau de glace que le vieux serviteur avait monté de la cave.

À présent, de nouveau seul dans son bureau, le contact de cette glace lui semblait tiède comparée à ce qui emplissait son cœur.

On frappa à la porte et Roald entra, les traits creusés d'inquiétude.

— Maître, vous avez un visiteur.

— Comment ? À cette heure ?

Baruk se leva, chancelant.

— Qui est-ce ?

— Le seigneur Anomander Rake.

Roald hésita :

— Et… un autre.

Fronçant les sourcils, Baruk agita une main.

— C'est bon, je vais les recevoir.

— Très bien, Maître.

Rake entra aussitôt, tenant par la peau du cou une créature ailée de la taille d'un chien. Celle-ci se contorsionnait en sifflant et finit par adresser à Baruk un regard implorant.

— Cette chose m'a suivi jusqu'ici, dit Rake. Elle est à vous ?

Interloqué, Baruk ne réussit qu'à hocher la tête.

— C'est bien ce que je pensais, répliqua Rake, relâchant le démon qui s'envola lourdement à travers la pièce pour aller atterrir aux pieds chaussés de pantoufles de l'alchimiste.

Baruk baissa les yeux. Le démon tremblait.

S'installant dans un fauteuil, Rake étira ses longues jambes.

— Une nuit agitée, commenta-t-il.

Sur un geste de l'alchimiste, le démon s'évanouit avec un petit « ploc ».

— En effet, rétorqua sèchement Baruk. J'avais chargé mon serviteur d'une mission. J'étais loin de penser qu'elle vous concernerait.

Il se campa devant le Tiste Andii.

— Comment vous êtes-vous retrouvé au milieu d'une guerre d'assassins ?

— C'est moi qui en suis l'instigateur.

— Quoi ?

— Vous ne connaissez pas l'Impératrice aussi bien que moi, Baruk, sourit Rake.

Le visage de l'alchimiste s'empourpra.

— Expliquez-vous, je vous prie.

Rake se détourna un instant, puis le regarda droit dans les yeux.

— Dites-moi, Baruk, qui, dans cette ville, a le plus de chances de connaître l'existence de votre conseil secret ? Qui tirerait le plus de profit de son élimination ? Et surtout, qui, à Darujhistan, serait capable de vous tuer ?

L'alchimiste ne répondit pas tout de suite. Avec lenteur, il se dirigea vers la table où avait été déployée une nouvelle carte et se pencha dessus.

— Vous pensez que l'Impératrice pourrait s'adresser à Vorcan. Lui proposer un contrat.

— Sur vous et les autres Grands Mages, oui. L'Impératrice a envoyé ici un membre de la Griffe. Sans doute moins pour inspecter les défenses de la ville que pour approcher la Maîtresse des Assassins. Je n'en étais pas absolument certain, mais je tenais à empêcher une telle rencontre.

Baruk continuait à contempler le lavis rouge de la carte.

— Vous avez donc envoyé vos propres assassins contre sa Guilde. Pour contraindre Vorcan à se montrer.

Il pivota vers Rake.

— Et maintenant ? Vous comptez la tuer ? Tout cela sur la base d'un vague soupçon ?

— Cette nuit, répliqua calmement le Tiste Andii, nous avons empêché l'envoyé de la Griffe de contacter la Guilde. Le rapport de votre démon vous le confirmera. D'autre part, vous n'allez tout de même pas prétendre que la mort de Vorcan et l'élimination des assassins locaux seraient une mauvaise chose ?

— Je crains que si.

Baruk s'était mis à arpenter la pièce, luttant contre une indignation croissante.

— Je ne connais peut-être pas l'Impératrice aussi

bien que vous, reprit-il, les dents serrées, mais je connais Darujhistan. Mieux que vous ne la connaîtrez jamais.

Il foudroya Rake du regard.

— Pour vous, cette ville n'est qu'un terrain de bataille supplémentaire dans votre conflit avec l'Impératrice. Vous vous fichez éperdument de savoir ce qui lui permet de survivre, ce qui lui a permis de tenir trois mille ans durant.

Rake haussa les épaules.

— Expliquez-moi.

— Le Conseil municipal a sa fonction, cruciale. C'est en quelque sorte la machine qui fait tourner la ville. L'Hôtel de Majesté est certes un lieu de bassesse, de corruption et de chamailleries sans fin mais, malgré tout, c'est aussi un endroit où se font les choses.

— Quel rapport avec Vorcan et sa bande de tueurs ?

Baruk fit la grimace.

— Comme pour tout chariot lourdement chargé, il faut graisser les roues du Conseil. Sans quelques assassinats, les familles nobles se seraient depuis longtemps anéanties à coups de guerres civiles, entraînant la ville dans leur ruine. L'efficacité de la Guilde garantit en prime une relative limitation des querelles, car de telles effusions font désordre. D'ordinaire, la sensibilité de nos nobles y répugne.

— Voilà qui est insolite, dit Rake. Ne pensez-vous toutefois pas que Vorcan prêterait une oreille attentive à une offre de l'Impératrice ? Laseen a déjà cédé le gouvernement de villes conquises à des assassins.

Le tiers, au moins, de ses Hauts Poings actuels est issu de cette profession.

— Là n'est pas la question ! s'exclama Baruk, la mine sombre. Vous ne nous avez pas consultés, ce qui ne peut être toléré.

— Et vous ne m'avez pas répondu, rétorqua froidement Rake. Vorcan accepterait-elle ce contrat ? Pourrait-elle l'honorer ? Est-elle suffisamment forte pour cela, Baruk ?

L'alchimiste se détourna.

— Je l'ignore. Telle est ma réponse aux trois questions.

Rake le dévisagea.

— Si vous n'étiez réellement qu'un simple alchimiste, peut-être vous croirais-je.

— Et qu'est-ce qui pourrait bien vous inciter à penser que je suis plus que cela ? s'enquit Baruk avec un sourire contrit.

Ce fut le tour de Rake de sourire.

— Rares sont ceux qui oseraient ainsi discuter avec moi. Je n'ai guère coutume d'être traité en égal.

— Bien des voies mènent à l'Ascendance, soupira Baruk. Certaines sont plus subtiles que d'autres.

Prenant la carafe posée sur le manteau de la cheminée, il alla chercher deux coupes de cristal sur les étagères situées derrière son bureau.

— Vorcan est Grand Mage, reprit-il. Nous possédons tous des défenses magiques mais, contre elle…

Il ne termina pas sa phrase et remplit les verres.

Rake le rejoignit puis, saisissant la coupe que lui tendait l'alchimiste, il la leva.

— Je vous présente mes excuses, Baruk. J'aurais

dû vous informer. Pour parler franchement, cela ne m'avait pas paru particulièrement important. Jusqu'à cette nuit, je me suis contenté d'agir en fonction d'une simple théorie. Je n'avais pas envisagé les vagues qu'une neutralisation de la Guilde pouvait causer.

Baruk but son vin.

— Dites-moi, Anomander Rake. J'ai perçu tout à l'heure une présence dans la ville. Une évocation.

— Un des démons korvalah de Tayschrenn, expliqua Rake. Lâché par un sorcier de la Griffe.

Il prit une gorgée du liquide âpre, la savoura un moment, puis l'absorba d'un air satisfait.

— Il est parti.

— Parti ? répéta doucement Baruk. Où cela ?

— Hors de portée de Tayschrenn, répliqua Rake avec un sourire pincé. Hors de portée de quiconque.

— Votre épée, murmura Baruk, réprimant un frisson en se souvenant de sa dernière vision.

Le grincement de roues, le cliquetis de chaînes, les gémissements de mille âmes perdues. Et les ténèbres.

— Oh ! À propos, dit Rake en se resservant. Comme promis, j'ai reçu les têtes des deux sorciers de Pale. J'admire votre efficacité, Baruk. Ont-ils protesté ?

— Je leur ai exposé les termes de l'alternative, répondit-il à voix basse, blême. Et, non, ils n'ont pas protesté.

Le rire étouffé de Rake lui glaça le sang.

*

Kruppe se leva, prêtant l'oreille. Le petit feu continuait à danser devant lui, mais sa chaleur semblait avoir diminué.

— Ah ! soupira-t-il, les mains de Kruppe sont déjà presque engourdies, et pourtant son ouïe demeure toujours aussi fine. Connaît-il la source de ce léger bruit perçu dans les régions inférieures de son rêve présent. En connaît-il la source ?

— Peut-être, dit K'rul.

Surpris, le petit homme se retourna, les sourcils levés.

— Kruppe vous croyait parti depuis longtemps, Ancien. Il est néanmoins heureux de votre compagnie.

Le dieu encapuchonné hocha la tête.

— Tout va bien pour l'enfant Loquevoile. Les Rhivis veillent sur elle et elle grandit vite, comme le veut la nature des Solipris. Un puissant seigneur de guerre la protège désormais.

— Tant mieux, répondit Kruppe dans un sourire.

La lointaine rumeur attira de nouveau son attention. Il scruta vainement les ténèbres.

— Qu'entends-tu, dis-moi ? interrogea K'rul.

— Le passage d'un grand chariot ou quelque chose d'approchant, répliqua Kruppe en fronçant les sourcils. J'entends des roues, des chaînes, et des esclaves gémissants.

— Son nom est Dragnipur, déclara K'rul. Il s'agit d'une épée.

Les sourcils de Kruppe se froncèrent un peu plus.

— Comment un chariot tiré par des esclaves peut-il être une épée ?

— Forgée dans les ténèbres, elle lie les âmes au monde qui existait avant la venue de la lumière. Celui qui la manie, Kruppe, est parmi vous.

Dans l'esprit de Kruppe, le Jeu de Dragons surgit aussitôt avec au premier plan l'image d'un personnage mi-homme, mi-dragon : le Chevalier de la Haute Maison des Ténèbres, aussi connu sous le nom de Fils de Ténèbre. Il brandissait une noire épée aux chaînes de fumée.

— Le Chevalier est à Darujhistan ? s'enquit Kruppe, réprimant un frisson d'angoisse.

— À Darujhistan. Autour de Darujhistan. Au-dessus de Darujhistan. Sa présence attire le pouvoir comme un aimant. Grand est le danger.

L'Ancien Dieu fit face à Kruppe.

— Il s'est ligué avec Maître Baruk et la Cabale T'orrud. Les dirigeants secrets de Darujhistan se sont trouvé un allié, mais c'est à double tranchant. Cette nuit, Kruppe, dans ta ville, Dragnipur a tâté de l'âme d'un démon. Elle ne reste jamais assoiffée bien longtemps, et boira encore avant la fin de tout ceci.

— Quelqu'un peut-il lui résister ? questionna Kruppe.

K'rul haussa les épaules.

— Nul ne le pouvait quand elle fut forgée, mais c'était il y a bien longtemps. Je ne puis répondre pour le présent, Kruppe. J'ai néanmoins une autre information à te donner, assez maigre, je le crains.

— Kruppe vous écoute.

— Ce voyage où t'envoie Maître Baruk, dans les collines gadrobies. La magie des Anciens bouillonne à nouveau. Elle est Tellann – des Imass – mais ce qu'elle touche est Omtose Phellack, l'Ancienne magie des Jaghuts. Tiens-t'en à l'écart, Kruppe. Et surtout, protège le Porteur de Pièce. Le péril qui s'en vient est aussi grand que le Chevalier et son épée, et tout aussi ancien. Avance prudemment, Kruppe.

— Kruppe avance toujours prudemment, ô Ancien.

LIVRE V

LES COLLINES GADROBIES

Derrière ces minces murailles de peaux,
Une enfant assise. Devant elle,
Sur de la soie usée, un Jeu disposé.
Elle ne sait pas encore parler
Et n'a encore jamais vu ces images.
Elle observe une carte isolée
Nommée Obélisque, dont son esprit connaît
La dureté de la pierre grise.
Enterré dans un monticule herbeux,
L'Obélisque se dresse,
Jailli de la terre, liant passé et avenir.
Les yeux de l'enfant sont écarquillés
De terreur, car des fissures sont apparues
Dans la pierre des pierres et l'enfant sait
Qu'il s'est finalement ébranlé.

Renarde Argentée
Éclaireur Hurlochel
6e armée

Chapitre 14

Je vis sur les grèves
Leurs regards insondables
Vouant une guerre éternelle
Au calme murmure
Des mers jaghutes…

La Folie de Gothos
Gothos (né en ?)

907e année du Troisième Millénaire
Saison de Fanderay en l'An des Cinq Défenses
Calendrier malazéen : 1163e année du Sommeil de Brûle
Calendrier t'lan imass : année du Rassemblement, Résurgence Tellann

Au fil des jours, l'Adjointe Lorn sentait son esprit retrouver une certaine clairvoyance. Sa lassitude et son abattement s'estompèrent. L'idée qu'elle pouvait se montrer négligente l'avait toutefois ébranlée. Mais il ne s'agissait pas d'une sensation dont elle était coutumière. Elle ne savait trop qu'en faire et doutait ainsi de sa propre efficacité.

Lorsque les collines gadrobies apparurent, au sud et l'ouest, elle éprouva un besoin urgent et désespéré de recouvrer sa confiance en elle. Sa mission approchait d'une phase cruciale. La réussir lui garantirait aussi sans doute de réussir tout le reste.

Depuis l'aube, elle avait chevauché à bride abattue pour rattraper le retard dû à la lenteur des débuts de son voyage. Ses deux chevaux étaient fatigués, aussi avançait-elle à présent devant eux, leurs rênes passées dans sa ceinture. Et auprès d'elle marchait Outil.

Même si l'Imass évoquait souvent quantité de choses fascinantes, il résistait à toutes ses tentatives pour aborder des questions capitales pour l'Empire et le règne de Laseen.

Celles-ci paraissaient chaque fois renvoyer aux vœux qu'il avait prononcés lors du dernier Rassemblement. Pour les Imass, quelque chose arrivait à terme. Lorn se demandait si cela avait un quelconque rapport avec la libération du Tyran jaghut, et cette idée la troublait.

Mais tant pis. Elle ne laisserait aucune ambiguïté menacer leur mission. Dans cette affaire, elle était le bras armé de Laseen. Dujek et Tayschrenn le lui avaient assez rappelé. Elle-même ne jouait donc aucun rôle dans tout cela – comment aurait-on pu la tenir responsable de quoi que ce soit ?

— Pendant mes années parmi les humains, dit soudain Outil, j'ai fini par me rappeler le passage des émotions à travers le corps et les expressions de votre visage. Vous froncez les sourcils depuis deux jours, Adjointe. Cela revêt-il une quelconque importance ?

— Non, répliqua-t-elle d'un ton sec. Absolument pas.

Jamais faire disparaître de ses pensées tout sentiment personnel ne lui avait paru aussi difficile. Un effet persistant de l'ingérence d'Oponn ? Peut-être l'Imass pouvait-il l'en débarrasser.

— Outil, ce qui compte, comme tu dis, c'est que je n'en sais pas assez sur ce que nous faisons, reprit-elle. Nous cherchons une pierre levée qui marque l'emplacement d'un tumulus funéraire. Mais s'il est possible d'accéder à ce tumulus, pourquoi n'a-t-il pas été découvert depuis longtemps ? Pourquoi trois mille ans de fouilles n'ont-ils pas suffi ?

— Nous trouverons la pierre levée, répondit calmement Outil. Elle indique le tumulus en vérité, mais le tumulus n'est pas là.

Lorn se renfrogna. Des énigmes, toujours des énigmes.

— Explique-toi.

L'Imass se tut un moment.

— Adjointe, je suis issu d'une Garenne Ancienne, connue sous le nom de Tellann. C'est plus qu'une source de magie, c'est aussi une époque.

— Insinuerais-tu que ce tumulus existe à une époque différente ? Est-ce ainsi que tu comptes l'atteindre ? En utilisant ta Garenne Tellann ?

— Non. Il n'existe aucun temps parallèle différent de celui que nous connaissons. Cette époque-là est passée, révolue. C'est davantage une question… d'atmosphère. Adjointe, puis-je poursuivre ?

Lorn pinça les lèvres.

— Les Jaghuts qui ensevelirent le Tyran étaient

issus d'une autre Garenne Ancienne. Mais le terme Ancienne n'a de sens que par rapport à des Garennes plus récentes. L'Omtose Phellack jaghute n'est pas Ancienne par rapport à Tellann. Ce sont les mêmes, elles ont la même saveur, la même atmosphère. Comprenez-vous jusqu'ici, Adjointe ?

Ulcérée par son ton condescendant, Lorn lui répondit malgré tout en grommelant.

— Oui, Outil.

L'Imass hocha la tête avec un craquement d'os.

— Le tumulus n'a jamais été découvert, précisément parce qu'il est Omtose Phellack. Il se trouve dans une Garenne aujourd'hui perdue pour ce monde. Mais je suis Tellann. Ma Garenne touche Omtose Phellack. Je peux l'atteindre, Adjointe. N'importe quel T'lan Imass le pourrait. On m'a choisi car je suis sans Clan. Je suis seul à tous égards.

— En quoi cet aspect est-il important ? s'enquit Lorn, soudain mal à l'aise.

Outil la dévisagea.

— Adjointe, nous essayons de libérer un Tyran jaghut. Un tel être, s'il échappait à notre contrôle ou déjouait nos prévisions, serait capable d'anéantir ce continent. Il pourrait réduire en esclavage tout ce qui y vit, et ne s'en priverait pas si on le laissait faire. Si Logros avait choisi un Jeteur d'Os à ma place, le Jeteur d'Os aurait risqué d'être asservi. Un Tyran jaghut est déjà dangereux seul. Avec un Jeteur d'Os imass à ses côtés, rien ne pourrait plus l'arrêter. Ensemble, ils défieraient les dieux et en tueraient la plupart. Par ailleurs, je suis sans Clan, aussi mon asservissement – s'il devait survenir – ne lierait pas ceux de mon sang.

Lorn dévisagea l'Imass. À quoi songeaient donc Tayschrenn et l'Impératrice ? Comment pouvaient-ils espérer maîtriser cette chose ?

— Ce que tu es en train de me dire, Outil, c'est que tu peux être sacrifié.

— Oui, Adjointe.

Ce qui, s'aperçut-elle, était également son cas.

— Qu'est-ce qui peut retenir ce Tyran ? Comment le contrôlerons-nous ?

— Nous ne le contrôlerons pas, Adjointe. C'est notre pari.

— Comment cela ?

Outil haussa les épaules, ses omoplates s'entrechoquant sous ses fourrures décomposées.

— Le seigneur de Sangdelune, Adjointe. Il sera forcé d'intervenir.

— Il est capable d'arrêter le Tyran ?

— Oui, Adjointe. Même si cela lui coûtera cher, en l'affaiblissant. De plus, il est en mesure de délivrer le châtiment qu'un Tyran jaghut craint le plus.

Une faible lueur s'alluma dans le regard de l'Imass.

— L'esclavage.

Lorn se figea.

— Tu veux dire que le seigneur de la Lune fera travailler le Tyran pour lui ?

— Non, Adjointe. L'asservissement s'opère par la main du seigneur, mais aussi sans lui. L'Impératrice, voyez-vous, sait qui est ce seigneur et ce qu'il possède.

— Il est Tiste Andii. Et Grand Mage, acquiesça Lorn.

Outil émit un rire grinçant.

— Il est Anomander Rake, Adjointe. Fils de Ténèbre. Porteur de Dragnipur.

Lorn fronça les sourcils.

L'Imass avait dû remarquer sa perplexité, car il précisa bientôt :

— Dragnipur est une épée, Adjointe. Issue de l'Âge d'avant la Lumière. Et Ténèbre est la Déesse des Tistes Andii.

Il fallut un bon moment à Lorn pour recouvrer l'usage de la parole.

— L'Impératrice, murmura-t-elle enfin, sait choisir ses ennemis.

Outil lui assena alors une nouvelle révélation, tout aussi stupéfiante.

— Je suis sûr que les Tistes Andii regrettent d'être venus en ce monde.

— Parce qu'ils sont venus d'ailleurs ? D'où ? Comment ? Pourquoi ?

— Les Tistes Andii étaient de Kurald Galain, Adjointe, la Garenne des Ténèbres. Kurald Galain demeura seul, inviolé. La Déesse, leur mère, connut la solitude…

Outil hésita.

— Peut-être que cette histoire est en partie fausse, Adjointe.

— Continue, dit Lorn à voix basse. S'il te plaît.

— Dans sa solitude, la Déesse chercha quelque chose en dehors d'elle-même. Ainsi naquit la Lumière. Les Tistes Andii, ses enfants, se sentirent trahis. Ils rejetèrent leur mère. Certains affirment qu'ils furent bannis, d'autres qu'ils choisirent de quitter son étreinte. Les mages tistes andii ont beau persister à utiliser la Garenne de Kurald Galain, ils n'en font plus partie. Et certains ont embrassé une autre Garenne, celle de Starvald Demelain.

— La Première Garenne.

Outil acquiesça d'un signe de tête.

— À qui ce Starvald Demelain appartenait-il ?

— C'était la demeure de Dragons, Adjointe.

*

Murillio jeta un coup d'œil en arrière et arrêta sa mule sur la route poussiéreuse.

Kruppe et Crokus avaient déjà atteint le carrefour de Tracas. Il se tamponna le front avec son burnous en satin, puis se retourna de nouveau. Coll, courbé sur sa selle, rendait le reste de son petit-déjeuner.

Murillio soupira. Voir Coll sobre était déjà surprenant, mais qu'il eût insisté pour les accompagner confinait au miracle. Se pouvait-il qu'il ait eu vent des projets de Rallick ? Mais non, songea Murillio. Coll les aurait assommés tous les deux sur-le-champ s'il avait eu le moindre soupçon sur leurs agissements.

Si Coll se retrouvait dans le pétrin, c'était bien en raison de son absurde fierté – une fierté que l'alcool n'avait certainement pas fait diminuer. Bien au contraire. L'ami Coll avait même revêtu sa brigandine, avec brassards et jambières. Une épée bâtarde pendait à son épaisse hanche et, avec sa coiffe de mailles et son casque, il aurait tout eu du noble chevalier si ce n'était la teinte verdâtre de sa bouille arrondie. Au demeurant, il était aussi le seul du groupe à s'être dégoté un cheval, à la place de ces maudits mulets récupérés par Kruppe.

Coll se redressa enfin et, adressant à Murillio un pâle sourire, éperonna sa monture pour le rejoindre. Ils reprirent leur route en silence, rattrapant les autres au petit galop.

Comme toujours, Kruppe pontifiait.

— Pas plus de quelques jours, assure Kruppe, explorateur chevronné des immenses friches qui s'étendent au-delà de la scintillante Darujhistan. Aucune raison d'être si morose, mon garçon. Considère ceci comme une formidable aventure.

Se tournant vers Murillio, Crokus écarta vivement les bras.

— Une aventure ? Je ne sais même pas ce qu'on fabrique ici ! Personne ne veut vraiment rien me dire ? Je n'en reviens pas d'avoir accepté un truc pareil !

Murillio lui décocha un grand sourire.

— Allons, Crokus. Combien de fois n'as-tu pas exprimé ta curiosité quant à nos perpétuels déplacements en dehors de la ville ? Eh bien, voilà. Toutes tes questions s'apprêtent à recevoir une réponse.

Crokus se voûta.

— Vous m'avez dit que vous travaillez tous comme agents d'un marchand. Quel marchand ? Je ne vois pas de marchand. Et où sont nos chevaux ? Pourquoi Coll est-il le seul à en avoir un ? Comment se fait-il qu'on ne m'ait pas donné d'épée ni rien ? Pourquoi…

— D'accord ! s'esclaffa Murillio en levant une main. Assez, de grâce ! Nous sommes effectivement les agents d'un marchand. Mais les marchandises à acquérir sont quelque peu inhabituelles.

— Comme l'est d'ailleurs le marchand en question, ajoute chaleureusement Kruppe. Mon garçon, nous sommes des agents en quête d'informations pour le compte d'un employeur qui n'est autre que le Grand Alchimiste Baruk !

Crokus dévisagea longuement Kruppe.

— Baruk. Et il n'a pas les moyens de nous payer des chevaux ?

— Ah ! fit Kruppe, en se raclant la gorge. Eh bien, il y a eu une sorte de malentendu entre l'honnête Kruppe et un propriétaire d'écurie fourbe. Kruppe n'en a pas moins reçu une jolie récompense, économisant ainsi à notre bon maître onze belles pièces d'argent.

— Dont il ne reverra jamais la couleur, marmonna Murillio.

— Quant à une épée, pourquoi mon garçon ? Ne prête aucune attention à Coll, avec sa quincaillerie militaire dégoulinante de sueur. C'est là pure affectation bourrue de sa part. Et la rapière de Murillio n'est qu'une bagatelle décorative, même si le bougre n'hésiterait sans doute pas à prétendre que les émeraudes et autres pierres qui en parsèment la garde visent à lui assurer un bon équilibre ou autre subtilité martiale.

Kruppe adressa un sourire angélique à Murillio.

— Que nenni mon garçon. Les vrais experts en renseignement n'ont que faire d'objets métalliques aussi encombrants. Fi ! nous les dédaignons.

— Admettons, grommela Crokus. Quel genre de renseignements cherchons-nous ?

— Tout ce que peuvent voir ces corbeaux là-haut, répliqua Kruppe en agitant une main. D'autres voyageurs, d'autres entreprises au cœur des collines gadrobies, tout est bon à savoir pour Maître Baruk. Nous observons sans être observés. Nous nous instruisons tout en demeurant pour tous un mystère. Nous remontons aux…

— Te tairas-tu ! gémit Coll. Qui a l'eau ?

Riant sous cape, Murillio décrocha du pommeau de sa selle une cruche d'argile entourée de ficelle et la remit à Coll.

— Une éponge pressée sous le poids de son armure ! fit Kruppe. Voyez cet homme engloutir notre précieuse eau. Voyez-la aussitôt resurgir, saumâtre et crasseuse, sur sa peau fripée. De quels poisons s'est-elle imprégnée ? Kruppe frémit à cette idée.

Sans lui prêter attention, Coll tendit la cruche à Crokus.

— Allons, mon garçon, déclara-t-il. Réjouis-toi. On te paie, et sacrément bien. Avec un peu de chance, nous n'aurons pas d'histoires. Dans ce genre de boulot, crois-moi, plus on s'ennuie, mieux on se porte.

Il décocha un regard irrité à Murillio.

— N'empêche que je me sentirais considérablement plus tranquille avec Rallick.

— Et je ne vaux pas tripette comme remplaçant, hein ? Tu crois que je ne le sais pas, Coll ? Tu crois…

— Ne viens pas me dire ce que je crois, gronda Coll. Personne n'a prétendu que tu devais remplacer qui que ce soit. Tes compétences de voleur nous seront sûrement bien plus utiles que tout ce que je pourrais accomplir. Pareil pour Murillio. Quant à Kruppe, ses talents ne vont pas plus loin que son estomac et ce qu'il lui prend l'envie de fourrer dedans. Rallick et toi avez beaucoup plus de choses en commun que tu ne le penses. Ce qui fait de toi l'homme le plus qualifié ici.

— Sauf l'indispensable cerveau, intervint Kruppe, car telle est ma véritable fonction. Mais un être comme Coll ne saurait comprendre les finesses qui s'y rattachent, tant elles lui sont étrangères.

Coll s'inclina vers Crokus.

— Tu te demandes pourquoi je suis armé jusqu'aux dents ? chuchota-t-il, assez fort pour que tout le monde l'entende. C'est parce que Kruppe est responsable de l'expédition. Et quand Kruppe est responsable de quelque chose, je ne me sens jamais en sécurité à moins d'être paré pour une guerre. Mais si on en arrive à ça, gamin, je saurai bien nous tirer de là vivants.

Il se renversa en arrière pour contempler l'horizon.

— Ce ne serait pas la première fois. Pas vrai, Kruppe ?

— Ces accusations sont ridicules, riposta dédaigneusement l'intéressé.

— Alors, insista Crokus, qu'est-on censés guetter ?

— Nous le saurons quand nous le verrons, répliqua Murillio.

Il désigna du menton les collines, à l'est.

— Nous allons là-haut.

Crokus garda le silence un instant, puis plissa les yeux.

— Les collines gadrobies. Chercherait-on une rumeur, Murillio ?

Murillio se raidit, mais ce fut Kruppe qui prit la parole.

— Absolument, mon garçon. Des rumeurs sur des

rumeurs. Je salue tes astucieuses conclusions. Où est donc passée cette cruche ? La soif de Kruppe devient insoutenable.

*

Le départ de Mes Regrets par la porte de Jammit fut paisible. Suivre le Porteur de Pièce ne présentait aucune difficulté. Elle n'avait pas besoin de l'avoir en vue. Elle percevait la présence de Crokus, de Kruppe et de deux autres sur la route, une lieue après Tracasville. Ils ne semblaient pas du tout pressés.

Quelle que soit leur mission, elle concernait à l'évidence les intérêts de Darujhistan. Mes Regrets était persuadée que ces hommes étaient des espions, vraisemblablement très habiles. Le dandy, Murillio, évoluait dans les milieux nobles avec une aisance doublée d'une séduisante discrétion : la combinaison rêvée pour un espion. Rallick, même s'il ne les accompagnait pas cette fois, devait être leurs yeux et leurs oreilles au sein de la Guilde des Assassins, couvrant ainsi un autre réseau d'influence majeur. L'univers de Kruppe était celui des voleurs et de la populace, où les rumeurs proliféraient comme de la mauvaise herbe. Le troisième homme était clairement un soldat, faisant sans doute office de bras armé du groupe.

Sur le plan humain, ils formaient ainsi une parfaite équipe pour protéger le Porteur de Pièce. Mais insuffisante pour l'empêcher, elle, de le tuer. Surtout en l'absence de l'assassin.

Cependant, quelque chose la tourmentait, la vague

impression que ce groupe se dirigeait vers un danger, un danger qui la menaçait elle aussi. Après avoir traversé Tracasville, Mes Regrets accéléra l'allure. Et dès qu'elle se retrouva seule sur la route, elle ouvrit sa Garenne de l'Ombre pour en emprunter les raccourcis.

*

L'Adjointe ne trouvait décidément rien d'extraordinaire à la colline qui grandissait à vue d'œil. Toutes celles qui l'entouraient la dominaient. Une demi-douzaine de chênes rabougris tordus par le vent s'accrochaient au milieu d'un éboulis de rocs brisés sur l'un de ses versants. Son sommet herbeux était grossièrement aplati, orné de quelques rochers.

Des corbeaux tournoyaient dans l'air lourd et humide, si haut qu'ils ne formaient plus que des taches noires sur un fond grisâtre. Outil la précédait à grandes enjambées, se dirigeant droit vers le pied de la colline. La chaleur de la mi-journée épuisait Lorn et cette léthargie gagna aussi ses pensées. Oponn n'y était pour rien, elle le savait. C'était juste cette terreur envahissante qui imprégnait l'atmosphère, ce sentiment qu'ils étaient en train de faire quelque chose de mal, de terriblement mal.

Jeter ce Tyran jaghut aux mains de l'ennemi de l'Empire, compter sur ce Tiste Andii Anomander Rake pour l'anéantir au prix de grands efforts – et se rendre ainsi vulnérable aux sorcelleries malazéennes – lui paraissait à présent inconsidéré.

Parvenu à la base de la colline, Outil attendit

qu'elle le rejoigne. Aux pieds du guerrier, un rocher gris de moins de trente centimètres de haut dépassait du sol.

— Adjointe, annonça l'Imass, voici la pierre levée qui indique le tumulus.

Lorn haussa un sourcil.

— La roche est presque à nu par ici. Prétends-tu que l'érosion a réduit ce monolithe à sa dimension actuelle ?

— La pierre ne s'est pas érodée, répliqua Outil. Elle se dressait ici avant que des nappes de glace recouvrent la région. Elle se dressait ici quand la plaine rhivie était une mer intérieure, bien avant que ses eaux se limitent à ce qui forme aujourd'hui le lac Azur. Cette pierre est plus haute que nous deux réunis, Adjointe, et ce que vous prenez pour un soubassement de roche dure est en réalité du schiste.

Lorn fut surprise par la pointe de colère qu'elle perçut dans la voix de l'Imass. Mettant pied à terre, elle entreprit d'entraver ses chevaux.

— Dans ce cas, combien de temps allons-nous rester ici ?

— Jusqu'à la fin de la nuit, Adjointe. Demain à l'aube, j'ouvrirai la voie.

Des cris de corbeaux assourdis leur parvinrent. Levant la tête, Lorn observa les taches noires au-dessus d'eux. Ces oiseaux les accompagnaient depuis plusieurs jours. Était-ce anormal ? Impossible à dire. Elle haussa les épaules et entreprit de desseller les chevaux.

Outil demeurait immobile, le regard rivé sur la pierre.

Lorn commença à installer le camp. Elle trouva suffisamment de branches mortes au milieu des petits chênes pour allumer un feu. Le bois était vieux et sec, il produirait sans doute peu de fumée. Le secteur ne paraissait guère fréquenté, mais elle était devenue prudente. Au cours de l'après-midi, elle escalada la plus haute des collines voisines. Son sommet offrait une vue sur des lieues à la ronde. Les éminences continuaient à moutonner vers le sud, s'aplanissant au sud-est jusqu'à un genre de steppe. La plaine de la Catlin se déployait tout à fait à l'est, sans âme qui vive pour autant que Lorn pût s'en rendre compte.

Elle pivota vers le nord. La forêt qu'ils avaient contournée quelques jours plus tôt restait visible, ligne sombre de plus en plus marquée à l'approche des monts Tahlyn. L'Adjointe s'assit, attendant la tombée de la nuit. Alors seulement elle pourrait repérer d'éventuels feux de camp.

Même en fin de journée, la chaleur restait accablante. Pour se dégourdir les jambes, Lorn fit le tour du sommet. Elle découvrit les traces d'anciennes fouilles – des balafres profondes – ainsi que des vestiges des pasteurs gadrobis remontant à l'époque où ces gens fabriquaient encore des outils de pierre. Sur le flanc sud, le sol avait été creusé, non pas en quête d'un tumulus, mais à titre de carrière de pierre. Sous le schiste, on apercevait en effet des arêtes de silex brun incrusté de craie blanche.

Intriguée, l'Adjointe poursuivit ses investigations, descendant dans la cavité. Des éclats de pierre en tapissaient le fond. Une fois en bas, elle s'accroupit pour ramasser un fragment de silex. Il s'agissait de l'extrémité d'une pointe de lance adroitement taillée.

Cette technologie rappelait largement l'épée de calcédoine d'Outil. Lorn n'avait nul besoin de preuve supplémentaire : les humains étaient bel et bien issus de sa race, et ils en avaient hérité tout un univers.

L'Empire faisait partie de cet héritage, qui irriguait les muscles, les os et les cerveaux des humains. Mais cela pouvait aisément s'envisager comme une malédiction. Étaient-ils donc destinés à devenir une sorte de version humaine des T'lan Imass ? N'existait-il rien d'autre que la guerre ? S'y plieraient-ils dans une servitude immortelle, simples pourvoyeurs de mort ?

L'Adjointe s'adossa à la roche patinée. Les Imass avaient mené une guerre d'extermination sur des centaines de milliers d'années. Qui ou qu'avaient été les Jaghuts ? D'après Outil, ils avaient tourné le dos aux empires, aux armées, aux cycles de grandeur et de décadence, de destruction et de renaissance. Ils avaient cheminé seuls, méprisant leurs semblables, méprisant toute communauté, tout grand dessein dépassant leur propre individualité.

Ils n'auraient jamais, comprit soudain Lorn, commencé une guerre.

— Oh, Laseen, murmura-t-elle, les yeux embués de larmes. Je sais pourquoi nous craignons ce Tyran jaghut. C'est parce qu'il est devenu humain, qu'il est devenu comme nous. Il a asservi, détruit, et mieux que nous ne pourrions le faire. Oui, conclut-elle en enfouissant sa tête dans ses mains. Voilà pourquoi nous avons peur.

Elle se tut alors, laissant les larmes ruisseler sur ses

joues, s'insinuer entre ses doigts, rouler sur ses poignets. Qui pleurait par ses yeux ? se demanda-t-elle. Lorn ou Laseen ? Ou bien l'espèce humaine ? Mais quelle importance ? Des larmes identiques avaient déjà coulé et couleraient encore, par d'autres, semblables et pourtant différents. Et le vent les sécherait toutes.

*

Le capitaine Paran lança un coup d'œil à son compagnon.

— Vous avez une théorie là-dessus ? s'enquit-il.

Toc le Jeune gratta sa cicatrice en examinant le corbeau carbonisé qui gisait devant eux.

— Je veux bien être pendu si j'y comprends quelque chose, Capitaine. Mais j'ai compté. C'est notre onzième oiseau rôti en trois heures. À moins qu'ils recouvrent toute la plaine rhivie comme un tapis, on doit être sur la piste de quelqu'un.

Paran acquiesça d'un grognement, puis fit avancer son cheval.

Toc le suivit.

— Et ce quelqu'un a un sale caractère, reprit-il. Ces corbeaux ont l'air d'avoir été grillés de l'intérieur. Par Goule, même les mouches les évitent !

— Autrement dit, commenta Paran d'une voix rauque, il s'agit de sorcellerie.

Toc jeta un coup d'œil au sud, vers les collines. Ils avaient trouvé un sentier de bûcherons qui coupait à travers la forêt de Tahlyn, leur économisant ainsi plusieurs jours de voyage. Mais dès qu'ils avaient regagné la piste marchande, ils étaient tombés sur les corbeaux. Et aussi sur les traces de deux chevaux et d'une paire de mocassins. Cette dernière série d'empreintes ne datait pas de plus de quelques jours.

— Je n'arrive pas à comprendre pourquoi l'Adjointe et cet Imass avancent si lentement, maugréa Toc pour au moins la dixième fois de la journée. Vous croyez qu'elle ne se doute pas qu'elle est suivie ?

— Lorn est une femme arrogante, répondit Paran, étreignant son épée de sa main libre. Du reste, avec cet Imass auprès d'elle, pourquoi s'inquiéterait-elle ?

— Le pouvoir attire le pouvoir, répliqua Toc en grattant de nouveau sa cicatrice.

Ce geste déclencha un nouvel éclair dans sa tête. Par moments, il avait presque l'impression d'entrevoir des images, des scènes dans cette lumière éblouissante.

— Maudites superstitions de Sept-Cités, fulmina-t-il tout bas. Qui s'en soucie, de toute façon ?

Paran lui décocha un regard bizarre.

— Vous avez dit quelque chose ?

— Non.

Toc se tassa sur sa selle. Le capitaine leur avait imposé un rythme infernal. Son obsession allait les épuiser. Même avec la monture supplémentaire, leurs chevaux seraient bientôt fourbus. Et une pensée harcelait Toc. Qu'adviendrait-il s'ils rattrapaient Lorn et l'Imass ? Paran comptait de toute évidence les rejoindre, mu par une soif de vengeance qui avait pris le pas sur tout le reste. Si l'Adjointe mourait ou si sa mission tournait mal, le capitaine n'aurait plus rien à craindre : il pourrait rejoindre tranquillement

Mésangeai et son escouade. À supposer, bien sûr, qu'ils soient encore vivants.

Mais les projets de son compagnon n'étaient pas sans défauts selon lui. Tout d'abord, il y avait le T'lan Imass. L'épée de Paran pouvait-elle en venir à bout ? Jadis, les Imass avaient subi des assauts de sorcellerie d'une frénésie désespérée. Rien n'avait marché. La seule façon d'anéantir un Imass était de le découper en morceaux. Toc doutait fort que l'épée du capitaine en soit capable, même avec l'aide d'un dieu. Mais impossible de lui faire entendre raison désormais.

Ils croisèrent un autre corbeau mort, dont les plumes volaient au vent. Ses entrailles vermeilles avaient gonflé au soleil. Toc gratta encore sa cicatrice et manqua tomber à la renverse en voyant surgir dans son esprit une scène incroyablement nette : une petite forme courait, si vite que ses contours se brouillaient. Des chevaux hennissaient et une énorme déchirure s'ouvrait dans le vide. Lui-même sursautait, comme heurté par une grande et lourde masse, et la déchirure béait, laissant entrevoir de tourbillonnantes ténèbres. Toc entendit son propre cheval hennir et il se retrouva cramponné au pommeau articulé de sa selle.

Devant lui, Paran poursuivait sa route, le dos droit et le regard braqué vers le sud. Il n'avait apparemment rien remarqué. Il jouait d'une main avec le pommeau de son épée.

Toc s'ébroua, puis se pencha pour cracher de côté. Que venait-il donc de voir ? Cette déchirure… comment l'air pouvait-il se déchirer ainsi ? Il eut aussitôt la réponse. Une Garenne. L'ouverture d'une Garenne pouvait en être à l'origine. Talonnant son cheval, il rejoignit Paran.

— Capitaine, on fonce dans une embuscade.

Paran tourna vivement la tête, les yeux brillants.

— Dans ce cas, Toc le Jeune, préparez-vous.

Toc voulut protester mais se ravisa. À quoi bon ? Il dégagea son cimeterre, banda son arc, encocha une flèche. Il jeta ensuite un regard à Paran, qui avait dégainé son épée pour la poser sur ses cuisses.

— Ça viendra en passant par une Garenne, Capitaine.

Paran n'éprouva pas le besoin de mettre sa parole en doute. Il semblait presque impatient.

Toc observa son épée, Hasard. La lumière grise et voilée du jour jouait comme de l'eau sur sa lame polie. D'une certaine manière, elle aussi lui parut impatiente.

Chapitre 15

Quand les Jaghuts chevauchent
Leurs âmes mugissantes
Et chargent sans répit dans
Un farouche tambourinement
Martelant les flots de glace
De leur promesse assurée…
Ce sont les Jaghuts affrontant la nuit
Sur un champ de pierres brisées…

Jaghuts
Pêcheur (né en ?)

Ben le Vif s'était installé dans la cabane, adossé aux pierres du vieux rempart. Les cinq bâtons qui le reliaient à Toupet se dressaient devant lui. La ficelle entre les bâtons était tendue. Gogues était assis face au sorcier, près de l'entrée recouverte d'une peau.

Kalam n'étant pas encore suffisamment rétabli pour accompagner Ben le Vif ou le protéger, il avait donc laissé sa place à Gogues. Le sorcier connaissait le guerrier barghast depuis des années. Il ne comptait plus le nombre de batailles qu'ils avaient menées côte à côte, et chacun d'eux avait plus d'une fois sauvé la peau de l'autre. Mais en fait, il en savait très peu sur Gogues. Il était au moins certain d'une chose : le Barghast était un combattant féroce, aussi habile avec ses haches qu'avec l'épée longue posée sur ses genoux. Et la sorcellerie ne lui inspirait aucune crainte. Il faisait confiance aux fétiches noués dans ses nattes et aux tatouages de guède tracés par le chamane de son clan.

Avec ce qui risquait de leur tomber dessus, ces protections n'avaient rien de superflu.

Gogues le dévisageait dans la pénombre, le regard terne, sans expression.

Ben le Vif dénoua ses mains en les secouant, puis se pencha en avant pour examiner la rangée de bâtons.

— Toupet est tapi dans sa Garenne, annonça-t-il. Il ne bouge pas. Il semble attendre.

Il se redressa et sortit sa dague pour la planter dans la terre battue.

— Alors, on attend, nous aussi. Et on surveille.

— On surveille quoi ? demanda le Barghast.

— Peu importe, répondit Ben le Vif en soupirant. Tu as le bout de couverture ?

Gogues tira d'une de ses manches un morceau de tissu déchiré, puis le remit au sorcier après avoir contourné largement les bâtons.

Ben le Vif posa le fragment de tissu sur sa gauche. Il passa une main dessus en marmonnant quelques mots.

— Rassieds-toi, dit-il enfin à Gogues. Et ne lâche pas ton arme, des fois que ça tourne mal.

Fermant les paupières, il gagna sa Garenne. Une image le fit sursauter.

— Que fait donc Toupet dans la plaine rhivie ? murmura-t-il.

*

Le feu de la vengeance avait envahi Paran, embrasant tout son corps. Oponn avait choisi de se servir de lui : à lui maintenant de se servir d'Oponn, du pouvoir des Jumeaux, de cet effroyable potentiel de destruction qui accompagnait l'Ascendance. Et, comme les dieux, il saurait en user avec sang-froid, même s'il devait traîner Oponn par la peau du cou sur cette plaine pour affronter ce qui les y attendait.

Un murmure de mise en garde lui parvint. Sa conscience ? Toc le Jeune était son ami, peut-être le seul. Sans protection divine, les chances de survie de Toc étaient minces. Paran serait-il responsable d'une nouvelle mort ? Il chassa cette idée. Il était là pour punir le meurtre de Loquevoile. Et l'Adjointe lui avait enseigné l'importance de se concentrer sur un unique objectif.

Oui, mais que t'a appris Loquevoile ?

— Si ça barde trop, Toc, dit-il enfin, filez. Gagnez Darujhistan. Trouvez Mésangeai.

L'éclaireur hocha la tête.

— Si je suis vaincu…

— J'ai compris, Capitaine.

— Bien.

Le silence s'installa entre eux. On n'entendait plus que le martèlement des sabots et le souffle chaud du vent d'ouest, évoquant le sable caressant la pierre.

Les questions tourbillonnaient dans l'esprit de

Paran. L'Adjointe les attendait-elle ? Si elle les reconnaissait, elle n'aurait aucune raison de les attaquer. Lui-même avait été tué et Toc appartenait à la Griffe. Il n'y aurait pas d'embuscade. Lorn sortirait à découvert pour l'interpeller, à coup sûr stupéfaite, mais sans vraiment se méfier.

Dès qu'elle serait suffisamment près, Hasard chanterait. L'affaire serait réglée et ils s'occuperaient de l'Imass ensuite, si besoin. Mais peut-être ce dernier se contenterait-il de quitter les lieux. Sans l'Adjointe, sa mission tomberait à l'eau.

Du moins, le capitaine l'espérait-il. Hasard avait beau être une épée extraordinaire, les T'lan Imass n'en restaient pas moins des créations Anciennes, issues de sorcelleries face auxquelles Oponn faisait figure de nouveau-né.

Paran serrait très fort la poignée de son épée. Sa main lui faisait mal et la sueur ruisselait entre ses doigts. Le contact de Hasard n'était pas différent de celui d'une autre lame. Aurait-il dû s'attendre à autre chose ? Il ne se rappelait pas vraiment de sa passe d'armes contre le Molosse. Mais si cette épée recelait un pouvoir, n'aurait-il pas dû le sentir ? Hasard lui semblait froide, comme un glaçon qui n'aurait pas voulu fondre dans sa paume. À vrai dire, cette arme l'embarrassait, comme s'il était un novice qui la tenait de travers.

D'où pouvait bien provenir sa soudaine perte de confiance ? *Attirer un Ascendant dans l'arène… comment faire au juste ? Évidemment, si Oponn est aussi bien disposé que la dernière fois…* Peut-être était-ce seulement l'effet de la tension liée à l'attente. Et si

Toc s'était trompé ? Paran pivota et ouvrit la bouche pour dire quelque chose.

Un ricanement dément l'interrompit. Il tira brutalement sur ses rênes. Son cheval hennit en se cabrant. L'air parut se déchirer et un souffle froid les balaya. Paran jura en levant son arme. Son cheval hennit encore, mais de douleur cette fois, avant de s'écrouler comme si ses os s'étaient changés en poussière. Paran tomba, lâchant son épée. Sa monture toucha terre avec un bruit de sac de pierres rempli d'huile et bascula sur elle-même, clouant son cavalier au sol.

La corde de l'arc de Toc vibra. Sa flèche se fracassa contre un objet dur.

Se redressant sur un coude, Paran regarda en l'air.

À six ou sept mètres de là, Toupet flottait au-dessus du sol. Paran vit une deuxième flèche l'atteindre, pour se briser elle aussi.

Toupet ricana de nouveau. Braquant son regard fou sur Toc, il fit un geste.

Paran poussa un cri et se retourna juste à temps pour voir Toc tournoyer dans les airs. L'atmosphère se déchira. Le membre de la Griffe plongea à l'intérieur et disparut dans des brumes tourbillonnantes, arrachant à Paran un nouveau hurlement d'horreur impuissante. La déchirure se referma avec un bruit sec, sans laisser la moindre trace.

Le pantin descendit lentement à terre et prit le temps de rajuster son costume en lambeaux, avant de se diriger vers Paran.

— Je pensais bien qu'il pouvait s'agir de vous, Capitaine, déclara-t-il d'un ton railleur. La vengeance n'est-elle pas plus douce que le miel ? Votre agonie sera longue, très longue même, et très, très douloureuse. Imaginez ma joie de vous contempler ainsi !

Prenant appui sur ses jambes, Paran parvint à se dégager. Il roula vers l'épée, la saisit au passage et se remit debout d'un bond.

Toupet l'observa avec un amusement manifeste.

— Cette arme ne peut rien contre moi, Capitaine. Je ne crains même pas une éraflure. Alors, préparez-vous à pleurer.

Submergé par le désespoir, Paran leva son arme. Soudain, Toupet s'arrêta net et pencha la tête.

— Impossible ! gronda-t-il en se tournant vers le nord.

Paran perçut alors ce que le pantin avait déjà entendu : des hurlements de Molosses.

*

Ben le Vif avait assisté, ébahi, à l'embuscade. Que fabriquait donc Paran ? Où était passée Loquevoile ?

— Par la Voie de Goule ! avait-il murmuré, furieux. Quand on parle de perdre le fil !

De toute manière, tout s'était produit trop vite pour qu'il puisse éviter la disparition du compagnon borgne du capitaine. Il rouvrit les yeux et empoigna le bout de tissu.

— Mes Regrets, chuchota-t-il. Mes Regrets, écoute-moi ! Je te connais, je sais qui tu es. Cotillon, Patron des Assassins, la Corde, je t'invoque !

Il sentit une présence s'immiscer dans son esprit, bientôt suivie par une voix masculine.

— Bravo, Sorcier.

— Corde, j'ai un message pour toi, dit Ben le Vif. À transmettre à Ombretrône.

La tension augmenta sous son crâne.

— Un marché a été conclu. Les Molosses de ton seigneur ont soif de vengeance. Je n'ai pas le temps de tout t'expliquer, Ombretrône s'en chargera. Je vais t'indiquer la position de celui qu'il cherche.

Une ironie amusée ourlait la voix de la Corde.

— J'assure le lien entre vous, n'est-ce pas ? Ce qui te permet de rester vivant. Félicitations, Ben le Vif. Peu de mortels ont réussi à éviter la propension de mon seigneur au double jeu. Tu sembles t'être montré plus malin que lui. Très bien, communique-moi ces coordonnées, Ombretrône en sera aussitôt informé.

Ben le Vif indiqua la position exacte de Toupet sur la plaine rhivie, espérant simplement que les Molosses arriveraient à temps. Il avait une foule de questions à poser à Paran et aurait bien aimé le revoir vivant, mais il devait reconnaître que la probabilité était mince.

Pour sa part, il n'avait plus qu'à empêcher la fuite du pantin. Il sourit. Enfin une perspective réjouissante.

*

Onos Out'ilan était accroupi devant la pierre levée depuis l'aube. Lorn avait parcouru les collines avoisinantes une bonne partie de la matinée, ne sachant que faire. Elle avait acquis la certitude qu'ils s'apprêtaient à commettre un acte abominable, dont les conséquences dépassaient largement le simple cadre d'un empire terrestre.

Les T'lan Imass agissaient à une échelle millénaire et leurs desseins n'appartenaient qu'à eux. Mais leur interminable guerre était devenue la sienne. L'Empire de Laseen était un reflet du Premier Empire. Sauf que les Imass menaient un génocide contre une autre espèce, tandis que Malaz tuait les siens. L'humanité ne s'était pas élevée depuis l'âge obscur des Imass. Elle n'avait fait que chuter.

Le soleil était presque au zénith. La dernière fois que l'Adjointe avait vu Outil, une heure plus tôt, le guerrier n'avait toujours pas bougé d'un pouce. Elle gravit une autre colline, à près de cinq cents mètres de la pierre levée, espérant apercevoir à l'ouest le lac Azur.

Arrivée au sommet, elle se retrouva à moins de dix mètres de quatre voyageurs. Difficile de dire qui était le plus surpris, mais Lorn réagit la première, se ruant sur eux, épée tirée.

Deux des voyageurs, un adolescent et un petit homme rondouillard, semblaient pour ainsi dire sans défense. Tous deux, ainsi qu'un individu aux habits vifs tirant une rapière, montaient de simples mulets. Mais ce fut le dernier du groupe qui retint l'attention de l'Adjointe. Armé de pied en cap et juché sur un cheval, il fut le premier à réagir à sa charge, éperonnant sa monture en hurlant tout en dégainant une épée bâtarde.

Lorn sourit en voyant le petit gros incapable d'ouvrir une Garenne. Sa lame d'Otataral fuma un instant avant de lâcher un puissant souffle d'air froid.

Les yeux écarquillés, le gros bonhomme vacilla sur sa selle et roula aussitôt sur la croupe de son mulet, atterrissant lourdement dans la poussière. Le garçon sauta à bas de sa propre monture puis s'arrêta, hésitant entre aider son compagnon et tirer un poignard de sa ceinture. Voyant passer le cavalier en armure, il se décida à foncer vers l'endroit où le petit gros était tombé.

L'homme à la rapière avait mis pied à terre entretemps et s'avançait derrière le cavalier.

Celui-ci brandit d'une main son épée bâtarde audessus de la tête de Lorn.

L'Adjointe ne chercha pas à parer. Elle esquiva en plongeant devant le poitrail du cheval, puis frappa l'homme par la gauche, du côté non armé. Le cheval se cabra. Lorn bondit en avant, entaillant la cuisse du cavalier au-dessus des plates de l'armure. Le tranchant d'Otataral traversa le fer et le cuir aussi aisément que la chair.

L'homme poussa un hurlement de douleur et referma une main gantée sur sa blessure sanglante tandis que sa monture le désarçonnait brutalement.

Lorn l'ignora et s'en prit au duelliste, s'efforçant d'écarter la fine lame de sa rapière pour pouvoir le frapper d'un coup de taille. Mais son adversaire était habile et il se dégagea facilement. Le poids de sa propre épée la déséquilibra et l'autre en profita pour allonger une botte avant que l'Adjointe ait eu le temps de briser son propre élan.

Lorn poussa un juron en allant s'empaler sur la rapière. La pointe passa à travers une maille de son haubert, s'enfonçant dans son épaule gauche. Une douleur cuisante lui transperça le bras. Irritée, elle balança son épée contre la tête de son adversaire. Le plat de la lame atteignit au front l'homme qui s'effondra en arrière comme une poupée de chiffon.

Après un rapide coup d'œil à l'endroit où le cavalier en armure s'évertuait à comprimer sa blessure à la jambe, l'Adjointe se tourna vers les deux derniers voyageurs. Le garçon se dressait devant le petit gros, évanoui. Bien que livide, il tenait dans la main gauche une fine dague et dans la droite un poignard plus épais, rivant sur elle un regard dur.

Lorn se dit qu'elle aurait pu se dispenser d'attaquer ces hommes. Elle était habillée en mercenaire et le T'lan Imass n'était même pas en vue. De simples paroles auraient pu suffire, et elle n'avait jamais aimé répandre le sang. Mais il était trop tard pour y songer maintenant. Elle s'avança lentement.

Le garçon lui adressa la parole en daru.

— On ne vous voulait aucun mal. Laissez-nous tranquilles.

L'Adjointe hésita, surprise. Pourquoi pas finalement ? Elle se redressa.

— D'accord, répondit-elle dans la même langue. Disparaissez avec vos amis.

— Nous allons rentrer à Darujhistan, répliqua-t-il, l'air aussi surpris qu'elle. Nous camperons ici ce soir pour nous remettre, et nous repartirons dès demain matin.

Lorn recula d'un pas.

— Si vous voulez avoir la vie sauve, faites donc ça. Tentez autre chose et je vous tuerai tous. Compris ?

Le garçon acquiesça d'un signe de tête.

L'Adjointe rebroussa chemin vers le nord. Elle allait devoir suivre cette direction un moment avant de prendre vers l'est pour regagner l'endroit où elle avait laissé Outil. Elle n'avait aucune idée de la raison de la présence de ces hommes dans les collines, mais cela n'avait aucun rapport avec elle, ni même avec le tumulus. Tout en s'éloignant, elle vit le garçon se précipiter vers l'homme en armure. De toute manière, ce groupe ne risquait plus de lui causer beaucoup de souci. Le duelliste n'était pas mort, mais il aurait une bonne migraine en revenant à lui. Quant au guerrier, son sort demeurait incertain. Il avait perdu beaucoup de sang. Le petit gros ne s'était peut-être pas rompu le cou mais, en tant que mage, il était inoffensif à proximité d'une épée d'Otataral. Il restait donc le garçon. Depuis quand avait-elle eu à craindre un jeune homme ?

Lorn accéléra l'allure.

*

Après sa surprenante conversation avec Ben le Vif, Mes Regrets avait contacté Ombretrône. Le Seigneur des Ombres s'était emporté avant d'informer la Corde que Ben Adaephon Delat avait été grand prêtre de l'Ombre, et Mes Regrets avait alors partagé sa colère. Cet homme paierait ses nombreuses impostures.

Mais les Molosses d'Ombretrône se tenaient prêts. Mes Regrets était sûre qu'à cette heure, ils avaient terminé leur chasse.

Poursuivant son trajet vers l'est par la Garenne,

elle se heurta à une curieuse résistance croissante. Finalement, elle renonça et sortit dans les collines gadrobies. Il était midi et la petite troupe du Porteur de Pièce avançait à moins d'un kilomètre de là. Mes Regrets s'en rapprocha rapidement jusqu'à les suivre à une centaine de mètres, amassant en cours de route des ombres autour d'elle, même si ceci se révélait de plus en plus difficile. Cela ne pouvait signifier qu'une chose : un T'lan Imass était dans les parages.

Vers où, vers qui le Porteur de Pièce se dirigeait-il donc ? Se pouvait-il qu'elle se soit trompée depuis le début ? Ces hommes étaient-ils des agents de l'Empire Malazéen ? Cette hypothèse battait en brèche l'influence d'Oponn, mais elle peinait à aboutir à une autre conclusion.

Cette journée allait se révéler intéressante.

La petite troupe se trouvait désormais à cinquante mètres. Les quatre hommes gravissaient une colline, avant de disparaître hors de vue de l'autre côté. Accélérant le pas, elle entendit alors des bruits de combat au sommet de l'éminence. Un combat comportant de l'Otataral.

Un éclair de rage la traversa. L'un de ses propres souvenirs se rattachait à l'Otataral, un souvenir très intime. Prudemment, elle se mit en quête d'un point d'observation.

L'échange avait été bref et la troupe du Porteur de Pièce semblait quasiment anéantie. En fait, seul le garçon se tenait encore debout, devant une grande et agile jeune femme qui maniait une épée d'Otataral.

Mes Regrets reconnut l'Adjointe Lorn. Certainement en mission pour sa chère Impératrice, une mission qui comportait un T'lan Imass encore invisible, mais tout proche. Elle surprit aussi leur conversation. Puisque les compagnons du Porteur de Pièce n'étaient apparemment pas des agents de l'Empire, peut-être leur maître à Darujhistan avait-il perçu la présence de l'Imass, les envoyant enquêter ?

Elle finirait bien par découvrir la nature de la mission de l'Adjointe. Mais dans l'immédiat, l'heure était venue de tuer le Porteur de Pièce, d'autant que la présence de l'Imass avantageait Mes Regrets. Les pouvoirs d'Oponn ne pouvaient surmonter l'influence d'une Garenne Tellann. Assassiner le garçon serait facile. Mes Regrets attendit, puis sourit en voyant l'Adjointe Lorn repartir vers le nord. Encore quelques minutes et la Pièce d'Oponn se retrouverait entre ses mains. Aujourd'hui, un dieu risquait bien de mourir.

Dès que Lorn fut assez loin, Crokus se rua vers le guerrier. Avec lenteur, Mes Regrets se releva à demi, puis s'avança en silence, son garrot entre les mains.

*

Les Molosses hurlèrent de nouveau, leurs aboiements impatients de plus en plus forts. Indécis, Toupet s'accroupit, avant de pivoter vers Paran.

— Vous allez devoir attendre encore un peu avant de mourir, Capitaine. Je n'ai aucune intention de me précipiter. Au contraire, je tiens à profiter pleinement de votre trépas.

Hasard moite sous ses doigts, Paran haussa les épaules, surpris de constater que cela ne changeait pas grand-chose pour lui. Si les Molosses ne trouvaient plus le pantin, ils se vengeraient probablement sur lui.

— Tu finiras par regretter cette occasion perdue, Toupet, déclara-t-il. Que la puissance magique de cette épée te soit destinée ou non, j'avais hâte de te débiter en bois d'allumage. Ta sorcellerie est-elle à la hauteur de ma haine ? J'aurais bien aimé le vérifier.

— Oh, on devient courageux ! Que savez-vous de la haine, Capitaine ? À mon retour, je vous montrerai très exactement ce qu'elle peut accomplir.

Le pantin fit un geste et, à quelques mètres de lui, une nouvelle déchirure s'ouvrit dans le vide, exhalant un parfum fétide.

— Foutus clébards, marmonna-t-il avant de courir vers la déchirure. À plus tard, Capitaine.

Dans la cabane, le sourire de Ben le Vif devint acéré. De la main droite, il arracha brusquement la dague du sol et trancha les fils tendus entre les bâtons.

— Adieu, Toupet, chuchota-t-il.

Paran ouvrit des yeux ronds en voyant le pantin s'affoler à plat ventre et lâcher un cri perçant.

— Tiens, fit le capitaine en plissant les paupières. On dirait que quelqu'un t'a coupé les ficelles.

Les Molosses se rapprochaient. Ils n'allaient plus tarder à leur tomber dessus.

— Votre vie, Capitaine ! hurla Toupet. Lancez-moi dans la Garenne et vous aurez la vie sauve, je le jure !

Paran s'appuya sur son épée sans répondre.

— Pion d'Oponn ! reprit Toupet d'un ton

hargneux. Je te cracherais dessus si je le pouvais. Je cracherais sur ton âme !

Le sol vibra et des formes massives contournèrent Paran pour converger en silence vers la marionnette immobile. Le capitaine reconnut Engrenage. Il sentit l'épée répondre à ce défi par un tremblement impatient qui se propagea dans ses bras. La tête d'Engrenage pivota vers lui. Lisant une promesse dans son regard, Paran sourit. *Si quelque chose doit faire sortir Oponn, ce sera bien le combat à venir.*

Toupet hurla une dernière fois.

Une ombre massive balaya la colline. Levant la tête, Paran vit un Grand Corbeau fondre sur eux. L'oiseau croassait de convoitise.

— Navré, lui dit Paran, mais cela m'étonnerait que ses restes soient comestibles.

Trois Molosses commencèrent à se disputer les éclats de bois, tandis que les quatre autres, menés par Engrenage, se tournaient vers Paran.

Le capitaine leva son épée, se préparant à combattre.

— Oui, venez donc – à travers moi jusqu'au dieu qui m'utilise. Laissez-moi une dernière fois entre les mains des Jumeaux. Allons, les Molosses ! Couvrons cette terre de sang.

Les créatures se déployèrent en demi-cercle, Engrenage au centre.

Le sourire de Paran s'élargit. *Approche, Engrenage. J'en ai assez qu'on se serve de moi, et la mort ne me paraît plus si effrayante. Finissons-en.*

Tout à coup, quelque chose s'abattit sur lui, comme si une main cherchait à l'enfoncer dans le sol. Les

Molosses tressaillirent. Le souffle coupé, Paran chancela. Les ténèbres venaient d'obscurcir sa vision. La terre gémit sous ses pieds. Les herbes jaunies de la plaine s'étaient couchées. Puis la pression cessa et un air glacial s'engouffra dans les poumons du capitaine.

— Écartez-vous, ordonna un personnage de haute taille, à la peau noire et aux cheveux blancs, en s'avançant pour faire face aux Molosses.

Paran faillit en lâcher son arme. Un Tiste Andii ?

Celui-ci portait dans son dos une énorme épée à deux mains. Sans esquisser le moindre geste vers son arme, il s'était campé devant les Molosses. Tous les sept se tenaient maintenant alignés mais ils s'agitaient nerveusement, observant le nouveau venu avec méfiance.

Le Tiste Andii décocha un regard à Paran.

— Quoi que vous ayez pu faire pour attirer l'attention des dieux, déclara-t-il en malazéen, c'était malavisé.

— Il faut croire que je n'apprendrai jamais, répliqua Paran.

Le Tiste Andii sourit.

— Dans ce cas, mortel, nous sommes très semblables.

Mortel ?

Les Molosses grondaient en claquant des mâchoires. Le Tiste Andii les observa un moment, puis éleva la voix.

— Assez d'ingérences ! Je te vois, Crucifix, dit-il à un Molosse bardé de cicatrices, au pelage brun mité et aux yeux jaunes. Repars avec les tiens. Va avertir Ombretrône que je ne tolérerai aucune intervention de sa part. Mon combat contre Malaz ne concerne que moi. Darujhistan n'est pas pour lui.

Crucifix était le seul des Molosses à ne pas gronder. Ses yeux flamboyants soutinrent fermement le regard du Tiste Andii.

— Tu as entendu mon avertissement, Crucifix.

Paran vit le Tiste Andii incliner la tête avant de se tourner lentement de nouveau vers lui.

— Engrenage souhaite votre mort.

— La rançon de ma pitié.

Le Tiste Andii haussa un sourcil interrogateur.

— Vous voyez sa cicatrice ? reprit Paran en haussant les épaules.

— C'était une erreur, mortel. Il faut toujours terminer ce que l'on a commencé.

— Je m'en souviendrai la prochaine fois. Et maintenant ?

— Dans l'immédiat, c'est surtout moi qu'ils aimeraient tuer.

— Quelles sont leurs chances ?

— Vous pouvez le deviner en considérant qu'ils semblent hésiter longtemps, vous ne croyez pas ?

Les Molosses attaquèrent soudain, à une vitesse que Paran n'aurait jamais crue possible. Son cœur se serra en voyant le Tiste Andii disparaître au milieu d'un véritable tourbillon. Il recula et un poing de ténèbres explosa derrière ses orbites avec un claquement de chaînes gigantesques, un gémissement d'immenses roues de bois. La douleur atroce l'obligea à fermer les yeux. Quand il les rouvrit, le combat était fini. Le Tiste Andii tenait encore son épée, dont la lame noire luisait de sang – un sang qui bouillait et se changeait en cendres. Deux Molosses gisaient à ses pieds, l'un à sa droite, l'autre à sa gauche. Les sanglots du vent balayaient l'étendue herbeuse de leur souffle glacé.

Paran vit que l'un des Molosses avait été quasiment décapité tandis que le second arborait une grande entaille à la poitrine. Cette dernière blessure ne semblait pas mortelle, mais les yeux de la créature – l'un bleu, l'autre jaune – contemplaient aveuglément le ciel.

Crucifix glapit. Les autres reculèrent.

Paran sentit un goût de métal dans sa bouche. Il cracha et s'aperçut que du sang coulait de l'une de ses oreilles. Son mal de crâne reculait peu à peu. Il leva les yeux alors même que le Tiste Andii pivotait vers lui. Lisant la mort dans son regard, Paran recula d'un pas et leva à demi son épée, mais cet effort finit de le priver de ses forces. Il regarda ensuite sans comprendre le Tiste Andii secouer la tête en murmurant.

— Un instant, j'ai cru… Non, je ne vois plus rien.

Paran chassa des larmes brûlantes en battant des paupières et s'essuya les joues. Il tressaillit en s'apercevant que ces larmes avaient laissé sur son avant-bras une traînée rose.

— Vous venez de tuer deux Molosses de l'Ombre, fit-il observer.

— Les autres se sont retirés.

— Qui êtes-vous ?

Le Tiste Andii ne répondit pas, rivant de nouveau son attention sur les Molosses.

Un nuage d'ombre se formait, de plus en plus épais en son centre. Bientôt, il se dissipa, laissant place à une silhouette translucide drapée de noir. Celle-ci gardait ses mains dans ses manches. Seules les ombres occupaient son capuchon.

Le Tiste Andii posa au sol la pointe de son épée.

— Ils avaient été prévenus, Ombretrône. Je veux qu'une chose soit claire. Peut-être es-tu de taille à l'emporter contre moi, surtout si ta Corde est dans les parages. Mais je te promets que ce ne sera pas sans dommage, d'autant que d'autres me vengeront. Ton existence pourrait devenir très inconfortable. Pour le moment, je n'ai pas encore perdu patience. Renonce à toute influence de ton Domaine sur ce qu'il se passe ici et je m'en tiendrai là.

— Je ne suis pas impliqué, répliqua tranquillement Ombretrône. Mes Molosses ont trouvé la proie que je cherchais. La chasse est terminée.

Le dieu se pencha pour examiner les deux créatures mortes.

— Terminée à jamais pour Bistre et pour Ganrod.

Il releva la tête.

— Aucune libération n'est-elle possible pour eux ?

— Aucune. Pas plus que pour qui essaierait de les venger.

Un soupir fusa des ténèbres encapuchonnées du visage du dieu.

— Ah ma foi… comme je te l'ai dit, je ne suis pas impliqué. Contrairement à la Corde.

— Rappelle-le, ordonna le Tiste Andii. Sur-le-champ.

— Il en sera sérieusement contrarié, Anomander Rake. Ses projets dépassent de beaucoup le cadre de Darujhistan. C'est le trône malazéen qu'il cherche à atteindre.

Anomander Rake… Paran se rappela les conclusions auxquelles était parvenue Loquevoile après avoir consulté son Jeu de Dragons. *Le Chevalier de la Haute Maison des Ténèbres, le Fils de Ténèbre, le seigneur dont la noire épée traînait d'effroyables chaînes – le maître de Sangdelune*, c'est du moins ce qu'elle pensait. *Elle avait vu tout cela venir : cet instant même, l'affrontement entre l'Ombre et les Ténèbres, le sang versé…*

— Je mène mes propres batailles, gronda Rake. Et j'aime autant avoir affaire à Laseen sur le trône malazéen qu'à un serviteur de l'Ombre. Rappelle-le.

— Un dernier détail, insista Ombretrône en laissant échapper un petit gloussement. Je ne suis absolument pas responsable de ce que la Corde pourrait entreprendre contre toi.

Rake répondit avec une pointe d'ironie.

— Convaincs-le de suivre la voie de la sagesse, Ombretrône. Vos petits jeux m'insupportent. Si je suis contrarié, que ce soit par toi, par tes Molosses ou par la Corde, je ne ferai aucune distinction. J'attaquerai le Domaine de l'Ombre et tu pourras toujours essayer de m'arrêter.

— La subtilité n'est pas ton fort, soupira le dieu. Bon, très bien.

Il s'interrompit. Des ombres tourbillonnèrent autour de lui.

— Je l'ai rappelé. Arraché de force, pour ainsi

dire. Le terrain t'appartient de nouveau, Anomander Rake. L'Empire Malazéen est tout à toi. De même qu'Oponn.

— Oponn ?

Rake pivota lentement la tête et Paran, croisant son regard bleu et froid, se sentit sur le point de défaillir. Le regard du Tiste Andii s'arrêta ensuite sur Hasard, puis de nouveau sur Ombretrône.

— Pars, dit Rake. La question est réglée.

Ombretrône s'inclina.

— Pour le moment.

Il leva les bras et des ombres se rassemblèrent autour de lui. Les Molosses encore vivants l'encerclèrent, laissant sur place leurs congénères morts. Les ombres s'épaissirent, les dissimulant bientôt entièrement. Lorsqu'elles se dissipèrent, le dieu et ses Molosses avaient disparu.

Paran dévisagea le Tiste Andii. Enfin, au bout d'un moment, il haussa les épaules.

Rake haussa les sourcils.

— Est-ce là votre seule réaction ? Suis-je en train de parler directement à Oponn ? Tout à l'heure, j'ai cru percevoir une présence, mais en y regardant de plus près… rien.

Il reprit son épée pour la braquer sur Paran.

— Oponn, te caches-tu à l'intérieur ?

— Pas que je sache, dit Paran. Apparemment, Oponn m'a sauvé la vie ou disons plutôt qu'il me l'a rendue. J'ignore pourquoi, mais on m'a dit que je suis devenu son instrument.

— Vous rendez-vous à Darujhistan ?

Paran acquiesça d'un signe de tête.

— Puis-je m'approcher ? demanda Rake en rengainant son épée.

— Pourquoi pas ?

Le Tiste Andii s'avança et posa une main sur sa poitrine. Paran ne ressentit rien de fâcheux. Rake recula.

— Oponn vous a sans doute habité, mortel, mais les Jumeaux semblent s'être retirés bien vite. Je perçois leur trace, mais aucun dieu ne vous contrôle à présent.

Il hésita.

— Ils vous ont traité… cruellement. Si Caladan Rumin était ici, il pourrait vous guérir. En tout cas, vous n'êtes plus l'instrument d'Oponn.

Ses yeux bleus étaient maintenant aussi clairs que l'azur du ciel.

— Mais votre épée l'est.

Un cri rauque retentit et tous deux virent un Grand Corbeau s'abattre sur le cadavre de l'un des Molosses. L'oiseau arracha un œil, qu'il goba goulûment. Paran réprima un haut-le-cœur. L'énorme oiseau sautilla ensuite vers eux.

— Maître, je crains que l'épée de cet homme ne soit pas l'unique instrument d'Oponn.

Paran secoua la tête. La seule chose qui l'étonnait encore, c'était que plus rien ne l'étonnait. Il rengaina son épée.

— Explique-toi, Mégère, dit Rake.

Le corbeau pencha la tête vers Paran.

— Ici, Maître ?

Rake fronça les sourcils.

— Peut-être pas.

Il se tourna de nouveau face au capitaine.

— Gardez cette arme jusqu'à ce que votre chance tourne. À ce moment-là, si vous êtes encore en vie, brisez-la ou donnez-la à votre pire ennemi.

Un sourire éclaira ses traits.

— Pour l'heure, votre chance semble tenir.

— Je suis libre de partir ? hésita Paran.

Le seigneur Anomander Rake hocha la tête.

Le capitaine regarda autour de lui, avant de se mettre en quête de chevaux survivants.

Quelques minutes plus tard, Paran tomba à genoux, prenant enfin conscience de toute l'horreur de la situation. Toc avait disparu. Tout cela parce que lui-même l'avait entraîné dans sa stupide traque. Il tourna vers le ciel un regard vide. Il avait décrété que Toupet était son ennemi. Il avait fait de la mort de Lorn son but ultime. Comme si ces deux choses pouvaient soulager l'angoisse qui l'étreignait, apaiser la douleur causée par la perte. *Mais le démon est en moi !*

Oponn avait agi cruellement… Qu'avait donc voulu dire Rake ? *Était-ce mes pensées ou celles du dieu ? Regardez-moi : chacun de mes actes semble une quête désespérée pour trouver quelqu'un à blâmer, toujours quelqu'un d'autre. J'ai fait de mon instrumentalisation par un dieu une excuse, une justification me permettant de ne pas réfléchir, de me contenter de réagir. Et d'autres en sont morts.*

Mais Rake avait aussi décrété qu'il fallait terminer ce qui avait été commencé. Ses propres démons devraient attendre. Il ne pouvait plus reculer. Il avait seulement eu tort de croire que ce qu'il avait projeté mettrait fin à sa souffrance. Ajouter le sang de Lorn à celui qui maculait déjà ses mains ne lui procurerait nullement ce qu'il cherchait.

Il se releva et saisit les rênes des deux chevaux rescapés, retournant avec eux sur les lieux du combat. Le Tiste Andii avait disparu. Il restait encore les Molosses, sombres tas inertes se détachant sur l'herbe jaune. Lâchant les rênes, Paran s'approcha de l'un d'eux. Du sang coulait toujours de sa poitrine. Le capitaine s'accroupit, laissant courir une main sur le pelage de l'animal. *Tu vois où mènent les désirs de meurtre ? Par le souffle de Goule, tu étais pourtant une bête splendide !* Ses doigts effleurèrent le sang et Paran eut un mouvement de recul. Trop tard. Quelque chose coula le long de son bras, se répandant dans tout son corps. Il sombra alors dans les ténèbres, environné d'un cliquetis de chaînes tendues.

Il se retrouva en train de marcher, et il n'était plus seul. Dans l'obscurité, il parvint à distinguer des silhouettes, reliées chacune à de longues chaînes de fer et courbées comme pour tirer un poids immense. Sous leurs pieds, le sol était nu, minéral. Les ténèbres dominaient les cieux. Derrière le grincement continu des chaînes résonnait un bruit plus sourd et Paran en percevait la vibration à travers les semelles de ses bottes. Il recula vers la source de ce bruit, longeant des formes enchaînées. Beaucoup n'étaient pas humaines. Une masse se profila enfin, énorme et vacillante. Il s'agissait d'un chariot incroyablement gigantesque monté sur des roues de bois bien plus hautes qu'un homme. Paran s'en rapprocha, mu par une irrésistible envie de découvrir ce qu'il transportait.

Une chaîne le déséquilibra soudain en le frappant au niveau de la poitrine. Un hurlement déchirant retentit juste au-dessus de lui. Des griffes s'enfoncèrent dans son bras gauche, le clouant au sol. Une autre chaîne le frappa dans le dos. Il se débattit en sentant s'insinuer sous son menton une truffe humide et des crocs puissants. Les mâchoires s'ouvrirent et se figèrent au niveau de sa gorge.

Pétrifié, Paran attendait la morsure fatale. Mais la gueule lâcha prise. Levant la tête, le capitaine se retrouva nez à nez avec le Molosse aux yeux vairons. Un énorme collier de fer lui encerclait le cou. L'animal s'écarta d'un bond. La chaîne coincée sous Paran se tendit brusquement, le projetant en l'air. Il sentit plus qu'il n'entendit le chariot gémir, quand il atterrit lourdement devant l'une des roues en bois.

Quelqu'un l'empoigna par le col de sa cape et l'écarta de la route du chariot. Tant bien que mal, le capitaine se remit debout.

Une voix se fit soudain entendre.

— Un homme qui s'est attiré la pitié de Molosses et qui se promène ici sans entraves mérite qu'on lui adresse la parole. Marchez donc avec moi.

L'ombre d'un capuchon dissimulait les traits de l'inconnu. Il était grand et vêtu de haillons. Après avoir relâché Paran, il s'était remis à tirer sur sa chaîne.

— Jamais encore, cette prison n'avait été mise à si rude épreuve.

Une nouvelle embardée du chariot, due aux efforts

frénétiques des Molosses pour s'enfuir, lui arracha un sifflement réprobateur.

— J'ai bien peur que tout se renverse.

— Et si c'est le cas ?

L'inconnu tourna la tête et Paran aperçut l'éclat d'une rangée de dents.

— Ça deviendra plus dur de tirer.

— Où sommes-nous ?

— Dans la Garenne intérieure de l'Épée. Dragnipur ne vous a-t-elle pas ôté la vie à vous aussi ?

— Dans ce cas, ne serais-je pas enchaîné comme les autres ?

— Exact. Que faites-vous donc ici ?

— Je l'ignore, avoua Paran. J'ai vu l'épée de Rake tuer les Molosses. Et j'ai touché le sang de l'une des bêtes mortes.

— D'où leur trouble… Elles vous ont d'abord pris pour l'une d'elles. Vous avez été sage de vous soumettre devant ce Molosse.

— J'étais trop terrorisé pour bouger, vous voulez dire.

L'inconnu éclata de rire.

— Quand bien même.

— Comment vous appelez-vous ?

— Les noms ne veulent rien dire. Rake m'a tué, il y a longtemps. Cela suffit.

Paran se tut. *L'éternité, enchaîné ici, à tirer sans fin. Et je lui demande son nom. Pourrais-je jamais trouver le moyen de m'excuser ?*

Le chariot projeta de la terre autour de lui. Des silhouettes s'écroulèrent en gémissant. Furieux, les Molosses se mirent à hurler.

— Par le souffle de Gethol ! hoqueta l'inconnu. Cesseront-ils jamais ?

— Je crains que non, répliqua Paran. Est-il possible de briser ces chaînes ?

— Non. Personne n'a encore réussi, en tout cas. Il y a même des dragons parmi nous. Mais ces Molosses… C'est incroyable, soupira-t-il, j'ai déjà la nostalgie de la tranquillité qu'ils ont perturbée.

— Peut-être que je peux vous aider.

L'inconnu lâcha un rire bref.

— N'hésitez pas, je vous en prie.

Paran se dirigea vers les Molosses. Il n'avait aucune idée précise en tête.

Mais moi seul ne porte pas de chaînes. Cette idée lui arracha un sourire. *Pas de chaînes. Je ne suis l'instrument de personne*. Songeur, il poursuivit sa route, dépassant des formes arc-boutées qui avançaient pas à pas, certaines silencieuses, d'autres marmonnant à voix basse. Aucune ne leva la tête vers lui. Un halètement animal lui parvint enfin.

— Molosses ! cria-t-il. J'aimerais vous aider.

Au bout de quelques instants, il les vit. Du sang recouvrait leurs épaules et leur poitrine, les colliers les ayant cruellement mutilés. Tous deux tremblaient. Leurs yeux, à la hauteur de ceux de Paran, croisèrent son regard avec une détresse si profonde, un air si troublé, que le cœur du jeune homme se serra. Il tendit la main vers le Molosse aux yeux vairons.

— Je voudrais examiner vos colliers, vos chaînes. Chercher un défaut.

L'animal cheminait près de lui. Ils ne cessaient

d'avancer car le chariot ne s'arrêtait jamais. Paran parcourut le collier des mains, en quête d'un joint. Peine perdue. Le premier maillon et le collier semblaient faits d'une seule pièce. Même s'il ne connaissait pas grand-chose au travail des métaux, Paran supposait que ce point d'attache manifesterait déjà des signes d'usure. Mais le bout de ses doigts n'en décela aucun. Le fer n'était pas même éraflé.

Il s'écarta du Molosse et fit courir ses doigts le long de la chaîne, s'interrompant en notant que le deuxième animal surveillait le moindre de ses gestes. Du Molosse au chariot, sur plus de soixante-dix brasses, il palpa chaque maillon à la recherche d'une altération, d'un dégagement de chaleur, d'un défaut. Rien. Parvenu près du chariot, Paran se rangea derrière une roue. Elle était en bois massif et présentait quelques petits trous et entailles, mais rien de bien marquant. La caisse du chariot faisait plus de six mètres de haut. Ses ridelles grisâtres, desséchées, affichaient des interstices de la largeur d'une phalange. Paran eut un mouvement de recul en voyant dépasser de ces fentes quantité de doigts squelettiques, qui se tortillaient en vain.

Le capitaine se concentra ensuite sur le châssis du chariot, sous les ridelles. Là, le bois était noir, luisant de poix. D'innombrables chaînes se rejoignaient, avalées par le bois. Au toucher, le cadre paraissait massif. Les maillons des chaînes semblaient toutefois passer au travers. Ce qui les retenait devait donc se trouver plus loin. Paran emplit ses poumons d'air froid et renfermé, puis plongea sous le chariot.

Le longeron mesurait une douzaine d'empans

de largeur. Une condensation incessante s'écoulait de sa face inférieure enduite de goudron. Sur le bord interne, Paran retrouva les chaînes, en saisit une et la suivit. Les maillons se refroidissaient peu à peu, tout comme l'air lui-même. La brûlure du froid obligea bientôt le capitaine à lâcher le lien. L'eau qui dégoulinait sous le chariot se changeait en cristaux de glace. Deux pas plus loin, les chaînes étaient englouties par un puits de ténèbres absolues, où battait un cœur glacé. Paran ne put s'approcher davantage. Avec un sifflement contrarié, il se mit à marcher parallèlement à ce trou noir, se demandant que faire. À supposer qu'il puisse briser une chaîne, comment savoir lesquelles retenaient les Molosses ? Quant aux autres… La justice d'Anomander Rake, aussi froide et implacable qu'elle soit, ne semblait pas arbitraire. Rompre une chaîne risquait de renvoyer d'antiques abominations dans le domaine des vivants. Même son interlocuteur de tout à l'heure pouvait parfaitement avoir été un Tyran, un horrible despote.

Paran dégaina Hasard. En quittant son fourreau, l'arme tressauta. Le capitaine sourit en sentant, des frissons de terreur remonter dans ses mains.

— Oponn ! Chers Jumeaux, je vous invoque ! Tout de suite !

Un gémissement déchira l'air. Paran trébucha soudain sur quelqu'un, qui déversa un chapelet de jurons. Rengainant son arme, il abaissa une main, la referma sur du brocart et remit le dieu sur pied.

— Pourquoi vous ? questionna-t-il. Je voulais votre sœur.

— C'est de la folie furieuse, mortel ! rétorqua sèchement le Jumeau. M'invoquer ici ! Si près de la Reine des Ténèbres – dans une épée tueuse de dieux !

Paran le secoua. Pris d'une rage démente, bestiale, le capitaine secoua le dieu et dut résister à une brusque envie de se joindre au chœur des Molosses quand ils se mirent à hurler.

Les yeux brillants de terreur, le Jumeau s'agrippa à lui.

— Que… que faites-vous ?

Paran s'immobilisa, son attention attirée par deux chaînes soudain détendues.

— Ils arrivent.

Le chariot parut bondir en l'air, plus vacillant que jamais. Il retomba avec fracas et une avalanche de bois et de glace se déversa.

— Ils vous sentent, Jumeau.

Le dieu poussa un cri perçant. Il martela des deux poings la figure de Paran, le griffa, lança des coups de pieds, mais le capitaine ne lâcha pas prise.

— Pas la chance qui attire, dit-il, crachant du sang. La chance… qui repousse.

De nouveau ébranlé, le chariot se cabra pour retomber dans un vacarme assourdissant. Paran n'eut pas le temps de s'interroger sur la force sauvage qui l'habitait, une force suffisante pour maîtriser un dieu pris de panique. Il se borna à tenir bon.

— De grâce ! implora le Jumeau. Demandez-moi ce que vous voudrez, tout ce qui est en mon pouvoir !

— Les chaînes des Molosses, répondit Paran. Brisez-les.

— Je… je ne peux pas !

Au loin, un bruit de bois fendu se fit entendre. Dès que le chariot eut repris sa progression, Paran entraîna le Jumeau avec lui.

— Trouvez un moyen, rétorqua-t-il. Ou ces Molosses vous auront.

— Je… je n'en suis pas sûr, Paran.

— De quoi ? Vous n'êtes pas sûr de quoi ?

Le Jumeau désigna le trou noir.

— Là. Les chaînes sont maintenues en place à l'intérieur, dans la Garenne des Ténèbres, le Kurald Galain. S'ils y pénétraient… je ne sais pas, je ne peux pas en être certain, mais peut-être les chaînes disparaîtraient-elles.

— Comment peuvent-ils entrer dedans ?

— Ils risquent de quitter un cauchemar pour un autre, Paran.

— Cela ne peut pas être pire. Alors, comment ?

— Avec un appât.

— Quoi ?

Le Jumeau esquissa un sourire tremblant.

— Comme vous l'avez dit, ils arrivent. Mais il faudra me lâcher à temps. Pour l'instant, tenez-moi devant l'entrée, mais au dernier moment, je vous en prie…

— Je devrai vous libérer.

Le dieu acquiesça d'un signe de tête.

— Très bien.

Les Molosses percutèrent de nouveau le chariot et parvinrent cette fois à se frayer un chemin en dessous. Empoignant le Jumeau, Paran pivota vers les bêtes qui fonçaient dans l'obscurité. Son captif hurla.

Les Molosses bondirent.

Paran relâcha le dieu et se plaqua au sol tandis que les Molosses passaient au-dessus de lui. Le Jumeau disparut. Au même instant, les Molosses franchirent le portail sans bruit, avant de se volatiliser eux aussi.

Paran s'apprêta à se relever, mais les ténèbres l'enveloppèrent, avec le souffle d'un vent tiède et plaintif.

Rouvrant les yeux, le capitaine se retrouva à quatre pattes sur l'herbe jaune de la plaine, près d'une zone aplatie et maculée de sang, le sang d'un Molosse disparu. Des insectes bourdonnaient à proximité. Frappé par une migraine atroce, il se remit debout. Le cadavre de l'autre Molosse avait également disparu. Qu'avait-il donc fait ? Et pourquoi ? De tout ce que le Jumeau aurait pu lui offrir... *Loquevoile... Toc le Jeune...* Mais aller récupérer une âme derrière les Portes de Goule n'était sans doute pas à la portée d'Oponn. Avait-il délivré les Molosses ? Paran s'aperçut qu'il ne le saurait probablement jamais.

Il rejoignit les chevaux d'un pas chancelant. Là-bas au moins, un court moment, il s'était retrouvé sans entraves. Libre. Et ce qu'il avait accompli, il l'avait fait de sa propre initiative. *Mon choix*.

Il scruta le sud. *Darujhistan et l'Adjointe m'attendent. Termine ce que tu as commencé, Paran. Une fois pour toutes*.

*

— Tout ça est bien ennuyeux, maugréa Coll tandis que Crokus achevait son pansement. Elle était adroite. Je dirais qu'elle a été formée à ça. Note bien, c'est logique, puisqu'elle portait une tenue de mercenaire.

— Pourtant, je ne comprends pas, répondit Crokus en se redressant sur ses talons.

Il jeta un coup d'œil à Murillio et à Kruppe, toujours inconscients.

— Pourquoi nous a-t-elle attaqués ? Et pourquoi ne m'a-t-elle pas tué ?

Coll ne répondit pas. Il foudroyait du regard sa monture, qui broutait paisiblement à quelques mètres de là. Il avait déjà proféré contre elle de terribles insultes et Crokus se doutait bien que leurs rapports étaient, comme aurait dit Kruppe, irrémédiablement compromis.

— Qu'est-ce que c'est que ça, encore ? grogna Coll, le front soucieux.

S'apercevant que Coll regardait à présent un point situé derrière le cheval, Crokus se retourna, puis poussa un cri affolé en bondissant en arrière. Cherchant ses poignards, il trébucha sur une pierre, s'étala par terre et se releva précipitamment, une lame à la main.

— C'est elle ! hurla-t-il. La fille du bar ! C'est une tueuse, Coll !

— Du calme, mon garçon. Elle n'a pas l'air bien dangereuse. Même avec cette épée au côté. À vrai dire, ajouta Coll en redressant un peu le buste, elle a surtout l'air complètement perdue.

Crokus examina mieux la silhouette qui se détachait sur la crête de la colline.

— Par le souffle de Goule, marmonna-t-il.

Coll avait raison, jamais il n'avait vu quelqu'un

d'aussi perplexe, d'aussi visiblement déconcerté. La fille les observait. Sur le qui-vive, elle paraissait prête à décamper. Tout l'aplomb et l'assurance dont elle avait fait preuve à l'Auberge du Phénix avaient disparu, comme s'ils n'avaient jamais existé. Crokus rengaina son poignard.

— Bon, dit-il. Qu'est-ce qu'on fait ?

Coll haussa les épaules.

— On la rassure, j'imagine. M'est avis qu'elle a besoin d'un coup de main.

— Mais elle a tué Chert, protesta Crokus. J'ai vu le sang sur son arme.

Coll jeta un coup d'œil à la fille.

— Je n'en doute pas, mon garçon. Mais cette gamine n'a pas l'air capable maintenant de tuer qui que ce soit.

— Tu crois que je ne m'en rends pas compte ? rétorqua Crokus. Je t'explique juste ce que j'ai vu. Je sais bien que c'est incompréhensible.

— Toujours est-il qu'elle a besoin de notre aide. Alors, va la chercher, soupira Coll.

Crokus leva les bras.

— Et je m'y prends comment ?

— Qu'est-ce que j'en sais ? répliqua Coll, hilare. Essaie de lui faire du charme.

Crokus lui décocha un regard dépité. Il s'avança prudemment vers la fille, qui se figea et recula d'un pas.

— Attention ! cria-t-il en désignant le sol derrière elle.

Elle s'aperçut alors qu'elle se tenait juste au bord d'une pente raide, ce qui parut la rasséréner. Elle fit quelques pas vers Crokus, l'interrogeant de ses grands yeux.

— Très bien, murmura-t-il. Tout va bien. Vous me comprenez ?

Désignant ses lèvres, il fit mine d'articuler.

Coll poussa un gémissement atterré.

La fille les surprit tous deux en répondant en daru.

— Je vous comprends, dit-elle, butant un peu sur les mots. Mieux, maintenant. Vous n'êtes pas malazéens, vous ne parlez pas malazéen, mais je vous comprends.

Elle fronça les sourcils.

— Comment est-ce possible ?

— Malazéen, hum ? intervint Coll. D'où venez-vous donc, jeune fille ?

Elle réfléchit un moment.

— D'Itko Kan.

— Ça alors ! s'esclaffa Coll. Quelle tempête vous a amenée sur nos rives ?

Elle le dévisagea d'un air consterné.

— Où est mon père ? Et où sont les filets ? J'ai acheté le fil, et puis il y avait cette Voyante, Riggalai la Voyante, la sorcière aux chandelles. Je me souviens d'elle… elle est morte !

La fille tomba à genoux.

— Elle est morte et…

Coll arborait maintenant une expression grave et pensive.

— Et après ?

— Je ne m'en souviens plus, chuchota la fille en contemplant ses mains. Je ne me souviens de rien d'autre.

Elle éclata en sanglots.

— Par les mille mamelles de Gedderone ! jura doucement Coll en faisant signe à Crokus de le rejoindre. Écoute-moi bien, mon garçon. Inutile de nous attendre. Tu vas immédiatement emmener cette fille chez Mammot.

Crokus se renfrogna.

— Pourquoi ? Je ne peux tout de même pas te laisser seul ici. Qui sait quand Murillio et Kruppe vont se réveiller ? Et si cette mercenaire revenait ?

— Oui, si elle revenait, quoi ? s'enquit Coll, sarcastique.

Rougissant, Crokus détourna les yeux.

— Allons, mon garçon, reprit Coll. Murillio a beau empester le parfum, c'est un dur à cuire, il gambadera en un rien de temps. Emmène-la chez ton oncle. Fais ce que je te dis.

— Tu ne m'as toujours pas expliqué pourquoi, grommela Crokus.

— Un simple pressentiment.

Coll posa une main sur l'épaule de Crokus.

— Je crois que cette fille a été possédée. Quelqu'un, quelque chose l'a conduite ici, à Darujhistan, sur notre piste. La vérité réside quelque part dans sa tête, mais cette vérité pourrait bien être d'une importance capitale. Ton oncle connaît les gens qu'il faut pour l'aider. Et maintenant, selle mon cheval. J'attendrai ici que nos camarades se réveillent. De toute façon, je ne peux pas marcher. Mieux vaut que je m'abstienne de bouger pendant un jour ou deux. Kruppe et Murillio s'occuperont de tout ici. Allez, du vent !

Crokus jeta un coup d'œil à la jeune fille en larmes.

— D'accord, Coll. On rentre tous les deux.

— Très bien, grogna Coll. Avant de partir, passe-moi juste une couverture et de quoi manger. Quant à ce foutu canasson, s'il fait un infarctus devant les portes de la ville, tant mieux. Fonce, mon garçon.

Chapitre 16

Dessembrae connaît
Les chagrins de nos âmes.
Auprès de chaque mortel, il chemine
Vaisseau plein de regrets
Sur les feux de la vengeance.
Dessembrae connaît les chagrins
Et voudrait les partager avec nous tous.

Le Seigneur de la Tragédie
Prière du Livre Saint
(Canon de Kassal)

La blessure à l'épaule gauche de l'Adjointe n'était pas très profonde. Mais sans aide magique, il ne fallait pas négliger le risque d'infection. En regagnant le camp, Lorn trouva Outil, toujours immobile. Ignorant l'Imass, elle alla récupérer dans sa sacoche un assortiment d'herbes. Adossée à sa selle, elle s'assit ensuite et entreprit de soigner sa blessure.

Elle avait agi bêtement. Cet affrontement était inutile, elle l'avait su pertinemment. Il s'était produit trop de choses dernièrement – trop d'idées, trop de réactions venues de la dénommée Lorn et non de l'Adjointe de l'Impératrice. Elle commettait des erreurs qu'elle n'aurait jamais faites un an plus tôt.

Les révélations d'Outil étaient trop lourdes pour elle. Tous ces propos qu'il avait fini par lui jeter au visage, comme après mûre réflexion, avaient touché en elle quelque chose de profond et ne quittaient plus son esprit. Ces émotions brouillaient sa perception du monde. Elle avait depuis longtemps renoncé au chagrin, comme aux regrets, et la compassion lui était interdite dans son rôle. Mais tous ces sentiments déferlaient à nouveau en elle, la ballottant de toutes parts. Elle se raccrochait désormais à son titre et à ce qu'il représentait comme à une bouée de sauvetage susceptible de la ramener à la raison, à la maîtrise.

Elle acheva de nettoyer la plaie de son mieux, puis se prépara un cataplasme. *Maîtrise.* Ce mot revenait dans toutes ses pensées, net, concret, solide. N'était-ce pas le fondement même de l'Empire ? Ce qui dictait chaque acte, chaque pensée de l'Impératrice Laseen ? Et ce qui avait formé le cœur du tout premier Empire, de ces grandes guerres qui avaient façonné les T'lan Imass jusqu'à ce jour ?

Avec un soupir, Lorn contempla le sol. En réalité, c'était simplement ce que tout le monde cherchait, de la gamine rapportant chez elle du fil pour son père à la puissance immortelle qui s'était emparée d'elle à ses propres fins. *Tout au long de notre existence, nous luttons pour la maîtrise, pour un moyen de façonner le monde autour de nous – une quête sans espoir pour obtenir le privilège de pouvoir prédire la tournure que prendront nos vies.*

L'Imass et ses mots vieux de trois cent mille ans lui avaient donné un sentiment de futilité. Et ce constat menaçait de la submerger.

Elle avait accordé la vie sauve au garçon, aussi surprise que lui. Un sourire mélancolique effleura ses lèvres. Le don de prédiction avait cessé de lui appartenir. À quoi bon parler du monde extérieur ? Elle ne pouvait déjà plus prévoir ses propres actes, sans parler du cours de ses pensées.

Était-ce là la véritable nature de l'émotion ? Ce grand défi à la logique, à la maîtrise : les caprices liés à la nature humaine ? Que lui réservait l'avenir ?

— Adjointe.

Lorn sursauta et leva les yeux. Outil l'observait, recouvert de givre fumant.

— Vous êtes blessée.

— Une escarmouche, répliqua-t-elle d'un ton rude, presque embarrassé. C'est fini, maintenant.

Elle pressa le cataplasme contre sa plaie, puis s'enveloppa l'épaule dans un linge.

— D'une seule main, ce n'est pas facile.

Outil s'agenouilla auprès d'elle.

— Je vais vous prêter assistance, Adjointe.

Étonnée, Lorn étudia le visage mort du guerrier. La suite des propos de l'Imass lui confirma que cette sollicitude n'était nullement dictée par la compassion.

— Nous avons peu de temps, Adjointe. L'ouverture nous attend.

Un masque impassible recouvrit le visage de Lorn. Elle hocha sèchement la tête et Outil, de ses mains décharnées aux ongles bruns et émoussés, finit de nouer les bandes de tissu avec dextérité.

— Aide-moi à me lever, ordonna-t-elle.

L'Imass la conduisit vers la pierre levée et elle constata que celle-ci avait été brisée. À part ça, rien ne semblait avoir changé.

— Où est cette ouverture ? s'enquit-elle.

Outil s'arrêta devant les décombres.

— Je vais passer devant, Adjointe. Suivez-moi. Une fois dans la tombe, dégainez votre épée. L'effet de l'Otataral sera minime, mais il ralentira néanmoins le retour à la conscience du Jaghut. Assez pour nous permettre de terminer notre tâche.

Lorn inspira profondément, puis écarta ses doutes d'un haussement d'épaules. Trop tard pour faire marche arrière. Mais en avait-elle jamais eu l'occasion ? À vrai dire, la question ne se posait même pas : d'autres avaient choisi pour elle.

— Très bien, Outil. Tu peux y aller.

L'Imass écarta les bras. Devant eux, la colline se brouilla, comme voilée par un rideau de sable. Un souffle agitait cet étrange brouillard. Outil fit un pas en avant.

Lorn eut d'abord un mouvement de recul face à la puanteur – celle d'un air empoisonné par des siècles de sorcellerie et par d'innombrables protections dissipées par les pouvoirs Tellann d'Outil. Les yeux rivés sur le large dos dépenaillé de l'Imass, elle se força à avancer.

Ils pénétrèrent dans la colline. Un grossier couloir plongeant dans les ténèbres apparut devant eux. Les empilements de rocs formant les murs et le plafond des lieux s'ornaient d'arabesques de givre. Plus loin, l'air perdait toute odeur, devenant d'un froid mordant. D'épaisses cordes de glace vertes et blanches se déployaient sur les parois. La terre battue fut bientôt remplacée par des dalles de pierre, que le gel rendait glissantes.

Les extrémités de Lorn et son visage s'engourdirent. Son haleine formait des volutes blanches, aspirées par les ténèbres. Le couloir se rétrécit et elle découvrit d'étranges symboles peints dans un sombre ocre rouge sur et sous la glace. Ces marques éveillèrent en elle un profond écho. Elle avait l'impression de les reconnaître mais, dès qu'elle se concentrait dessus, ce sentiment disparaissait.

— Mon peuple est déjà venu ici, Adjointe.

Il s'interrompit pour lui jeter un coup d'œil.

— Ils ont ajouté leurs propres protections à celles des Jaghuts qui emprisonnèrent le Tyran.

— Et alors ? questionna Lorn, agacée.

L'Imass la dévisagea en silence.

— Adjointe, je crois connaître le nom de ce Tyran jaghut. Je suis à présent assailli de doutes. Il ne devrait pas être libéré. Pourtant, comme vous, je suis contraint de le faire.

Lorn retint sa respiration.

— Adjointe, poursuivit Outil, votre ambivalence ne m'a pas échappé. Je la partage. Quand ceci sera terminé, je partirai.

— Tu partiras ? répéta Lorn, déconcertée.

Outil inclina la tête.

— Dans cette tombe, et avec ce que nous allons accomplir, mes vœux prendront fin. Ils ne me lieront plus. Tel est le pouvoir qui reste à ce Jaghut endormi. Et j'en suis reconnaissant.

— Pourquoi me dis-tu cela ?

— Adjointe, vous pouvez m'accompagner si vous le souhaitez.

Lorn ouvrit la bouche, puis ne trouva rien à répondre.

— Je vous prie de considérer ma proposition, reprit Outil. Je me mettrai en route en quête d'une réponse, que je trouverai.

Une réponse ? À quoi ? Quelque chose la retint de poser la question, une crainte subite. *Tu n'as pas besoin de le savoir*, lui soufflait-elle. *Ne te mêle pas de tout cela.*

— Allons-y, déclara-t-elle d'une voix enrouée. Finissons-en.

Outil se remit en marche dans les ténèbres.

— Combien de temps cela va-t-il prendre ? s'enquit Lorn au bout d'un moment.

— Du temps ? interrogea l'Imass vaguement amusé. Dans ce tumulus, Adjointe, le temps n'existe pas. Les Jaghuts qui emprisonnèrent le Tyran ont plongé ces terres dans une ère glaciaire – le sceau final de la tombe. Une demi-lieue de glace recouvre encore cette chambre funéraire. Nous sommes arrivés en un temps et un lieu antérieurs au déclin de la glace jaghute, antérieurs à l'apparition de la grande mer intérieure connue des Imass sous le nom de Jhagra Til, antérieurs à la succession d'âges sans nombre…

— Et à notre retour ? coupa Lorn. Combien de temps se sera-t-il écoulé ?

— Je ne saurais le dire, Adjointe.

L'Imass s'arrêta et se tourna vers elle, ses orbites luisant faiblement. L'origine de cette lueur était invisible.

— Je n'ai jamais fait cela auparavant.

*

Même à travers son plastron en cuir durci, sentir contre son dos un être du sexe opposé avait fait perler la sueur sur le front de Crokus bien plus que ne l'aurait fait la chaleur de l'après-midi.

Mais des sentiments mêlés agitaient son cœur. D'un côté, il y avait le fait qu'une fille d'à peu près son âge, et jolie avec ça, lui enlace la taille de bras étonnamment vigoureux et lui taquine la nuque de son haleine tiède. D'un autre, cette fille-là avait assassiné un homme, et Crokus voyait mal pourquoi elle serait allée à leur rencontre à moins d'avoir eu l'intention de le tuer lui aussi. Il se sentait donc un peu trop tendu pour profiter pleinement de ce voyage sur une même selle.

Ils ne s'étaient guère adressé la parole depuis leur départ. Demain, ils arriveraient en vue des remparts de Darujhistan. Crokus se demanda si elle se souviendrait de la ville. Une voix qui ressemblait fort à celle de Coll s'éleva soudain sous son crâne. « Pourquoi tu ne lui poses pas la question, imbécile ? »

Crokus se rembrunit.

Finalement, la fille parla la première.

— L'Itko Kan est loin d'ici ?

Crokus faillit d'abord en rire, mais l'instinct le retint. *Vas-y en douceur*, se dit-il.

— Je n'ai jamais entendu parler de cet endroit. Est-ce que ça se trouve dans l'Empire Malazéen ?

— Oui. Nous ne sommes pas dans l'Empire ?

Crokus grogna.

— Pas encore.

Ses épaules s'affaissèrent.

— Nous sommes sur un continent nommé Genabackis. Les Malazéens sont arrivés par la mer à l'est et à l'ouest. Ils contrôlent maintenant toutes les anciennes Villes libres du nord, ainsi que la Confédération de Nathilog.

— Oh, répliqua faiblement la fille. Vous êtes en guerre avec l'Empire.

— Plus ou moins. Même si on ne s'en rend pas trop compte à Darujhistan.

— C'est le nom du bourg où tu habites ?

— Le bourg ? Darujhistan est une grande ville. La plus grande et la plus riche de tout le pays.

— Une grande ville ? répéta la fille avec un mélange d'excitation et de respect. Je ne suis jamais allée dans une grande ville. Tu t'appelles Crokus, n'est-ce pas ?

— Comment tu le sais ?

— Ton ami le soldat t'a appelé comme ça.

— Ah, oui.

Pourquoi le fait qu'elle sache son prénom le déstabilisait-il autant ?

— Tu ne me demandes pas mon nom ? s'enquit-elle doucement.

— Tu t'en souviens ?

— Non, avoua-t-elle. C'est bizarre, non ?

Le côté pathétique de cette réponse attendrit Crokus, ce qui ne fit qu'accroître son irritation.

— Ma foi, là-dessus, je ne peux pas grand-chose pour toi. Pas vrai ?

Elle parut se recroqueviller derrière lui et ses bras s'écartèrent.

— Non, bien sûr.

La colère de Crokus s'évanouit d'un coup. Il régnait une telle confusion dans sa tête qu'il en aurait hurlé. Il recula sur la selle, obligeant la fille à se serrer davantage contre lui. *Ah !* songea-t-il, narquois. *Voilà qui est mieux*. Il écarquilla soudain les yeux. *Qu'est-ce que je raconte ?*

— Crokus ?

— Quoi ?

— Donne-moi un prénom de Darujhistan. Choisis-en un. Ton préféré.

— Challice, répondit-il spontanément. Non, attends ! Tu ne peux pas t'appeler Challice. J'en connais déjà une. Il faut que tu sois quelqu'un d'autre.

— C'est ta petite amie ?

— Non ! rétorqua-t-il sèchement.

Il tira sur les rênes pour arrêter leur monture, passa la main dans ses cheveux puis, levant une jambe, sauta à terre et passa les liens par-dessus la tête de l'animal.

— J'ai envie de marcher.

— Oui, approuva la fille. J'aimerais bien, moi aussi.

— Alors, peut-être que j'ai envie de courir !

Elle le rejoignit et le dévisagea d'un air inquiet.

— Courir ? Loin de moi ?

Il crut voir quelque chose s'écrouler au fond de son regard. Quoi ? Il aurait donné cher pour le savoir. Mais lui poser la question était à l'évidence impossible. Pourquoi, il n'aurait su le dire. C'était impossible, voilà tout. Baissant le nez, il envoya un coup de pied dans un caillou.

— Non, marmonna-t-il, ce n'est pas ce que je voulais dire. Mes Regrets.

Elle écarquilla les yeux.

— C'est mon nom ! s'exclama-t-elle. Crokus, tu viens de prononcer mon nom !

— Comment ça ? dit-il, les sourcils froncés. Mes Regrets ?

— Oui !

Elle regarda au loin.

— Seulement, je ne me suis pas toujours appelée comme ça. Non. Je ne crois pas. Ce n'est pas le nom que mon père m'a donné.

— Et celui-là, tu t'en souviens ?

Elle fit non de la tête, avant de passer une main perplexe dans sa longue chevelure brune.

Crokus se mit à marcher et la fille épousa vite son pas. La route descendait en serpentant entre des coteaux. Dans une heure, ils seraient au pont de la Catlin. La panique qui avait saisi Crokus s'apaisait, faute de petit bois pour l'alimenter peut-être. Il se détendait, à son grand étonnement. Il avait perdu le souvenir de la dernière fois qu'il s'était senti détendu seul avec une femme.

Ils cheminèrent un moment en silence. Devant

eux, le soleil descendait dans un flamboiement doré, miroitant derrière les collines bleu-vert. Crokus désigna l'horizon scintillant.

— Voici le lac Azur. Darujhistan se trouve sur sa rive sud.

— Tu ne m'as pas encore trouvé de prénom ? s'enquit la fille.

— Le seul qui me vient à l'esprit, répliqua Crokus, penaud, c'est celui de ma patronne.

La fille lui jeta un coup d'œil.

— Tu es employé ?

Crokus éclata de rire.

— Non, pas ce genre de patronne-là. Je voulais parler de la Dame des Voleurs, Apsalar. Seulement, il n'est pas bon de prendre un tel nom, puisqu'il s'agit d'une déesse. Que dirais-tu de Salar ?

Elle fronça le nez.

— Non, j'aime bien Apsalar. Adjugé.

— Mais je viens de t'expliquer…

— C'est ce prénom-là que je veux, insista-t-elle, la mine sombre.

Oh, oh, songea Crokus. *En voilà une qu'il vaut mieux ne pas contrarier*.

— Très bien, soupira-t-il.

— Alors, comme ça, tu es voleur ?

— Ça te dérange ?

Apsalar sourit.

— Étant donné mon nouveau nom, Crokus, pas du tout. Quand s'arrête-t-on pour camper ?

Il pâlit. Il n'avait pas du tout pensé à ça.

— Peut-être devrait-on plutôt continuer d'avancer, suggéra-t-il prudemment, sans la regarder.

— Je suis fatiguée. Pourquoi ne camperait-on pas à ce pont de la Catlin ?

— Bon. Je n'ai qu'une couverture. Tu peux l'avoir. Je monterai la garde.

— Toute la nuit ? Qu'y a-t-il à craindre ?

Crokus s'énerva.

— Mais pourquoi toutes ces questions ? C'est dangereux par ici ! Tu n'as pas vu la blessure de Coll ? Et qu'est-ce qui nous prouve que la garnison est encore là ?

— Quelle garnison ?

Se maudissant, il détourna les yeux.

— La garnison de l'autre côté du pont. Mais c'est un pont très long et…

— Allons, Crokus ! s'esclaffa Apsalar en lui assenant un coup de coude dans les côtes. On partagera ta couverture. Ça ne me dérange pas, tant que tes mains restent à leur place.

Se frottant les côtes, Crokus ne put que la dévisager en silence.

*

Kruppe se retourna en grommelant pour décocher à Murillio un regard courroucé.

— Misère ! Ne peux-tu faire avancer cet animal plus vite ?

La mule se montrait à la hauteur de sa réputation, refusant obstinément d'avancer autrement qu'au pas. Murillio eut un sourire piteux.

— À quoi bon courir, Kruppe ? Le gamin est parfaitement capable de se débrouiller tout seul.

— C'était un ordre explicite de Maître Baruk et le protéger nous devons !

— C'est ce que tu n'arrêtes pas de me répéter, marmonna Murillio.

Il plissa les yeux.

— S'agit-il d'un genre de faveur accordée à Mammot ? Le vieil oncle se ferait-il brusquement du mauvais sang pour son neveu ? Pourquoi Baruk s'intéresse-t-il tant à Crokus ? Tu transmets les instructions de l'alchimiste, Kruppe, mais tu n'expliques jamais rien.

Kruppe arrêta sa monture.

— Eh bien, soit ! Une mutinerie force la main rusée de Kruppe. Oponn a choisi Crokus pour tout dessein que cette perfide divinité pourrait ourdir. Baruk voudrait que nous tenions le gamin à l'œil et que nous empêchions d'autres forces de le trouver.

Frottant le bleu qu'il avait au front, Murillio grimaça.

— Goule t'emporte, Kruppe ! Tu aurais dû nous dire tout cela dès le début. Rallick est au courant ?

— Bien sûr que non, répliqua Kruppe d'un ton acerbe. Il est, somme toute, beaucoup trop occupé et incapable de se soustraire à ses diverses responsabilités. D'où l'absence de l'assassin durant ce voyage, poursuivit Kruppe, la mine roublarde. Mais pourquoi, je vous prie, Kruppe raconte-t-il de telles choses à Murillio ? Murillio en sait de toute évidence bien plus sur les agissements de Rallick que ce pauvre ignare de Kruppe.

Murillio le dévisagea d'un air interdit.

— Que veux-tu dire par là ?

Kruppe ricana sous cape, avant de pousser de nouveau la mule en avant.

— Quant à notre présente mission, reprit-il gaiement, ce qui pourrait passer pour une débâcle monumentale, surtout pour Coll, constitue en réalité une singulière réussite. Maître Baruk doit être instruit au plus vite des scélérates activités en cours dans les collines gadrobies.

— Une réussite ? Qu'est-ce que tu me racontes ?

Kruppe agita une main.

— Mon cher, même si je ne fus que brièvement conscient, il m'est clairement apparu que cette guerrière se trouvait en possession d'une épée d'Otataral. Ce qui, comme le devinerait n'importe quel enfant, signifie qu'elle est malazéenne.

Murillio émit un petit sifflement.

— Et nous avons laissé Coll tout seul là-bas ? Tu es cinglé, Kruppe ?

— Il se rétablira bientôt suffisamment pour nous suivre. La nécessité de nous hâter prime sur toute autre considération.

— Si l'on met de côté les accords au rabais avec certain propriétaire d'écurie, maugréa Murillio. Il y a donc une Malazéenne dans les environs. Qu'y fait-elle ? Et ne viens pas me dire que tu l'ignores. Si tu n'avais pas de soupçons, nous ne serions pas si pressés.

— Des soupçons, oui, acquiesça Kruppe en hochant la tête d'un air entendu. Te souviens-tu de ce commentaire perspicace de Crokus au niveau du carrefour ? À propos de traquer une rumeur ou quelque chose d'approchant ?

— Attends une minute, gémit Murillio. Ça ne va

pas recommencer avec cette légende de tumulus ? Il n'y a pas une once…

Kruppe leva le doigt et l'interrompit d'une voix douce.

— Ce que nous croyons ou non importe peu, Murillio. Les Malazéens veulent savoir ce qui est vrai dans cette légende. Et Kruppe et Maître Baruk, étant aussi intelligent l'un que l'autre, pensent qu'ils pourraient bien le découvrir. D'où cette mission, mon ami nerveux, conclut-il en haussant les sourcils. De l'Otataral entre les mains d'une bretteuse impériale, un T'lan Imass tapi dans les parages…

— Quoi ? explosa Murillio, les yeux ronds.

Il voulut faire rebrousser chemin à sa mule, mais l'animal planta ses sabots dans le sol.

— Coll ne tient même plus debout et on l'a abandonné avec une tueuse malazéenne et un Imass ! Kruppe, tu as perdu la tête ? conclut-il en s'efforçant tant bien que mal de faire bouger sa monture.

— Mais, cher Murillio, Kruppe t'aurait plutôt cru désireux, non, terriblement impatient de regagner Darujhistan !

Murillio s'arrêta et se tourna vers son compagnon, la mine sombre.

— Ça suffit maintenant, dit-il, les dents serrées. Crache le morceau.

Kruppe haussa les sourcils.

— Quel morceau ?

— Tu n'en finis pas de me titiller depuis tout à l'heure, de faire des allusions. Alors, si tu penses savoir quelque chose de spécial, crache le morceau. Autrement, on repart tout de suite rejoindre Coll.

Le regard de Kruppe oscilla fébrilement et Murillio sourit.

— Ah ! Tu espérais détourner mon attention, hein ? Eh bien, ça ne marchera pas.

Kruppe écarta les bras, paumes levées vers le ciel.

— Quel que fût le cerveau qui conçut votre plan pour rendre à Coll son titre légitime, Kruppe ne peut qu'applaudir.

Murillio en resta bouche bée. *Au nom de Goule ! comment Kruppe a-t-il pu…*

— Mais tout cela ne pèse pas lourd face au problème Crokus et au grand danger que ce garçon encourt présentement. Et si, comme le subodore Coll, cette jeune fille fut possédée, l'ampleur du péril devient terrifiante ! Était-elle la seule à en vouloir à la vie frêle du garçon ? Que dire des mille dieux et démons qui contrecarreraient volontiers Oponn ? Murillio, ami de longue date de Crokus, abandonnera-t-il cet enfant à sa destinée ? Murillio est-il homme à succomber à la panique, à des « si », aux innombrables cauchemars rôdant dans les ténèbres de son imagination surexcitée…

— C'est bon ! aboya Murillio. Tais-toi et avance.

Kruppe inclina brusquement la tête et une heure plus tard, alors que le crépuscule se répandait sur les collines à l'ouest, Murillio tressaillit et darda sur son compagnon un regard furieux, qui se perdit toutefois dans l'obscurité.

— Goule l'emporte ! grommela-t-il à voix basse. Je lui dis que je ne me laisserai pas distraire, et que fait-il ? Il s'empresse de détourner mon attention.

— Murillio murmure quelque chose ? s'enquit Kruppe.

Murillio se massa le front.

— J'ai des vertiges, grommela-t-il. Cherchons un endroit pour camper. De toute façon, Crokus et la fille n'arriveront pas en ville avant demain. Je doute que le garçon risque grand-chose sur la route, et nous n'aurons pas grand mal à le retrouver demain avant la nuit. Dans la journée, ils devraient être en sécurité. Après tout, ils seront avec Mammot, non ?

— Kruppe admet sa propre lassitude. Il faudrait en effet trouver où établir notre campement. Ensuite, Murillio pourra peut-être allumer un petit feu et préparer le dîner, tandis que Kruppe méditera sur des questions essentielles et tout ce genre de choses…

— Parfait, soupira Murillio. Absolument parfait.

*

Deux jours après sa rencontre avec le Tiste Andii et l'épée de ce dernier, Paran se dit que Rake n'avait pas dû se douter qu'il était un militaire malazéen. Dans le cas contraire, il serait mort. Les imprudences semblaient se multiplier en sa faveur. À Pale déjà, son assassin aurait dû mieux s'assurer de sa mort, et voilà que le Fils de Ténèbre, après l'avoir arraché aux crocs des Molosses, l'avait laissé partir. Y avait-il une logique derrière tout cela ? La marque d'Oponn à coup sûr. Pourtant, Paran ne mettait aucunement en doute le verdict de Rake.

Sa chance provenait-elle donc vraiment de son épée ? Et ces heureux hasards avaient-ils correspondu à des moments cruciaux, à des instants qui reviendraient hanter ceux qui l'avaient épargné ? Pour son propre bien, il espérait que non.

Son chemin n'était plus celui de l'Empire. Il avait trop longtemps suivi cette voie perfide et sanglante. Une seule et unique tâche restait donc devant lui : tenter de sauver Mésangeai et ses hommes. Sa propre mort ne lui semblait pas un prix si exorbitant à payer s'il y parvenait.

Certaines choses dépassaient la vie d'un homme, et peut-être la justice existait-elle loin des cerveaux humains, au-delà des regards avides des dieux et des déesses, une justice pure et sans appel. Certains des philosophes qu'il avait lus pendant ses études dans la capitale malazéenne, Unta, soutenaient une position qui lui avait alors paru absurde. Ils affirmaient que la morale n'était pas relative, pas plus qu'elle n'existait seulement dans le domaine de la condition humaine. Ils la voyaient comme un impératif de toute vie, une loi naturelle qui n'était ni l'instinct brutal des animaux, ni les ambitions élevées du genre humain, mais quelque chose d'autre, d'irréfutable.

Une banale quête de certitudes. Paran se renfrogna et se raidit sur sa selle, les yeux rivés à la piste qui serpentait devant lui entre les collines. Il se rappelait en avoir débattu avec l'Adjointe Lorn. Une banale quête de certitudes, avait-elle décrété d'un ton cynique et cassant, mettant aussi clairement fin à la discussion que si elle avait planté un couteau dans la table maculée de vin qui les séparait alors.

Pour qu'une femme pas plus âgée que lui prononce de telles paroles, elle avait dû se contenter de reprendre le point de vue de l'Impératrice Laseen. C'est en tout cas ce que Paran avait soupçonné à l'époque et il le pensait toujours. Mais Laseen avait le droit d'avoir de telles opinions, pas Lorn. Dans l'esprit de Paran en tout cas. Si quelqu'un pouvait se montrer légitimement cynique et lasse envers le monde, c'était bien l'Impératrice de l'Empire Malazéen.

L'Adjointe s'était certes muée en prolongement de Laseen. Mais à quel prix ? Paran n'avait entrevu qu'une fois la jeune femme sous le masque de l'Adjointe, un jour où, inspectant une route jonchée de cadavres, elle s'efforçait de se frayer un chemin parmi les corps. La jeune fille pâle et effrayée qu'était Lorn s'était alors montrée, un court instant. Il ne se souvenait plus de ce qui avait déclenché le retour du masque – sans doute une phrase que lui-même avait proférée, en cherchant lui aussi à imiter un soldat endurci.

Il poussa un profond soupir. *Trop de regrets, trop d'occasions manquées. Et chacune nous rend un peu moins humains, nous enfonce tous davantage dans le cauchemar du pouvoir.*

Sa vie était-elle irrécupérable ? Il aurait bien aimé avoir la réponse à cette question.

Un mouvement au sud attira son attention. Un grondement montait du sol. Il se dressa sur ses étriers. Un mur de poussière s'élevait sur la crête. Il partit au trot vers l'ouest. Quelques instants plus tard, il ralentit. Le rideau de poussière se prolongeait aussi par là. Il fonça jusqu'au sommet d'une éminence voisine en grommelant. De la poussière. De tous côtés. Un orage ? Non, le bruit est trop régulier. Regagnant la plaine, il ralentit de nouveau, hésitant. Le mur de poussière grandissait et avait franchi la crête de la première colline. Le grondement sourd s'accentuait. Paran étudia la poussière. Des formes sombres, énormes, évoluaient à l'intérieur, se déployant de chaque côté et se dirigeant droit sur lui.

Des bhederins. Il avait entendu parler de ces gigantesques créatures hirsutes traversant les plaines de l'intérieur du continent en troupeaux d'un demi-million de têtes. Il n'apercevait plus que les bosses de leurs dos bruns roussâtres, aux poils couverts de poussière. Aucun refuge en vue. Il ne pouvait mener ses deux chevaux nulle part.

Une sorte d'éclair, fauve et à ras de terre, se manifesta à sa gauche. Paran se retourna à demi et une lourde masse le percuta sur la droite. Avec un juron, le capitaine tomba lourdement dans la poussière, agrippant des membres secs, nerveux, et des cheveux noirs en broussaille. Levant un genou, il percuta violemment de solides abdominaux. Son agresseur roula de côté, le souffle coupé. Paran se releva et se retrouva face à un garçon vêtu de peaux tannées, qui se rua de nouveau sur lui.

Le capitaine l'esquiva, puis lui assena un coup de poing sur une tempe. Son agresseur s'effondra, inconscient.

Des cris perçants retentirent. Les bhederins se séparaient, s'écartaient. Des formes humaines apparurent, encerclant Paran. Des Rhivis. Des ennemis jurés de l'Empire, alliés au nord avec Caladan Rumin et la Garde Pourpre.

Deux guerriers s'approchèrent du garçon évanoui. Chacun le prit par un bras pour l'entraîner plus loin.

Le troupeau s'était immobilisé.

Un autre guerrier s'avança sans peur vers Paran. Sa figure zébrée de poussière était cousue de fils noirs et rouges. Une peau de bhederin était jetée en travers de ses larges épaules. Il s'arrêta à moins d'une longueur de bras de Paran et posa une main sur la poignée de Hasard. Paran l'écarta brutalement. Le Rhivi sourit, recula et émit une sorte de hululement aigu.

Sur les dos des bhederins voisins, des silhouettes surgirent, lances à la main. Les énormes bêtes ne leur accordaient pas plus d'attention qu'à de simples pique-bœufs.

Les deux Rhivis qui avaient emporté le garçon rejoignirent le guerrier au visage cousu, lequel dit quelques mots à celui qui se tenait sur sa gauche. Ce dernier s'avança. Avant même que Paran ait le temps de réagir, il le déséquilibra d'un coup de pied et lui enfonça une épaule dans la cage thoracique, avant de lui sauter dessus.

Une lame de poignard glissa le long de la mâchoire du capitaine, tranchant la lanière de son casque de fer, qu'on lui arracha prestement. Paran sentit des doigts lui agripper une poignée de cheveux. Entraînant le guerrier avec lui, il se redressa. Assez ! Mourir, soit, mais pas sans dignité. Le Rhivi lui tirait la tête en arrière, mais Paran empoigna l'entrejambe de son adversaire et tira d'un coup sec.

Le guerrier hurla et lâcha prise. Un couteau jaillit sous le nez du capitaine, qui se pencha d'un côté pour esquiver tout en saisissant vivement le poignet qui tenait la lame. De son autre main, il tira encore. Le Rhivi poussa un nouveau hurlement, puis Paran le lâcha et lui envoya son coude gainé de fer dans la figure.

Une averse de sang aspergea la poussière. Le guerrier recula en titubant, avant de s'écrouler. Le manche d'une lance frappa alors la tempe de Paran, qui pivota sous le choc. Une deuxième lance l'atteignit à la hanche, aussi dure qu'un coup de sabot, et lui engourdit la jambe. Son pied gauche se retrouva bien vite cloué au sol.

Il dégaina Hasard. Quelque chose heurta l'épée avec un tintement sonore, manquant la lui arracher de la main. Il la brandit en l'air, mais elle subit un nouveau choc. À demi aveuglé par la sueur, la poussière et la douleur, Paran se redressa et saisit son arme à deux mains pour se mettre en garde. La lame fut percutée une troisième fois, mais il tint bon.

Le silence tomba. Haletant, battant des paupières, Paran releva la tête.

Il était entouré de Rhivis parfaitement immobiles. Leurs yeux bruns étaient écarquillés.

Paran jeta un bref coup d'œil à son arme et défia la foule des guerriers, avant de baisser de nouveau les yeux sur sa lame.

Trois fers de lance jaillissaient de la lame comme autant de feuilles sur une tige, pointes fendues, hampes brisées. Seul un peu de bois blanc dépassait encore.

Le capitaine lança un regard sur son pied coincé. Une lance avait traversé la botte, mais la large lame de son fer était tordue et le plat faisait pression contre le dessus du pied, au milieu d'éclats de bois. Paran examina sa hanche sans trouver de blessure. Une entaille irrégulière déchirait le cuir du fourreau de Hasard.

Le guerrier rhivi à qui il avait donné un coup de coude gisait à quelques pas de lui. Le capitaine vit que personne n'avait touché à sa monture, ni à son deuxième cheval. Le reste des Rhivis avait reculé. Leur cercle se fendit. Une petite silhouette approchait.

Une fillette, âgée de cinq ans environ. Les guerriers semblaient s'en écarter avec respect ou crainte, à moins que ce ne fût les deux. Elle portait des peaux d'antilope, nouées à la taille par un cordon, et avançait pieds nus.

Quelque chose en elle – sa démarche, la façon dont elle se planta devant lui, ses paupières lourdes – éveilla chez Paran une sensation de familiarité qui le mit mal à l'aise.

La fillette l'étudia et son petit visage rond refléta bientôt le froncement de sourcils perplexe du capitaine. Elle leva une main comme pour le toucher, avant de renoncer. Paran ne parvenait plus à la quitter des yeux. *Est-ce que je te connais ?*

Le silence se prolongea entre eux et une vieille femme s'avança derrière la fillette, lui posant une main parcheminée sur l'épaule. D'un air las, presque exaspéré, la vieille observa le capitaine. La fillette dit alors quelques mots dans la langue rapide et chantante des Rhivis, mais d'une voix étonnamment grave pour son âge. La vieille femme croisa les bras. La fillette reprit la parole, avec insistance.

La vieille s'adressa enfin à Paran en daru.

— Cinq lances vous ont revendiqué en tant qu'ennemi.

Elle fit une pause.

— Cinq lances ont échoué, reprit-elle.

— Vous en avez beaucoup d'autres, répondit Paran.

— C'est exact, et le dieu qui favorise votre épée n'a pas d'adorateurs ici.

— Alors, finissons-en, gronda Paran. Ce jeu me fatigue.

La fillette intervint de nouveau, d'un ton impérieux qui sonnait comme du fer sur de la pierre.

La vieille femme se retourna, manifestement surprise. La fillette continua, se lançant de toute évidence dans une explication. La vieille écouta, puis son regard sombre et étincelant revint se poser sur Paran.

— Vous êtes malazéen, dit-elle. Et les Malazéens ont choisi d'être les ennemis des Rhivis. Ce choix est-il aussi le vôtre ? Et sachez que je saurai reconnaître un mensonge.

— Je suis malazéen de naissance, répliqua Paran. Mais proclamer les Rhivis mes ennemis ne m'intéresse pas. Je préférerais ne pas avoir d'ennemis du tout.

La vieille cligna des paupières.

— L'enfant vous offre des paroles pour alléger votre peine, soldat.

— Ce qui signifie ?

— Vous vivrez.

Paran ne se fiait pas totalement à la tournure prise par les événements.

— Qu'a-t-elle à me raconter ? Je ne l'ai jamais vue.

— Elle non plus ne vous a jamais vu. Pourtant, vous vous connaissez.

— Non.

Le regard de la vieille se durcit.

— Écouterez-vous ou non ses paroles ? Elle vous offre un présent. Le lui renverrez-vous à la figure ?

— Non, j'imagine bien que non, répondit Paran, profondément gêné.

— L'enfant dit que vous n'avez pas à être peiné. La femme que vous connaissez n'a pas franchi les arbres de l'Arche de la Mort. Elle a voyagé au-delà des régions qui vous sont visibles, au-delà de celles que perçoivent les mortels. Elle est maintenant de retour. Il vous faut être patient, soldat. Vous la rencontrerez à nouveau, c'est ce que promet cette enfant.

— Quelle femme ? questionna Paran, le cœur battant.

— Celle que vous avez crue morte.

Il dévisagea de nouveau la fillette. La sensation de familiarité lui revint, le frappant en plein cœur. Il recula d'un pas chancelant.

— Impossible, murmura-t-il.

La fillette se retira dans un tourbillonnement de poussière et disparut.

— Attendez !

Un cri retentit. Le troupeau se remit en marche, dissimulant bien vite les Rhivis. Bientôt, Paran ne vit plus que les dos des bêtes géantes passer devant lui d'un pas traînant. Il songea à se frayer un chemin entre elles, mais il savait qu'il se condamnait à mort s'il se jetait ainsi dans la mêlée.

— Attendez ! répéta-t-il d'une voix forte.

Mais le bruit de centaines – de milliers – de sabots sur la plaine couvrit son appel.

Loquevoile !

Il s'écoula une bonne heure avant que Paran aperçoive la fin du troupeau de bhederins. Lorsque les dernières bêtes le dépassèrent, il observa les environs. Le vent poussait le nuage de poussière vers l'est, au-dessus des montagnes en pente douce.

Remontant en selle, le capitaine repartit vers le sud. Les collines gadrobies se dressaient devant lui. *Loquevoile, qu'as-tu donc fait ?* Il se souvint des petites empreintes que Toc avait remarquées à partir des corps calcinés de Bellurdan et de Loquevoile. *Par le souffle de Goule ! Avais-tu prévu cela ? Et pourquoi les Rhivis ? Réincarnée dans la peau d'une enfant de cinq ans déjà, peut-être six. Es-tu seulement encore mortelle ? Ou te serais-tu élevée au rang d'Ascendante ? Tu t'es trouvé un peuple, étrange et primitif. Dans quel but ? Et lors de notre prochaine rencontre, quel âge paraîtras-tu avoir ?*

Il songea de nouveau aux Rhivis. Ils conduisaient leur troupeau vers le nord, un troupeau assez grand pour nourrir… une armée en marche. *Caladan Rumin est en route vers Pale. Voilà une chose à laquelle je doute que Dujek s'attende. Le vieil Unbras est dans de beaux draps !*

Il pouvait encore chevaucher deux heures avant la tombée de la nuit, en direction du lac Azur et de Darujhistan. Et dans cette ville, Mésangeai et son escouade. *Et dans cette escouade, une jeune fille que je me prépare à affronter depuis deux ans. Le dieu qui la possède est-il même encore mon ennemi ?*

La question avait surgi naturellement et lui glaça le cœur. *Dieux, quel voyage ! Et moi qui espérais passer inaperçu sur cette plaine. Quelle folie ! Dans leurs écrits, les érudits et les mages ne cessent d'évoquer de funestes convergences. Or, on jurerait que je suis une convergence ambulante à moi tout seul, un aimant à Ascendants. À leurs risques et périls, apparemment. Hasard, mon épée, a déjoué cinq lances, alors que j'ai maltraité l'un des Jumeaux. Comment expliquer tout cela ? La vérité, c'est que je ne sers plus que ma propre cause. Et pas celle de l'Adjointe ou de l'Empire. Quand j'ai dit que je préférerais ne pas avoir d'ennemis du tout, la vieille a jugé que je disais vrai. Et il faut croire que c'est le cas.*

Des surprises sans fin, Ganoes Paran. Poursuis ton chemin, vois ce qu'il advient.

La route gravissait une colline. Paran éperonna sa jument. Une fois en haut, il tira sur les rênes. Renâclant d'indignation, l'animal tourna la tête, les yeux exorbités. Mais l'attention du capitaine était ailleurs. Il se rassit sur sa selle et dégaina son épée.

Près d'un petit feu de camp, un homme revêtu d'une lourde armure se relevait péniblement, à quelques pas d'un mulet. Il tituba sur une jambe, puis dégaina une épée bâtarde pour conserver son équilibre.

Examinant les environs, Paran fit avancer sa monture. Le guerrier semblait seul. Paran arrêta sa jument à dix mètres du feu.

L'homme le héla en daru.

— Je ne suis pas très en forme, mais si vous tenez à vous battre, ça peut se faire.

Paran se félicita une fois de plus de l'insistance de l'Adjointe pour que sa formation fût complète : il formula sa réponse dans un daru aussi courant que celui de son interlocuteur.

— Non, j'en ai perdu le goût.

Il attendit un peu, incliné sur sa selle, puis sourit en désignant le mulet.

— Cet animal serait-il un mulet de guerre ?

L'homme lâcha un rire bref.

— C'est ce qu'il doit s'imaginer.

Il se détendit alors.

— Si le cœur vous en dit, voyageur, j'ai de la nourriture en trop.

Mettant pied à terre, le capitaine s'approcha.

— Mon nom est Paran, annonça-t-il, avant de s'asseoir près du feu.

L'autre s'installa en face de lui, de l'autre côté du foyer.

— Moi, c'est Coll, grommela-t-il en allongeant une jambe bandée. Vous venez du nord ?

— Genabaris, au départ. Mais j'ai passé du temps à Pale, il y a peu.

Coll haussa les sourcils.

— Vous avez l'air d'un mercenaire, même si vous êtes sans doute officier. Il paraît que ça a chauffé, là-bas ?

— Je suis arrivé un peu tard, avoua Paran. Mais j'ai vu pas mal de décombres et de cadavres. J'ai donc tendance à croire les histoires qui circulent.

Il hésita.

— Le bruit courait à Pale que Sangdelune flotte désormais au-dessus de Darujhistan.

Coll poussa un grognement.

— En effet.

Il jeta une poignée de bois dans le feu, puis désigna une petite marmite cabossée.

— C'est du ragoût. Si vous avez faim, servez-vous.

Paran s'aperçut qu'il était affamé et accepta l'offre avec gratitude. Pendant qu'il mangeait à l'aide d'une cuillère en bois prêtée par Coll, il voulut lui demander ce qu'il lui était arrivé, avant de se souvenir de son séjour au sein de la Griffe. *Si tu joues le rôle d'un soldat, joue-le à fond. Personne n'enfonce des portes ouvertes. Un truc te crève les yeux ? Regarde ailleurs et râle sur le temps qu'il fait. Tout ce qui importe viendra en son temps. Les soldats n'ont aucune raison d'être pressés. La patience ne leur coûte donc rien et il s'agit parfois moins d'une vertu que d'un prétexte à rivaliser d'indifférence.*

Paran vida la marmite sans un mot. Coll se contentait de tisonner le feu, ajoutant de temps à autre du petit bois qu'il tirait d'une énorme pile située derrière lui, une pile dont la provenance demeurait un mystère.

Paran s'essuya la bouche d'un revers de manche et nettoya la cuillère du mieux possible sans eau, avant de se redresser et de lâcher un rot.

Coll reprit alors la parole.

— Ainsi, vous allez à Darujhistan ?

— En effet. Et vous ?

— J'espère pouvoir repartir demain ou après-demain, même si rentrer en ville à dos de mulet ne me réjouit guère.

Paran plissa les yeux vers l'ouest.

— Ma foi, dit-il, le soleil est presque couché. Cela vous ennuierait que je partage votre campement pour la nuit ?

— Du tout.

Paran alla s'occuper de ses chevaux. L'idée lui vint

de retarder son départ d'une journée pour laisser son compagnon récupérer un peu, puis de lui prêter un cheval. Arriver en ville avec un local comportait des avantages. Il aurait quelqu'un pour le guider, voire l'héberger un jour ou deux. Sans compter qu'il pourrait apprendre bien des choses dans l'intervalle. Était-il à un jour près ? Peut-être. Mais cela semblait quand même valoir le coup. Il attacha ses chevaux wickiens près du mulet et prit sa selle.

— Je pensais à votre problème, dit-il en s'adossant à la selle. Nous pourrions faire route ensemble. Vous n'auriez qu'à prendre mon cheval de bât.

Coll le dévisagea d'un œil acéré.

— C'est très généreux de votre part.

Percevant sa méfiance, Paran sourit.

— Pour commencer, expliqua-t-il, un jour de repos ne ferait pas de mal à mes montures. Deuxièmement, je n'ai encore jamais mis les pieds à Darujhistan. En échange de ma prétendue générosité, je vous accablerais volontiers de questions pendant les deux jours qui viennent. Ensuite, je récupérerai mon cheval, et si quelqu'un aura gagné au change, ce sera bien moi.

— Autant vous prévenir tout de suite, Paran, je ne suis pas un grand bavard.

— Je prends le risque.

Coll réfléchit un moment.

— Bah ! dit-il, je serais bien fou de refuser, pas vrai ? Vous n'avez pas l'air du genre à me poignarder dans le dos. J'ignore votre véritable histoire, Paran. Si vous voulez la garder pour vous, ça vous regarde. Mais cela ne m'empêchera pas de vous interroger. Libre à vous de mentir ou pas.

— Pareil pour vous, non ? répliqua Paran. Bon, vous voulez la vérité ? La voici. Je suis un déserteur de l'armée malazéenne. J'étais capitaine. J'ai aussi beaucoup travaillé avec la Griffe et c'est là que mes ennuis ont commencé. Enfin, ce qui est fait est fait. *Ah, oui ! Une dernière chose : ceux qui se rapprochent de moi finissent en général par mourir*.

Coll se tut, rivant sur Paran des yeux brillants de la lueur des flammes. Il gonfla les joues et souffla bruyamment.

— Voilà une franchise qui représente un sacré défi pour moi !

Il contempla le feu puis, s'accoudant en arrière, tourna la tête vers les étoiles naissantes.

— Je fus jadis un noble de Darujhistan, le dernier fils d'une longue et puissante lignée. Je m'étais résolu à un mariage arrangé quand je suis tombé amoureux d'une autre femme. Une créature avide, ambitieuse – bien que cela m'ait échappé alors, observa-t-il avec un sourire désabusé. En réalité, c'était une putain. Seulement, alors que la plupart des putains que j'ai rencontrées sont terre-à-terre, celle-là avait l'esprit le plus tordu qu'on puisse imaginer.

Il se passa une main devant les yeux.

— Bref, reniant mes obligations, j'ai rompu ma promesse de mariage. Je crois que cela a tué mon père que j'épouse Aystal – c'était le nom de la putain, même si elle en a changé depuis.

Son ricanement résonna loin dans la nuit.

— Ça n'a pas traîné. Je ne sais toujours pas exactement comment elle s'y est pris, avec combien d'hommes elle a couché pour les acheter, ni comment ils sont parvenus à leurs fins. Toujours est-il qu'un beau jour, je me suis réveillé dépouillé de mon titre, et même de mon nom. Ma maison lui appartenait, mon argent lui appartenait, tout lui appartenait. Elle n'avait plus besoin de moi.

Entre eux, les flammes léchaient le bois sec. Paran n'émit aucun commentaire. Il sentait que cette confession n'était pas finie, et que la suite était ardue.

— Mais ce ne fut pas la pire des trahisons, reprit enfin Coll en croisant son regard. Oh, non. Le pire, c'est que j'ai abandonné la partie. J'aurais pu me battre. Peut-être même aurais-je gagné.

Sa mâchoire se crispa, seule trace d'émotion sur son visage, avant qu'il ne reprenne, d'une même voix morne :

— Des gens que je connaissais depuis des décennies se sont mis à me regarder comme si je n'existais pas. Ils n'ont pas voulu m'écouter, Paran. Ils passaient leur chemin ou s'abstenaient de répondre quand je venais les trouver. J'étais mort, il y avait même des écrits municipaux pour le proclamer. Alors, je me suis rangé à leur avis. J'ai baissé les bras. J'ai disparu. Voir ses amis vous enterrer vivant est une chose, Paran. Mais trahir sa propre vie en la désertant… Enfin, comme vous l'avez dit, ce qui est fait est fait.

Paran détourna les yeux en direction des ténèbres. Quel était donc cet irrépressible besoin qui poussait les humains à se faire tant de mal ?

— Les petits jeux des êtres de haute extraction

n'ont pas de frontières, répliqua-t-il doucement. Je suis né noble, Coll. Tout comme vous. Mais à Malaz, le vieil Empereur avait su nous mettre au pas. Tous les prétextes étaient bons pour nous écraser au point que nous tremblions comme des chiens battus. Mais tout cela n'était au fond qu'une affaire de pouvoir, poursuivit-il, davantage pour lui-même que pour son compagnon. Un noble ne tient compte d'aucune leçon. Quand je repense à mes années parmi ces êtres retors, quand je repense à cette vie-là, Coll, je me dis que ce n'était pas une vie du tout.

Il se tut un moment puis un lent sourire apparut sur ses lèvres alors qu'il levait les yeux sur son nouveau compagnon.

— Depuis que j'ai quitté l'Empire Malazéen, que j'ai rompu une fois pour toutes avec les douteux privilèges dus à mon sang, je ne me suis jamais senti aussi vivant. Ce que j'avais connu avant n'était qu'un très pâle reflet de ce que j'ai désormais trouvé. S'agirait-il d'une vérité que la plupart d'entre nous ont trop peur de regarder en face ?

— Paran, grogna Coll, je ne suis pas l'esprit le plus affûté qu'il vous sera donné de rencontrer, et vos réflexions m'ont l'air un peu trop profondes pour moi. Mais si je comprends bien, vous êtes en train d'expliquer au vieil idiot fatigué que je suis qu'il est vivant. Ici et maintenant. Aussi vivant qu'on peut l'être. Et que ce qu'il a trahi dans son passé n'était pas la vraie vie. C'est bien ça ?

— À vous de me le dire, Coll.

Son compagnon grimaça avant de passer une main dans cheveux clairsemés.

— Le problème, Paran, c'est que j'aimerais bien retrouver cette vie-là. J'aimerais bien tout récupérer.

Paran éclata de rire et s'esclaffa au point d'avoir de terribles crampes d'estomac.

Coll le dévisagea, puis fut lui aussi gagné par une sourde hilarité. Il attrapa derrière lui une poignée de branchettes et les jeta au feu une par une.

— Bon sang, Paran ! s'exclama-t-il, les yeux plissés d'amusement. Je ne sais pas d'où vous sortez, mais ce doit être un dieu qui vous envoie. Et j'en suis heureux, vous savez. Plus que vous ne pouvez l'imaginer.

Paran essuya quelques larmes de rire.

— Par le souffle de Goule ! Tout ça n'est jamais qu'une conversation entre deux mulets de guerre, pas vrai ?

— Sans doute, Paran. Et maintenant, si vous voulez bien regarder dans mes bagages, vous y trouverez une cruche de vin de Tracasville qui doit avoir pas loin d'une semaine.

— Ce qui signifie ? s'enquit Paran en se redressant.

— Qu'il est grand temps de boire !

LIVRE VI

LA VILLE AU HALO BLEU

Les rumeurs, drapeaux en lambeaux
Claquaient au vent et résonnaient
En bas dans les rues,
Tenant la chronique des jours d'alors…
On disait qu'une anguille s'était glissée à terre
Ou non pas une mais un millier
Sous une lune déchiquetée et peut-être morte,
On chuchotait qu'une griffe crissait lentement
Sur les pavés de la ville, alors même qu'un dragon
Noir et argent planait dans le ciel nocturne.
On racontait avoir ouï le cri de mort d'un démon
Sur les toits par une nuit de sang,
À l'instant où les cent bras d'un maître
Égaraient cent dagues contre les ténèbres,
Et la rumeur courait alors qu'une dame
Au noble masque avait offert à des hôtes inattendus
Une fête mémorable…

Rumeur Née,
Pêcheur (né en ?)

Chapitre 17

Peu verront
La main noire
Brandissant l'épine
Ou les chaînes
Censées retentir
Avant un ultime râle,
Mais prêtez l'oreille
À la roue des
Favoris et victimes
Qui gémissent
Le nom du seigneur
Au cœur ténébreux
De Sangdelune…

Renarde Argentée
Éclaireur Hurlochel
6e armée

Rallick Nom arrivait à l'Auberge du Phénix en empruntant une ruelle quand une femme corpulente quitta les ombres pour venir se planter devant lui.

— Tu veux quelque chose, Meese ? demanda-t-il en haussant un sourcil.

— Ce que je veux, Nom, répliqua-t-elle avec un sourire engageant, tu le sais depuis longtemps. Mais peu importe. Je viens te dire un truc, alors détends-toi.

Il croisa les bras et attendit.

Meese jeta un coup d'œil vers le bout de la ruelle, puis se rapprocha de l'assassin.

— Y'a un type au bar qu'a demandé après toi. Il connaît ton nom.

Surpris, Rallick se redressa.

— De quoi a-t-il l'air ? s'enquit-il d'un ton faussement désinvolte.

— D'un militaire en civil, répliqua Meese. Première fois que je le vois ici. Alors, t'en penses quoi, Nom ?

Il détourna son regard.

— Rien. Où est-il assis ?

Meese sourit de nouveau.

— À la table de Kruppe. En terrain connu. Ça tombe bien, non ?

Rallick la contourna et leva une main en la voyant lui emboîter le pas.

— Attends une minute avant de me suivre, Meese, dit-il sans se retourner. Où est Irilta ?

— À l'intérieur, répondit Meese. Bonne chance, Nom.

— La chance n'est jamais gratuite, marmonna Rallick avant de disparaître à l'angle de la rue.

Il gravit les marches de l'auberge, puis s'arrêta dans l'embrasure de la porte pour inspecter la salle.

Il y avait quelques têtes inconnues, mais pas assez pour l'inquiéter. Son regard glissa vers la table de Kruppe. Il dut presque s'y reprendre à deux fois tant l'homme assis là semblait quelconque. Rallick se dirigea finalement droit vers lui tandis que la foule s'écartait sur son passage, phénomène qu'il n'avait encore jamais remarqué. Amusé, il observa l'inconnu jusqu'à ce que celui-ci en prenne conscience. Leurs regards se croisèrent, mais l'homme se contenta de boire une gorgée de bière, puis reposa doucement sa chope sur la table.

Rallick attrapa une chaise et prit place en face de lui.

— Je suis Rallick Nom.

Il y avait chez cet individu quelque chose de solide, une sorte de calme assurance apaisante. En dépit de sa prudence coutumière, Rallick commença à se détendre. Les premiers mots de l'inconnu l'alertèrent de nouveau.

— J'ai pour vous un message de l'Anguille, déclara posément l'homme. Personnel. Avant de vous le transmettre, je dois néanmoins vous fournir quelques informations que je suis le plus à même de vous communiquer.

Il s'interrompit pour boire une gorgée.

— Turban Orr vient d'engager une dizaine de pisteurs supplémentaires. Que cherchent-ils ? Moi, pour commencer. Votre problème, c'est qu'Orr va devenir une cible plus difficile à atteindre. L'Anguille approuve vos initiatives concernant Dame Simtal. Tous ceux qui tiennent à la probité et à l'honneur au sein du Conseil souhaitent le retour de Coll. Si vous avez besoin de quoi que ce soit, demandez et vous l'aurez.

Le regard de Rallick se durcit.

— Je n'aurais jamais cru Murillio si bavard.

L'homme secoua la tête.

— Votre compatriote n'a rien révélé. Pas plus que vous. C'est le travail de l'Anguille de tout savoir. Alors, de quoi avez-vous besoin ?

— De rien.

— Très bien.

L'inconnu hocha la tête, comme s'il s'attendait à cette réponse et s'en réjouissait.

— Accessoirement, les efforts de Turban Orr pour faire voter la proclamation ont connu… des effets mitigés. Des effets qui se prolongent. L'Anguille désire vous remercier du rôle involontaire que vous avez joué dans l'affaire. Le conseiller explore néanmoins d'autres solutions. Il a été étroitement surveillé. D'où l'heureuse découverte qui constitue le cœur de ce présent message. La nuit dernière, sous la Barbacane du Despote, Turban Orr a rencontré un représentant de la Guilde des Assassins, ce qui constitue un véritable exploit quand on sait combien vos camarades sont devenus difficiles à trouver. En tout cas, Turban Orr lui a proposé un contrat.

L'homme attendit que Rallick se remette de sa stupéfaction avant de poursuivre.

— Mais pas pour son propre compte. Dame Simtal semble avoir décidé que la mort de Coll devrait être aussi effective dans la réalité que sur le papier.

— Qui ? demanda Rallick, d'une voix rauque. Qui était son contact ?

— J'y viens. Mais d'abord, le contrat a été accepté, car la récompense offerte se révélait non négligeable. Ils savent que Coll est actuellement hors de Darujhistan et attendent juste son retour.

— Le nom de l'assassin.

— Ocelot.

L'homme se leva.

— L'Anguille vous souhaite de réussir dans toutes vos entreprises, Rallick Nom. Telle est la fin du message. Bonsoir.

Sans plus attendre, il fit mine de s'éloigner.

— Attendez.

— Oui ?

— Merci.

L'inconnu sourit, puis partit pour de bon.

Rallick s'installa alors sur la chaise abandonnée et s'adossa au mur. Il fit signe à Sulty. Celle-ci s'empressa de lui apporter un pichet de bière et un verre. Irilta et Meese s'avancèrent ensuite d'un pas nonchalant. Les deux femmes s'assirent sans préambule, chacune avec sa propre bière.

— Tout le monde est encore en vie, arrosons ça, déclara Irilta en levant sa chope.

Meese leva aussi la sienne et toutes deux burent à longs traits. Meese se pencha alors par-dessus la table.

— Des nouvelles de Kruppe et du gamin ?

— Je risque de ne pas être là à leur retour, répondit Rallick en secouant la tête. Dites à Murillio de continuer s'il ne me voit pas et… s'il se passe autre chose. Dans ce cas, dites-lui que les yeux de notre homme sont ouverts.

Il remplit sa chope, puis la vida d'un trait et se leva.

— Ne me souhaitez pas bonne chance.

— Tous nos vœux de réussite, alors ? fit Meese avec une expression inquiète.

Rallick inclina sèchement la tête, avant de quitter l'auberge.

*

Baruk était persuadé qu'Anomander Rake lui cachait quelque chose. Un gobelet de lait de chèvre dans la main droite et un grand morceau de pain daru dans la gauche, l'alchimiste contemplait sa cheminée d'un œil maussade. Pourquoi Rake avait-il laissé l'Imass pénétrer dans la tombe ? Il lui avait déjà posé la question, mais n'avait toujours pas obtenu de réponse.

La suffisance du Tiste Andii l'irritait profondément. Baruk mordit dans son pain sans levain, qui craqua bruyamment.

Rake allongea les jambes et soupira.

— Étrange heure pour une pause-dîner.

— Tout est étrange, ces temps-ci, rétorqua Baruk, la bouche pleine, avalant une gorgée de lait.

— J'étais loin de me douter que le seigneur de l'Ombre et Oponn étaient tous deux impliqués, dit Rake.

Baruk sentit sur lui le regard du Tiste Andii, mais il persista toutefois à contempler les flammes.

— J'ai eu un vague indice de la présence d'Oponn, mais rien de très précis.

Rake répondit par un reniflement ironique et Baruk but encore un peu de lait.

— Vous gardez vos intuitions pour vous, j'en fais autant.

— Ce qui ne nous avance à rien, répliqua sèchement Rake.

L'alchimiste se tourna finalement vers lui.

— Vos corbeaux ont vu cette femme et le T'lan Imass entrer dans le tumulus. Vous pensez toujours qu'ils échoueront ?

— Et vous ? répliqua le Tiste Andii. Je crois me souvenir que c'était là votre position. Pour ma part, Baruk, je n'en avais que faire et c'est toujours le cas. Qu'ils échouent ou pas, il faudra livrer bataille. Vous imaginiez sans doute qu'il serait possible de l'éviter ? Manifestement, vos renseignements sur l'Empire Malazéen sont fort parcellaires. Laseen ne connaît qu'une chose : la force. Elle ignore tout pouvoir tant que celui-ci ne s'est pas manifesté. Alors, elle le frappe de toutes ses forces.

— Et vous attendez simplement que cela se produise ?

Baruk se rembrunit.

— Voilà comment des villes sont détruites. Voilà comment meurent des milliers de gens. Vous en souciez-vous le moins du monde, Anomander Rake ? Tant que vous finissez par gagner ?

Un mince sourire effleura les lèvres du Tiste Andii.

— Voilà un jugement pertinent, Baruk. Mais Laseen veut Darujhistan intacte. Et je compte entraver cette volonté. Détruire la ville pour défier l'Impératrice serait cependant trop facile. J'aurais pu le faire il y a des semaines. Non. Je veux que Darujhistan reste en l'état, mais hors d'atteinte de Laseen. Voilà,

Alchimiste, ma définition de la victoire, asséna-t-il, ses yeux gris rivés sur Baruk. Sinon, je n'aurais jamais cherché à faire alliance avec vous.

L'alchimiste fronça les sourcils.

— À moins de compter me trahir.

Rake se tut un moment et examina ses mains croisées sur son ventre.

— Baruk, répondit-il finalement d'une voix douce, comme le sait tout chef de longue date, la trahison engendre la trahison. Que ce soit aux dépens d'un ennemi ou d'un allié, elle devient un choix légitime pour tous ceux qui sont sous vos ordres, du dernier soldat en quête de promotion à vos conseillers les plus proches, gardes du corps ou officiers. Mon peuple est au courant de notre alliance. Si je la trahissais, je ne resterais plus longtemps seigneur de Sangdelune. Et à juste titre.

L'alchimiste sourit.

— Qui pourrait rivaliser avec vous ?

— Caladan Rumin, pour commencer, répliqua aussitôt Rake. Et puis, il y a mes quatre mages-assassins. Même Silanah, qui réside dans les grottes de la Lune, pourrait prendre l'initiative d'exiger mon châtiment. Et j'en vois d'autres, Baruk, beaucoup d'autres.

— La peur vous retient donc, Fils de Ténèbre ?

— Ce titre convient aux imbéciles qui me croient digne de vénération, répondit Rake, la mine sombre. Il me déplaît, Baruk, et j'aimerais ne plus l'entendre dans votre bouche. La peur ? Non. Aussi puissante soit-elle, la peur n'est rien comparé à ce que me dicte ma conduite : le devoir.

Ses yeux avaient viré au brun gris, sans pour autant

quitter ses mains dont les paumes étaient à présent tournées vers le haut.

— Vous avez des devoirs envers votre ville, Baruk. Ils déterminent vos choix. Je connais très bien cela moi aussi. Sangdelune abrite les derniers Tistes Andii de ce monde. Nous mourons, Alchimiste. Aucune cause ne semble plus assez grande pour rendre à mon peuple le goût de vivre. J'essaie, mais l'inspiration n'a jamais été mon fort. Même cet Empire Malazéen n'a pu nous inciter à nous dresser contre lui pour nous défendre, jusqu'à ce que nous tombions à court de refuges. Nous continuons à mourir sur ce continent. Autant que ce soit par l'épée.

Il laissa ses mains glisser de chaque côté de son corps.

— Imaginez que votre esprit se meure alors que votre corps continue à vivre. Non pas pendant dix ans ou même cinquante, mais une survie physique de quinze ou vingt mille années.

Il se leva brusquement et afficha un sourire qui transperça comme une dague le cœur de l'alchimiste silencieux.

— Le devoir me dicte donc ma conduite. Mais un devoir en lui-même creux. Suffit-il de préserver les Tistes Andii ? Rien de plus ? Dois-je faire monter Sangdelune au firmament, où nous pourrions vivre loin de tout risque, de toute menace ? Que protégerais-je donc en agissant ainsi ? Une histoire. Un point de vue particulier.

Il haussa les épaules.

— L'histoire est terminée, Baruk. Et les Tistes Andii ont toujours adopté le stoïcisme et un désespoir vide et silencieux. Ces dons méritent-ils d'être préservés ? J'en doute.

Baruk ne savait quoi répondre. Ce que Rake venait de décrire dépassait presque l'entendement, mais cette déclaration sincère avait ému l'alchimiste.

— Et pourtant, dit-il enfin, vous voilà. Allié aux victimes de l'Empire. Est-ce un choix personnel, Anomander Rake ? Votre peuple vous approuve-t-il ?

— Il n'en a que faire, répliqua Rake. Ils acceptent mes ordres. Ils me suivent. Ils servent Caladan Rumin quand je le leur demande. Et ils meurent dans la boue et les forêts d'une terre qui n'est pas la leur, dans une guerre qui n'est pas la leur, pour un peuple qui tremble en les voyant.

Baruk s'avança sur son siège.

— Alors, pourquoi ? Pourquoi faites-vous tout cela ?

Rake eut un rire âpre, mais qui finit par s'estomper.

— Une cause honorable a-t-elle la moindre valeur à notre époque, Alchimiste ? Qu'importe si ce n'est pas la nôtre à l'origine ? Nous combattons aussi bien que n'importe qui. Nous mourons à leurs côtés, mercenaires de l'esprit. Et nous en faisons peu de cas. Pourquoi ? Le pourquoi n'a aucune importance. Mais nous ne trahissons jamais nos alliés. Je sais bien que cela vous inquiète que je n'aie rien tenté contre le T'lan Imass. Je pense que le Tyran jaghut sera libéré, Baruk. Mais mieux vaut que ce soit maintenant, alors que vous m'avez à vos côtés, que sans personne pour le défier. Nous allons arracher la vie à cette légende, et plus jamais sa menace ne vous hantera, Alchimiste.

Baruk le dévisagea.

— Êtes-vous si sûr de pouvoir anéantir le Jaghut ?

— Non. Mais quand il en aura fini avec nous, il sera très affaibli. D'autres devront alors prendre le relais. Votre Cabale. Je n'ai aucune certitude, Baruk. Vous autres humains semblez particulièrement irrités par ce point, mais vous feriez mieux d'apprendre à l'accepter. Il est fort possible que nous parvenions à abattre ce Tyran jaghut. Mais cela servirait aussi les plans de Laseen.

— Je ne comprends pas.

Rake sourit.

— Quand nous en aurons fini avec lui, nous serons très affaiblis. Et les forces de l'Empire interviendront. Vous voyez, l'Impératrice gagne de toute façon. La seule chose qui peut l'inquiéter, c'est votre Cabale T'orrud. Elle ne sait rien de vos pouvoirs. C'est pour cette raison que ses agents cherchent cette Vorcan. Si la Maîtresse de la Guilde accepte un contrat, voilà qui résoudrait le problème que vous incarnez.

— Pourtant, d'autres facteurs sont en jeu, répondit Baruk, pensif.

— Oponn, acquiesça Rake. Un danger pour tout le monde. Croyez-vous qu'Oponn se soucie d'une ville et de ses habitants mortels ? C'est le nœud du pouvoir qui intéresse Oponn, le tourbillon. Les dieux ont hâte de savoir si le sang des immortels va couler.

Baruk contempla son gobelet.

— Ma foi, nous avons au moins évité cela pour le moment, dit-il, avant de boire une gorgée.

— Erreur, répliqua le Tiste Andii. Contraindre Ombretrône à quitter le jeu fut une première étape.

Baruk faillit en recracher son lait de chèvre. Il reposa le gobelet et dévisagea Rake.

— Qui en a subi les conséquences ?

— Deux Molosses sont morts. Je crois qu'Ombretrône s'en est trouvé quelque peu ébranlé.

Se renversant dans son fauteuil, Baruk ferma les yeux.

— Les enjeux ont donc grimpé.

— Aussi haut que Sangdelune, Alchimiste.

Rake se rassit, étirant de nouveau ses jambes vers la chaleur de l'âtre.

— Et maintenant, que pouvez-vous me dire de plus sur ce Tyran jaghut ? Si je me souviens bien, vous souhaitiez consulter un expert sur la question.

Baruk rouvrit brusquement les yeux et jeta son morceau de pain dans le feu.

— Précisément, Rake. Il y a un problème. J'espère que vous pourrez m'aider à comprendre ce qu'il s'est passé. Suivez-moi, je vous prie, ajouta-t-il en se levant.

Le Tiste Andii quitta son fauteuil en grognant. Ce soir, il n'avait pas pris son épée et il semblait manquer quelque chose sur son large dos, ce qui n'empêchait pas Baruk de se féliciter de l'absence de l'arme.

L'alchimiste conduisit le Tiste Andi jusqu'aux appartements inférieurs. La première de ces chambres souterraines contenait un étroit lit de camp sur lequel reposait un vieil homme.

— Comme vous voyez, il semble assoupi. Son nom est Mammot.

— L'historien ? répondit Rake, haussant un sourcil interrogateur.

— Il est aussi grand prêtre de D'rek.

— Voilà qui explique le cynisme de ses écrits, dit Rake avec un sourire. Le Ver de l'Automne engendre bien des malheureux.

Baruk fut surpris que le Tiste Andii ait lu les Histoires de Mammot mais pourquoi pas ? Il fallait bien passer le temps quand on était en vie depuis vingt-mille ans.

Rake alla s'accroupir près du lit.

— Ce Mammot dort donc profondément. À quoi cela est-il dû ?

Baruk le rejoignit.

— C'est cela qui est bizarre. J'avoue ne pas connaître grand-chose en magie de la terre. D'riss est une Garenne que je n'ai jamais explorée. J'ai fait appel à Mammot et, dès son arrivée, je lui ai demandé de me raconter tout ce qu'il savait sur le Tyran jaghut. Il s'est aussitôt assis et a fermé les yeux. Il ne les a plus rouverts, et n'a pas prononcé un mot depuis.

Rake se redressa.

— Il a pris votre requête au sérieux, je vois.

— Que voulez-vous dire ?

— Comme vous l'avez deviné, il a ouvert sa Garenne D'riss. Il s'est efforcé de répondre à votre question de façon directe, dirons-nous. Et quelque chose l'a piégé.

— Il s'est rendu par Garenne dans le tumulus du Tyran jaghut ? Le vieux fou !

— C'est un lieu empreint de sorcellerie Tellann et en Omtose Phellack jaghute. Avec en plus, une femme munie d'une épée d'Otataral.

Rake croisa les bras.

— Il ne reviendra pas à lui avant le départ du T'lan Imass et de l'Otataral. Cela dit, s'il ne se dépêche pas de filer ensuite, le Jaghut réveillé risque de s'emparer de lui.

Baruk en fut glacé jusqu'aux os.

— S'en emparer… vous voulez dire, le posséder ?

Rake hocha la tête d'un air sombre.

— Vous avez dit qu'il était grand prêtre ? Le Jaghut le trouverait très utile. Sans parler de l'accès que Mammot offre à D'rek. Savez-vous si ce Tyran est capable d'asservir une déesse ?

— Je l'ignore, murmura l'alchimiste, le visage rond soudain baigné de sueur. Dessembrae nous garde ! ajouta-t-il en contemplant Mammot.

*

La vieille femme assise sur les marches de l'immeuble observait le ciel de fin d'après-midi tout en bourrant sa pipe de feuilles d'italbe séchées, près d'un petit brasero de bronze au couvercle fermé. Des brindilles dépassaient de ses trous. La vieille en tira une et l'appliqua à sa pipe, avant de la jeter dans la rue.

L'homme qui marchait sur le trottoir d'en face capta le signal et se passa une main dans les cheveux. Briseur de Cercle se sentait sur le point de céder à la panique. Circuler ainsi dans les rues était bien trop risqué. Il était persuadé que les limiers de Turban Orr ne tarderaient plus à le repérer. Tôt ou tard, le conseiller se rappellerait ses nombreux rendez-vous sous la Barbacane du Despote et du garde qui s'était chaque fois trouvé là. S'afficher aussi effrontément menaçait de tout compromettre.

Il disparut au coin d'une rue, longea trois pâtés de maisons avant d'arriver face à l'Auberge du Phénix. Deux femmes traînaient devant la porte, riant de quelque plaisanterie.

Briseur de Cercle dirigea le fourreau de son épée contre le mur le plus proche, les pouces glissés dans son ceinturon. La pierre crissa. Il libéra alors ses mains et repartit en direction de Front-de-Lac. *Voilà, c'est fait.* Il ne lui restait plus qu'un ultime contact à prendre, peut-être superflu, mais il suivrait scrupuleusement les ordres de l'Anguille. Le dénouement était proche. En attendant une mort qu'il estimait imminente, il ferait ce qu'il avait à faire. Que pouvait-on lui demander de plus ?

À l'entrée de l'Auberge du Phénix, Meese poussa Irilta du coude.

— Ça y est, marmonna-t-elle. Ce coup-ci, c'est toi qui fais le guet.

Irilta se rembrunit, mais hocha la tête.

— Bon, vas-y.

Meese descendit les marches et remonta la rue en sens inverse de Briseur de Cercle. À hauteur de l'immeuble, elle vit que la vieille n'avait pas bougé et observait les passants. Apercevant Meese, elle cogna sa pipe contre le talon d'une de ses chaussures. Une pluie d'étincelles s'abattit sur les pavés.

C'était le signal. Meese gagna l'angle du pâté de maisons, puis s'engagea dans la ruelle qui longeait l'immeuble à droite. Une porte s'ouvrit soudain et

Meese entra dans une pièce mal éclairée qui donnait sur un autre passage. Quelqu'un se dissimulait derrière la porte extérieure, mais Meese n'en tint pas compte. Elle franchit la deuxième entrée, intérieure celle-là, puis se retrouva dans un couloir. De là, elle eut vite fait de gravir les escaliers.

*

Apsalar – ou Mes Regrets, comme on l'avait précédemment appelée – n'avait pas semblé très impressionnée par son premier aperçu de Darujhistan. Malgré son exaltation et son impatience initiales, tout lui avait en définitive paru bien trop familier.

Déçu, Crokus l'avait rapidement conduite chez son oncle, après avoir ramené à l'écurie le cheval de Coll. Le trajet à travers les rues bondées s'était révélé fort troublant pour lui. Cette fille semblait avoir le chic pour le désarçonner, et il n'avait plus qu'une envie, en refiler la responsabilité à quelqu'un d'autre.

Mais pourquoi dans ce cas la perspective de cette séparation le déprimait-elle tant ?

Quittant la bibliothèque de Mammot, il regagna la pièce principale. Sur le bureau du savant, Mastard piaillait et lui tira la langue. Ignorant le petit singe ailé, Crokus rejoignit Apsalar, qui s'était assise dans le meilleur des deux fauteuils – son fauteuil à lui, bien sûr.

— Je n'y comprends rien, dit-il. Mon oncle semble être parti depuis au moins deux jours.

— Et alors ? Est-ce si exceptionnel ? s'enquit posément Apsalar.

— Pour lui, oui, maugréa Crokus. Tu as nourri Mastard comme je te l'ai demandé ?

Elle hocha la tête.

— Le raisin ?

— C'est ça… Bizarre, reprit-il, mains sur les hanches. Peut-être que Rallick sait quelque chose.

— Qui est Rallick ?

— Un ami assassin, répliqua distraitement Crokus.

Apsalar se leva d'un bond, les yeux dilatés.

— Qu'est-ce qui te prend ? s'enquit Crokus, se rapprochant.

La fille semblait terrorisée. Il s'attendait presque à voir un démon surgir du plancher ou de l'armoire, mais la pièce n'avait pas changé – juste un peu plus de désordre que d'habitude. La faute à Mastard, sans doute.

— Je ne suis pas sûre, répliqua enfin Apsalar en se forçant à se détendre. On aurait dit que j'allais me souvenir de quelque chose, mais ce n'est pas revenu.

— Ah, bon ? Eh bien, on pourrait…

On frappa à la porte et le visage de Crokus s'éclaira.

— Le voilà ! Il a dû égarer ses clés ou un truc comme ça.

— Nous n'avons pas fermé à clé, fit observer Apsalar.

Crokus ouvrit la porte.

— Meese ! Qu'est-ce que…

— Chut ! coupa la jeune femme en s'engouffrant dans la pièce.

Elle referma la porte derrière elle et écarquilla les yeux en apercevant Apsalar.

— Heureusement que j't'ai trouvé, mon gars ! T'as vu personne depuis ton retour ?

— Non, pourquoi ? Juste…

— Un propriétaire d'écurie, intervint Apsalar, qui observait Meese, les sourcils froncés. Nous sommes-nous déjà rencontrées ?

— Elle a perdu la mémoire, expliqua Crokus… Mais elle a raison, on a ramené le cheval de Coll à l'écurie.

— En quel honneur ? demanda Meese.

Mais elle ne laissa pas le temps à Crokus de poursuivre.

— Peu importe. Le type de l'écurie ne devrait pas poser de problème. Bien, on a du bol.

— Enfin, Meese ! protesta Crokus, qu'est-ce qui se passe ?

Meese le regarda bien en face.

— Ce garde que tu as tué chez les D'Arle, l'autre soir. Celui qui était dans le jardin. Ils ont ton nom et ton signalement, mon gars. Ne me demande pas comment. Mais les D'Arle te promettent le haut gibet quand on t'attrapera.

Crokus devint blanc comme un linge. Il tourna vivement la tête vers Apsalar, ouvrit la bouche, la referma. Non, elle ne s'en souvenait vraiment pas. Il s'effondra dans le fauteuil de Mammot.

— Faut qu'on te cache, reprit Meese. Et elle avec, j'imagine. Mais t'en fais pas, Irilta et moi, on va prendre soin de toi jusqu'à ce qu'on trouve une solution.

— Je n'arrive pas à y croire, murmura-t-il, les yeux rivés au mur. Elle m'a trahi, la garce !

Meese lança un regard interrogateur à Apsalar.

— À première vue, je dirais qu'il s'agit d'une dénommée Challice.

— Challice D'Arle, commenta Meese en fermant un instant les yeux. La dernière petite chérie en date des aristos. Mon pauvre garçon, reprit-elle d'un ton compatissant. C'était donc ça.

Crokus lui décocha un regard noir.

— Plus maintenant.

— Parfait, sourit Messe, en croisant les bras. Pour le moment, on va gentiment attendre la nuit. Après, on passera par les toits. T'inquiète pas, petit, on va s'occuper de tout.

Apsalar se leva.

— Je m'appelle Apsalar, annonça-t-elle. Ravie de vous rencontrer, Meese. Et merci d'aider Crokus.

— Apsalar, hum ?

Le sourire de Meese s'élargit.

— Avec un nom pareil, grimper sur les toits devrait pas te poser de problème.

— Aucun, répliqua Apsalar, étrangement sûre de ce qu'elle avançait.

— Tant mieux, dit Meese. Et maintenant, si on se cherchait un verre ?

— Meese, demanda Crokus, est-ce que tu sais où mon oncle a bien pu aller ?

— Alors là, mon gars, j'peux rien pour toi. Aucune idée.

*

Elle conservait un doute au sujet de la vieille femme sur les marches mais, concernant celle qui se tenait juste en dessous, dans l'ombre d'un renfoncement, il était clair qu'elle aurait à s'en occuper. Apparemment, ce Porteur de Pièce bénéficiait de protections.

Serrat ne s'en inquiétait pas outre mesure. Après son seigneur, Anomander Rake, elle était la plus redoutable des Tistes Andii de Sangdelune. Retrouver le jeune serviteur d'Oponn n'avait présenté aucune difficulté.

Une fois en possession des informations nécessaires, la signature magique d'Oponn avait été facile à isoler. D'autant qu'elle l'avait déjà rencontrée – chez ce même garçon, justement – deux semaines plus tôt, sur les toits. Ce soir-là, ses agents avaient pourchassé le Porteur de Pièce jusqu'au seuil de l'Auberge du Phénix, n'abandonnant la poursuite que sur son ordre. Si elle avait alors soupçonné ce qu'elle savait désormais, la présence d'Oponn aurait pris fin dès ce moment-là.

Pas de chance ! se dit Serrat, souriant en son for intérieur en s'installant sur le toit. Ils attendraient probablement la nuit pour sortir. Quant à la femme qui se dissimulait en bas, elle devrait s'en débarrasser avant. Avec un sortilège de brouillage et assez d'ombres, elle pourrait même prendre sa place.

De cette façon, celle qui se trouvait à l'intérieur avec le Porteur de Pièce ne se méfierait pas. Serrat hocha la tête. Oui, voilà comment elle allait s'y prendre.

Mais pour le moment, elle attendrait. La patience est toujours récompensée.

*

— Eh bien, déclara Murillio en observant le bar, ils ne sont pas là. Ils doivent donc se trouver chez Mammot.

Kruppe inspira avec délice l'atmosphère moite et enfumée de la salle.

— Ah ! la civilisation… Mon ami, tes déductions paraissent sages à Kruppe. Par conséquent, autant nous reposer ici, à boire et à souper pendant une heure ou deux, ajouta-t-il en entrant d'un pas décidé dans l'Auberge du Phénix.

Quelques habitués assis à sa table récupérèrent leur pichet et leurs chopes avant de s'éclipser, murmurant des excuses et échangeant des sourires entendus. Kruppe leur adressa un hochement de tête bienveillant, puis s'installa sur son siège habituel avec un grand soupir. Murillio s'était arrêté au bar pour toucher deux mots à Scurve.

Il rejoignit ensuite Kruppe et épousseta tristement sa chemise, que le trajet n'avait pas épargnée.

— J'ai hâte de prendre un bain, dit-il. Apparemment, Scurve a aperçu Rallick tout à l'heure, en train de discuter avec un inconnu. Depuis, personne ne l'a vu.

Kruppe agita une main.

— Notre bonne Sulty arrive.

Quelques instants plus tard, un pichet de bière trônait sur la table. Kruppe essuya sa chope avec son mouchoir de soie, puis l'emplit du mousseux breuvage.

Murillio le dévisagea.

— N'étions-nous pas censés faire notre rapport à Baruk ?

— Chaque chose en son temps, répliqua Kruppe. Tout d'abord, remettons-nous de nos épreuves. Et si Kruppe perdait la voix ? Maître Baruk serait bien avancé.

Il leva sa chope pour lamper une grande gorgée de bière.

Les doigts de Murillio tambourinaient nerveusement sur la table tandis que leur propriétaire ne cessait de fouiller la salle du regard. Enfin, il se redressa sur son siège et emplit sa propre chope.

— Maintenant que tu as découvert nos projets, que comptes-tu faire ?

Kruppe haussa les sourcils.

— Kruppe ? Rien de mal, bien sûr ! Une assistance opportune… Inutile de te tracasser, ami Murillio. Agissez comme prévu, je vous en prie. Ne voyez dans l'avisé Kruppe qu'un bienveillant chaperon.

— Par Goule ! gémit Murillio en levant les yeux au ciel. On se débrouillait très bien sans ton aide ! Le meilleur service que tu puisses nous rendre, c'est de rester en dehors de ça. Ne t'en mêle pas.

— Et abandonner mes amis à leur destinée ? Sornettes !

Murillio finit sa bière et se leva.

— Je rentre chez moi, Kruppe. Tu peux faire ton rapport à Baruk dans une semaine si ça te chante. Mais quand Rallick saura que tu es au courant de nos plans, je ne voudrais pas être à ta place.

Kruppe eut un geste insouciant.

— Tu vois Sulty, là-bas ? Le souper de Kruppe arrive sur un plateau. Que sont les vilaines dagues et le sale caractère de Rallick Nom comparé à un tel festin ? Bonne nuit à toi, Murillio. À demain.

Murillio le contempla.

— Bonne nuit, Kruppe, finit-il par marmonner.

Il sortit par la porte de la cuisine et une silhouette l'accosta aussitôt dans la ruelle. Il fronça les sourcils.

— C'est toi, Rallick ?

— Non, dit le personnage noyé dans l'ombre. Mais ne craignez rien, Murillio. Je vous apporte un message de la part de l'Anguille. Vous pouvez m'appeler Briseur de Cercle.

L'homme se rapprocha.

— Ce message concerne le conseiller Turban Orr…

*

Rallick progressait de toit en toit sous la lune. Mais la nécessité d'un silence absolu ralentissait considérablement sa chasse. Il ne discuterait pas avec Ocelot. Et il se doutait qu'il n'aurait pas le droit à l'erreur. S'il manquait son coup, la sorcellerie de son chef de clan le balayerait.

À moins que…

Rallick inspecta sa bourse. Des années plus tôt, l'alchimiste Baruk l'avait récompensé après une mission réussie en lui remettant un sachet contenant une poudre rougeâtre. Baruk lui en avait expliqué les propriétés antimagie, mais Rallick préférait ne pas trop s'y fier. Le temps avait-il émoussé son efficacité ? Serait-elle à la hauteur des pouvoirs d'Ocelot ?

Impossible de le savoir.

Il traversa un toit qui contournait une coupole. La partie ouest des remparts de Darujhistan s'étirait à sa droite, avec derrière la faible lueur de Tracasville.

L'assassin soupçonnait qu'Ocelot attendrait l'arrivée de Coll à la porte du Tracas, en se cachant à portée d'arbalète. Mieux valait en effet qu'il tue sa cible avant que celle-ci n'entre en ville.

Ses possibilités s'en trouvaient limitées. Les points de vue dégagés étaient rares et la colline de K'rul était le meilleur. Cela dit, Ocelot avait peut-être déjà fait appel à la sorcellerie pour se rendre invisible. Rallick risquait de trébucher sur lui à tout moment.

Il gagna le côté nord de la coupole. Le temple de K'rul se dressait devant lui. Depuis le beffroi, on pouvait tirer droit sur Coll. Rallick sortit le sachet. L'assassin se rembrunit. Quelle était l'étendue du pouvoir de la poudre ? Et combien de temps ses effets se prolongeraient-ils ? Surtout, Rallick se souvenait parfaitement que Baruk lui avait dit de ne pas la toucher directement. « Du poison ? » avait demandé l'assassin. « Non, avait répondu Baruk. La poudre transforme certaines personnes. Mais il est impossible de prévoir ces changements. Mieux vaut ne pas prendre le risque, Rallick. »

Son front ruisselait de sueur. Trouver Ocelot ne serait déjà pas simple. La mort de Coll gâcherait tout et lui arracherait, à lui, son ultime prétention à… à quoi ? À l'humanité. Le coût d'un échec était décidément devenu très élevé.

— Et la justice ? murmura-t-il d'un ton rageur. Ça doit bien signifier quelque chose ! Il le faut !

Il plongea la main dans le sachet et en tira une poignée de poudre qu'il frotta entre ses doigts. On aurait juré de la rouille.

— C'est tout ? s'étonna-t-il.

Elle s'était peut-être gâtée. Il haussa les épaules et entreprit de la faire pénétrer dans sa peau, en commençant par la figure.

— Quels changements ? marmonna-t-il. Je ne sens rien du tout.

Il vida finalement entièrement le sachet. La poudre en avait taché l'intérieur. Rallick le retourna, puis le fourra sous sa ceinture.

— Et maintenant, songea-t-il avec une grimace, la chasse continue.

Quelque part tout près, un assassin attendait, les yeux braqués sur la route du Tracas de Jammit.

— Je te trouverai, Ocelot, chuchota Rallick en fixant le beffroi de K'rul. Et, magie ou pas, tu ne sentiras même pas mon souffle sur ta nuque avant qu'il soit trop tard. Je le jure.

Il se mit à grimper.

Chapitre 18

Cette ville bleue cache
Sous son manteau
Une main secrète
Qui tient comme un roc
Une lame envenimée
Par le Paralt octopode
Sa piqûre occit
Un ultime soupir
Aussi défie-t-elle la toile
De la sorcellerie dont le fil
Ténu frémit sous la
Mortelle menace d'une araignée.
Cette main sous le manteau
Bleu de la ville
Veille à l'équilibre
Subtil des Pouvoirs.

La Conspiration
Gallan l'Aveugle (né en 1078)

Le sergent Mésangeai s'approcha du lit.
— Tu es sûr d'en être capable ?

Assis dos au mur, Kalam aiguisait ses poignards. Il leva les yeux.

— Pas trop le choix, non ? répliqua-t-il avant de reprendre son affûtage.

Mésangeai avait les traits tirés et hâves, la faute au manque de sommeil. Il regarda Ben le Vif, accroupi à l'autre bout de la pièce. Le sorcier serrait un morceau de couverture, les yeux clos.

Assis à la table, Violain et Esquive avaient démonté leur lourde arbalète, en nettoyant chaque élément. Ils s'attendaient à se battre sous peu.

Mésangeai partageait leur conviction. Chaque heure rapprochait d'eux leurs nombreux poursuivants. Le sergent redoutait avant tout les Tistes Andii. Son escouade était bonne, mais pas à ce point-là.

Gogues se tenait près de la fenêtre, appuyé au mur, ses bras massifs croisés sur sa poitrine. Maillet dormait contre un autre mur et ronflait bruyamment.

Le sergent se tourna de nouveau vers Kalam.

— Ça a peu de chance de marcher, pas vrai ?

— Ce type n'a aucune raison de continuer à se montrer, reconnut l'assassin. Ils s'y sont brûlé les doigts l'autre fois.

Il haussa les épaules.

— Je vais réessayer l'auberge. Si quelqu'un me repère, la Guilde rappliquera. Pour peu que j'arrive à placer un mot avant qu'ils me descendent, il reste une chance. Assez mince…

— Mais il faudra s'en contenter, conclut Mésangeai. Très bien, je te laisse la journée. Si on fait chou blanc…

Il pivota vers Violain et Esquive et surprit leur regard braqué sur lui.

— Alors, on explose les carrefours. Avec le maximum de dégâts.

Les deux saboteurs affichèrent un grand sourire. Mais tout le monde se retourna quand Ben le Vif siffla. Le sorcier avait rouvert les yeux. Il jeta le morceau de tissu par terre avec un geste méprisant.

— Inutile, Sergent, dit-il. Mes Regrets a disparu.

Jurant dans sa barbe, Kalam fourra ses armes dans leurs étuis.

— Et alors ? demanda Mésangeai à Ben le Vif. Qu'est-ce que ça signifie ?

— Très probablement qu'elle est morte.

Le sorcier désigna le bout de couverture.

— Avec ça, il n'y avait pas moyen que la Corde m'échappe. Pas tant qu'il possédait la fille.

— Maintenant qu'il se sait démasqué, fit Violain, peut-être qu'il a abandonné la partie.

— La Corde n'a pas peur de nous, grimaça Ben le Vif. Arrête de rêver, Violain. Il risque juste de nous tomber dessus. À l'heure qu'il est, Ombretrône doit lui avoir expliqué qui je suis, ou plutôt qui j'étais. Cela ne concerne pas la Corde, mais Ombretrône pourrait insister. Les dieux n'aiment pas se faire berner. Surtout deux fois d'affilée.

Il se releva et s'étira, puis croisa le regard de Mésangeai.

— Je n'y comprends rien, Sergent. Je ne sais plus quoi faire.

— Alors, on abandonne Mes Regrets ?

— Je crois qu'on peut, confirma le sorcier.

Il hésita puis reprit en faisant un pas en avant.

— On espérait tous s'être trompés sur son compte, mais elle n'avait vraiment rien d'humain. En ce qui me concerne, j'en suis heureux.

— Je n'aimerais pas croire qu'une telle perversité puisse être réelle, qu'elle ait pu revêtir naturellement un visage aussi ordinaire, fit Kalam. Mais je sais que vous avez vos raisons de préférer le contraire, Sergent.

Compatissant, Ben le Vif se rapprocha de Mésangeai.

— Ça vous permet de ne pas devenir dingue chaque fois que vous envoyez quelqu'un à la mort. On comprend tous ça, Sergent. Et on serait les derniers à sous-entendre qu'il existe un autre moyen auquel vous n'avez peut-être pas encore songé.

— Content d'entendre ça, grogna Mésangeai, s'apercevant soudain que Maillet s'était réveillé lui aussi et l'observait.

— Quelqu'un d'autre a un commentaire à émettre ?

— Moi, répondit Violain, baissant les yeux devant le regard furieux du sergent. Eh bien, c'est vous qui avez demandé, non ?

— Accouche dans ce cas.

Le sapeur se redressa et s'éclaircit la voix. Il allait commencer quand Esquive lui donna un petit coup de coude dans les côtes. Violain fronça les sourcils et se reprit.

— Voilà, Sergent. On a vu un sacré paquet de nos camarades mourir, pas vrai ? Et comme ce n'est pas nous qui donnons les ordres, vous pensez peut-être que c'était plus facile pour nous. Mais je ne crois pas. Vous voyez, pour nous, ces gars-là étaient bien vivants. C'étaient des amis. Leur mort, ça nous en fiche un coup. Vous passez votre temps à vous raconter que la seule façon de ne pas devenir cinglé, c'est d'ignorer tout ça, pour ne pas avoir mal quand ils meurent. Mais bon sang, quand on retire aux autres leur humanité, on s'enlève aussi la sienne. Et ça aussi, ça rend forcément cinglé. C'est le chagrin qui nous permet de tenir, Sergent. Et ça ne nous avance peut-être à rien mais, au moins, on ne se défile pas.

Le silence se fit dans la pièce. Esquive gratifia soudain son collègue d'un coup de poing dans le bras.

— Ça alors ! Y en a, là-dedans ! Moi qui t'avais toujours pris pour un crétin !

— C'est ça, rétorqua Violain avec un regard entendu à l'attention de Maillet. Et qui c'est qui s'est cramé les tifs si souvent qu'il doit tout le temps porter cette horrible casquette en cuir ?

Maillet rit, mais l'atmosphère demeurait tendue et tous les regards convergèrent vers le sergent. Lentement, Mésangeai étudia chacun des hommes de son escouade. Il lut dans leurs regards de l'affection, cette amitié généreuse qu'il avait rejetée pendant des années. Tout ce temps passé à les repousser, à repousser tout le monde, et voilà que ces têtes de mule s'obstinaient encore à revenir à la charge.

Ainsi, Mes Regrets n'avait pas été humaine. Il s'était convaincu du contraire, mais son raisonnement passé lui semblait désormais reposer sur des bases fragiles. Cependant, quelque part, il y croyait encore un peu. Il en avait trop vu au cours de son existence. Aucune foi subite n'illuminerait sa vision de l'histoire humaine, aucun accès d'optimisme ne viendrait chasser les souvenirs atroces des enfers qu'il avait traversés.

Mais arrivait un moment où certains dénis n'avaient plus de raison d'être, où les implacables assauts de la réalité rendaient leur absurdité flagrante, même à ses propres yeux. Il se trouvait enfin, après tant d'années, au milieu d'amis. Un aveu difficile et qui l'agaçait déjà.

— Bon, grommela-t-il, assez bavassé. On a du pain sur la planche. Caporal ?

— Sergent ? dit Kalam.

— Préparez-vous. Vous avez jusqu'à demain soir pour rétablir le contact avec la Guilde. D'ici là, je veux que tous les autres astiquent bien leurs armes. Et on n'oublie pas les armures. Il y aura inspection, et si je vois la moindre chose qui ne va pas, ça va barder. Compris ?

— Oui. On a compris, répondit Maillet avec un grand sourire.

*

En dépit de la lenteur de leur trajet, la blessure de Coll s'était rouverte une demi-douzaine de fois depuis qu'ils avaient repris la route. Il avait fini par trouver une façon adéquate de se tenir en selle, penché d'un côté pour faire porter l'essentiel de son poids sur sa jambe valide. Ce matin, le sang ne s'était pas encore remis à couler. Cette position gênante lui causait cependant des crampes et des douleurs partout ailleurs.

Paran savait reconnaître quelqu'un de mauvaise

humeur. Bien qu'il se soit noué entre eux des relations de confiance marquées par la sincérité, ils n'avaient quasiment pas ouvert la bouche tandis que la blessure de son ami continuait à le faire souffrir.

Toute la jambe gauche de Coll était désormais marron. Des caillots de sang à demi séché obstruaient les articulations des plates de son cuissard et de sa genouillère. Sa cuisse avait enflé et il avait fallu fendre le rembourrage de cuir sous le métal.

On leur avait refusé toute assistance à la garnison du pont de la Catlin, l'unique chirurgien en poste là-bas cuvant une de ses « mauvaises nuits ». On leur avait néanmoins donné des pansements propres, mais ils étaient déjà entièrement souillés.

Les remparts de la ville étaient proches, mais la circulation était fluide sur le Tracas de Jammit. Le flot de réfugiés venus du nord s'était tari et les voyageurs qui voulaient assister au Festival de Gedderone étaient déjà arrivés en ville.

Aux abords de Tracasville, Coll parut retrouver ses esprits, pour la première fois depuis plusieurs heures. Son teint était d'une pâleur cadavérique.

— C'est la porte du Tracas ? s'enquit-il faiblement.

— Je crois, répondit Paran, la route qu'ils suivaient partageant cet étrange nom. Va-t-on nous laisser passer ? Les gardes appelleront-ils un chirurgien ?

Coll secoua la tête.

— Conduisez-moi en ville. À l'Auberge du Phénix. Emmenez-moi à l'Auberge du Phénix.

Son menton retomba bien vite sur sa poitrine.

— Très bien, Coll.

Paran doutait que les gardes les laissent passer. Il

devrait trouver une histoire à leur raconter, même si son compagnon ne lui avait rien dit au sujet de sa blessure.

— J'espère qu'il y a quelqu'un qui possède des dons de guérisseur dans cette auberge, grommela-t-il.

Coll semblait vraiment mal en point. Paran leva son regard sur les portes de la ville. Il en avait déjà assez vu pour comprendre pourquoi l'Impératrice tenait tant à s'en emparer.

— Darujhistan, soupira-t-il, mais c'est que tu es une véritable merveille, pas vrai ?

*

Rallick se hissa quelques centimètres plus haut, tremblant d'épuisement. Si ce côté-là du beffroi n'avait pas été plongé dans l'ombre, on l'aurait déjà repéré depuis longtemps. Mais il ne resterait plus dissimulé bien longtemps maintenant.

Emprunter l'escalier dans le noir aurait été du suicide. Ocelot avait sûrement installé des dispositifs d'alerte. Son chef de clan n'était pas un débutant, il savait couvrir ses arrières.

Encore fallait-il qu'il se trouve bien là, corrigea mentalement Rallick. Dans le cas contraire, Coll allait avoir des ennuis. Lui-même n'avait aucun moyen de savoir si son ami était déjà arrivé en ville et le silence qui régnait au sommet du beffroi pouvait signifier n'importe quoi. L'assassin jeta un coup d'œil en l'air tout en reprenant son souffle. Encore trois mètres. Les plus dangereux. Sa fatigue était telle qu'il parvenait tout juste à ne pas lâcher prise. Il pouvait oublier le silence. Son unique avantage était que l'attention d'Ocelot serait dirigée vers l'est, tandis que lui escaladait la tour par l'ouest.

Il inspira profondément plusieurs fois, avant de chercher une nouvelle prise.

*

Des passants s'arrêtèrent pour regarder Paran et Coll traverser lentement Tracasville, en direction des remparts. Ignorant ces gens et leurs questions, le capitaine se concentra sur les deux gardes à pied plantés devant la porte. Ceux-ci les avaient aperçus et les attendaient.

Paran leur fit signe qu'il voulait passer. Un des gardes hocha la tête. Le second s'approcha du cheval du capitaine.

— Votre ami a besoin d'un chirurgien, dit-il. Si vous patientez derrière le rempart, on peut en faire venir un en cinq minutes.

Paran déclina l'offre.

— Nous cherchons l'Auberge du Phénix. Je viens du nord, je ne connais pas la ville, mais cet homme a dit vouloir s'y rendre et c'est donc là que je vais l'emmener.

Son interlocuteur afficha une moue dubitative.

— M'étonnerait qu'il arrive jusque-là. Enfin, si vous y tenez, on va au moins vous fournir une escorte.

Ils quittèrent l'ombre de la porte et l'autre garde poussa un cri de surprise. Le voyant s'avancer vers Coll, Paran retint son souffle.

— Je le connais, déclara ce garde. C'est Coll

Jhamin, de la Maison Jhamin. J'ai servi sous ses ordres. Que s'est-il passé ?

— Je croyais que Coll était mort il y a des années, objecta son collègue.

— Qu'ils écrivent ce qu'ils veulent, Vildron, répliqua sèchement l'autre. Je sais ce que je sais. C'est bien Coll.

— Il veut se rendre à l'Auberge du Phénix, expliqua de nouveau Paran. C'est la dernière chose qu'il m'ait dite.

— Faisons ça bien, quand même, acquiesça le garde, en se tournant vers son collègue. Je prends tout sur moi, Vildron. Amène-moi le chariot, il est toujours attelé de ce matin, non ?

Il adressa un sourire à Paran.

— Merci de l'avoir ramené. Dans cette ville, tout le monde n'est pas encore aveugle et j'emmerde les calomnies des aristos. On va le mettre à l'arrière du chariot. Comme ça, il sera moins brinquebalé.

Paran se détendit.

— Merci, soldat.

Il regarda loin derrière le garde, impatient de découvrir la ville à présent. Une colline arrondie se dressait droit devant lui, dont les pentes étaient envahies de mauvaises herbes et d'arbres noueux. Elle était surmontée d'une sorte de temple visiblement depuis longtemps abandonné, d'où dépassait une tour carrée, dominée par un toit à tuiles de bronze. Levant la tête vers le sommet de ce beffroi, Paran crut apercevoir du mouvement et il plissa les yeux.

*

Rallick jeta un coup d'œil prudent par-dessus le rebord de la plate-forme et manqua pousser un cri de surprise. Le beffroi était désert. Mais il se souvint des sorts d'Ocelot. Bloquant sa respiration, il se hissa avec un dernier effort, malgré ses bras lourds comme du plomb. Il remonta ses jambes et la pierre nue miroita. Le chef de clan se tenait à plat ventre devant lui, son arbalète bandée.

L'assassin dégaina ses poignards et fonça. Mais la fatigue le trahit et ses semelles laissèrent échapper un murmure sur la pierre.

Ocelot roula aussitôt sur le dos et riva son arme contre Rallick. La rage et la peur déformaient les traits du chef de clan. Sans un mot, il libéra son carreau.

Rallick se figea, anticipant le choc qui risquait bien de le projeter à l'autre bout de la plate-forme, voire dans le vide. Un éclair rouge l'aveugla un instant, mais rien d'autre ne se produisit. Il cligna des yeux et baissa la tête. Le projectile s'était évanoui. L'assassin comprit aussitôt qu'il avait eu affaire à un carreau magique, conçu pour atteindre sa cible à coup sûr. Mais la poudre de Baruk avait fonctionné. À l'instant même où cette idée s'imposait à son esprit, il bondit sur Ocelot.

Son adversaire lâcha son arbalète en jurant pour saisir un poignard. Mais Rallick était déjà sur lui. Le chef de clan émit un grognement sonore, fermant les yeux sous le coup de la douleur.

Rallick le frappa à la poitrine de la main droite, mais sa lame rencontra du métal sous la chemise de toile. Enfer ! Ocelot avait tiré les leçons de l'autre nuit : l'assassin se heurtait là à ses propres précautions. De sa main gauche, il visa l'aisselle droite du chef de clan. La pointe de l'arme perça la chair et poursuivit sa course.

Rallick la vit ressortir tout près de sa propre figure. La lame avait transpercé l'épaule droite de son adversaire et le tissu recouvrant celle-ci se colora bientôt d'écarlate. Un poignard rebondit sur les dalles.

Grimaçant, Ocelot chercha à saisir sa natte de la main gauche. Il tira sèchement dessus, s'efforçant de mordre Rallick dans le cou. Un coup de genou dans l'entrejambe lui coupa le souffle, mais il saisit de nouveau la natte, plus près du bout cette fois.

L'assassin tenta désespérément de rouler sur sa droite en entendant un déclic métallique. Le bras droit d'Ocelot avait beau être blessé, celui-ci le frappa néanmoins avec suffisamment de force pour lui enfoncer une lame de bracelet à travers sa cotte de maille. Rallick sentit une brûlure sourde envahir sa poitrine. Le chef de clan ressortit aussitôt sa lame. Toujours cramponné à la natte de son adversaire, il voulut frapper de nouveau.

Rallick leva alors le bras droit et trancha sa chevelure. Enfin libre, il se décala sur la droite tout en récupérant de la main gauche son second poignard. Ocelot s'efforça frénétiquement de lui taillader le visage, le manquant de quelques centimètres.

Concentrant toutes les forces restantes de son bras gauche, l'assassin frappa son adversaire au creux de l'estomac. Les mailles lâchèrent et la lame s'enfonça jusqu'à la garde. Ocelot se plia en deux. Haletant,

Rallick bascula en avant et plongea son autre poignard dans le front du chef de clan.

Il resta ensuite étendu un moment, vaguement étonné de n'éprouver aucune douleur. À Murillio maintenant de mener leur plan à bien, de venger Coll. Murillio en était capable. Il serait bien obligé.

Malgré le sang qui s'échappait du corps d'Ocelot en abondance, celui-ci lui semblait de plus en plus lourd.

— J'avais toujours pensé que je valais ce type-là, marmonna Rallick.

Repoussant le corps parcouru de spasmes, il roula sur le dos. Il avait espéré voir le ciel, contempler une dernière fois l'azur insondable et lumineux, mais il se retrouva à observer le toit du beffroi, avec sa vieille voûte de pierre grouillante de chauves-souris. Ce détail se grava dans son esprit alors que le sang coulait de sa poitrine. Rallick crut alors voir des yeux perçants au-dessus de lui.

*

N'ayant repéré aucun autre signe de vie en haut du beffroi, Paran se concentra sur l'avenue à sa gauche. Le dénommé Vildron arrivait sur un chariot tiré par deux chevaux. L'autre garde, qui patientait près de la monture de Coll, héla son collègue.

— Donne-moi un coup de main pour le descendre, tu veux ?

Paran s'empressa de mettre pied à terre pour aller aider le garde, observant rapidement le visage du blessé. Bien que toujours assis, Coll avait perdu connaissance. Combien de temps tiendrait-il encore ? À *sa place*, songea Paran, *je serais déjà mort.*

— Après tout ça, maugréa-t-il, tu as vraiment intérêt à vivre !

*

Gémissant, Serrat roula sur le dos. De chauds rayons frappèrent ses paupières alors que ses souvenirs épars se rassemblaient. Elle avait été sur le point d'attaquer la femme en bas, dans la ruelle. Une fois morte, le Porteur de Pièce n'aurait plus eu qu'une seule personne pour le protéger. Et en quittant l'immeuble à la faveur de l'obscurité, tous deux seraient tombés dans son piège.

La Tiste Andii ouvrit les yeux. On était déjà au milieu de la matinée. Ses dagues, qu'elle tenait à la main tapie au bord du toit, étaient à présent disposées l'une à côté de l'autre sur les pavés. Elle éprouvait une douleur lancinante à l'arrière de son crâne. Elle grimaça et palpa la plaie, avant de chercher à s'asseoir.

Le paysage tournoya un moment. Serrat était à la fois abasourdie et furieuse. On l'avait eue par surprise et s'approcher furtivement d'un mage-assassin tiste andii n'était pas à la portée du premier venu. La chose était d'autant plus inquiétante qu'ils n'avaient encore jamais croisé d'adversaire de ce calibre à Darujhistan, hormis les deux hommes de la Griffe, la nuit de l'embuscade. Mais s'il s'était agi de la Griffe, elle serait morte à présent.

Or, tout semblait avoir été fait pour l'embarrasser. La laisser là en plein jour à côté de ses armes était la preuve d'un humour retors. Oponn ? Peut-être. Mais les dieux intervenaient rarement de façon aussi directe, préférant recourir à des agents choisis dans la masse des mortels.

Une chose était sûre : elle avait manqué son occasion de tuer le Porteur de Pièce. Il était trop tard pour aujourd'hui. La prochaine fois, se jura-t-elle en se relevant pour accéder à sa Garenne Kurald Galain, ses ennemis la trouveraient prête à riposter.

Autour d'elle, l'air se mit à miroiter. Un instant plus tard, Serrat avait disparu.

*

Des grains de poussière flottaient dans l'air chaud et renfermé du grenier de l'Auberge du Phénix. La hauteur de plafond passait d'un mètre cinquante le long du mur ouest à un mètre quatre-vingts de l'autre côté. La lumière entrait à flots par des fenêtres situées à chaque extrémité de cet espace étroit tout en longueur.

Crokus et Apsalar dormaient tous les deux, chacun à un bout de la pièce. Assise sur une caisse posée près de la trappe, Meese se curait les ongles avec un éclat de bois. Gagner cette cachette s'était révélé étonnamment facile. Trop facile, en réalité. D'après Irilta, personne ne les avait suivis dans les rues. Quant aux toits, ils n'y avaient pas rencontré âme qui vive. Comme si on leur avait dégagé la route.

Une nouvelle manifestation du génie de l'Anguille ? se demanda Meese. Hum, peut-être. Ou peut-être accordait-elle trop d'importance à l'insaisissable malaise qui lui donnait le frisson. En cet instant même, elle sentait sur eux un invisible regard. Et ça, c'était impossible, se dit-elle en balayant le vieux grenier d'un œil soupçonneux.

On frappa doucement à la trappe, qui se souleva.

— Meese ? souffla Irilta.

— Derrière toi, bougonna Meese en jetant son écharde sur le plancher gras. Tu diras à Scurve que cet endroit risque fort de prendre feu un de ces jours.

Irilta se hissa dans le grenier en grognant, puis referma la trappe et s'essuya les mains.

— Y se passe de drôles de choses en bas. Un chariot du Guet s'est pointé, avec un garde, un autre type et Coll à moitié mort entre les deux. Le vieux fou s'est pris un vilain coup d'épée. Ils l'ont installé à l'étage, dans la chambre de Kruppe. Sulty a filé chercher un rebec, mais c'est pas beau à voir. Vraiment pas.

Meese plissa les yeux pour observer l'endroit où Crokus continuait à dormir.

— À quoi ressemble cet autre type ?

Irilta sourit.

— Je dirais que ça me dérangerait pas de faire un tour au lit avec lui. Il prétend qu'il a trouvé Coll sur le Tracas de Jammit, pissant le sang. Coll se serait réveillé juste assez longtemps pour lui filer le nom de l'auberge. Il est en bas dans la salle, en train de manger pour trois.

— C'est un étranger ?

Irilta s'approcha de la fenêtre donnant sur la rue.

— Il parle daru comme s'il était né ici. Mais il dit qu'il vient du nord. Pale, Genabaris avant. Il sent son militaire, en fait.

— Des nouvelles de l'Anguille ?

— On garde le gamin ici pour l'instant.

— Et la fille ?

— Pareil.

Meese poussa un long soupir.

— Ça va pas plaire à Crokus de rester enfermé ici.

Irilta jeta un coup d'œil méfiant à l'adolescent. Dormait-il vraiment ?

— Pas le choix. Il paraît que deux soldats de la Garde l'attendent chez Mammot. Trop tard, bien sûr, mais c'était moins une.

Elle essuya le carreau couvert de poussière et regarda dehors.

— Des fois, je jurerais que j'ai vu quelqu'un, quelque chose. Et dès que je regarde, plus rien.

— Je vois ce que tu veux dire.

Meese se leva en faisant craquer ses articulations.

— Je pense que l'Anguille elle-même commence à avoir chaud. La situation s'emballe, copine ! Ça va bouger ! pouffa-t-elle.

Irilta acquiesça d'un air lugubre.

— C'est ça, j'ai hâte.

*

Le capitaine Paran remplit sa chope pour la troisième fois. Était-ce à cela que pensait le Tiste Andii en parlant du moment où sa chance tournerait ? Depuis son arrivée, il s'était fait trois amis, chose totalement inattendue et nouvelle pour lui, précieuse, même. Mais la Loquevoile qu'il connaissait était morte et, à sa place il avait retrouvé… *une enfant*. Toc était mort.

Et voilà que Coll semblait parti pour s'ajouter à la liste.

Paran traça une ligne dans une flaque de bière, créant une petite rivière, jusqu'à un interstice entre deux planches de la table. Il regarda ensuite le liquide s'écouler au travers. Ignorant l'humidité croissante qu'il sentait sur son tibia droit, il se concentra sur la fente. Les planches étaient boulonnées à une armature non moins robuste.

Qu'avait dit Rake, déjà ? Paran déboucla son ceinturon et le posa sur la table.

Avant de dégainer Hasard.

Le silence se fit parmi les quelques habitués du bar, qui braquèrent leurs regards sur lui. Derrière le comptoir, Scurve attrapa son gourdin.

Le capitaine ne remarqua rien de tout cela. Tenant l'épée de la main droite, il en glissa la pointe entre les planches disjointes pour la mettre à la verticale. Ensuite, multipliant les va-et-vient, il enfonça la lame sur près de la moitié de sa longueur, avant de se rasseoir pour retrouver sa bière.

Tout le monde se détendit, dans un brouhaha déconcerté. Paran avala une gorgée de bière, considérant Hasard d'un œil maussade. Oui, qu'avait dit Rake, déjà ? *Quand ta chance tournera, brise cette épée. Ou donne-la à ton pire ennemi.* Mais il doutait qu'Oponn l'accepte. Il ne lui restait donc qu'à la briser. Voilà longtemps que cette épée l'accompagnait. Il n'avait pourtant combattu qu'une fois avec, contre le Molosse.

Les paroles de l'un de ses vieux précepteurs lui revinrent, et le visage ridé de l'homme surgit dans son esprit pour accompagner sa voix. « Les dieux commencent par séparer leurs élus des autres mortels. Par traîtrise, en les coupant de tout ce qui nourrit leur âme. Les dieux prendront tous ceux qui te sont chers, un par un. Et à mesure que tu t'endurciras, que tu deviendras ce qu'ils recherchent, ils souriront et hocheront la tête. Chaque compagnie que tu fuiras te rapprochera d'eux. C'est comme ça qu'on façonne un outil, fiston, la carotte et le bâton. Et le dernier secours qu'ils t'offriront sera de mettre un terme à ta solitude, à cet isolement même qu'ils auront contribué à créer. » *Ne te fais jamais remarquer, mon garçon.*

Le façonnage avait-il commencé ? Paran se rembrunit. Allait-il être responsable de la mort de Coll ? Leur amitié de quelques heures seulement avait-elle suffi à sceller sa perte ?

— Oponn, murmura-t-il, tu as bien des comptes à rendre et, ma foi, tu les rendras.

Reposant sa chope, il se leva et empoigna son épée.

*

Kalam s'immobilisa en haut des marches de l'Auberge du Phénix. Mince ! Voilà qu'il avait de nouveau l'impression d'être observé à la dérobée. Il avait eu cette sensation – produit de son entraînement dans la Griffe – quatre fois depuis qu'il était arrivé en vue du bar. Tenir compte de ce genre d'avertissement avait contribué à le maintenir en vie, mais il ne percevait aucune malveillance. Il s'en dégageait plutôt une curiosité amusée, comme s'il avait affaire à quelqu'un qui savait pertinemment qui et ce qu'il était, mais ne s'en inquiétait absolument pas.

Il s'ébroua et entra dans le bar sans plus attendre. Kalam sentit tout de suite que quelque chose n'allait pas. Refermant la porte, il attendit que ses yeux se fassent à la pénombre. Il entendait des bruits de respiration, de chaises, de chopes que l'on reposait sur des tables. Il y avait donc du monde à l'intérieur. Alors, pourquoi ce silence ?

Au fur et à mesure que les contours de la salle se précisaient, il constata que les clients lui tournaient le dos et observaient un homme debout au fond de la salle. La lueur d'une lanterne jetait un vague reflet sur une épée plantée dans la table de cet individu, lequel avait refermé une main autour de la poignée de l'arme. Il semblait avoir complètement oublié tous ceux qui l'entouraient.

S'avançant encore de quelques pas, Kalam gagna le bout du comptoir. Son regard sombre ne quittait pas l'homme à l'épée et un froncement de sourcils creusa les rides de son large front. Il se figea. Cette fichue lumière lui jouait-elle des tours ?

— Non, conclut-il à voix haute, en faisant sursauter le tenancier derrière son bar.

Kalam parcourut des yeux le reste de l'assistance, entièrement composée de locaux. Il allait devoir prendre le risque. Le cou et les épaules abominablement tendus, il se dirigea droit vers l'homme, qui semblait sur le point de casser la lame de son épée. Empoignant au passage une chaise libre, il la planta face à l'individu, de l'autre côté de la table.

Deux yeux stupéfaits se levèrent sur lui.

— Votre chance ne vous a pas abandonné, Capitaine, grommela Kalam d'une voix sourde. Asseyez-vous.

La mine troublée, vaguement effrayée, Paran lâcha l'arme et retomba sur son siège. L'assassin s'assit à son tour, puis se pencha par-dessus la table.

— Et d'abord, c'est quoi ce bordel ? chuchota-t-il.

Le capitaine se renfrogna.

— Qui êtes-vous ?

Les conversations autour d'eux reprirent, avec une exubérance née de la nervosité ambiante.

— Vous ne devinez pas ? répliqua Kalam, secouant la tête. Caporal Kalam, 9e escouade, Brûleurs de Ponts. La dernière fois que je vous ai vu, vous récupériez de deux blessures fatales…

Paran lui agrippa aussitôt la chemise à deux mains. Kalam fut trop surpris pour réagir et les paroles du capitaine ne firent qu'ajouter à sa perplexité.

— Le guérisseur de l'escouade est-il encore en vie, Caporal ?

— En vie ? Ouais, bien sûr. Pourquoi il ne le serait pas ? Que…

— La ferme ! coupa Paran. Écoutez-moi. Amenez-le ici. Immédiatement et sans discuter. C'est un ordre exprès, Caporal.

Il relâcha la chemise de l'assassin.

— Exécution !

— Comme vous voudrez, mon capitaine, murmura Kalam, manquant saluer Paran par réflexe.

Paran suivit Kalam des yeux jusqu'à ce que celui-ci disparaisse par la porte principale.

— Aubergiste ! cria-t-il en contournant sa table. L'homme noir va bientôt revenir avec de la compagnie. Envoyez-les tout de suite dans la chambre de Coll. Compris ?

Scurve hocha la tête.

Paran se dirigea ensuite vers les escaliers, se retournant au pied des marches pour jeter un coup d'œil à son arme.

— Et que personne ne touche à cette épée, ordonna-t-il, promenant sur l'assistance un regard menaçant.

Personne ne semblait vouloir le contrarier. Avec un petit hochement de tête satisfait, il monta les marches. À l'étage, il prit le couloir menant à la dernière porte à droite. Entrant sans frapper, il découvrit Sulty et un chirurgien local assis à la table de la chambre. On distinguait sur le lit la forme de Coll, immobile sous les couvertures.

Le chirurgien se leva.

— Rien à faire, déclara-t-il d'une petite voix aiguë. L'infection est trop avancée.

— Il respire encore ? questionna Paran.

— Oui, répliqua le chirurgien, mais plus pour longtemps. Si la blessure avait été localisée plus bas, j'aurais peut-être pu couper la jambe. Mais j'ai bien peur que le poison ait déjà envahi tout l'organisme. Je suis navré, monsieur.

— Partez, répliqua sèchement Paran.

L'homme s'inclina et s'apprêta à quitter les lieux.

— Combien vous dois-je pour vos services ? songea soudain à lui demander le capitaine.

Le chirurgien fronça les sourcils à l'attention de Sulty.

— Mais rien, monsieur, puisque j'ai échoué.

Il disparut en refermant la porte derrière lui.

Sulty rejoignit Paran au chevet de Coll. Elle essuya quelques larmes en contemplant le blessé, sans dire un mot. Quelques instants plus tard, elle aussi, incapable de rester plus longtemps, quitta la pièce.

Le capitaine tira un tabouret près du lit. Il s'assit, les avant-bras posés sur les genoux. Il n'aurait su dire combien de temps il resta ainsi, à contempler le sol recouvert de paille, mais il sursauta quand la porte claqua.

Un homme barbu aux yeux gris ardoise se tenait dans l'embrasure, le considérant d'un regard dur et froid.

— Vous êtes Maillet ?

L'homme secoua la tête, puis s'avança dans la pièce. À sa suite, apparurent Kalam et un autre militaire. Ce dernier repéra aussitôt Coll et s'approcha du lit.

— Je suis le sergent Mésangeai, déclara posément le premier à avoir fait son apparition. Pardon d'être aussi direct, Capitaine, mais que fichez-vous ici ?

Ignorant délibérément la question, Paran rejoignit le guérisseur. Maillet avait posé une main sur les pansements souillés. Il foudroya le capitaine du regard.

— Vous ne sentez pas l'odeur de pourriture ? Il est déjà parti.

Les sourcils froncés, il se pencha sur le corps.

— Non, attendez… alors ça, c'est incroyable !

Il tira de son sac un instrument en forme de cuillère

et ôta les pansements avant de commencer à fouiller la blessure avec sa curette.

— Miséricordieuse Shedenul ! Quelqu'un a fourré des herbes là-dedans !

Il plongea les doigts dans la plaie. Coll sursauta et gémit.

— Ah ! fit le guérisseur avec un grand sourire. Ça vous réveille un mort, hein ! Parfait.

Il fouilla plus profondément.

— L'os est à moitié entaillé, annonça-t-il, stupéfait. Ces fichues herbes lui ont empoisonné la moelle. Qui est l'abruti qui l'a soigné ? interrogea-t-il en tournant vers Paran un regard accusateur.

— Je l'ignore, répondit ce dernier.

— Bon, reprit Maillet en essuyant sa main sur les couvertures. Écartez-vous tous, laissez-moi de la place. Une minute de plus, Capitaine, et cet homme franchissait les Portes de Goule.

Pressant une main contre la poitrine de Coll, il ferma les yeux.

— Et estimez-vous heureux que je sois doué.

— Eh bien, Capitaine ? insista alors Mésangeai.

Paran alla s'asseoir à la table, faisant signe au sergent de le rejoindre.

— Tout d'abord, dit-il, l'Adjointe Lorn a-t-elle déjà pris contact avec vous ?

Le regard médusé de Mésangeai constitua une réponse éloquente.

— Parfait. Dans ce cas, j'arrive à temps.

Paran leva les yeux vers Kalam, posté derrière son sergent.

— On vous a tendu un piège. L'objectif était de

prendre la ville, certes, mais aussi de s'assurer que vous seriez tous tués au passage.

Mésangeai leva une main.

— Une minute, Capitaine. Loquevoile et vous êtes parvenus à cette conclusion ?

Paran ferma brièvement les paupières.

— Loquevoile… est morte. En poursuivant Toupet dans la plaine rhivie. Tayschrenn l'a eue. Elle aussi voulait vous prévenir. Je crains de ne pas être à sa hauteur comme allié quand l'Adjointe arrivera, mais je peux au moins vous prévenir de ce qui vous attend.

— Recevoir l'aide d'un pion d'Oponn ne me dit rien qui vaille, intervint Kalam.

— Je tiens de source sûre que je n'appartiens pas à Oponn, répondit Paran avec un hochement de tête. Contrairement à l'épée qui se trouve en bas. Le sorcier de votre escouade devrait pouvoir le confirmer.

— Les plans de l'Adjointe…, lui rappela Mésangeai en tambourinant lentement des doigts sur la table.

— Elle n'aura aucun problème pour vous retrouver. Elle a des aptitudes particulières en la matière. Mais j'ai bien peur qu'elle ne représente pas la principale menace. Elle est accompagnée d'un T'lan Imass. Peut-être que la mission de Lorn consiste simplement à le mener à vous, puis à le laisser s'occuper du reste.

Kalam jura et se mit à faire les cent pas derrière le sergent.

— Ma sacoche, Caporal, fit alors Mésangeai.

L'assassin se rembrunit, avant d'aller ramasser la sacoche d'ordonnance restée près de la porte.

Mésangeai dénoua ses sangles et sortit un objet enveloppé de soie bordeaux. Il ôta le tissu, dévoilant les deux os jaunis d'un avant-bras humain. Les extrémités étaient maintenues ensemble par un fil de cuivre vert-de-grisé au niveau du coude. Les extrémités côté poignet étaient également reliées, mais elles formaient une sorte de manche biscornu d'où dépassait une lame en dents de scie.

— Qu'est-ce que c'est que ça ? questionna Paran. Je n'ai jamais rien vu de semblable.

— Le contraire m'aurait étonné, répliqua Mésangeai. Au temps de l'Empereur, chacun de ses principaux chefs militaires possédait un de ces objets, butin du pillage d'une tombe K'Chain Che'Malle.

Il empoigna les os à deux mains.

— Telle fut l'origine d'une grande part de nos succès, Capitaine.

Il se leva et ficha la pointe dans la table.

Un éclair de lumière blanche jaillit des os, avant de se changer en une sorte de filament qui tourbillonna entre eux. Une voix qui n'était pas étrangère à Paran retentit.

— Je commençais à m'inquiéter, Mésangeai, gronda le Haut Poing Dujek.

— Inévitable, répondit Mésangeai en regardant Paran, les sourcils froncés. Nous n'avions pas grand-chose à signaler, Haut Poing... Jusqu'ici. Mais j'ai besoin de connaître la situation à Pale.

— Tu veux du nouveau avant d'annoncer les mauvaises nouvelles, hein ? Bon, d'accord. Tayschrenn tourne en rond. La dernière fois qu'il s'est réjoui remonte au jour où Bellurdan a été tué avec Loquevoile. Tu penses ! Deux membres supplémentaires de la Vieille Garde liquidés d'un coup. Depuis, il ne lui reste que des questions. À quoi joue Oponn ? Y a-t-il réellement eu un conflit entre le Chevalier des Ténèbres et Ombretrône ? Un pantin né d'un transfert d'âme a-t-il enlevé, torturé puis assassiné un officier de la Griffe à Nathilog, et quels secrets ce pauvre gars lui a-t-il révélés ?

— Nous ignorions que Toupet avait fait cela, Haut Poing.

— Je te crois, Mésangeai. En tout cas, nous en savons maintenant suffisamment sur les projets de l'Impératrice. Laseen semble effectivement convaincue que le démantèlement de mon armée me ramènera sous son aile, avant de me refiler le commandement des garnisons de Sept-Cités et mettre un terme à la révolte qui couve. Mais elle se trompe lourdement. Si seulement elle avait tenu compte des rapports de Toc le Jeune ! Bon. Ses intentions paraissent désormais dépendre de l'Adjointe Lorn et d'Onos Out'ilan. Ils ont atteint le tumulus du Jaghut, Mésangeai.

Maillet les rejoignit et croisa le regard abasourdi de Kalam. De toute évidence, eux-mêmes étaient loin de se douter que leur sergent soit si bien informé. Une lueur de méfiance apparut dans les yeux de l'assassin, tandis que Paran hochait pensivement la tête.

— Les Moranths Noirs sont prêts à partir, poursuivit le Haut Poing, mais c'est une simple ruse, pour quitter Pale. Que dire de tout ça, mon ami ? L'équilibre du monde se joue chez vous, à Darujhistan. Si Lorn et Onos Out'ilan parviennent à lâcher le Tyran sur la ville, sois certain que ces deux-là comptent bien vous voir dans la liste des victimes. Voici ce qu'il te faut savoir : nous sommes prêts à agir. Tayschrenn déclenchera lui-même la crise en annonçant la dissolution des Brûleurs de Ponts, l'aveugle imbécile. Maintenant, j'attends.

— Haut Poing, commença Mésangeai, le capitaine Paran vient d'arriver en ville. Il est assis juste en face de moi. D'après lui, Oponn œuvrerait par l'intermédiaire de son épée et non à travers lui.

Il regarda Paran droit dans les yeux.

— Pour ma part, je le crois.

Dujek reprit la parole.

— Capitaine ?

— Oui, Haut Poing ?

— Toc vous a-t-il facilité la tâche ?

Paran tressaillit.

— Au prix de sa vie, Haut Poing. Le pantin Toupet nous a tendu une embuscade, il a expédié Toc dans… une déchirure ou un truc comme ça.

Après un long silence, Dujek répondit d'une voix rauque :

— Navré de l'apprendre, Capitaine. Plus que vous ne l'imaginez. Son père… Enfin, assez parlé de ça. Continue, Mésangeai.

— Nous n'avons pas encore réussi à contacter la Guilde locale d'Assassins, Haut Poing. Mais nous avons néanmoins miné les carrefours, j'expliquerai tout à mes hommes ce soir. Reste à savoir ce qu'on fait du capitaine Paran.

— Entendu, répliqua Dujek. Capitaine ?

— Haut Poing ?

— Êtes-vous parvenu à une conclusion ?

Paran jeta un coup d'œil à Mésangeai.

— Oui, Haut Poing. Je pense que oui.

— Alors ? Quel sera votre choix ?

Paran se passa une main dans les cheveux et s'adossa à son siège.

— Haut Poing, reprit-il avec lenteur, Tayschrenn a prémédité la mort de Loquevoile. *Et il a échoué, mais voilà un secret que je garderai pour moi*. Quant au plan de l'Adjointe, il prévoyait de trahir la parole qu'elle m'avait donnée et sans doute de me tuer au passage. J'admets cela dit que c'est secondaire par rapport à ce qu'a fait Tayschrenn.

Levant les yeux, il croisa le regard résolu de Mésangeai.

— Loquevoile a pris soin de moi, et moi d'elle après la venue de ce Molosse. Ce… ce n'était pas rien, Haut Poing, dit-il en se redressant. J'ai cru comprendre que vous comptez défier l'Impératrice. Mais ensuite ? S'agit-il de tenir tête aux cent légions de l'Empire avec dix mille hommes ? De proclamer un royaume indépendant en attendant que Laseen fasse un exemple avec nous ? J'ai besoin d'en savoir plus, Haut Poing, avant de décider si je me joins ou non à vous. Car je tiens à obtenir vengeance.

— Nous avons de bonnes raisons de croire que l'Impératrice est en train de perdre Genabackis, Capitaine, répliqua Dujek. Le temps que des Marines malazéens arrivent en renfort, la campagne sera déjà terminée. La Garde Pourpre ne les laissera même pas débarquer. Attendez-vous à ce que Nathilog se soulève, avant Genabaris. L'alliance avec les Moranths ne va pas tarder à ne plus valoir grand-chose, même si je crains de ne pouvoir vous en dire davantage là-dessus. Mes projets, Capitaine ? Ils risquent de vous paraître absurdes, car je n'ai pas le temps de tout vous expliquer. Mais nous nous apprêtons à prendre en compte un nouveau joueur : quelqu'un de totalement extérieur à tout cela, et qui ne plaisante pas. On l'appelle l'Oracle de Pannion. Il prépare en ce moment même ses armées à une guerre sainte. Vous voulez vous venger ? Laissez des ennemis plus proches de Tayschrenn se charger de lui. Quant à Lorn, elle est toute à vous, si vous vous sentez d'attaque. Je n'ai rien de plus à vous offrir, Capitaine. Vous pouvez refuser. Personne ne vous tuera pour ça.

Paran contempla ses mains.

— Je veux être prévenu quand le Grand Mage Tayschrenn aura eu ce qu'il mérite.

— Entendu.

— Dans ce cas, d'accord, Haut Poing. En ce qui concerne les opérations en cours, je préférerais toutefois que le sergent Mésangeai conserve le commandement.

— Mésangeai ? fit gaiement le Haut Poing.

— J'accepte, répondit le sergent. Bienvenue à bord, Capitaine, ajouta-t-il dans un sourire.

— Ça suffira ? s'enquit Dujek.

— On se reparlera quand tout sera fini, répliqua Mésangeai. D'ici là, Haut Poing, succès.

— Succès, Mésangeai.

Les filaments lumineux s'éteignirent. Une fois disparus, Kalam se jeta sur le sergent.

— Espèce de vieille crapule ! Violain m'avait dit que Dujek ne voulait pas entendre parler de rébellion ! Et aussi que le Haut Poing vous avait conseillé de filer après cette mission !

Mésangeai haussa les épaules et entreprit de ranger son étrange dispositif.

— Les choses changent, Caporal. Quand Dujek a appris quels renforts étaient prévus pour l'année prochaine, il lui est clairement apparu que quelqu'un tenait à ce que la campagne genabackienne se termine par un désastre. Et même Dujek ne peut tolérer cela. Il fallait revoir nos plans.

Il pivota vers Paran, et son regard se durcit.

— Je regrette, Capitaine, Lorn doit vivre.

— Mais le Haut Poing…

Mésangeai secoua la tête.

— En admettant que l'Imass et elle aient bien réussi à libérer le Jaghut, elle viendra ici. Comme ce Tyran aura besoin d'une raison pour se rendre à Darujhistan, il faut bien supposer que Lorn va lui fournir cette raison. Elle nous retrouvera et nous déciderons ensuite que faire d'elle, en fonction de ce qu'elle nous aura dit. Si vous la défiez ouvertement, elle vous tuera. Nous nous débarrasserons d'elle si nécessaire, mais cela exigera de la finesse. L'un ou l'autre de ces points vous pose-t-il problème ?

— Pourriez-vous au moins m'expliquer pourquoi vous avez quand même tenu à miner la ville ? soupira Paran.

Mésangeai se leva.

— Dans un instant. Mais d'abord, qui est le blessé ?

— Il n'est plus blessé, intervint Maillet en adressant à Paran un grand sourire. Seulement endormi.

Paran se leva à son tour.

— Dans ce cas, je vais moi aussi tout vous

expliquer. Laissez-moi juste le temps de descendre récupérer mon épée.

Il se retourna vers Mésangeai sur le seuil.

— Une dernière chose, Sergent. Où est votre recrue, Mes Regrets ?

— Portée disparue, répondit Kalam. Nous savons ce qu'elle est, Capitaine. Et vous ?

— Oui.

Mais peut-être ne l'est-elle plus, si Ombretrône n'a pas menti. Il songea un instant à raconter cette partie de son histoire, mais renonça. Après tout, il n'avait aucune preuve. Mieux valait attendre et voir.

*

La chambre funéraire se révéla un banal petit caveau voûté au dôme formé de pierres grossièrement dressées. L'étroit passage en pente douce qui y conduisait ne mesurait même pas quatre pieds de haut. Le sol de la chambre en terre battue comportait au centre un muret de pierre circulaire coiffé d'un linteau massif. Des objets incrustés de givre reposaient dessus.

Outil se tourna vers l'Adjointe.

— L'objet que vous cherchez se nomme un Finnest. En lui sont emmagasinés les pouvoirs du Tyran jaghut. Peut-être pourrait-on le décrire au mieux comme une Garenne Omtose Phellack. Une fois pleinement réveillé, le Tyran s'apercevra de son absence et se mettra à sa recherche.

Lorn souffla sur ses doigts gourds, puis s'approcha lentement du linteau de pierre.

— Et tant que cet objet sera en ma possession ?

— Votre épée d'Otataral étouffera son aura. En partie. Il ne faudrait pas qu'il reste trop longtemps entre vos mains, Adjointe.

Lorn balaya du regard les objets éparpillés sur la pierre. L'Imass la rejoignit. Elle ramassa un poignard dans son étui puis le reposa. Cette fois, Outil ne pouvait pas l'aider. Elle devait se fier à ses propres sens, aiguisés par les étranges et imprévisibles effets de l'Otataral. Un miroir monté sur une ramure de cervidé attira son regard. Malgré la dentelle de givre qui le recouvrait, sa surface de mica semblait luire d'une lumière intérieure. L'Adjointe avança la main vers le miroir, puis hésita. À côté, comme perdu dans les cristaux de givre, elle discerna un petit objet rond posé sur un morceau de peau. Lorn fronça les sourcils avant de le saisir entre ses doigts.

La pellicule de glace fondit et l'Adjointe s'aperçut qu'il n'était pas parfaitement sphérique. Elle en frotta la surface noircie, puis l'examina de plus près.

— Je crois que c'est un gland, commenta Outil.

Lorn acquiesça.

— Et c'est aussi le Finnest.

Son regard s'arrêta sur la construction circulaire.

— Quel drôle de choix.

L'Imass haussa les épaules, ses os s'entrechoquant bruyamment.

— Les Jaghuts sont eux-mêmes un peuple étrange.

— Outil, ils n'étaient pas très portés sur la guerre, n'est-ce pas ? Je veux dire, avant que ton peuple ne cherche à les anéantir.

L'Imass mit un bon moment à répondre.

— Même alors, dit-il enfin. La clé, c'était de les mettre en colère, car ils détruisaient tout ce qui leur tombait sous la main, y compris les leurs.

Lorn ferma brièvement les yeux, puis rangea le Finnest dans sa poche.

— Sortons d'ici.

— Oui, Adjointe. Le Tyran s'agite déjà.

Chapitre 19

Mais hélas quelqu'un est mort ici
Qui s'en abreuve de loin en loin
Et remue la cendre
De ton propre bûcher ?
Faiseur de Voies,
Jamais tu n'eus si
Soif dans ta jeunesse…

Vieux Temple
Sivyn Stor (né en 1022)

— Ce n'est pas une solution, Meese, déclara Crokus en bâillant. On ne peut pas se cacher ici éternellement.

— La nuit va bientôt tomber, fit remarquer Apsalar, près de la fenêtre.

Meese s'accroupit une fois encore pour vérifier le verrou de la trappe.

— On va vous conduire ailleurs. Après les douze coups de minuit. Irilta est partie chercher des instructions.

— Qui donne les ordres ? questionna Crokus. Avez-vous enfin retrouvé oncle Mammot ?

— Du calme, mon gars.

Meese se redressa.

— Non, on n'a pas retrouvé ton oncle. Et les ordres viennent de tes protecteurs. Mais économise ta salive, Crokus, parce que j'te dirai rien sur eux.

Apsalar changea de position pour pouvoir observer Meese.

— Votre amie en met du temps. Vous croyez qu'il est arrivé quelque chose ?

Meese se retourna. Cette gamine était futée. Évidemment, elle l'avait su dès leur première rencontre, et ce vieux Chert l'avait appris à ses dépens.

— J'en sais rien, reconnut-elle, avant de déverrouiller la trappe. Bougez pas, vous deux, ordonna-t-elle en décochant à Crokus un regard sévère. J'vais pas rigoler si vous faites des bêtises, compris ?

Crokus croisa les bras, maussade, alors que Meese ouvrait la trappe pour redescendre.

— Refermez bien derrière moi, leur recommanda-t-elle d'en bas. Attendez d'avoir de mes nouvelles ou de celles d'Irilta. Compris ?

— Oui.

S'approchant de la trappe, Crokus dévisagea Meese.

— On a pigé.

Il abaissa la trappe et la verrouilla.

— Crokus, pourquoi as-tu tué un garde ?

C'était la première fois qu'ils se retrouvaient seuls depuis leur arrivée en ville.

Crokus détourna les yeux.

— C'était un accident. Je n'ai pas envie d'en parler.

Il traversa le grenier jusqu'à la fenêtre donnant sur l'arrière.

— Tous ces gens qui veulent me protéger, reprit-il, c'est bizarre. Il y a sûrement autre chose là-dessous qu'un simple ordre d'arrestation. Par le souffle de Goule, la Guilde des Voleurs sert précisément à gérer ces trucs-là ! C'est bien pour ça qu'ils récupèrent dix pour cent de tous mes gains. Non, ça ne tient pas debout, Apsalar. Et j'en ai marre, conclut-il en déverrouillant la fenêtre, que tout le monde vienne me dire ce que j'ai à faire.

Elle le rejoignit.

— On s'en va, alors ?

— Et comment ! Il fait assez sombre pour passer par les toits.

La vitre pivota vers l'intérieur.

— Où va-t-on ?

Crokus afficha un large sourire.

— J'ai pensé à une cachette géniale. Personne ne nous trouvera là-bas, pas même mes soi-disant protecteurs. Et je pourrai enfin faire ce que je veux.

Les yeux bruns d'Apsalar le dévisageaient.

— Que veux-tu donc faire ? demanda-t-elle doucement.

Évitant son regard, Crokus prit appui sur la fenêtre.

— Je veux parler à Challice D'Arle. Face à face.

— Elle t'a dénoncé, c'est ça ?

— T'occupe. Tu restes là ?

— Non, répliqua-t-elle, surprise. Je viens avec toi, Crokus.

*

Le corps de Serrat fourmillait de toute la puissance de sa Garenne. La Tiste Andii scruta une fois de plus le secteur. Elle ne percevait toujours rien. Elle était certaine d'être seule. Elle s'immobilisa en entendant la fenêtre du grenier grincer sur des gonds rouillés.

Se sachant invisible, elle se pencha en avant.

Le gamin passa la tête par la fenêtre. Il jeta un coup d'œil à la ruelle puis aux toits environnants avant de lever les yeux. Son regard tomba sur Serrat sans la voir.

Elle sourit. Comme prévu, elle n'avait pas mis longtemps à retrouver le Porteur de Pièce. Sa seule compagnie était une jeune fille à l'aura inoffensive, étonnamment innocente. Les deux autres femmes avaient quitté le grenier. Tant mieux, sa tâche en serait facilitée. Elle recula en voyant le garçon grimper sur le rebord de la fenêtre.

Quelques instants plus tard, il se hissait sur le toit pentu.

Serrat résolut de ne plus perdre de temps. Comme il se remettait debout, elle bondit en avant.

Son assaut se heurta à une main invisible, qui la percuta en pleine poitrine avec une violence prodigieuse. Cette main la refoula dans le vide puis, d'une ultime poussée, la projeta très loin. Ses sortilèges d'invisibilité et de survol n'abandonnèrent toutefois pas la Tiste Andii, même lorsqu'elle rebondit sur une cheminée de brique, étourdie.

Apsalar releva la tête par-dessus le bord du toit. Crokus s'accroupit devant elle, ses poignards à la main, promenant alentour un regard méfiant.

— Qu'est-ce qu'il y a ? chuchota-t-elle, effrayée.

Lentement, Crokus se détendit et lui adressa un sourire piteux.

— Je suis juste un peu nerveux. J'ai cru voir un truc, sentir un souffle. Comme si… enfin, peu importe.

Il regarda de nouveau tout autour d'eux.

— Il n'y a rien par ici. Allez, viens.

— Où est cette nouvelle cachette ? demanda Apsalar en montant sur le toit.

Crokus se tourna vers l'est pour désigner les collines noyées d'ombre qui s'élevaient de l'autre côté du Troisième Rempart.

— Là-haut, répondit-il. Juste sous leur nez.

*

Murillio boucla son ceinturon. Plus le temps passait et plus il était persuadé qu'Ocelot avait tué Rallick. Restait à savoir si Coll vivait encore. Rallick avait peut-être fait le nécessaire, blessant suffisamment son chef de clan pour l'empêcher de remplir son contrat. *Enfin, on peut toujours espérer*.

Ils devaient le savoir à l'Auberge du Phénix et à chaque minute qui passait, sa chambre austère lui paraissait plus étouffante, plus exiguë. Il se jura que si Coll était en vie, il tenterait de jouer le rôle de Rallick. Il vérifia sa rapière. Son dernier duel remontait à plusieurs années et Turban Orr avait la réputation d'être la plus fine lame de Darujhistan. Ses chances semblaient minces.

Il récupéra sa cape et l'attacha autour de son cou. Qui était donc ce Briseur de Cercle, venu lui apporter toutes ces informations accablantes ? À quel titre cette Anguille se mêlait-elle de leurs affaires ? Murillio plissa les yeux. Se pouvait-il qu'il s'agisse de cet avorton grassouillet ?

Il enfila ses gants de daim en marmonnant.

Un grattement à la porte lui fit dresser l'oreille et il poussa un grand soupir de soulagement.

— Rallick, vieux salopard ! s'exclama-t-il en ouvrant la porte.

Il crut d'abord le couloir vide et baissa les yeux. Son ami gisait là, les vêtements imbibés de sang.

— Navré du retard, dit l'assassin avec un faible sourire, mes jambes n'arrêtent pas de me lâcher.

Murillio l'aida à se relever, puis à s'allonger sur son matelas. Il regagna ensuite la porte, s'assura que le couloir était vide, ferma et mit le verrou. Rallick se redressa contre la tête du lit.

— Orr a offert un contrat sur Coll…

— Je sais, je sais, coupa Murillio en retournant près de lui. Occupons-nous d'abord de ta blessure.

— Pour ça, il faut que j'enlève mon armure, fit l'assassin. Ocelot m'a touché. Après, je l'ai tué. À ma connaissance, Coll est encore en vie. Quel jour sommes-nous ?

— Toujours le même, répliqua Murillio en aidant son ami à ôter sa cotte de mailles. On reste dans les temps. Mais vu comme tu saignes, tu m'as l'air mal parti pour un duel avec Orr à la fête de Dame Simtal. Je m'en chargerai.

— C'est idiot, gémit Rallick. Tu vas te faire tuer et Turban Orr s'en sortira. Toujours assez puissant pour empêcher Coll de revendiquer ses droits.

Murillio ne répondit pas et écarta le rembourrage de cuir.

— D'où sort tout ce sang ? Je ne vois là qu'une cicatrice remontant à au moins une semaine.

— Quoi ? Rallick palpa l'endroit où la lame d'Ocelot l'avait frappé.

La zone n'était pas très sensible. Elle démangeait un peu sur les bords.

— Ça alors ! Bon, donne-moi quand même un bout de serviette, que j'enlève toute cette rouille.

Murillio se redressa, manifestement perplexe.

— Quelle rouille ?

— Le truc sur ma figure, répliqua Rallick en lui décochant un regard maussade.

Murillio se rapprocha pour mieux voir.

— La poudre antimagie de Baruk ! reprit sèchement l'assassin. Comment crois-tu que j'ai réussi à tuer Ocelot ?

— Ton visage n'est pas sale, répondit Murillio. Mais je veux bien te prêter une serviette. De toute manière, il va falloir enlever tout ce sang.

— Passe-moi un miroir, d'abord.

Murillio resta debout à regarder son ami examiner son reflet blafard et renfrogné.

— Eh bien, dit-il, pince-sans-rire, voilà au moins une expression qui me le confirme.

— Qui te confirme quoi ? s'enquit l'assassin d'un ton menaçant.

— Que tu es bien toi, Rallick, répondit Murillio en rajustant sa cape. Repose-toi un peu ici. Tu as quand même dû perdre pas mal de sang. Moi, je m'en vais dire un ou deux mots à l'Anguille.

— Tu sais qui est l'Anguille ?

— J'ai ma petite idée, répliqua Murillio en gagnant le seuil de la chambre. Si tu peux marcher, essaie de verrouiller cette porte derrière moi, d'accord ?

*

Kruppe s'épongea le front de son mouchoir trempé.

— Maître Baruk, Kruppe vous a répété chaque détail au moins mille fois, se lamenta-t-il. Ce supplice ne finira-t-il donc jamais ? Regardez à travers cette fenêtre : toute une journée de la vie de Kruppe vient de s'écouler !

Assis dans son fauteuil, le front plissé, l'alchimiste contemplait ses chaussons, remuant de temps à autre les orteils au fil des minutes. Il semblait avoir oublié la présence de Kruppe, et ce dernier avait beau babiller, Baruk n'avait pas bougé depuis une heure.

Kruppe fit une nouvelle tentative.

— Maître Baruk, votre loyal serviteur peut-il prendre congé ? Il ne s'est point encore remis de son terrible voyage dans les désertes étendues orientales. La perspective de mouton rôti, de pommes de terre, de carottes et d'oignons frits, moules au beurre d'ail, dattes, fromage, vairons fumés et une carafe de vin… Voilà ce qui occupe à présent l'esprit de Kruppe. Et rien d'autre. Dans l'état où il se trouve réduit, son univers se rétrécit au même rythme que son estomac…

Baruk l'interrompit enfin.

— Cela fait un an qu'un agent de l'Anguille qui m'est connu sous le nom de Briseur de Cercle me fournit des informations capitales sur le Conseil municipal, déclara lentement l'alchimiste.

Les mâchoires de Kruppe se refermèrent avec un claquement audible.

— Il est en mon pouvoir d'identifier ce Briseur de Cercle. Je possède une vingtaine de missives de sa main et le parchemin suffirait, affirma Baruk en relevant la tête et rivant son regard sur le dessus de la cheminée. J'envisage de le faire. Je dois parler à l'Anguille. Nous sommes à un moment critique de l'histoire de Darujhistan et je dois découvrir les objectifs de cette Anguille. Nous pourrions œuvrer de concert, partager toutes nos informations, et peut-être, alors, peut-être sauver cette ville.

Kruppe s'éclaircit la gorge, s'épongea de nouveau le front, puis replia soigneusement son mouchoir sur les genoux avant de le fourrer dans sa manche.

— Si vous souhaitez transmettre un tel message, Maître Baruk, dit-il à mi-voix, Kruppe peut vous rendre ce service.

Le regard de l'alchimiste se posa calmement sur lui.

— Merci, Kruppe. Quand puis-je compter sur une réponse ?

— Ce soir.

— Parfait. J'avoue que je répugnais à compromettre ce Briseur de Cercle. Passer par vous me paraît la meilleure solution. Vous pouvez partir à présent.

Kruppe inclina brièvement la tête, puis se leva.

— Alors, à ce soir, Maître Baruk.

*

Coll continua à dormir pendant que les autres occupants de la chambre poursuivaient leur discussion. D'après Maillet, il risquait même de ne pas rouvrir les yeux avant plusieurs jours, tant il était passé près de franchir les Portes de Goule.

Paran était frustré. Quelque chose le dérangeait dans les explications de Mésangeai. Les mines avaient été enterrées comme prévu et le sergent s'obstinait à vouloir les faire sauter. De plus, ils n'avaient toujours pas réussi à contacter la Guilde afin de lui proposer un contrat sur les vrais dirigeants de Darujhistan. Tout cela ne cadrait guère avec l'idée d'une révolte à l'échelle du continent. Dujek n'aurait-il pas dû rechercher des alliances locales ?

Les propos du sergent finirent tout de même par acquérir une certaine logique dans l'esprit de Paran. Quittant son refuge silencieux, il s'adressa au sergent.

— Vous voulez toujours vous en prendre à Darujhistan. Je n'arrête pas d'y penser depuis tout à l'heure, et je crois avoir enfin compris pourquoi.

Il étudia le visage interloqué de Mésangeai.

— Vous comptez semer le chaos dans cette ville : le chaos dans les rues, un gouvernement décapité. Toutes les voix importantes qui s'entre-tuent. Que reste-t-il ? demanda-t-il en se penchant sur la table, le regard dur. Dujek a une armée forte de dix mille hommes, prêts à devenir hors-la-loi. Entretenir dix mille soldats coûte cher. Les loger est encore plus compliqué. Dujek sait que les jours de Pale sont comptés. Caladan Rumin est déjà en marche. Les

Moranths s'apprêtent-ils à se retirer de l'alliance ? À prendre des initiatives personnelles ? Tayschrenn est à Pale. Peut-être le vieil Unbras peut se débrouiller avec ça, peut-être pas. D'accord jusqu'ici, Sergent ?

Mésangeai lança un coup d'œil à Kalam, puis haussa les épaules.

— Continuez.

— C'est la panique à Darujhistan. Personne ne comprend plus rien. Là-dessus, Dujek arrive, avec son armée rebelle. Il remet de l'ordre. D'incalculables richesses tombent dans ses coffres et il en aura bien besoin pour résister à ce que l'Impératrice enverra contre lui. La ville se retrouve donc conquise de toute manière. Qui l'eût cru ?

Il se renversa sur son siège.

— Pas mal, admit Mésangeai en s'amusant des mines surprises de Maillet et de Kalam. Mais il vous manque un élément. Une chose, ajouta-t-il avec un regard en coin à Paran, propre à apaiser le sentiment de trahison du capitaine, sinon à calmer son indignation.

Paran lui adressa un sourire froid.

— Étonnez-moi.

— Très bien, Capitaine. On se fiche complètement des intentions de l'Impératrice à notre égard. Elle n'en aura plus vraiment les moyens car Sept-Cités ne va pas tarder à réclamer son indépendance. Tout s'effondre. De tous côtés. Alors, pourquoi conserver notre armée ? Regardez au sud. Il se développe là-bas quelque chose de si menaçant qu'à côté, les Imass ressemblent à une portée de chatons. Quand je dis que cela se présente mal, je ne pense pas seulement à

Genabackis, mais au monde entier. Nous allons tous devoir combattre, Capitaine. Et c'est pourquoi nous avons besoin de Darujhistan.

— Qu'y a-t-il donc au sud ? demanda Paran, sceptique.

— L'Oracle de Pannion, souffla Kalam. Les rumeurs sont donc vraies. Le Voyant a proclamé la guerre sainte. Le génocide a commencé.

Mésangeai se releva.

— Explique-lui, dit-il à Kalam. Il faut absolument contacter la Guilde, enfin, si c'est possible. Goule sait que nous nous sommes affichés dans ce bar. Au fond, peut-être est-ce ce qu'il fallait.

Il se tourna vers Paran :

— Capitaine, je crois qu'il n'est pas souhaitable que l'Adjointe vous sache encore en vie. Qu'en pensez-vous ?

— Je suis d'accord.

— Pouvez-vous rester ici jusqu'à ce que l'on vienne vous chercher ?

Paran jeta un coup d'œil à Kalam, avant de hocher la tête.

— Parfait, dit Mésangeai. Maillet, allons-y.

*

— Nous avons perdu au moins deux jours, déclara Lorn, heureuse de profiter de la chaleur de la journée. Ces chevaux meurent de soif.

Debout près du repère brisé du tumulus, Outil la regardait préparer ses chevaux.

— Comment va votre blessure, Adjointe ?

— Presque guérie. L'Otataral a cet effet sur moi.

— Ma tâche est donc terminée, annonça l'Imass. Si votre désir devenait de m'accompagner après avoir achevé votre mission, vous me trouverez ici pendant encore dix jours. Je souhaite surveiller ce Tyran jaghut. Il ne me verra pas et je n'interviendrai pas. Je vous souhaite de réussir, Adjointe.

Lorn grimpa en selle avant de le dévisager longuement.

— Que ta quête te soit profitable, Onos Out'ilan.

— Ce nom appartient au passé. Je suis désormais Outil.

Lorn rassembla ses rênes en souriant et talonna sa monture, entraînant à sa suite le cheval de bât. Une fois débarrassée du Finnest, elle se mettrait à la recherche du Porteur de Pièce. C'était la première fois qu'elle s'autorisait à songer à Oponn. Jusqu'ici, elle avait eu trop d'autres préoccupations plus immédiates, comme Mes Regrets.

La perte du capitaine Paran l'emplissait de nostalgie. Cet homme lui aurait grandement facilité la tâche, peut-être même l'aurait-il rendue plus agréable. Même s'il était doté d'un tempérament austère, Lorn devait admettre qu'elle avait éprouvé une certaine attirance à son égard. Peut-être aurait-il pu se passer quelque chose entre eux.

— Enfin, soupira-t-elle en pressant son cheval dans une côte, mourir ne fait jamais partie des projets de personne.

Les estimations d'Outil lui accordaient deux jours au maximum. Ensuite, le Jaghut serait tout à fait réveillé et libéré du tumulus. Le Finnest serait placé en lieu sûr bien avant. Lorn avait hâte d'affronter Mes Regrets. Elle caressa instinctivement le pommeau de son épée. Tuer un serviteur de l'Ombre, peut-être la Corde en personne ! L'Impératrice serait ravie d'apprendre la nouvelle.

Elle s'aperçut que ses doutes nés des révélations de l'Imass la laissaient désormais tranquille. L'effet du temps passé dans le tumulus ? Plus probablement de ce gland dans sa poche. À moins de les avoir effacés de son côté. *Quand vient le temps de passer à l'action, il faut écarter le moindre doute*. Un vieux précepte de la Griffe. Lorn se connaissait bien et avait appris à contrôler ce qui était en elle. Des années d'entraînement, de discipline, de loyauté, de devoir. Les vertus d'un soldat.

Elle était prête pour sa mission. À cette constatation, elle se sentit soudain plus légère et lança sa monture au galop.

*

Crokus tendit le cou pour observer les ténèbres.

— C'est par là, expliqua-t-il. Du sommet, on voit toute la ville.

Apsalar regarda les escaliers sans conviction.

— Il fait horriblement noir. Tu es sûr que cette tour est abandonnée ? Je veux dire, mon père m'a raconté des histoires de fantômes et de morts-vivants et ils vivaient toujours dans des endroits en ruine, évoqua-t-elle en promenant tout autour des yeux écarquillés. Des endroits exactement comme celui-ci.

— Le dieu K'rul est mort depuis des milliers d'années, gémit Crokus. Et puis, personne ne vient jamais ici. Alors, que feraient tous tes monstres pendant tout ce temps, hein ? Que mangeraient-ils ? Quelles sottises !

Il gagna le pied des escaliers en colimaçon.

— Allez, viens. La vue en vaut vraiment la peine.

Il commença à monter et Apsalar s'empressa de le suivre avant qu'il disparaisse entièrement dans le noir. Lentement, les ténèbres viraient au gris et elle eut bientôt la surprise de constater qu'elle distinguait jusqu'aux moindres détails. Elle remarqua en premier lieu des peintures recouvertes de suie sur la paroi de gauche. Les panneaux, tracés sur la pierre, étaient de la largeur d'une marche, hauts chacun d'une dizaine de pieds, ils suivaient les escaliers.

— Crokus ! chuchota-t-elle. Il y a une histoire peinte sur le mur.

— Ne sois pas ridicule ! grogna-t-il. Ici, on ne voit même pas le bout de son nez.

— Ah bon ?

— Attends qu'on soit arrivés en haut. Les nuages devraient avoir cessé de masquer la lune.

— Il y a quelque chose d'humide sur les marches, fit observer Apsalar.

— Des infiltrations, décréta Crokus avec exaspération.

— Non, insista-t-elle. C'est épais et gluant.

Crokus s'arrêta sur une marche.

— Écoute, tu veux bien te taire deux secondes ? On y est presque.

Ils finirent par déboucher sur une plate-forme

baignée par la lumière argentée de la lune. Crokus aperçut un tas de chiffons près des parapets.

— C'est quoi, ce truc ? s'étonna-t-il. On dirait que quelqu'un a campé ici.

Apsalar étouffa un cri.

— C'est un cadavre !

— Quoi ? s'exclama Crokus à voix basse. Encore un ?

Il se hâta d'aller examiner la forme recroquevillée.

— Bienheureuse Mowri ! On lui a transpercé le crâne.

— Il y a une arbalète là-bas.

— Un assassin, maugréa Crokus. J'en ai vu un se faire tuer ici la semaine dernière. Il y a bien une guerre d'assassins en cours. Exactement comme je l'ai dit à Kruppe et à Murillio.

— Regarde la lune, murmura Apsalar à l'autre bout de la plate-forme.

Crokus frissonna. Par moments, cette fille manifestait encore un drôle de sang-froid.

— Laquelle ? s'enquit-il en se redressant.

— Celle qui brille.

Déterminé à la contredire, Crokus observa plutôt Sangdelune. Une faible lueur rougeâtre l'enveloppait, phénomène inconnu pour lui. Saisi par un trouble vague, il écarquilla les yeux. Cinq gigantesques silhouettes ailées semblaient descendre, fonçant vers le nord-est.

Il cligna des paupières. Elles avaient disparu.

— Tu vois ses océans ? insista Apsalar.

— Quoi ? dit Crokus en se retournant.

— Ses océans. La mer de Grallin. C'est le plus

vaste. Le seigneur des Eaux Profondes qui vit là s'appelle Grallin. Il veille sur de magnifiques jardins sous-marins. Grallin descendra un jour sur notre monde. Et il rassemblera ses élus pour les emmener dans le sien. Et nous vivrons dans ces jardins, réchauffés par les feux des profondeurs, et nos enfants nageront comme des dauphins, et nous serons heureux car il n'y aura plus de guerres, plus d'empires, plus d'épées ni de boucliers. Oh ! Crokus, ce sera merveilleux, tu ne crois pas ?

Le profil d'Apsalar se découpait sur contre le ciel nocturne. Crokus la dévisagea longuement.

— Bien sûr, répondit-il à mi-voix. Pourquoi pas ?

Cette question continua à le hanter, pour une raison bien différente. Oui, pourquoi pas ?

LIVRE VII

LA FÊTE

L'Écorchage de Fanderay, la Louve de l'Hiver, marque l'Aube de Gedderone. Les prêtresses parcourent les rues en agitant des lambeaux de fourrure de loup. On déploie des bannières. Les bruits et les senteurs du marché s'élèvent dans l'air matinal. On revêt des masques. Les habitants oublient leurs soucis de l'année pour danser tout le jour et toute la nuit.

La Dame du Printemps renaît.

Les dieux eux-mêmes semblent retenir leur souffle…

Visages de Darujhistan
Maskral Jemre (né en 1101)

Chapitre 20

On dit que le sang de glace de la matrone
Engendra en ce monde une portée de dragons
Et que le cours du destin
Apporta la lumière aux ténèbres
Et les ténèbres à la lumière,
Dévoilant enfin à des yeux froids, très froids
Les enfants du chaos…

Les Enfants de T'matha
Héboric

Murillio songea une nouvelle fois à la blessure de Rallick. Sa guérison était forcément due à cette poudre magique que l'assassin avait utilisée. L'hémorragie n'en avait pas moins été importante et Rallick aurait besoin de temps pour se remettre. Un temps dont ils ne disposaient pas. Rallick était-il capable de tuer Orr, là, tout de suite ?

En réponse à sa question, Murillio posa une main sur la rapière à son flanc. Il descendait la rue déserte, fendant la brume qui tourbillonnait à la lueur du gaz, tel un voile incandescent. Deux heures encore avant l'aube. Conformément à la coutume darue, les célébrations du nouvel an débuteraient au lever du soleil et se prolongeraient toute la journée, jusque tard dans la nuit.

Il traversait une ville silencieuse, comme s'il était le dernier des vivants à n'avoir pas encore fui le tumulte de l'an écoulé. Il partageait le monde avec les fantômes des morts de l'année. Les Cinq Défenses laissaient place aux Larmes de la Lune. Murillio songea à ces appellations obscures. Dans l'Hôtel de Majesté, un énorme disque de pierre indiquait le Cycle de l'Âge, nommant chaque année au gré de ses mystérieux mécanismes perpétuellement mouvants.

Enfant, Murillio avait cru cette roue magique, à la façon dont elle tournait lentement au fil des jours pour venir s'aligner pile à l'aube sur la nouvelle année, que le temps soit couvert ou non. Mammot lui avait expliqué depuis que la roue était en fait une machine. Voilà plus de mille ans, un certain Icarium l'avait offerte à Darujhistan. Mammot était convaincu que cet Icarium avait du sang jaghut. D'après tous les récits, il était arrivé sur un cheval jhag et un Trell l'accompagnait à pied – des preuves manifestes, qui renforçaient le côté merveilleux de la roue elle-même car les Jaghuts étaient connus pour leur savoir-faire dans ce type de créations.

Murillio s'interrogeait sur le sens des noms donnés à chaque année. Le rapprochement entre les Cinq Défenses et les Larmes de la Lune recelait une prophétie, d'après les Voyants. Les défenses du Sanglier Tennerock s'appelaient Haine, Amour, Rire, Guerre et Larmes. Quelle défense dominerait l'année ? Le nom du nouvel an fournissait la réponse. Murillio haussa les épaules. Il considérait ce genre de choses d'un œil sceptique : comment un homme ayant vécu il y a un millénaire – Jaghut ou autre – aurait-il pu prédire de telles choses ?

Difficile pour autant de nier une certaine appréhension. L'arrivée de Sangdelune éclairait l'année à venir d'un jour entièrement nouveau et Murillio savait que les érudits locaux, en particulier ceux qui évoluaient dans les milieux nobles, étaient tous devenus irascibles et nerveux. Ce qui tranchait singulièrement avec leur condescendance habituelle.

À l'angle d'une rue voisine de l'Auberge du Phénix, Murillio rentra dans un petit gros en manteau rouge. Tous deux grognèrent et l'homme laissa tomber trois boîtes sur les pavés, dévoilant leur contenu.

— Oh, Murillio ! Voilà bien l'illustration de la célèbre bonne fortune de Kruppe ! Ainsi s'achève donc sa quête, dans ce sombre passage où même les rats évitent l'ombre. Quoi ? Y aurait-il un problème, ami Murillio ?

— Que comptes-tu faire avec ça, Kruppe ? demanda l'interpellé d'une voix lente en contemplant les objets éparpillés à ses pieds.

Kruppe s'avança et, sourcils froncés, observa les trois masques délicatement sculptés.

— Des cadeaux, bien sûr, ami Murillio. Pour Rallick Nom et toi. La fête de Dame Simtal réclame le meilleur : la plus subtile des conceptions, doublée d'une ironique intention. Ne trouves-tu pas le goût de Kruppe suffisamment dispendieux ? Crains-tu d'en rougir ?

— Tu ne m'auras pas ce coup-ci, gronda Murillio. Pour commencer, il y a là trois masques et non deux.

— Exact ! répliqua Kruppe.

Il se pencha pour en ramasser un et essuya quelques traces de boue sur le visage peint.

— Celui-ci est pour Kruppe. Un excellent choix, proclama-t-il avec une assurance certaine.

Le regard de Murillio se durcit.

— Tu n'iras pas, Kruppe.

— Bien sûr que si. Crois-tu que Dame Simtal oserait montrer le bout de son nez si sa vieille connaissance, Kruppe Premier, n'était point présente ? Elle serait mortifiée, indubitablement.

— Bon sang, Kruppe, tu n'as jamais rencontré Dame Simtal !

— Ceci est sans rapport avec le propos de Kruppe, ami Murillio. Kruppe connaît depuis bien des années l'existence de cette dame. Leurs relations sont d'autant meilleures, nenni, idéales, qu'elle n'a jamais rencontré Kruppe, et réciproquement. Et, à titre d'ultime argument pour clore cette discussion, voici...

Il tira de sa manche un rouleau de parchemin entouré d'un ruban de soie bleue.

— ... l'invitation de Kruppe, signée par la dame elle-même.

Murillio tenta d'attraper le rouleau, mais son interlocuteur le remit prestement dans sa manche.

— Rallick va te tuer, dit froidement Murillio.

— Balivernes.

Kruppe plaça le masque devant sa figure.

— Comment ce garçon pourrait-il seulement reconnaître Kruppe ?

Murillio examina la silhouette replète, son manteau rouge délavé, ses manchettes froncées et les boucles huileuses qui couronnaient son crâne.

— Peu importe, soupira-t-il.

— Parfait, fit Kruppe. Et maintenant accepte, je te prie, ces deux masques, les dons de ton ami Kruppe. Tu gagneras un trajet et Baruk n'aura pas à attendre plus longtemps un message secret qu'il ne faut pas mentionner.

Il rangea son propre masque dans sa boîte, puis pivota vers l'est, et l'horizon.

— En route pour la demeure dudit alchimiste. Bonsoir, ami…

— Attends une seconde, coupa Murillio, le retenant par le bras. Tu as vu Coll ?

— Et comment ! Après toutes ses épreuves, il dort d'un profond sommeil réparateur. Il fut guéri par magie, dit Sulty. Par un étranger, qui plus est. Coll fut d'ailleurs ramené par un deuxième étranger, qui a trouvé un troisième étranger, lequel a, pour sa part, amené un quatrième étranger en compagnie de celui qui a soigné Coll. Ainsi va la vie, ami Murillio. Il se passe bien des choses étranges, décidément. Kruppe doit partir à présent. Au revoir, ami…

— Pas si vite ! grommela Murillio.

Il jeta un coup d'œil autour d'eux : toujours personne en vue. Il se rapprocha.

— J'ai réfléchi, Kruppe. Que Briseur de Cercle m'ait contacté m'a tout fait comprendre. Je sais qui tu es.

— Aaaïe ! s'exclama Kruppe en reculant. Inutile de nier, alors ! C'est vrai, Murillio. Kruppe n'est autre que Dame Simtal sournoisement déguisée.

— Arrête ça ! Je ne marche plus. Tu es l'Anguille, Kruppe. Tu nous joues la comédie avec tes mines obséquieuses, pas vrai ? Tu as la moitié de cette ville dans ta poche, l'Anguille !

Les yeux écarquillés, Kruppe sortit son mouchoir pour s'éponger le front. Il tordit ensuite le carré de soie, en tira quelques gouttes avant de déverser un véritable torrent sur les pavés.

Murillio eut un rire bref.

— Assez de tours de passe-passe, Kruppe. Je te connais depuis longtemps. Je t'ai vu jeter des sorts. Tu as berné tout le monde, mais pas moi. Cela dit, je ne dirai rien à personne, tu n'as pas à t'inquiéter pour ça, dit-il en souriant. D'un autre côté, si tu ne craches pas le morceau tout de suite, je risque de m'énerver.

Kruppe remit le mouchoir dans sa manche en soupirant.

— Il n'y a pas de quoi s'emporter, répondit-il en agitant une main.

Murillio cligna des yeux, pris de vertiges soudains. Il fronça les sourcils et se massa le front. De quoi venaient-ils donc de parler ? De rien de bien important, sans doute.

— Merci pour les masques, mon ami, dit-il. Ils nous seront certainement très utiles.

Son froncement de sourcils s'accentua. Qu'est-ce qu'il lui prenait de dire ça ? Il ne se sentait même pas fâché que Kruppe les ait percés à jour, ni que cet avorton assiste à la fête. Curieux, décidément.

— C'est bien que Coll soit tiré d'affaire, ajouta-t-il. Bien… Je ferais mieux de rentrer voir comment va Rallick.

Tout sourire, Kruppe hocha la tête.

— Kruppe te verra à la fête, alors. Porte-toi bien, Murillio, le meilleur et le plus cher des amis de Kruppe.

— Bonne soirée, répliqua Murillio, en faisant demi-tour.

Il manquait de sommeil. Toutes ces nuits trop courtes commençaient à lui peser. C'était ça, le problème.

— Évidemment, marmonna-t-il avant de s'éloigner.

*

Baruk se rembrunit et dévisagea le Tiste Andii assis face à lui, toujours aussi désinvolte en apparence.

— Je ne pense pas que ce soit une très bonne idée, Rake.

Le seigneur de Sangdelune haussa un sourcil.

— Sauf erreur, les déguisements font partie des réjouissances, dit-il avec un petit sourire. Craignez-vous mes goûts en la matière ?

— Je ne doute pas que votre tenue conviendra, répliqua sèchement Baruk. Surtout si vous choisissez celle d'un seigneur de guerre tiste andii. C'est le Conseil qui m'inquiète. Ses membres ne sont pas tous des imbéciles.

— Le contraire m'étonnerait, répondit Rake. J'aimerais justement que vous me signaliez les plus avisés. Vous n'allez tout de même pas nier que certains d'entre eux cherchent à ouvrir la voie à l'Impératrice. Moyennant récompense, bien sûr. Du pouvoir. Les nobles qui s'adonnent au commerce frétillent sans doute en pensant au marché impérial... Je me trompe, Baruk ?

— Non, reconnut l'alchimiste avec aigreur. Mais nous maîtrisons cette donnée.

— Ah oui, voilà qui me rappelle mon autre raison de souhaiter assister à la fête de cette Dame Simtal. Comme vous l'avez dit, tous les notables de la ville seront présents. Je présume que cela inclut des mages, dont ceux de votre Cabale T'orrud ?

— Certains y seront. Mais je dois vous prévenir, Anomander Rake, que votre débâcle contre la Guilde des Assassins en a conduit plus d'un à regretter notre alliance. Ils n'apprécieront guère votre présence.

Rake sourit à nouveau.

— Au point de dévoiler leurs intérêts communs aux membres roués du Conseil ? J'en doute, dit-il en se levant avec grâce. Non, je voudrais vraiment assister à cette réception. Mon peuple est peu porté sur ce genre de festivités. Parfois, ses austères préoccupations me pèsent.

Baruk riva son regard sur le Tiste Andii.

— Vous pressentez une convergence, n'est-ce pas ? Un terrible rassemblement de forces, attirées telle la limaille avec un aimant.

— Avec tant de puissance rassemblée au même endroit, c'est probable. J'aimerais donc autant être sur place.

Il soutint le regard de l'alchimiste et ses yeux passèrent du vert-brun à l'ambre.

— De plus, si cette soirée connaît le retentissement que vous lui prêtez, les agents de l'Empire sur place en seront informés. Ce serait l'occasion idéale pour frapper la ville au cœur.

Baruk eut de la peine à réprimer un frisson.

— Des gardes supplémentaires ont été recrutés. Si la Griffe se manifestait, elle aurait aussi fort à faire avec les mages de la T'orrud.

Il réfléchit un moment, avant de hocher la tête d'un air las.

— Très bien, Rake. Vous serez mon invité. Porterez-vous un déguisement approprié ?

— Naturellement.

Baruk gagna la fenêtre. Dehors, le ciel pâlissait déjà.

— Elle commence donc, murmura-t-il.

Rake le rejoignit.

— Quoi donc ?

— La nouvelle année, répondit l'alchimiste. Les Cinq Défenses sont derrière nous. L'aube que vous voyez marque le début de l'Année des Larmes de la Lune.

Le seigneur Anomander Rake se figea et cette réaction n'échappa pas à Baruk.

— Oui, une surprenante coïncidence. Même si je n'en ferais pas grand cas. Ces noms ont été inventés il y a plus de mille ans, par un voyageur de passage.

Rake reprit la parole, dans un souffle déchirant.

— Des présents d'Icarium. Je reconnais bien là

son style. Cinq Défenses, Larmes de la Lune… La Roue vient de lui, n'est-ce pas ?

Baruk écarquilla les yeux avec un sifflement de surprise. Une foule de questions se bousculaient sous son crâne, mais le seigneur de Sangdelune ne lui laissa pas l'occasion de parler.

— À l'avenir, je vous conseille de prêter davantage attention aux dons d'Icarium, à chacun d'eux. Qu'est-ce que mille ans, Alchimiste ? Ce n'est pas si long. La dernière fois qu'Icarium me rendit visite, c'était il y a huit cents ans, en compagnie du Trell Mappo et d'Osric – ou Osserc, comme l'appellent ses adorateurs locaux, évoqua Rake avec un sourire acerbe. Je crois me souvenir qu'Osric et moi avons échangé des mots peu amènes et Rumin avait eu le plus grand mal à nous empêcher d'en venir aux mains. Il s'agissait d'une vieille querelle…

Ses yeux d'amande virèrent au gris et il se tut, perdu dans ses souvenirs. Un petit coup à la porte les fit se retourner tous deux. Roald entra, puis s'inclina.

— Maître Baruk, Mammot s'est réveillé. Il semble aller mieux. De plus, votre agent Kruppe a apporté un message et vous présente ses regrets de ne pouvoir vous le transmettre personnellement. Souhaitez-vous l'entendre ?

— Oui, dit l'alchimiste.

Roald s'inclina de nouveau.

— L'Anguille vous contactera dans la soirée. À la fête de Dame Simtal. L'Anguille est également intriguée par la perspective d'une coopération. C'est tout.

Le visage de Baruk s'éclaira.

— Parfait.
— Dois-je vous amener Mammot, Maître ?
— S'il est en forme.
— Il l'est. Un instant, je vous prie.
Roald repartit et Baruk sourit.
— Comme je vous l'avais dit, tout le monde sera là, reprit-il, avec un petit rire. Et tout le monde est un terme particulièrement bien choisi.
Son sourire s'élargit devant la mine déconcertée de Rake.
— L'Anguille, Seigneur. Le maître espion de Darujhistan. Un être sans visage.
— Et qui sera masqué, souligna le Tiste Andii.
— Si mes soupçons sont fondés, ce masque ne lui sera d'aucune utilité, assura l'alchimiste.
La porte s'ouvrit de nouveau. Mammot semblait tout à fait remis et adressa un signe de tête à Baruk.
— Partir s'est révélé plus facile que je ne l'aurais cru, déclara-t-il.
Son regard vif se posa ensuite sur Anomander Rake et il s'inclina, le sourire aux lèvres.
— Salutations, Seigneur. J'attends cette rencontre avec impatience depuis le jour où Baruk nous a apporté votre offre d'alliance.
Rake haussa un sourcil en direction de l'alchimiste.
— Mammot est membre de la Cabale, expliqua l'alchimiste avant de se tourner vers l'érudit. Mon ami, nous étions très inquiets, avec cette kyrielle de Magies Anciennes autour du tumulus.
— Je suis resté piégé un certain temps, concéda Mammot, mais à la lisière de l'influence d'Omtose

Phellack. L'observation passive s'est révélée la bonne tactique à adopter car celui qui s'éveillait ne m'a pas remarqué.

— De combien de temps disposons-nous ? s'enquit Baruk, tendu.

— Deux jours, peut-être trois. Même pour un Tyran jaghut, revenir à la vie constitue un gros effort.

Le regard de Mammot s'arrêta sur le linteau de la cheminée.

— Comme d'habitude, votre carafe de vin nous tend les bras. Merveilleux.

Il s'en approcha.

— Auriez-vous par hasard des nouvelles de mon neveu ?

L'alchimiste fronça les sourcils.

— Non. Je devrais ? La dernière fois que j'ai vu cet enfant remonte à cinq ans, je crois.

— Mmm, fit Mammot en buvant une gorgée. Crokus a quelque peu grandi depuis, je vous l'assure. J'espère qu'il va bien. Il était…

Baruk l'interrompit d'un geste brusque.

— Comment ? s'exclama-t-il, soudain saisi d'angoisse. Quel nom avez-vous dit ? Crokus ? Crokus ! Ah, quel imbécile je fais ! dit-il en se frappant le front.

Un sourire entendu plissa le visage de Mammot.

— Vous voulez parler de cette histoire de Porteur de Pièce ?

Le visage de l'alchimiste afficha alors une stupéfaction sans pareille.

— Vous saviez ?

Un peu à l'écart, ses yeux anthracite rivés sur Mammot, Rake intervint d'une voix étrangement neutre.

— Mammot, pardon de vous interrompre, mais assisterez-vous à la fête de Dame Simtal ?

Le vieil homme acquiesça d'un ton désinvolte.

— Bien sûr.

— Très bien, déclara Rake, comme saisi par une soudaine impatience.

Il tira ses gants de cuir de sa ceinture.

— Nous nous reverrons donc là-bas.

Baruk n'eut pas le temps de réfléchir au brusque départ de Rake. Sa première erreur de la journée.

*

Une femme au crâne rasé vêtue de longues robes franchit les portes en criant et en agitant derrière elle un lambeau de fourrure brune.

L'Adjointe Lorn s'écarta pour laisser passer la prêtresse, la regardant se perdre dans la foule. Les festivités avaient débordé au-delà des murailles de la ville et la grand-rue de Tracasville n'était plus qu'une marée humaine. Lorn avait mis une demi-heure pour atteindre les remparts.

Distraitement, elle frotta la blessure à son épaule. Son séjour dans le tumulus semblait avoir ralenti le processus de guérison. Une douleur s'était installée dans la plaie, aussi froide que la glace du tunnel de la tombe. La jeune femme s'approcha prudemment des deux gardes postés à la porte de la ville.

Seul l'un d'entre eux parut la remarquer. Il ne lui

accorda qu'un bref regard avant de reprendre sa surveillance de la populace. L'Adjointe pénétra ainsi dans Darujhistan sans attirer l'attention, simple voyageuse parmi tant d'autres venus assister à la fête du printemps.

Aussitôt après la porte, l'avenue se divisait autour d'une colline trapue surmontée d'un temple et d'une tour à moitié en ruine. À droite se dressait une autre colline, apparemment aménagée en jardin. De larges marches menaient à son sommet couvert d'arbres et de nombreux fétiches et drapeaux étaient attachés aux branches et aux becs de gaz.

Un instinct puissant et infaillible guidait Lorn. Après avoir contourné les collines, elle aperçut un rempart intérieur. Le sergent Mésangeai et son escouade se trouvaient quelque part dans la ville basse. Elle agrippa d'une main son ceinturon, tout en massant de l'autre sa cicatrice rouge et gonflée.

Lorn se frayait un chemin à travers le flot houleux de la foule.

*

À la porte du Tracas, l'un des gardes s'écarta du mur auquel il s'était adossé et décrivit un lent cercle sur les pavés. Il s'arrêta ensuite pour ajuster son casque à visière, desserrant la courroie d'un cran.

Son camarade, un petit homme plus âgé aux jambes arquées, s'approcha.

— Ces idiots te rendent nerveux ? demanda-t-il, avec un sourire édenté.

Le premier jeta un coup d'œil à travers la porte.

— Il a failli y avoir une émeute ici, il y a deux ans.

— J'y étais, répliqua l'autre. Il a fallu utiliser nos épieux, faire couler un peu de sang. Ils ont pas demandé leur reste. Pense pas qu'ils aient oublié la leçon, t'en fais donc pas. C'est pas ton quart habituel, hein ?

— Non. Je rends juste service à un ami.

— Faut bien s'entraider, vrai ? C'est quoi ton service normal ?

— De minuit à la troisième heure, Barbacane du Despote, répondit Briseur de Cercle.

Il rajusta de nouveau son casque, espérant que des yeux amis avaient bien repéré son signal. Cette femme qui venait de passer correspondait parfaitement à la description fournie par l'Anguille. Une guerrière en tenue de mercenaire, qui cherchait à masquer une blessure à l'épaule : Briseur de Cercle était sûr de lui. Même s'il avait dû se contenter d'un bref coup d'œil, il avait des années de pratique derrière lui. Il avait repéré tous les éléments que le messager de l'Anguille lui avait indiqués.

— Un sacré quart, fit son collègue en examinant le parc du Despote. Et t'étais ici dès l'aube !

Il secoua la tête.

— Ces salauds nous font trimer trop dur ces temps-ci, avec ces histoires d'espions impériaux dans la ville et tout ça.

— Sûr que ça ne s'arrange pas, acquiesça Briseur de Cercle.

— J'ai encore trois heures à tirer ici, et tu crois qu'ils me laisseraient une minute pour aller retrouver ma femme et mes gosses à la fête ? Que dalle ! Le vieux Berrute est bon pour aller faire le pied de grue à regarder les autres s'amuser.

Briseur de Cercle retint son souffle, avant de lâcher un soupir.

— Tu parles de la fête de Dame Simtal, je suppose.

— Tout juste. Une fichue bande de Conseillers qui vont se pavaner avec leurs sales airs. Et moi, avec mes pieds en compote, planté là comme une statue.

Alors ça, pour un coup de chance, songea Briseur de Cercle, souriant pour lui-même. Le prochain poste de son compagnon était précisément celui où l'Anguille souhaitait le voir, lui. Qui plus est, le vieux garde s'en plaignait.

— Ils ont besoin de ce genre de statues, répondit-il. Ça les rassure.

Il se rapprocha de Berrute.

— Tu n'as pas dit à ton sergent que tu avais mal aux pieds ?

— À quoi bon ? geignit Berrute. Les ordres, il les transmet, il les invente pas.

Briseur de Cercle fit mine de réfléchir en contemplant le bout de la rue, avant de poser une main sur l'épaule de son collègue en le regardant droit dans les yeux.

— Écoute, je n'ai pas de famille. C'est une journée comme les autres pour moi. Je veux bien te remplacer. Mais la prochaine fois que j'aurai besoin de temps libre, à toi de me dépanner.

Un soulagement sincère illumina les traits du vieux garde.

— Nerruse te bénisse ! s'exclama-t-il en recouvrant le sourire. Marché conclu, l'ami. Hé ! Je ne sais même pas comment tu t'appelles !

Briseur de Cercle sourit et le lui dit.

*

L'essentiel des réjouissances se déroulant dans les rues, l'intérieur du Bar à Tin était quasiment désert. L'Adjointe Lorn s'arrêta sur le seuil et attendit que ses yeux se fassent à la pénombre. Les échos d'une conversation décousue lui parvinrent, mêlés au claquement de cartes de bois.

Elle pénétra enfin dans la salle, fort basse de plafond. Derrière le comptoir, une vieille femme débraillée l'observait d'un air morne. Contre le mur du fond, trois hommes étaient attablés. Des pièces de cuivre scintillaient devant eux à la lueur d'une lampe. Ces hommes tenaient des cartes à la main, au-dessus de flaques de bière.

Celui qui se trouvait dos au mur portait un calot de cuir roussi. Croisant le regard de Lorn, il lui indiqua un siège.

— Asseyez-vous, Adjointe. Jouez donc avec nous.

Lorn cilla, dissimulant son choc avec un haussement d'épaules.

— Je ne parie jamais, répliqua-t-elle en s'installant avec précaution sur le siège grinçant.

Son interlocuteur étudiait ses cartes.

— Je ne parlais pas de ça.

— C'est d'un autre genre de jeu qu'Esquive voulait parler, marmonna l'homme assis à la gauche de l'Adjointe.

Elle se tourna pour l'examiner. Maigre, petit, des poignets massifs.

— Et quel est votre nom à vous, soldat ? s'enquit-elle avec calme.

— Violain. Le gars qui perd ses sous, c'est Maillet. On vous attendait.

— C'est ce que j'ai cru comprendre, rétorqua-t-elle sèchement en s'adossant à sa chaise. Messieurs, vos services de renseignement m'impressionnent. Le sergent est dans les parages ?

— Y fait sa tournée, répondit Violain. Devrait revenir dans les dix minutes. On a l'arrière-salle de ce piège à rats, tout contre le Deuxième Rempart.

— Violain et moi, ajouta Esquive, on a percé ce foutu mur. Plus de deux mètres d'épaisseur à la base. Avec une maison abandonnée côté daru.

Il afficha un grand sourire.

— Ça nous fait une porte de service.

— Vous êtes donc les saboteurs. Et Maillet ? Le guérisseur, c'est ça ?

Maillet hocha la tête sans quitter ses cartes des yeux.

— Allez, Violain, dit-il. C'est ton jeu. Annonce la règle suivante.

— Le Chevalier de la Maison des Ténèbres est le joker et la couleur d'ouverture. Sauf si t'as la Vierge de la Mort. Dans ce cas-là, tu peux ouvrir avec une demi-mise et la doubler si tu gagnes.

Maillet abattit la Vierge de la Mort, puis lança une pièce de cuivre au centre de la table.

— C'est parti.

Violain lui donna une nouvelle carte.

— Maintenant, Esquive, on allonge. Deux pièces chacun, et Haut Enfer pour le Hérault de la Mort.

Lorn regarda leur étrange jeu se poursuivre. Ces hommes se servaient d'un Jeu des Dragons. Incroyable. Le dénommé Violain inventait les règles au fur et à mesure, mais elle vit les cartes dessiner peu à peu une sorte de motif et fronça pensivement les sourcils.

— T'as le Molosse en déroute, proclama Violain en désignant la dernière carte que Maillet avait placée sur la table. Je sens que le Chevalier des Ténèbres n'est pas loin.

— Mais que devient cette maudite Vierge de la Mort ? rouspéta le guérisseur.

— Elle a perdu ses crocs. Tu vois bien, la Corde est sortie du tableau.

Violain tira une autre carte.

— Et voilà ce salopard de Dragon en personne, avec son épée noire comme une nuit sans lune. C'est ça qui a fait déguerpir le Molosse.

— Une minute ! s'écria Esquive en plaquant une carte par-dessus le Chevalier des Ténèbres. T'as bien dit que le Capitaine de la Lumière se lève ?

Violain se concentra sur le motif obtenu.

— Il a raison, Maillet. On s'acquitte automatiquement de deux ronds de cuivre chacun. Ce Capitaine danse déjà sur l'ombre du Chevalier…

— Excusez-moi, intervint Lorn d'une voix forte.

Les trois hommes la dévisagèrent.

— Êtes-vous un Talent, Violain ? Êtes-vous habilité à utiliser ce jeu ?

Le sapeur se renfrogna.

— C'est pas vos oignons, Adjointe. Ça fait des années qu'on joue avec sans que personne nous embête. Si vous voulez participer, vous n'avez qu'à le dire. Tenez.

Sans lui laisser le temps de protester, il retourna une carte devant elle.

— Alors ça, c'est curieux, commenta Violain. Trône, renversé. Vous nous devez dix pièces d'or chacun, un an de solde pour tout le monde. Une sacrée coïncidence.

Esquive renifla bruyamment.

— Ça correspond aussi à la pension de dédommagement que l'Empire verse à nos familles en cas de confirmation de décès. Merci bien, Violain.

— Empoche l'or et tais-toi, riposta Violain. On n'est pas encore morts.

— Il me reste une carte, déclara Maillet.

Violain roula de gros yeux.

— Montre donc cette foutue plaque.

Le guérisseur abattit sa carte.

— Orbe, s'esclaffa Violain. La vision juste et le jugement pour terminer. On s'en serait douté !

Lorn perçut alors une présence dans son dos. Elle se retourna lentement et découvrit un homme barbu qui soutint son regard de ses yeux gris et sans éclat.

— Je suis Mésangeai, dit-il à mi-voix. Bonjour, Adjointe. Et bienvenue à Darujhistan.

Il prit la chaise la plus proche et la tira vers la table pour s'installer à côté d'Esquive.

— Vous voulez un rapport, c'est ça ? Eh bien, nous essayons encore de contacter la Guilde des Assassins. La question des mines est réglée. Un seul membre de l'escouade manque à l'appel pour le moment. Bref, on a eu une sacrée veine. Il y a des Tistes Andii dans la ville. Ils nous cherchent.

— Qui manque, Sergent ? s'enquit Lorn.

— La recrue. Elle s'appelait Mes Regrets.

— Morte ?

— Disparue. Depuis quelques jours déjà.

Lorn ravala un juron.

— Vous ne savez donc pas si elle est morte ?

— Non. Où est le problème, Adjointe ? Ce n'était qu'une recrue. Même si la Garde l'a pincée, elle n'aura pas grand-chose à leur raconter. D'ailleurs, nous n'avons entendu aucune rumeur de ce genre. Sans doute que des voyous l'ont coincée dans une ruelle. On a exploré pas mal de trous à rats en tentant de dénicher ces assassins locaux.

Il haussa les épaules :

— Les risques du métier, c'est tout.

— Sergent, Mes Regrets était une espionne. De très haut vol. Vous pouvez être certain qu'aucun voyou ne l'a tuée. Non, elle n'est pas morte. Elle se cache. Parce qu'elle savait que je viendrais la chercher. Je suis sur sa piste depuis plus de deux ans. Je la veux.

— Si nous en avions été informés, répliqua Mésangeai avec raideur, nous aurions pu prendre nos dispositions. Mais puisque vous avez tout gardé pour vous, vous n'avez plus qu'à vous débrouiller toute seule.

Son regard se durcit.

— Que nous arrivions à joindre la Guilde ou pas, nous ferons sauter les mines avant l'aube de demain. Nous avons assez traîné ici.

Lorn se redressa.

— Sergent, je suis l'Adjointe de l'Impératrice. À partir de maintenant, je dirige cette mission. C'est moi qui donnerai les ordres. Finies les petites initiatives personnelles. Compris ?

Un instant, elle crut apercevoir une lueur de triomphe dans les yeux du sergent, avant qu'une colère prévisible se manifeste.

— Compris, Adjointe, répliqua Mésangeai d'un ton cassant. Quels sont vos ordres ?

— Je suis très sérieuse, Sergent. Et cela m'est complètement égal si cela vous contrarie. Je suggère à présent de poursuivre cette discussion dans un cadre plus confidentiel, dit-elle en se levant. Vos hommes peuvent rester ici.

Mésangeai se leva à son tour.

— Bien sûr, Adjointe. Nous disposons de l'arrière-salle. Si vous voulez bien me suivre.

Lorn examina le dessus du lit.

— Il y a du sang sur cette couverture, commenta-t-elle.

Mésangeai referma la porte avant de lui répondre.

— L'un de mes hommes a croisé la route d'un mage-assassin tiste andii. Mais il s'en remettra.

— Que me chantez-vous là ? Les Tistes Andii sont tous dans le nord avec Caladan Rumin, s'exclama Lorn en ouvrant des yeux incrédules. Vous n'allez tout de même pas prétendre que le seigneur de Sangdelune en personne a quitté sa forteresse ? Pour quoi faire ? Pourchasser des espions malazéens ? Ne soyez pas ridicule.

Mésangeai se rembrunit.

— Le caporal Kalam et le mage de mon escouade sont tombés sur une demi-douzaine de Tistes Andii, au minimum. Si mes hommes ont survécu, c'est que le seigneur de la Lune ne devait pas se trouver dans les parages, ne croyez-vous pas, Adjointe ? Réfléchissez : la Lune prend position juste au sud de la ville, son seigneur conclut une alliance avec les dirigeants de Darujhistan et s'empresse de désorganiser la Guilde d'Assassins. Pourquoi ? Pour empêcher des gens comme nous de proposer un contrat à cette Guilde, bien sûr. Et jusqu'ici, ça a marché.

Lorn réfléchit un moment.

— Si la Guilde ne peut être contactée, pourquoi ne pas vous charger vous-mêmes des assassinats ? Votre caporal Kalam était l'un des meilleurs de la Griffe, avant… son départ. Pourquoi ne pas supprimer les dirigeants de cette ville ?

Le sergent croisa les bras et s'adossa au mur près de la porte.

— Nous y avons songé, Adjointe. Et nous sommes déjà passés à l'étape suivante. À l'heure qu'il est, un de mes hommes est parti négocier notre embauche comme gros bras privés pour une grande réception qui aura lieu ce soir. Tout le gratin de la ville devrait s'y trouver : membres du Conseil, Grands Mages, tout ce qui s'ensuit. Il reste à mes saboteurs assez de munitions pour faire de cette petite sauterie un événement que Darujhistan n'oubliera pas de sitôt.

Lorn luttait contre une frustration croissante. Bien que déterminée à prendre les choses en main, ce Mésangeai semblait s'être fort bien débrouillé jusqu'ici, étant donné les circonstances. Sans doute n'aurait-elle pu mieux faire, même si elle ne croyait toujours pas à cette histoire de Tistes Andii.

— Pourquoi diantre des notables de cette ville engageraient-ils une bande d'étrangers pour assurer leur protection ?

— Il y aura aussi des militaires locaux. Mais aucun d'eux n'est un Barghast.

Mésangeai esquissa un sourire cynique.

— Le frisson de la nouveauté, Adjointe. C'est ce qui fait saliver la noblesse. Pensez donc ! Un gros barbare tatoué qui les regardera d'un air menaçant, excitant, non ?

Il haussa les épaules.

— C'est risqué, mais cela vaut le coup d'essayer. À moins, bien sûr, que vous n'ayez une meilleure idée ?

La nuance de défi dans sa voix n'échappa pas à Lorn. Si elle y avait un tant soit peu réfléchi, elle aurait compris bien plus tôt que son titre et sa puissance ne pouvaient intimider cet homme. Il s'était tenu au côté de Dassem Ultor, discutant stratégie avec le Glaive de l'Empire en pleine bataille. Et sa rétrogradation au rang de sergent n'avait apparemment pas réussi à le briser. Une donnée qu'elle avait toutefois déjà déduite de la réputation des Brûleurs de Ponts à Pale. Il n'hésiterait pas à contester chacun de ses ordres s'il y trouvait à redire.

— Votre plan est avisé. Qui organise cette réception ?

— Une certaine Dame Simtal. J'ignore à quelle famille elle appartient, mais tout le monde semble la connaître. Il paraît que c'est une vraie beauté, avec l'oreille du Conseil.

— Très bien, Sergent, dit Lorn en rajustant sa cape. J'ai d'autres affaires à régler. Je reviendrai dans deux heures. Veillez à ce que tout soit prêt, procédures de détonation comprises. Si on ne vous engage pas, nous devrons trouver un autre moyen d'être présents à cette fête.

— Adjointe ?

Elle se retourna, à mi-chemin de la porte.

Mésangeai s'avança vers le mur du fond et écarta un rideau déchiré.

— Ce tunnel débouche dans une autre maison. De là, vous pourrez accéder au district daru.

— Inutile, répliqua Lorn, irritée par la condescendance de son ton.

Ben le Vif émergea du tunnel après son départ.

— Bon sang, Sergent, grommela-t-il, vous teniez vraiment à ce qu'elle me rentre dedans ?

— Aucun risque, assura Mésangeai. J'ai précisément fait en sorte qu'elle ne passe pas par là. Des nouvelles de Kalam ?

Le sorcier se mit à arpenter la petite pièce.

— Pas encore. Mais il va bientôt perdre patience. Alors ? poursuivit-il en faisant face au sergent. Vous croyez l'avoir dupée ?

— Dupée ? s'esclaffa Mésangeai. Elle a failli tomber à la renverse, oui.

— Paran a dit qu'elle allait laisser quelque chose. Est-ce fait ?

— Pas encore.

— Ça devient tendu, Sergent. Très, très tendu.

La porte s'ouvrit dans leur dos et Gogues entra, exhibant ses dents limées, entre sourire et grimace.

— Succès ? s'enquit Mésangeai.

Gogues hocha la tête.

*

Crokus et Apsalar passèrent la journée au sommet du beffroi, jetant de temps en temps un coup d'œil furtif aux festivités en contrebas. On sentait dans la foule une sorte de frénésie, comme si tous ces gens dansaient au bord du désespoir. Malgré les réjouissances associées à la nouvelle année, l'ombre de l'Empire Malazéen planait sur la cité. Avec Sangdelune juste au sud de la ville, il était évident que Darujhistan se retrouvait coincée entre deux puissances.

— C'est drôle, marmonna Crokus en observant la marée humaine qui s'écoulait dans les rues en fleuves tumultueux. D'ici, Darujhistan paraît plus petite. Presque insignifiante.

— Moi, je la trouve immense, le contredit Apsalar. C'est une des plus grandes villes que j'aie jamais vues. Aussi grande qu'Unta, je crois.

Il la dévisagea. Ces derniers temps, elle avait dit des choses étranges, qui ne seyaient guère à une petite pêcheuse d'un village côtier.

— Unta. C'est la capitale de l'Empire, non ?

Elle fronça les sourcils, ce qui lui donnait l'air plus âgé.

— Oui. Sauf que je n'y suis jamais allée.

— Alors, comment peux-tu connaître sa taille ?

— Je n'en suis pas sûre, Crokus.

Coll avait mentionné un cas de possession : deux consciences s'affrontaient en elle et leur rivalité empirait d'heure en heure. Crokus se demanda si Mammot était revenu, regrettant presque d'avoir échappé à la surveillance de Meese et d'Irilta.

S'asseyant par terre, il s'adossa au parapet et observa le cadavre en face de lui. Le sang avait noirci au soleil. Une traînée de gouttelettes courait sur la plate-forme jusqu'aux escaliers. Le meurtrier de l'assassin avait lui-même été blessé, à l'évidence. Pourtant, Crokus ne se sentait pas en danger dans le beffroi, même s'il n'aurait pas su dire pourquoi.

En tout cas, ce lieu prétendument abandonné avait connu bien des drames récents.

— On attend la nuit ? s'enquit Apsalar.

Crokus acquiesça.

— Et après, on cherche cette Challice ? demanda-t-elle.

— C'est ça. Les D'Arle seront forcément à la fête de Dame Simtal. Là-bas, il y a un immense parc, presque une forêt, qui court jusqu'aux limites de la propriété. Rentrer par-là ne devrait pas être compliqué.

— Mais on ne va pas te remarquer si tu te mêles aux invités ?

— Je serai en voleur et tout le monde sera déguisé. Et puis, il y aura des centaines de personnes. Ça me prendra peut-être une heure ou deux, mais je la trouverai.

— Et après ?

— Après, je verrai.

Apsalar allongea les jambes puis croisa les bras sur sa poitrine.

— Et je suis censée me cacher dans les fourrés ?

Crokus haussa les épaules.

— Peut-être qu'oncle Mammot sera là. Si oui, tout ira bien.

— Pourquoi ?

— Parce que c'est ce que Coll a dit, riposta Crokus, exaspéré.

Était-il censé lui raconter qu'elle avait été possédée pendant Goule savait combien de temps ?

— On va trouver un moyen de te ramener chez toi. C'est bien ce que tu veux, non ?

Elle hocha lentement la tête, comme si elle en doutait désormais.

— Mon père me manque, dit-elle enfin.

Crokus avait surtout l'impression qu'elle voulait se convaincre elle-même. Au cours de la nuit, il l'avait observée en se demandant : pourquoi pas ? Il devait admettre que la compagnie d'Apsalar était plutôt agréable. S'il oubliait cette manie de poser ses questions, bien sûr. Mais bon, qu'aurait-il fait à sa place, en se réveillant à des milliers de lieues de chez lui ? Ce devait être terrifiant. Aurait-il tenu le coup aussi bien qu'elle semblait le faire ?

— Ça va, reprit-elle en le dévisageant. C'est comme s'il y avait en moi quelque chose qui m'empêche de craquer. C'est difficile à expliquer, mais on dirait une pierre noire et douce, chaude. Chaque fois que je commence à avoir peur, je me retrouve à l'intérieur. Et après, tout va de nouveau bien… Pardonne-moi. Je ne voulais pas te repousser.

— T'inquiète pas, va.

*

Serrat examinait les deux silhouettes sur la plate-forme, dissimulée dans les ombres de la cage d'escalier. Elle en avait assez. Elle avait ouvert sa Kurald Galain, la disposant en une série de protections concentriques. Finis les ennemis invisibles. Ils allaient devoir se montrer. Et elle les tuerait. Quant au Porteur de Pièce et à la fille, où pouvaient-ils espérer s'échapper au sommet de cette tour ?

Elle dégaina ses dagues, prête à passer à l'action. Une dizaine de verrous défensifs protégeaient ses arrières le long des escaliers. Impossible de l'approcher dans le dos.

Tout à coup, elle perçut le léger contact de deux pointes acérées, l'une sous son menton, l'autre sous son omoplate gauche. La Tiste Andii se figea, reconnaissant une voix près de son oreille.

— Transmets cet avertissement à Rake, Serrat. Il n'en aura pas d'autre. Pareil pour toi. Aucun mal ne doit être fait au Porteur de Pièce. Les jeux sont faits. Recommence et tu mourras.

— Espèce de chien ! explosa-t-elle. La colère de mon seigneur…

— Sera vaine. Nous savons tous deux qui envoie ce message, n'est-ce pas ? Et comme Rake le sait aussi, il n'est plus aussi loin d'ici qu'avant.

La pointe sous son menton s'écarta un instant pour lui permettre de hocher la tête.

— Très bien. Transmets donc ce message, et prie qu'on ne se rencontre plus.

— Je n'oublierai pas, promit Serrat, tremblante de rage.

Un gloussement étouffé lui répondit.

— Les compliments du Prince, Serrat. Réfères-en à notre ami commun.

Les dagues se retirèrent. Serrat poussa un long soupir, puis rengaina ses armes avant de se volatiliser après avoir lancé sèchement un sort.

Crokus sursauta en entendant un léger « plouf » dans l'escalier.

Tendu, il mit les mains sur ses poignards.

— Qu'y a-t-il ? questionna Apsalar.

— Chut. Attends, dans l'ombre…

Il sentait son cœur cogner violemment dans sa poitrine, mais se rassit.

— Bon, mon imagination me joue des tours. On va bientôt partir, de toute façon.

*

C'était un âge de vent, un vent qui balayait l'herbe des plaines sous un ciel d'étain, un vent sec qui harcelait toute vie, absurde, implacable comme un animal dénué de conscience.

Raest luttait dans le sillage de sa mère. C'était sa première leçon. Avec cette quête de domination qui déterminerait son existence, il voyait les nombreuses façons d'agir du vent : comment celui-ci sculptait la pierre au fil de centaines, de milliers d'années, ses formidables tempêtes dévastant des forêts entières. Et la force brutale de la fureur hurlante des bourrasques se faisait ainsi plus proche de son cœur.

La mère de Raest avait été la première à fuir le façonnement de son pouvoir. Elle l'avait renié en face, proclamant la Séparation du Sang, affranchissant ainsi son fils. Ce rite l'avait brisée mais Raest n'en avait cure. C'était sans importance. Qui veut dominer doit apprendre tôt qu'il convient d'anéantir ceux qui lui résistent. C'était à sa mère de payer le prix de cet échec et non à lui.

Alors que les Jaghuts craignaient la vie en communauté, voyant en toute société le berceau de la tyrannie – de la chair comme de l'esprit – justifiant cette position par leur propre histoire sanglante, Raest se découvrit une puissante attirance pour cette vie. Le pouvoir dont il disposait réclamait des sujets. La force étant toujours relative, il ne pouvait dominer qu'en compagnie de dominés.

Il chercha d'abord à soumettre d'autres Jaghuts. Mais le plus souvent, ceux-ci lui échappaient ou l'obligeaient à les tuer. Ce genre d'affrontements ne le satisfaisaient que temporairement. Raest rassembla ensuite autour de lui des bêtes, soumettant la nature à sa volonté. Mais la nature dépérissait sous son joug, trouvant une échappatoire qu'il ne pouvait maîtriser. Dans sa colère, il ravagea la terre, provoquant l'extinction d'innombrables espèces. La terre lui résista et son pouvoir à elle était immense. Mais son déferlement sans âge et sans but précis ne pouvait submerger Raest, dont le pouvoir se révélait précis et omniprésent.

Les premiers Imass croisèrent alors sa route : des créatures qui luttaient contre sa volonté, bravant son asservissement sans mourir pour autant. Des créatures à l'espoir aussi infini que pitoyable. Raest trouva enfin en eux ce qu'il cherchait dans sa volonté de domination car, à chaque Imass qu'il brisait, il en prenait un autre. Leur lien avec la nature était minime, les Imass jouant eux-mêmes le jeu de la tyrannie sur leurs territoires. Ils ne pouvaient le vaincre.

Il créa une sorte d'empire, dénué de villes et malgré tout soumis aux interminables drames de la vie en société, de ses pathétiques victoires et ses inévitables échecs. La communauté d'Imass réduits en esclavage prospérait dans ce bourbier de mesquinerie. Ils parvenaient même à se convaincre qu'ils possédaient une liberté, une volonté capable d'influer sur leur destin. Ils désignaient des champions, leur reniant ce statut une fois que l'échec les recouvrait de son suaire. Ils tournaient en rond et appelaient cela croissance, développement, connaissance. Et pendant ce temps, présence invisible à leurs yeux, Raest exerçait sur eux sa volonté. Sa plus grande joie survint quand ses esclaves le proclamèrent dieu sans le connaître, bâtissant des temples pour le servir, organisant des clergés dont les activités mimaient sa propre tyrannie avec une ironie si cosmique que le Jaghut lui-même ne pouvait que secouer la tête, sidéré.

Cet empire, prévu pour durer des millénaires, n'aurait dû périr que de sa propre main, une fois las. Jamais Raest n'aurait imaginé que d'autres Jaghuts trouveraient ses activités odieuses, au point de risquer leur propre pouvoir pour ces Imass à la vie éphémère et à l'esprit étriqué. Cependant, les voir arriver en grand nombre, formant une véritable communauté, une communauté dont l'existence avait pour unique finalité de détruire son empire, voilà ce qui le stupéfia le plus.

Rien ne l'avait préparé à cela.

Mais il avait compris la leçon et était prêt désormais à l'affronter, peu importe ce que le monde avait pu devenir en son absence. Ses membres craquèrent, parcourus de sourdes douleurs, de vifs élancements. Le prodigieux effort nécessaire pour s'extraire de la terre gelée l'avait réduit quelque temps à l'immobilité, mais il se sentait enfin prêt à parcourir le tunnel qui donnait sur une terre nouvelle.

Préparation. Il avait déjà amorcé ses premières manœuvres. Il sentait que d'autres étaient venus à lui, dégageant la voie des sceaux et verrous Omtose Phellack. Peut-être lui restait-il des adorateurs, des fanatiques qui cherchaient depuis des générations à le libérer et l'attendaient désormais à l'extérieur du tumulus.

Le Finnest manquant représentait sa priorité absolue. Une bonne partie de son pouvoir résidait dans cette graine, que les traîtres jaghuts lui avaient arrachée pour l'entreposer là. Cet objet n'était pas allé bien loin, et rien ne pouvait empêcher Raest de le récupérer. L'Omtose Phellack n'existait plus au-dessus du tunnel : il en percevait l'absence comme un vide sans air. Il n'y avait plus rien pour s'opposer à lui.

Préparation. Le visage flétri et crevassé du Tyran se tordit en un sourire féroce et ses longues canines inférieures fendirent sa peau desséchée. Les puissants doivent regrouper davantage de pouvoir autour d'eux et le soumettre à leur volonté, puis le manier ensuite avec une infaillible précision. Ses manœuvres avaient déjà commencé.

Il pataugea un moment dans la boue qui recouvrait

à présent le sol du tumulus. La paroi oblique qui marquait l'enceinte de la tombe lui apparut enfin. Derrière cette paroi de terre striée de craie, un monde à asservir l'attendait. D'un geste, il fit exploser l'enceinte. Les rayons du soleil flamboyèrent à travers les nuages de vapeur qui tourbillonnaient autour de lui, et il sentit des vagues d'un air froid, ancien, le pousser vers la sortie.

Le Tyran jaghut s'avança vers la lumière.

*

Très haut au-dessus des collines gadrobies, Mégère se laissait porter par des courants chauds. Le Grand Corbeau caqueta, ravi, en voyant des tonnes de terre et de rochers s'envoler à plus de trente mètres du sol. Elle inclina une aile et vira droit dans cette direction, sans quitter des yeux la colonne de vapeur. Voilà qui devrait se révéler intéressant. Un puissant remous la chassa vers le bas. Poussant un cri indigné, Mégère se retourna pour s'échapper le long des courants contraires. Des ombres colossales glissèrent sur ses plumes et sa colère fut aussitôt balayée par un flot d'excitation. Elle battit des ailes pour remonter, le cou tendu. En de telles circonstances, un bon point de vue était essentiel. Elle prit encore de la hauteur, puis baissa les yeux. Sous les rayons du soleil, les écailles de cinq dos allongés lançaient des éclairs iridescents. Mais l'un d'eux brillait comme du feu. Il se dégageait des membranes de leurs ailes déployées une formidable puissance. Les dragons survolaient silencieusement le paysage, se rapprochant de l'énorme nuage de poussière qui surplombait la tombe du Jaghut. Le Grand Corbeau braqua ses yeux noirs sur le dragon flamboyant.

— *Silanah !* cria-t-elle en riant. *Dragnipurake t'na Draconiaes ! Eleint, eleint !*

Le jour des Tistes Andii était arrivé.

*

Raest émergea dans la lumière vive de l'après-midi. Des collines couvertes d'herbe jaune dressaient leurs croupes usées dans toutes les directions, sauf en face de lui. En effet, derrière un rideau de poussière qui se dispersait, une plaine déserte s'étendait à l'est.

Le Tyran jaghut grogna. Finalement, le monde n'avait pas tellement changé. Il leva les bras et sentit le vent glisser le long de ses muscles desséchés. Il inspira et savoura l'air empli de vie, explorant les alentours, se réjouissant de flairer déjà de la peur : des réactions provenant de la vie sans intelligence qui grouillait sous ses pieds. Mais il ne perçut aucun niveau de conscience plus élevé, aucune concentration supérieure d'énergie. Il plongea ses sens loin dans le sol. Il sentit d'abord de la terre et du roc, puis les ténèbres en fusion et, tout en bas, la déesse endormie, encore jeune à ses yeux.

— Vais-je te réveiller ? murmura-t-il. Non, pas encore. Mais tu vas saigner.

Il contracta la main droite.

De son poing, il transperça la déesse, lézardant le soubassement rocheux jusqu'à sentir gicler son sang divin : assez pour la faire remuer sans la réveiller.

Au nord, les collines se soulevèrent et du magma jaillit vers le ciel au milieu d'une colonne de fumée, de roches et de cendre. La terre vibra alors même qu'un violent souffle chaud apportait à Raest les échos de l'éruption. Le Tyran jaghut sourit.

Il examina la ligne de crête fracassée et emplit ses poumons d'air sulfureux. Il pivota ensuite vers l'ouest, se dirigeant vers la plus haute des collines visibles dans cette direction. Son Finnest se trouvait au-delà, à peut-être trois jours de marche. Il songea à ouvrir sa Garenne, puis décida d'attendre d'arriver au sommet de la colline. De là, il pourrait mieux juger de la localisation du Finnest.

À mi-pente, il entendit un rire lointain et se figea. Le jour s'obscurcit alors au-dessus de sa tête et il vit cinq gigantesques ombres balayer l'herbe devant lui avant de disparaître derrière le sommet. La lumière du soleil revint. Le Tyran jaghut leva les yeux.

Cinq dragons viraient en parfaite formation, le surveillant tout en revenant vers lui.

— *Estideein eleints*, murmura-t-il dans sa langue jaghute.

Quatre des dragons étaient noirs avec des ailes rayées d'argent. Ils encadraient le cinquième, qui était rouge et deux fois plus grand.

— Silanah Rouges-Ailes, grommela Raest en plissant les yeux. Née des Âges Anciens et véritable descendante de Tiam. Ô toi Première parmi les Solipris, dont le sang est étranger à ce monde. Je vous sens, tous !

Il brandit ses poings vers le ciel.

— Plus froids que la glace issue de mains jaghutes,

aussi ténébreux qu'un monde privé de lumière, je vous sens ! Ne me harcelez pas, *eleints*, ajouta-t-il en baissant les bras. Je ne peux vous asservir, mais je vous détruirai, sachez-le. Je vous clouerai au sol, tous autant que vous êtes et, de mes propres mains, j'arracherai vos cœurs de vos poitrines.

Son regard se concentra sur les quatre dragons noirs.

— Solipris ! Vous êtes prêts à me défier sur l'ordre d'un autre. À vous battre avec moi sans raisons qui soit vôtres. Si je vous commandais, je ne gaspillerais pas vos vies. Je vous chérirais, Solipris. Je vous offrirais des causes dignes de vous battre. Je vous montrerais les véritables récompenses du pouvoir.

Il lut alors leur dérision et se renfrogna.

— Ainsi soit-il.

Les dragons le survolèrent en silence avant de virer de nouveau pour disparaître au sud, derrière les collines. Écartant largement les bras, Raest déchaîna sa Garenne. Sa chair se déchira au fur et à mesure que la puissance de celle-ci l'envahissait. Il sentit et entendit à la fois les collines se fissurer partout autour de lui, la pierre éclater, les rochers se fendre. L'horizon se brouilla derrière un rideau de poussière de plus en plus impressionnant.

Le Tyran jaghut se tourna vers le sud.

— Voici mon pouvoir ! Venez donc !

Une longue minute s'écoula. Sourcils froncés, Raest observa les collines devant lui, puis poussa un cri, faisant volte-face à l'instant même où Silanah et les quatre dragons noirs, tous à moins de trois mètres du sol, piquaient par-dessus le sommet de celle qu'il occupait.

Un tourbillon d'énergie s'abattit sur lui et Raest hurla, sans quitter de ses yeux plissés le regard impassible et meurtrier de Silanah, qui fonçait sur lui avec la célérité d'une vipère. Le dragon rouge, aux prunelles aussi grandes que la tête du Jaghut, ouvrit les mâchoires en entier, offrant à Raest une vue plongeante sur son gosier. Hurlant de nouveau, le Tyran libéra d'un coup toute sa puissance. Le choc des Garennes produisit une formidable détonation. Des éclats de roche volèrent dans tous les sens. Starvald Demelain et Kurald Galain affrontèrent Omtose Phellack en un sauvage maelström de volontés. De tous côtés, l'herbe, la terre, le roc se changèrent en cendres fines. Raest se dressait au centre du vortex et son énergie dévastatrice mugissait tandis que la sorcellerie des dragons le transperçait de toutes parts, frappant sa chair flétrie.

Le Tyran jaghut maniait son pouvoir comme une faux. Le sol se couvrit de larges éclaboussures de sang. Les dragons poussèrent des cris perçants.

Une vague de flammes incandescentes, solide comme le poing, frappa le Jaghut sur sa droite. Raest se retrouva projeté en l'air et atterrit dans une dune de cendres poudreuses. Le feu de Silanah déferla sur lui, noircissant ce qui lui restait de chair. Le Tyran se releva tant bien que mal, son corps tressautant de manière incontrôlable tandis qu'un jet de sorcellerie giclait de sa main droite.

La terre trembla lorsque le pouvoir de Raest abattit Silanah, qui dévala la pente. Le rugissement d'exultation du Tyran s'interrompit net : des serres de la longueur d'un avant-bras le saisissaient par-derrière.

Une deuxième patte griffue se joignit à la première, lui brisant les côtes comme de simples brindilles. D'autres serres se ployèrent autour de son corps, un second dragon cherchait sa prise.

Raest se tortilla, impuissant, tandis que les pattes le soulevaient dans les airs et entreprenaient de le démembrer. Il déboîta sa propre épaule en lançant un bras en arrière pour plonger ses doigts dans un tibia recouvert d'écaillés lisses. À ce contact, Omtose Phellack s'engouffra dans la serre du dragon, en fracassa les os, portant le sang à ébullition. Un spasme des griffes libéra le Tyran jaghut, qui éclata de rire. D'autres os se rompirent quand il s'écrasa au sol, mais il s'en moquait. Son pouvoir était absolu : qu'importait le vaisseau qui lui servait de réceptacle ? Il trouverait d'autres corps s'il le devait. Des corps par milliers.

Il se releva une fois encore.

— Maintenant, murmura-t-il, je vais donner la mort.

Chapitre 21

La lumière fleurissante des ténèbres
Dévoila à mon regard
Une armée de dragons saisie sur la plaine
Telle une bourrasque devant la flamme éternelle.
Je vis dans leurs yeux les âges
Et une carte du monde gravée
Sur chacune de leurs écailles.
Leur sorcellerie s'échappait d'eux
Semblable au souffle des étoiles
Et je sus alors que les dragons
Étaient arrivés parmi nous...

Anomandaris
Pêcheur (né en ?)

Le sous-bois du parc regorgeait d'ombres. L'Adjointe Lorn se releva et essuya ses mains pleines de terre.

— Trouve un gland..., récita-t-elle en souriant pour elle-même. Plante-le.

De l'autre côté du parc, des serviteurs s'interpellaient à grands cris et couraient en tous sens pour les préparatifs de dernière minute. Glissant le bas de sa cape dans son ceinturon, Lorn se faufila discrètement entre les troncs envahis de plantes grimpantes et arriva bientôt en vue du mur du fond.

Une étroite ruelle s'étirait derrière l'enceinte, tapissée de feuilles et de branches tombées des arbres qui dépassaient de part et d'autre. S'introduire dans le parc – et maintenant en sortir – ne présentait aucune difficulté pour l'Adjointe. Elle escalada les pierres irrégulières du mur, s'accrochant parfois aux plantes grimpantes, puis se laissa glisser de l'autre côté.

Elle atterrit en soulevant un léger crissement de brindilles et de feuilles sèches, dans des ombres aussi épaisses que celles du parc. La jeune femme rajusta alors sa cape et gagna l'une des extrémités de la ruelle. Là, elle s'adossa à l'angle en croisant les bras et sourit à la foule qui allait et venait dans la rue.

Encore deux missions à accomplir et elle quitterait la ville. Mais l'une de ces tâches risquait de se révéler impossible. Elle ne percevait nulle part la présence de Mes Regrets. Peut-être celle-ci était-elle bien morte. Vu les circonstances, elle ne voyait pas d'autre explication.

Lorn observa cette marée humaine, ces vagues de visages déferlant sous ses yeux. La folie latente qu'elle y décelait la mettait d'autant plus mal à l'aise que les gardes municipaux se tenaient à une prudente distance. Elle s'étonna de la vague terreur qui transparaissait sur cette multitude de visages, sans parler de l'impression de tous les connaître, ou presque.

Darujhistan se brouilla dans son esprit, se muant en cent autres villes surgies de son passé. Joie et peur, souffrance et rire se fondirent tous en une unique expression, au milieu d'une masse de sons indifférenciés. Lorn ne distinguait plus rien. Les visages devinrent impassibles, les échos environnants formant la clameur d'une histoire dénuée de sens.

Elle se passa une main devant les yeux, reculant d'un pas chancelant dans l'ombre de la ruelle. Abattue, elle se laissa glisser contre un mur, puis s'accroupit. Un hommage à l'insignifiance. Est-ce donc ce que nous sommes tous au bout du compte ? Écoutez-les ! Dans quelques heures, les carrefours de la ville allaient exploser. Des centaines de personnes mourraient sur le coup, des milliers d'autres ensuite. On retrouverait ces visages dans les décombres des chaussées éventrées et des bâtiments effondrés, figés dans des expressions à mi-chemin entre l'allégresse et la terreur. Au milieu des râles et des cris désespérés des agonisants.

Elle avait déjà vu ces individus. Elle connaissait chacun d'eux, tout comme le son de leurs voix – des sons empêtrés dans des émotions humaines, ou clairs et épurés par la pensée, ou oscillant dans l'abîme entre les deux. *Est-ce donc là mon héritage ? Et un jour, je ne serai plus que l'un de ces visages, pétrifié par la mort et la stupéfaction.*

Elle secoua faiblement la tête. Elle était en train de craquer. L'Adjointe se lézardait, son armure avait perdu le lustre de sa splendeur de marbre. Un titre aussi dépourvu d'importance que la femme qui le portait. L'Impératrice elle-même n'était plus qu'un autre de ces visages déjà vus quelque part, un masque derrière lequel une femme cherchait à se soustraire à sa condition de mortelle.

— Cela ne sert à rien de se cacher, murmura Lorn en contemplant d'un œil maussade les feuilles mortes et les branches qui l'entouraient. À rien.

Quelques minutes plus tard, elle se releva et épousseta soigneusement sa cape. Une tâche restait à sa portée. Retrouver le Porteur de Pièce, le tuer et s'emparer de la Pièce d'Oponn. Faire payer à la divinité son ingérence dans les affaires impériales. L'Impératrice et Tayschrenn y veilleraient.

Cette besogne exigeait de concentrer toutes ses facultés sur une signature particulière. Ce serait son dernier acte, elle le savait. Mais elle réussirait. Mourir sur un échec était impensable. Elle se tourna vers la rue principale. Les ombres du crépuscule engloutissaient peu à peu la foule. Loin à l'est, on entendait le tonnerre. L'air était pourtant sec, sans trace de pluie. Lorn inspecta ses armes.

— La mission de l'Adjointe est presque terminée, dit-elle à mi-voix.

Elle disparut dans la cohue de la rue.

*

Kruppe se leva de sa table à l'Auberge du Phénix et tenta de fermer le dernier bouton de son gilet avant de relâcher sa respiration avec un soupir désabusé. Bon, au moins, le gilet avait été nettoyé. Rajustant les manchettes de sa chemise neuve, il quitta la salle presque déserte.

Il venait de passer une heure assis à rêvasser en apparence, alors que se dessinait dans sa tête un motif, une configuration issue de son Talent, qui le perturbait grandement. Que Meese et Irilta eussent perdu la trace de Crokus et de la fille avait tout remis en perspective. Pour la majorité des serviteurs involontaires des dieux, une fois les jeux faits, c'en était aussi fini d'eux. Il était beaucoup trop dangereux de laisser circuler la Pièce indéfiniment. Non, la chance de Crokus risquait de l'abandonner quand il en aurait le plus besoin et cela coûterait la vie à ce pauvre garçon.

— Non, non, non, avait murmuré Kruppe pardessus sa chope. Kruppe ne peut le permettre.

Les conditions d'un potentiel succès demeuraient toutefois insaisissables. Kruppe était certain d'avoir pensé à toutes les menaces potentielles qu'encourait l'adolescent – ou, plus exactement, il était certain que Crokus était pour l'heure efficacement protégé. Mais le protecteur en question n'était sans doute ni lui ni aucun de ses agents. Il allait donc devoir tabler sur les bonnes dispositions de cet acteur non identifié.

Une fois encore, Briseur de Cercle s'était tiré d'affaire et Kruppe ne doutait pas que la traque de Turban Orr se révélerait infructueuse. L'Anguille savait protéger les siens. À vrai dire, l'heure de la retraite avait sonné pour Briseur de Cercle, et Kruppe comptait lui annoncer la bonne nouvelle ce soir même, à la fête de Dame Simtal. Après toutes ces années, Briseur de Cercle méritait bien cela.

La configuration disait aussi à Kruppe une chose qu'il savait déjà : sa couverture ne tenait plus. Le charme qu'il avait jeté sur Murillio ne durerait plus très longtemps. D'ailleurs, il n'avait pas été prévu pour cela. Kruppe avait voulu avoir les mains libres pour la journée. Ensuite, eh bien, advienne que pourrait, et cela valait aussi pour son entrevue avec Baruk.

La fin abrupte de la présente situation lui avait donné justement matière à réfléchir. Après ce soir, l'avenir était vierge. De toute évidence, un point crucial avait été atteint et le dénouement interviendrait, Kruppe le savait, à la fête de Dame Simtal.

Il pénétra dans le District des Hautes Demeures avec un hochement de tête appuyé au garde solitaire posté près de la rampe. L'homme se rembrunit, mais ne fit aucun commentaire. La fête devait commencer dans trente minutes, et Kruppe escomptait être l'un des premiers arrivés. La perspective de toutes ces pâtisseries fraîches, dégoulinantes de liquides tièdes et sucrés, lui mettait l'eau à la bouche. Il saisit son masque sous son gilet et sourit. De toute l'assistance, peut-être le Grand Alchimiste Baruk serait-il le seul à en apprécier l'ironie.

— Eh bien, un seul suffit largement, étant donné son identité, soupira-t-il. Depuis quand Kruppe est-il trop gourmand ?

Son estomac lui répondit en gargouillant.

*

Crokus plissa les yeux vers l'est qui s'obscurcissait. Des sortes d'éclairs jaillissaient de temps à autre derrière les collines, de plus en plus proches. Mais les grondements du tonnerre, que l'on entendait depuis le début de l'après-midi, paraissaient bizarres. Leur timbre différait des fréquences basses qui se propageaient d'ordinaire à travers le sol. Il semblait presque cassant. Les nuages apparus plus tôt au-dessus des collines avaient arboré une étrange teinte ocre, malsaine, et ils s'approchaient à présent de la ville.

— Quand part-on ? demanda Apsalar, accoudée près de lui.

Crokus s'ébroua.

— Maintenant. Il fait assez noir.

— Crokus ? Que vas-tu faire si Challice D'Arle te trahit une seconde fois ?

Dans la pénombre, il distinguait à peine les traits d'Apsalar. Avait-elle voulu le blesser ? D'après le son de sa voix, c'était difficile à dire.

— Ça n'arrivera pas, répliqua-t-il, s'efforçant de s'en convaincre lui-même tandis qu'il se dirigeait vers les escaliers. Fais-moi confiance.

— D'accord, répondit-elle simplement.

Crokus ébaucha une grimace. Pourquoi tout semblait-il toujours si facile pour elle ? Par Goule ! Lui-même était très loin de s'y fier. Il ne savait évidemment pas grand-chose sur Challice, leur unique conversation s'étant révélée fort déroutante. Et si elle appelait les gardes ? Eh bien, il veillerait à ce qu'Apsalar puisse s'échapper. Il la prit par le bras et s'arrêta.

— Écoute !

Sa propre voix lui parut trop dure, mais il poursuivit néanmoins :

— S'il y a du grabuge, va à l'Auberge du Phénix, compris ? Va trouver Meese, Irilta ou mes amis Kruppe et Murillio, et raconte-leur ce qui se sera passé.

— Très bien, Crokus.

— Bon.

Il la relâcha, puis s'avança à tâtons dans l'escalier.

— Si seulement on avait une lanterne…

— Pour quoi faire ? s'enquit-elle en se faufilant devant lui et lui prenant la main. Je vois très bien. Ne lâche pas ma main.

Même s'il l'avait voulu, il s'aperçut que cela lui aurait sans doute coûté. Mais il restait pas mal de durillons sur cette petite main. Ils lui rappelèrent de quoi cette fille était capable, même si cela ne le dérangeait que vaguement.

Les yeux grands ouverts et pourtant aveugle, il se laissa conduire jusqu'au pied des marches.

*

Le capitaine des Gardes de Dame Simtal considéra Mésangeai et ses hommes, manifestement contrarié.

— Je vous croyais tous Barghasts, dit-il en s'approchant de Gogues et en enfonçant un index dans la large poitrine du guerrier. Tu m'as fait croire que vous étiez tous comme toi, Niganga.

Un grognement sourd et menaçant sortit de la gorge de Gogues et le capitaine recula, portant une main à son épée.

— Capitaine, intervint Mésangeai, si nous étions tous des Barghasts…

Maussade, l'homme se tourna vers lui.

— Jamais vous n'auriez pu vous offrir nos services, conclut le sergent avec un sourire crispé.

Il lança un coup d'œil à Gogues. *Niganga ? Par le souffle de Goule !*

— Niganga est mon second, Capitaine. Où souhaitez-vous nous poster ?

— Derrière la fontaine. Vous tournerez le dos au parc, qui est… redevenu assez sauvage ces derniers temps. Il ne faudrait pas que des invités s'y perdent. Vous les en éloignerez donc en douceur. Et quand je dis en douceur, je ne plaisante pas, compris ? Vous devrez saluer tous ceux qui vous adresseront la parole et, s'ils protestent, les adresser à moi, capitaine Stillis. Je serai en patrouille moi-même, mais n'importe lequel des gardes de la maison saura me retrouver.

Mésangeai acquiesça.

— Entendu, mon capitaine.

Il se retourna alors pour inspecter son escouade. Violain et Esquive, la mine réjouie, se tenaient derrière Gogues. Un peu plus loin, au bord du trottoir, Maillet et Ben le Vif conversaient à voix basse. Le sergent fronça les sourcils en voyant comment son sorcier tressaillait à chaque coup de tonnerre.

Le capitaine Stillis partit après leur avoir indiqué le chemin de la terrasse et du parc. Mésangeai attendit qu'il disparaisse, puis s'avança vers Ben le Vif et Maillet.

— Qu'est-ce qu'il y a ?

Le sorcier semblait terrorisé et ce fut Maillet qui répondit.

— Vous entendez l'orage, Sergent ? Eh bien, ce n'en est pas un. Apparemment, Paran ne nous a pas raconté d'histoires.

— Autrement dit, il va falloir faire vite, dit Mésangeai. Je me demande pourquoi l'Adjointe n'est pas revenue. Tu crois qu'elle a filé au triple galop ?

Maillet haussa les épaules.

— Vous ne comprenez pas ? intervint Ben le Vif d'une voix tremblante.

Il prit deux profondes inspirations avant de poursuivre :

— Cette créature là-bas est en train de se battre. À coups de sorts d'une puissance inimaginable et ça se rapproche, ce qui signifie qu'elle est en train de gagner. Et donc...

— Qu'on est dans le pétrin, conclut Mésangeai. D'accord. Dans l'immédiat, on continue, comme prévu. Allons, on nous a affectés à l'endroit rêvé ! Ben, tu es sûr que Kalam et Paran sauront nous rejoindre ?

— Ils ont nos coordonnées, Sergent, maugréa le sorcier.

— Bon. Alors, on y va. Par la maison, et un peu de tenue.

*

— Il a l'air bien parti pour dormir plusieurs jours, déclara Kalam près du lit de Coll.

Il se redressa et se tourna vers Paran.

Ce dernier frotta ses yeux rougis par la fatigue.

— Elle a dû leur laisser quelque chose, insista-t-il d'un ton las. Même s'ils ne s'en sont pas aperçus.

Kalam secoua la tête.

— Non, Capitaine. Je vous l'ai déjà dit. Tout le monde était à l'affût d'un truc du genre. L'escouade ne trimballe rien de louche. On ferait mieux d'y aller, maintenant.

Paran se leva tant bien que mal. Il était exténué

et savait qu'il représentait un fardeau supplémentaire pour l'assassin.

— Dans ce cas, Lorn ira à cette fête, s'obstina-t-il, ceignant son épée.

— Eh bien, répliqua Kalam tout en regagnant la porte, c'est là qu'on intervient, vous et moi, non ? Dès qu'elle rapplique, on la liquide. Comme vous l'avez toujours voulu.

— Vu ma forme physique actuelle, fit observer Paran, mon rôle dans ce combat sera bref. Considérez-moi comme le facteur surprise : la seule chose à laquelle elle ne s'attendra pas, la seule chose qui la fera hésiter une seconde.

Il regarda le noir droit dans les yeux.

— Sachez en faire bon usage, Caporal.

Kalam afficha un grand sourire.

— Entendu, Capitaine.

Laissant Coll, qui ronflait toujours comme un bienheureux, ils descendirent au bar. Comme ils passaient devant le comptoir, Scurve les regarda d'un air méfiant.

Kalam lâcha un juron exaspéré. D'un geste brusque, il empoigna la chemise de l'aubergiste et le tira par-dessus le comptoir jusqu'à se retrouver nez à nez avec lui.

— J'en ai ma claque d'attendre, gronda l'assassin. Fais parvenir ce message au Maître des Assassins de cette ville. Je me fiche de savoir comment, mais fais-le, et vite. Voici le message : la plus grosse offre de contrat de sa vie l'attendra ce soir près de l'enceinte du fond de la propriété de Dame Simtal. Si le Maître de la Guilde mérite son titre, peut-être – et je dis bien peut-être – sera-t-il à la hauteur de ce contrat. Transmets ce message, même si tu dois le crier sur les toits, ou je reviendrai ici avec des idées de meurtre.

Trop fatigué pour s'étonner, Paran dévisagea posément son caporal.

— Nous perdons du temps, dit-il d'une voix traînante.

Resserrant sa prise, Kalam décocha à Scurve un regard menaçant.

— J'espère bien que non, grommela-t-il.

Il relâcha l'aubergiste sur le comptoir et posa une poignée de pièces d'argent à côté de lui.

— Pour le dérangement.

Paran lui fit signe et l'assassin hocha la tête, prêt à quitter l'auberge.

— Vous suivez toujours les ordres, Caporal ?

Kalam poussa un grognement.

— Nous avons reçu l'ordre de faire une offre au nom de l'Impératrice. Si le contrat est accepté et si les assassinats ont lieu, Laseen devra payer. Que nous soyons devenus hors-la-loi ou pas.

— Une ville nettoyée toute prête pour une occupation par Dujek et son armée, le tout aux frais de l'Impératrice… elle va s'en étrangler, Kalam.

L'assassin sourit.

— C'est son problème, Capitaine. Pas le mien.

Dans la rue, les Grisvisages évoluaient à travers la foule bruyante comme autant de spectres silencieux, enflammant le gaz des réverbères à l'aide d'allumeurs au bout de longues perches. Des fêtards pris de boisson les embrassaient en les bénissant. Encapuchonnés et

anonymes, les Grisvisages se contentaient de s'incliner puis reprenaient leur trajet dès qu'on les libérait.
Kalam les observa, le front plissé.
— Un problème, Caporal ? demanda Paran.
— Juste un truc qui m'embête. Je n'arrive pas à mettre le doigt dessus, mais c'est en rapport avec ces Grisvisages.
Le capitaine haussa les épaules.
— Ils s'occupent de l'éclairage. On y va ?
Kalam soupira.
— Nous n'avons rien de mieux à faire.

*

La voiture noire tirée par deux étalons bai-brun avançait lentement dans la cohue. Elle était précédée d'environ trois mètres par deux des gardes personnels de Baruk. Ceux-ci dégageaient le centre de la chaussée, usant de leurs armes lorsque les cris et les jurons ne suffisaient pas.

Dans l'enceinte tapissée de peluche du véhicule, le vacarme extérieur, assourdi par les sortilèges de l'alchimiste, évoquait le murmure des vagues lointaines. Menton incliné sur sa poitrine, yeux mi-clos dissimulés par l'ombre de son front, Baruk examinait son vis-à-vis. Rake n'avait pas prononcé un mot depuis son retour, quelques minutes à peine avant l'heure prévue pour leur départ.

Baruk avait atrocement mal à la tête. À l'est, la sorcellerie ébranlait les collines et ses ondes de choc percutaient tous les mages des environs comme autant de poings gantés de fer. L'alchimiste en connaissait parfaitement l'origine. L'occupant du tumulus approchait, combattu pied à pied par les Tistes Andii d'Anomander Rake. Mammot semblait avoir été trop généreux dans ses prévisions. Ils ne disposaient pas de jours, mais de quelques heures seulement.

Pourtant, malgré l'affrontement des Garennes et bien que la puissance du Tyran jaghut fût supérieure à celle des mages de Rake, malgré l'avancée implacable, inexorable de ce Tyran – orage grandissant de sorcellerie Omtose Phellack –, le seigneur de Sangdelune se tenait bien tranquillement assis sur la banquette rembourrée, les jambes allongées, ses mains gantées croisées contre son ventre. Le masque posé près de lui était, bien qu'effrayant, d'un raffinement exquis. En d'autres circonstances, Baruk aurait pu s'en amuser, apprécier la qualité de son exécution mais, pour l'heure, cet objet ne lui inspirait que de la méfiance. Ce masque recelait un secret, un élément révélateur sur celui qui allait le porter. Mais ce secret échappait à l'alchimiste.

*

Turban Orr ajusta son masque de faucon puis s'arrêta devant le vaste escalier de l'entrée principale de la demeure. Le bruit d'une nouvelle voiture arrivant à la grille le fit se retourner. Derrière lui, des pas venus de l'intérieur retentirent.

La voix de Dame Simtal s'éleva.

— J'aurais préféré que vous laissiez un de mes serviteurs m'informer de votre arrivée, Conseiller. Accordez-moi au moins le privilège de vous escorter dans le grand salon, ajouta-t-elle en glissant un bras autour de celui d'Orr.

— Un instant, maugréa-t-il en observant le personnage qui sortait du véhicule. Voilà l'équipage de l'alchimiste, mais ce type-là ne ressemble guère à Baruk.

Dame Simtal regarda à son tour.

— Par Traque déchaîné ! Qui cela peut-il bien être ?

— L'invité de Baruk, répliqua sèchement Orr.

Les ongles de Dame Simtal s'enfoncèrent dans le bras de son compagnon.

— Je suis parfaitement consciente de son privilège, Conseiller. Mais dites-moi, avez-vous déjà vu cet individu ?

Orr haussa les épaules.

— Il est masqué, comment le saurais-je ?

— Turban ! Combien connaissez-vous d'hommes de plus de deux mètres de haut qui portent dans leur dos une épée à deux mains ?

Elle plissa les yeux.

— Ces cheveux blancs, pensez-vous qu'ils fassent partie du masque ?

Le conseiller ne répondit pas. Baruk venait d'apparaître derrière l'inconnu. L'alchimiste avait revêtu un traditionnel demi-masque incrusté d'argent, qui se bornait à recouvrir la partie supérieure de son visage. Une déclaration explicite d'absence de duplicité. Turban Orr grogna, sachant à quel point ses soupçons quant à l'influence de Baruk étaient fondés. Son attention se reporta ensuite sur l'étranger. Il arborait un masque de dragon noir, peint de fins rehauts argentés. L'expression du dragon semblait… presque malicieuse.

— Eh bien ? s'enquit Dame Simtal. Comptez-vous vous éterniser là toute la nuit ? À propos, où est votre chère épouse ?

— Souffrante, répliqua distraitement Orr.

Il sourit à son hôtesse.

— N'allons-nous pas nous présenter à l'invité de l'alchimiste ? Et vous ai-je déjà complimentée sur votre costume ?

— Du tout.

— Vous êtes parfaite en panthère noire, ma chère.

— Évidemment, dit-elle avec un mouvement d'humeur, tandis que Baruk et son invité s'avançaient sur l'allée pavée.

Dégageant son bras, elle alla à leur rencontre.

— Bonsoir, Alchimiste Baruk. Bienvenue, ajouta-t-elle à l'intention du dragon noir. Quel costume impressionnant ! Nous sommes-nous déjà croisés ?

— Bonsoir, Dame Simtal, répondit l'alchimiste avec une courbette. Conseiller Turban Orr. Permettez-moi de vous présenter…

Il hésita, mais le Tiste Andii s'était montré ferme sur ce point.

— Le seigneur Anomander Rake, en visite à Darujhistan.

Turban Orr s'inclina cérémonieusement.

— Au nom du Conseil municipal, soyez le bienvenu, seigneur Anomander Rake.

L'alchimiste soupira. Le nom d'Anomander Rake était bien connu des poètes et des érudits mais, apparemment, pas des Conseillers.

— En tant que seigneur, poursuivit Orr, j'imagine que vous détenez un titre sur une terre ?

Il faillit reculer en voyant la tête de dragon pivoter vers lui. Des yeux d'un bleu profond se rivèrent aux siens.

— Une terre ? Oui, je possède un titre, Conseiller. Il n'est toutefois qu'honorifique et me fut décerné par mon peuple.

Rake regarda ensuite par-dessus l'épaule d'Orr, vers la salle qui s'ouvrait derrière les larges portes.

— Il semble, madame, que la soirée soit déjà bien en train.

— En effet, acquiesça Dame Simtal avec un petit rire. Venez donc vous joindre aux festivités.

Baruk poussa un nouveau soupir soulagé.

*

Murillio devait admettre que le masque que lui avait choisi Kruppe lui allait comme un gant. Malgré son inquiétude, cela le fit sourire sous sa tête de paon ornée de plumes. Une coupe de vin léger dans une main et l'autre accrochée à sa ceinture, il attendait près de la porte ouverte donnant sur la terrasse et le parc.

Rallick était à ses côtés, adossé au mur, bras croisés. Son masque représentait un tigre de la Catlin, stylisé pour évoquer l'image du dieu Traque. Murillio savait que l'attitude de son ami était davantage due à la fatigue qu'à une affectation de nonchalance. Il se demanda une fois encore s'il n'allait pas devoir assumer seul la suite des opérations. Puis l'assassin se figea soudain, le regard braqué sur l'entrée devant eux.

Murillio tendit le cou pour mieux voir derrière la foule. Là, le faucon.

— C'est bien Turban Orr, murmura-t-il. Qui l'accompagne ?

— Dame Simtal, grommela Rallick. Et Baruk. Avec un type monstrueux planqué derrière un masque de dragon. Et armé.

— Baruk ? s'étonna Murillio avec un rire nerveux. Espérons qu'il ne nous reconnaisse pas. Il ne lui faudrait pas une seconde pour tout comprendre.

— Aucune importance, dit Rallick. Il n'interviendra pas.

— Peut-être as-tu raison.

Murillio faillit lâcher son verre.

— Par les pieds las de Goule !

Rallick laissa échapper un léger sifflement.

— Bon sang ! Non mais, regarde-le ! Il se dirige droit sur eux !

Dame Simtal et Turban Orr s'excusèrent, laissant Baruk et Rake temporairement seuls au milieu de la salle. Les autres invités évoluaient autour d'eux, adressant pour certains à Baruk des signes de tête déférents, mais tous préféraient garder leurs distances. Au pied de l'escalier intérieur, un petit attroupement se forma autour de Dame Simtal pour la presser de questions sur Anomander Rake.

Un nouveau venu s'avança vers Baruk et son compagnon. Petit et rond, vêtu d'un gilet d'un rouge délavé, il avait les deux mains pleines de pâtisseries et portait un masque de chérubin, dont la bouche ouverte et vermeille était barbouillée de glaçage et de miettes de gâteaux. Les obstacles semblaient se multiplier sur son chemin et il passait son temps à s'excuser tout en avançant.

Rake le remarqua.

— En voilà un qui paraît bien empressé, commença-t-il.

Baruk eut un petit rire.

— Il a travaillé pour moi. Et moi pour lui, d'ailleurs. Anomander Rake, voici celui qu'on nomme l'Anguille, le maître espion de Darujhistan.

— Vous plaisantez ?

— Non.

Kruppe arriva enfin, pantelant.

— Maître Baruk ! Quelle surprise de vous trouver ici !

La face de chérubin pivota, se renversant pour examiner Rake.

— Les cheveux apportent une touche exquise, messire. Exquise. On me nomme Kruppe. Kruppe Premier, salua-t-il en enfournant un gâteau dans sa bouche.

— Kruppe, je vous présente le seigneur Anomander Rake.

Le petit homme hocha vigoureusement la tête, puis déglutit bruyamment.

— Bien sûr ! Ma foi, messire, tant d'élévation doit donc vous être coutumière. Kruppe envie ceux qui peuvent regarder de haut tous les autres.

— Il est aisé de se leurrer en tenant pour petits et insignifiants ceux qui se trouvent au ras du sol, répondit Rake. Les risques de la prise de hauteur, pourrait-on dire.

— Kruppe pourrait fort bien le dire, lui qui n'aime que la terre ferme. Mais qui contestera que le sort du dragon dépasse à jamais l'entendement de la simple humanité ? Kruppe ne peut que conjecturer l'exaltation du vol, le gémissement des vents d'altitude, la débandade des lapins quand l'ombre gigantesque effleure leur conscience limitée...

— Mon cher Kruppe, soupira Baruk, il ne s'agit que d'un masque.

— Telle est l'ironie de la vie ! On apprend à se méfier des évidences et à se livrer à la place à d'insidieux soupçons et de confuses conclusions, proclama Kruppe en brandissant au-dessus de sa tête une main encore bourrée de gâteaux. Mais voyez ! Kruppe s'est-il trompé ? Une anguille peut-elle nager ? Hourra ! Kruppe se sent chez lui dans ces eaux apparemment troubles, et ses yeux s'agrandissent d'émerveillement !

Il salua avec un grand geste qui éclaboussa Rake et Baruk de fragments de pâtisseries, puis s'éloigna sans cesser de discourir :

— Une inspection de la cuisine s'impose, car Kruppe suspecte que...

— Une anguille, en effet, commenta Rake d'un ton amusé. Cet homme constitue une leçon pour nous tous, n'est-ce pas ?

— Certes, marmonna Baruk, ses épaules s'affaissant soudain. Veuillez m'excuser, j'ai besoin d'un verre. Permettez-moi d'aller vous en chercher un.

Debout contre un mur, Turban Orr surveillait le salon bondé. Il avait bien du mal à se détendre. Ces huit derniers jours s'étaient révélés épuisants. Il attendait toujours de la Guilde des Assassins la confirmation de la mort de Coll. Cela ne leur ressemblait guère de mettre si longtemps à honorer un contrat. Poignarder un ivrogne n'aurait pourtant pas dû être si compliqué.

Sa chasse à l'espion – ou à l'espionne – n'avait rien donné, mais il demeurait convaincu de l'existence d'un tel individu. Depuis l'assassinat de Lim, ses manœuvres au Conseil avaient été contrées à maintes reprises par d'autres tactiques, hélas trop vagues pour lui permettre de désigner un adversaire précis. En tout cas, la proclamation était définitivement tombée à l'eau.

Il était parvenu à cette conclusion le matin même. Et il avait agi. À cette heure, le plus adroit et le plus fiable de ses messagers galopait sur la piste marchande – traversant sans doute les collines gadrobies sous l'orage – pour rejoindre Pale et l'Empire. Turban Orr savait que les Malazéens ne tarderaient plus à arriver. Personne à Darujhistan n'était capable de les arrêter. Et ils avaient déjà vaincu le seigneur de la Lune à Pale. Pourquoi en irait-il autrement cette fois-ci ? Non. Il était temps de veiller à ce que l'occupation impériale n'altère pas sa propre position ou, mieux encore, lui permette de s'élever encore plus haut pour le récompenser de son appui stratégique.

Son regard s'arrêta sur un garde posté d'un côté de l'escalier en colimaçon.

Cet homme lui semblait étrangement familier.

Non pas tant son visage que son attitude générale, la ligne de ses épaules. Se trouvait-il habituellement devant l'Hôtel de Majesté ? Non, il portait un uniforme ordinaire, alors que l'Hôtel de Majesté était gardé par un corps d'élite. Sous son masque de faucon, les sourcils du conseiller se froncèrent un peu plus. Le garde rajusta alors la courroie de son casque. Turban Orr lâcha un hoquet de surprise et s'adossa au mur en tremblant d'émotion. La Barbacane du Despote ! Toutes ces nuits, des années durant, ce garde avait assisté à ses entrevues avec ses alliés et agents.

Il tenait finalement son espion.

Le conseiller se redressa et referma une main sur le pommeau de son épée de duel. Il ne laisserait place à aucune question, et tant pis pour les susceptibilités de Dame Simtal – tant pis pour cette réception. Il voulait une vengeance immédiate et ne permettrait à personne de le retenir. Les yeux rivés sur le garde sans défiance, il s'avança.

Un coup d'épaule le fit tituber en arrière. Un grand gaillard au masque de tigre tourna la tête dans sa direction. Turban Orr s'attendit à des excuses, mais l'autre resta muet.

Comme Orr s'apprêtait à le contourner, l'inconnu l'intercepta d'un bras et le conseiller poussa un juron en voyant une main gantée lui renverser du vin sur le devant de la chemise.

— Imbécile ! Je suis le conseiller Turban Orr ! Écartez-vous de mon chemin !

— Je sais qui vous êtes, répliqua tranquillement l'autre.

Orr planta un index dans sa poitrine.

— Gardez ce masque, que je puisse vous retrouver plus tard.

— Je n'avais même pas remarqué le vôtre, répliqua l'inconnu avec un flegme glacial. Votre nez crochu de rapace a dû m'induire en erreur.

Le conseiller plissa les yeux.

— Pressé de mourir ?

Sa main se crispa sur la poignée de son arme.

— Ma foi, je me ferai un plaisir de vous obliger, mais dans quelques minutes, car pour l'heure j'ai…

— Je ne suis aux ordres de personne, coupa Rallick Nom. Et sûrement pas d'un petit monsieur pincé qui joue les hommes. Si vous avez assez de cran pour un duel, allons-y. Ou cessez de perdre du temps en bavardages.

Frémissant de rage, Turban Orr recula d'un pas.

— Quel est votre nom ? s'enquit-il d'une voix rauque.

— Vous n'êtes pas digne de l'entendre.

Levant les bras, Turban Orr se retourna vers l'assistance.

— Votre attention, s'il vous plaît ! Un divertissement imprévu pour tout le monde !

Les conversations cessèrent et chacun se tourna vers le conseiller.

— Mes amis, un fou vient de mettre mon honneur en doute. Depuis quand Turban Orr souffre-t-il de telles insultes ?

— Un duel ! cria quelqu'un avec excitation.

D'autres voix s'élevèrent et Orr montra Rallick Nom du doigt.

— Cet homme, qui a l'audace de revêtir les traits

de Traque, périra bientôt. Regardez-le bien, mes amis, tout comme il vous regarde, et sachez qu'il est déjà virtuellement mort.

— Assez de boniment, dit Rallick d'une voix traînante.

Le conseiller enleva son masque, révélant un sourire crispé.

— Vous tuer mille fois ne suffirait pas à me satisfaire. Il me faudra pourtant me contenter d'une seule.

Rallick ôta son propre masque et le jeta sur le tapis de l'escalier, avant de river sur Turban Orr un regard morne.

— Fini de brasser du vent, conseiller ?

— Démasqué mais toujours inconnu, commenta Orr, maussade. Soit. Trouvez-vous un témoin.

Pris alors d'une idée subite, le conseiller pivota de nouveau vers l'assemblée. Près du fond de la salle, il aperçut enfin le masque qu'il cherchait. Celui d'un vieux loup. Son choix de témoin pouvait fort bien comporter des avantages politiques, pour peu que l'intéressé accepte. Or dans cette foule, il aurait été fou de lui opposer un refus.

— De mon côté, déclara Orr d'une voix forte, je serais très honoré que le conseiller Estraysian D'Arle soit mon témoin.

Le vieux loup sursauta. Il était accompagné de deux femmes, dont une très jeune : son épouse, déguisée en femme voilée de Béjaune, et sa fille, qui avait – de façon assez scandaleuse – choisi la tenue minimaliste d'une guerrière barghast. La mère et la fille chuchotèrent quelques mots à Estraysian, qui s'avança.

— Tout l'honneur est pour moi, grommela-t-il, suivant la formule rituelle.

Un sentiment de triomphe envahit le conseiller. Avoir à son côté pour ce duel le plus puissant de ses ennemis au sein du Conseil constituait un message assez ambigu pour paniquer la moitié des conseillers présents. Ravi de ce joli coup, il refit face à son anonyme adversaire.

— Votre témoin ?

Le silence se fit dans la pièce.

— Je n'ai guère le temps, chuchota Dame Simtal. Après tout, en tant qu'hôtesse de cette fête…

— Il est de votre devoir, murmura l'homme qui se tenait devant elle, de satisfaire vos invités.

Il écarta une mèche de cheveux de son front.

— Ce dont, je suis sûr, vous pouvez vous acquitter, et fort bien.

Avec un petit sourire, elle gagna la porte, la verrouilla et refit face à son compagnon.

— Une demi-heure, peut-être ?

L'homme s'approcha du lit et laissa tomber ses gants.

— Je ne doute pas que ces trente minutes seront très satisfaisantes. Chacune plus que la précédente.

Dame Simtal le rejoignit.

— Je suppose, susurra-t-elle en lui glissant les bras autour du cou pour l'attirer vers elle, que vous allez être obligé d'annoncer à la veuve Lim la triste nouvelle…

Elle effleura ses lèvres d'un baiser, puis lui dessina du bout de la langue le contour de la mâchoire.

— Mmm ? De quelle triste nouvelle s'agit-il ?

— Mais… que vous vous êtes trouvé une maîtresse plus digne de vous, bien sûr.

Elle venait de lui glisser la pointe de sa langue dans l'oreille quand elle recula d'un air interrogateur.

— Vous entendez ?

— Quoi donc ? répondit-il en l'enlaçant.

— Précisément, dit-elle. Rien. Je ferais mieux de…

— Ils sont sûrement dans le jardin, coupa l'homme d'un ton apaisant. Le temps file, madame.

Dame Simtal hésita, puis commit l'erreur de le laisser se presser contre elle. Elle écarquilla les yeux et sa respiration s'altéra.

— Dans ce cas, haleta-t-elle, que faisons-nous encore habillés ?

— Bonne question, chuchota Murillio en l'entraînant sur le lit.

Le silence suivit la question de Turban Orr et Baruk s'apprêta à s'avancer au milieu de la salle. Quoique sachant fort bien ce qu'il révélerait ainsi, il s'y sentait toutefois contraint. Rallick Nom était là pour réparer une effroyable injustice. De surcroît, Rallick était un ami – plus proche de lui que Kruppe ou Murillio – et il s'agissait d'un homme intègre malgré sa profession. Turban Orr représentait quant à lui l'ultime lien de Dame Simtal avec le pouvoir réel. Si Rallick le tuait, elle tomberait aussi.

Le retour de Coll au Conseil était ardemment souhaité par Baruk et ses amis mages de la T'orrud. Et la mort de Turban Orr serait un grand soulagement.

Les enjeux de ce duel étaient plus nombreux que ne l'imaginait Rallick. Rajustant sa robe, l'alchimiste prit une profonde inspiration.

Une large main se referma sur son bras et, avant que Baruk puisse réagir, le seigneur Anomander Rake fit un pas en avant.

— J'offre mes services comme témoin, annonça-t-il. Il croisa le regard de Rallick.

L'assassin ne trahit aucune émotion. Sans même jeter un coup d'œil à Baruk, il répondit à la proposition de Rake d'un hochement de tête.

— Peut-être les deux étrangers se connaissent-ils ? ricana Orr.

— Cet homme et moi ne nous sommes jamais rencontrés, répliqua Rake. Mais je partage instinctivement sa répugnance pour votre verbiage sans fin. Je m'efforce donc d'éviter un débat au sein du Conseil pour lui désigner un témoin. Pouvons-nous commencer ?

Turban Orr ouvrit la marche vers la terrasse et Estraysian D'Arle lui emboîta le pas. Baruk allait les suivre quand il perçut près de lui une énergie familière.

Il tourna la tête et eut un mouvement de recul.

— Bons dieux, Mammot ! Où avez-vous déniché ce masque hideux ?

Le vieil homme soutint brièvement son regard, puis détourna les yeux.

— Une restitution assez exacte des traits d'un Jaghut, je crois, dit-il avec douceur. Quoique les canines me paraissent un peu courtes.

Baruk se reprit.

— Avez-vous réussi à retrouver votre neveu ?

— Non, répondit Mammot. Cela m'inquiète fort.

— Ma foi, marmonna son interlocuteur tandis qu'ils se dirigeaient vers l'extérieur, espérons que la chance d'Oponn continue à l'accompagner.

— Bien entendu, murmura Mammot.

*

Mésangeai écarquilla les yeux en voyant les invités excités quitter le salon en masse pour se rassembler sur la terrasse.

Violain le rejoignit à la hâte.

— Un duel, Sergent. Celui qui a du vin sur sa chemise est un conseiller nommé Orr. L'autre, personne ne le connaît. Il est là-bas, avec le grand type au masque de dragon.

Le sergent s'était tranquillement appuyé, bras croisés, à l'une des colonnes de marbre qui entouraient la fontaine, mais en apercevant la haute silhouette au masque de dragon, il manqua tomber à la renverse dans le bassin.

— Goule m'emporte ! Tu ne reconnais pas cette longue crinière argentée, Violain ?

Le sapeur fronça les sourcils.

— Sangdelune, lui souffla Mésangeai. C'est le mage, le seigneur qui se tenait devant le portail, celui qui a affronté Tayschrenn.

Il se lança dans un impressionnant chapelet de jurons.

— Et il n'est même pas humain !

— Un Tiste Andii, gémit le saboteur. Le salaud nous a trouvés. On est foutus.

— La ferme ! dit Mésangeai, en se reprenant. Aligne tout le monde comme nous l'a demandé le capitaine Stillis. Dos au parc et prêts à dégainer. Exécution !

Violain détala et le sergent le regarda regrouper les autres. Où étaient donc passés Kalam et Paran ? Croisant le regard de Ben le Vif, il fit signe au mage d'approcher.

— Violain nous a expliqué, lui glissa le sorcier à l'oreille. Mais je risque de ne pas être d'une grande utilité. L'autre enterré vivant déchaîne des vagues de saloperies carabinées. J'ai la tête prête à éclater.

Il esquissa un faible sourire.

— Vous n'avez qu'à regarder autour de vous. On repère les mages à cent mètres à leurs mines nauséeuses. On serait tous bien mieux dans nos Garennes.

— Pourquoi vous ne les ouvrez pas ?

Ben le Vif fit la grimace.

— Cela reviendrait à allumer un phare, ce Jaghut se focaliserait aussitôt sur nous. Et il s'emparerait des plus faibles, même à cette distance. Cela nous coûterait cher.

Mésangeai vit les invités dégager un espace libre sur la terrasse en s'alignant de part et d'autre.

— Va voir Esquive et Violain, ordonna-t-il, son regard s'attardant sur le Tiste Andii. Vérifie qu'ils ont quelque chose sous la main. Si la situation dégénère, cette propriété devra brûler, et longtemps. On aura besoin de cette diversion pour déclencher les mines aux carrefours. Fais-moi signe s'ils sont prêts.

— D'accord.

Le sorcier s'éloigna et Mésangeai poussa alors un

grognement de surprise. Un garçon déguisé en voleur – masque compris – se faufilait dans son dos.

— Excusez-moi, murmura l'adolescent en gagnant la foule.

Le sergent le suivit du regard, puis jeta un coup d'œil vers le parc. Comment ce gamin avait-il pu déjouer leur surveillance ? Il aurait pourtant juré qu'ils avaient verrouillé l'accès aux bois. Subrepticement, il dégagea son épée de son fourreau.

*

Ignorant tout du costume que porterait Challice, Crokus s'était résigné à une longue quête. Il avait laissé Apsalar au fond du parc, près du mur d'enceinte, et se sentait à présent très coupable. Elle avait quand même paru bien prendre la chose mais, d'une certaine façon, c'était encore pire : pourquoi fallait-il qu'elle soit toujours si bienveillante ?

C'est à peine si le voleur s'interrogea sur l'étrange disposition de la foule, tout occupé qu'il était à chercher une tête arrivant à hauteur de poitrine des autres invités. En fin de compte, ce critère se révéla superflu car le costume de Challice D'Arle ne laissait que peu de place au mystère.

Crokus s'était retrouvé entre deux gardes bien bâtis. Devant lui, à environ six mètres, se tenaient Challice et une femme plus âgée, sans doute sa mère. Elles ne quittaient pas des yeux l'un des petits côtés de l'espace libre où un homme assez grand, à la mine sévère, s'entretenait avec un autre individu occupé à enfiler un gant.

Le voleur finit par se rendre compte qu'un duel était imminent.

À demi coincé entre les deux gardes, Crokus se poussa du col pour voir l'autre adversaire. Il crut d'abord qu'il s'agissait du géant au masque de dragon armé d'une épée à deux mains, puis il aperçut le bon : Rallick Nom. Il reporta vivement son attention sur le premier duelliste. Un air de déjà-vu. Il poussa du coude le garde posté à sa gauche.

— Est-ce le conseiller Turban Orr ?

— Oui, monsieur, répondit l'homme d'un ton étrangement tendu.

Crokus leva les yeux. Sous son casque à visière, le garde ruisselait de sueur. Bizarre.

— Où est donc Dame Simtal ? s'enquit le voleur d'un ton désinvolte.

— Pas dans les parages, répliqua le garde avec un soulagement manifeste. Sans quoi elle mettrait fin à tout cela.

— Rallick va gagner, acquiesça Crokus.

Le garde lui décocha un regard perçant.

— Vous connaissez cet homme ?

— Eh bien…

Une petite tape dans le dos fit alors se retourner l'adolescent, qui se retrouva face à une tête de chérubin souriant.

— Ça alors, notre Crokus ! Quel costume original !

— Kruppe ?

— Gagné !

Le visage de bois peint pivota vers le garde.

— Aimable sire, j'ai un message écrit pour vous, déclara Kruppe en lui fourrant un parchemin roulé dans la main. Avec les compliments de quelqu'un qui vous admire en secret depuis longtemps.

Crokus sourit. Ces gardes avaient toutes les veines avec les nobles dames.

Briseur de Cercle prit le parchemin et en fit glisser le cordon de soie.

Cela faisait plusieurs fois qu'il sentait sur lui le regard de Turban Orr. D'abord dans le grand salon, où le conseiller avait paru prêt à l'aborder, et maintenant encore, pendant que d'autres débattaient de qui devait arbitrer le duel.

Briseur de Cercle pria pour que Rallick Nom tue Turban Orr. Tremblant de peur, il déroula le message de l'Anguille.

Il est temps pour Briseur de Cercle de se retirer du service actif. Le cercle est réparé, loyal ami. Bien que vous n'ayez jamais vu l'Anguille, vous fûtes son bras le plus fiable et vous avez largement mérité de vous reposer. Ne croyez toutefois pas que l'Anguille se borne aujourd'hui à vous congédier. Tels ne sont pas les procédés de l'Anguille. Le sceau apposé au bas de ce parchemin vous assurera un passage pour la ville de Dhavran, où de loyaux serviteurs de l'Anguille ont préparé votre arrivée par l'acquisition d'une propriété et d'un titre légitime à votre nom. Vous pénétrerez bientôt dans un univers différent, avec ses propres jeux.

Fiez-vous à vos nouveaux serviteurs, mon ami. En cela et pour tout le reste.

Rendez-vous cette nuit même au Front-de-Lac, à l'embarcadère marchand de Dhavran. Vous y chercherez la chaloupe nommée Enskalader. Montrez le sceau à n'importe lequel des hommes d'équipage : tous sont des serviteurs de l'Anguille. Le temps est venu, Briseur de Cercle. Le cercle est réparé. Adieu et bon voyage.

Baruk leva les bras avec exaspération.

— Ça suffit ! hurla-t-il. J'arbitrerai ce duel et j'en assumerai l'entière responsabilité. C'est moi qui jugerai de la victoire. Les deux parties sont d'accord ?

Turban Orr hocha la tête.

Encore mieux qu'avoir Estraysian D'Arle pour témoin. Que Baruk le proclame vainqueur du duel constituerait déjà en soi un coup magnifique.

— J'accepte.

— Moi de même, dit Rallick, sa courte cape ramenée contre son corps.

Un vent venu de l'est ravagea soudain les cimes des arbres du parc. Le tonnerre gronda de ce côté-là des collines. Un certain nombre des présents parurent défaillir. Affichant un large sourire, Turban Orr s'avança sur l'aire dégagée. Des feuilles voltigeaient à ses pieds, s'entrechoquant avec un cliquetis d'osselets.

— Vite, s'exclama-t-il. Avant l'averse !

Dans l'assistance, ses alliés s'esclaffèrent.

— Évidemment, reprit Orr, il pourrait être plus amusant de faire traîner les choses en longueur. Une estafilade par-ci, une blessure par-là. Dois-je le tailler lentement en pièces ?

La foule l'encouragea de la voix et le conseiller feignit la consternation.

— Quelle soif de sang, mes amis ! Voulez-vous donc que les dames dansent cette nuit sur des dalles glissantes ? Songez à notre hôtesse…

D'ailleurs, où était passée Dame Simtal ? Une image se forma aussitôt dans son esprit, et il se rembrunit.

— Non, conclut-il froidement. Tout bien considéré, nous abrégerons.

Dégainant son épée, il fixa les courroies de cuir de son gant de duel derrière la coquille, à la poignée ouvragée. Puis il parcourut son public du regard, à l'affût d'ultimes manifestations d'émotion. Il avait des amis qui étaient ses ennemis, des ennemis qui deviendraient ses amis, et le jeu se poursuivrait encore longtemps. Mais cet instant pouvait néanmoins se révéler marquant. Il reviendrait plus tard sur chaque visage.

Son adversaire se tenait à trois mètres de distance, les deux mains dissimulées sous sa cape. Il semblait détendu, à la limite de l'ennui.

— Eh bien ? questionna Orr. Où est votre arme ?

— Je suis prêt, dit Rallick.

Baruk se plaça à égale distance des deux duellistes, un peu de côté. Il avait le teint pâle, comme sous l'effet d'un malaise.

— Des commentaires des témoins ? s'enquit-il faiblement.

Rake ne dit rien. Mais Estraysian D'Arle s'éclaircit la voix.

— Je tiens à faire solennellement savoir que je désapprouve ce duel trivial.

Il regarda Turban Orr.

— Mais la vie du conseiller m'indiffère. S'il meurt, poursuivit-il en se tournant vers Rallick, il n'y aura aucun pacte de vengeance de la part de la Maison D'Arle. Sachez-le, monsieur.

Rallick s'inclina.

Le sourire de Turban Orr se crispa. Cette charogne lui paierait ça ! Il se mit en garde, prêt à lancer une attaque dès que le duel débuterait.

Baruk reprit la parole.

— Nous vous avons entendu, Estraysian D'Arle.

L'alchimiste leva ensuite un mouchoir devant lui, et le laissa tomber par terre.

Turban Orr bondit pour allonger une botte d'un seul mouvement fluide, si rapide qu'il s'était déjà entièrement fendu avant que le mouchoir touche le sol. Il vit jaillir sous sa lame, dans la main gauche de son adversaire, l'éclair d'un petit poignard recourbé, qui se tordit vers le haut. Le conseiller dégagea adroitement le fer, baissant la pointe de son arme vers le plexus solaire de son vis-à-vis. Mais il n'eut même pas le temps d'apercevoir le second poignard : Rallick s'effaça, déviant de sa lame de droite l'épée de Turban Orr. Puis l'assassin s'avança et, d'un grand geste de la main gauche, transperça le cou du conseiller avant de lui planter son autre arme dans la poitrine.

Turban Orr tituba et son épée rebondit sur les dalles tandis qu'il agrippait la plaie bouillonnante de son cou. Mais ce n'était qu'un réflexe, sa blessure au cœur l'avait déjà tué. Il s'écroula net.

Rallick recula, ses armes de nouveau dissimulées sous sa cape.

— Mille autres morts n'auraient pu me satisfaire, chuchota-t-il si bas que seuls Baruk et Rake purent l'entendre. Mais je me contenterai de celle-ci.

Baruk s'approcha pour dire quelque chose mais Rake lui fit signe et il se retourna : Estraysian D'Arle arrivait.

Le regard lourd du conseiller soutint celui de Rallick.

— Étant donné votre style, je pourrais soupçonner que nous venons d'assister à un assassinat. Mais, évidemment, même la Guilde des Assassins ne saurait avoir l'impudence de commettre un meurtre en public. Je me vois donc contraint de garder mes soupçons pour moi. Et d'en rester là. Bonsoir, messieurs, conclut-il avant de faire volte-face.

— Je crois que la partie était assez inégale, dit Rake en tournant son visage masqué vers Rallick.

Une foule d'invités se ruèrent autour du cadavre de Turban Orr. Des exclamations consternées retentirent. Baruk observa la froide satisfaction qui se lisait sur les traits de l'assassin.

— C'est fait, Rallick. Rentre chez toi, maintenant.

Une grande femme toute en rondeurs les rejoignit alors, vêtue d'une robe vert vif bordée d'or. Sans masque, elle adressa à Baruk un grand sourire.

— Salutations, dit-elle. Nous vivons une période intéressante, n'est-ce pas ?

Une servante se tenait auprès d'elle, chargée d'un plateau matelassé sur lequel trônait un narguilé.

Rallick recula avec une légère courbette, puis s'éclipsa. Baruk soupira.

— Salutations, Derudan. Permettez-moi de vous présenter le seigneur Anomander Rake. Seigneur, l'Enchanteresse Derudan.

— Pardon pour le masque, dit Rake, mais il est préférable qu'il reste en place.

Un nuage de fumée s'échappa des narines de Derudan.

— Mes compatriotes partagent mon malaise croissant, n'est-ce pas ? Nous sentons l'orage approcher et les doutes subsistent, même si Baruk continue à vouloir nous rassurer, n'est-ce pas ?

— Auquel cas, je m'en occuperai personnellement, répliqua Rake. Il n'est toutefois pas prouvé que la principale menace se trouve hors des remparts de la ville… Un simple soupçon de ma part, Enchanteresse, rien de plus.

— Je pense que nous aimerions en apprendre davantage sur vos soupçons, Rake, hasarda Baruk.

Le Tiste Andii hésita, puis secoua la tête.

— Ce serait malavisé. La question est pour l'heure trop sensible pour l'aborder. Je vais toutefois rester encore un peu.

Derudan balaya d'un geste le grognement ulcéré de Baruk.

— Il est vrai que la Cabale T'orrud n'a guère coutume de se sentir impuissante, n'est-ce pas ? Il est aussi vrai que les périls abondent, et que chacun d'eux pourrait se révéler une feinte, une diversion. Rusée est l'Impératrice, n'est-ce pas ? En ce qui me concerne, je réaffirme la confiance qui règne entre nous, Seigneur.

Elle adressa un sourire à Baruk et le prit par le bras.

— Vous et moi devons parler, Alchimiste.

Rake s'inclina.

— Ravi de vous avoir rencontrée, Enchanteresse.

Il la regarda s'éloigner avec Baruk, sa servante sur ses talons.

Kruppe intercepta un serviteur chargé de friandises à l'aspect délicieux et en saisit deux poignées au hasard.

Il se retourna pour reprendre sa conversation avec Crokus et se figea. Le gamin avait disparu.

Les invités s'agitaient sur la terrasse. Certains avaient l'air bouleversés, même si la majorité semblait simplement déroutée. Où était Dame Simtal ? D'aucuns, avec un large sourire, transformèrent bientôt cette interrogation en : avec qui est-elle ? Déjà, une nouvelle vague d'excitation montait parmi les nobles. On aurait dit des vautours attendant leur hôtesse chancelante et défaite.

Avec un sourire béat derrière son masque de chérubin, Kruppe leva lentement les yeux vers le balcon donnant sur la terrasse, à temps pour apercevoir une sombre silhouette féminine derrière les volets. Puis il pourlécha avec délectation ses doigts pleins de sucre.

— Il est des moments, murmura Kruppe, où le célibat et ses tristes privations deviennent un bienfait, que nenni, une source de vif soulagement. Cher Murillio, prépare-toi à un orage.

Dame Simtal écarta deux lattes des volets pour regarder en bas.

— Vous aviez raison, dit-elle. Ils sont effectivement sur la terrasse. Bizarre, avec cet orage qui approche. Je devrais m'habiller.

Elle regagna le lit et entreprit de rassembler ses vêtements éparpillés.

— Et vous, cher amant ? Ne croyez-vous pas que votre compagnon commence à se demander où vous êtes ?

Balançant ses deux jambes par-dessus le matelas, Murillio enfila ses collants.

— Cela m'étonnerait.

Dame Simtal lui décocha un regard intrigué.

— Avec qui êtes-vous donc venu ?

— Juste un ami, répondit-il en reboutonnant sa chemise. Son nom ne vous dirait sûrement pas grand-chose.

À cet instant, le verrou sauta et la porte claqua brusquement vers l'intérieur.

Encore en sous-vêtements, Dame Simtal poussa un cri de surprise, dardant un regard noir sur le grand gaillard drapé d'une cape dans l'embrasure de la porte.

— Comment osez-vous pénétrer dans ma chambre ? Partez immédiatement ou j'appelle…

— Les deux gardes qui surveillaient ce couloir sont partis, madame, coupa Rallick Nom en entrant et refermant la porte.

Il jeta ensuite un regard en coin à Murillio.

— Dépêche-toi de t'habiller, reprit-il sèchement.

— Partis ? répéta Dame Simtal en reculant prudemment pour interposer le lit entre elle et le nouveau venu.

— Leur loyauté a été achetée, dit Rallick. Voilà bien une chose que vous devriez pouvoir comprendre.

— Je n'ai qu'à crier pour que d'autres viennent.

— Mais vous ne l'avez pas fait, rétorqua-t-il avec un sourire. Car tout cela vous rend curieuse.

Elle se redressa.

— Vous n'oseriez pas me faire du mal. Turban Orr vous traquerait sans pitié.

Rallick fit un pas supplémentaire.

— Je ne suis là que pour parler, Dame Simtal. Personne ne vous fera du mal, même si vous le méritez.

— Le mériter ? Mais je n'ai rien fait ! Je ne vous connais même pas.

— Le conseiller Lim non plus ne me connaissait pas, répliqua calmement l'assassin. Et ce soir, on pourrait en dire autant du conseiller Orr. Hélas, tous deux ont payé leur ignorance. Par bonheur, vous avez manqué ce duel, madame. Il fut pénible, mais nécessaire.

Dame Simtal était devenue livide. Le regard de Rallick se durcit.

— Laissez-moi vous expliquer, reprit-il. L'offre de contrat communiquée par Turban Orr à la Guilde des Assassins est désormais officiellement annulée. Coll vit, et son retour chez lui est désormais assuré. Vous êtes finie, Dame Simtal. Turban Orr est mort.

Lui tournant alors le dos, il quitta la pièce et referma la porte derrière lui.

Murillio se leva avec lenteur. Croisant le regard de Dame Simtal, il y lut une terreur grandissante. À présent que ses liens avec le pouvoir étaient tranchés, toutes ses défenses s'effondraient. Elle parut se recroqueviller sous ses yeux, épaules voûtées, mains agrippées à son ventre. Bientôt, il fut incapable de regarder davantage. Dame Simtal avait disparu et il n'osait pas se pencher de près sur la créature qui en avait pris la place.

Dégainant une dague, il la lança sur le lit. Il sortit ensuite sans un mot ni un geste supplémentaire, convaincu qu'il serait le dernier homme à voir cette femme vivante.

Dans le couloir, il marqua un temps d'arrêt.

— Mowri, murmura-t-il, je ne suis pas taillé pour ça.

Préméditer son forfait était une chose, y être parvenu en était une autre. Il ne s'était jamais demandé ce qu'il éprouverait. L'idée même de justice s'y était opposée, flamme blanche et pure derrière laquelle il n'avait eu aucune raison de regarder et qu'il ne lui serait pas venu à l'esprit de contester. La justice l'avait séduit et il se demandait à présent ce qu'il venait de perdre, étonné par une sensation de mort grandissante. Le regret associé à cette mort était si poignant qu'il menaçait de le submerger.

— Mowri, murmura-t-il une fois encore, plus proche de la prière qu'il ne l'avait jamais été, je crois que je me suis égaré. Suis-je perdu ?

Crokus contourna discrètement l'une des colonnes de marbre, le regard braqué sur la guerrière barghaste miniature assise sur le rebord de la fontaine. Et tant pis pour ces gardes à l'orée du parc. N'était-il pas un voleur, après tout ? D'ailleurs, ils semblaient tous avoir d'autres chats à fouetter.

Il attendit un moment propice et, dès que celui-ci survint, fila vers les ombres de la première rangée d'arbres. Nul cri d'alarme ni ordre de s'arrêter ne retentirent derrière lui. Se glissant dans les ténèbres, il fit volte-face et s'accroupit. Oui, elle était toujours là, tournée vers lui.

Il inspira profondément, puis se redressa, un caillou à la main. Épiant les gardes, il attendit de nouveau. Trente secondes plus tard, une occasion se présenta. S'avançant d'un pas, il lança le caillou dans la fontaine.

Challice D'Arle sursauta puis, essuyant quelques

gouttes d'eau de son visage peint, observa les environs.

Le cœur serré, Crokus la vit balayer du regard la zone où il se trouvait, puis détourner la tête.

Il fit alors des signes désespérés. Il fallait qu'il sache une fois pour toutes sur quel pied danser avec cette fille. Il retint son souffle, puis gesticula de nouveau.

Jetant un coup d'œil en arrière, vers le patio, Challice se leva enfin et accourut vers lui, plissant les yeux.

— Gorlas ? C'est toi ? J'attends depuis le début de la soirée !

Crokus se figea. Sans réfléchir, il bondit, lui plaquant une main sur la bouche tout en lui nouant l'autre bras autour de la taille. Challice cria et tenta de lui mordre la paume, mais il parvint à l'entraîner dans les ténèbres du parc.

Et maintenant ? se demanda-t-il.

Briseur de Cercle s'était adossé à un pilier de marbre dans l'embrasure de la porte du salon. Derrière lui, une foule d'invités s'agitaient autour du cadavre de Turban Orr, se disputant bruyamment en proférant de vaines menaces. L'atmosphère du jardin était lourde, imprégnée d'une odeur de sang.

Briseur de Cercle s'essuya le front, tentant de calmer les battements de son cœur. *C'est terminé. Reine des Songes, j'ai fini. Je peux me reposer à présent. Enfin.* Il se redressa lentement et prit une profonde inspiration, rajusta son ceinturon et examina les alentours. Aucun signe du capitaine Stillis. La salle était pratiquement déserte, à part un groupe de serviteurs massés devant l'entrée de la cuisine. Dame Simtal n'avait toujours pas reparu et la confusion montait.

Briseur de Cercle regarda une dernière fois les invités sur la terrasse, avant de se diriger vers la sortie. En passant devant une longue table couverte de restes de pâtisseries et d'entremets, il entendit un léger ronflement et découvrit en bout de table le petit homme rondouillard au masque de chérubin affalé dans un antique fauteuil de peluche. On apercevait ses yeux clos et sa poitrine se soulevait de façon impressionnante à un rythme régulier.

Le garde hésita, avant de poursuivre son chemin. Les rues de Darujhistan et la liberté l'attendaient derrière les grilles qu'il apercevait devant lui. Maintenant qu'il s'était engagé sur cette voie, plus rien ne l'en détournerait.

J'ai fait ma part. Simple inconnu anonyme parmi tant d'autres, qui ne pouvait fuir la tyrannie. Cher Goule, prends l'âme flétrie de cet homme : ses rêves sont terminés, le caprice d'un assassin y a mis fin. Quant à ma propre âme, ma foi, il te faudra l'attendre encore un peu.

Il franchit alors les grilles, accueillant enfin le sourire qui lui venait spontanément aux lèvres.

Chapitre 22

Corbeaux ! Grands Corbeaux !
Vos croassements maudits raillent
Les drames qui se déploient
Sous vos ailes noircies –

Faites voler le jour en éclats
Ô bannières de nuit,
Lacérez d'ombres
Son innocente lumière

Corbeaux ! Grands Corbeaux !
Vos nuées grondantes s'abattent
En de sifflants tourments
Surgis de nulle part –

Faites voler le jour en éclats
Ô bannières de nuit,
Lacérez d'ombres
Son innocente lumière

Corbeaux ! Grands Corbeaux !
Vos becs s'ouvrent avec fracas
Déversant la sueur

Du désarroi pur
Et le claquement des os
Promis cette fois-là –

J'ai vu vos yeux briller
J'ai entendu le rire
Qui glace les vivants
Votre disparition n'est qu'illusion –
On s'arrête, on regarde
On maudit vos vents froids
Conscients que votre route
À nous vous ramènera
Encore et encore, oh, à jamais !

Corbeaux
Collitt (né en 978)

Raest était venu à bout de deux dragons noirs. Les deux autres tournoyaient à présent très haut dans le ciel tandis que Silanah s'éloignait à tire-d'aile derrière la colline. Il savait qu'elle souffrait, son immense énergie vitale l'abandonnait peu à peu.

— Et maintenant, murmura-t-il entre ses lèvres en lambeaux, elle va périr.

La chair de Raest avait été arrachée, ravagée par les dragons et leur souffle de feu. Ses os jaunis avaient été brisés, broyés, pulvérisés. Seule sa Garenne Omtose Phellack le maintenait encore debout.

Une fois en possession du Finnest, Raest reconstituerait intégralement son corps, qui recouvrerait alors toute sa vigueur. Il touchait au but. Encore une série de crêtes et la ville serait visible. Seules ses fortifications se dresseraient alors entre lui et le pouvoir absolu.

Le combat avait dévasté les collines. Et le Tyran avait repoussé les dragons. Il avait entendu leurs cris de douleur. Riant de jubilation, il les avait aveuglés en projetant dans le ciel d'épais nuages de terre et de pierres. Il avait embrasé l'air sur leur trajectoire. Il avait rempli des nuages de flammes. Qu'il était bon de se sentir à nouveau vivant !

Raest continuait maintenant à saccager la contrée. D'un simple signe de tête, il avait détruit un pont de pierre qui enjambait une large rivière. Il avait croisé là des soldats munis d'armes de fer – de bizarres créatures, plus grandes que les Imass, mais faciles à asservir. Il les avait tout de même anéanties, de crainte qu'elles ne le distraient de sa lutte contre les dragons. Il en avait ensuite croisé une autre, montée sur un cheval. Irrité par leur intrusion, il avait tué l'homme et l'animal.

Auréolé d'un feu magique, il gravit enfin la colline derrière laquelle Silanah avait disparu quelques minutes plus tôt. Il serra les poings et rassembla son pouvoir, s'attendant à un nouveau piège. Mais il parvint au sommet sans encombre. Silanah avait-elle fui ? Il regarda en l'air. Non, les deux dragons noirs restaient là, avec un Grand Corbeau au milieu.

S'avançant sur la crête, il s'arrêta en découvrant la vallée de l'autre côté. Silanah attendait là, la peau rouge et granuleuse de sa poitrine haletante striée de noires brûlures suintantes. Les ailes repliées, elle l'observait au pied du vallon où un cours d'eau étouffé de ronces formait des méandres déchiquetés.

Le Tyran jaghut éclata d'un rire cruel. C'était donc ici qu'elle mourrait. Le versant le plus éloigné de la vallée formait une barrière peu élevée. La ville qui renfermait son Finnest s'étendait au-delà, luisante dans les ténèbres. Raest hésita. En comparaison, même les grandes villes jaghutes du passé semblaient petites. Et que penser de cette étrange lumière bleue et verte, qui affrontait les ténèbres avec une telle ferme et inlassable détermination ?

Il y avait là des mystères qu'il avait hâte de découvrir.

— Silanah ! cria-t-il. *Eleint !* Je t'accorde la vie sauve ! Tu m'entends ? Pars, *eleint*. C'est ta seule chance de profiter de ma miséricorde !

Le dragon rouge ne bougea pas, ne répondit pas, se contentant de le regarder de ses yeux à facettes brillants comme des fanaux.

Raest s'avança vers elle, surpris de constater l'absence de sa Garenne. Se rendait-elle ? Il rit de nouveau.

Le ciel au-dessus de lui changea, s'emplissant d'une lueur mercurielle. La ville s'évanouit, remplacée par des bancs de boue fouettés par le vent. La ligne déchiquetée de hautes montagnes se découpait au loin, d'une jeunesse éclatante et sauvage, encore vierge de l'érosion des fleuves de glace. Raest ralentit. *Voilà une vision Ancienne, une vision d'avant même les Jaghuts. Qui m'a attiré ici ?*

— Oh là là, oh là là…

Baissant les yeux, le Tyran découvrit devant lui un mortel et examina avec perplexité son étrange accoutrement : un gilet rouge, élimé, de grandes manchettes maculées de nourriture, une chatoyante culotte bouffante d'un rose vif et de larges bottes de cuir noir pour de tout petits pieds. Sortant un carré de tissu, l'homme essuya la sueur de son front.

— Cher monsieur, dit-il, pantelant, vous avez très mal vieilli !

— Il y a de l'Imass en vous, déclara Raest d'une voix rauque. Même la langue que vous parlez rappelle leurs sons gutturaux. Êtes-vous venu vous prosterner à mes pieds ? Seriez-vous mon premier acolyte, avide de profiter de mes récompenses ?

— Hélas, monsieur, vous faites erreur. Kruppe, cet humble, faible mortel que vous voyez devant vous, ne s'incline devant personne, Jaghut ou dieu. Les subtilités de ce nouvel âge sont telles que vous voilà terrassé par l'indifférence du modeste Kruppe dans le rêve duquel vous avez bassement trébuché, en dépit de vos grandioses luttes. Kruppe se tient ici afin que vous puissiez contempler sa mine affable pendant les derniers instants précédant votre trépas. N'est-ce point magnanime de la part de Kruppe ?

Raest s'esclaffa.

— J'ai déjà arpenté les rêves de mortels. Vous croyez être le maître, mais vous vous trompez.

La main du Tyran jaillit et sa sorcellerie engloutit Kruppe dans un sombre flamboiement, puis s'éteignit sans laisser le moindre vestige de sa victime. Une voix s'éleva soudain à la gauche de Raest.

— C'est très grossier, proclama Kruppe. Et décevant, cette précipitation.

Le Jaghut pivota, les yeux plissés.

— Quel est ce jeu ?

L'homme sourit.

— Ma foi, celui de Kruppe, bien sûr.

Un bruit alerta Raest, mais trop tard. Il se retourna à l'instant même où une énorme épée de silex lui entaillait l'épaule gauche, poursuivant sa course à travers la cage thoracique, le sternum et la colonne vertébrale. Ce coup déséquilibra le Tyran, qui se renversa. Des fragments de son corps retombèrent tout autour de lui. Levant les yeux, il découvrit un T'lan Imass.

L'ombre de Kruppe recouvrit le visage de Raest, et celui-ci croisa le regard clair du mortel.

— Évidemment, il n'a plus de Clan. Il est au-delà de tout lien et pourtant, à son grand désarroi, l'appel du passé le contraint toujours à agir. Imaginez sa surprise d'avoir été découvert ! Onos Out'ilan, Glaive du Premier Empire, se retrouve une fois de plus invoqué par le sang qui réchauffa jadis ses membres, son cœur, sa vie.

— Vous avez d'étranges rêves, mortel, fit le T'lan Imass.

— Kruppe recèle bien des surprises, y compris pour lui-même.

— Je sens la main d'un Jeteur d'Os dans cette invocation, reprit Onos Out'ilan.

— Le fait est. Pran Chole, du clan de Cannig Tol des T'lan Imass de Kron. C'est ainsi qu'il s'est nommé, je crois.

Raest se releva, rassemblant sa sorcellerie pour maintenir unis les différents morceaux de son corps.

— Aucun T'lan Imass ne peut me résister, proclama-t-il d'une voix sifflante.

— Une affirmation douteuse, dit Kruppe. Mais de toute façon, il n'est point seul.

Se redressant, le Tyran jaghut vit une haute silhouette drapée de noir émerger du lit du cours d'eau. À l'approche de l'apparition, il inclina la tête avec perplexité.

— Vous me rappelez Goule. Le Vagabond de la Mort serait-il encore vivant ? s'enquit-il en se renfrognant. Mais non. Je ne perçois rien. Vous n'existez pas.

— Peut-être, répliqua la silhouette d'une voix douce et grave, teintée de regret. Mais, dans ce cas, vous non plus. Nous appartenons tous deux au passé, Jaghut.

S'arrêtant à quelques mètres de lui, la silhouette tourna sa tête encapuchonnée vers le dragon rouge.

— Son maître attend votre arrivée, Jaghut. Mais il attendra en vain et vous devriez nous remercier pour cela. Il vous infligerait un genre de mort auquel nul ne peut se soustraire. Pas même une créature telle que vous.

La tête pivota de nouveau, présentant au Tyran un visage de ténèbres.

— Ici même, au sein du rêve d'un mortel, nous allons mettre un terme à votre existence.

— En cet âge, il n'est personne qui puisse me vaincre, grogna Raest.

La silhouette éclata de rire, une sorte de grondement sourd.

— Vous êtes un idiot, Raest. Même un mortel peut vous tuer aujourd'hui. Le cours de l'asservissement s'est inversé. Nous autres dieux sommes désormais les esclaves et les mortels sont nos maîtres, bien qu'ils ne le sachent point.

— Vous êtes donc un dieu ?

Raest se renfrogna un peu plus.

— Si oui, vous n'êtes qu'un enfant par rapport à moi.

— Je fus un dieu, répliqua la silhouette. Adoré sous le nom de K'rul, mon aspect était l'Obélisque. Je suis le Faiseur de Voies. Trouvez-vous quelque sens à cet ancien titre ?

Raest recula d'un pas, levant ses mains desséchées.

— Impossible, dit-il dans un souffle. Vous êtes passé dans les Domaines du Chaos, vous êtes retourné à votre lieu de naissance. Vous n'êtes plus parmi nous…

— Comme je viens de le dire, les choses ont changé, répliqua calmement K'rul. Vous avez le choix, Raest. Onos Out'ilan peut vous anéantir. Vous n'avez pas idée de ce que son titre de Glaive signifie, il est sans égal en ce monde. Vous pouvez tomber sous l'épée d'un Imass, ou vous pouvez m'accompagner, car en une chose vous et moi sommes semblables : notre temps est révolu et les Portes du Chaos nous attendent. Que choisissez-vous ?

— Ni l'un ni l'autre, Ancien.

Avec un petit rire caverneux, le corps atrocement mutilé de Raest s'effondra.

K'rul pencha la tête sur un côté.

— Il s'est trouvé un autre corps.

Kruppe ressortit son mouchoir.

— Oh là là…

*

Paran se baissa rapidement après un geste brusque de Kalam. Il avait la bouche sèche. Quelque chose n'allait vraiment pas dans ce parc. Ou était-ce juste la faute de son état de fatigue ? L'atmosphère même du lieu lui mettait les nerfs à vif. Il avait l'impression que les ténèbres tremblaient et l'odeur de décomposition était devenue infecte.

Kalam posa les mains sur ses poignards. Paran se tendit, mais il ne pouvait rien voir derrière l'assassin. Trop d'arbres et pas assez de lumière. Quelque part au loin, des lampes à gaz scintillaient et des gens s'étaient rassemblés sur une terrasse. Mais la civilisation semblait à mille lieues. Paran avait l'impression de se retrouver au sein d'une présence primordiale, englouti par son souffle lourd et pesant.

L'assassin lui fit signe de ne pas bouger, puis se glissa dans les ombres à leur droite. Se baissant autant que possible, Paran avança doucement jusqu'à l'endroit où s'était tenu Kalam. Il y avait apparemment un espace dégagé au-delà du couvert des arbres. Le capitaine n'en aurait toutefois pas juré, mais il n'apercevait rien d'anormal. Pourtant, son malaise s'était mué en une douleur lancinante qui lui vrillait le crâne. Il fit un pas de plus. Quelque chose occupait le centre de la clairière. Un genre de bloc, comme une pierre levée ou un autel. Et devant, dos à Paran, presque fantomatique dans l'obscurité, se tenait une petite silhouette féminine.

Elle était seule. Kalam surgit soudain derrière elle, ses poignards luisant faiblement, prêts à frapper.

La fille réagit à une vitesse inouïe, plongeant un

coude en arrière dans l'estomac de l'assassin, avant de se retourner pour lui donner un genou dans l'entrejambe. Un hurlement échappa à Kalam, qui recula d'un pas chancelant avant de s'effondrer avec un bruit sourd.

Le capitaine avait déjà son épée à la main. Il se précipita dans la clairière.

L'apercevant, la fille lâcha un petit cri de surprise et d'effroi.

— Non ! s'exclama-t-elle. S'il vous plaît !

Au son enfantin de cette voix, Paran s'arrêta.

— Bon sang, Mes Regrets, grommela Kalam en s'asseyant. Qu'est-ce que tu fiches ici ? On te croyait morte, ma fille.

Celle-ci décocha un regard méfiant à Paran, qui s'avançait prudemment.

— Je devrais vous connaître, n'est-ce pas ? dit-elle à Kalam, avant de tendre une main affolée devant elle en reculant face à Paran. Je… je vous ai tué !

Elle gémit faiblement et tomba à genoux.

— J'ai eu votre sang sur mes mains, je m'en souviens !

Une explosion de rage envahit Paran et il se rua sur la fille, épée levée.

— Attendez ! chuchota Kalam. Attendez, Capitaine ! Quelque chose ne va pas.

L'assassin se remit péniblement debout, puis voulut s'asseoir sur le bloc de pierre.

— Non ! souffla la fille. Ne faites pas cela ! Vous ne sentez donc rien ?

— Moi, si, grommela Paran en baissant son arme. Ne touchez pas à ce truc, Caporal.

Kalam s'en écarta.

— Je croyais que c'était juste moi qui me faisais des idées, maugréa-t-il.

— Ce n'est pas de la pierre, expliqua la fille.

Toute trace d'angoisse avait disparu de ses traits.

— C'est du bois, leur apprit-elle en se tournant vers Kalam. Et ça pousse.

— Jeune fille, vous souvenez-vous de moi ? Savez-vous qui je suis ? demanda Paran, perplexe.

Elle fronça les sourcils, puis secoua la tête.

— Je connais Kalam, dit-elle. C'est un vieil ami, je crois.

L'assassin faillit s'étrangler, puis toussa bruyamment en hochant la tête.

La fille désigna le bloc de bois.

— Vous voyez ? Ça recommence à grandir.

Les deux hommes regardèrent. Une sorte de brume masquait les contours du bloc. Elle se dilata et finit par s'évanouir, mais de toute évidence la chose avait grossi entre-temps.

— Il y a des racines, ajouta la fille.

Paran se reprit.

— Caporal ? Restez ici avec elle. Je ne serai pas long.

Rengainant son épée, il quitta la clairière et parvint à l'orée du parc, devant une terrasse bourrée de monde. À sa gauche, sur les dalles de pierre, on trouvait une fontaine au bassin peu profond, entourée de colonnes de marbre espacées d'environ un mètre.

Mésangeai et le reste de l'escouade se tenaient alignés à trois ou quatre mètres de la lisière du parc, face à la terrasse. Ils semblaient tendus. Le capitaine ramassa une branche morte et la cassa en deux.

À ce bruit, les six hommes se retournèrent. Paran montra du doigt Mésangeai et Maillet, avant de reculer entre les arbres. Le sergent chuchota quelque chose à Ben le Vif, puis passa chercher le guérisseur et tous deux rejoignirent le capitaine.

Celui-ci attira Mésangeai près de lui.

— Kalam a retrouvé Mes Regrets, Sergent. Et quelque chose d'autre en prime. La fille n'a plus toute sa tête. Je ne pense pas qu'elle joue la comédie. Un coup elle se rappelle m'avoir tué et la seconde d'après elle ne s'en souvient plus. Elle est convaincue que Kalam est un vieil ami à elle.

Maillet grogna pensivement. Mésangeai jeta un coup d'œil aux invités derrière lui.

— Et le « quelque chose d'autre », c'est quoi exactement ?

— Je ne sais pas vraiment. Mais ça ne me dit rien qui vaille.

— D'accord, soupira Mésangeai. Maillet, accompagne le capitaine. Va jeter un coup d'œil à Mes Regrets. Des nouvelles de la Guilde des Assassins ? demanda-t-il ensuite à Paran.

— Non.

— Alors, on passe bientôt à l'action. On va leur lâcher Esquive et Violain dans les pattes. Maillet, reviens avec Kalam. Il faut qu'on parle.

*

Rallick ne trouva personne sur son chemin en traversant le salon pour sortir. Des visages se retournèrent sur lui et les conversations cessèrent, pour reprendre aussitôt après son passage. Une lassitude intense l'avait envahi et elle ne venait pas uniquement du sang perdu. Son malaise était d'ordre plus émotionnel.

Il s'immobilisa en voyant Kruppe s'extraire d'un fauteuil, son masque pendouillant dans sa main potelée. Son visage était baigné de sueur et la peur se lisait dans son regard.

— Tu as bien raison d'avoir la trouille, fit Rallick en s'approchant de lui. Si j'avais su que tu serais là…

— Silence ! coupa sèchement le petit homme. Kruppe doit réfléchir !

Rallick fronça les sourcils, mais ne dit rien. Kruppe n'avait encore jamais renoncé à ses manières cordiales devant lui et le voir si perturbé troubla grandement l'assassin.

— Pars, mon ami, dit enfin Kruppe d'une voix bizarre. Ton destin t'attend. De plus, il semble que ce nouveau monde soit prêt pour un être tel que Raest, quelque chair qu'il puisse revêtir.

Rallick se rembrunit encore davantage. Kruppe avait l'air ivre. Avec un soupir, l'assassin se détourna. Laissant Kruppe derrière lui, il reprit sa route. Et maintenant ? se demandait-il. Il avait dû employer tant d'énergie pour en arriver là. Leur réussite semblait avoir émoussé sa concentration, brouillé ses pensées. Rallick n'avait jamais eu l'âme d'un croisé : en un sens, son obsession à jouer les redresseurs de torts n'avait été qu'une façon pour lui d'assumer le rôle que Coll lui-même aurait dû endosser. Il s'était fait l'instrument, le substitut de la volonté défaillante de son ami, persuadé qu'il recouvrerait ensuite une volonté propre.

Et s'il n'en était rien ? De plus en plus maussade, Rallick balaya cette question avant de se laisser entraîner en quête d'une réponse. Comme le lui avait dit Baruk, il était temps qu'il rentre chez lui.

Une femme au masque d'argent lui effleura le bras au passage. Surpris par ce contact, Rallick se retourna. De longs cheveux bruns encadraient ce masque sans expression, dont les fentes ne trahissaient rien des yeux qui se trouvaient derrière. La femme se rapprocha de lui.

— Vous m'intriguez depuis un certain temps, Rallick Nom, dit-elle à voix basse. Mais je vois à présent que j'aurais dû vous surveiller personnellement. Nous aurions pu éviter la mort d'Ocelot.

Le regard de l'assassin s'assombrit.

— Vorcan.

Elle hocha presque imperceptiblement la tête.

— Ocelot était un imbécile, reprit sèchement Rallick. Si le contrat avec Orr a été entériné, j'attends mon châtiment.

Vorcan ne répondit pas. L'assassin attendit calmement.

— Vous êtes un homme avare de paroles, Rallick Nom.

Vorcan rit doucement en le voyant garder le silence.

— Vous dites attendre votre châtiment, comme si vous étiez déjà résigné à la mort.

Elle laissa son regard dériver vers la terrasse bondée.

— Le conseiller Turban Orr était protégé par la

magie, mais la magie ne lui a été d'aucun secours. Curieux.

Elle parut réfléchir et hocha la tête.

— Rallick Nom, vos talents vont m'être nécessaires. Accompagnez-moi. Rallick cilla puis la suivit en la voyant se diriger vers le parc de la demeure.

*

D'une main, Crokus bâillonnait Challice. De l'autre, il ôta son masque de voleur. Le reconnaissant, la jeune fille écarquilla les yeux.

— Si tu cries, prévint-il d'un ton sévère, tu le regretteras.

Il avait réussi à la traîner dans les fourrés sur une dizaine de mètres avant qu'elle le fasse trébucher. Après une lutte acharnée, il avait quand même fini par avoir le dessus.

— Je veux juste te parler, reprit-il. Je ne te ferai aucun mal, je te le jure. Sauf si tu essaies de faire du grabuge, évidemment. Bon, je vais enlever ma main. Ne crie pas, s'il te plaît.

Il tenta de déchiffrer son regard, mais n'y lut que de la peur. Honteux, il retira sa main.

Challice ne cria pas. Crokus se prit toutefois bientôt à le regretter.

— Maudit sois-tu, voleur ! Quand mon père t'attrapera, il te fera écorcher vif ! Si Gorlas ne te trouve pas avant ! Essaie de me toucher et il te fera bouillir lentement…

Crokus lui plaqua de nouveau une main sur la bouche. Écorché ? Bouilli ?

— Qui est ce Gorlas ? questionna-t-il, furieux. Un genre de cuisinier amateur ? C'est donc vrai que tu m'as dénoncé !

Elle le dévisagea, perplexe.

Crokus ôta encore sa main.

— Je ne t'ai pas dénoncé, dit-elle. Qu'est-ce que tu racontes ?

— Ce garde assassiné. Ce n'est pas moi qui l'ai tué, mais…

— Bien sûr que ce n'était pas toi. Père a embauché une Voyante. Une femme a tué ce garde, une servante de la Corde. La Voyante était terrorisée, elle n'a même pas attendu qu'on la paie pour partir ! Et maintenant, bas les pattes, voleur.

La relâchant, Crokus s'assit par terre, et son regard se perdit entre les arbres.

— Tu ne m'as pas trahie ? Et Meese alors ? Les gardes chez oncle Mammot ? La chasse à l'homme ?

Challice se releva et brossa les feuilles mortes accrochées à sa cape de cuir.

— Tu délires. Je dois retourner là-bas. Gorlas va me chercher. C'est le fils aîné de la Maison Tholius et il s'entraîne pour devenir maître escrimeur. S'il te voit avec moi, ça va te coûter cher.

Crokus la considéra d'un air ahuri.

— Attends ! s'exclama-t-il en se relevant d'un bond. Oublie ce crétin de Gorlas. Dans moins d'un an, mon oncle nous présentera officiellement l'un à l'autre. Mammot est un célèbre écrivain.

Challice écarquilla les yeux.

— Reviens sur terre, veux-tu ? Un écrivain ? Un vieillard aux mains pleines d'encre qui vit enfermé entre quatre murs ? Sa Maison est-elle puissante, influente ? La Maison Tholius est tout cela. Et d'ailleurs, Gorlas m'aime.

— Mais je…

Crokus s'interrompit, détournant son regard. L'aimait-il ? Non. Du reste, quelle importance ? Et puis d'abord, que lui voulait-il ?

— Et puis d'abord, que me veux-tu ? s'enquit Challice.

Crokus examina un moment ses pieds avant de croiser le regard de la jeune fille.

— Ta compagnie ? demanda-t-il timidement. Ton amitié ? Mais qu'est-ce que je raconte : je suis un voleur ! Je vole les filles comme toi !

— Exact, répliqua-t-elle sèchement. Alors, pourquoi prétendre le contraire ?

Elle se radoucit.

— Crokus, je ne te trahirai pas. Ce sera notre secret.

L'espace d'un instant, il eut l'impression d'être un petit enfant consolé par une gentille dame et il se surprit à apprécier cette sensation.

— Avant toi, ajouta Challice avec un sourire, je n'avais jamais rencontré de vrai voleur des rues !

Le plaisir de Crokus fut aussitôt balayé par un accès de colère.

— Un vrai voleur ? Par Goule, non ! ricana-t-il. Comme si tu savais ce qui est vrai ! Tu ne connais rien à la réalité, Challice. Tu n'as jamais eu de sang sur les mains. Tu n'as jamais vu personne mourir. Mais c'est normal, n'est-ce pas ? Laissez-nous la boue, nous y sommes habitués !

— J'ai vu un homme mourir ce soir, répliqua

calmement Challice. Et je n'ai aucune envie de recommencer. Si c'est ça ce que tu appelles « réalité », je n'en veux pas. Je te laisse ta réalité tout entière. Au revoir, Crokus.

Elle fit demi-tour et s'éloigna.

Les yeux rivés sur le dos de la jeune fille et ses cheveux tressés, Crokus entendit longtemps résonner ses paroles dans son crâne.

Soudain épuisé, il repartit en sens inverse. Pourvu qu'Apsalar soit restée à l'endroit où il l'avait laissée ! Il n'aurait plus manqué qu'il ait à lui courir après, songea-t-il en s'enfonçant dans les ombres du parc.

*

Sitôt dans la clairière, Maillet eut un mouvement de recul. Paran lui saisit le bras et leurs regards se croisèrent.

Le guérisseur secoua la tête.

— Non, Capitaine. Je n'approcherai pas davantage. Ce qui vit là est un fléau pour ma Garenne Denul. Et cette chose me… flaire… avec avidité.

Il s'essuya le front et prit une inspiration tremblante.

— Mieux vaut m'amener la fille ici.

Paran le relâcha et fila dans la clairière. Le bloc de bois avait désormais atteint la taille d'une table. Doté d'épaisses racines tortueuses, il comportait sur les côtés des trous à peu près carrés. La terre autour du bloc semblait baignée de sang.

— Caporal, chuchota Paran avec un frisson, envoyez la fille voir Maillet.

Kalam s'avança vers elle et lui posa une main sur l'épaule.

— C'est bon, dit-il, tel un oncle bienveillant. Tu peux y aller. On va bientôt te rejoindre.

— D'accord, répondit-elle avec un grand sourire.

La suivant des yeux, Kalam frotta sa mâchoire hirsute.

— C'est bien la première fois que je vois Mes Regrets sourire. J'avais vraiment raté quelque chose.

Le capitaine et lui regardèrent Maillet parler tranquillement à la fille, puis se rapprocher d'elle et lui poser une main sur le front.

Paran tendit l'oreille.

— L'orage a cessé, fit-il observer.

— Ouais. J'espère que c'est bon signe.

— Quelqu'un a dû l'arrêter. Je partage votre espoir, Caporal.

Mais pour Paran, cet espoir était néanmoins bien mince. Quelque chose clochait.

— Il n'est même pas encore minuit, soupira-t-il. On a peine à y croire.

— La nuit va être longue, renchérit l'assassin, manifestant lui aussi son pessimisme.

Maillet poussa une exclamation stupéfaite. Le guérisseur lâcha la fille et leur fit signe.

— Allez-y, dit Kalam au capitaine.

Avec un froncement de sourcils perplexe, Paran rejoignit les deux autres. Les yeux de Mes Regrets étaient clos. Elle semblait en transe.

— La possession a pris fin, déclara Maillet sans ambages.

— C'est ce que j'avais cru comprendre, répondit Paran en examinant la fille.

— Mais il y a autre chose, Capitaine. Il y a quelqu'un d'autre en elle.

Les sourcils de Paran se levèrent.

— Quelqu'un qui est resté là tout du long, poursuivit le guérisseur. Comment cette entité a pu survivre à la présence de la Corde me dépasse mais, à présent, je me retrouve confronté à un choix.

— Expliquez-vous.

Maillet s'assit et, ramassant une brindille, se mit à tracer des motifs au hasard sur le sol.

— Ce quelqu'un a protégé l'esprit de la fille en agissant comme un filtre d'alchimiste. Pendant ces deux dernières années, Mes Regrets a commis des actes qui la rendraient folle si elle s'en souvenait, même partiellement. Pour le moment, cette présence combat ces souvenirs, mais elle a besoin d'aide car elle n'est plus aussi forte qu'auparavant. Elle se meurt.

Paran s'accroupit près du guérisseur.

— Vous envisagez donc de lui fournir cette aide ?

— J'hésite. Vous comprenez, j'ignore tout de ses projets, de ce qu'elle mijote. Je n'arrive pas à comprendre sa logique. Mettons que je l'aide, mais qu'elle veuille le contrôle absolu. La fille serait de nouveau entièrement possédée.

— Vous pensez que cette présence protégeait Mes Regrets à seule fin de prendre la place de la Corde à la première occasion ?

— Formulé ainsi, cela ne rime à rien, admit Maillet. Mais j'ai du mal à comprendre pour quelle autre raison elle s'impliquerait ainsi sinon. Son corps, sa chair n'existent plus. Si elle abandonne la fille, elle n'aura plus nulle part où aller. Mais il s'agit peut-être d'un être cher, d'une parente ou quelque chose de ce genre. Quelqu'un qui était prêt à se sacrifier absolument. C'est une possibilité.

— Vous parlez d'une parente, s'agit-il d'une femme ?

— C'en était une. Ne me demandez pas ce que c'est maintenant. Je ne saisis que de la tristesse.

Le guérisseur regarda Paran droit dans les yeux.

— Je n'avais encore jamais rien rencontré d'aussi triste, mon capitaine. Paran étudia brièvement l'expression de Maillet, avant de se relever.

— Guérisseur, je ne vous donnerai pas d'ordre en la matière.

— Mais ?

— Mais, je serais d'avis d'intervenir. De donner à cette chose ce dont elle a besoin.

Maillet gonfla les joues puis se redressa en se débarrassant de sa brindille.

— C'est aussi ce que me dit mon instinct, Capitaine. Merci.

Plus loin, la voix de Kalam retentit.

— Halte ! Montrez-vous.

Les deux hommes virent l'assassin observer les arbres à leur gauche. Paran attira Maillet dans l'ombre, et le guérisseur entraîna Mes Regrets à leur suite.

Deux silhouettes s'avancèrent alors dans la clairière. Un homme et une femme.

*

Crokus rampa sur le lit de feuilles mortes et de lierre. Pour un parc interdit au public, le coin semblait drôlement fréquenté. Les voix qu'il avait entendues en cherchant Apsalar étaient celles de deux hommes et d'une femme, laquelle portait un masque d'argent. Tous trois examinaient une bizarre souche d'arbre aux contours flous. Lentement, Crokus relâcha son souffle en reconnaissant Rallick Nom.

— Cette chose est mauvaise, déclara la femme en reculant. Elle a faim.

— Je ne le nierai pas, Maîtresse de la Guilde, maugréa un homme noir. Toujours est-il que ce truc-là n'a rien de malazéen.

Les yeux du voleur s'agrandirent. *Des espions malazéens ? Maîtresse de la Guilde ? Vorcan !* Apparemment peu perturbée par cette insolite rencontre, la femme s'était tournée vers Rallick.

— Quel effet vous fait cette chose ?

— Aucun.

— Dans ce cas, approchez-vous-en.

Avec un haussement d'épaules, l'assassin s'avança vers le bloc noueux et le mouvement flou qui l'entourait cessa.

Vorcan se détendit.

— Vous semblez déjouer ses efforts, Rallick Nom. Curieux.

— C'est la poudre d'Otataral, grommela-t-il.

— Pardon ?

— J'en ai frotté sur ma peau.

Vorcan le dévisagea et l'autre homme en profita pour mieux examiner Rallick.

— Je me souviens de vous, Assassin. C'est vous que nous avons suivi lors de notre première tentative de contact. La nuit du guet-apens.

Rallick acquiesça d'un signe de tête.

— Ma foi, poursuivit le Malazéen, je suis étonné de vous voir en vie.

— Rallick est un homme plein de surprises, fit Vorcan. Bon. Caporal Kalam des Brûleurs de Ponts, votre demande d'audience m'est parvenue et j'y réponds favorablement. Avant de commencer, j'aimerais toutefois que le reste de votre groupe nous rejoigne, ajouta-t-elle en pivotant vers les arbres situés sur sa droite.

Crokus avait déjà le vertige – des Brûleurs de Ponts ! – mais il crut que sa tête allait carrément éclater quand il vit deux hommes sortir de l'ombre, avec Apsalar. Celle-ci semblait droguée et ses yeux étaient clos.

— Maîtresse de la Guilde, dit l'un des nouveaux venus, je suis le capitaine Paran de la 9e escouade.

Il prit une profonde inspiration avant de poursuivre :

— Mais c'est le caporal Kalam qui va parler au nom de l'Empire.

Vorcan fit de nouveau face au noir.

— Alors, l'audience a commencé.

— Maîtresse de la Guilde, nous savons tous deux que le Conseil municipal ne détient pas le pouvoir réel à Darujhistan. Et comme vous non plus, nous en avons conclu que les mages de la ville œuvrent en secret pour le maintien du statu quo. Qui qu'ils soient, ils sont très doués pour se cacher. Nous pourrions décider de tuer tous les mages de Darujhistan, mais cela prendrait trop de temps et pourrait faire désordre. L'Empire Malazéen met plutôt à prix la tête des véritables dirigeants de la ville. Cent mille jakatas d'or. Chacun. L'Impératrice offre par ailleurs le contrôle de Darujhistan, assorti du titre de Haut Poing et de tous les privilèges qui vont avec, conclut Kalam, bras croisés.

Vorcan garda le silence un moment.

— L'Impératrice Laseen est prête à me payer neuf cent mille jakatas d'or ?

— Si tel est le chiffre, oui, acquiesça Kalam.

— La Cabale T'orrud est puissante, Caporal. Avant de donner ma réponse, j'aimerais en savoir davantage sur la créature qui arrive de l'est.

Ses mâchoires se tendirent imperceptiblement.

— Cinq dragons sans doute en provenance de Sangdelune s'y sont opposés pendant un certain temps. Je présume que Maître Baruk et sa Cabale ont scellé un pacte avec le Fils de Ténèbre.

Kalam, interloqué, se reprit rapidement.

— Maîtresse de la Guilde, nous ne sommes pas responsables de la force qui approche et nous serions ravis que le Fils de Ténèbre nous en débarrasse. Quant à votre question sous-jacente, j'imagine que l'alliance entre les Tistes Andii et la Cabale serait rendue caduque par la mort des membres de ladite Cabale. Personne ne vous demande d'essayer de tuer le seigneur de Sangdelune.

Paran s'éclaircit la gorge.

— Maîtresse de la Guilde, Sangdelune et l'Empire Malazéen se sont déjà affrontés. Il en ressort que le Fils de Ténèbre paraît davantage enclin à se retirer qu'à se dresser seul contre nous.

— Très juste, dit Vorcan. Caporal Kalam, je ne souhaite pas gaspiller les vies de mes assassins dans une telle tentative. Seul un assassin qui est aussi Grand Mage peut espérer réussir. C'est donc à titre personnel que j'accepte ce contrat. Je me chargerai des assassinats. Maintenant, en ce qui concerne le règlement…

— Il sera acheminé par Garenne, répondit Kalam. Comme vous le savez peut-être, l'Impératrice fut naguère assassin. Elle respecte les règles en vigueur dans la profession. L'or sera versé, Maîtresse de la Guilde, et le titre et l'autorité sur Darujhistan seront aussitôt rendus.

— Accepté, Caporal Kalam. Je commence tout de suite.

Vorcan se tourna alors vers Rallick.

— La tâche que je vous confie à présent est essentielle. J'ai réfléchi à votre étrange aptitude à empêcher la croissance de cette chose néfaste. Et je pense qu'il ne faut pas la laisser grandir davantage. Vous resterez ici pour entraver son développement.

— Pendant combien de temps ? grommela Rallick.

— Jusqu'à mon retour. Je testerai alors ses défenses. Une dernière chose. Ocelot a agi sans l'accord de la Guilde. Son exécution fut conforme au châtiment dont nous l'aurions gratifié. Nous vous remercions, Rallick Nom. La Guilde est satisfaite.

Rallick alla s'asseoir sur l'étrange souche.

— À plus tard, lança Vorcan, en quittant la clairière.

*

Crokus regarda les trois espions malazéens se regrouper pour converser à voix basse. L'un d'eux prit ensuite Apsalar par le bras et la guida à travers bois en direction du mur d'enceinte. Les deux autres – le capitaine Paran et le caporal Kalam – jetèrent un coup d'œil à Rallick.

La tête entre les mains et les coudes sur les genoux, l'assassin contemplait le sol d'un air sombre.

Kalam siffla entre ses dents et secoua la tête. Quelques instants plus tard, il repartit avec Paran en direction de la terrasse.

Crokus hésita. D'un côté, il se serait bien précipité dans la clairière pour interpeller Rallick. *Assassiner les mages ! Livrer Darujhistan aux Malazéens ! Comment Rallick pouvait-il laisser faire une chose pareille ?* Mais le jeune voleur s'abstint, pressentant que, en réalité, il ne savait rien de cet homme. L'assassin l'écouterait-il ou se contenterait-il de lui planter un couteau dans la gorge ? Crokus n'avait pas envie de prendre le risque.

Rallick n'avait pas bougé depuis une bonne minute quand il se leva et se tourna droit vers l'endroit où le voleur était tapi.

Crokus poussa un gémissement atterré et s'approcha avec lenteur quand Rallick lui fit signe.

— Tu te caches bien, dit Rallick. Et tu as eu de la chance que Vorcan garde son masque. Elle ne pouvait pas voir grand-chose avec. Tu as tout entendu ?

Crokus hocha la tête, le regard attiré malgré lui par ce qu'il avait au départ considéré comme une souche d'arbre. En fait, cela ressemblait davantage à une petite maison. Les trous sur les côtés auraient très bien pu être des fenêtres. Contrairement à Vorcan, il ne percevait aucune faim, mais une sorte d'urgence, de quasi-frustration.

— Avant de me condamner, Crokus, écoute-moi attentivement.

Le voleur s'arracha à la contemplation du bloc de bois.

— J'écoute.

— Baruk est peut-être encore à la réception. Il faut que tu ailles le trouver, que tu lui racontes exactement ce qui s'est passé. Dis-lui que Vorcan est Grand Mage et qu'elle les tuera tous s'ils ne font pas front commun pour se défendre.

Rallick posa une main sur l'épaule de Crokus et celui-ci tressaillit, l'œil méfiant.

— Si Baruk est déjà rentré, cherche Mammot. Je l'ai vu là-bas il n'y a pas si longtemps. Il porte un masque d'animal à défenses.

— Oncle Mammot ? Mais il est…

— Grand prêtre de D'riss, Crokus. Et membre de la Cabale T'orrud. Dépêche-toi, maintenant. Il n'y a plus une seconde à perdre.

— Tu veux dire que tu vas rester là ? Juste planté sur… cette souche ?

Rallick serra plus fort.

— Vorcan a dit vrai, mon garçon. Quelle que soit cette chose, on dirait que je peux la tenir en respect. Il faut prévenir Baruk. Je me fie davantage à la perception de l'alchimiste qu'à celle de Vorcan mais, en attendant, c'est à elle que j'obéirai.

Crokus résista un moment, songeant à Apsalar. Ces types lui avaient fait quelque chose, il en était certain. Et s'ils l'avaient maltraitée, il le leur ferait payer ! Mais… oncle Mammot ? Vorcan comptait tuer son oncle ? Son regard se durcit.

— C'est comme si c'était fait.

À cet instant, un rugissement de rage et de douleur venu de la terrasse fit trembler les arbres du parc. Le bloc de bois réagit avec une gerbe de flammes jaunes et ses racines gonflèrent, s'agitant comme des doigts.

Rallick repoussa Crokus puis plongea sur le bloc. La flambée jaune s'éteignit et des crevasses s'ouvrirent dans le sol, se propageant dans toutes les directions.

— File ! hurla Rallick.

Le cœur battant à tout rompre, Crokus fit demi-tour et courut vers la demeure de Dame Simtal.

*

Baruk tira sans ménagement sur le cordon de la sonnette. Le cocher cria et la voiture s'arrêta en dérapant.

— Il est arrivé quelque chose, cria-t-il à Rake. Bon sang, nous sommes partis trop tôt ! ajouta-t-il en tirant les rideaux de la fenêtre.

— Un moment, Alchimiste, fit posément Rake.

Le front plissé, la tête penchée, il semblait écouter quelque chose.

— C'est le Tyran. Maïs il est affaibli et il reste suffisamment de mages pour s'en occuper.

Il faillit ajouter quelque chose, mais renonça. Ses yeux virèrent à l'azur profond.

— Baruk, reprit-il avec calme, rentrez chez vous.

Préparez-vous à la prochaine manœuvre de l'Empire. Nous n'aurons pas à l'attendre longtemps.

L'alchimiste dévisagea le Tiste Andii.

— Expliquez-moi ce qui se passe, s'exclama-t-il, furieux. Affronterez-vous ce Tyran ou non ?

Rake jeta son masque entre eux sur le plancher du véhicule, puis attacha le col de sa cape.

— Je le ferai si nécessaire.

Des poings tambourinaient sur la voiture et des clameurs enjouées s'élevaient autour d'eux. La foule forçait le passage et leur véhicule tanguait. On approchait de minuit et du Douzième Coup, heure de l'Ascension où la Dame du Printemps gagnait le ciel à la rencontre de la lune.

— Entre-temps, reprit Rake, il faudra dégager les rues. Je présume que vous désirez réduire au minimum les pertes en vies humaines ?

— Et c'est tout, Rake ? rétorqua Baruk, en s'agitant. Dégager les rues ? Au nom de Goule ! Comment voulez-vous y arriver ? Il y a trois cent mille personnes dans cette ville et elles sont toutes dans les rues !

— Dans ce cas, laissez-moi faire. Il me faut un point d'observation en hauteur. Des idées, Alchimiste ? demanda le Tiste Andii en ouvrant sa portière.

L'exaspération de Baruk était telle qu'il manqua défier Anomander Rake.

— Le beffroi de K'rul, répondit-il enfin. Une tour carrée près de la porte du Tracas.

Rake sortit.

— Nous nous reverrons chez vous, Alchimiste, déclara-t-il en se penchant à l'intérieur de la voiture. Vous et vos amis mages devez vous préparer.

Il se tourna face à la foule et s'arrêta un instant, comme pour humer l'air.

— À quelle distance est ce beffroi ?

— Trois cents pas. Vous ne comptez tout de même pas vous y rendre à pied ?

— Si. Je ne suis pas encore prêt à dévoiler ma Garenne.

— Mais comment… ?

Baruk s'interrompit brusquement en découvrant la réponse du Tiste Andii.

Dépassant la foule compacte de la tête et des épaules, le Fils de Ténèbre dégaina son épée.

— Si vous tenez à vos âmes, rugit-il, écartez-vous !

Son arme brandie au-dessus de lui se réveilla avec un gémissement. Des chaînes de fumée s'enroulèrent autour de sa lame. Un terrible tumulte de roues grinçantes retentit et un chœur de plaintes désespérées s'éleva dans leur sillage. Dans la rue, la foule recula devant le seigneur de Sangdelune, oubliant aussitôt toutes célébrations.

— Les dieux nous préservent ! murmura Baruk.

*

Tout avait débuté innocemment. Ben le Vif et Mésangeai se tenaient côte à côte près de la fontaine. Des serviteurs couraient un peu partout, comme si, malgré le duel sanglant et l'absence de l'hôtesse, la fête retrouvait un nouvel élan à l'approche des douze coups de minuit.

Le capitaine Paran se joignit à eux.

— Nous avons rencontré la Maîtresse de la Guilde, annonça-t-il. Elle a accepté le contrat.

— Que deviendrions-nous tous sans l'appât du gain ? grommela Mésangeai.

— Je viens de remarquer une chose, Sergent, intervint Ben le Vif. Mon mal de tête a pris fin. J'essaierais bien d'accéder à ma Garenne, histoire de voir.

Mésangeai réfléchit un instant.

— Vas-y.

Le sorcier recula à l'ombre d'une colonne.

Un vieillard portant un masque affreux s'approcha alors des hommes de Mésangeai, suivi par une femme corpulente qui fumait un narguilé, et sa servante. Traînant des volutes de fumée dans son sillage, la femme héla le vieil homme.

Un instant plus tard, une vague d'énergie brisa la nuit, se déversant entre Mésangeai et Paran pour aller frapper le vieil homme en pleine poitrine. L'épée à la main, le sergent se retourna pendant que son sorcier, débordant de magie, l'écartait pour se ruer vers la femme.

— Non ! s'écria Ben le Vif. Ne vous approchez pas de lui !

Paran avait lui aussi dégainé son épée. Sa lame vibrait, comme frappée de terreur. Il bondit en avant.

Un hurlement de rage bestial ébranla l'atmosphère et le vieil homme fit volte-face, masque arraché. Son regard brûlant se posa sur la femme, il lança une main dans sa direction. La puissance qui en jaillit était d'un gris d'ardoise et crépitait dans l'air.

Sidéré, Mésangeai vit le corps de son sorcier percuter celui de la femme puis de la servante. Passant au-dessus des trois silhouettes, le flot d'énergie s'ouvrit un accès dans l'assistance abasourdie, incinérant tout sur son passage, ne laissant que des cendres blanches. Les arbres se désintégraient, la pierre et le marbre se changeaient en nuages de poussière. Des gens mourraient car certaines parties de leur corps avaient tout bonnement disparu, au milieu des éclaboussures de sang. Une lance d'énergie fila vers le ciel, flamboyant dans la nuit au cœur d'un épais nuage. Une autre secoua la maison dans un fracas assourdissant. Une troisième serpenta vers Paran qui se rapprochait du vieil homme. Elle frappa Hasard, et le capitaine et son épée se volatilisèrent.

Le sergent esquissa un pas en avant et quelque chose de dur et de massif heurta son épaule, le faisant pivoter sur lui-même. Il bascula et son genou droit se tordit.

Entraîné par son poids, il sentit un craquement, puis la chair qui se déchirait. Son épée rebondit avec un bruit métallique. Souffrant le martyre, il roula sur le côté pour décoincer sa jambe mais se retrouva bloqué contre une colonne renversée.

Une seconde plus tard, quelqu'un l'empoignait par sa cape.

— Je vous ai ! s'exclama Violain.

Le saboteur le traîna sur les dalles et Mésangeai hurla de douleur, avant de perdre connaissance.

Enseveli sous les corps, Ben le Vif s'était retrouvé pendant une seconde incapable de respirer. S'appuyant des deux mains sur les épaules du sorcier, la femme renversée se releva et appela le vieil homme.

— Mammot ! *Anikaleth araest !*

Ben le Vif ouvrit de grands yeux en sentant la puissance qui montait dans le corps de cette femme. L'air s'imprégna soudain d'une odeur d'humus forestier.

— *Araest !* hurla-t-elle encore, son pouvoir se libérant avec une violente pulsation.

Ben le Vif entendit le cri de douleur de Mammot.

— Attention, Sorcier ! s'exclama la femme. Il est possédé par un Jaghut.

— J'avais remarqué, grommela Ben le Vif, roulant sur le ventre pour se mettre à quatre pattes. Mammot, à terre, agitait faiblement une main. Le regard de Ben glissa ensuite jusqu'à l'endroit où il avait laissé Mésangeai. Les colonnes de la fontaine étaient renversées et le sergent avait disparu. Plus un membre de l'escouade n'était visible. Sur la terrasse, des corps recroquevillés formaient des piles grotesques. Aucun d'eux ne bougeait. Les survivants avaient tous pris la fuite.

— Mammot est en train de reprendre des forces, dit la magicienne d'un ton désespéré. J'ai épuisé mes réserves, Sorcier. À vous de faire quelque chose à présent, n'est-ce pas ?

Il se contenta de la dévisager.

*

Dérapant sur de l'argile grasse, Paran trébucha droit vers un massif de roseaux duveteux. Au-dessus de lui, un orage déchirait les cieux. Il se releva tant bien que mal. Hasard, brûlante, gémissait toujours dans sa main. Un lac calme et peu profond s'étendait sur sa gauche, bordé au loin par une crête d'un vert vaguement luisant. À droite, les marécages s'étiraient jusqu'à l'horizon. L'air était frais, imprégné d'une odeur douceâtre de décomposition.

Tremblant, le capitaine poussa un soupir, scrutant le ciel d'orage. Des éclairs déchiquetés s'affrontaient et les nuages sombres se tortillaient comme en proie à d'atroces souffrances. Un ébranlement sur sa droite le fit se retourner. À mille pas, une forme venait d'apparaître. Paran plissa les yeux. La chose se dressait, noire et noueuse, au-dessus des marais. Pareille à un arbre, elle tirait sur les racines qui entravaient sa marche avant de les jeter au loin. Une autre silhouette surgit, dansant autour de la première, une épée dentelée à lame brune entre ses mains. Elle battait manifestement en retraite, repoussée par les vagues de pouvoir lancées par la créature sinueuse et vaguement humaine. Toutes deux avançaient dans sa direction.

Le capitaine se retourna en entendant l'eau bouillonner.

— Par le souffle de Goule !

Une maison émergeait du lac. Ses murs de pierre abîmés dégoulinaient de plantes aquatiques et de vase. Une immense porte se dessinait devant lui, noire comme un four, crachant une vapeur sifflante. L'étage supérieur de la structure paraissait biscornu, grêlé, et ses pierres taillées avaient en partie disparu, dévoilant une charpente en bois squelettique.

Une nouvelle explosion ramena l'attention de Paran sur les combattants. Ils étaient maintenant beaucoup trop près à son goût et le capitaine distinguait nettement le personnage armé d'une épée à deux mains. Un T'lan Imass. Malgré l'impressionnante habileté dont celui-ci faisait preuve dans le maniement de son arme de calcédoine, il devait reculer. La créature qu'il affrontait était haute, maigre, dotée de muscles semblables à du chêne. Deux longues défenses luisantes dépassaient de sa mâchoire inférieure. Elle hurla de rage et frappa une nouvelle fois le T'lan Imass, le projetant à quinze pas. Le guerrier roula dans la boue et s'arrêta presque aux pieds de Paran.

Il tourna vers le capitaine d'insondables orbites.

— Mortel, l'Azath n'est pas encore prêt. Trop jeune, pas encore de force à emprisonner ce qui l'a fait naître, le Finnest. Quand le Tyran a fui, je me suis mis en quête de son pouvoir.

Le T'lan Imass tenta de se relever, en vain.

— Vous devez défendre l'Azath. Le Finnest veut le détruire.

Paran leva les yeux. L'apparition s'avançait vers lui. Se battre ? Contre ça ? Mais il n'avait pas le choix. Le Finnest rugit et projeta une vague de pouvoir grésillante. Paran dressa Hasard devant lui.

La lame traversa le flot d'énergie. Sans effet. La vague poursuivit sa course pour aller s'engouffrer dans le corps du capitaine. Aveuglé, Paran hurla en se sentant envahi par un froid mordant, qui bouleversait ses pensées et jusqu'à son identité même, se refermait sur son âme. *À moi !* Ces mots retentirent dans sa tête, triomphants et remplis de féroce jubilation. *Tu es à moi !*

Tombant à genoux, Paran lâcha son épée. Il ne pouvait qu'obéir. Quelques fragments de sa conscience surnageaient encore. *Un outil, rien de plus. Tout ce que j'ai accompli, tout ce à quoi j'ai survécu, pour en arriver là.*

Il entendit alors monter en lui un son qui se répétait, encore et encore, de plus en plus fort. Un hurlement. La glace qui semblait avoir rempli ses veines se mit à céder. Des éclairs d'une chaleur bestiale déchirèrent le froid, comme en défi. Paran rejeta la tête en arrière, sentant le hurlement monter dans sa gorge. Et lorsque celui-ci franchit ses lèvres, le Finnest recula en chancelant.

Le sang d'un Molosse ! Un sang que nul ne peut asservir ! Les muscles tétanisés par l'irrésistible force qui affluait en eux, Paran se rua sur le Finnest. *Comment oses-tu !* Il frappa la créature, la plaquant au sol, martelant des deux poings sa chair de chêne, plantant ses dents dans l'écorce de son visage. Le Finnest s'efforça vainement de le repousser et hurla, agitant violemment ses membres. Méthodiquement, Paran entreprit de le mettre en pièces.

Une main se referma alors sur le col de sa cape et l'arracha au corps lacéré de son adversaire. Paran tenta frénétiquement de se retourner mais le T'lan Imass le secoua.

— Cessez !

Le capitaine battit des paupières.

— Cessez ! Vous ne pouvez détruire le Finnest. Mais vous l'avez retenu. Assez longtemps. À présent, l'Azath va s'en saisir. Comprenez-vous ?

Paran s'affaissa et son feu intérieur reflua. Il baissa les yeux et vit des racines et des vrilles fibreuses surgir du sol spongieux pour envelopper l'apparition meurtrie, entraînant leur proie dans l'écœurante vase. Quelques instants plus tard, le Finnest avait disparu.

Le T'lan Imass relâcha Paran et recula, le considérant un long moment, immobile.

Paran cracha du sang et des éclats de bois puis s'essuya les lèvres du revers de la main, avant de ramasser Hasard.

— Ma maudite chance a fini par tourner, maugréa-t-il en rengainant l'arme. Avez-vous quelque chose à dire, Imass ?

— Vous êtes bien loin de chez vous, mortel.

Au bout de quelques instants, Paran réapparut sur la terrasse, désorienté, chancelant, avant de s'effondrer comme une poupée de chiffon. Ben le Vif fronça les sourcils.

Qu'a-t-il bien pu encore lui arriver ?

Un juron jaghut échappa à Mammot, si farouche qu'il semblait arraché aux tréfonds de son âme. Le vieil homme se releva, tremblant de rage, et son regard mi-clos se posa sur le sorcier.

— Éveille les Sept en moi ! rugit Ben le Vif, avant de hurler en sentant sept Garennes s'ouvrir en lui.

Son cri déchirant fut emporté par les vagues de pouvoir en cascade qui se déversèrent soudain sur la terrasse. Le possédé leva les bras pour se protéger le visage, et son corps se recroquevilla sous ces assauts déchaînés. Sa chair fut arrachée, transpercée, déchirée par des pointes de flammes. Tombant à genoux au cœur d'un vortex insensé, Mammot hurla en levant un poing d'os. Le poing se contracta et l'une des Garennes de Ben le Vif se referma brusquement. Le poing se contracta de nouveau.

Ben le Vif s'effondra.

— Je suis fichu.

Derudan l'empoigna par sa cape.

— Sorcier ! Écoutez-moi !

Une autre Garenne fut repoussée. Ben le Vif secoua la tête.

— Je suis fichu, répéta-t-il.

— Écoutez-moi ! Cet homme là-bas, qu'est-ce qu'il fabrique ?

Ben le Vif regarda.

— Par Goule ! s'écria-t-il, gagné par une terreur subite.

Esquive était tapi derrière un banc, à une dizaine de pas de là. Seules dépassaient la tête et les épaules du saboteur, dont les yeux brillaient d'une lueur folle que le sorcier connaissait bien. Il pointait sur Mammot une grande et lourde arbalète. Esquive émit une sorte de gémissement inarticulé.

Ben le Vif poussa un cri et plongea de nouveau sur la femme en vert. Il entendit le déclic de l'arbalète au même instant et ferma les yeux avant de percuter une deuxième fois sa voisine.

*

Mégère décrivait de petits cercles au-dessus de l'endroit où avait disparu le Tyran jaghut. Il était arrivé à cinquante pas de Silanah, avant de disparaître. Mais il n'avait pas emprunté de Garenne. Il avait disparu entièrement, ce qui rendait la chose d'autant plus fascinante.

Ils avaient vécu une nuit formidable, une bataille

digne de figurer dans les Annales. Mais sa conclusion l'avait laissée sur sa faim.

— Délicieux mystère, caqueta Mégère.

Elle savait sa présence requise ailleurs, mais répugnait à partir.

— Quelles redoutables énergies j'ai contemplées là ! s'esclaffa-t-elle. Que m'importent le gâchis, la pure stupidité de cet affrontement ! Dire qu'il ne reste que des questions, toujours des questions !

Elle leva la tête. Les deux Solipris tistes andii de son seigneur continuaient à planer au-dessus d'elle. Personne ne voulait partir avant de connaître la vérité sur le sort du Tyran jaghut. Ils l'avaient mérité, même si Mégère commençait à douter d'obtenir les réponses tant espérées.

Enfin, Silanah lâcha un cri perçant, puis quitta le sol au milieu des exhalaisons fortes et piquantes de sa Garenne. Le dragon rouge tourna la tête vers l'ouest et poussa un nouveau cri.

Avec un battement d'ailes affolé, Mégère évita de justesse le sol dévasté, avant de s'élancer vers les cieux. Elle vit alors ce qu'avait vu le dragon rouge et poussa quant à elle un cri de joie, d'impatience, mais aussi de surprise.

— Ça y est ! Ça y est !

*

Les yeux clos, Ben le Vif laissa s'écrouler son ultime Garenne. Les bras de la magicienne se refermèrent autour de lui. Elle s'effondra sous son poids avec un grognement sonore.

La détonation coupa le souffle du sorcier. Les dalles se soulevèrent sous la magicienne et lui et un mélange de flammes et de blocs de maçonnerie surgirent de tous côtés.

Finalement, le calme revint.

Ben le Vif s'assit et regarda l'endroit où s'était tenu Mammot. Les dalles avaient disparu. Un trou fumant, large et profond était apparu à présent près de la fontaine en ruine. Le vieil homme s'était volatilisé.

— Cher sorcier, murmura la magicienne. Sommes-nous en vie ?

Ben le Vif la dévisagea.

— Vous aviez fermé votre Garenne. Très malin.

— Fermé, oui. Mais pas par choix. Pourquoi malin ?

— Magicienne, les munitions moranthes sont des armes ordinaires. Les Garennes ouvertes attirent leur force explosive. Ce Tyran est mort. Rayé de la carte.

Esquive les rejoignit, son calot de cuir à moitié emporté par l'explosion. Un côté de son visage était recouvert de brûlures.

— Ça va ? bredouilla-t-il.

Le sorcier le gifla.

— Abruti ! Combien de fois je t'ai dit de…

— Il est mort, non ? riposta Esquive, froissé. Il n'y a plus qu'un trou fumant dans le sol… C'est encore la meilleure façon de traiter les mages !

Tous trois virent alors le capitaine Paran se redresser en chancelant sur la terrasse jonchée de gravats. Le regard du capitaine balaya les environs avant de se poser sur Ben le Vif.

— Où est passé Mésangeai ? interrogea-t-il.

— Dans les bois, répondit Esquive.

D'un pas mal assuré, Paran partit dans cette direction.

— Nous aura pas été très utile..., marmonna Esquive.

— Ben !

Le sorcier se retourna à l'arrivée de Kalam, qui contourna le cratère.

— Ça bouge, là-dedans.

Blême, Ben le Vif se remit debout et aida la magicienne à faire de même.

Ils s'approchèrent du trou.

— Impossible, murmura le sorcier.

Une forme humaine avait repris corps au fond du cratère.

— Nous sommes morts. Ou pire encore.

Le murmure des feuilles mortes en provenance du parc attira soudain leur attention et ils se figèrent en voyant des racines étrangement floues serpenter avidement vers le cratère depuis les fourrés.

Le possédé se redressa, écartant des bras gris et tourbillonnants.

Les racines l'encerclèrent et il hurla, en proie à une terreur subite.

— *Azath edieirmarn !* Non ! Tu as pris mon Finnest, mais laisse-moi, je t'en supplie !

Des vrilles rampèrent et s'entortillèrent autour de ses membres. L'énergie Omtose Phellack se contorsionna, pathétique tentative de fuite. Les racines renversèrent alors l'apparition hurlante et l'entraînèrent dans le parc.

— Un Azath ? chuchota Ben le Vif. Ici ?

— J'aurais juré que non, répondit Derudan, livide. On dit qu'ils s'élèvent…

— Là où une force déchaînée menace la vie, compléta le sorcier.

— Je sais où il se trouve, intervint Kalam. Ben, ce Jaghut s'échappera-t-il ?

— Non.

— Alors, c'est réglé. Et l'Azath ?

Ben le Vif serra ses bras contre sa poitrine.

— Laisse-le tranquille, Kalam.

— Je dois partir, dit précipitamment Derudan. Merci encore de m'avoir par deux fois sauvé la vie.

Ils la regardèrent s'éloigner en toute hâte.

Violain les rejoignit, visiblement agité.

— Maillet s'occupe du sergent, annonça-t-il en refermant les courroies d'un gros sac. Allez, c'est parti.

Il donna une bourrade à Esquive.

— Viens, on a une ville à faire sauter.

— Mésangeai est blessé ? s'enquit Ben le Vif.

— Une jambe cassée, répondit Violain. Salement amochée.

Derudan, passée de l'autre côté des vestiges de la fontaine, poussa un cri de surprise qui les fit tous se retourner. Elle avait repéré un garçon tout de noir vêtu, qui devait s'être dissimulé derrière le bassin. Détalant comme un lièvre, il sauta par-dessus la fontaine, droit sur la maison.

— Qu'a-t-il bien pu entendre ? se demanda Violain.

— Rien qui puisse signifier grand-chose pour lui,

assura Ben le Vif en se remémorant leur conversation. Esquive et toi, vous allez passer à l'action ?

— Toujours viser le sommet, répliqua Violain avec un large sourire.

Les deux saboteurs vérifièrent une dernière fois leur matériel avant de partir vers la terrasse.

Kalam continuait à observer le trou, qui avait dévoilé de vieilles canalisations de cuivre, suintantes. Sans raison apparente, l'image des Grisvisages traversa l'esprit de l'assassin. Remarquant un bout de tuyau d'où ne fuyait aucun liquide, il s'accroupit et renifla, avant de s'allonger à plat ventre pour boucher le cylindre d'une main.

— Osserc ! s'exclama-t-il dans un souffle.

Il roula sur le côté et se remit debout.

— Où sont-ils ? demanda-t-il à Ben le Vif.

Le sorcier le dévisagea sans comprendre.

— Qui ça ?

— Les saboteurs, bon sang ! s'emporta Kalam.

— Ils viennent juste de partir, répondit Ben le Vif, de plus en plus déconcerté. Par la maison.

— Au mur d'enceinte, soldat ! ordonna sèchement Kalam. Retrouve les autres. Paran va prendre le commandement, dis-lui de se replier. Allez quelque part où je saurai vous rejoindre.

— Où tu vas, toi ?

— Rattraper les saboteurs, répondit Kalam en s'essuyant le front. Regarde la carte de la ville, Ben. Tu vérifieras la légende. On a enterré des mines à tous les grands carrefours. Ça correspond aux vannes principales… Tu ne piges pas ?

Il agita une main.

— Les Grisvisages, Ben ! Le gaz !

Le caporal fit volte-face et traversa la terrasse pour s'engouffrer dans la maison.

Ben le Vif le suivit du regard. Le gaz ? Ses yeux s'agrandirent.

— Malédiction ! murmura-t-il. On va tous sauter ! Toute cette fichue ville !

Chapitre 23

On dit qu'alors
Elle retourna contre elle-même la lame
Pour dérober la magie
De la vie.

Appel à l'Ombre (IX, 2)
Félisine (née en 1146)

Épuisé, Paran se frayait un chemin à travers les sous-bois.

Il plongea sous l'ombre d'un arbre, et le monde bascula.

Deux mâchoires se refermèrent sur son épaule gauche. Broyant les mailles de sa cotte, elles l'arrachèrent au sol et le projetèrent en l'air. Il retomba lourdement et roula pour se mettre à genoux, levant les yeux juste à temps pour voir le Molosse revenir à la charge. Le bras gauche paralysé, il tenta d'attraper son épée alors que l'animal ouvrait une énorme gueule et la refermait sur sa poitrine. Des mailles lâchèrent, la chair se déchira et le sang gicla.

Suspendu entre les crocs de l'animal, Paran sentit

Hasard glisser hors du fourreau, son poids l'entraînant loin de sa main. Le Molosse le secoua, aspergeant le sol de son sang. Soudain, la bête le relâcha et recula, d'un air presque déconcerté. Geignant, elle se mit à aller et venir, son regard revenant sans cesse à lui.

Une douleur croissante envahit le capitaine. Ses membres tremblaient. Il était à peine capable de respirer.

Une voix s'éleva.

— Apparemment, Crucifix tient absolument à trouver un coupable.

Paran cilla et découvrit au-dessus de lui un personnage dissimulé sous un capuchon noir.

— Mais il a fait preuve de précipitation et je dois m'en excuser. De toute évidence, les Molosses et vous avez de vieux comptes à régler.

Le personnage encapuchonné observa Crucifix, sourcils froncés.

— De plus, quelque chose l'a troublé à votre sujet... une parenté ? Comment cela serait-il possible ?

— C'était vous ! bredouilla Paran qui se sentait de plus en plus engourdi. C'était vous qui possédiez la fille !

L'autre pivota vers lui.

— Oui, je suis Cotillon. Ombretrône regrette beaucoup de vous avoir laissé devant les Portes de Goule et tout ça au prix de deux Molosses. Vous rendez-vous compte que ces précieuses créatures avaient mille ans ? Que personne, mortel ou Ascendant, n'avait encore jamais tué de Molosse ?

Ai-je sauvé leur âme ? Ne devrais-je pas le lui dire ?

Non, j'aurais trop l'air de supplier. Paran jeta un coup d'œil à Crucifix. *Une parenté ?*

— Que voulez-vous ? demanda-t-il enfin à Cotillon. Ma mort ? Vous n'avez qu'à m'abandonner ici, elle ne saurait tarder.

— Vous auriez dû nous laisser agir, Capitaine, puisque vous haïssez tant l'Impératrice.

— Ce que vous avez fait à cette fille…

— C'était un acte charitable. Je m'en suis servi, certes, mais elle l'ignorait. Peut-on en dire autant de vous ? Dites-moi donc ce qui est préférable : savoir que l'on est utilisé ou l'ignorer ?

Paran garda le silence.

— Je peux lui rendre la mémoire, si vous le souhaitez. Le souvenir de ce que j'ai fait – de ce qu'elle a fait – quand je la possédais…

— Non.

Cotillon hocha la tête.

Étonné, Paran sentait ses douleurs revenir. Avec tout le sang qu'il avait perdu, il se serait plutôt attendu à sombrer dans l'inconscience. Mais d'atroces élancements le reprenaient, associés à d'intolérables démangeaisons.

— Et maintenant ? demanda-t-il en toussant.

— Maintenant ?

Cotillon parut surpris.

— Maintenant, je vais recommencer.

— Une autre fille comme elle ?

— Non, ce plan avait une faille.

— Vous lui avez volé son existence !

Le regard de Cotillon se durcit.

— Elle l'a récupérée. Mais je vois que vous portez

encore Hasard, alors je ne peux pas en dire autant de vous.

Paran tourna la tête et aperçut son arme à une longueur de bras.

— Quand ma chance tournera, marmonna-t-il.

Elle a bel et bien tourné. Il se rendit compte qu'il pouvait à nouveau remuer son bras gauche, et la douleur dans sa poitrine semblait s'être un peu atténuée.

Cotillon eut un rire ironique.

— Il sera trop tard alors, Capitaine. Vous faites le pari que la Dame continuera à vous regarder avec bienveillance. Vous avez renoncé à toute sagesse, si jamais vous en avez eu un jour. Tel est le pouvoir des Jumeaux.

— Mes blessures se referment, fit observer Paran.

— Exact. Comme je vous l'ai dit, Crucifix a fait preuve de précipitation.

Lentement, le capitaine s'assit. Sa cotte de mailles était en lambeaux, mais il apercevait en dessous sa chair rougie et surtout déjà cicatrisée.

— Je… je ne vous comprends pas, Cotillon. Pas plus qu'Ombretrône.

— Vous n'êtes pas le seul. Quant à Hasard…

Paran regarda l'arme.

— Elle est à vous, si vous voulez.

— Ah !

Souriant, Cotillon s'avança pour la ramasser.

— Je pressentais bien l'ébauche d'un changement d'avis. Le monde est si complexe, n'est-ce pas, Capitaine ? Dites-moi, plaignez-vous ceux qui se sont servis de vous ?

Paran ferma les yeux. Un terrible poids parut

soudain le quitter. Il se remémora l'emprise du Finnest sur son âme. Levant les yeux vers Crucifix, il surprit alors dans le regard du Molosse quelque chose de presque… tendre.

— Non, répondit-il.

— La sagesse revient vite, une fois le lien rompu, dit Cotillon. Je vais maintenant vous renvoyer, Capitaine. Avec cet ultime avertissement : essayez de ne plus vous faire remarquer. Et la prochaine fois que vous verrez un Molosse, fuyez.

L'air tourbillonna et Paran fut de nouveau plongé dans les ténèbres. Clignant des yeux, il distingua devant lui les arbres du parc. *Fuir, d'accord, mais loin de lui ou… avec lui ?*

— Capitaine ?

C'était la voix de Maillet.

— Par Goule, où êtes-vous ?

Paran se redressa.

— Goule n'a rien à voir là-dedans, Maillet. Je suis ici, dans l'ombre.

Le guérisseur le rejoignit tant bien que mal.

— On est dans le pétrin jusqu'au cou, mon capitaine…

— Débrouillez-vous avec ! aboya Paran en se relevant.

Maillet le dévisagea avec stupeur.

— Par le souffle de Goule ! On dirait qu'on vous a… tout mâchonné.

— Je pars à la recherche de Lorn. Si nous survivons à cette nuit, rendez-vous à l'Auberge du Phénix. Compris ?

Maillet cilla.

— Oui, Capitaine.

Paran tourna les talons.

— Capitaine ?

— Quoi ?

— Ne la ménagez pas.

Paran s'éloigna.

*

Les images ne quittaient plus Crokus, elles revenaient encore et encore, toujours aussi nettes, lorsqu'il tentait de leur échapper, désespéré et en panique.

Oncle Mammot était mort. Dans sa tête, une petite voix lointaine lui répétait que l'être qui avait pris l'apparence de son oncle n'était pas l'homme qu'il avait connu toute sa vie, que la créature qu'avaient… réclamée les racines était quelque chose d'autre, d'horrible. Il entendait clairement cette voix lui marteler ce constat, avant de disparaître soudain sous le tourbillon de ce qu'il avait vu de ses propres yeux : ces images qui refusaient de le laisser en paix.

Le grand salon de la demeure de Dame Simtal était désert et ses décorations étaient éparpillées par terre, au milieu de flaques et de traînées de sang. Les gardes avaient emporté les morts et les blessés. Les serviteurs avaient tous fui.

Crokus traversa la salle en courant. À travers l'embrasure des portes d'entrée, il vit des torches sifflantes jeter une lueur bleue sur l'allée pavée et sur les grilles restées entrouvertes. Dévalant les marches, il se précipita vers la sortie, mais ralentit soudain.

Il y avait quelque chose d'anormal dehors.

Tout comme le rez-de-chaussée de la résidence, la rue était déserte, jonchée de fanions, de drapeaux et de fétiches. Un vent sec faisait danser des fragments de tissu et de papier de roseau. L'atmosphère était lourde. Le ciel bas.

Crokus franchit la grille. Des deux côtés de la rue, il n'y avait pas un fêtard en vue et un silence prégnant régnait. Le vent s'enroula autour du voleur, comme s'il voulait s'échapper. Une odeur de charnier flottait dans l'air.

Crokus repensa à la mort de Mammot. Il se sentait vraiment seul au monde. Les paroles de Rallick l'incitèrent malgré tout à poursuivre sa route. Quelques jours plus tôt, l'assassin l'avait accusé de saigner la ville à blanc et Crokus tenait plus que jamais à lui prouver le contraire. Darujhistan comptait pour lui. C'était sa ville, son foyer.

Il prit le chemin de la demeure de Baruk. Au moins, avec ces rues dégagées, il n'en aurait pas pour longtemps. Il se mit à courir.

Des rafales de vent lui rabattaient les cheveux dans la figure. Les ténèbres commençaient juste au-dessus des réverbères. Crokus s'arrêta brusquement à un coin de rue. Il avait entendu quelque chose. Tendant l'oreille, il retint son souffle. Là, ça recommençait. Des oiseaux – des centaines a priori – bruissant, babillant, gloussant. Et au milieu des relents de charnier, il détectait à présent une puanteur de nids. Songeur, il fronça les sourcils.

Il leva les yeux et un cri lui échappa. En haut, masquant les étoiles, un plafond de pierre noire déchiquetée planait si bas qu'il semblait raser les plus hauts des bâtiments. Crokus l'examina avant de détourner les yeux, pris de vertiges. Le plafond tournait lentement sur lui-même. Le voleur avait toutefois eu le temps de saisir l'incessante agitation des corbeaux nichés dans ses saillies, taches huileuses contre le fond minéral.

Sangdelune était là. Pour vider les rues. Pour réduire au silence la fête du renouveau. Qu'est-ce que cela pouvait bien signifier ? Baruk, lui, le saurait. Forcément.

Crokus reprit sa course.

*

Kruppe gonfla sa poitrine tout en promenant un œil brillant sur les restes précipitamment abandonnés dans la cuisine.

— Il en va toujours ainsi, soupira-t-il en se tapotant l'estomac. Les rêves de Kruppe se réalisent souvent. Certes, la configuration n'a pas encore pris forme, mais Kruppe sent que tout va bien en ce monde, à l'image de cette vision d'abondance à présent déployée devant ses appétits renouvelés. Les rigueurs de la chair exigent, somme toute, que l'on se ravitaille.

Il inspira avec bonheur une autre bouffée d'air empli de vapeurs odorantes.

— Il nous faut attendre qu'une pièce tombe sur l'une de ses faces. Mais entre-temps, bien sûr, de merveilleux mets nous appellent.

*

L'Adjointe Lorn avait vu sortir le Porteur de Pièce d'une ruelle située face aux grilles de la propriété de Dame Simtal. Un sourire satisfait se dessina sur ses lèvres. Repérer ce garçon n'avait guère été compliqué, mais elle n'avait aucune envie de retourner dans le parc où elle avait enterré le Finnest.

Quelques minutes plus tôt, elle avait senti la mort du Tyran jaghut. Le seigneur de Sangdelune avait-il pris part à la bataille ? Elle l'espérait. Elle aurait certes aimé que le Tyran atteigne la ville, voire récupère son Finnest, ce qui lui aurait permis de défier le Fils de Ténèbre à armes égales. Mais à bien y réfléchir, elle se rendait compte que le seigneur de la Lune ne l'aurait jamais permis.

Ce qui signifiait que Mésangeai était encore en vie. Mais cette question-là pourrait se régler plus tard, lorsque la ville serait aux mains de l'Impératrice et de Tayschrenn. Peut-être n'auraient-ils alors plus besoin d'agir en secret : ils pourraient faire de l'arrestation du sergent un spectacle public. Avec un coup pareil, même Dujek n'oserait les défier.

Elle avait vu le Porteur de Pièce filer dans une rue sans même sembler remarquer à quel point Sangdelune flottait bas. Une fois en possession de la Pièce, l'Impératrice mettrait Oponn à genoux.

Dans un coin de sa tête, une petite voix étouffée lui souffla des questions pleines de désespoir et de désarroi. Que sont devenus tes doutes ? Qu'est devenue la femme qui tint tête à Tayschrenn, à Pale ? Tant de choses ont-elles changé ? Tant de choses ont-elles été détruites ?

L'Adjointe secoua la tête, chassant ces lamentations. Elle était le bras armé de l'Impératrice. La dénommée Lorn était morte et le resterait à jamais. C'était à présent l'Adjointe qui traversait ces ombres trompeuses, dans une ville tremblante de peur. L'Adjointe était une arme. Sa lame pouvait trancher profondément ou se rompre. Sa mort potentielle n'était plus que l'un des impondérables de la guerre, un éventuel défaut dans la conception de l'arme.

Elle se plaqua contre un mur en voyant le Porteur de Pièce s'arrêter à un angle de rue, prenant enfin conscience de ce qui planait au-dessus de lui. Elle envisagea de profiter de son trouble – de sa terreur peut-être – pour l'attaquer, mais il reprit bientôt sa route.

L'Adjointe s'accroupit. Le temps de recourir à l'arme secrète de Tayschrenn était venu, en espérant que le Tyran jaghut soit parvenu à entamer les forces du seigneur de la Lune. Elle tira de sa chemise une petite fiole de verre patiné, l'observant face à la lumière d'un bec de gaz, avant de le secouer. Son contenu tourbillonna comme de la fumée emprisonnée.

L'Adjointe se releva et lança la fiole de l'autre côté de la rue. Le verre se brisa contre un mur de pierre. Des volutes de fumée rouge apparurent et prirent lentement forme.

— Tu connais ta tâche, Seigneur des Galayns, dit l'Adjointe. Réussis et tu seras libre.

Elle dégaina ensuite son épée et ferma brièvement les yeux pour localiser le Porteur de Pièce. Il était rapide, mais elle l'était davantage. Elle sourit de nouveau. La Pièce n'allait plus tarder à changer de main.

Elle repartit bien trop vite pour qu'un œil puisse la

suivre, même celui d'un seigneur galayn retrouvant ce plan d'existence.

*

Dans son bureau, Baruk se prit la tête entre les mains. La mort de Mammot l'avait frappé comme un poignard en plein cœur et cette douleur lancinante ne voulait pas disparaître. Il était seul dans la pièce, ayant donné congé à Roald un peu plus tôt.

Rake avait su. Il avait refusé d'en parler, jugeant la question trop sensible. Et l'alchimiste, las, devait bien admettre que le Tiste Andii avait eu raison. L'aurait-il seulement cru ? La force qui avait pris possession de Mammot avait su se dissimuler soigneusement. Rake avait prévu la colère probable de Baruk face à une telle suggestion et, avec sagesse et compassion, avait choisi de se taire.

À présent, Mammot était mort, tout comme le Tyran jaghut. Était-ce Rake qui avait tué son vieil ami ? Si oui, il l'avait fait sans son épée – une grâce supplémentaire accordée à Mammot comme à lui-même car l'alchimiste avait perçu une sorte de soulagement dans le cri d'agonie du vieil érudit. Un léger toussotement dans l'embrasure de la porte le ramena au moment présent.

Il se leva précipitamment et se retourna, sourcils froncés.

— Derudan !

Les traits de l'enchanteresse étaient aussi pâles que son sourire.

— J'ai songé à vous lors du trépas de Mammot. Me

voici donc. Hélas ! poursuivit-elle en allant poser son narguilé près de l'un des fauteuils de la cheminée, ma servante a pris congé pour le reste de la soirée.

Elle vida ses cendres dans l'âtre éteint.

— De si triviales occupations, soupira-t-elle.

Baruk lui en voulait de son intrusion. Il préférait pleurer Mammot tout seul. Mais en observant la grâce souple des mouvements de l'enchanteresse, son humeur changea. La Garenne de Derudan était Tennes, une Garenne antique et liée au cycle des saisons, et parmi la poignée de divinités qu'elle pouvait invoquer figurait Tennerock, le Sanglier aux Cinq Défenses. La plus grande force de Derudan – d'après ce que Baruk en savait du moins – relevait de la Défense nommée Amour. Baruk se gourmanda. Il avait mis longtemps à se rendre compte que cette femme lui apportait un cadeau.

Derudan bourra son narguilé de feuilles fraîches et referma une main autour du fourneau, dont le contenu s'embrasa d'une chaleur soudaine. Elle s'enfonça ensuite dans le fauteuil et tira sur l'embout de sa pipe.

Baruk alla s'installer dans l'autre fauteuil.

— Rake pense que ce n'est pas terminé, dit-il.

Derudan hocha la tête.

— J'ai été témoin de la fin de Mammot. J'ai dû l'affronter. Moi… et un très remarquable sorcier. La chair qui fut celle de Mammot a été anéantie par un dispositif incendiaire moranth, n'est-ce pas ? L'esprit jaghut a survécu, mais a été pris par… un Azath.

Paupières mi-closes, elle attendit la réaction de Baruk.

— Un Azath ? Ici, à Darujhistan ?

— Une bien mystérieuse apparition, connue pour sa faim de mages, voilà qui imposera indubitablement à nos efforts… une certaine prudence, n'est-ce pas ?

— Où a-t-il surgi ?

— Dans le parc de chez Dame Simtal. N'ai-je pas aussi mentionné du matériel incendiaire moranth ? La réception de cette dame comportait quelques invités inhabituels, n'est-ce pas ?

— Des Malazéens ?

— Deux fois, ma vie fut sauvée. Le sorcier dont j'ai parlé commande en lui sept Garennes…

— Sept ? coupa Baruk, tressaillant. Par le souffle de Goule ! Est-ce seulement possible ?

— Si leurs intentions sont hostiles, c'est au Fils de Ténèbre qu'il adviendra de relever ce défi.

Tous deux se figèrent soudain. Non loin de la maison, une force venait de prendre vie. L'alchimiste se leva, les poings serrés.

— Un démon a été lâché, chuchota-t-il.

— Je le perçois aussi, dit Derudan, blême. Grand est son pouvoir.

— Un Seigneur démon, précisa Baruk en hochant la tête. Voilà donc ce qu'attendait Rake.

Derudan écarquilla les yeux, puis tira encore un peu sur sa pipe avant de reprendre.

— Tout Fils de Ténèbre qu'il soit, peut-il vaincre une telle créature ? Vous avez senti la puissance de ce démon ?

— J'ignore s'il en est capable, répliqua calmement Baruk. Mais s'il ne l'est pas, la ville est condamnée.

L'enchanteresse et l'alchimiste se dévisagèrent, catastrophés, en sentant de nouvelles vagues de puissance. Deux membres de leur Cabale venaient de périr de mort violente.

— Paral, murmura Derudan, tremblante.

— Et Tholas, ajouta Baruk. Maudit soit Rake d'avoir vu si juste.

L'enchanteresse le dévisagea avec perplexité.

Baruk grimaça.

— Vorcan.

*

Debout sur les tuiles de bronze ternies du toit du beffroi, Anomander Rake tourna la tête. Ses yeux virèrent au noir. Le vent griffait sa longue chevelure argentée et sa cape grise, en soulevant des gémissements sourds. Le Tiste Andii leva les yeux vers Sangdelune, qui se déplaçait vers l'ouest. Il en percevait la souffrance, comme si les blessures reçues par la forteresse à Pale se réfléchissaient en lui. Une pointe de regret assombrit ses traits minces.

Il y eut un remous d'air, puis un lourd battement d'ailes. Rake sourit.

— Silanah, dit-il doucement, sûr qu'elle l'entendrait.

Le dragon rouge se glissa entre deux tours puis vira, revenant vers le beffroi.

— Je sais que tu sens la présence de ce seigneur démon, Silanah. Tu voudrais m'aider, je sais, murmura-t-il en secouant la tête. Regagne Sangdelune, chère amie. Ce combat m'appartient. Le tien est terminé. Mais si j'échoue, sache que tu pourras essayer de venger ma mort.

Silanah lâcha un petit cri plaintif au-dessus de lui.

— Rentre, chuchota Rake.

Le dragon rouge émit un nouveau cri, puis obliqua vers l'ouest et s'éleva dans la nuit.

Percevant une présence, Rake se retourna. Une haute silhouette encapuchonnée partageait son panorama sur la ville.

— Il n'est guère sage de surgir ainsi à l'improviste, murmura Rake.

— Seigneur, les pierres sous vos pieds sont à nouveau sanctifiées, soupira l'autre. Je suis ressuscité.

— Il n'y a aucune place en ce monde pour un Ancien Dieu, dit Rake. Croyez-en ma parole.

— Je sais, fit K'rul en hochant la tête. Je comptais regagner les Domaines du Chaos en compagnie d'un Tyran jaghut. Hélas, il m'a échappé.

— Pour finir emprisonné ailleurs.

— Me voilà soulagé.

Tous deux se turent une longue minute, puis K'rul soupira encore.

— Je suis perdu. Dans ce monde. Dans cette époque.

Rake acquiesça d'un grognement.

— Vous n'êtes pas le seul à éprouver ces sentiments, Ancien.

— Dois-je suivre votre exemple, Seigneur ? Me mettre en quête de nouveaux combats, de nouveaux jeux à jouer avec des Ascendants ? Votre esprit est-il récompensé de vos efforts ?

— Parfois, dit paisiblement Rake. Mais la plupart du temps, non.

La face encapuchonnée pivota vers le Tiste Andii.

— Alors, pourquoi ?

— Je ne connais pas d'autre façon de vivre.

— Anomander Rake, je n'ai aucun moyen de vous prêter assistance cette nuit. Je me suis manifesté en ce lieu sanctifié et dans les rêves d'un unique mortel, mais nulle part ailleurs.

— Dans ce cas, répliqua Rake, je ferai de mon mieux pour éviter d'endommager votre temple.

K'rul s'inclina, puis s'évanouit.

Seul à nouveau, Rake reporta son attention sur la rue en contrebas. Un seigneur des Galayns, un Solipris même. Il fit halte pour humer l'air, puis se mit à changer – à *virer*.

— Ma foi, grommela le seigneur de Sangdelune, ne suis-je pas aussi un Solipris ?

Le Tiste Andii écarta les bras et s'éleva dans le ciel. La sorcellerie Kurald Galain tourbillonna autour de lui, faisant fusionner ses vêtements et son épée pour obtenir la forme qu'il cherchait à atteindre. La transformation était harmonieuse, éloquente. Des ailes d'un noir de jais se déployèrent sur ses épaules. Sa chair et ses os se dilatèrent.

Le regard rivé sur les étoiles, Anomander Rake se mua en un dragon noir à crinière d'argent, plus gigantesque encore que Silanah. Ses yeux prirent un éclat argenté. Les fentes verticales de ses pupilles s'élargirent. Son souffle jaillit en grognements sourds et ses battements d'ailes recouvrirent le jeu sonore des muscles sur ses os. Sa poitrine se gonfla pour aspirer l'air froid et sec et une immense puissance emplit son être.

Il s'éleva encore plus haut, traversant un nuage isolé qui filait au-dessus de la ville. Enfin, il inclina ses ailes à l'horizontale pour caresser un courant aérien capricieux et la cité qu'il contemplait à présent lui évoquait une pièce de cuivre marbrée luisant au fond d'un bassin translucide.

Des flamboiements de sorcellerie intermittents se manifestaient, en particulier dans les Hautes Demeures. Rake sentit la mort en eux. Il songea au message transmis par Serrat – amabilité d'un mage fourbe qu'il avait cru à mille lieues de là. Cette sorcellerie provenait-elle de ces fâcheux intrus ? Rake gronda de frustration. Il s'occuperait d'eux plus tard. Dans l'immédiat, une bataille l'attendait. L'Impératrice et son Empire l'avaient défié à maintes reprises, désireux d'éprouver sa force. Chaque fois, il s'était retiré, répugnant à s'engager davantage.

Fort bien, Impératrice. Ma patience est à bout.

La membrane de ses ailes se tendit et leurs jointures grincèrent tandis qu'il poussait un puissant soupir. L'espace d'une seconde, il demeura presque immobile, scrutant la grande ville. Alors, repliant ses ailes, Anomander Rake, Fils de Ténèbre et seigneur de Sangdelune, fondit vers le sol.

*

Kalam savait dans quel ordre les saboteurs devaient faire sauter leurs mines. Qu'importe Sangdelune au-dessus de leurs têtes, comme prête à s'abattre sur la ville pour y écraser toute vie, tel le talon d'un dieu. Violain et Esquive ne s'arrêteraient pas à ça. Ils avaient un travail à accomplir.

L'assassin maudit leur entêtement. Ne pouvaient-ils donc fuir comme des gens normaux ? Il parvint à un carrefour, qu'il traversa en diagonale. Devant lui, au bout d'une rue, se dressait l'Hôtel de Majesté. Arrivé à l'angle, il faillit percuter les deux saboteurs. Violain et Esquive le contournèrent chacun d'un côté sans même sembler le reconnaître, leurs traits déformés par la terreur.

Kalam empoigna leurs capuches au dernier moment, grognant de douleur quand les deux hommes l'entraînèrent en arrière.

— Bon sang ! hurla-t-il. Arrêtez !

— C'est Kal ! s'écria Esquive.

Kalam découvrit une courte épée corrodée sous son nez et le visage livide et les yeux hagards de Violain.

— Range-moi ton clou rouillé, ordonna sèchement l'assassin. Tu veux me filer une infection ?

— On fiche le camp ! s'exclama Esquive à voix basse. Oublie ces fichues mines ! Oublie tout !

Toujours cramponné à leurs capes, Kalam les secoua tous les deux.

— Du calme. Qu'est-ce qui se passe ?

Gémissant, Violain désigna le bout de la rue.

Kalam regarda et se figea.

Au milieu de la chaussée, une créature haute de trois bons mètres cinquante cheminait d'un pas traînant. Elle portait sur ses épaules voûtées une scintillante pèlerine à capuchon. Une hache à deux tranchants, au manche aussi grand que Kalam, était glissée dans son épaisse ceinture de peau de dragon. La large face trapue de la créature comportait deux yeux réduits à l'état de fentes.

— Par les Portes de Goule, marmonna l'assassin. Voilà le précieux seigneur de Tayschrenn.

Il poussa les saboteurs dans l'autre rue.

— Filez. Chez Dame Simtal.

Pas besoin de leur répéter deux fois : Violain et Esquive dévalèrent la rue à toutes jambes. Kalam se posta derrière un coin de mur et attendit que le seigneur galayn arrive dans son champ visuel.

L'assassin blêmit.

— Un Solipris !

Le Galayn venait de revêtir une forme plus adaptée à des destructions massives. Le dragon brunâtre fit une pause, le bout de ses ailes frôlant les bâtiments de chaque côté de la rue. Son grondement faisait vibrer les pavés.

Kalam regarda la créature tendre tous ses membres pour s'élever sur une onde de pouvoir et les ténèbres l'engloutirent.

— Par Goule ! murmura l'assassin. Cette fois, ça va vraiment faire du vilain.

Rebroussant chemin, il fonça rejoindre les saboteurs.

*

Le Porteur de Pièce arriva dans une rue bordée de hauts murs. Il ralentit l'allure, examinant chacune des propriétés.

L'Adjointe savait qu'il était temps d'agir, avant que le garçon puisse s'introduire dans l'une de ces demeures où il risquait de trouver refuge. Ajustant sa prise sur son épée, elle le suivit en silence à moins de cinq mètres.

Enfin, après une longue et profonde inspiration, elle bondit, l'arme en avant.

Entendant dans son dos un vif tintement métallique, Crokus se jeta au sol. Il roula sur le côté et se remit debout, poussant un cri de stupéfaction. La femme qui avait agressé Coll dans les collines se livrait à un combat étourdissant contre un homme aux épaules rondes armé de deux cimeterres.

Bouche bée, le voleur les observa. Aussi adroite que soit cette femme, elle devait reculer sous les assauts de son adversaire. Les deux combattants bougeaient si vite que Crokus n'arrivait pas à distinguer leurs parades ni même leurs lames, mais il voyait peu à peu le corps de la jeune femme se couvrir de blessures – sur les bras, les jambes, la poitrine.

Elle arborait une expression de pure incrédulité.

Un rire étouffé retentit près de lui.

— Il est balaise hein ?

Crokus se retrouva face à un grand et mince personnage, qui enfonçait ses mains dans les poches d'un long manteau gris et cramoisi. L'homme au visage en lame de couteau sourit.

— T'allais quelque part, gamin ? En lieu sûr ?

Sidéré, Crokus acquiesça.

Le sourire de son interlocuteur s'élargit.

— Alors, je t'accompagne. Et te fais pas de bile, t'es couvert depuis les toits, aussi. Cagoule est là-haut, maudite soit sa peau de serpent. Mais c'est un mage puissant, on ne peut pas lui enlever ça. Serrat était folle de rage, il paraît… Bon, allons-y, conclut-il en prenant le voleur par le bras.

Crokus se laissa entraîner à l'écart, jetant un coup d'œil en arrière. La femme essayait à présent de se retirer. Son bras gauche pendait, inutile, luisant de sang à la lueur des becs de gaz. Son adversaire continuait à la presser, aussi silencieux qu'un spectre.

— T'inquiète, reprit le compagnon de Crokus en l'entraînant plus énergiquement. C'est le caporal Morose. Il ne vit que pour ça.

— C-caporal ?

— Ça fait un moment qu'on surveille tes fesses, Porteur de Pièce, lui apprit l'homme en retournant de sa main libre le col de son manteau pour exhiber une broche. Moi c'est Lesdoigts, Sixième Lame, Garde Pourpre. T'es protégé, gamin. Avec les compliments du prince K'azz et de Caladan Rumin.

Crokus le dévisagea avant de froncer les sourcils.

— Porteur de Pièce ? Ça veut dire quoi ? Vous devez vous tromper de personne.

Lesdoigts s'esclaffa.

— On pensait bien que tu te doutais de rien. C'était la seule explication. On n'est pas les seuls à vouloir te protéger, tu sais. T'as dans ta poche une pièce, qui doit avoir deux côtés face. Exact ?

Il sourit devant l'air médusé du voleur.

— C'est celle d'Oponn en personne, mon cher. T'as servi un dieu et t'étais même pas au courant ! Comment va ta chance, dernièrement ?

Il s'esclaffa de nouveau.

Crokus s'immobilisa devant un portail.

— On est arrivés ? s'enquit Lesdoigts en jetant un coup d'œil à la demeure derrière le mur d'enceinte. Ma foi, c'est un sacré bon mage qui m'a l'air d'habiter là.

Il relâcha le bras du voleur.

— Bon, tu devrais être à peu près en sécurité là-dedans. Bonne chance, gamin. Et je ne plaisante pas. Mais souviens-toi…

Son expression se durcit :

— Si ta chance se gâte, tu balances cette pièce, t'entends ?

La mine de Crokus se troubla.

— Merci, monsieur.

— Tout le plaisir est pour nous, répliqua Lesdoigts en remettant ses mains dans ses poches. Allez, file.

*

L'Adjointe parvint à s'échapper, non sans recevoir une dernière entaille en travers de l'omoplate droite. Son adversaire ne la poursuivit pas.

Elle s'était montrée si bête ! S'imaginer que le Porteur de Pièce n'était pas protégé ! Mais qui pouvait bien être cet homme ? Jamais encore elle n'avait eu à affronter une aussi fine lame et, pire que tout, son adversaire l'avait combattue sans aucune aide magique. Pour une fois, son épée d'Otataral et son adresse n'avaient pas suffi.

À moitié aveuglée, elle descendit la rue en titubant, puis tourna dans une ruelle. Du coin de l'œil, elle perçut un mouvement brusque. Se plaquant dos au mur, elle leva son épée.

Une grande femme se tenait devant elle, la toisant d'un air narquois.

— M'est avis qu'vous êtes cuite, lança-t-elle nonchalamment.

— Laissez-moi tranquille, balbutia Lorn.

— Impossible, répliqua Meese. On est après vous depuis que Briseur de Cercle vous a repérée à la porte du Tracas. D'après l'Anguille, vous avez des trucs à payer. Et nous, on est là pour ramasser la monnaie.

L'Adjointe sentit aussitôt une autre présence, juste à sa gauche. Tentant de se mettre en garde, elle poussa un cri, un mélange d'intense frustration et de désespoir. Quel gâchis ! jura-t-elle. *Non ! Pas comme ça !*

Alors même que cette pensée traversait son esprit, les deux femmes attaquèrent. Lorn esquiva la lame qui venait de sa gauche, mais ne put qu'écarquiller les yeux d'horreur en voyant son interlocutrice lui planter deux autres poignards contre la poitrine.

Elle hurla de rage en sentant les deux armes la transpercer et son épée rebondit sur les pavés avec fracas. Lorn chancela le long du mur, avant de se laisser glisser au sol.

— Qui ? bredouilla-t-elle. Qui ?

Elle avait soudain terriblement envie de le savoir. L'une des femmes se pencha vers elle.

— Quoi ?

Les traits de Lorn se déformèrent de douleur. Les coins de sa bouche s'affaissèrent et elle ferma les paupières.

— Qui ? répéta-t-elle. Qui est cette Anguille ?

— Allons-y, Meese, dit la femme en se redressant, ignorant le corps qui gisait à ses pieds.

Paran la découvrit sur les pavés crasseux à l'entrée d'une ruelle. Quelque chose l'avait attiré vers elle, sans doute le mystérieux lien qui les unissait. L'épée d'Otataral gisait à son côté, poignée ensanglantée, tranchants griffés, ébréchés.

Le capitaine s'accroupit.

— Vous leur avez donné du fil à retordre, murmura-t-il. Ça vaut ce que ça vaut.

Lorn cilla et ouvrit les yeux.

— Capitaine. Ganoes ?

— Adjointe.

— Elles m'ont tuée.

— Qui ça ?

Elle esquissa un sourire sanglant.

— Je ne sais pas. Deux femmes. L'air de… voleuses. La pègre. Vous comprenez… l'ironie de la situation, Ganoes Paran ?

Les lèvres pincées, il hocha tête.

— Pas de fin… glorieuse… pour l'Adjointe. Si vous étiez arrivé… quelques minutes plus tôt…

Le capitaine ne répondit pas. Il regarda la vie quitter Lorn sans rien éprouver. *Sacrée malchance de m'avoir connu, Adjointe. Navré pour ça.* Il ramassa ensuite l'épée et la glissa dans son propre fourreau.

Au-dessus de lui, deux voix s'élevèrent à l'unisson.

— Vous lui avez donné notre épée !

Paran se redressa, nez à nez avec Oponn.

— Pour être plus précis, la Corde me l'a prise, rétorqua-t-il.

Les Jumeaux ne pouvaient dissimuler leur terreur. Leurs regards semblaient presque implorants.

— Cotillon vous a épargné, dit la jumelle. Les Molosses vous ont épargné. Pourquoi ?

Paran haussa les épaules.

— Blâmez-vous le couteau ou la main qui le manie ?

— Ombretrône triche tout le temps, pleurnicha le jumeau enserrant sa poitrine de ses bras.

— Cotillon et vous avez utilisé des mortels, répliqua le capitaine, lèvres retroussées. Et vous en avez payé le prix. Qu'attendez-vous de moi ? De la sympathie ? De l'aide ?

— Cette épée d'Otataral…, commença la jumelle.

— Ne servira pas pour vos basses besognes, enchaîna Paran. Vous feriez mieux de fuir, Oponn. J'imagine qu'à cette heure, Cotillon a déjà remis Hasard à Ombretrône et qu'ils réfléchissent à comment en tirer le meilleur parti.

Les jumeaux tressaillirent.

Paran porta une main à la poignée poisseuse de sa nouvelle épée.

— Filez. Ou je vais rendre sa politesse à Cotillon.

Les dieux se volatilisèrent. Le capitaine prit une profonde inspiration, reportant son attention sur Lorn. Une fois libérée de son armure, elle se révéla légère entre ses bras.

*

L'air mugit autour d'Anomander Rake pendant sa descente en piqué mais il ne faisait aucun autre bruit, enveloppé dans sa Garenne. Un dragon louvet, aussi grand et aussi puissant que lui, décrivait des cercles paresseux au-dessus de Darujhistan.

Mais, bêtement, il le cherchait dans les rues.

Rake déploya soigneusement ses ailes et changea de trajectoire. Ses membres postérieurs se déplièrent, serres écartées. Il aspira l'air autour de lui, s'apprêtant à faire jaillir sa puissance. Il était Kurald Galain, Tiste Andii, et les ténèbres étaient sa demeure.

Le seigneur galayn planait maintenant juste au-dessous de lui, grandissant à vue d'œil. Rake ouvrit la gueule et sa tête bascula en arrière en mordant dans un mur d'air.

Son adversaire leva les yeux, mais il était déjà trop tard.

Chapitre 24

Je suis la Maison dont la naissance
Emprisonne les cœurs de démons,
Aussi chaque chambre renferme-t-elle
Quelque tremblante et furieuse antiquité
Et ces racines de pierre
Propagent d'insondables gouffres
Dans un sol desséché
Défendant à jamais tout rêve de fruit.
Ah, pèlerins
Venez à ma porte
Mourir de faim…

Azath (2.3)
Adaephon (né en ?)

La cour était déserte.

Crokus la traversa au pas de course, se demandant s'il n'arrivait pas trop tard. Bondissant sur les marches, il se rua vers la poignée, mais une explosion d'énergie le projeta violemment en arrière.

Étourdi, il se retrouva assis sur les pavés au pied de l'escalier, le corps tremblant de picotements. Une lueur d'un pourpre profond s'estompait lentement devant la porte. Une protection.

— Goule ! siffla le voleur en se relevant.

Il était déjà tombé sur ce genre de barrières dans le Haut District : il n'y avait pas moyen de les franchir. Jurant de nouveau, Crokus regagna le portail en courant. Il sortit dans la rue. Personne en vue. Si les gars de la Garde Pourpre le protégeaient encore, ils se cachaient bien.

Il lui restait une petite chance d'entrer côté jardin. Une toute petite chance. Crokus prit la première ruelle à droite. Un mur à escalader n'était pas le genre d'obstacle qui pouvait l'arrêter.

Arrivé au bout de la venelle, il interrompit brusquement sa course. Le mur lui parut haut, il allait devoir prendre de l'élan. Il traversa la rue au petit trot, s'efforçant de reprendre son souffle. Au fond, était-il bien nécessaire de se donner tant de mal ? Baruk ne pouvait-il se débrouiller tout seul ? N'était-il pas Grand Mage ? Et Lesdoigts n'avait-il pas fait une remarque sur les défenses magiques de l'alchimiste ?

Crokus hésita, évaluant le mur d'un œil maussade.

Un cri perçant et effroyable retentit alors juste au-dessus de l'artère. Crokus se plaqua contre le mur le plus proche. À sa gauche, une gigantesque forme descendait jusqu'à la lumière des réverbères. Occupant toute la largeur de la rue, elle toucha terre à moins de vingt mètres du voleur, qui fut déséquilibré par le choc.

Crokus se recroquevilla sous un déluge de briques et de pavés, avant de se relever d'un bond. Dans le passage, un dragon aux ailes déchirées, zébrées de sang, se redressait lentement, balançant de droite et de gauche son énorme tête. Ses flancs étaient striés de plaies profondes et son cou et ses épaules, rouges écarlates, luisaient.

Crokus constata que le mur d'en face – celui de chez Baruk – s'était écroulé, dévoilant le jardin. Des troncs d'arbres déracinés dépassaient du sol fumant. Une terrasse surélevée conduisait à l'entrée de service de la demeure. Deux statues renversées gisaient, brisées, devant cette porte.

Le dragon semblait comme sonné. Crokus banda ses muscles. C'était le moment où jamais. Il avait peine à croire en sa propre témérité mais il fonça dans la rue derrière la créature, espérant avoir le temps d'atteindre le jardin. Les yeux rivés sur le dragon, il courut en pensant à la pièce qu'il avait dans sa poche.

Soudain, la forme de la créature changea. Crokus ralentit, puis s'arrêta, incapable de détourner son regard. Son cœur battait à tout rompre, comme s'il voulait s'échapper de sa cage thoracique. Sa respiration s'était muée en râle douloureux. Avec terreur, il se dit que sa chance venait de prendre fin.

Le miroitement s'estompa. Une apparition géante à forme humaine, recouverte d'une cape et d'un capuchon, se dressait désormais dans la rue. Crokus voulut se forcer à bouger, mais son corps refusait de lui obéir. Les yeux écarquillés, il vit le géant pivoter vers lui. Le démon grogna et tira de sa ceinture une hache colossale, avant de prendre la parole d'une voix grave et douce.

— Pourquoi continuer, Seigneur ? s'enquit-il d'un ton raisonnable. L'Impératrice vous autorise à vous échapper. Une fois encore, elle est prête à vous accorder sa grâce. Acceptez-la et partez.

— Excellente idée, murmura Crokus.

Mais il se rembrunit, soudain conscient que le démon ne s'adressait pas à lui.

Une voix s'éleva dans son dos.

— Nous n'irons pas plus loin, Galayn.

Une main s'abattit sur l'épaule de Crokus, rompant le sortilège d'immobilité. Le voleur se recroquevilla et se retourna. Levant la tête, il croisa des yeux indigo au milieu d'un visage d'ébène.

— Fuis, mortel, ordonna l'homme à la crinière d'argent en tirant une épée à deux mains du fourreau entre ses omoplates.

L'arme noire était presque invisible, comme si elle absorbait toute lumière alentour.

— Vous étiez à la fête ! lâcha Crokus.

Son interlocuteur cilla, comme s'il le voyait pour la première fois.

— Porteur de Pièce, répondit-il avec un sourire désabusé, n'aie crainte. Rumin m'a convaincu de t'épargner, pour l'heure du moins. Pars, enfant.

Son regard se reporta sur le seigneur galayn.

— Ce combat est serré.

— Je connais cette arme, ricana le démon. Dragnipurake. Et je sens en vous la puanteur de Tiama. Il y a davantage d'elle en vous que de sang tiste andii, Seigneur.

Crokus recula contre les éboulis du mur.

Le seigneur galayn s'esclaffa, révélant de longues canines incurvées.

— L'Impératrice récompenserait généreusement

vos services, Seigneur. Un simple oui nous éviterait ce combat.

Anomander Rake s'avança.

— En garde, Galayn.

Le démon rugit et passa à l'attaque. Sa hache siffla, crachant des flammes bleues.

Rake décrivit un cercle avec son épée et frappa la hache. Le Tiste Andii se rapprocha de son adversaire, lame reculée, pommeau contre sa hanche gauche, avant d'allonger une botte. Le démon esquiva et, lâchant d'une main le manche de sa propre arme, tenta d'atteindre la gorge de Rake. Le Tiste Andii ploya l'épaule droite pour absorber le choc.

Projeté en arrière, il retomba lourdement sur les pavés.

Le démon bondit, son arme enflammée au-dessus de sa tête.

Rake se releva juste à temps pour bloquer la hache avec son épée. Le choc des deux armes fit vibrer l'air et la terre. La hache du démon flamboya d'un vif éclat blanc, déversant des cascades de lumière sur l'épée de Rake, qui les engloutit une à une.

Sous les pieds du voleur, le sol bascula, comme si les pierres s'étaient muées en argile molle. Au-dessus de sa tête, les étoiles tournoyaient dans une ronde folle. Pris de nausées, Crokus tomba à genoux.

Rake passa à l'attaque à son tour. Au début, le démon tint bon, ripostant farouchement. Il dut finalement reculer d'un pas, puis d'un autre. Implacable, Rake poussait.

— Au grand regret de la Mère, déclama-t-il en multipliant les coups, la naissance fut accordée à

Lumière. À sa consternation… elle en vit trop tard… la corruption. Galayn… vous êtes la victime involontaire… d'un châtiment… qui a trop attendu.

Le démon chancela, tout juste capable de parer, mais certainement pas de riposter. La lumière qui émanait de sa hache s'affaiblit. Elle ne flamboyait plus que par intermittence, tandis que les ténèbres se refermaient sur ses tranchants. Avec un cri perçant, le démon se rua sur Rake. Le géant s'abattit sur le Tiste Andii et Crokus vit un éclair noir jaillir dans son dos, transperçant sa cape. La hache lui échappa des mains et son feu s'éteignit dès qu'elle heurta le sol.

Hurlant d'horreur, le démon agrippa l'épée qui l'empalait. Une fumée noire s'en dégageait en vrilles, enserrant sa victime. La fumée s'entortilla, se mua en chaînes, resserra sa prise. Le Galayn cria pour de bon.

Rake se releva et enfonça l'épée dans la poitrine du démon, jusqu'à la garde. Le Galayn s'effondra à genoux, ses yeux noirs rivés sur ceux du Tiste Andii.

Les étoiles cessèrent leur danse. La chaussée, bien que déformée, redevint ferme sous les pieds du voleur. Crokus ravala de la bile, sans quitter le démon des yeux. La créature parut s'effondrer sur elle-même. Les chaînes de fumée noire se tendaient toujours plus pour l'attirer à l'intérieur de l'épée. Le démon bascula sur le dos. Rake planta alors la pointe de son arme dans la chaussée, le clouant au sol. Puis le Tiste Andii s'appuya sur la lame de tout son poids et Crokus remarqua du sang sur l'épaule du seigneur de Sangdelune, à l'endroit où la main du démon l'avait atteint. Rake tourna un regard las vers le voleur.

— Hâte-toi, dit-il d'une voix rauque. L'alchimiste est en danger. Je ne puis le protéger à présent. Fais vite, Porteur de Pièce.

Crokus repartit en courant.

*

L'écho de la mort de Travale, troisième de la Cabale, résonnait encore sous leur crâne. Au milieu de la pièce, l'enchanteresse Derudan avait tracé au sol un cercle de cendres. Avec l'aide de Baruk, elle avait disposé les deux fauteuils à l'intérieur. Assise dans l'un d'eux et fumant sans cesse, elle suivait maintenant de ses yeux sombres les allées et venues de l'alchimiste.

Baruk hésitait à entrer dans le cercle protecteur. Peut-être seraient-ils en sécurité, environnés de sorcellerie Haut Tennes, mais ils se trouveraient aussi dans l'impossibilité de contre-attaquer si Vorcan arrivait. De plus, aucune défense magique n'était impénétrable. L'Otataral, cet étrange minerai semblable à la rouille que l'on tirait des collines tanno de Sept-Cités, en était la première raison lui venant à l'esprit. Même s'il doutait que Vorcan, en tant que Grand Mage, détienne un tel matériau, Baruk répugnait à se mettre dans une situation où il ne pourrait utiliser sa Garenne contre leur agresseur.

— Ceux de la Cabale sont morts à présent, n'est-ce pas ? dit lentement Derudan. Têtus, convaincus de leur invincibilité. Sans doute ont-ils fait nerveusement les cent pas en attendant l'arrivée imminente de l'assassin.

Baruk s'arrêta pour répondre, mais il fut interrompu par un hurlement inhumain venu de l'extérieur, suivi par un choc qui ébranla les murs de la maison. L'alchimiste fit un geste vers la porte.

— Attendez ! s'écria Derudan de l'intérieur du cercle. Il ne faut pas assouvir votre curiosité, car Vorcan ne manquerait pas d'en tirer avantage, n'est-ce pas ?

— Un de mes sceaux a volé en éclats, expliqua Baruk. Mes défenses sont ébréchées.

— Raison de plus pour se montrer prudent, répliqua Derudan. Ami, je vous en conjure, rejoignez-moi.

— Très bien, soupira l'alchimiste en s'avançant vers elle.

Un courant d'air balaya soudain sa joue gauche. Derudan hurla.

Vorcan, ses mains gantées baignées de lumière rouge, lui fonçait droit dessus. Baruk leva les bras, tout en sachant pertinemment qu'il était déjà trop tard. À cet instant pourtant, une autre silhouette surgit des ténèbres, interceptant la Maîtresse des Assassins avec une rafale de coups. Vorcan recula en titubant puis décocha à son adversaire un coup oblique.

Un cri déchirant retentit dans la pièce. Médusé, Baruk s'aperçut que son allié était une Tiste Andii. Il l'esquiva lestement tandis qu'elle percutait un mur après avoir glissé sur le sol. Elle s'immobilisa, inanimée. L'alchimiste regarda de nouveau Vorcan.

L'une de ses mains avait cessé de briller.

Il fit un geste et un éclair jaune jaillit de son bras. Vorcan murmura un contre-sortilège, qui noya cet éclair dans une brume rouge. La brume s'affaiblit rapidement, puis disparut. La Maîtresse de la Guilde s'avança.

Baruk entendit vaguement Derudan lui crier quelque chose, mais le regard funeste de Vorcan retint son attention. L'aisance avec laquelle elle avait dissipé son assaut prouvait qu'elle le surpassait largement. Il n'avait plus qu'à attendre la mort.

Mais un grognement retentit derrière lui et Vorcan hoqueta de surprise. Le manche d'une dague dépassait à présent de sa poitrine. Fronçant les sourcils, elle l'empoigna, arracha l'arme et la jeta au loin.

— C'est tout ce que je peux faire, haleta la Tiste Andii, toujours au sol derrière l'alchimiste. Je vous demande pardon, Seigneur.

Derudan se dressa alors derrière Vorcan. Mais à l'instant où elle levait les paumes pour entamer une incantation, la Maîtresse des Assassins fit volte-face et quelque chose jaillit de sa main. L'enchanteresse s'effondra en gémissant.

Rongé par l'angoisse, Baruk poussa un rugissement désespéré et se rua sur Vorcan, qui l'esquiva en éclatant de rire, projetant vers lui sa main encore brillante. L'alchimiste se contorsionna, évitant de peu le contact mortel. Déséquilibré, il poursuivit sa course en titubant. Il entendit de nouveau le rire de Vorcan se ruant à sa poursuite.

La porte se trouvait à quatre mètres de Baruk. Il écarquilla les yeux en la découvrant ouverte. Un adolescent était tapi dans l'embrasure, un objet massif dans chaque main.

S'attendant à tout instant à sentir le contact de la Maîtresse des Assassins, Baruk se jeta au sol. Le garçon se redressa et propulsa en avant son bras droit, puis le gauche. Deux briques passèrent au-dessus de l'alchimiste. Il les entendit heurter Vorcan, l'une avec un craquement, l'autre un crépitement accompagné d'un éclair rouge.

Le souffle coupé par sa chute, Baruk resta figé sur place. D'insupportables secondes suivirent, pendant lesquelles il s'efforça d'aspirer un peu d'air dans ses poumons endoloris. Finalement, il roula sur le dos. Vorcan gisait immobile, presque à ses pieds. Le garçon se pencha sur lui, le visage ruisselant de sueur et le front plissé d'inquiétude.

— Alchimiste Baruk ?

Baruk hocha la tête et le garçon poussa un soupir de soulagement, avant de sourire.

— Vous êtes en vie. Tant mieux. Rallick m'a envoyé vous prévenir.

Baruk s'assit.

— L'Enchanteresse, dit-il d'une voix enrouée en la désignant. Occupe-toi d'elle, s'il te plaît.

Sentant peu à peu ses forces revenir, il regarda l'adolescent s'accroupir près de Derudan.

— Elle respire encore, indiqua Crokus. Elle a été blessée par un genre de poignard recouvert de sève.

Il tendit la main vers l'objet.

— Non ! cria Baruk.

Affolé, Crokus recula d'un bond.

— C'est du poison, expliqua l'alchimiste en se relevant. Aide-moi, vite.

Dès qu'il put s'agenouiller auprès de l'enchanteresse, un bref coup d'œil à la substance poisseuse enrobant la lame confirma ses soupçons.

— Du paralt blanc, conclut-il.

— C'est une araignée, non ?

Baruk posa une main sur le corps de Derudan.

— Ta science m'étonne, mon garçon. Heureusement, cette femme se trouve chez le seul homme qui en possède l'antidote.

Il marmonna quelques mots, et une fiole apparut dans son autre main.

— Rallick dit qu'il n'y a pas d'antidote pour ce poison.

— Ce n'est pas une information que je vais crier sur tous les toits.

Baruk déboucha la fiole, puis en versa le contenu dans la gorge de l'enchanteresse, qui se mit à tousser. La respiration de Derudan reprit peu à peu un rythme normal et l'alchimiste se redressa.

— Tu sembles bien connaître Rallick. Quel est ton nom ?

— Crokus. Mammot était mon oncle, monsieur. Je l'ai vu mourir.

Derudan battit des paupières, puis ouvrit les yeux, esquissant un sourire las.

— Ce que je vois me ravit, dit-elle d'une voix faible. N'est-ce pas ?

Baruk lui rendit son sourire.

— Oui, mon amie. Mais je ne suis pour rien dans la défaite de Vorcan. Tout le mérite en revient à Crokus, le neveu de Mammot.

Derudan dévisagea l'adolescent.

— Ah ! Le garçon que j'ai failli piétiner tout à l'heure.

Elle redevint grave.

— Je suis navrée pour Mammot, mon garçon.

— Moi aussi, répliqua Crokus.

Baruk se releva et lâcha un juron en regardant derrière lui. Le corps de Vorcan avait disparu.

— Elle s'est enfuie !

L'alchimiste s'empressa d'aller examiner la Tiste Andii. Elle était morte.

— Je saurai bientôt ton nom, murmura-t-il. Et je ne l'oublierai pas.

— Il faut que j'y aille ! s'exclama soudain Crokus.

Baruk s'étonna de la mine subitement affolée du garçon.

— Je veux dire, reprit Crokus, si tout est fini ici.

— Je pense que oui, répondit l'alchimiste. Bravo et merci, Crokus, pour ton adresse.

L'adolescent regagna la porte. Marquant un temps d'arrêt, il lança une pièce en l'air et la rattrapa.

— Simple coup de chance, j'imagine, répondit-il avec un petit sourire.

Un instant plus tard, il avait disparu.

*

Le capitaine Paran s'approcha du lit de Coll.

— Il dort toujours, annonça-t-il en se retournant vers Mésangeai. Vous pouvez y aller.

Kalam et les deux saboteurs étaient arrivés quelques minutes plus tôt. Jusque-là, aucune perte à déplorer, même si l'armure du capitaine faisait peine à voir. La tête de Paran, quand il était entré avec Lorn dans les bras, avait toutefois dissuadé Mésangeai de s'appesantir sur la question. Le cadavre livide de l'Adjointe occupait à présent un deuxième lit. Un sourire étrangement ironique flottait sur ses lèvres exsangues.

Le sergent examina chacune des personnes présentes. Ces visages qu'il connaissait si bien l'observaient tous, impatients. Son regard s'attarda sur Mes Regrets, ou Apsalar comme elle se faisait appeler désormais. Il ne savait pas ce que Maillet avait bien pu faire exactement mais c'était désormais une autre femme. Amoindrie, mais d'une certaine manière aussi grandie. Même Maillet n'était pas très sûr de ce qu'il avait accompli. Certaines compétences, certains souvenirs avaient été libérés, accompagnant un savoir cruel. Il y avait de la souffrance dans les yeux de cette fille – une souffrance enracinée dans plusieurs années d'horreurs. Elle semblait toutefois avoir trouvé le moyen, la force de vivre avec son passé récent.

— Je voudrais rentrer chez moi, Sergent.

C'était tout ce qu'elle avait dit.

Il n'y voyait aucune objection, même s'il se demandait comment elle comptait traverser deux continents et un océan. Il saisit les deux os d'avant-bras posés sur la table.

— Oui, mon capitaine, répondit-il enfin à Paran.

L'atmosphère moite et étouffante de la petite pièce se chargea de tension. Mésangeai hésita. Il y avait eu un affrontement dans les rues de Darujhistan, et Ben le Vif avait confirmé la mort du seigneur galayn. Le sorcier semblait d'ailleurs encore sous le choc. Soupirant intérieurement, le sergent frotta sa jambe guérie depuis peu, avant de planter la lame du dispositif dans la table.

La communication fut immédiate. La voix rocailleuse du Haut Poing Dujek emplit la chambre.

— Pas trop tôt, Mésangeai ! Ne te fatigue pas à me parler du seigneur galayn. Tayschrenn est plus ou moins tombé inconscient. Tout le monde l'a entendu hurler ici. Donc, Anomander Rake s'est chargé de ce monstre. Quoi d'autre ?

Mésangeai lança un coup d'œil à Paran, qui lui fit signe de poursuivre.

— L'Adjointe Lorn a échoué, répondit le sergent. Elle est morte. Nous avons son corps. Les carrefours restent minés. Mais nous n'y touchons pas, de crainte d'éventrer les cavernes de gaz souterraines et de partir tous en fumée. Donc…

Il prit une profonde inspiration, qui lui déclencha un pincement dans la jambe. Maillet avait fait de son mieux, et c'était déjà beaucoup, mais les douleurs n'avaient pas disparu et il se sentait fragile.

— Donc, répéta-t-il avec douceur, nous nous retirons, Haut Poing.

Dujek se tut un moment, puis bougonna.

— Voilà qui pose plusieurs problèmes. D'abord, nous allons perdre Pale. Comme je le soupçonnais, Caladan Rumin a laissé la Garde Pourpre dans le nord pour descendre ici avec ses Tistes Andii. Il a aussi des Rhivis avec lui et les Barghasts de Jorrick, qui viennent de ne faire qu'une bouchée des Moranths Dorés. De fait, la situation s'aggrave.

Le Haut Poing déglutit distinctement.

— Sept-Cités est au bord de l'insurrection. L'Impératrice le sait. Un membre de la Griffe est arrivé de Genabaris il y a une demi-heure. Il cherchait

Tayschrenn. Mes gars l'ont intercepté avant. Il portait un message manuscrit de l'Impératrice. Je viens d'être déclaré hors la loi par l'Empire, Mésangeai. C'est officiel, et Tayschrenn devait se charger de mon arrestation et de mon exécution. Nous voilà seuls, mon ami.

Le silence régnait dans la pièce. Le sergent ferma brièvement les paupières.

— Compris, Haut Poing. Quand te mets-tu en marche ?

— Les Moranths Noirs semblent rester avec nous, ne me demandez pas pourquoi. En tout cas, j'aurai une entrevue demain à l'aube avec Caladan Rumin et Kallor. Cela décidera de la suite des événements, j'imagine. Ou bien ils nous laissent partir, ou bien ils nous massacrent en prenant Pale. Tout dépendra de ce qu'ils savent sur l'Oracle de Pannion.

— Nous avons rendez-vous dans deux jours avec des Moranth Noirs, Haut Poing, déclara Mésangeai. Du coup, je me demande ce qu'ils avaient déjà deviné au moment de cet accord. Mais bon, ils nous conduiront jusqu'à toi, où que vous soyez.

— Pas question, répliqua Dujek. Nous risquons d'être en plein siège. Les Noirs vous déposeront dans la plaine de la Catlin. Leurs ordres sont clairs sur ce point. Mais tu peux toujours essayer de les faire changer d'avis.

Le sergent fit la grimace.

— Va pour la plaine, soupira-t-il. Te rejoindre nous prendra juste un peu plus de temps.

La lueur qui enveloppait les os vacilla brièvement et un coup sourd retentit. Violain pouffa. De son côté de la communication, Dujek venait de donner un coup de poing sur la table.

Mésangeai décocha au saboteur un regard féroce.

— Capitaine Paran ? beugla Dujek.

— Présent, Haut Poing, répondit Paran en s'avançant d'un pas.

— Ce que je m'apprête à dire s'adresse à Mésangeai, mais je veux que vous l'entendiez, Capitaine.

— J'écoute, Haut Poing.

— Sergent, si vous voulez faire partie de mon armée, vous feriez bien de vous habituer à la nouvelle hiérarchie. Pour commencer, je place les Brûleurs de Ponts sous le commandement du capitaine Paran. Ensuite, tu n'es plus sergent, Mésangeai, mais mon second. Ce qui te confère des responsabilités. Je ne veux en aucun cas vous voir à proximité de Pale. Et vous savez que j'ai raison, crénom ! Capitaine Paran ?

— Oui ?

— Les membres de l'escouade de Mésangeai ont gagné le droit de regagner leur foyer. Si certains souhaitent poursuivre avec les Brûleurs de Ponts, parfait. Mais je ne veux pas de réprimandes s'ils font un autre choix. J'espère que c'est clair.

— Oui, Haut Poing.

— Par ailleurs, poursuivit Dujek, imperturbable, Mésangeai se trouvant entre deux affectations, il se contentera de vous accompagner. Vous me suivez, Capitaine ?

Paran sourit.

— Absolument.

— Bon. Quand les Moranths Noirs passeront vous

chercher, ils seront déjà au courant de tout ça, donc écoutez-les.

— Très bien, Haut Poing.

— Des questions, Mésangeai ? grommela Dujek.

— Non, répliqua lugubrement l'ex-sergent.

— Parfait. À plus tard, j'espère.

La lueur des os s'évanouit.

Le capitaine Paran se tourna vers les soldats réunis et étudia chaque visage. *Ils auraient dû être sous mes ordres. Je n'aurais pu mieux faire.*

— Voyons, dit-il d'un ton bourru, qui est prêt à devenir hors-la-loi pour faire partie des rebelles de Dujek ?

Gogues fut le premier à se lever, toutes dents dehors, suivi par Ben le Vif, Esquive et Maillet.

Il y eut un silence stupéfait et Kalam adressa un signe de tête à Violain et s'éclaircit la voix.

— On est avec vous. Seulement, on ne part pas avec vous. Violain et moi, je veux dire.

— Vous pouvez m'expliquer ça ? s'enquit calmement Paran.

Apsalar prit alors la parole, à la surprise générale.

— Cela leur sera difficile, Capitaine. Et j'avoue ne pas être certaine de ce qui les attend, mais ils viennent avec moi. On retourne dans l'Empire. Chez moi.

Avec un haussement d'épaules embarrassé, Violain se leva et se tourna vers Mésangeai.

— On a l'impression qu'on lui doit bien ça, dit-il.

Il ajouta à l'attention de Paran :

— Notre décision est prise. Mais on reviendra, si c'est possible.

Déconcerté, Mésangeai se redressa péniblement. Il se tourna vers Paran pour prendre la parole mais se figea. Derrière le capitaine, Coll était assis sur le lit.

Mésangeai toussota, le désignant d'un geste.

La tension monta de nouveau dans la pièce. Tous les regards se tournèrent vers Coll. Paran s'avança, sincèrement soulagé.

— Coll ! Je…

Il s'interrompit brusquement et reprit d'une voix atone :

— Vous êtes réveillé depuis un moment, je vois.

Coll jeta un bref coup d'œil aux os plantés dans la table, puis dévisagea le capitaine.

— J'ai tout entendu, Paran. Alors, dites-moi, vos gars ont-ils besoin d'aide pour sortir de Darujhistan ?

*

Rallick se tenait dans l'obscurité, sous les arbres, à la lisière de la clairière.

Au bout du compte, ses pouvoirs semblaient s'être révélés insuffisants. Il avait été chassé par une main géante – la main d'un dieu, ferme, puissante. Il avait ensuite regardé avec stupéfaction un entrelacs de racines ramper vers la terrasse. Les racines étaient revenues en arrière, après avoir saisi une… apparition à forme humaine pour la plonger dans le sol sans ménagement.

Une sensation proche de l'euphorie avait alors envahi Rallick. Il savait, avec une inexplicable certitude, que ce qui poussait là était bon et juste.

Cette chose était nouvelle, jeune. Il captait

encore en cet instant même des ondes frémissantes sous ces surfaces anguleuses. Ce qui n'était guère qu'une souche d'arbre moins d'une heure auparavant était devenu une maison. Celle-ci comportait une porte massive, à demi noyée dans l'ombre d'une branche incurvée. Des plantes grimpantes barraient ses fenêtres aux volets clos. Un balcon décalé vers la gauche surmontait la porte, couvert de feuilles et de lianes. Il menait à une sorte de tour couronnée d'un toit conique biscornu recouvert de bardeaux. Une autre tour, plus trapue celle-là, dépourvue d'ouvertures, occupait le côté droit de la façade, avec un toit plat ceint de merlons dentelés.

Rallick soupçonnait que ce dernier était une terrasse, accessible par un genre de trappe.

La clairière avait elle aussi changé, comme si la cour de la maison était un cimetière. De jeunes arbres broussailleux encerclaient chaque butte oblongue et le vent semblait vouloir les arracher du sol bosselé et herbeux. Des racines étaient apparues sur ces monticules.

Voilà qui lui paraissait bon et juste. Ces deux mots résonnaient dans la tête de l'assassin avec un attrait qui remplissait son cœur de sérénité. Il s'imaginait presque ressentir une affinité avec cette maison-enfant, comme si elle le connaissait et l'acceptait.

Il savait que la bâtisse était vide. Une autre certitude sans origine décelable.

Rallick poursuivit ses observations. Les contours du logis se raffermissaient, se précisaient. Une puissante odeur imprégnait les lieux, mélange de renfermé et de terre fraîchement retournée. L'assassin se sentait en paix.

Soudain, il se retourna vivement vers les fourrés. Vorcan arrivait en titubant, une entaille au front, le visage couvert de sang. Elle manqua s'effondrer dans les bras de Rallick.

— Des Tistes Andii, balbutia-t-elle. À mes trousses. Pour venger un meurtre !

Rallick regarda au loin, et ses yeux depuis longtemps accoutumés aux ténèbres environnantes détectèrent entre les arbres des mouvements silencieux, de plus en plus proches. Il hésita, retenant entre ses bras la femme désormais évanouie. Il jeta alors Vorcan sur son épaule et fonça droit vers la maison.

Il savait que la porte s'ouvrirait pour lui et elle le fit. Elle donnait sur un sombre vestibule, où un passage voûté menait à un couloir traversant toute la bâtisse. Une bouffée d'air tiède et parfumé enveloppa Rallick. Il entra sans hésiter.

*

Korlat était une parente de Serrat. Elle ralentit aux abords de l'étrange maison. La porte s'était refermée derrière leur proie. La Tiste Andii atteignit l'orée de la clairière puis s'accroupit. Les autres poursuivants se rassemblèrent lentement autour d'elle.

Horult lâcha un sifflement rageur.

— As-tu appelé notre seigneur, Korlat ?

La Tiste Andii secoua la tête.

— Je connais depuis longtemps ce genre de créations, dit-elle. La Maison des Morts de la ville de

Malaz, la Maison-Odhan de Sept-Cités… *Azath edieimarn*, les Piliers d'Innocence. Cette porte ne s'ouvrira pas pour nous.

— Elle les a pourtant bien laissés passer, eux.

— Il y a des précédents. Les Azaths choisissent les leurs. Ce fut le cas de la Maison des Morts. Deux hommes furent désignés. L'un allait devenir empereur, l'autre l'accompagnerait. Kellanved et Danseur.

— Je sens son pouvoir, murmura Orfantal. Notre seigneur pourrait la détruire tant qu'elle est encore jeune.

— Oui, acquiesça Korlat. Il le pourrait.

Elle garda le silence un moment avant de se relever.

— Je suis apparentée à la défunte.

— Tu lui es apparentée, entonnèrent les autres.

— Notre quête de vengeance est terminée, proclama-t-elle en plissant ses yeux en amande. Notre seigneur ne sera pas invoqué. Laissez-le se rétablir. Nul ne touchera à l'Azath, car ce n'est qu'un enfant.

Ses yeux d'un brun tendre scrutèrent lentement ceux de ses compagnons.

— Ainsi la Reine des Ténèbres parla-t-elle de Lumière lorsque celle-ci naquit. Elle est neuve, et ce qui est neuf est innocent et ce qui est innocent est précieux. Observez cette enfant merveilleuse avec respect.

Orfantal se renfrogna.

— Ainsi Lumière a survécu, Ténèbre fut détruite, et la pureté vaincue. Et tu voudrais maintenant nous voir prendre des défauts comme notre Reine ? Lumière a cédé à la corruption et détruit notre monde, Korlat. L'aurais-tu oublié ?

Korlat esquissa un sourire triste.

— Chéris de tels défauts, ma sœur, car celui de notre Reine fut l'espoir, et c'est aussi le mien. Il nous faut partir à présent.

*

Kruppe regarda avec bienveillance arriver Crokus, visiblement épuisé par une nuit passée à courir aux quatre coins de la ville. Poussant Murillio du coude, il agita les doigts dans la direction du jeune voleur.

— Le garçon semble bien empressé. Je redoute les tristes nouvelles que doit apporter Kruppe.

— Sa nuit a été rude, décréta Murillio, adossé au mur d'appui de la grille de chez Dame Simtal.

Les rues restaient désertes, les habitants demeurant sous le choc des horreurs de la nuit. Kruppe désigna Sangdelune, désormais à une lieue vers l'ouest, loin des remparts de la ville.

— Remarquable engin que voilà ! Kruppe est toutefois heureux de le voir partir. Il dissimule les étoiles elles-mêmes, ne laissant plus que terreur en ce monde !

— J'ai besoin d'un verre, maugréa Murillio.

— Excellente idée, approuva Kruppe. Attendrons-nous le garçon ?

Leur attente fut brève. Les reconnaissant, Crokus ralentit sa course.

— Apsalar a été kidnappée par l'Empire ! s'écria-t-il. Il me faut de l'aide !

Il pila devant Murillio.

— Et Rallick est toujours dans le parc…

— Du calme, du calme. La localisation d'Apsalar est connue de Kruppe. Quant à Rallick, ma foi…

Faisant face à la rue, il écarta largement les bras.

— Respire donc l'air de la nuit, Crokus ! Une nouvelle année a commencé. Viens, marchons tous les trois, nous les maîtres de Darujhistan !

Kruppe entraîna ses deux camarades par le bras et Murillio soupira.

— Rallick a disparu, expliqua-t-il. Et maintenant, il y a une maison étrange dans le parc de Coll.

— Que de choses dévoilées dans ce simple énoncé ! Quoique, à n'en pas douter, poursuivit-il en s'inclinant vers Crokus, la secrète et principale inquiétude de notre jeune ami concerne à cette heure le sort d'une douce jeune fille, dont la vie fut sauvée de justesse par un jeune noble nommé Gorlas. Gorlas, franchement ! Sauvée d'une tonne de maçonnerie. La chose fut héroïque, pour sûr. La donzelle manqua s'en pâmer de satisfaction.

— Qu'est-ce que tu racontes ? dit Crokus. Qui a été sauvée ?

Murillio eut un reniflement ironique.

— Je crains, cher Kruppe, Maître de Darujhistan, que tu te sois trompé de douce jeune fille.

— De toute façon, dit Crokus, elle n'est pas douce.

La poitrine de Kruppe se souleva légèrement.

— Mon garçon, tu n'as qu'à demander aux dieux. Ils te diront que la vie elle-même n'est pas douce. Et maintenant, voudrais-tu savoir comment la demeure de Dame Simtal est devenue cette nuit celle de Coll ?

Ou ton esprit est-il si totalement entiché de cette nouvelle passion que même le sort de tes plus chers amis – Kruppe compris – t'indiffère ?

— Bien sûr que ça m'intéresse ! protesta Crokus.

— L'histoire commence donc, comme toujours, avec Kruppe...

Murillio gémit.

— Ainsi parlait l'Anguille.

Épilogue

J'ai vu une rumeur née
Enveloppée de mystère
Abandonnée sous le soleil
Dans les collines des Gadrobis

Où les vents annonciateurs de loups
Ont dispersé les moutons
Et les bergers ont fui
Le murmure des sables

Et elle cillait dans l'éblouissante clarté,
Cœur de pierre figé, tandis que
L'ombre des Portes de Nulle Part
Se profilait sur la poussière de mon logis

J'ai vu cette rumeur née
Cent mille chasseurs de cœur
Dans une ville baignée de lumière bleue…

Rumeur Née (I, 1-4)
Pêcheur (né en ?)

Sous le soleil, les brumes matinales formaient un bouclier blanc au-dessus du lac. En bas, sur la plage, les vaguelettes caressaient une barque de pêcheur. Sans amarres, celle-ci n'allait plus tarder à se libérer des galets.

Maillet aida Mésangeai à grimper sur un rocher. Le guérisseur étudia un instant la silhouette de Ben le Vif. Debout sur la grève, les épaules voûtées, le sorcier observait un point situé de l'autre côté du lac. Maillet suivit son regard. Sangdelune planait très bas sur l'horizon et des reflets dorés illuminaient son basalte ravagé.

— Elle se dirige vers le sud, marmonna le guérisseur. Je me demande bien ce que cela signifie.

Ébloui par l'éclat de la forteresse, Mésangeai plissa les yeux, puis se mit à se masser les tempes.

— Une nouvelle migraine ? questionna Maillet.

— Ça va plutôt pas mal ces temps-ci.

— C'est surtout votre jambe qui m'inquiète. Il faudrait que je me penche encore dessus et que vous la laissiez un peu au repos.

— Dès qu'on aura le temps, sourit le sergent.

— D'accord. On va s'occuper de ça, alors, soupira Maillet.

— Ils arrivent ! cria Esquive dans leur dos.

Maillet aida Mésangeai à se relever.

— Bah ! chuchota-t-il, ç'aurait pu être bien pire. Pas vrai, Sergent ?

Mésangeai lança un regard hostile de l'autre côté du lac.

— Sûr que trois de perdus, ce n'est pas si mal.

Une expression peinée traversa les traits du guérisseur, qui ne dit rien.

— Allons-y, grommela Mésangeai. Le capitaine Paran n'aime pas les retards. Et puis, les Moranths ont peut-être de bonnes nouvelles. Ça nous changerait, non ?

Depuis la plage, Ben le Vif regarda Maillet gravir la pente en soutenant leur ex-sergent. Le moment était-il venu ? se demandait-il. Pour rester vivant dans ce métier, il ne fallait pas s'endormir. Les meilleurs plans s'intégraient toujours dans d'autres plans de plus grande ampleur et s'il fallait bluffer, autant ne pas hésiter. Le plus difficile étant de cacher son jeu.

Le sorcier eut un pincement de regret. Non, il était trop tôt. Autant laisser au vieux une chance de se reposer. Il quitta la plage, s'interdisant de regarder en arrière. Regarder en arrière n'était jamais une bonne idée. À présent, les dés étaient jetés.

— Mésangeai va hurler quand il l'entendra, celle-là, murmura-t-il.

Le capitaine Paran écouta les autres sur la plage, sans toutefois les rejoindre. Pas encore. Ses démêlés avec des Ascendants semblaient lui avoir conféré une nouvelle sensibilité, à moins que ce ne soit l'épée d'Otataral pendue à son côté. En tout cas, il la percevait à présent, déjà adolescente, souriante et potelée, en train d'observer le ciel matinal sous ses lourdes paupières trompeusement somnolentes.

Je viendrai à toi, lui promit-il. *Dès que cet Oracle de Pannion et sa maudite guerre sainte seront écrasés, je viendrai à toi, Loquevoile.*

Je sais.

Il se figea. Il n'avait pas rêvé cette voix dans sa

tête… Ou si ? Il attendit, plein d'espoir. *Loquevoile ?* Seul le silence lui répondit.

Ah, mon imagination, voilà tout. Comment pourrais-tu te rappeler suffisamment de ton ancienne vie pour retrouver les sentiments que tu m'as portés – pour les retrouver et les éprouver à nouveau ? Je ne suis qu'un fou.

Il se releva devant la tombe de Lorn – un simple monticule de pierres – et chassa les brindilles et les aiguilles de pin de sa tenue. *Regarde-moi un peu : naguère agent de l'Adjointe, et maintenant simple soldat. Enfin, j'en suis un.*

Le sourire aux lèvres, il descendit vers son escouade.

J'attendrai donc la venue d'un soldat.

Paran s'arrêta net puis, souriant de plus belle, reprit son chemin.

— Cette fois, chuchota-t-il, ce n'était pas mon imagination.

*

Le bateau marchand longeait la côte sud vers Dhavran et l'embouchure du fleuve. Accoudé au plat-bord, Kalam observait la ligne déchiquetée des cimes enneigées, au nord de l'horizon. Un autre passager se tenait près de lui, ordinaire et peu enclin à parler.

Les seules voix qui lui parvenaient étaient celles d'Apsalar et de Crokus. Tous deux semblaient passablement excités et se tournaient autour en une danse subtile qui ne voulait pas encore dire son nom. L'assassin esquissa un demi-sourire. Il y avait bien longtemps qu'il n'avait pas été témoin de tant d'innocence.

Crokus le rejoignit bientôt, le démon familier de son oncle accroché à l'épaule.

— Coll a dit qu'Unta, la capitale de l'Empire, est aussi grande que Darujhistan. C'est vrai ?

Kalam haussa les épaules.

— Possible. Et beaucoup plus moche. Mais ça m'étonnerait qu'on ait l'occasion de visiter. L'Itko Kan se trouve sur la côte sud alors qu'Unta est dans la baie de Kartool, sur la côte nord-est. Darujhistan te manque déjà ?

Un ombre de regret passa sur le visage de Crokus. Il contempla les vagues.

— Juste quelques personnes, là-bas, répondit-il.

L'assassin acquiesça en grognant.

— Je sais ce que tu ressens, Crokus. Tiens, regarde un peu Violain, là derrière, qui se morfond comme si on lui avait coupé une jambe et un bras.

— Apsalar n'en revient toujours pas que vous vous donniez tant de mal pour elle. Elle ne se souvient pas avoir été très appréciée dans votre escouade.

— Mais ce n'était pas elle qui était en cause, non ? Cette fille-là est une petite pêcheuse originaire d'un minuscule village. Elle est bien loin de chez elle.

— Elle est beaucoup plus que cela, marmonna Crokus, tout en jouant distraitement avec une pièce.

Kalam lui décocha un regard pénétrant.

— Sans blague ? dit-il d'un ton pince-sans-rire.

Crokus hocha la tête avec conviction. Puis, levant la pièce, il en examina l'une des faces.

— Tu crois à la chance, Kalam ?

— Non, grommela l'assassin.

Crokus eut un sourire ravi.

— Moi non plus.

Il lança la pièce en l'air. Ils la regardèrent tous deux piquer dans l'eau et, jetant un dernier éclair, disparaître sous les vagues.

Près de la proue, Briseur de Cercle hocha lentement la tête.

Voilà une nouvelle qui remplirait l'Anguille d'aise, doublée d'un grand soulagement. Il reporta son attention vers l'ouest, se demandant quel effet cela lui ferait de n'être plus anonyme en ce monde.

Ainsi s'achève le premier tome du Livre des Martyrs.

Personnages

L'EMPIRE MALAZÉEN

Ost d'Unbras

Loquevoile : Magicienne de Cadre, 2e armée, adepte du Jeu de Dragons.
Toupet : Mage de Cadre, 2e armée, rival désagréable de Tayschrenn.
Calot : Mage de Cadre, 2e armée, amant de Loquevoile.
Toc le Jeune : éclaireur, 2e armée, agent de la Griffe, défiguré lors du siège de Pale.

Les Brûleurs de Ponts

Sergent Mésangeai : 9e escouade, ancien commandant de la 2e armée.
Caporal Kalam : 9e escouade, ex-membre de la Griffe, originaire de Sept-Cités.
Ben le Vif : 9e escouade, Mage, originaire de Sept-Cités.
Mes Regrets : 9e escouade, redoutable tueur se cachant sous l'aspect d'une jeune fille.
Esquive : 9e escouade, sapeur.
Violain : 9e escouade, sapeur.

Gogues : 9e escouade, guerrier barghast.
Maillet : 9e escouade, guérisseur de l'escouade.
Sergent Bougeotte : 7e escouade.
Piocheuse : 7e escouade.

Le Commandement Impérial

Stabro Ganoes Paran : officier noble de l'Empire Malazéen.
Dujek Unbras : Haut Poing, Armées malazéennes, Campagne de Genabackis.
Tayschrenn : Grand Mage de l'Impératrice.
Bellurdan : Grand Mage de l'Impératrice.
Frissombre : Grand Mage de l'Impératrice.
A'Karonys : Grand Mage de l'Impératrice.
Lorn : Adjointe de l'Impératrice.
Cador : chef de la Griffe.
Impératrice Laseen : souveraine de l'Empire Malazéen.

La Maison Paran (à Unta)

Tavore : sœur cadette de Ganoes.
Félisine : plus jeune sœur de Ganoes.
Gamet : garde de la Maison, ancien combattant.

Au Temps de l'Empereur

Empereur Kellanved : fondateur de l'Empire, assassiné par Laseen.
Danseur : principal conseiller de l'Empereur, assassiné par Laseen.
Revêche : ancien nom de Laseen à l'époque où elle dirigeait la Griffe.
Dassem Ultor : Premier Glaive de l'Empire, tué hors de Y'Ghatan, en Sept-Cités.

Toc l'Ancien : disparu lors de la purge de la Vieille Garde ordonnée par Laseen.

*

À DARUJHISTAN

Les Habitués de l'Auberge du Phénix

Kruppe : un homme faussement modeste.
Crokus Jeunemain : jeune voleur.
Rallick Nom : assassin de la Guilde.
Murillio : courtisan.
Coll : ivrogne.
Meese : habituée.
Irilta : habituée.
Scurve : patron de l'auberge.
Sulty : serveuse.
Chert : voyou malchanceux.

La Cabale T'orrud

Baruk : Grand Alchimiste.
Derudan : Enchanteresse Tennes.
Mammot : Grand Prêtre de D'riss, éminent érudit et oncle de Crokus.
Travale : membre dévoué de la Cabale.
Tholas : Grand Mage.
Paral : Grand Mage.

Le Conseil

Turban Orr : influent conseiller municipal, amant de Dame Simtal.
Lim : allié de Turban Orr.
Dame Simtal : femme ambitieuse.

Estraysian D'Arle : adversaire politique de Turban Orr.
Challice D'Arle : sa fille.

La Guilde des Assassins

Vorcan : Maîtresse de la Guilde (aussi dite Maîtresse des Assassins).
Ocelot : chef de clan de Rallick Nom.
Talo Krafar : assassin du clan de Jurrig Denatte.
Krute de Talient : agent de la Guilde.

Aussi dans la Ville

L'Anguille : maître espion au centre de nombre de rumeurs.
Briseur de Cercle : agent de l'Anguille.
Vildron : garde municipal.
Capitaine Stillis : capitaine des Gardes de chez Dame Simtal.

*

AUTRES ACTEURS

Les Tistes Andii

Anomander Rake : Seigneur de Sangdelune, Fils de Ténèbre, Chevalier des Ténèbres.
Serrat : bras droit de Rake.
Korlat : une chasseresse de la nuit, apparentée à Serrat.
Orfantal : un chasseur de la nuit.
Horult : un chasseur de la nuit.

Les T'lan Imass

Logros : le commandant des clans t'lan imass au service de l'Empire Malazéen.
Onos Out'ilan : guerrier sans clan.

Pran Chole : Jeteur d'Os (chamane) des T'lan Imass de Kron.
Kig Aven : chef de clan.

Autres

Mégère : Grand Corbeau au service d'Anomander Rake.
Silanah : Eleint compagne d'Anomander Rake.
Raest : Tyran jaghut.
K'rul : Dieu Ancien, le Faiseur de Voies.
Caladan Rumin : Seigneur de Guerre qui combat les armées malazéennes de la Campagne du Nord.
Kallor : bras droit de Rumin.
Prince K'azz D'Avore : commandant de la Garde Pourpre.
Jorrick Lanceperçante : officier de la Garde Pourpre.
Cagoule : Grand Mage de la Garde Pourpre.
Caporal Morose : 6e Lame, Garde Pourpre.
Lesdoigts : 6e Lame, Garde Pourpre.
Baran : Molosse de l'Ombre.
Aveugle : Molosse de l'Ombre.
Engrenage : Molosse de l'Ombre.
Crucifix : Molosse de l'Ombre.
Shan : Molosse de l'Ombre.
Bistre : Molosse de l'Ombre.
Ganrod : Molosse de l'Ombre.
Ombretrône/Ammanas : Maître de la Garenne de l'Ombre.
La Corde/Cotillon : compagnon d'Ombretrône et Patron des Assassins.
Icarium : le constructeur de la Roue des Âges de Darujhistan.
Mappo : compagnon d'Icarium.
L'Oracle de Pannion : Tyran prophète à la tête du Domin de Pannion.

Glossaire

Titres et Groupes

Premier Glaive de l'Empire : malazéen et t'lan imass, titre désignant un champion impérial.
Poing : gouverneur militaire dans l'Empire Malazéen.
Haut Poing : désigne le commandant d'armées lors d'une Campagne malazéenne.
T'lan Imass de Kron : nom des clans sous le commandement de Kron.
T'lan Imass de Logros : nom des clans sous le commandement de Logros.
Les Brûleurs de Ponts : légendaire division d'élite de la 2e armée malazéenne.
La Garde Pourpre : célèbre compagnie de mercenaires commandée par un prince destitué.
L'Oracle de Pannion : mystérieux prophète gouvernant des terres au sud de Darujhistan.
Le Seigneur de Guerre : nom donné à Caladan Rumin.
La Griffe : l'organisation secrète de l'Empire Malazéen.

Peuples (Humains et Non-Humains)

Barghasts (non-humains) : société nomade et guerrière.
Darus : groupe culturel partageant la citoyenneté des villes du nord de Genabackis.
Gadrobis : groupe culturel indigène du centre de Genabackis.
Genabarii : groupe culturel (et langue) du nord-ouest de Genabackis.
Forkruls Assail (non-humains) : peuple mythique éteint (une des Quatre Races Fondatrices).
Jaghuts (non-humains) : peuple mythique réputé éteint (une des Quatre Races Fondatrices).
K'Chains Che'Malle (non-humains) : peuple mythique éteint (une des Quatre Races Fondatrices).
Moranths (non-humains) : civilisation militarisée dans la forêt des Nuées.
Rhivis : société nomade des plaines centrales de Genabackis.
T'lan Imass : l'une des Quatre Races Fondatrices, désormais immortelle.
Tistes Andii (non-humains) : une Race Ancienne.
Trells (non-humains) : société de guerriers, pastorale et nomade, en voie de sédentarisation.

Ascendants

Apsalar : Patronne des Voleurs.
Beru : Seigneur des Tempêtes.
Brûle : Maîtresse de la Terre, la Déesse Endormie.
Goule : Roi de la Haute Maison de la Mort.
Caladan Rumin : Seigneur de la Guerre.
Cotillon/La Corde : Assassin de la Haute Maison de l'Ombre.
Dessembrae : Seigneur de la Tragédie.

D'rek : Ver de l'Automne (ou la Reine de la Maladie, voir Poliel).
Fanderay : Louve de l'Hiver.
Fener : le Sanglier (voir Tennerock).
Fils de Ténèbre/Seigneur de la Lune/Anomander Rake : Chevalier de la Haute Maison des Ténèbres.
Gedderone : Dame du Printemps et du Renouveau.
Grands Corbeaux : Corbeaux animés par la magie.
Kallor : Le Grand Roi.
K'rul : Ancien Dieu.
Le Dieu Estropié : Roi des Chaînes
Les Molosses (de la Haute Maison de l'Ombre).
Mowri : Patronne des Mendiants, des Esclaves et des Serfs.
Nerruse : Maîtresse des Mers Calmes et des Vents Favorables.
Ombretrône/Ammanas : Roi de la Haute Maison de l'Ombre.
Oponn : Fous Jumeaux du Hasard.
Osserc : Seigneur du Ciel.
Poliel : Maîtresse de la Pestilence.
Reine des Songes : Reine de la Haute Maison de la Vie.
Shedenul/Soliel : Dame de la Santé.
Soliel : Maîtresse de la Guérison.
Tennerock/Fener : Sanglier aux Cinq Défenses.
Togg (voir Fanderay) : Loup de l'Hiver.
Traque/Triche : Tigre de l'Été et des Batailles.
Triche : Premier Héros.

*

L'Univers de la Sorcellerie

Les Garennes (les Voies – Garennes accessibles aux Humains)

Denul : La Voie de la Guérison.
D'riss : La Voie de la Pierre.
Chemin de Goule : La Voie de la Mort.
Meanas : La Voie de l'Ombre et de l'Illusion.
Ruse : La Voie de la Mer.
Rashan : La Voie des Ténèbres.
Serc : La Voie du Ciel.
Tennes : La Voie de la Terre.
Thyr : La Voie de la Lumière.

Les Garennes Anciennes

Kurald Galain : Garenne tiste andii des Ténèbres.
Tellann : Garenne t'lan imass.
Omtose Phellack : Garenne jaghute.
Starvald Demelain : Garenne de Tiam, la Première.

Le Jeu des Dragons : Le Fatid (et les Ascendants Associés)

Haute Maison de la Vie
Roi
Reine (Reine des Songes)
Champion
Prêtre
Héraut
Soldat
Tisserand
Maçon
Vierge

Haute Maison de la Mort
Roi (Goule)

Reine
Chevalier (autrefois Dassem Ultor)
Mage
Héraut
Soldat
Fileuse
Maçon
Vierge

Haute Maison de la Lumière
Roi
Reine
Champion
Prêtre
Capitaine
Soldat
Couturière
Bâtisseur
Jeune Fille

Haute Maison des Ténèbres
Roi
Reine
Chevalier (Fils de Ténèbre)
Mage
Capitaine
Soldat
Tisserand
Maçon
Épouse

Haute Maison de l'Ombre
Roi (Ombretrône/Ammanas)

Reine
Assassin (La Corde/Cotillon)
Mage
Molosse

Non-alignés
Oponn (les Fous du Hasard)
Obélisque (Brûle)
Couronne
Sceptre
Globe
Trône

Dragnipur : épée portée par Anomander Rake.
Finnest : objet utilisé comme dépositaire de pouvoir par un Jaghut.
Hasard : épée dédiée à Oponn.
Jeteur d'Os : nom donné aux chamanes des T'lan Imass.
La Cabale T'orrud : la Cabale de Darujhistan.
Les Rois Tyrans : anciens souverains de Darujhistan.
Otataral : minerai extrait des collines tanno, en Sept-Cités, capable d'annihiler la magie.
Garennes du Chaos : voies miasmatiques entre les Garennes.
Solipris : variété de transfert de forme, créature capable de métamorphose.

Noms de Lieux

Chat-Borgne : Ville libre genabackienne.
Chien-Gris : ville genabackienne.
Collines gadrobies : chaîne de collines à l'est de Darujhistan, désormais peu peuplée, bien que les Gadrobis y aient initialement vécu.

Darujhistan : ville légendaire de Genabackis, la plus grande et la plus influente des Villes libres, située sur la rive sud du lac Azur. Sa population est avant tout composée de Darus et de Gadrobis. Il s'agit de la seule ville connue à utiliser le gaz naturel comme source d'énergie.
Dhavran : ville à l'ouest de Darujhistan.
Domin de Pannion : empire en voie de constitution dans le sud-est de Genabackis et dirigé par l'Oracle de Pannion.
Empire Malazéen : empire issu de l'île de Malaz, au large du continent de Quon Tali. Il fut fondé par l'Empereur Kellanved, assisté de son comparse Danseur. Tous deux furent assassinés par Laseen, l'actuelle Impératrice. L'Empire regroupe Quon Tali, le sous-continent de Falar, le continent de Sept-Cités et les côtes du nord de Genabackis. Les continents de Stratem et de Korel font l'objet d'incursions.
Forêt des Nuées : habitat des Moranths, sur la côte nord-ouest de Genabackis.
Forêt du Chien Noir : sur le continent de Genabackis, grande forêt boréale, lieu de batailles capitales entre l'Empire Malazéen, les armées de Caladan Rumin et la Garde Pourpre lors des premières Campagnes.
Fort de Moque : donjon surplombant la ville de Malaz, où l'Empereur et Danseur furent assassinés.
Garalt : Ville libre genabackienne.
Genabaris : grande ville de la côte nord-ouest de Genabackis, contrôlée par les Malazéens, principal point de débarquement lors des campagnes.
Gerrom : petit bourg rural en Itko Kan.
Itko Kan : province du continent de Quon Tali, dans l'Empire Malazéen.
Kan : capitale de l'Itko Kan.

L'Abîme du Chercheur : nom malazéen de l'Océan de Meningalle.
Lest : ville-État à l'est de Darujhistan.
Malaz : cité-île, résidence de l'Empereur fondateur de l'Empire Malazéen.
Monts Tahlyn : chaîne de montagnes sur la rive nord du lac Azur.
Montagnes moranthes : chaîne de montagnes entourant la forêt des Nuées.
Mott : ville genabackienne.
Nathilog : ville du nord-ouest de Genabackis sous le contrôle des Malazéens.
Nisst : Ville libre genabackienne.
Océan de Meningalle : nom genabackien de l'Abîme du Chercheur.
Pale : Ville libre de Genabackis, dernière conquête en date de l'Empire Malazéen.
Plaine rhivie : plaine centrale du nord de Genabackis.
Plateau du Laederon : toundra septentrionale de Genabackis.
Pomme : Ville libre genabackienne.
Porule : Ville libre genabackienne.
Quartier de la Souris : district de sinistre mémoire dans la ville de Malaz.
Quon Tali : continent d'origine de l'Empire Malazéen.
Sangdelune : montagne volante en basalte noir qui renferme une cité, demeure du Fils de Ténèbre et des Tistes Andii.
Setta : ville de la côte est de Genabackis.
Tulipes : Ville libre genabackienne.
Unta : capitale de l'Empire Malazéen, sur Quon Tali.
Villes libres : ancienne alliance marchande de cités-États du nord de Genabackis. Une seule de ces cités n'est pas encore contrôlée par l'Empire Malazéen.

Darujhistan et ses environs

Auberge du Phénix : établissement très fréquenté du district daru.
Bar à Tin : bar délabré dans le district du Front-de-Lac.
Barbacane du Despote : ancien édifice, vestige de l'Age des Tyrans.
Beffroi/Temple de K'rul : temple abandonné dans le quartier noble.
Le Tracas de Jatem/le Tracas de Jammit : la route de l'est.
L'Hôtel de Majesté : siège du Conseil municipal.
Les Hautes Demeures : autre nom du Haut District ou quartier noble.
Tour de Hinter : tour abandonnée située dans le quartier noble et ayant appartenu à un sorcier.
Tracasville : les taudis à l'extérieur des remparts situés le long du Tracas de Jammit.

REMERCIEMENTS

Aucun roman ne s'écrit seul. L'auteur tient à remercier les personnes suivantes pour leur soutien au fil des ans : Clare Thomas, Bowen, Mark Paxton-MacRae, David Keck, Courtney, Ryan, Chris et Rick, Mireille Theriacelt, Dennis Valdron, Keith Addison, Susan, David et Harriet, Clare et David Thomas Jr, Chris Rodell, Patrick Carroll, Kate Peach, Peter Knowlson, Rune, Kent et Val ainsi que les enfants, mon infatigable agent, Patrick Walsh, et, enfin, Simon Taylor, un éditeur formidable.

Table

PAPIER À BASE DE FIBRES CERTIFIÉES

Le Livre de Poche s'engage pour l'environnement en réduisant l'empreinte carbone de ses livres. Celle de cet exemplaire est de :
1,1 kilos éq. CO_2
Rendez-vous sur www.livredepoche-durable.fr

Composition réalisée par Soft Office

Achevé d'imprimer en décembre 2021 en Espagne par
LIBERDUPLEX
Dépôt légal 1re publication : janvier 2022
LIBRAIRIE GÉNÉRALE FRANÇAISE
21, rue du Montparnasse – 75298 Paris Cedex 06

18/9027/7